U0519891

汉译世界文学名著丛书

# 谁之罪？

〔俄〕赫尔岑 著

郭家申 译

Александр Иванович Герцен
**КТО ВИНОВАТ?**

# 汉译世界文学名著丛书
## 出版说明

1902年，我馆筹组编译所之初，即广邀名家，如梁启超、林纾等，翻译出版外国文学名著，风靡一时；其后策划多种文学翻译系列丛书，如"说部丛书""林译小说丛书""世界文学名著""英汉对照名家小说选"等，接踵刊行，影响甚巨。从此，文学翻译成为我馆不可或缺的出版方向，百余年来，未尝间断。2021年，正值"汉译世界学术名著丛书"出版40周年之际，我馆规划出版"汉译世界文学名著丛书"，赓续传统，立足当下，面向未来，为读者系统提供世界文学佳作。

本丛书的出版主旨，大凡有三：一是不论作品所出的民族、区域、国家、语言，不论体裁所属之诗歌、小说、戏剧、散文、传记，只要是历史上确有定评的经典，皆在本丛书收录之列，力求名作无遗，诸体皆备；二是不论译者的背景、资历、出身、年龄，只要其翻译质量合乎我馆要求，皆在本丛书收录之列，力求译笔精当，抉发文心；三是不论需要何种付出，我馆必以一贯之定力与努力，长期经营，积以时日，力求成就一套完整呈现世界文学经典全貌的汉译精品丛书。我们衷心期待各界朋友推荐佳作，携稿来归，批评指教，共襄盛举。

商务印书馆编辑部

2021年8月

# 译　序

列宁在解释布尔什维克为什么能够在1917年取得革命胜利时，曾一针见血地指出两个原因：一是俄国进步思想界此前"经历了十五年（1903—1917）的历史实践，获得了举世无比的丰富经验"，二是他们在"空前野蛮和反动的沙皇制度的压迫之下……在半个世纪期间真正经历了闻所未闻的痛苦和牺牲，以空前未有的革命的英雄气概、难以置信的毅力和舍身忘我的精神，从事寻求、学习和实验，它经过失望，经过检验，参照欧洲经验，终于找到了马克思主义这个唯一正确的革命理论"。①

赫尔岑就是这一进步思想界的伟大先驱者之一。列宁在他诞生一百周年时专门写了《纪念赫尔岑》一文，对这位革命家和作家的创作实践做了精辟论述和高度评价，它对于今天正确认识赫尔岑的文学活动仍具有指导意义。

---

① 列宁：《共产主义运动中的"左派"幼稚病》，中共中央马克思恩格斯列宁斯大林著作编译局译，人民出版社1964年版，第7—8页。

# 一

赫尔岑1812年生于莫斯科一个贵族家庭。俄历一八二五年十二月十四日，一批进步贵族青年军官发动的针对专制农奴制度的武装起义被沙皇残酷镇压，彼得堡的枪声打碎了年仅十三岁的赫尔岑的自由梦想，军官们（后来称为十二月党人）的鲜血擦亮了少年赫尔岑的眼睛，他与好友奥加辽夫在莫斯科麻雀山上发誓要为被杀害的英雄们报仇，为他们的未竟事业献身。赫尔岑实践了自己的诺言。列宁称他是"十九世纪前半期贵族地主革命家那一代的人物"。[①] 但是他在自己的革命探索和斗争中，远远超过了十二月党人。1847年他流亡法国，几年后又移居伦敦，建立"自由俄国印刷所"，印制传单和小册子，宣传革命，完全置身于当时俄国和西欧革命斗争的中心，为新的社会制度的诞生奔走呼号。

赫尔岑的出身使他最初在认识俄国革命方面有一定的局限，这也是他对沙皇亚历山大二世等心存幻想的重要原因。对于他这种介乎民主主义和自由主义之间的动摇不定，列宁曾经在总体上做过评价，说"民主主义毕竟还是在他身上占了上风"。[②] "当他在六十年代……他就无畏地站到革命民主派方面来反对自由主义了。"[③] 他后来的创作活动也印证了列宁对他的评价。

---

[①] 列宁：《纪念赫尔岑》，《列宁选集》第2卷，人民出版社1960年版，第416页。
[②] 同上书，第419页。
[③] 同上书，第421页。

1848年法国二月革命时，赫尔岑正在巴黎，由于他不理解这次革命的资产阶级性质，再加上后来革命失败，工人遭镇压，反动势力弹冠相庆，这些都使赫尔岑一向对西欧民族解放运动和社会主义前景所寄予的希望破灭了，他思想上产生了严重的危机；无奈中，他把目光转向俄国，转到俄国村社上，认为俄国革命农民运动也许最后能够消灭农奴制，走向社会主义。他的这种观点到了七十年代实际上成了俄国民粹派的思想基础。其实赫尔岑仍然未能理解俄国革命农民运动的资产阶级性质，还认为农民运动会导致社会主义在俄国的胜利呢……但赫尔岑对真理的孜孜探索和不懈追求并没有白费，晚年他终于明白了"超阶级的"资产阶级民主主义的道路是走不通的，于是"他与无政府主义者巴枯宁决裂了"①，把目光转向了国际，转向马克思所领导的国际。

可见，在赫尔岑身上既反映了不同时代革命思想的延续、过渡和发展，也体现了不同时代革命者的不同特点，他身上既有贵族革命者的思想，也有平民知识分子的革命思想，他在俄国民族解放运动史上起着至关重要的承上启下的作用。他预感到了无产阶级革命力量势不可当，果然，他去世后一年（1871年），世界上第一个无产阶级政权——巴黎公社就诞生了。

赫尔岑毕生的革命活动和文学创作，就是沿着这样的思想轨迹发展的。集革命家和艺术家于一身的他，在文学创作上给后人也留下了宝贵的文化遗产，特别是他的长篇小说和中篇小说，为

---

① 列宁：《纪念赫尔岑》，《列宁选集》第2卷，人民出版社1960年版，第418页。

俄国浪漫主义，尤其是现实主义文学的革新和发展做出了不可磨灭的贡献。

## 二

长篇小说《谁之罪？》是赫尔岑的一部力作，它无疑是一声呐喊，更是一声严厉的质问，它透着几分彷徨与无奈，是对农奴制社会的血泪控诉，赫尔岑希望借此能唤起俄国一切有社会民主良知的先进者的觉醒与思考，进而诉诸广大的社会良心，为沙皇俄国滞后的社会发展把一把脉，探索一下这个问题的究竟。

《谁之罪？》最先部分地发表在《祖国纪事》杂志上，成书于1847年。十二年后在伦敦再版时作者对小说重又作了修订，并加了序言。这时候在俄国文学中占重要地位的是刚涌现出的一批新人之新作，他们大都是在以果戈理为代表的"自然派"小说的影响下成长起来的。几乎就在果戈理发表《死魂灵》的同时，陀思妥耶夫斯基的《穷人》、屠格涅夫的《猎人笔记》、冈察洛夫的《平凡的故事》和格里戈罗维奇早期描写底层人民苦难的小说《乡村》《苦命人安东》等，纷纷问世。《谁之罪？》也是在这个时候出版的。这是俄国文学发展中的一个重要转折时期，其实质就在于文学开始带有更鲜明的社会分析性质，敢于对生活进行鞭辟入里的剖析。我们从《谁之罪？》中就不难看出小说对当时的社会生活、人文道德、人类本性等所持的科学的、唯物主义的态度，看出作者在精心刻画作品主人公社会自我意识逐渐成长的历程，在精心描写别利托夫与所处环境抗争、妥协、再抗争、再妥协的反复过程。别利托夫与社会的关系带有鲜明的社会性，这种倾向，无论是作为意识形态的因素，还是作为艺术创作的原则与技巧，在以前的俄国文学中还是比较少见的。赫尔岑运用十九世纪科学和哲学的成就，大大丰富了现实主义语言艺术的创作原则，写出这部带有里程碑性质的、集科学、哲学于一身的，内涵丰富的综合艺术作品。他将艺术变成了思想载体，化为一个个活生生的人物，从而加大了作品的包容量，为艺术开辟了新的创造天地。《谁之罪？》的这种综合特点，在小说的情节结构、表现手法以及所反映的社会生活和人物性格上都有所展现。比如，小说在艺术结构上分为两部，这已经是颇具新意了，更有意思的是小说第一部的开篇故事：平民知识分子克鲁齐费尔斯基受雇于地主、退役将军涅格罗夫，在他家当家庭教师。这是四十年代俄国社会生活中出现的一种全新现象，赫尔岑敏锐地抓住这一现象，施以重墨，因为它或多或少反映了俄国社会发展和作家本人立场上的一种民主倾向。他第一个在小说中使平民和地主处于对立的地位，而且通过各自的角度，用前四章的篇幅，详细描写了不同人物的不同生活，从而鲜明地烘托出清贫的青年知识分子和富裕的地主之间生活、命运的巨大反差。

小说第一部包括三个传记和《在庄园的日子》。就体裁而言，它不像是小说，倒更像是某种传记系列。这里的每一章又派生出其他一些传记故事。例如第二章《将军大人传记》中就包含有他夫人的生平。第三章《德米特里·雅科夫列维奇传记》也讲述了他父亲的命运。第五章《弗拉基米尔·别利托夫》中还交叉地介绍了他母亲索菲的坎坷遭遇。第二章和第四章还讲述了柳博尼卡的身世。小说体裁多样化的特点还表现在作家笔下的传记性描写中有时候还带有生理学解剖的笔法。第四章中对索菲在圣彼得堡的生活描绘，细针密缕，一丝不苟；对别利托夫的人生经历，则在教育、操守、命运等问题上夹议夹叙，甚至大发宏论；对柳博尼卡的刻画，则通过日记的方式披露出她对人生的思考和心声；至于对涅格罗夫家的人，对省里和杜巴索夫县的头面人物的家庭的描写，则多为日常生活场面，字里行间充满了讽刺与嘲弄。

赫尔岑对传记的兴趣由来已久，他说："我对每一个我遇见的人的传记都极感兴趣。一般人的生活看上去好像千篇一律——这只是看上去而已；世界上没有比不了解的人的传记更独特更多彩的了……这就是我为什么毫不避讳身世描写的缘故，因为它能够揭示整个丰富多彩的世界。"[①]他认为传记无异于一个人的心灵史。他的宏伟巨著《往事与随想》（1852—1868）集日记、书信、散文、随笔、政论、杂感之大成，笔锋犀利，感情厚重，饱含一位思想家对真理的探索和对未来光明的憧憬。作家用传记的方式描写人物，更便于深入揭示人物的家庭出身、社会背景、心理的形成与发展过程，让读者从中得出自己的结论，而不只是在生理和心理的层面上探求人物命运的症结。弗拉基米尔·别利托夫的母亲是个农奴，柳博尼卡的母亲也是个农奴，但弗拉基米尔·别利托夫是个典型的贵族子弟，是生不逢时的"多余人"，而柳博尼卡则是一个与人民血肉相连的普通女子。别利托夫的母亲索菲出

---

[①] 《赫尔岑文集》第4卷，苏联科学院出版社1955年版，第87页。

身农奴，后来变成了贵族女地主，让儿子受的是贵族教育；同样是农奴出身的柳博尼卡的母亲冬尼娅，只因为是地主老爷的情妇，其命运就大不相同：终身为奴，永无出头之日。为什么？原因何在？是人的原因还是社会的原因？赫尔岑说："我想问题的答案应该从周围环境和影响中寻找……"[①] 赫尔岑说的周围环境，指的就是社会制度、道德关系、所受教育和具体生活环境，他认为这才是决定一个人的命运的力量。这样，作者把笔下人物的遭遇提高到社会生活和社会关系的高度上来认识，从而驳斥了认为人物的遭遇完全是由其生理心理因素决定的庸俗唯物论观点。不过赫尔岑并不完全否定一个人的秉性和个人独特经历的影响，他认为人物的秉性和个人经历在社会环境的作用下，反过来正好能够说明他或她的社会地位和作为，说明他或她对现实生活的具体态度。例如别利托夫的母亲索菲是个看似不太重要的特定人物，其实她在说明《谁之罪？》的复杂关系方面起着非常重要的作用。老别利托夫等人侮辱了索菲，使她的人格受到极大的伤害，使几乎痛不欲生，这种刻骨铭心的伤痛在精神上是永世难忘的，成了她机体的一部分，影响着她对生活、对世人，甚至对儿子的态度。她不再相信人，害怕生活，喜欢遐想和独处。丈夫死后她一心扑在儿子的教育上，儿子成了她生活唯一的慰藉。索菲对儿子疯狂的爱和自身所经历的精神伤痛，决定了小别利托夫接受的教育方式、他在"白地"庄园的生活以及后来他的整个人生道路和悲剧。当然，作者最后并没有忘记指出社会环境是故事悲剧的始作俑者，

---

[①] 《赫尔岑文集》第 4 卷，苏联科学院出版社 1955 年版，第 104 页。

不合理的现实使别利托夫跟他母亲一样，只得躲避生活，孤身一人远走他乡。柳博尼卡的心路历程其实和别利托夫一样，只不过在社会地位上处于两种生活极端罢了。在赫尔岑看来，虽然他们的生活道路不同，但是对生活的理解却是相同的，所以情感上才能够一拍即合，产生共鸣，因为他们身上都有着农奴的血缘。作者通过对生活细节的描写，让读者从字里行间领会作品的微言大义。

我们不妨从小说刻画的几个人物的性格上略加分析。先说涅格罗夫将军。他是农奴主，专横、愚昧、残暴，是封建农奴制的化身。他和他所代表的制度正是小说名字诘问的罪魁祸首。但赫尔岑不仅没有简单地、脸谱式地勾勒这个人物，把他描写成一个十恶不赦、无可救药的大坏蛋，而是时不时地表明他也有懊恼与悔悟的时候，甚至还有一定的恻隐之心；他的专横、愚昧和残暴，与其说是他与生俱来的天性，还不如说是他所处的社会环境使然，其所作所为，本质上都是农奴制所决定的。因此，小说的矛头所向，是封建农奴制度。赫尔岑不仅以讽刺、幽默的笔触描写地主庄园的生活，而且还从哲学和伦理学的高度对之加以评说："完全没有一个固定的营生，对于一个人来说，是难以忍受的。动物认为自己的全部工作——就是活着，而人则认为活着总得干点什么。"而涅格罗夫由于出身阶级的寄生性，他不明白这个道理，也不可能明白这个道理。他过的是"日复一日、单调乏味、空虚无聊的日子"，庄园里的事他什么都做不来，根本弄不清楚应该干什么，整日饭来张口，衣来伸手，过的是酒囊饭袋的日子，与动物相差无几，这种精神上和生理上的退化是农奴主阶级的必由之路。我们从这里不难感到赫尔岑小说的反农奴制力度要比果戈理的《死魂灵》更大。

恶劣的社会环境和反动的农奴制度固然是人们生活中的万恶之源，因为它们毁灭人生（如克鲁齐费尔斯基的父亲），扭曲人性（如涅格罗夫一家人），但它们同时也能够唤醒人的良知，使人明白是非善恶，从而去追求一种更高精神境界的生活。例如柳博尼卡，环境并没有使她永远满足于家庭现状，做现实的俘虏，消极地生活下去，相反，在外界因素的影响下，她的个人意识有所萌发，渐渐地对环境不再那么逆来顺受了，甚至勇敢地向它提出了挑战。从她身上不仅能够看到普希金传统（如塔季娅娜这个人物）的旧影响，也可以感觉到车尔尼雪夫斯基笔下的新女性的先兆。柳博尼卡生活中受屈辱、遭歧视，她和父母、周围人的关系一直处在一种扭曲状态，承受着巨大的心理压力。这种家庭环境和她所处的尴尬局面使她的精神迅速成熟起来，她从内心深处对周围环境产生一种格格不入的对抗情绪，她感到苦恼，想从书中、从与穷人的交往和比较中寻求关于社会人生问题的答案。我们从她的日记中就能够听到她吐露的心声："难道所有的人都像他们，而且到处都跟这家人一样生活吗？……我觉得和他们在一起简直难受极了……"而那些穷人家的"孩子是多么的可爱、坦诚和天真无邪啊！……我总也弄不明白，为什么我们村的农民都比从省城或附近来我们这里做客的人要好，而且比他们要聪明得多……所有这些个地主和官吏——个个都那么令人讨厌……"。作者显然对柳博尼卡这个人物充满好感，而她的思想境界也明显高于她的丈夫克鲁齐费尔斯基和弗拉基米尔·别利托夫。赫尔岑想通过柳博尼卡这个人物说明生活中正在出现拒绝身边现实的一代新人，他们不苟安于所谓的家庭幸福和个人利益，而是在苦苦地思索，为寻找新的出路而幻想和斗争。在俄国文学史上，《谁之罪？》可以说是第一个明确提出妇女地位问题的长篇小说，为后来屠格涅夫等人在这方面的发展提供了有益的借鉴。

克鲁齐费尔斯基是赫尔岑笔下的第一个平民知识分子形象。他的生活遭遇造就了他独特的性格和对生活的看法，贫困与不幸使他的生活充满了艰辛与屈辱，上大学时他很少与人交往，周围的生活使他感到厌恶。他生性软弱，与世无争，只求能过上安稳日子，在幻想中寻找乐趣。对柳博尼卡的爱也仅限于某种纯个人情感的寄托，这也是日后造成他爱情悲剧的潜因。他的贫穷、软弱淡漠的性格以及他对现实的抵触心态，使他与普希金和果戈理笔下的"小人物"有许多相似之处，但不同的是赫尔岑笔下的克鲁齐费尔斯基内心深处已经有人性、尊严、反抗的意识在蠕动，对社会不公感到不平，但是在十九世纪四十年代的俄国，这些正在觉醒的平民知识分子还没有形成强劲的社会力量，更没有成为带领社会前进的革命者。此时赫尔岑能够把乡下的穷知识分子当作自己的主人公，和官僚地主们相对照，展示卑贱者对于高贵者的精神、道德优势，这已经是很难能可贵的了。

别利托夫是赫尔岑刻意塑造的一个人物，他出身贵族，却成了本阶级的叛逆。为什么？读者从作家的描写中不难看出制约别利托夫性格的种种社会和自然的因素，这些因素既决定了人物的个性，也形成了他的世界观和他对人对事的态度。他母亲索菲的农奴出身背景，父亲早年轻狂的生活与后来的悔恨心情，还有那位深居简出的伯父和瑞士老师所施的教育，以及自身短暂的工作经历和在异国他乡的长期漂泊，这一切都促成了他病态的矛盾性格，导致他与现实生活格格不入，最后铸成他人生的悲剧。像别利托夫这样的所谓"多余人"的形象，在俄国文学史上是不胜枚举的，普希金笔下的奥涅金、莱蒙托夫笔下的毕巧林、屠格涅夫笔下的罗亭，都是这类艺术典型，他们精力充沛，才思过人，但是社会却使他们英雄无用武之地，他们只能夸夸其谈，白白浪费自己的青春乃至生命，成为时代的牺牲品。

赫尔岑在描写人物的精神世界时着眼点有所不同：他更像是一位评论家，描写对于他来说只是一种诠释被描写对象的辅助手段。他关心的首先是人物的思想观念和性格特点，心理活动在小说中没有独立的含义，他不去追溯和跟踪思想、感情、行为的发生发展过程，也不去详尽勾勒人物精神面貌的细枝末节，他关注的主要是人物的思想方式和结果，是造成这种典型心理的社会条件，而不是心理活动本身。赫尔岑有意凸显别利托夫的贵族门第，万贯家产，从不知饥饿贫困为何物，甚至觉得活着都有些腻味了，难怪克鲁波夫医生对他说："您宁愿慢性自杀，我明白，您讨厌游手好闲、无所事事的生活，应该说，这种生活的确非常无聊；您，跟一切有钱人一样，从没有从事劳动的习惯。要是您有幸得到一份固定的工作，同时将您的'白地'庄园收走，这样您就会开始工作，比如说，为了自己，为了糊口，这对别人也大有好处；世界上的一切事情本来就是这样。"

克鲁波夫的这番话，显然是对贵族生活方式的一种指责。别利托夫受的是脱离现实的封闭式贵族教育，过的是地主阔少爷的寄生生活，完全不了解民间疾苦；母亲和老师约瑟夫也不希望他知道这些。"他们千方百计不让沃洛佳了解现实生活，想方设法不让他看见这灰色世界所发生的种种事情，只向他灌输光辉灿烂的理想，从不谈生活的艰辛和困苦……从精神上把他培养成一个不食人间烟火的人……"。具有讽刺意味的是，母亲的含辛茹苦，约瑟夫的高风亮节，都改变不了别利托夫脱离实际的浪荡本性……赫尔岑想以此告诉读者的是，教育应该像研究气候那样，让青年人的头脑适应周围的环境，"对于每一个时代，每一个国家，尤其是对于每一个阶层，也许还有每一个家庭，都应该因材施教，运用各自不同的教育方法"。这种教育，无论是从母亲索菲、老师约瑟夫那里，还是在大学课堂上，别利托夫都不可能得到。相反，"他们带他去观看美妙的芭蕾舞，让孩子相信：这种优美的舞姿，这种动作与音乐的和谐的结合，就是普通的生活，他们不带他到市场上去看看那些追逐金钱者的贪婪的嘴脸"。结果，无论是学医、学画，还是到国外游历，别利托夫都是浅尝辄止，最后一事无成。

小说乍一看没有传统意义上的主人公，没有严谨连贯的故事，人物和冲突也显得有些支离破碎，但小说第一部各个人物特写，在整体上却是统一的，对人物性格的把握也是实事求是的，没有脱离各人的社会实际，都是其在农奴制条件下人生经历的特殊的一环。每个人在这个无法调和地对抗的社会中占据着自己的位置，贫富贵贱，一目了然。作者对弱者的描写，字里行间总是充满着同情与希望。柳博尼卡的生母冬尼娅这个忍气吞声、逆来顺受的人物，关键时刻对加害于自己的地主老爷涅格罗夫也敢于表现出极大的蔑视，"这时候她会提高嗓门，气得声音发抖——不是因为害怕，而是出于愤怒……而涅格罗夫则仿佛感到自己理亏，对她破口大骂，接着把门砰地一带，扬长而去"。封建农奴制度另一个牺牲品索菲在给别利托夫的信中也倾诉了一个备受折磨的人的心声，表露出一个人尊严的觉醒。从这个意义上说，柳博尼卡的故事，她与周围环境的抗争，她丰富的精神世界和对人生幸福的孜孜追求，更能够体现平民知识分子中正在形成的优良品质。

## 三

就小说的结构而言，《谁之罪？》第二部在写法上与第一部有明显的不同，它基本上不再用人物特写的形式来分析造就人物性格的社会心理环境，而是让人物更关注自己的精神生活和社会道德问题。对外部环境的描写，相对来说，退居到了次要地位，小说的综合艺术概括能力增强了。这一点，我们将小说第一部中对涅格罗夫家生活的描写和第二部第三章对卡尔普·康德拉季伊奇的描写进行对比便不难看出。前者侧重于对生活细节的艺术剖析，后者则侧重于对生活意义的综合艺术概括，即从整体上对生活进行把握，做出自己的评价，指出别利托夫、柳博尼卡和克鲁齐费尔斯基等人悲剧的社会含义。

小说第二部几乎集中描写了别利托夫从国外回来后所发生的事情和他的感受，特别是他同俄国现实格格不入的矛盾心态。开篇第一章对 NN 市的大段描写，生动地勾画出了别利托夫对该市的恶劣印象和沉闷压抑的心境；他准备与之打交道的城市头面人物也是那样令人生厌……总之，在作者的笔下，NN市简直就是农奴制俄国的一个象征性缩影，面对这样的现实，别利托夫绝对无法生活其中，更不用说和这些人朋比为奸，同流合污了。NN市的头面人物们也不喜欢他，认为他思想迂腐，脱离实际，长期在用人和母亲的照料下生活，养成意志薄弱、游手好闲的习惯，成了社会的"多余人"，为什么会这样？赫尔岑在小说第二部中勾勒了主人公性格形成的客观渊源和他想有所作为但却四处碰壁的外在障碍。这就进一步切入了主人公和俄国社会方方面面的关系，这也是别利托夫的苦恼所在，即和NN市上流社会无法排解的矛盾与冲突，因为他和果戈理笔下的乞乞科夫不同，跟官僚地主们格格不入，"他老喜欢干些令这帮大人先生们忍无可忍的事情，当他们打牌正打得起劲的时候，他却在读一些有害的小册子；他浪游欧洲，对家里的事情置之不理，对国外也是与人格格不入；举止风度倒很有些贵族派头，思想见解则是十九世纪的——这样的人外省社会怎么能够接受呢！他不能和他们共利益，他们和他的利益也无法一致，因此他们憎恨他，他们觉得别利托夫是他们的对立面，是揭露他们生活的，是反对他们的生活制度的"。这样揭示"多余人"的社会本质，在俄国小说史上还是首次。赫尔岑认定别利托夫是封建农奴制的产物，同时也是它的牺牲品，因为这个制度造就了他，但又容不了他，这就是他的命运。

第二章主要是写克鲁齐费尔斯基夫妇从涅格罗夫家搬出后的美满家庭生活。这里既有诗情画意的描写，也有作者的夹叙夹议。克鲁波夫医生是他们家的常客。他们经常议论关于个性、家庭和社会的问题，讨论眼前幸福和对未来的担心……这位平民知识分子同情劳动者，厌恶地主的寄生生活；他谴责利己主义，提倡与人为善和个性自由。他诚实正直，爱憎分明，但缺乏斗争性和战斗激情。如果说克鲁齐费尔斯基身上体现一种十九世纪三十年代理想主义浪漫情结的话，那么克鲁波夫则仅仅表现为科学唯物主义在人们世界观发展中的一个新的阶段，而且在对生活问题的理解上，充其量只是停留在形而上学的、庸俗机械论的阶段。生活挫折使他对家庭充满了疑虑。他的那番高论简直使克鲁齐费尔斯基幼稚的头脑感到玄而又玄，神秘莫测，给原本幸福美满的家庭蒙上一层挥之不去的阴影。接下去是对卡尔普·康德拉季伊奇的地主家庭生活的描写，刚好和克鲁齐费尔斯基夫妇的生活形成强烈的对照，它深刻揭示了地主和农民之间的关系，所有的心理或生活细节描写无不渗透着某种社会含义，字字句句都使人感到农奴制度下地主和农民关系的实质——奴役、反抗和压迫。

第四章着重描写了别利托夫在自省时的失落心态，特别是约瑟夫的死讯使他在悲痛之余，深感自己虚度了年华，辜负了老师的期望，"成了一个无所事事的旅游者"，"现在已经过了三十——前面到底是什么呢？一片灰色的黑暗，一种单调乏味的生命继续；开始新的生活，为时已晚，继续老的一套，又不可能。多次开始，多次聚会……结果全都落空，成了孤家寡人……"，"成了一个无用的人"。正是在这种精神状态下别利托夫认识了克鲁齐费尔斯基夫妇。透过他们之间的关系，赫尔岑向我们展示了他们的整个经历和他们与现实的种种矛盾与冲突。别利托夫和柳博尼卡相互产生了好感，这不是那种一般意义上的才子佳人式的爱情，而是"另外一种富有人情味的态度很快便拉近了克鲁齐费尔斯基夫人和别利托夫的关系"。作者想以此凸显"两个人友好情谊发展的事实",而绝非通常意义上的男女情爱。他们更多地是在精神上灵犀相通,互有所求。但现实是严酷的,他们的这种感情社会无法容忍。"人言可畏呀!他们已经使我感到了恐惧,已经玷污了高尚的、光明磊落的感情。""我开始想,德米特里以前就不完全了解我,也没有真正同情过我——这个想法太可怕了。"

这种主客观分裂的社会矛盾,涵盖了人与人之间的一切关系,它是时代悲剧,是柳博尼卡痛苦乃至毁灭的万恶之源。

应该说,《谁之罪?》第二部第五章是整个故事的高潮。别利托夫和柳博尼卡彼此坦露了心迹,接着,柳博尼卡大病一场。从她的日记中我们了解到她内心的痛苦和她想要弄清楚自己跟丈夫和别利托夫两人关系的真正含义。故事到此本来也就差不多了,读者也明白这一切到底是"谁之罪"了。但作者为使小说有一个完整的结尾,认为有些细节还是应该向读者有个交待,如克鲁齐费尔斯基本人的内心痛苦,他在梅杜津家借酒浇愁的场面和克鲁波夫质问别利托夫为什么要破坏他人家庭幸福,等等。通过这些细节,作者意欲抬高主人公在读者心目中的地位,增加对他的理解和同情,这一点他确实是做到了,连愤怒的克鲁波夫在听了别利托夫的"忏悔"后也改变了态度:"一种温文尔雅的语气代替了刚才的生硬冷漠……老人的声音有些颤抖。他喜欢别利托夫。"

读完《谁之罪?》第二部,我们会觉得这似乎是一部独立成篇的小说,它有完整的故事,环环相扣的情节,前后衔接的矛盾冲突;基本人物的命运也是在当时社会关系背景和道德背景中加以认识和理解的。但是和第一部连贯起来看,两部之间在主题和故事情节上的联系还是密不可分的。第一部主要描写小说人物在特定环境下精神成长的历史，第二部则集中描写各人物间非同寻常的关系，而这种关系，实际上也是他们个人经历和社会经历发展的必然结果。因此，无论是小说名字，还是开篇的题头词"未查清的案件，听天由命，已查清结案的，全部归档"，也只有在读完整部小说后才能够完全悟出其中的含义，它们需要读者从整体上把握和思考。从小说第一部的传记性描写，到第二部大量的问题讨论、忏悔和反思，都充分表现了思想家赫尔岑和艺术家赫尔岑在小说结构布局和情节安排方面的突出特点，即重要的不在于描写的对象，而在于对象本身的含义（别林斯基语）。

那么小说第二部所描写的悲剧实质是什么呢？是主客观的纠结，是个人与社会犬牙交错的矛盾。作者笔下的爱情悲剧含有人类的普遍意义，青年人向往美好，想有所作为，本来无可厚非，但他们面对的却是严酷的社会现实以及令人窒息的道德原则。我们从这里隐隐约约可以听到作者对社会主义人际关系的某种向往与召唤。涅格罗夫家的道德悲剧是封建农奴制使然，一切都显得是那么滑稽、丑恶与反常，很容易使人想起果戈理在《死魂灵》中所描写的俄国生活，但赫尔岑重点描写的还是少数社会先觉者面对不合理现实做无谓拼争的痛苦经历，别利托夫和柳博尼卡就是两位杰出的代表。他们冲不破封建农奴制的思想枷锁，自然根本无法赢得个性解放的自由，但他们个人思想觉醒的这个痛苦过程（即认识到自己有权享受个性自由的经过），赫尔岑描写得是惟妙惟肖，入木三分，带有一种形同身受的悲壮感。首先是在描写别利托夫上。别利托夫有他自身的弱点和过人之处，他是俄国社会生活发展链条中贵族革命家和平民革命家两代人之间承上启下、不可或缺的一环。从他脱离俄国现实这一点说，他是贵族"多余人"的一员，但他又不同于奥涅金、毕巧林一类贵族前辈，他希望参与社会活动，关心公共事业。这是符合四十年代一批有觉悟青年的思想状况的，但他又和屠格涅夫笔下的罗亭不同，只是处于自我觉醒阶段，还在进行探索，尚不能宣传鼓动别人，他也没有这方面的热情。总之，他还没有超越奥勃洛莫夫式的无所作为的状态，他无意否定现实，更不想与社会进行斗争，他对社会道德的种种不满带有很大的消极性，而且随时都准备妥协让步，忍气吞声。这正是别利托夫的悲剧所在。赫尔岑深知别利托夫的历史局限与无奈，对他怀有一定的同情与理解，因为当时作者本人也不知道究竟应该如何反抗与斗争，但他似乎朦胧地觉得别利托夫可能预示着未来一定有所作为的革命民主主义的发展趋向，因此对他的描写有意无意总是带有几分赞许和理解的意味。

小说中描写的几个非贵族出身的人物同样是这一总的悲剧故事的组成部分。首先是克鲁波夫医生，他理解别利托夫，也喜欢他，但评论起别利托夫来毫不讲情面，有作者代言人之说。但在赫尔岑眼里柳博尼卡恐怕站得更高，她代表了四十年代一代人的精神向往，是俄罗斯人，特别是俄国妇女的楷模。无怪乎高尔基在《俄国文学史》中称她是"俄国文学中第一个坚贞不屈、独立自主的女性"。置身于这一现实悲剧的诸多人物都有一个共同的愿望，那就是一心要摆脱有悖于人类美好本性的道德束缚和舆论枷锁。柳博尼卡的憧憬和理想，别利托夫的愤愤不平，克鲁波夫的悲观与怀疑，都表现出对所处社会的极大不满，对不合理的人际关系的愤怒。我们从别利托夫和柳博尼卡在公园的那场谈话中，从柳博尼卡的日记中，都能够得到印证。这说明柳博尼卡比俄国文学以往所描写的俄国女性更关注当时的社会问题。但可悲的是她的生活圈子过于狭窄，对人类更高的追求和更广泛的问题缺乏关心，她的丈夫克鲁齐费尔斯基更是这样，其全部需求仿佛只在于一个爱字；柳博尼卡在这方面比他则高出一头，别利托夫的到来，唤醒了她内心对更广阔、更有作为的生活的追求，她在六月二十日和六月二十六日的日记中写道："我心里萌发了多少新问题呀！""最忘我的爱，即最大的自私。"她明白了自己以前的幸福观和理想之狭隘，丈夫用哄孩子的方法再也无法满足她内心的需要了。她在五月二十三日的日记中写道："我真心地爱德米特里；但有时候我的心又要求某种从他身上找不到的、另外的东西……我的心在寻找力量，在寻求大胆的思想；为什么德米特里没有这种追求真理、苦苦思考的要求呢？有时候，我向他提出些重大的问题，提出我的怀疑，他总是安抚我，劝慰我，像哄小孩似的哄我……可我需要的完全不是这个……"这里赫尔岑实际上在驳斥斯拉夫派认为妇女应该待在家里，不应参与社会活动的观点，同时也表明赫尔岑在妇女理想问题上站得比乔治·桑要高，因为后者往往只是从心理角度关注妇女个人的爱情和地位，很少涉及她们的社会地位、公民责任和个性解放，而赫尔岑则认为妇女个人幸福与其社会地位是密不可分的。柳博尼卡的悲剧正说明她已经不满足于田园式的舒适安静的生活，她渴望劳动，渴望能为社会出力，不安于仅仅做一个贤妻良母，但她也只是说说而已，她的思想包袱太重了，她迈不动步子，而可以为她指点迷津的别利托夫在这方面又无能为力。这里最大的障碍不外是现实环境和占统治地位的思想观念，它们让她百思不得其解："为什么周围的人要另眼看待我们彼此间的好感并对它加以破坏呢？"她想摆脱所处的困境，把她和别利托夫的关系看得超脱一些，但一切都枉费心机。别利托夫深知她处境之险恶，也预感到她将遭到社会的贬损和责难，为了不使她遭到灭顶之灾，他不得不"忍痛割爱"，其实他根本就没有向社会抗争，而是舍弃爱情，回避斗争，一走了之。这正符合别利托夫的性格。

克鲁齐费尔斯基的情况可就惨了。当初和柳博尼卡结婚时他就根本不了解她的内心，也不知道她的意愿和需求，这种婚姻本来就孕育着危险，难以经受住考验。果不其然，别利托夫出现了，这位视妻子幸福为家庭幸福最高原则的"狂热的幻想家"决定作出最大的个人牺牲，"刚刚还是醋意大发、决意要进行报复的丈夫，突然决定要忍辱负重、三缄其口了"，他对自己说："只要她幸福就好，只要她知道我对她的一片痴情就行，我只希望能够看到她，知道她还存在；我情愿做她的兄弟，做她的朋友！"于是，"他的心情立刻便觉得轻松一些……但这只是他不得已而为之的一时的想法，因为不到两个礼拜，他精神上便不堪重负，终于被压垮了。"

克鲁波夫医生心里也很难受。他本来认为家庭幸福是不可能的，因为它跟个人自由水火不相容，然而柳博尼卡小两口的生活几乎完全驱散了他对家庭生活的悲观论调，甚至自己也很喜欢这个家庭，但别利托夫的出现，柳博尼卡家庭的破裂，也夺走了他的欢乐。

这四个人中的每个人的境况与命运都迥然不同，他们各有各的苦衷，不过有一点却是共同的：他们都是受害者，他们的所作所为均受制于当时的农奴制现实。各人的言谈举止，自有其特定的社会道德内涵。赫尔岑表现出了非凡的语言才能，把不同的人物勾勒得栩栩如生，音容笑貌跃然纸上，他根据各人的特点，夹议夹叙，适时插入其各自的珠玉之论。作者还按照人物和环境的需要，或凝神静思，或幽默夸张，或讽刺嘲弄，或浪漫抒情，随时更换语言环境，以求人物性格和环境的高度一致，详细例子这里就不一一列举了。译者在翻译时曾尽量体察原著的语言风格特点，读者也许能够从拙译中感知一二，果真如此，译者也就没有枉费许多斟酌了。

诚然，《谁之罪？》并没有得出要起来革命的结论，但小说的内在思想逻辑和艺术底蕴都在说明一个道理：这个社会是不正常的，人们的道德观念是被扭曲了的。小说抨击脱离生活的幻想，认为只有行动才能体现一个人的社会本质，小说还积极维护人的个性尊严，为摆脱农奴制的道德束缚和精神压迫，发出了渴望社会进步的强烈呼声。这就是小说在社会民主进程中的历史意义。四十年代的赫尔岑是不可能从劳动者中物色正面人物的，他只能从别利托夫一类的贵族青年中去寻找，因为当时他仍寄希望于俄国的贵族，不过我们从小说中已经能够感觉得到他对劳动者，对平民知识分子的同情与好感了。历史地讲，恐怕这也是《谁之罪？》的作者仅能够做到的了。

郭家申

二〇〇〇年八月十七日芳城园

# 目　录

## 第一部

一　退役将军和上任的教师 …………………… 9
二　将军大人传记 ……………………………… 18
三　德米特里·雅科夫列维奇传记 …………… 36
四　在庄园的日子 ……………………………… 48
五　弗拉基米尔·别利托夫 …………………… 92
六　……………………………………………… 104
七　……………………………………………… 132

## 第二部

一　……………………………………………… 153
二　……………………………………………… 167
三　……………………………………………… 182
四　……………………………………………… 202
五　……………………………………………… 227
六　……………………………………………… 259

献给纳塔莉娅·亚历山大罗夫娜·赫尔岑
以表达作者深厚的情谊

莫斯科，1846 年

"未查清的案件，听天由命，
已查清结案的，全部归档。"

会议记录

《谁之罪？》是我发表的头一篇小说，是我在诺夫哥罗德流放的时候（1841年）开始写作，很久之后才在莫斯科脱稿的。

诚然，我以前做过尝试，想写点类似小说的东西；但其中一篇①未能写成，而另外一篇②——不是小说。最初，刚从维亚特卡搬到弗拉基米尔的时候，我就想写一篇小说，缓和一下我那篇有点求全责备的回忆，聊以自慰，向一个女人的形象投掷鲜花，以免让人看见她的眼泪。③

自然，我未能完成自己的任务，因为在我这篇未完成的小说中牵强附会的地方不胜枚举，兴许有两三页之多。我的一位朋友④

---

① 指作者早年在维亚特卡时写的小说《叶莲娜》（1836—1837），小说女主人公原型是梅德韦杰娃，见《往事与随想》第三卷，第二十一章。——译注（说明：本书凡未特别注明者，皆为译注）

② 指发表在《祖国纪事》上的《一个青年人的札记》（1840—1841）。

③ 这里指的就是梅德韦杰娃，赫尔岑注明的出处是1857年《北极星》第三辑有关回忆梅德韦杰娃的部分。

④ 指俄国作家、医生和翻译家尼·赫·凯切尔（1809—1886），他与俄国革命民主主义者过从甚密；赫尔岑在《往事与随想》中对他有详细的记述，说他只会停留在"最初的愤怒上"。

3

后来吓唬我说:"要是你不再写一篇新的文章,我就把你这篇小说刊登出来,它就在我的手里!"幸亏他的威胁没有兑现。

1840年年底,《祖国纪事》发表了《一个青年人的札记》片段——《马利诺夫市和马利诺夫人》,受到许多人欢迎;至于札记的其余部分,显然受了海涅的《游记》①的强烈影响。

不过《马利诺夫市》差一点给我惹了麻烦。

维亚特卡的一位官员要向内务部长提出控告,并请求当局予以保护,他说马利诺夫市的各位官员和他的可敬的同事们是如此相像,以致会损害下属对他们的尊敬。我的一位维亚特卡的朋友问他有什么证据说马利诺夫市人诬蔑了维亚特卡人。那位官员回答他说:"证据多了,比如,作者直截了当地说中学校长的妻子有一件越橘色的礼服——这难道不是吗?"校长妻子知道后——大发雷霆,不过不是冲着我,而是冲着那位官员。"他是眼睛瞎了,还是在胡说八道?"她说,"他在哪儿看见我有越橘色的礼服了?不错,我是有一件深颜色的礼服,但那是紫罗兰色的。"这种颜色上的细微差异可真是帮了我的大忙。于是那位懊恼不已的官员方才就此罢休——要是校长夫人果真有一件越橘色礼服,而且那位官员坚持要告的话,那么在当时的情况下,这越橘色给我造成的伤害,恐怕比拉林娜家的越橘汁可能给奥涅金造成的伤害要大多了。②

《马利诺夫市》的成功促使我动手去写作《谁之罪?》。

---

① 海涅的旅行散文集 *Reisebilder*。

② 这里指奥涅金说的几句话:"我看拉林娜头脑简单/倒是一位可爱的老妈妈/我担心那越橘汁/吃下去会给我带来伤害。"见普希金的长诗《叶甫盖尼·奥涅金》第三章,第四节。

小说的第一部分我是从诺夫哥罗德带到莫斯科的。莫斯科的朋友们不喜欢它，于是我也就把它放下了。几年后，我对它的看法有了变化，但是我既不想发表，也不想继续写下去。后来别林斯基有一次从我这里把稿子取走了——而且他独具慧眼，读得津津有味，对小说的评价一反往昔，大大超过了它的实际价值，还给我写信说："要是我对你这个人的评价不是跟评价一个作家那样，或者更高的话，那么我就会像波将金在《旅长》①上演后对冯维辛说的那样，对你说：'死去吧，赫尔岑！'但是波将金错了，冯维辛并没有死，并且写出了《纨绔少年》。我不想犯错误，而且我相信，继《谁之罪？》之后，你将会写出这样的作品，它会使众人说：'他做得对，他早就应该写小说了！'这既是对你的恭维，也是一句相宜的双关语。"②

书刊检查机关对本书大砍大杀，作了种种删减——可惜我没有留底。有些话我还记得（发表时它们被排成斜体字），甚至整页都能想起来（因为该页印出时附在第三十八页之后③）。这个地方我所以记得特别清楚，是因为别林斯基曾为它被删除而大为恼火。

1859年6月8日

Park-House, Fulham

---

① 波将金（1739—1791），俄国陆军元帅；他的这句话通常被回忆录作者认为是针对冯维辛的另一部喜剧《纨绔少年》（1782年上演），而不是针对《旅长》（1770年上演）说的。

② 赫尔岑援引的是别林斯基1846年2月6日写的信，文字上略有出入。

③ 见本书第一部第三章。

# 第一部

# 一 退役将军和上任的教师

傍晚时分,阿列克谢·阿布拉莫维奇站在阳台上,经过两个小时的午睡,他还没有完全清醒过来,这时,他懒洋洋地睁开双眼,不时地打着哈欠。用人走进来有事情禀报,但阿列克谢·阿布拉莫维奇不理不睬,视若无睹,而做下人的也不敢贸然打扰老爷。这样过了两三分钟,阿列克谢·阿布拉莫维奇方才问道:

"有什么事吗?"

"老爷刚才睡觉的时候,莫斯科来了一位老师,是大夫请来的。"

"啊?"(实际上这里应该用什么:是疑问号"?"还是惊叹号"!"——情况尚未定。)

"我把他领到您辞退的那个德国人住的房间里了。"

"啊!"

"他让我等您睡醒后就来禀报。"

"叫他来吧。"

这时阿列克谢·阿布拉莫维奇变得更加英姿勃勃,气宇轩昂了。不一会儿,那位哥萨克用人进来禀报说:

"那位老师来了。"

阿列克谢·阿布拉莫维奇沉默片刻,然后很威严地看了哥萨克人一眼,说:"怎么搞的,你这个笨蛋,嘴里塞什么东西了?说

9

话吞吞吐吐，让人听不明白。"不过他不等用人再说一遍，就又补充说："请先生过来一下。"当即便坐了下来。

一位二十三四岁的文弱青年，一脸憔悴，长着一头淡黄色的头发，穿着一件黑色燕尾服，唯唯诺诺、不知所措地登场了。

"您好，尊敬的先生！"将军友善地微笑道，并未站起身来。"我的医生非常赞赏您，希望我们今后能很好地相处，彼此满意。喂，瓦西卡！（这时他吹了一个口哨）怎么不把椅子搬过来呢？你以为先生就不用坐了么？唉！什么时候才能让你们变得懂礼貌一些，像个人的样子！我有事真诚拜托。我有个儿子，尊敬的先生，这孩子不错，也有才气，我想送他到陆军学校学习。法文他能够跟我讲；德文，讲不行，但是能听懂。以前那个德国佬总是醉醺醺的，对孩子的学习不管不问，加上我自己也不好，老叫他管理家务，喏，他当时就住在现在腾给您住的那个房间里，后来我把他赶走了。老实跟您说吧，我并不想让我的儿子当什么硕士或者哲学家，可是，尊敬的先生，不管怎么说，我也不愿白白花费那两千五百卢布。您自己也知道，当前，就是入伍参军也是需要什么文法、算术的呀……喂，瓦西卡，叫米哈伊洛·阿列克谢耶维奇过来！"

年轻人这期间一直没有说话，他红着脸，摆弄着手绢，打算说点什么；由于血液直往上涌，他的耳朵里嗡嗡直响；他甚至没太听明白将军的意思，但是他感到将军的话听起来就像戗着毛抚摸海象皮似的不舒服。听完将军的话后，他说：

"既然担任令郎的老师，我自然会凭着良心和荣誉……尽力而为的……我将全力以赴，以不辜负阁下……您的信任。"

阿列克谢·阿布拉莫维奇打断了他的话：

"敬爱的先生，我本人没有过分的要求。主要是要善于激发起学生学习的兴趣，即所谓寓教于乐，您明白吗？您不是也学习过吗？"

"那当然喽，我是一名学士。"

"这是一个什么新的官衔吗？"

"是一种学位。"

"请问：您的双亲身体可好？"

"还好。"

"是神职人员吗？"

"我父亲是县里的医生。"

"那么您是学医的了？"

"学数学-物理专业的。"

"懂拉丁文吗？"

"懂的。"

"这是一种全然没用的语言；对于医生来说，当然喽，总不能当着病人的面说他明天就要伸腿吧；可对我们来说拉丁文有什么用呢？您说是不是……"

要不是米哈伊洛·阿列克谢耶维奇，即米沙这个十三岁的孩子打断了这场关于学习的谈话，我们不知道接下去还要谈多久呢。米沙这孩子营养充足，身体良好，面色红润，晒得黑黑的；他穿一件几个月前已经显得小了的夹克衫，现出一副乡下一般地主阔少共有的神态。

"这就是你的新老师。"父亲说。

米沙双脚并拢，立正致意。

"要听老师的话，好好学习；我是不心疼钱的——只要你善于花就行。"

老师站起身，谦恭地向米沙躬身一礼，然后拉住他的手，态度亲切友善地对他说，他将尽一切可能使功课轻松一些，激发学生的学习兴趣。

"以前他跟住在我们家的一位法国太太曾经学过，"阿列克谢·阿布拉莫维奇说，"神甫也曾经教过他——这位神甫神学院出身，是我们村的神甫。情况就是这些，亲爱的，请考考他吧。"

老师局促不安起来，出什么题目，他想了好久，最后才说：

"请告诉我，语法是什么课目？"

米沙东瞧瞧，西望望，抠了抠鼻子，回答说：

"是俄语语法吗？"

"随便什么语法，一般而言。"

"这个问题我们没有学过。"

"神甫都教你什么了？"父亲严厉地问道。

"我们，爸爸，俄语语法才学到副动词，教义问答手册也才学到圣礼仪式。"

"那好，领老师去看看书房……请问：您怎么称呼？"

"德米特里。"老师红着脸回答说。

"那父称呢？"

"雅科夫列维奇。"

"啊，德米特里·雅科夫列维奇！旅途劳累，您不想吃点东西，喝杯伏特加吗？"

"除了水，我什么都不喝。"

"装蒜！"阿列克谢·阿布拉莫维奇心里想，经过长时间关于教学的谈话，他已经感到非常之累，于是便向太太的起居室走去。格拉菲拉·利沃夫娜正躺在一张柔软的土耳其长沙发上。她穿一件宽大的短上衣：这是她很喜欢的一件衣服，因为所有其他的衣服她都穿不上了。十五年的美满婚姻对她是大有助益：她在妇女们中变成了"Adansonia baobab"①。阿列克谢沉重的脚步声使她从梦中醒了过来，她抬起睡眼惺忪的脑袋，久久没有回过神来，好像她生来头一次醒得不及时似的，不禁惊叫道："哎呀，我的天哪！我好像是睡着了，是吗？你看这算怎么回事呢！"阿列克谢·阿布拉莫维奇开始向她叙述，为了米沙的教育，他下了多大的功夫。格拉菲拉·利沃夫娜对一切都很满意，她边听边喝了半瓶克瓦斯。每天喝茶前，她总是要先喝克瓦斯的。

对于德米特里·雅科夫列维奇来说，经过阿列克谢·阿布拉莫维奇的接见还不算完全过关；他坐在书房内，一声不响，心里有些惴惴不安，这时有人进来叫他去用茶。在此之前，我们这位学士从未涉足过女性社交场合，他对女人怀有一种本能的尊敬的态度，对于他来说，她们的头上都罩有某种光环。他看见她们的时候，她们不是在林荫道上漫步，穿得花枝招展，一副盛气凌人的样子，就是在莫斯科剧院的舞台上——这里，无论怎么丑陋的角色，对于他来说都是某种天仙和女神。现在有人要带他去见将军夫人，是只见她一个人吗？米沙已经告诉过他，说自己有个姐

---

① 猴面包树，非洲热带国家的一种树干短而粗的乔木。

姐，他们家还住着一位法国女人，另外，还有一个叫柳博尼卡的姑娘。德米特里·雅科夫列维奇非常想知道米沙姐姐的年龄，他几次想提这个话题，但是没敢发问，担心会闹个大红脸。"怎么啦？走吧！"米沙说。他和所有娇生惯养的孩子一样，对外人彬彬有礼，谦恭而且文静。这位学士站起身来，还不知自己是不是能迈开步子；他双手冰凉，手心里捏一把汗；他做出巨大的努力，好像马上就要昏倒的样子，走进了起居室；进门时，他向摆放好茶炊走出来的女佣毕恭毕敬地施了一礼。

"格拉沙①，"阿列克谢·阿布拉莫维奇说，"我来向你介绍：这就是我们米沙的新老师。"

学士躬身施礼。

"非常高兴。"格拉菲拉·利沃夫娜说，一面稍稍眯起眼睛，有点忸怩作态；以前这曾经给她增添过几分妩媚。"我们米沙早就需要一位好老师了，我们真不知道该如何感谢谢苗·伊万诺维奇才好，感谢他介绍我们认识了您。您不必客气，请坐下好吗？"

"我一直都在坐着。"学士喃喃地说，他真的不知道自己在说些什么。

"是啊，马车里是不能站的！"将军说了句俏皮话。

这句话把学士给彻底搞糟了，他急忙搬过一把椅子，随便找个地方一放，自己险些坐空了。他吓得连眼睛也不敢抬起来，好像大难就要临头似的。也许是因为这时候屋里有几位姑娘，要是他看见她们，总得行个礼吧——可是怎么行这个礼呢？再说了，

---

① 格拉菲拉的爱称。

14

大概落座前就得行这个礼吧。

"我跟你说过,"将军小声说,"像个小姑娘似的。"

"Le pauvre, il est à plaindre.①"格拉菲拉·利沃夫娜咬着自己的厚嘴唇说。

格拉菲拉·利沃夫娜一眼便喜欢上了这位年轻人,这里的原因很多:第一,德米特里·雅科夫列维奇长着一双很大的蓝眼睛,令人很感兴趣;第二,除了丈夫、用人、车夫和老大夫之外,格拉菲拉·利沃夫娜很少看见男人,特别是年轻有趣的男人——而她这个人,正如我们下面所看到的,历来喜欢各种虚无缥缈的幻想;第三,中年女性看见青年男子总不免要怦然心动的,就像通常男人看见姑娘时一样。看上去,这种感情很像是一种同情——一种母爱的情感——很想把那些涉世不深、处境窘迫者置于自己的保护之下,关怀体贴他们,给他们以温暖;看起来最可能的就是这种感情。但我却不这样认为,至于我是怎样想的,就没必要在这里说了……格拉菲拉·利沃夫娜亲自将一杯茶送到学士的面前;德米特里猛地喝了一口,狠狠地烫着了舌头和上腭,但是他强忍疼痛,表现得像卡斯·穆西乌斯②那样坚强不屈。这件事对他

---

① 法文,意为"真可怜,很惹人疼爱。"

② 传说中的古罗马英雄人物。伊特拉斯坎国王波塞纳围攻罗马城时,穆西乌斯自告奋勇潜入敌军营行刺国王,但是只刺中了国王的侍从。受审时他声称自己只是三百名前来行刺者中的一个。为了表示勇敢和对敌人的蔑视,他故意把右手伸进正在燃烧的祭坛圣火,眼看着把手烧焦而不缩回来。波塞纳国王大为感动,又担心再有人来行刺,遂下令将他开释,同罗马人议和。穆西乌斯回到罗马后受到奖励,并获得了"斯凯沃拉"(左撇子英雄)的绰号。

反而有些好处：转移了他的注意力，使他稍微平静了下来，甚至慢慢地抬起了眼睛。格拉菲拉·利沃夫娜坐在沙发上，她面前摆放着一张桌子，桌子上立着一只大茶炊，像一块印度风格的纪念碑。在她的对面——不知是为了感受一下"vis-à-vis"①的温馨，还是为了让茶炊能够挡住自己——阿列克谢·阿布拉莫维奇把身子深深埋进一把祖传下来的安乐椅里。安乐椅的背后站着一位小姑娘，十岁左右，看上去非常蠢笨，她从父亲的背后一再冲新来的老师张望：这位勇敢大胆的学士使小姑娘着实捏了一把汗！米沙也在桌旁坐着，他面前放着一杯酸奶和一大块主食面包。桌布上绘制的雅罗斯拉夫市的画面相当出色，桌布四周是清一色的熊的形象②；一条猎犬从桌下探出头来，垂下来的桌布刚好搭在它的头上，看上去很有点埃及情调：它一动不动地瞪着两只浮肿的眼睛，直盯着学士本人。窗边安乐椅上坐着一位瘦小的老太婆，满脸皱纹，喜形于色，手里拿着一只长袜；她的两条眉毛往下耷拉着，两片薄嘴唇已经了无血色。德米特里·雅科夫列维奇猜想，她就是那位法国太太。门口侍立着一名矮小的哥萨克用人，正在把一只烟斗递给阿列克谢·阿布拉莫维奇；他旁边站着一名女佣，身上穿一件带麻布袖口的花布连衣裙，她在毕恭毕敬地等候着老爷们吃完茶点。屋内还有一个人，但是德米特里·雅科夫列维奇没有看见，因为她正俯身在绣花架上，此人就是那位由好心将军收养的可怜的姑娘。很长时间谈话进行得并不顺利，刚说到一块儿，

---

① 法文，意为"相对而坐"。
② 雅罗斯拉夫市的纺织制品通常都带有熊的形象，它是该市的一种标志。

不知为什么又被打断了；对学士来说，这种谈话完全没有必要，而且怪累人的。

一个穷青年的生活和一个富裕地主家庭的生活碰撞在一起，着实有些奇怪。看来，这些人若一辈子碰不到一起，他们满可以各自生活，相安无事，但事情并不是这样。一个温文尔雅、心地善良、受过教育、勤奋上进的青年的生活，很不协调地跟阿列克谢·阿布拉莫维奇夫妇的富裕生活搅和在一起，就像鸟儿钻进了笼子一样。对于他来说，一切全都变了，而且可以预料，这种变化，对于一个完全不了解现实世界、毫无经验的青年人来说，是不会不产生影响的。

不过他们究竟都是些什么人呢？——是婚姻美满、诸事顺遂、事业有成的将军夫妇，是专门为改造米沙的头脑、务使其踏入军校的这位青年学士。

我不善于写小说：也许正因为如此，我认为在叙述故事之前，先讲一些非常翔实可靠的传记材料，完全不是多余的。当然，事情得从头说起——

## 二 将军大人传记

阿列克谢·阿布拉莫维奇·涅格罗夫是一位退了役的陆军少将,曾经荣获过勋章;他身材高大,脑满肠肥;自从牙长出来后从来没有生过病,他可以作为胡费兰德①的名著《长寿的艺术》的最佳和最充分的反证。他的养生之道跟胡费兰德书上每一页讲的完全相反,然而他却总是很健康,面色红润。他唯一的养生之道,就是从不用脑过度,影响消化;也许就因为他坚持此道,对其他一切摄生之法,均不屑一顾。他为人严厉,性情急躁,言语粗鲁,处事非常不顾情面,但本质上还不能说他就是个恶人;仔细看一看他那张轮廓分明的脸庞——尚未完全被满脸的横肉所遮掩,再看看他那双浓黑的眉毛,那炯炯的目光,可以想象,生活在他身上所扼杀的绝非一种可能。饱受大自然熏陶和住在姐姐家的法国女人教导的少年涅格罗夫,十四岁便进了骑兵团;他从对自己关爱备至的母亲那里得到许多钱,因此年纪轻轻便过起了花天酒地的生活,1812年战争后②,涅格罗夫晋升为上校;就在上校肩章佩

---

① 胡费兰德(1762—1836),十八世纪德国知名的医生、耶拿大学教授、普鲁士科学院院士。

② 指1812年拿破仑入侵俄国的那场战争。俄军总司令库图佐夫元帅下令放火烧毁莫斯科,实行坚壁清野,使法军难以立足,这为俄军后来的胜利创造了极为有利的条件。最后法军大败,被逐出俄国。

戴在他肩头的时候，他对军旅生涯已经感到厌倦了；虽然对军队生活开始感到腻烦，但他又服务了一段时间，"在确认自己因健康不佳不能继续服务"时，便决定退役。他带着他那少将的军衔，还有那把每逢吃饭都要沾上些菜肴的胡子和那件遇到重要事情都要穿出来给人看的戎装，离开了部队。这位退役将军搬到莫斯科去住的时候，莫斯科在大火之后的重建工作已经完成，他面对的是日复一日、单调乏味、空虚无聊的日子。没有他能够做或者是他想做的事。他坐上马车，走东家，串西家，找人打牌，到俱乐部就餐，去剧院坐在头排看戏，参加舞会，而且买了两匹拉车用的骏马，从此精心饲养，没日没夜地向马车夫传授技艺，手把手地教导马师驾驭马匹的窍门……这样，一年半过去了，马车夫终于掌握了驾驭马车的技术，导马师也学会了策马扬鞭的本领，但涅格罗夫却感到无聊之至，索然寡味；他决定到乡下去，管一管那里的事务；他坚信，为防止庄园败落，此行必不可少，他的管理方式非常简单：对管家和主事，天天责骂；自己则带上猎枪，到处去打野兔。什么事情他都做不来，根本弄不清应该干什么，管些鸡毛蒜皮的琐事，也就心满意足了。就管家和主事而言，他们对老爷也很满意；关于农民的情况就不得而知了，因为他们一直沉默寡言，无声无息，大概过了两个月的光景，老爷家的窗子内出现了一张漂亮女子的面孔，起初女子的眼睛里满含泪水，后来就只看见一双美丽的蓝眼睛了。这时，对村里事务一向不管不问的主事向将军报告说，叶梅利卡·巴尔巴什家的房舍已经破旧不堪，问阿列克谢·阿布拉莫维奇能不能发发慈悲，行行方便，给他一点木料。林木一直是阿列克谢·阿布拉莫维奇的心肝宝贝，就是给自己做棺材他也不会轻易决定砍伐的,但是……但这回碰上他心情甚佳,便准许巴尔巴什砍伐点木料,修葺房屋。不过他又对主事补充说:"你这家伙可要当心,多砍一棵树就等于砍断我一根肋骨。"主事急忙向后面的台阶跑去,告诉阿夫多季娅·梅利扬诺夫娜,说事情已经圆满解决了,嘴里"妈呀妈呀"地直喊。可怜的阿夫多季娅满面通红,不过心地单纯的她还是十分高兴的,因为父亲可以有新房舍了。从现有的材料中,我们不大清楚将军是如何把这位金发碧眼的姑娘弄到手的,他们是怎样认识的。我想——这是因为这些胜利来得过于简单。

不管怎么说,乡下生活还是使涅格罗夫感到厌倦了;他认为经营管理上的毛病已经全部得到纠正,更重要的是,他已经为今后的经营之道指明了既定的方针,可以不用他事事操心了,因此他又打算去莫斯科了。他的行李、随从增多了:有乘坐特别的四轮马车一起上路的漂亮的蓝眼睛姑娘,奶妈和吃奶的婴儿。在莫斯科,他们被安排住在一间窗户朝院子的屋子里。阿列克谢·阿布拉莫维奇喜爱小孩子,喜欢冬尼娅[①],也喜欢奶妈,对于他来说,这正是谈情说爱、偷香窃玉的时候啊!这时奶妈的奶水已经没有了,一直在不断地呕吐——医生说,她已经不能再给孩子喂奶了。将军为她感到非常惋惜:"好不容易找到个奶妈:身体又好,对人又忠厚实在,热情勤快,想不到奶却回了……真是没办法!"他给了她二十卢布和一块头巾,让她回到丈夫身边,治疗调养。医生建议他养一只羊,以代替奶妈——他照医生说的办了:羊很健

---

① 阿夫多季娅·梅利扬诺夫娜的昵称。

壮。阿列克谢·阿布拉莫维奇也非常喜欢这只羊，亲自动手喂它黑面包，爱抚呵护它，但这并不妨碍它给孩子奶吃。阿列克谢·阿布拉莫维奇的生活方式一如既往，跟初来时一样；他这样坚持了两年左右，但是再坚持下去他已经觉得不行了。完全没有一个固定的营生，对于一个人来说，是难以忍受的。动物认为自己的全部工作——就是活着，而人则认为活着总得干点什么。尽管涅格罗夫从上午十二点到夜里十二点一直不回屋，但他仍苦于寂寞难忍，百无聊赖。这回他连乡下也是不想去了；他长久地患上了忧郁症，因此，比以往更经常使用祖上传下来的对下人的惩戒方法，而且到窗户朝院子的那间屋子里去的次数也更少了。有一次，他回到家里，情绪很有些异常，心里好像有什么事情，一会儿眉头紧锁，一会儿又哑然失笑，有很长时间在屋里踱来踱去，最后忽然停住脚步，好像下了什么决心似的。显然，内心的斗争已经结束，于是便吹起了口哨，口哨声使在另一个房间椅子上睡觉的哥萨克用人大吃一惊，急忙朝对门的方向跑去，东奔西突，一通乱找。"就知道睡觉，你这小子，"将军对他说，但不是用那种噼里啪啦一通惩戒后十分威严的声音，而是随随便便地说道，"去告诉米什卡[①]，让他明天天一亮就到那个德国马车匠那里去，八点钟前把他带来见我，一定要带来。"显然，阿列克谢·阿布拉莫维奇肩上的一块石头落了地，他可以睡个安稳觉了。第二天，上午八点钟，那位德国马车匠来了，十点钟时协商结束，决定打造一辆有四个座位的厢式轻便马车，车身是金属的深褐色，饰以金

---

① 米沙的爱称。

色标记，座位用大红呢子包饰，丝带绲边，正前方是马车夫的三叠式座位，一切细节都讨论得清清楚楚，明明白白。

打造一辆四人厢式轻便马车，正好说明阿列克谢·阿布拉莫维奇有意要结婚了，这种意愿很快就表现得确定无疑了。马车匠走后，他又把管事的叫来，絮絮叨叨地讲了一大通（涅格罗夫对此颇感自豪，因为这种啰唆表现了一种人们称为良心的东西），说他很赞赏管事的工作，打算对他进行表彰，给予奖励。管事的对将军此举不知就里，一个劲儿地鞠躬行礼，诚惶诚恐地连声说："哪能表彰我们呢，应该表彰的是老爷您呀；您是我们的衣食父母，我们是您的儿女。"涅格罗夫对这出喜剧已经感到厌倦了，于是他简明扼要，但又意味深长地向管事的表示，说他允许他跟冬尼娅结婚。管事是个聪明人，脑子很机灵，对老爷的美意，虽然感到有些受宠若惊，但他当即就此事的拒纳，权衡了利弊得失，而且为答谢老爷的恩情和关爱，他恳请老爷允许他吻一下他的手。这位被指定的未婚夫全然明白这是怎么回事，不过他想，要是把阿夫多季娅·梅利扬诺夫娜嫁给他，也不完全不是恩惠：自己是老爷身边的人，深知老爷的脾气；而且还娶了这么一个漂亮老婆，着实不错。总之，这位未婚夫非常满意。冬尼娅听说要让她出嫁，不禁吃了一惊，便哭了起来，心里十分难过，但是仔细一想，要么回到农村父亲那里，要么做管事的妻子，最后她还是选择了后者。一想到昔日的女友们会笑话她，她就感到不寒而栗；她回想起自己风华正茂、春风得意的时候，她们曾小声叫她为"半个太太"。一周之后，他们举行了婚礼。第二天上午，当年轻夫妇带着糖果向将军致谢时，涅格罗夫非常高兴，送给新婚夫妇一百卢布的礼金，并且对在场的厨子说："学着点，蠢驴，我喜欢惩罚人，也喜欢奖励人：干得好的便会有好报。"厨子回答说："是，老爷。"不过他的脸上分明写着："每次采购我可都在骗你，你甭想糊弄我，我没那么傻！"当晚，管事的大办筵席，整个院子两天两夜都酒气熏天；确实他很舍得花钱。不过，对于冬尼娅来说，也确有令她心酸难过的时候：她得带着女儿连同小床一起搬到下房去住。冬尼娅单纯、真诚，一心扑在孩子身上。她怕阿列克谢·阿布拉莫维奇——可是家里其他的人全都怕她，虽然她从未伤害过任何人。万般无奈，她只好委曲求全，身居斗室，把对爱的一切渴求和对生活的种种需要全都集中在孩子身上了；她未开化的、受压抑的心是善良的；她沉默寡言，胆小怕事；无论受到什么侮辱她都能忍气吞声，逆来顺受，但有一点她实在无法忍耐——那就是涅格罗夫厌烦时对孩子的粗暴态度。这时候她会提高嗓门，气得声音发抖——不是因为害怕，而是出于愤怒。这时候她蔑视涅格罗夫，而涅格罗夫则仿佛感到自己理亏，对她破口大骂，接着把门砰地一带，扬长而去。当需要把那张小床搬过去的时候冬尼娅关上房门，放声大哭，扑通跪在圣像面前，抓起女儿的一只小手，在她身上画了个十字。"祈祷吧，"她说，"我的宝贝，祈祷吧，我们要去受罪了；万能的圣母啊，请多多保佑这无辜的孩子吧……而我也真傻，我曾经想：我的心肝宝贝长大后，出门一定是车来车往，穿的必然是绫罗绸缎；到那时我只能够透过门缝看你，我的天使，不让你看见我——你这个出身农民的母亲！……可眼下再不会有你的好日子过了：他们大概会让你给新的太太当洗衣妇，成天将双手泡在肥皂水里……天呀！孩子究竟犯了什么罪？……"这时冬尼娅号啕大哭，倒在地上；她的心都碎了；吃惊的孩子紧紧抓住母亲，哭个不停，两眼一直看着她，好像全都明白似的……一小时后，小床已经搬到了用人住的房间；这时阿列克谢·阿布拉莫维奇吩咐管事，叫他教孩子管自己喊"爸爸"。

但是被选中的幸运女子到底是谁呢？莫斯科住着一个特殊的族群；我们指的是那些生活小康的贵族人家，他们已经完全退出了历史舞台，几代人住在冷街僻巷里，勤俭度日；他们的主要特点就是生活单调，对一切新鲜事物怀着一种内心的憎恨；他们的府第都在庭院的深处，门前的圆柱业已倾斜，门庭前一片狼藉；他们自认为是我们民族生活的代表，因为他们认为"克瓦斯和空气一样必不可少"，因为他们乘雪橇跟乘坐轻便马车一样，一定要带上两个用人，而且一年到头的生活全靠来自奔萨和辛比尔斯克①的物资供养。一位叫马夫拉·伊利尼什娜的伯爵小姐就住在这样的一户人家里。她曾经在贵族圈里红极一时，善于搔首弄姿，是个出名的美人儿。康捷米尔②在大庭广众下曾向她献过殷勤，而且还在她的纪念册上写了一首含情脉脉的打油诗，即"顺口溜赞美诗"，其中有一节的结束语是"密涅瓦女神③"，而步其后韵的另一节诗的结尾是"光彩照人"。但是她生性异常冷漠，自恃秀美过人，一次次拒绝了求婚者的请求，总期待着能有一个更美满的

---

① 即现在的乌里扬诺夫斯克市。

② 康捷米尔（1708—1744），俄国著名诗人、外交家；俄国古典主义讽刺诗的开拓者和奠基人；长期被任命为驻外大使，最后死于任所。

③ 罗马神话中司手工艺和艺术的女神，即希腊神话中的智慧女神雅典娜。

姻缘。这期间她的父亲已经过世,由兄长掌管家产,十年间,全部家产几乎全被他喝尽赌光。首都的生活费用太高,必须勤俭度日。当伯爵小姐完全明白自己的困境时,她已经是快三十岁的人了,这时她一下子发现两件可怕的事情:家里的财产没有了,青春年华逝去了。于是她鼓足勇气,作了几次出嫁的大胆尝试,但是都没有成功,于是她只好把深深的怨恨埋在心底。据说她非常厌恶上流社会的喧闹生活,迁到莫斯科住,是专门过来讨清静的。刚到莫斯科的时候,大家都在捧她,认为能拜访伯爵小姐是社交界一件有特殊意义的大事,但一来二去,她那尖酸刻薄的谈吐和令人无法忍受的傲慢态度,几乎使所有的人都离她而去。于是这位遭人遗弃的老姑娘变得更加恼怒和记恨了,她在自己身边纠集一些形形色色半传播宗教、半云游四方的女食客,搜罗市内一些闲言碎语、飞短流长,惊呼人心不古、世风日下,认为永远保持童贞是自己的崇高美德。她那位将家产挥霍一空的伯爵兄弟,为了重振家业,决定迈出就当时而言非常勇敢的一步——娶商人的女儿为妻;之后一连四年,他无日不在责怪妻子的家庭出身,把妻子的陪嫁输了个精光,最后把她赶出家门,自己也因喝酒过量而一命呜呼。一年后,他的妻子也死了,身后留下一个五岁的女儿,没有任何家产。马夫拉·伊利尼什娜收养了她。很难说她这样做是出于什么考虑:家族的荣誉,对孩子的同情心,还是对兄弟的愤恨?——不管怎么说,小姑娘的生活是不怎么好的:她失去了自己这个年龄应有的一切乐趣,整日战战兢兢,提心吊胆,备受压抑。老小姐们的自私心理是非常可怕的:它要让周围一切在她们冰冷内心留下的空白得到填补。小伯爵小姐是在毫无欢乐、枯燥乏味的环境里长大的，可惜她没有那种受到外部压迫反而能快速发展的天性，当她开始懂事的时候，她发现自己身上有两种强烈的感情：对能满足自己欲望的外在东西的迫切要求和对姑母生活方式的强烈憎恨。这两种感情都是可以原谅的。马夫拉·伊利尼什娜不仅没有给侄女带来任何欢乐，而且扼杀了她自己所能找到的一切乐趣和正当享乐；她认为，这个年轻姑娘的生活只能是在她躺在床上的时候给她念念书，她睡觉的时候，也应该为她忙碌；她要占有这女孩的全部青春，对她的心灵敲骨吸髓，以报答对她的养育之恩，但是这种养育只不过是没完没了的责骂罢了。时间在流逝，小伯爵小姐逐渐长大，已经变成大姑娘了——已经二十三岁了。她深感自己生活单调乏味，寂寞难耐，一心想要摆脱姑母家地狱般的日子。她觉得坟墓也要比这里好一些；她一再喝醋，希望能染上肺病，但无济于事；她想进修道院，但又缺乏足够的决心。不久，她的思想发生了变化。也不知道她怎么在姑母的衣柜里找到几本法国的旧小说，小说告诉她人生除了死和进修道院之外，还有更富有意义的归宿；于是她不再总想死人的头颅骨，开始构想活人的脑袋，长着胡须和鬈发的脑袋。小说里的种种画面，没日没夜地在折磨着她；她自己编了许多的故事：他带她出走，有人对他们紧追不舍，"不许他们相爱"，这时枪响了……"你永远是我的！"他紧握手枪说，如此等等。她的一切幻想、意念和梦幻，千变万化，最后都归结到这一题材上。可怜的姑娘每天早上惊醒后，发现并没有什么人带她出走，也没有谁对她说："你永远是我的！"——于是她不禁心潮起伏，感慨万千，眼泪扑簌扑簌地落在枕头上。这时她怀着一种绝望的心情，按照姑母的吩咐，喝过乳清，之后把腰束得更紧了，因为她知道没有人会欣赏她的体形。这种精神状态光靠喝乳清是不能完全消除的，只能直接导致感伤和思想上的狂躁不安。小伯爵小姐开始对所有的用人关心爱护起来，把马车夫蓬头垢面的孩子紧紧搂在怀里——姑娘家经过这样的时期，不是需要马上嫁人，就是开始学吸鼻烟，宠爱小猫，喜欢修剪过毛儿的小型犬，变得不男不女。所幸小伯爵小姐是第一种情况。她的模样不错，而且正处于这个时期，应该引起我们的主人公的注意：她这个人的最诱人之处，那双令人陶醉的眼睛和那起伏不定的胸脯，完全征服了涅格罗夫。在传统的耶稣升天节①那天，他第一次看见了她——于是他一生的命运也就定了。将军回想起自己当骑兵少尉的岁月，便利用一切机会，开始寻找伯爵小姐；他在教堂门口一连等了几个小时，终于看见一辆由两匹骨瘦如柴、半死不活的大马拉着的旧式马车到来，两名用人扶着一位戴着包发帽，样子像只黑乌鸦的老伯爵小姐；他们恰好挡住了像洋蔷薇似的年轻伯爵小姐跳下车来；这使他感到有些尴尬。将军在莫斯科有一位表姐……谁要是在莫斯科有位表姐是常住居民，而且相当富裕，他便几乎能够跟任何姑娘结婚，只要他有官当，有钱花，而她尚没有未婚夫就行。将军把心中的秘密告诉了表姐——她还真有些当姐姐的关切心情。有两个月的时间，可怜的姑娘为寂寞所困扰，日子过得百无聊赖，然而，突然有人来说亲了，像从天而降似的。将军的表姐当即派

---

① 东正教十二大节日之一，为纪念所谓耶稣升天而设立，在复活节后第四十天举行庆祝活动。

轻便马车去接一位九品文官的夫人。九品文官夫人到了；这位表姐为防备有人偷听，把隔壁房间里的用人都撵了出去。一小时后，九品文官夫人满脸通红地从表姐那里跑出来，在女佣的房间里简要地讲了事情的原委，便匆匆离开了院子。第二天，上午九点钟，表姐因九品文官夫人不遵守时间而非常生气，她说她想十一点钟来，可是至今还没有到；终于，期待已久的客人总算来到了，和她一起来的还有另外一个戴包发帽的女人，总之，事情进展得非常迅速，而且井然有序。伯爵小姐家的情况逐渐发生了重要的变化：窗子上的粗帆布窗帘被取下来叫人去洗了，门上的锁叫人用砖头蘸克瓦斯（代替醋）擦拭干净，前厅因有四个用人在缝制马缰绳，装上了冬季用的双层门窗，因此那里散发出一股难闻的皮革气味。一向受人冷落的马夫拉·伊利尼什娜简直高兴极了，因为竟然有一位将军向她的侄女求婚，而且还非常富有；但是为了保持自己的尊严，她勉强应允了对方的求婚。一天上午，伯爵小姐吩咐侄女要打扮得好看一些，脖子地方要袒露得多一些，并且亲自出马，从头到脚一一查看过。

"您这是为什么，姑妈，让我穿戴一新？是有客人要来吗？"

"宝贝儿，不用你管。"伯爵小姐回答道，声音听起来既和善，又亲切。

这位侄女身上那件用细纱缝制的连衣裙几乎要被她血管里奔腾的火焰燃烧起来了；她在不断地猜测，不断地怀疑；她不敢相信，又不敢不相信……她应该出去透透空气，否则她会被憋死的。在过道里，用人们跟她说，今天有位将军要来，是来向她求婚的……说话间，一辆厢式马车突然到了。

"帕拉什卡,我要死了,活不了啦!"年轻的伯爵小姐说。

"哪能呢,伯爵小姐,哪有一有人求婚就要死的道理,何况是这样好的未婚夫……我总常说:咱们伯爵小姐一定会嫁个将军的,不信您去问大家。"

谁的笔能够把这位可怜的姑娘相亲时的种种感受描写出来呢!……当她稍微清醒过来后,首先使她感到吃惊的,便是阿列克谢·阿布拉莫维奇的燕尾服:她原以为他一定会身着军装,佩戴肩章的……其实,即使不穿军装,涅格罗夫当时也还是很讨人喜欢的;尽管他已年近四十,但由于身体健康,仍显得非常年轻;他生来不善辞令,但他却具有军人,特别是骑兵的那种豪放性格;至于她在他身上所能发现的其他一切缺点,都被他这次经过精心修剪的漂亮胡子抵消了。求婚被接受了。相亲后一周,伯爵小姐马夫拉·伊利尼什娜的亲朋好友纷纷前来向她道喜,那些被认为早已去世的人们,也纷纷走出了自己狭小的住所;他们跟死神已经顽强搏斗了三十年,从未屈服过;三十年来,他们苦心孤诣,聚敛钱财,弄得身体很虚弱,瘫痪的瘫痪,哮喘的哮喘,耳聋的耳聋。伯爵小姐对大家说的话全是一样:"这消息我和你们一样感到惊奇,我也没有想到自己的宝贝侄女这么早就要出嫁:她还是个孩子,是啊,这都是上帝的旨意!未婚夫很可靠,诚实正直,可以做她的父亲:她是那样的缺乏阅历。他的将军职位和财产倒算不了什么:世上因金钱吃苦头者大有人在。无须说,我自己尝到了良好教育的果实(这时她拿起手帕,擦拭眼睛),的确,教育太重要了!能够指望一个道德败坏、胡作非为的父亲——愿他升入天堂——和商人出身的妻子培养出这样的孩子吗?说来您可能不信：她跟他没有说上两三句话，我一个劲儿地在点拨她，可她，我的心肝宝贝，哪怕说一句不同意也好呀，然而她却说：如果姑妈您觉得合适，那我也就没意见……""在我们这个世风日下的时代，这样的姑娘真是难找啊！"马夫拉·伊利尼什娜的亲朋好友们用各种方式回答说，紧接着便开始互相传播些闲言碎语，无端诽谤他人的名声。总之，过了没多久，一辆由六匹黑马拉着的四座位厢式轻便马车驶进了一座装饰豪华的宅院，车上坐着身穿军装、肩披骑兵外套的涅格罗夫将军和身着婚礼服、绫带飘逸的将军夫人格拉菲拉·利沃夫娜·涅格罗娃。合唱班、傧相、餐具、音乐、黄金珠宝、灯光照明、扑鼻的芳香在迎接年轻的夫人，整个院子里的人倾巢而出，想一睹新郎新娘的风采，包括管事的妻子；她的丈夫作为前院的总管，把书房和卧室已经安排妥当。如此奢华富有，伯爵小姐从未亲身经历过，而且这一切现在都是她的了，连将军本人也归她所有了——年轻的夫人从脚指尖一直到头发梢都感觉到无比的幸福：不管怎么说，她的理想实现了。

婚后数周，格拉菲拉·利沃夫娜像一株盛开着鲜花的仙人掌，身穿一件镶有宽大花边的白色宽松罩衣，在准备着早茶；她丈夫穿一件绣着金线的睡袍，嘴里叼着一只挺大个的琥珀烟斗，躺在沙发椅上，寻思着圣灵节那天乘坐什么样的马车：是黄色的还是蓝色的呢？黄色的当然很好，可是蓝色的也不错。格拉菲拉·利沃夫娜也在想什么事情，她忘记了喝茶的事，若有所思地用一只手托着低垂的脑袋，脸上时而泛起一片红晕，时而表现出明显的不安，最后，丈夫见她情绪有些异常，便问道：

"你精神不大好,格拉申卡①,不会是哪儿不舒服吧?"

"不,我很好。"她回答说,同时抬起眼睛,像有求于人似的望着他。

"你想说什么,一定有什么心事。"

格拉菲拉·利沃夫娜站起身来,走到丈夫跟前,紧紧拥抱着他,用悲凄的女演员的声音说:

"阿列克西斯②,答应我,你一定得满足我的请求!"

阿列克西斯开始有些惊讶。

"说说看,说出来听听。"他回答说。

"不行,阿列克西斯,你得对着你母亲的坟墓起誓,保证满足我的要求。"

阿列克谢从嘴里取下烟斗,吃惊地望着她。

"格拉申卡,我不喜欢说话兜圈子;我是个当兵的:能办到的——一定办到,你直说吧。"

她把脸藏进他的怀里,声泪俱下地说:

"我全都知道,阿列克西斯,而且我原谅了你。我知道你有一个女儿,是非婚所生……我理解青春年少没有经验,热情奔放(柳博尼卡才三岁!)。阿列克西斯,她是你的女儿,我见过她:她长着跟你一样的鼻子,后脑勺也跟你一样……啊,我非常喜欢她!让她做我的女儿吧,让我来收养她,培育她……你要答应我,对于告诉我的人,你决不能追究,报复。亲爱的,我非常喜欢你

---

① 格拉菲拉的爱称。
② 阿列克谢的爱称。

的女儿；请一定不要拒绝我的请求！"说着，眼泪像小溪一样流到将军的睡袍上。

将军一时不知所措，样子尴尬极了；在他还没反应过来的时候，夫人已迫使他答应了她的要求：对着母亲的坟墓、父亲的亡灵、他们未来孩子的幸福及他们两个人的爱情发誓，对自己答应的事，决不食言；对告诉她这件事的人，决不追究。一度沦落为下人的小女孩转眼间又变成小姐了，小床又搬上了二楼。当初不让管父亲叫父亲的柳博尼卡，现在又不让她管母亲叫母亲了；他们想让她把冬尼娅当成自己的奶妈。格拉菲拉·利沃夫娜亲自把柳博尼卡打扮得跟洋娃娃一样，然后把她紧紧搂进怀里，哭了起来。"你是个孤儿，"她对孩子说，"你既没有爹，也没有妈，我就是你的爹妈……瞧，你爸爸在那里！"她指了指天上。"爸爸长着翅膀。"孩子口齿不清地说。这时格拉菲拉·利沃夫娜哭得更伤心了，不禁感叹道："啊，像天使般纯真无邪！"其实事情很简单：按照以前流行的习惯，他们的天花板上都有一个张着翅膀和张开双腿的爱神像，用带子拴着，系在挂吊灯的黑铁钩上。冬尼娅简直感到幸福极了，她把格拉菲拉·利沃夫娜当成了天使，她的感激之心丝毫没有夹杂任何不快的感情；她甚至对不许自己管女儿叫女儿也不生气；她看见女儿穿着带花边的衣服，见她过着豪华安逸的日子——只是说："我的柳博尼卡怎么出脱得这样好看呀，好像再也不能穿别的衣服了；将来准是一个美人儿！"冬尼娅走遍了各地的修道院，到处为这位漂亮小姐祈求保佑。

许多人都认为这位前伯爵小姐是位女中英豪。但我认为她的行动本身就是极其欠考虑的——起码说，就因为她知道对方是个男人，而且是个将军，就嫁给他，这一点就是欠考虑的。原因——显然是出于浪漫主义的激情，喜欢世间的悲剧场面，崇尚自我牺牲及种种人为的高尚行为。为了公正起见，这里需要补充说一句，那就是格拉菲拉·利沃夫娜在这件事情上没有耍任何心眼儿，甚至连一点虚荣心也没有；她自己也不知道她为什么要收养柳博尼卡：她只是喜欢这件事感人肺腑、令人神往的一面。阿列克谢·阿布拉莫维奇虽然答应了收养，但他认为这孩子处境奇特也是非常自然的，他甚至没有仔细考虑，他同意收养这件事究竟是好还是不好……的确，他这样做是好，还是不好？无论是赞成还是反对都有许多话可说。凡是以发展为人生最高目的的人，无论如何，也不管将来会有什么后果，肯定会站在格拉菲拉·利沃夫娜一边；凡是以幸福、满足为人生最高目的的人，不管处在什么圈子内，也不管为此付出什么代价，肯定会反对她。住在用人小屋里的柳博尼卡，即使日后知道了自己的出身，她的思想肯定也非常狭隘，精神上浑浑噩噩，懵懵懂懂，不会由此引发什么事；而阿列克谢·阿布拉莫维奇，想必为求得良心上的安慰，会还她一个自由之身，也许还会给她一大笔陪嫁；就她的思想境界而言，她会感到非常幸福的；嫁一个第三等级①的小商人做丈夫，头上扎着丝绸头巾，一天喝十二杯花茶，给丈夫生一群小商人；有时候到涅格罗夫府上做客，见昔日的女友用羡慕的眼光直看她，心里别提多舒服了。就这样，她能够活到一百岁，还指望百年后会有上百辆马车护送她到瓦甘科夫斯基墓地。在客厅里长大的柳

---

① 旧俄国按商人资本的大小将其分为三个等级。

博尼卡可就完全不同了：不管她受的教育多么愚蠢，也总算是受到了教育，这是一种独特的教育——跟用人屋里的粗浅理解相去甚远；而且她应该明白自己这种很荒唐的尴尬处境，富人宅第等待她的是屈辱、眼泪和悲哀，而这一切也将促进她心智的进一步发展，也许，与此同时，也会促使她的肺病的进一步发展。所以，请您自己做出选择：涅格罗夫夫人的所作所为，究竟是好还是不好？

阿列克谢·阿布拉莫维奇的婚后生活非常美满，诸事顺遂。每当大家乘车出游时，总少不了他那辆四匹马驾驭的漂亮马车，车上坐着他们这沉浸于幸福生活的一对。五月一日在索科利尼基公园，耶稣升天节在宫廷花园，圣灵节在普列斯年斯基池塘处都能看到他们，而且在特韦尔大街的林荫道上几乎天天都能看到他们的身影。冬季，他们参加各种聚会，举行宴会，剧院里有订好的包厢。但是千篇一律的活动使得在莫斯科休闲娱乐变得异常乏味：去年什么样，今年和明年还是什么样；去年您见到过那个身穿华丽长袍，大腹便便，携带着自己的满嘴黑牙、一身珠光宝气太太的商人，今年您肯定还能见到——只不过是那件长袍旧了一些，胡子变白了一些，太太的牙齿也更黑了一些——可毕竟是又见面了；去年见到过的那个仪表堂堂，留着浓密的胡子，穿一件滑稽外套的男子，今年一定又会碰到，只不过变得稍微瘦了一些；还有那个浑身散发出烟味，让人搀着行走的风湿病患者，今年还会由人领着来……单是为了这个原因，就可以闭门不出了。阿列克谢·阿布拉莫维奇是个很有耐性的人，但是人的忍耐总归是有限度的：这样的日子毕竟不能维持十年以上，无论是他还是格拉菲拉，他们都厌烦了。这十年间，他们生了一儿一女；他们不是一天天地，而是一小时一小时地开始感到日子过得很累；他们已经不再讲究衣着打扮了，他们开始闭门谢客，也不知出于怎样的考虑，据我看——更多是希望过一种绝对安宁的生活；他们决定到农村去住。这件事发生在四年之前，即在将军和德米特里·雅科夫列维奇有关教育谈话之前。

## 三　德米特里·雅科夫列维奇传记

当然，一个穷青年的传记，是不会像人口众多的阿列克谢·阿布拉莫维奇家庭的传记那样有意思。我们应该从乘坐豪华四人马车者的世界走出来，走进为明天午餐发愁的人的世界；从莫斯科来到边远的省城，而且也不能总停留在唯一一条路面用石头铺成的大街上，这里居住的都是贵族，我们有时乘车从这条街经过；我们应该深入到一个马车和行人几乎从来不去、路面没有铺石头的偏僻小巷，到那里寻找一座东倒西歪、破旧不堪的房屋——这就是县医生克鲁齐费尔斯基的房屋，它很不起眼地伫立在和自己一样破旧不堪、东倒西歪的房子中间。所有这些房屋很快将会倒塌，并由新的房屋所取代，到那时没有人会再记起它们；可与此同时，在所有这些房屋里，人们的生活照样在进行，七情六欲长盛不衰；人们生生息息，代代相传；可是这些人的生活却不为人们所知，就像澳洲土著人的生活不为人所知一样，好像他们被人类排除在法律之外，不被承认似的。不过这就是我们要找的那座房子。一位善良正直的老人和他的妻子在这里已经住了三十年了。他的生活就是跟各种艰难困苦进行持续不断的斗争，诚然，在斗争中他得到了相当的胜利，就是说，他没有被饿死，没有因绝望而自杀，但他的胜利是来之不易的：五十岁的时候他已经是满头白发,瘦骨嶙峋了,脸上布满了皱纹,而他生来一直是身强体壮,精力充沛的。不是感情上的风风雨雨,不是纵情过度,也不是可怕的生活变迁毁坏了他的身体,使他看上去有些未老先衰,把身体搞垮的是同贫困所进行的没完没了、痛苦、琐碎、屈辱的斗争,是对明天生活的思虑,是节衣缩食、终日操劳的日子。处在这种社会生活的底层,一个人的精神就会变得萎靡不振,在惶惶不安中凋谢枯萎,忘记自己还有一双精神的翅膀,因此永远匍匐在地上,从不知抬起眼睛,看一看太阳。克鲁齐费尔斯基医生一生中一直默默无闻地坚守在医疗战线上,创造了英雄业绩,而对他的奖励——仅仅是眼前所需的面包,至于将来能否指望,还不得而知。他是莫斯科大学的官费生,毕业后当了医生,就职前和一个德国药剂师的女儿结了婚;她的陪嫁,除了善良的献身精神和她按照德国习俗所保持的忠贞不渝的爱情外,只有几件散发着玫瑰油气味的衣裳。这位热恋中的大学生想也没想到他既没有权利恋爱,也没有权利享受家庭的幸福,为了获得这些权利,他必须要取得一种资格,就跟法国的选举资格一样。婚后过了几天,他被派作作战部队,任随团医生。八年颠沛流离的生活他挺过来了,到了第九年,他实在累了,请求能有个固定的工作地点——他得到了这样一个空缺。于是克鲁齐费尔斯基带上妻子和孩子从俄国的一端搬到了另一端,在省城NN住了下来。起初,他多少还有几个主顾,虽然省城里的达官显贵和地主们都宁愿找德国人看病,但所幸附近(除了一个钟表匠)没有一个德国人。这是克鲁齐费尔斯基一生中最幸福的时期,他买下一座有三个窗户的房子,他的妻子玛格丽达·卡尔洛夫娜也给丈夫带来一个意外的惊喜,她在雅各①节到来之前,利用夜晚的时间,用她一戈比一戈比积攒下来的钱买的花布,把一只旧沙发和一把圆椅包装一新。花布非常漂亮,沙发外面的花布上绘的是亚伯拉罕三次赶走夏甲和以实玛利,而撒拉②一再发出威胁③;圆椅的右边是亚伯拉罕、夏甲、以实玛利和撒拉的腿,左边是他们几个人的头颅。但是好景不长,一个有钱的地主,其庄园就在城郊,他请来了一位家庭医生,把克鲁齐费尔斯基的主顾都抢走了。这位年轻医生是医治妇科病的高手,病人对他佩服得五体投地,什么病他都用水蛭进行治疗,并且头头是道地证明说,不仅一切疾病都是炎症,就连生命也不外乎是物质在发炎燃烧;关于克鲁齐费尔斯基,他的态度非常宽容;总之,一时间他成了大红人。全城的人都在用绣十字花的底布给他缝制枕头和荷包,送给他纪念品和种种意想不到的礼物,而对原来的医生则尽可能不提了。诚然,商人和神甫们仍然相信克鲁齐费尔斯基,但商人们从来不生病,托上帝的福,他们总是很健康,偶尔有点不舒服,他们总是根据情况做做

---

① 雅各,犹太人的祖先之一。根据《圣经·旧约》记载,雅各系以撒和利百加的次子,因出生时抓住孪生哥哥以扫的脚,故取名雅各,即"抓住"的意思。后来他以一杯红豆汤从他哥哥以扫那里换取了长子的名分,继而又骗得父亲把他作为长子而给他的祝福。他有十二个儿子,他们的后代成了以色列的十二个部族,分布各地。雅各晚年率众子逃荒到埃及,投奔他的儿子约瑟,最后死于埃及,葬在巴勒斯坦。

② 撒拉,亚伯拉罕的妻子,因不能生育,便把自己的使女夏甲给丈夫做妾,丈夫和夏甲生的儿子叫以实玛利;后来撒拉和亚伯拉罕生了儿子以撒。

③ 《圣经》中的神话故事,据说亚伯拉罕和撒拉的儿子降生后,妻子撒拉要求把使女夏甲和以实玛利母子赶出王国。

按摩,洗澡时在身上抹些乱七八糟的东西——什么松节油、焦油、蚂蚁酊之类,而且毛病往往就这样好了——否则几天后人便死了。无论是哪种情况,都不用克鲁齐费尔斯基劳神,可是人一死,账却算在他的头上。每逢这种事,那位年轻医生就对太太们说:"真是怪了,雅科夫·伊万诺维奇①医术高明,怎么就不知道给他用十滴 trae opii Sydenhamii solutum in aqua distillata②,而且也不知道用四十五条水蛭在心口处吸一吸,那样的话也许人就不至于死了。"听着他说的拉丁文,省长夫人真的相信人就可以不至于死了。这样,一来二去,克鲁齐费尔斯基就只能完全靠薪俸过日子了:他的薪俸似乎是四百卢布,可是他有五个孩子,因而生活越来越困难。雅科夫·伊万诺维奇真不知道该怎样才能填饱一家人的肚子,猩红热给他指出了一条出路:五个孩子有三个接二连三地死去,只剩下了大女儿和最小的儿子。这男孩好像由于生来身子特别虚弱才躲过一死,没有染病:他生下来的时候还不足月,只能说是勉强活了下来;他柔弱,瘦削,体质很差,而且脾气又坏;他也有不生病的时候,但是从来没有真正健康过。这孩子的不幸在他降生前就开始了!当玛格丽达·卡尔洛夫娜还在怀着他的时候,他们曾面临一场可怕的灾难:省长恨透了克鲁齐费尔斯基,因为他不愿给一个被地主抽打至死的马车夫开具自然死亡的证明③。雅科夫·伊万诺维奇曾经险遭灭顶之灾,他如英雄般怀着几分淡淡

---

① 克鲁齐费尔斯基的名字和父称。
② 拉丁文,意为"西德纳姆鸦片酊和蒸馏水"。
③ 以上文字曾被书刊检查机关删去。——原注

的忧伤,默默无言而又大义凛然地等待着那可怕的打击,然而打击只是从他身边擦肩而过。在这经常以泪洗面、忧心如焚的日子里,米佳①降生了;他是马车夫尸检案中唯一的一项惩戒。米佳成了玛格丽达·卡尔洛夫娜的命根子,他越是有病,越是身体虚弱,当妈妈的就照料得越是精心,越是不遗余力;她好像把自己的精力都投入到孩子的身上了,她的关爱使孩子活了下来,从死神那里夺回了一条命。她好像觉得这孩子是他们夫妇身边唯一的支撑、希望和安慰。那么他的大姐呢?当时她已经十七岁。NN市驻扎着一个步兵团,团队开拔时医生的女儿也跟着一名少尉走了;一年后她从基辅来信,请求父母原谅,并希望得到他们的祝福,她说少尉已经跟她结了婚;又过了一年,她从基什尼奥夫来信说,丈夫抛弃了她,她带着一个孩子,生活无着落。父亲给她寄去了二十五卢布,此后便再也没有她的消息。米佳长大后,上了中学,学习很好,他一直很腼腆,性格温和,寡言少语,甚至学监都很喜欢他,尽管就职责而言,学监也认为喜欢孩子不怎么合适。父亲希望孩子毕业后能够把他送到省府衙门去工作,因为他曾给省府衙门一位文书的几个孩子免费治疗过慢性淋巴结核,这位文书答应过到时候一定帮忙。现在米佳面前突然出现了另一条道路,有位热心文化事业的三等文官从乡下到莫斯科去,经过NN市,消息灵通的中学校长听说文官们要来,急忙动身,前往拜访,请他们务必赏光,莅临参观这座祖国教育的花园和苗圃。这位热心文化事业的三等文官本不想去,但是他喜欢接受热情款待,何况对

---

① 德米特里的小名。

方是竭诚欢迎。校长身穿制服，用帽子托着佩剑，详细地向热心文化事业的三等文官解释为什么过道里如此潮湿，为什么楼梯这样歪斜（尽管三等文官根本没注意这一点）；学生们整齐地排好了队伍；教师们细心地梳好头，扎紧领带，忧心忡忡地走来走去，频频向学生们和最能沉得住气的门卫使着眼色。物理老师想请各位大人看看用气压传动机舱罩杀死兔子和用莱顿瓶杀死鸽子的示范。三等文官希望他们能怜惜生命，要有恻隐之心，于是校长大受感动，面对全体教师和学生，仿佛在说："伟大与仁慈历来都是相辅相成的。"之后这只鸽子和这只兔子在门卫看护下又活了些时候，后来那位铁石心肠的物理老师，为满足全市民众好奇心，最后还是让它们为科学和教育作了牺牲。然后有一名学生站了出来，法文老师问他："就大人光临我们的科学园地一事，你有什么话要说吗？"那学生当即用教堂里用的法语的腔调回答说："对于我们这些苦孩子来说，大人们能莅临参观，真是感激之至。"

在他们用这种凯尔特-斯拉夫语腔调交谈的时候，三等文官环顾左右[1]，忽然看见米佳那文弱的样子，便把他叫到身边，说了几句话，表示关心。校长说，这个学生成绩突出，前途无量，只是他父亲没钱供他去莫斯科，等等。三等文官毕竟是个惜才之人，他对米佳说，过一两个月，他的管家要去莫斯科，如果他父母同意，他就命管家给米佳安排个住处，跟管家的孩子们住在一起。校长急忙派秘书去请雅科夫·伊万诺维奇。雅科夫·伊万诺维奇

---

[1] "消息灵通的中学……环顾左右"，以上文字曾被书刊检查机关删去。——原注

赶到时，三等文官已经坐进轿式旅行马车里了。老人深受感动，哭得像小孩子一样，话都说不利落，断断续续地一再向他表示感谢。三等文官指着一个正在马车边帮助套马的壮实汉子说："他就是我的管家，到时候他来接您的儿子。"说罢，宽厚地微微一笑，乘车而去。一个月后，一辆挂着响铃的带篷马车从克鲁齐费尔斯基家大门里驶出，车上坐着米佳和三等文官的管家；母亲给米佳穿戴整齐，将自己编织的毛毯盖在他身上；管家只穿了一件外套，因为他宁愿在路上靠自己体内发热取暖。瞧，一个人的命运就这样被决定了！如果三等文官不路过NN市，米佳可能就进了省府衙门，那么我们的故事也就不存在了；随着时间的推移，米佳会变成一个资深办事员，虽不知他能拿多少薪俸，但是供养老人总是可以的——雅科夫·伊万诺维奇和玛格丽达·卡尔洛夫娜也可以享享清福了。米佳这一走，老人们的生活骤然发生了变化：就剩他们老两口了，家里变得更加寂寞冷清，他们也更加郁郁寡欢了。三等文官的管家并不是个感情脆弱的人，但在老两口跟儿子分别时他也几乎落了泪。没钱的父亲和儿子分手时跟有钱的父亲不同，他对儿子说："去吧，我的儿子，自己去找吃饭门路吧，我再也没法帮你了，你自己去寻找道路吧，别忘了我们！"但是他们能否再见面，他找不找得到吃饭门路——这一切还笼罩在黑暗沉重的帷幕之下……儿子上路前，当父亲的很想多给他一些盘缠，然而没有这个可能，他反复算过十来次，从现有的八十卢布中能够拿出多少给儿子，算来算去总是嫌太少。母亲在一个小得可怜的包袱上洒下了许多的眼泪，她连自己最需要的东西也都包在里头了，然而她知道这还远远不够，也知道实在没地方可借了……这种市井小民的生活情景很少为人所知，它们被精心地掩盖起来，以防旁人知道，可是这种情景真是让人撕心裂肺，肝肠寸断！幸好它们被掩盖了起来！

年轻的克鲁齐费尔斯基经过四年的努力，成了学士。他既没有特别杰出的才能，也没有超常敏锐的头脑；但是他热爱科学，学习一贯认真，完全无愧于他所得到的职称。看看他那张温顺的脸你就能够得出他是那种和蔼可亲的德国人的印象——这种人平时说话不多，为人高尚正直，作风有些拘谨，带点书生气，但工作非常勤奋；在家庭生活方面显得稍微有些古板，结婚已经二十年了，当丈夫的对妻子仍然一往情深，而妻子每听到一个带有双关的笑话也会笑得满脸通红。这是德国宗法制小镇的生活，是牧师家庭和神学院教师们的生活，冰清玉洁，高风亮节，不为外人所知……但是我们能有这样的生活吗？我认为绝对不能。这样的环境根本不适合我们的心理状态，掺了水的酒是不能解渴的：我们的心灵不是远远高于这种生活，便是大大低于这种生活——但是无论在哪种情况下，都要宽阔得多。成为学士后，克鲁齐费尔斯基先是尽量想在大学里谋取个职位，然后再想办法给私人授课，但所有这些打算全都落空了：他从父亲身上继承了一切工作都要靠运气的传统……

克鲁齐费尔斯基在鼓乐声中得知自己获得学士学位后几个月，他收到了老人的信，信中说他母亲病了，而且字里行间透露出他们生活遇到了困难。他了解父亲的性格，知道只有在极其困难的时候父亲才会做这种暗示。克鲁齐费尔斯基最后的一点钱也花完了，现在只有一个办法：他有一个保护人，是某一学科的教授，这人对他的事情非常关心，于是他给教授写了一封信，内容坦诚，态度自重，感人肺腑，要求借给他一百五十卢布。教授很客气地给他写了回信，说自己很受感动，但是并没有寄钱来；在postscriptum'e[①]中教授非常婉转地批评克鲁齐费尔斯基怎么总不到他家来吃饭。这封信使年轻的克鲁齐费尔斯基感到非常惊讶——他对人的价值，或者不如说是金钱的价值，是那样地缺乏了解！他感到非常痛苦，把那位好心教授写来的措辞亲切的信扔到桌上，在屋子里转来转去，完全沉浸在悲痛之中，难以自拔，然后又倒头扑在自己的床上，眼泪从脸上慢慢地流了下来。他仿佛清楚地看见一间简陋的小屋，母亲正在里面受疾病折磨，身体虚弱不堪，也许就快要死了，旁边坐着一位老人，愁眉苦脸，黯然神伤。病人有话想说，非常想说，但为了不给丈夫增加烦恼，闷在心里不说了；父亲其实也猜到了，但唯恐使她的希望落空，也就装作不知道的样子……各位读者，如果您是位有钱人，或者至少说，是位生活有保障的人，那就请您深深感谢上天吧，为我们所得到的遗产喊声万岁吧！

正当克鲁齐费尔斯基学士痛苦不堪的这个时刻，他的房门忽然被推开了，紧接着，走进一个人来，显然不是首都人——进来时他便脱下带有宽大帽檐的黑色便帽。来者是一位中年男子，长长的帽檐遮住了他那健康、红润、乐观的面孔，他脸的轮廓显示出喜欢及时行乐者的平静与大度。他穿一件带领子的旧咖啡色外套——这种样式的外套在当时已经没人穿了——手里拿一根竹手

---

[①] 拉丁文，意为"附言"。

杖，刚才我们已经说过，整个一副外省人的模样。

"您就是这里的大学士克鲁齐费尔斯基先生吗？"

"是我。"德米特里·雅科夫列维奇回答说。"您有什么事吗？"

"是这么回事，学士先生，请允许我先坐下来再说，我比您年岁大，又是一路走着来的。"

说着，他便想在那把挂燕尾服的椅子上坐下，但不料这把椅子经受得住燕尾服的重量，却经受不住穿燕尾服的人的重量。克鲁齐费尔斯基觉得很不好意思，急忙请他坐到床上，自己则搬过来另一把（也是最后一把）椅子。

"我，"来人慢条斯理地开始说，"我是NN市医务局的监察员，医学博士克鲁波夫，我来找您，是因为……"

这位监察员办事有条不紊，他停下来，掏出一只很大的鼻烟壶，放在自己身边，然后又掏出一块红手帕，放在鼻烟壶旁边，最后用一块白手绢擦了擦汗，也放在了鼻烟壶旁边，这时他嗅了嗅鼻烟，接着这样说：

"昨儿个我在安东·费尔迪南多维奇那里……我们是同一届毕业……不，对不起，他比我早一年……对，比我早一年，没错，但毕竟是同学，彼此非常要好。因此我就托付他，看能不能给我介绍个好的家庭教师，到我们省城去教书，条件么，这样那样，要求么，如此这般。安东·费尔迪南多维奇便把您的地址给我了，老实说，他对您大为称赞，所以说，要是您愿意出外当家庭教师，那么我们就可以把这事定下来。"

安东·费尔迪南多维奇是一个关心人、爱护人的教授：他确实喜欢克鲁齐费尔斯基，只是不愿拿自己的钱去冒险——正如我们所看到的，但是帮助人出主意、想办法，从来都是热心的。

　　对于克鲁齐费尔斯基来说，身体笨重的克鲁波夫博士就像是天上派来的使者。他坦诚地对来人讲了自己的境况，最后他说自己没有选择的余地，他必须接受这份工作。克鲁波夫从口袋里掏出一个既不像钱夹子，又不像公文包的东西，从一排弯形剪刀、柳叶刀、探针中取出一封信读道："一年两千卢布，不能超过两千五百，因为我的邻居从瑞士请来的法国人也不过是三千卢布。有单独的房间，有早茶，一名用人，和通常一样，有人洗衣服。同桌共餐。"

　　克鲁齐费尔斯基没有提别的任何要求，只是红着脸说了一下钱的事，问了问功课的情况，而且坦率地承认，进入一个陌生人家，跟不熟悉的人住在一起，他害怕极了。克鲁波夫深为感动，他劝克鲁齐费尔斯基不用害怕涅格罗夫家的人……"您又不是去给他们家孩子施行洗礼，只用教孩子读书，和孩子的父母只是吃饭时才见面。将军在钱上不会亏待您的，这一点我敢向您担保；他的妻子成天睡觉——自然也不会为难您，更不用说在睡梦之中了。涅格罗夫家的房子，请相信我的话，不比其他地主家的房子坏，老实说，也不比其他地主家的好。"总之，交易达成了：克鲁齐费尔斯基以每年两千五百卢布的报酬接受了雇佣。监察员在外省生活，人变懒了，但人毕竟还是人。他有过许多痛苦的经验，知道一切美好的理想、豪言壮语，最后都不过是空中楼阁，说说而已；他一劳永逸地在 NN 市定居了下来，逐渐学会了说话时慢条斯理，口袋里预备好两块手帕，一块红，一块白。世上没有任何东西比在外省生活更能葬送一个人的了，但是克鲁波夫还没有完全被葬送:他的眼睛里还闪耀着光芒。看到像克鲁齐费尔斯基这样高尚纯洁的青年,他不禁心潮起伏,感慨万千,他想起了自己和安东·费尔迪南多维奇立志要在医学上进行重大改革,徒步前往哥廷根的情形……想着想着,脸上不觉露出一丝苦笑。当交易谈成时,他心里不禁在想:"我把这个青年推到一个土地主的愚蠢生活中去,这样做合适吗?"他甚至想给克鲁齐费尔斯基一些钱,劝他不要离开莫斯科。若早上十五年他可能就这么做了,但人一上了年纪,两只手对钱包就握得紧了。"这是命运啊!"克鲁波夫想,于是也就心安理得了。真是怪事,自古以来人类一直在重复的这句话,和他此时此刻想的竟是那样一字不差:拿破仑说过,命运这个词没有什么意思——所以它才能够安慰人。

"好吧,我们的事情就算办妥了,"克鲁波夫沉默片刻,最后说,"我五天后动身,要是您愿意,很高兴和您坐同一辆马车。"

## 四　在庄园的日子


人们早就知道，一个人不管在什么地方，无论是在拉普兰，还是在塞内加尔，都能够适应当地的气候条件。因此，克鲁齐费尔斯基开始慢慢习惯了涅格罗夫家的生活，其实这也没有什么可奇怪的。这家人的生活方式，对问题的看法和兴趣爱好，起初都使他感到诧异，后来他开始不那么介意了，虽然他远非向这种生活妥协投降了。奇怪的是：涅格罗夫家既没有什么惊人之处，也没有任何特别的地方，但是对于一个新来的青年人来说，总是感到有点别扭，很难一下子习惯。在阿列克谢·阿布拉莫维奇这个令人尊敬的家庭里，从上到下，方方面面，总是给人一种空虚的感觉。这些人为什么起床，为什么四处走动，又为什么活着——这些问题很难回答，其实也没有必要回答，这些人之所以活着，是因为他们被生了下来，之所以活下去，是出于自我保护的本能，这里哪有什么目的和深奥的道理可言……那都是德国哲学里的话！将军早上七点起床，旋即来到大厅，嘴里叼着一只樱桃木大烟斗，不知道的人可能还以为他正在思考什么重大计划和方案呢：他边抽烟，边在仔细地盘算，但是盘来绕去的只是烟雾，而且不是在他的脑子里，而是在他脑袋周边。这时，阿列克谢·阿布拉莫维奇一直在大厅里走来走去，常常停留在窗前，凝神眺望，仔细观察，不时地眯起眼睛，皱着眉头，做出很不满意的样子，甚至长吁短叹，但这也同样是一种假象，好像他在苦思冥想似的。这时管家应该就在门口，站在那个哥萨克用人的旁边。抽完烟，阿列克谢·阿布拉莫维奇走到管家跟前，接过他手中的报告，然后就开始一通斥骂，不是一般地责骂几句，而是骂得狗血喷头，最后每次还要来上这么几句："当然，我是了解你的，我会管教你们这些骗子的，为了公正起见，我会把你的儿子送去当兵，而让你去饲养家禽！"不知这是一种像每天洗冷水澡一样的道德健康措施，是他管教用人，让用人们怕他的一种手段，或者只不过是一种封建宗法式的管理习惯——无论是前者，还是后者，这样天天如此，着实值得称赞。管家听他这些家长式的训诫，是抱着一种默默奉献的精神的：他觉得聆听这些训诫，是自己的重要义务，责无旁贷，就像要偷盗东家的小麦、大麦、干草和麦秸一样。"呸，你这个强盗！"将军骂道。"把你吊死三次也不为过！"——"老爷请息怒！"管家极其平静地说，一双贼溜溜的眼睛向下斜看着。这种谈话一直要到孩子们过来问好才算打住，阿列克谢·阿布拉莫维奇向孩子们伸过手去。和他们一起过来的还有那位身材瘦小的法国太太，不知为什么，她显得有些畏畏缩缩，好像无地自容似的，她学着蓬巴杜[①]的样子行了个屈膝礼，说茶点已经准备好了。于是阿列克谢·阿布拉莫维奇来到起居室，格拉菲拉·利沃夫娜已经在茶炊前等着他了。谈话总是从格拉菲拉·利

---

① 蓬巴杜（1721—1764），法国国王路易十五最宠爱的女人，住在凡尔赛宫，喜欢干预国事。

沃夫娜抱怨身体不好和失眠开始，她感到右鬓角莫名其妙地剧烈疼痛，然后窜到后脑和头顶，使她难以入睡。阿列克谢·阿布拉莫维奇听着他夫人的健康简报颇有些漫不经心，这也许是因为在整个人类中，只有他一个人非常清楚，而且确确实实地知道她夜间是从来不会醒的；再不就是因为他分明看到这种慢性病对格拉菲拉·利沃夫娜不无好处——到底怎样，我就不得而知了。可是艾丽丝·奥古斯托夫娜却陷入了巨大的恐慌之中，她同情生病的格拉菲拉，对她进行安慰，说她以前曾经待过的那家的P伯爵夫人，还有一家她想去也可以去的那家的M伯爵夫人，都患有这种头痛病，情况一模一样，她们管这种病叫tic douloureux[1]。喝茶的时候厨师来了，气度不凡的两位主人开始点中午的菜谱，一面骂昨天的饭菜难以下咽，尽管最后桌子上什么也没有剩下。厨师比管家的优越之处是，他不仅和管家一样天天挨老爷的骂，而且还要挨夫人的骂。早茶过后，阿列克谢·阿布拉莫维奇到田里去了。他多年住在乡下，闭门不出，农业方面所知甚少，只抓些鸡毛蒜皮的小事，特别喜欢一切照章办事和表面上的唯命是从。肆无忌惮的偷盗行为几乎就在他的眼皮底下发生，而且大部分他都发现不了，即使发现了，他也不好意思深究，每次都被糊弄了事。作为一庄之首和真正的衣食父母，他常常说："偷可以，骗可以，肆无忌惮，绝对不行。"这句话反映了他的封建宗法主义的point d'honneur[2]。除特殊情况外，格拉菲拉·利沃夫娜从不迈出家门一

---

[1] 法文，意为"神经性抽搐"。
[2] 法文，意为"荣誉观"。

步,当然,那个连着晒台的旧花园除外。那园子虽说无人管理,倒还显得不错。平时她连采蘑菇都是坐着马车去的,事情经常是这样安排的:早一天吩咐管事的,找来一大群男孩女孩,带上篮子、筐子和网兜之类的东西。马车将格拉菲拉·利沃夫娜和法国女人慢慢拉入林间空地,而孩子们像一群蝗虫似的——赤脚光背,填不饱肚子——在饲养家禽的老婆子和少爷小姐们的引导下,开始向牛肝菌、疝疼乳菇、红菇、松乳菇、白菇等蘑菇发起了进攻。捡到了特大的或是特小的蘑菇,饲养家禽的老婆子便拿给坐镇指挥的女主人看;太太欣赏过后,马车接着再往前走。回到家后,她每次都抱怨累得不得了,为了恢复体力,先吃一点昨晚剩下的饭菜——小羊羔肉,光喂奶的小牛的肉,只吃胡桃的火鸡的肉,或诸如此类的东西,总归是好消化的、开胃的东西——然后,在正式吃饭前再睡上一觉。这期间阿列克谢·阿布拉莫维奇已经酒足饭饱,敷衍几句话后,便到园子里散步去了。他特别喜欢在这种时候到园子里走一走,关照一下温室,向花匠的妻子打听各种事情。这女人一辈子连苹果和梨都分不清,但这并不影响她拥有一副相当讨人喜欢的外表。就在这个时候,即在吃饭前一个半小时,法国女人在给孩子们上课。她给孩子们教些什么,怎样教的——一直是个无人知晓的秘密。既然人家的父母很满意,谁还能有权干涉别人的家务事呢?两点钟的时候,开始吃午饭了。每道菜,对于吃惯西餐的人来说,足以让他吃坏肚子,肥肉,肥肉,还是肥肉,稍微搭配点卷心菜、洋葱和腌蘑菇。这些东西伴随着大量的马德拉葡萄酒和波尔图葡萄酒,被送进了阿列克谢·阿布拉莫维奇那松弛的肚子里,进入了格拉菲拉·利沃夫娜那满是脂肪和法国女人艾丽丝·奥古斯托夫娜那骨瘦如柴、满是皱纹的身体中，被消化和吸收。顺便说一句，喝马德拉葡萄酒的时候，艾丽丝·奥古斯托夫娜在阿列克谢·阿布拉莫维奇面前毫不示弱（这里要指出的是，十九世纪以前不久：十八世纪时受雇于别人家的妇女是无权在餐桌上喝酒的）。她说自己老家（洛桑）有一座葡萄园，在家里时她总是喝马德拉葡萄酒而不喝克瓦斯，那时候喝马德拉葡萄酒就习以为常了。饭后将军要在书房的沙发床上睡上半个小时，可实际上睡的时间要长得多；格拉菲拉·利沃夫娜和法国女人则去了起居室。法国女人的故事说个没完，格拉菲拉·利沃夫娜听着听着便睡着了。有时候，为了增加点花样，格拉菲拉·利沃夫娜派人去把乡村牧师的妻子叫来，她这个人非常奇怪，说起话来前言不搭后语，总是慌里慌张，什么都害怕。格拉菲拉·利沃夫娜跟她在一起待了好几个小时，后来对法国女人说："Ah, comme elle est bête, insupportable！[①]"的确，这位牧师的妻子真是一个十足的蠢货。然后是喝茶，接下去，十点钟左右，吃晚饭，晚饭后，一家人开始张大嘴打哈欠。格拉菲拉·利沃夫娜说，到乡下就该按照乡下的习惯过日子，那就是早早上床睡觉，于是大家都散了。十一点钟的时候，从马厩到小阁楼，全家的人都在打鼾。偶尔，附近也有来访的人——他也叫涅格罗夫，只是姓氏不同罢了；再不就是一个叫老婶子的人，她住在省城，一直急着要把自己几个女儿嫁出去。他们一来，家里的生活秩序大变，但客人一走——一切仍是老样子。当然，除这些事情外，还有许

---

[①] 法文，意为"哎呀，她这个人太愚蠢了，真受不了！"

多时间不知如何打发，特别是在阴雨连绵的秋季和长夜漫漫的冬天。在这种时候，那位法国女人的全部聪明才智都用在如何消磨这空闲时间上了，应该说，她是有许多事情好讲的。在已故女皇叶卡捷琳娜在位的最后几年，她作为一名裁缝，随法国一个戏班子来到俄国。她丈夫在班子里挂二牌，但可惜他受不了彼得堡的气候，特别是他作为一个有妇之夫，对戏班子女演职人员保护得过于热心，结果被一名骑兵中士从二楼的窗口扔到了外面。想必被扔出去时他事先没有做好御寒防潮的准备，因此从那时起，他便开始咳嗽，一连咳了两个月，后来不再咳嗽了——原因很简单，因为他死了。艾丽丝·奥古斯托夫娜恰恰在她最需要丈夫的时候，即在她年方三十的时候，成了寡妇……她大哭一场后，先是去给一个风湿痛患者当看护，后来给一个个子很高的鳏夫的女儿当老师，从他那儿又到了一位公爵夫人家里，如此等等，就不一一细说了。这里要说的只是：她非常善于适应她来的这家人的习惯，取得他们的信任，成为他们家不可或缺的人，完成他们交给她的秘密的或公开的事情，行为举止上时时保持低姿态，记住自己所处的被保护者的卑微地位，处处谦恭忍让，克制自己的欲望，总之，她既不嫌别人家的楼梯陡，也不嫌别人家的面包苦①。她成天笑声不断，总是在织着袜子，日子过得无忧无虑，嘴里还总是哼着小曲。男女下房里所发生的所有小纠葛，从来没有她不掺和进去的，她从不想一想自己的可怜处境。因此，在百无聊赖

---

① 这句话在暗指但丁《神曲》中的诗句，参见《神曲·天国篇》第十七曲，"你将领略别人的／面包味道有多咸，／别人家里的楼梯／上下有多艰难。"

的时候，艾丽丝·奥古斯托夫娜便用讲故事的方式来安慰他人，这时候，阿列克谢·阿布拉莫维奇用纸牌算命，格拉菲拉·利沃夫娜则什么也不干，在沙发上闲待着。艾丽丝·奥古斯托夫娜知道许多关于自己恩人（她对自己的主人都这样称谓）的趣闻逸事；讲的时候自己又添油加醋一番，在每个故事中都把自己描绘成主要角色——好、坏无所谓——反正都一样。阿列克谢·阿布拉莫维奇对于孩子家庭教师讲的这些奇闻逸事，听得比他妻子还津津有味，而且常常哈哈大笑，认为她不是一位太太，简直是个宝贝。日子差不多就这样一天一天地过去，而时光却在不断地流逝，有时候重要节日到了——斋戒日、冬至、夏至、命名日、生日等，这时格拉菲拉·利沃夫娜便惊讶地说："哎呀，我的天，后天就是圣诞节了，难道早已下过雪了吗？"

但是，在所有这些事情中，那个被好心的涅格罗夫夫妇收养的可怜姑娘柳博尼卡在哪里呢？我们完全把她给忘了。这事主要怪她，不能怪我们，因为她出来时大都不说话；在这个宗法式的家庭里，对于所发生的种种事情，她几乎从不参与，在全家的大合唱中，她明显表现出是一个不谐之音。这姑娘身上有许多古怪的地方：在她生气勃勃的脸上同时又流露出一种冷漠和无动于衷的表情，好像对什么都无所谓，对一切都不管不问，以致有时候让格拉菲拉·利沃夫娜本人感到实在无法忍受，因此称她为冷若冰霜的英国女子，尽管将军夫人的安达卢西亚出身也很令人怀疑。她的脸很像父亲，只有那双深蓝色的眼睛是从冬尼娅那里继承来的。但这种相像蕴含着这样一个无限的矛盾，即这两张脸可以成为拉瓦特①写一部新的辞藻华丽的书的对象：阿列克谢·阿布拉莫维奇的阳刚之气在柳博尼卡脸上仍然保留了下来，即所谓一脉相传；但从她的脸上可以看出来，涅格罗夫本来是可以大有作为的，只是这种能力为生活所压抑，被生活所窒息了。她的那张脸就是阿列克谢·阿布拉莫维奇的脸的写照：凡是看见柳博尼卡的人都不会再和涅格罗夫斤斤计较了，但她究竟为什么总是在一旁沉思默想呢？为什么很少有什么事情能让她开心呢？为什么她总喜欢把自己一个人关在屋里呢？这里的原因很多，有内因，也有外因，我们就从外因说起吧。

她在将军家的处境并不令人羡慕——这并不是因为有人要把她赶走，或者想方设法刁难她，而是因为他们一脑子的偏见，缺乏那种只有进步发展才能具有的文明礼貌态度，这些人的粗暴是不自觉的。无论是将军还是将军夫人都不理解柳博尼卡在他们家的奇怪地位，而且毫无必要地触动她那极其脆弱的心弦，加重她的痛苦。涅格罗夫那严厉的，有时是傲慢的态度，常常完全不是出于有意，但却深深地侮辱了她；后来他也曾故意地羞辱她，但他却完全不知道自己的话对一个比管家的心灵更脆弱的心灵的影响是多么大，而且也不了解对待一个完全无助的姑娘——一个是女儿又不是女儿，有权利住在他家和由于他的恩惠才住在他家的姑娘，需要多么小心谨慎呀。这种文明礼貌的态度，像涅格罗夫这样的人是绝对不具备的，他根本想不到他的话会惹小姑娘生气，

---

① 拉瓦特（1741—1801），瑞士作家、剧作家，曾经写过一本风行一时的关于相面术的书《相面术种种》。

她算什么人呢,竟然还要生气?阿列克谢·阿布拉莫维奇为了尽量加深柳博尼卡对格拉菲拉·利沃夫娜的爱,经常对她说,今生今世她要一直为他的妻子向上帝祈祷,她的整个幸福生活多亏了他的妻子一个人,因为没有他妻子,她就做不成小姐,只能当女佣。他通过一些非常细小的事情使她感觉到:虽然她和他的孩子们一样地受教育,但是他们之间却存在着巨大的差异。她一过十六岁,涅格罗夫看任何一个未婚男人都可以做她的未婚夫,无论是从城里来了个办案的陪审员,还是听说附近有一个什么小地主,阿列克谢·阿布拉莫维奇总是当着可怜的柳博尼卡的面说:"这位陪审员要是能向柳博尼卡求婚就好了,真的,挺不错的:我觉得很合适,有什么不相配的?她总不能等着去嫁个伯爵吧!"格拉菲拉·利沃夫娜在为难柳博尼卡方面也不甘落后,有时她甚至以自己特有的方式对她宠爱有加,不听还不行,硬让已经吃饱了的柳博尼卡接着再吃,在不适当的时候让她吃果酱等东西,但可怜的柳博尼卡总是一忍再忍。格拉菲拉·利沃夫娜认为自己有责任向新认识的每一位太太介绍柳博尼卡,而且最后总要来上一句:"她是个孤儿,跟我的孩子们一块儿学习。"——然后便窃窃私语,说长道短起来。柳博尼卡猜到了她们在说什么,脸色一阵发白,然后由于不好意思,脸上只觉得发烧——特别是当那位乡下太太听了格拉菲拉·利沃夫娜的悄悄说明后,便用不屑的目光看着她,同时露出轻蔑的微笑。最近一个时期,格拉菲拉·利沃夫娜对这个孤儿的态度有了一些变化,她脑子里常常开始出现一种想法,这种想法发展下去,可能会对柳博尼卡造成严重不利的后果:虽说当母亲的总认为自己的孩子最好,格拉菲拉·利沃夫娜终归看得出，她的丽莎——一个很像母亲的红红胖胖，但又有些呆头呆脑的姑娘——在端庄沉稳的柳博尼卡面前总有些相形见绌；柳博尼卡不仅人长得好看，她那种若有所思的神态本身，就给人一种难以忘怀的印象。看到了这一点，格拉菲拉·利沃夫娜完全同意阿列克谢·阿布拉莫维奇的意见，即如果遇到什么合适的文书或陪审官之类的人，只要心肠好，就把她嫁出去。这一切，柳博尼卡不可能不看在眼里。此外，周围所有的人也都在刁难她；她和包括"自己的奶妈"在内的女佣们的关系也很别扭。女佣们把她看成是暴发户，她们按照贵族的思维方式，只把名正言顺的丽莎看作小姐。当她们确信柳博尼卡是个非常腼腆的姑娘，遇事从不求全责备，又见她从不在格拉菲拉·利沃夫娜面前说她们的坏话，于是她们便完全不把她当回事儿，心里不痛快时竟粗声大气地说："奴才就是奴才，怎么打扮也改变不了，压根儿就没有贵族的威风和派头。"对于这些闲言碎语，达观地想一想，根本不值得计较——但我要说一句，有谁能在蒙受这些卑鄙下流的谩骂和侮辱时，他，或者最好说是她——会说：随她们说吧，无足轻重，不值一提呢！除了这些磨难，阿列克谢·阿布拉莫维奇有一位住在省城的姑母有时带着三个女儿也来做客，这个老太婆凶狠刻毒，疯疯癫癫，是个伪君子——她容不得这个可怜的姑娘，对她的态度实在令人气愤。"哎哟，这是从哪儿说起呀，"她摇晃着脑袋说，"打扮得这么漂亮？啊？说一说吧！姑娘，您这样，会使人觉得您和我们的几个女儿是可以平起平坐的！格拉菲拉·利沃夫娜，您为什么这样娇纵她呀？要知道，她的亲伯母玛尔富什卡在我家可是饲养家禽的呀，是我的女奴；可她这种权利是从何而来的呢？

阿列克谢这个老东西也不害臊，就不怕别人笑话！"每次她骂完后，总要祷告一番，祈求上帝宽恕她的侄儿让柳博尼卡来到这个世上的罪孽。姑母的三个女儿——三种省城姑娘的姿态，其中大女儿光坚持自己是要命的二十九岁已经说了两三年了——若不是她们说话直来直去，简单明了，她们会通过自己用的每一个词让柳博尼卡感到她们是多么的宽宏大量，她们对她是多么的和蔼可亲。柳博尼卡在人前从不表露出这种场合给她带来多大的羞辱，或者还不如说，她周围的那些人，要是不向他们指出和解释明白，他们是不可能理解和看出来的；但柳博尼卡一回到自己的屋里便伤心地哭了起来……是啊，对于这种羞辱，她无法超然事外，不为所动——任何一个姑娘在这种情况下都未必能够做到。格拉菲拉·利沃夫娜觉得柳博尼卡有点可怜，但站出来对她进行保护，表示自己的不满——她连想都没有想过；通常她只是给柳博尼卡双倍的果酱而已，然后，等她嘴里不停地叫着 chère tante[①]，可不要忘记了我们，非常热情地送走老太婆的时候她才告诉法国女人，说她对这位姑母简直忍无可忍，每次她的到来都弄得她心神不宁，左太阳穴痛得要命，这疼痛随时都可能窜到后脑勺。

柳博尼卡的教育和其他方面的情形也差不多，这还用说吗？除了艾丽丝·奥古斯托夫娜，没有什么人再来教她。而艾丽丝·奥古斯托夫娜只给孩子们讲法文语法，虽然法文拼写法的窍门她也不掌握，一直到头发白，她写起法文来还是错字连篇。除了教语法，别的她什么都不干，虽然她说她曾经在某公爵夫人家

---

[①] 法文，意为"亲爱的姑母"。

里辅导他们的两个儿子考大学。涅格罗夫家的藏书不多,阿列克谢·阿布拉莫维奇自己连一本也没有;然而格拉菲拉·利沃夫娜却有一个小图书馆。起居室里有一个橱柜,上面一格放的是一套从来都不用的、摆摆样子的茶具,下面一格——则都是书,其中有四五十本法国小说,一部分是很久以前供伯爵小姐马夫拉·伊利尼什娜消遣和受教育用的,其他是格拉菲拉·利沃夫娜婚后第一年买的——那时候她什么都买:给丈夫买水烟袋、柏林样式的公文包,买带有小金锁的漂亮的狗颈圈……在这些用不着的东西中,她还买了十四本正在流行的书,其中有两三本是英文的,它们也跟着来到了乡下,虽然不仅涅格罗夫家,就是方圆四里之内也没有一个懂英文的人。她买这些书,是因为相中了它们的伦敦装帧:装帧的确很漂亮。格拉菲拉·利沃夫娜不仅很愿意让柳博尼卡拿这些书去看,甚至还鼓励她这样做。她说她自己也非常喜欢读书,但可惜她的事情太多——家事和孩子们的教育——使她没有时间读书。柳博尼卡很乐意读书,而且读得很认真,但她对读书并没有特别的嗜好:她还没有养成非读书不可的习惯,她总觉得书中写的东西似乎都很没劲,甚至沃尔特·司各特[①]的作品有时也让她感到索然无味。然而,这位年轻姑娘所处的单调的环境并没有扼杀她的发展,恰恰相反,这种庸俗的环境反倒更加促进了她的迅速成长。怎么会呢?——这是女人心灵的秘密。一个姑娘,要么一开始就很适应自己周围的环境,到了十四五岁便学着

---

[①] 沃尔特·司各特(1771—1832),英国小说家、诗人,对十九世纪欧洲文学发展有很大影响。

忸怩作态,恃宠而骄,传播流言蜚语,对过往的军官飞媚眼,留心女佣们是不是偷取茶叶和白糖,打算将来自己能成为受人尊敬的家庭主妇和要求严格的母亲;要么就能出淤泥而不染,用内心的高尚情操战胜外部脏乱的环境,以某种新的领悟来认识人生,从而把握住一种能够伴随自己、保全自己的生活节奏。这种发展几乎是男人所没有的。我们哥儿们受着教育,在中学、大学、台球室里,在其他多少带点教育意味的机构里学习着,但我们的发展和领悟水平和走在前面的女人们相比,并不是越来越接近了;当我们到了三十五岁,头发、精力、激情逐渐消退的时候,她们却还在焕发青春,保持着旺盛的活力。

柳博尼卡十二岁的时候,有一次,涅格罗夫大耍家长脾气,出口伤人,态度粗暴,一连训斥她几个小时,这事给了她很大的刺激,从此她就再没有停止过向前迈进。从十二岁起,她那个满头黑色鬈发的小脑袋瓜就开始活动了。她脑子里萌生的问题,范围并不大,净是些个人问题,这样也便于她集中精力思考。周围的事物她一律不管不问,她思索着,幻想着,幻想是为了减轻自己的精神负担,思索是为了弄清楚自己的理想是什么。这样,五年过去了,五年在一个姑娘的成长过程中是一个很长的时期。柳博尼卡是个爱动脑子的姑娘,内心像一团火,五年间她所感受和弄明白的事情,往往是善良的人们一辈子也想象不到的。她有时候简直害怕自己的想法,责怪自己各方面的成长,但却压制不住自己内心的活动。她关心些什么,心里有什么想法——没有人可以和她沟通,万般无奈,最后便想出一个一般女孩子常用的方法:开始把自己的所思所感写下来。它是一种类似日记的东西,为了

使各位能够了解她,我从这本日记中摘出以下片段:

昨晚我在窗前坐了很久。夜里天气湿暖,园子里美极了……不知道为什么,我总是感到那么忧伤,好像我的心头被蒙上了一块乌云。我难过极了,禁不住哭了起来,哭得非常伤心……我有父母,但我却是一个孤儿:茫茫人世间,我孤身一人。想到我谁都不爱,不禁感到有些毛骨悚然。这太可怕了!看看周围的人,他们都有所爱之人,然而我却举目无亲——我想爱,但却不能够。有时候我觉得我是爱阿列克谢·阿布拉莫维奇、格拉菲拉·利沃夫娜、米沙和妹妹的,但我这是在欺骗自己。阿列克谢·阿布拉莫维奇对我的态度是那样粗暴,他比格拉菲拉·利沃夫娜更让我感到形同路人,然而他却是我的父亲——难道做儿女的可以谴责自己的父亲吗?难道他们爱他是怀有什么目的的吗?他们爱他,是因为他是他们的父亲——但我却做不到。有多少次,我发誓要好好听父亲毫无道理的责骂,但是我习惯不了……只要阿列克谢·阿布拉莫维奇对我一发脾气,我的心就跳起来,而且跳得越来越厉害,我觉得,要是我由着自己的性子,我会同样用粗暴的态度回敬他的……我对母亲的爱已经破灭了,消失了,我知道她是我的母亲,才刚刚有四年,让我习惯于我有母亲这一想法,对于我来说有些太迟了:我爱她是把她当作奶妈……爱的,我是爱她的,但是我害怕承认这一点,我和她在一起时感到非常别扭,跟她说话时我必须隐瞒许多事情:这妨碍我们进行交流,令人感到痛苦。当你爱的时候,应该是无话不谈，可是我和她在一起的时候就没有这种自由。她是个心地善良的老太太——她比我更像个孩子，而且她已经习惯地称我为小姐，说话时对我称呼您——这几乎要比阿列克谢·阿布拉莫维奇的恶言恶语听起来还叫人难受。我为他们和自己向上帝祷告，祈求上帝去除我心中的傲气，使我能够变得温文尔雅，求他赐予我爱心，但爱一直没有来到我的心中。

一周之后：

难道所有的人都像他们，而且到处都跟这家人一样生活吗？我从未离开过阿列克谢·阿布拉莫维奇的家，但我觉得即使在乡下也可以生活得更好一些。有时候我觉得和他们在一起简直难受极了，也许这是因为我整天独自待着，性格变得孤僻了？有时我到椴树林荫道上去散步，坐在路口的长椅上，向远处眺望，感觉就不一样——这时我的感觉好多了，我忘记了他们；说不上是快乐，更多的是一种隐忧，一种惬意的愁思……山脚下坐落一个村子，我喜欢农民的这些简陋的房舍，喜欢绕村而过的潺潺溪流，还有那远方的林木。我一连几个小时地凝神眺望，观察着，而且仔细地倾听——远处不时传来歌声、机器链条的嘎巴声、狗的叫声和大车的轧轧声……而就在这种时候，只要我的白色连衣裙一出现，那些农村孩子便向我跑来，给我送来草莓，跟我讲种各样的奇闻逸事；我听着他们的话，一点不感到乏味。这些孩子是多么的可爱、坦诚和天真无邪啊！看来，要是让他们也接受像米沙那样的教育，肯定能培养出一批人才！有时候他们到老爷的庄园来找米沙，这时我只能避开他们，因为我们的用人和格拉菲拉·利沃夫娜本人对待他们的态度非常粗暴，使我心里感到非常难受。这些可怜的孩子千方百计想讨好弟弟，他们到处去给他抓松鼠，捉小鸟，可他却总是欺侮他们……奇怪的是，格拉菲拉·利沃夫娜是个多愁善感的人，当她听到一件什么伤心事时，会难过得直掉眼泪，可有时候我又对她的冷酷大为惊讶，她似乎也感到有些愧疚，总是说："这一点他们不懂，不能把他们当人看待，那样他们会忘乎所以的。"我就不相信：看来我母亲身体里的农民的血液在我的血管里被保留了下来！我跟农妇们说话从来跟和其他所有人一样，所以她们喜欢我，经常送给我热牛奶和蜂蜜。诚然，她们不像对格拉菲拉·利沃夫娜那样给我行鞠躬礼，但她们对我总是笑脸相迎，显得很高兴……我总也弄不明白，为什么我们村的农民都比从省城或附近来我们这里做客的人要好，而且比他们要聪明得多——而他们可都是受过教育，知书达理的呀，所有这些个地主和官吏——个个都那么令人讨厌……

一个在涅格罗夫的封建宗法式家庭教育下的姑娘，自打生下来，十七年从未出过远门，读书不多，更没有见过世面——就是这样一个姑娘，她有这样的真情实感，能够想象吗？日记所记的事实的真实性，材料收集者可以用他的良心担保。而心理方面的问题，请允许我来说上几句。柳博尼卡在涅格罗夫家的奇特地位，您已经知道，她生来精力充沛，富有活力，但由于她和全家的关系暧昧，由于她生母在家中的地位，以及父亲毫无情义的态度——父亲认为她的降生不是他的罪，而是她的罪——最后，还因为所有用人带着他们特有的讨好贵族的倾向，对冬尼娅挖苦讥笑，冷嘲热讽，柳博尼卡从各方面都感到受了莫大的侮辱。既然人人都在排挤她，那么柳博尼卡到哪儿去安身呢？如果她是个男人，她也许会离家出走，投奔军队，或随便到什么地方去；但她是个姑娘家，她只能把这一切埋藏在自己心里，她年复一年地死撑活挨，忍辱偷生，过着无所事事的日子，想着自己的心事。当她的心头所思逐渐沉淀下来，当她那自然产生的强烈的要求向人倾诉的愿望得不到满足时，她便拿起笔来，诉诸文字，就是说，把自己的所思所想完全记下来，即所谓一吐为快，以缓解内心的压力。

只要稍微有点眼力的人都能够预见，柳博尼卡和克鲁齐费尔斯基在此种情况下相互见面是不会白见的。教育上几近多年的努力和在上流社会的生活，使两位年轻人具备了相互钟情与爱慕的能力和思想准备。柳博尼卡和克鲁齐费尔斯基相互不可能不留意对方：他们都举目无亲，都是天涯沦落人……很长时间，生性腼腆的学士先生不敢和柳博尼卡说话，命运使他们在沉默中相识了。使这两个年轻人互相接近的首要原因，是涅格罗夫对待家人和用人们的家长式的粗暴态度。就像柳博尼卡自己说的，阿列克谢·阿布拉莫维奇的恶言恶语，她这一辈子也接受不了。当然，当着外人的面，他更加肆无忌惮；她面红耳赤，怒火满腔，但这并没有妨碍她亲眼看见克鲁齐费尔斯基同样也受到将军这种封建宗法式的对待。很久之后，克鲁齐费尔斯基自己也有了同样的感觉，这时他们相互有了理解，暗中达成了默契。这种理解和默契在他们三言两语的交谈之前就已经存在了。当阿列克谢·阿布拉莫维奇开始责骂柳博尼卡的时候，或者是对六十岁的斯比尔卡和白发苍苍的马丘什卡进行说教，大念道德经的时候，柳博尼卡不由自主地把一直盯着地面的痛苦目光转向德米特里·雅科夫列维奇，而后者则气得嘴唇直打哆嗦，脸上红一阵白一阵的；为了缓和内心沉重的不快情绪，他也用同样的办法，悄悄观察柳博尼卡的脸色，看看她心里在想些什么。他们起初并未想到这些比任何人都更富有好感的目光会把两个人引到何处，因为他们周围没有任何不仅能够压倒，而且能够把所产生的好感控制在一定范围之内，最后加以分散化解的东西；恰恰相反，由于其他人根本没有留意，这反而促进了这种好感的发展。

我根本无意向诸位详细讲述我笔下主人公的爱情故事，因为缪斯[①]没有赋予我描写爱情的能力：

啊，我歌唱的不是爱，而是恨！

我只想简单地告诉你们，生性温和且易动感情的克鲁齐费尔斯基来到涅格罗夫家两个月后，便疯狂地爱上了柳博尼卡。

---

① 缪斯，希腊神话中九位司音乐、戏剧、诗歌、舞蹈、历史等艺术门类的女神的通称，她们都是宙斯的女儿，住在赫利孔山。

爱情成了他生活的中心，为了她，别的一切他都顾不上了：无论是对父母的关爱，还是对学问的专注——一句话，他爱得非常狂热，非常浪漫，跟维特①和连斯基②一样。很长时间他自己也没有意识到内心充满了一种新的感情，后来他也没有直接向她吐露，甚至连想都不敢想——这种事大抵也不用去想：一切顺其自然。

有一天，吃过午饭，涅格罗夫在书房里，格拉菲拉·利沃夫娜在起居室里休息，柳博尼卡在大厅里坐着，克鲁齐费尔斯基在给她朗读茹科夫斯基③的诗。对于一个年轻男人来说，给一位年轻女子朗读除数学教程之外的任何读物有多大危险和害处，法郎赛斯加·达·里米尼在另一个世界里就已经说过了，她一边跳着该死的华尔兹舞 della bufera infernale④，一边对但丁说：她是如何由朗读到接吻，又从接吻走向可悲结局的。⑤我们这两个年轻人不了解这些事，他们已经一连数日用学士带来的茹科夫斯基的诗在自己的爱情上煽风点火了。当他们在朗读《伊维克的仙鹤》⑥时，一切都很好，但是在知道了这一案情的凶手后，他们便转而去朗读

---

① 德国诗人歌德（1749—1832）的小说《少年维特之烦恼》的主人公。
② 俄国诗人普希金（1799—1837）的长诗《叶甫盖尼·奥涅金》中的人物。
③ 茹科夫斯基（1783—1852），俄国诗人，翻译家，俄国浪漫主义诗歌的奠基人。
④ 意大利文，意为"地狱狂风"。
⑤ 指法郎赛斯加和保罗的爱情故事，见但丁的《神曲·地狱篇》第五曲。
⑥ 德国诗人席勒（1759—1805）创作的一首民谣，由茹科夫斯基于1813年改编成俄语。讲述一个关于仙鹤的神话故事，仙鹤帮助揭露了杀害流浪歌手伊维克的凶手。

《阿丽娜和阿利西姆》①——这时事情便发生了。克鲁齐费尔斯基用颤抖的声音朗读完第一诗段,擦了擦脸上的汗,喘了口气,吃力地读出了下面的诗句:

> 当时来运转的时候,
>
> 他一定会表明自己的心声:
>
> 你是我世上唯一的亲人——

他停下来,号啕大哭,泪如雨下,书从他手里掉了下来,但他只管低头哭泣,简直伤心极了,只有第一次坠入爱河的人才会哭成这个样子。"您怎么啦?"柳博尼卡问道,她的心也跳得很厉害,眼里满是泪水。"您怎么啦?"她又问了一遍,心里真害怕他的回答。克鲁齐费尔斯基抓住她一只手,鼓起一种新的、从未有过的力量和勇气,同时又不敢抬起眼睛,对她说:"请……请做我的阿丽娜②吧!……我……我……"他往下再也说不出什么话了。柳博尼卡轻轻地抽回自己的手,她的脸只觉得发烧,哭着向外面跑去。克鲁齐费尔斯基没有阻拦她,甚至也未必想要阻拦她。"我的天呀……不过她只是那么轻轻地,不好意思地抽回了自己的手……"于是他又哭了起来,完全像个孩子。当天晚上,艾丽丝·奥古斯托夫娜开玩笑地对克鲁齐费尔斯基说:"您大概在谈恋爱吧?一副心不在焉、神情忧郁的样子……"克鲁齐费尔斯基

---

① 茹科夫斯基的另一篇叙事诗,写于1814年。

② 《阿丽娜与阿利西姆》中的主人公。

听后一下子满脸涨得通红。"怎么样,我猜中了吧,要不要我给您算上一卦?"凶犯在侦察人员面前弄不清后者已掌握了哪些案情,不知道他在暗示什么时的感受,德米特里·雅科夫列维奇·克鲁齐费尔斯基这时全都体验到了。"怎么样,要算一卦吗?"紧追不舍的法国女人问道。

"那就有劳您了。"年轻人回答说。

于是艾丽丝·奥古斯托夫娜脸上露出一种诡诈的微笑,开始放牌,嘴里念念有词:"喏,它就是让您 de vos pensées① 的意中人……您的运气太好了,她和您心心相印!……恭喜,恭喜……就挨着红心 A……她非常爱您……这是怎么回事?她不敢向您表白。您这位骑士怎么这样狠心呢,让她痛苦不堪!"如此等等。艾丽丝·奥古斯托夫娜说每个字的时候,都用她那双犀利的小眼睛紧紧地盯着他,对这个可怜的年轻人的"拷问",使她打心眼儿里感到非常高兴。"Pauvre jeune homme②,她不会让您如此痛苦的,喏,哪儿有这样铁石心肠的人……您曾经对她说过您爱她吗?肯定没有吧!"克鲁齐费尔斯基的脸是一阵白、一阵红、一会儿发青、一会儿变黄,最后他撒腿便跑,逃之夭夭。回到自己屋里,他抓起一张纸,心里怦怦直跳,他兴奋地、神情专注地抒发起了自己的感情。这是一封书信,一首长诗,一篇祷文,他幸福得哭了起来——总之,写完后,他感受到了无比幸福的美妙瞬间。这样的瞬间,通常都像闪电一样,稍纵即逝——它是我们生活中最

---

① 法文,意为"心驰神往"。
② 法文,意为"可怜的年轻人"。

好最美的财富，然而我们却没有珍惜它、尽情享受它，反而经常表现得非常浮躁，忧心忡忡，总在期待着未来的什么……

写完信，克鲁齐费尔斯基来到楼下，大家正在喝茶。柳博尼卡没从自己的房间里出来，说是头疼。格拉菲拉·利沃夫娜显得特别妩媚动人，但是没有人注意她。阿列克谢·阿布拉莫维奇若有所思地抽着自己的烟斗（想必诸位还没有忘记，他的这副样子只是一种假象）。艾丽丝·奥古斯托夫娜去取自己杯子的时候，乘机告诉克鲁齐费尔斯基，说她需要跟他谈谈。但是谈话没有进行下去；米沙在逗狗玩，它叫个不停——涅格罗夫叫人把狗赶出去；最后，戴着粗麻布套袖的女佣把茶炊端走了；阿列克谢·阿布拉莫维奇在发牌算卦，格拉菲拉·利沃夫娜在抱怨头疼。克鲁齐费尔斯基走出大厅，这时天色已经开始暗下来。可艾丽丝·奥古斯托夫娜仍旧在那里。"天黑后请您到凉台上去一下，有人等您。"她说。这时克鲁齐费尔斯基人已经完全麻木了……这是真的吗？有人要和他约会，也许是她生气了，要对他发泄一下自己的愤怒，也许……于是他向园子里跑去。他好像看见椴树林荫道的深处有白色连衣裙在晃动，但是他不敢走过去，他甚至不知道该不该到凉台上去——是的，哪怕只是为了递交一封信，只需一分钟——当面递交……但一想到要去凉台他就感到非常害怕……他抬头往上看了看：尽管天色已黑，凉台一角的白衣裙仍然能够看见。是她，是她，她是那样忧郁，那样若有所思——想必她是坠入爱河了！……于是他踏上了从园子通往凉台的第一级阶梯。最后他是怎么走上去的，我就不向各位一一转述了。

"哎呀，是您呀？"柳博尼卡小声问道。

他没有出声,像鱼似的,只是张着嘴喘气。

"这夜色有多美呀!"柳博尼卡接着说。

"请原谅我,看在上帝的分儿上,请您原谅!"克鲁齐费尔斯基回答说,伸出像死人一般的手握住柳博尼卡的一只手。柳博尼卡没有抽回手去。

"请看看这封信,"他说,"您就会了解我实在难以开口的事……"

泪水又湿润了他那火辣辣的面颊。柳博尼卡紧紧握住他的手;他的眼泪洒落在她的手上,他一再地亲吻它。她接过信,藏进了自己怀里。他兴奋不已,也不知道事情是怎样发生的,但是他的嘴唇和她的嘴唇互相接触了;爱的初吻——凡是没有亲身体验过的人都是不幸的人!心醉神迷的柳博尼卡自己也报以热烈的、令人销魂的长吻……德米特里·雅科夫列维奇·克鲁齐费尔斯基从未感到这样幸福过,他把头俯在自己一只手上,哭了起来……他抬起头,突然惊叫道:

"天哪,我做了什么!"

这时候他才发现,面前的女人根本不是柳博尼卡,而是格拉菲拉·利沃夫娜。

"我的朋友,请你安静些!"快要让悠闲富裕的生活腻味死了的将军夫人说。但这时克鲁齐费尔斯基早已跳下阶梯,进入园子,立刻顺着椴树林荫道跑去,然后离开园子,穿过村庄,浑身无力地倒在路上,像中风了一样。这时候他才想起来信落到格拉菲拉·利沃夫娜手里了。怎么办?——他揪住自己的头发,像一头发狂的野兽,在草地上滚来滚去。

为了说明这场奇怪的 qui pro quo[①]，我们必须暂且停下来，做一点说明。——艾丽丝·奥古斯托夫娜那一双小眼睛非常敏锐，善于察言观色，她发现自从克鲁齐费尔斯基来到将军家后，格拉菲拉·利沃夫娜开始有点注意起打扮来：衣服穿得跟以前不同了，领子样式不断变换，包发帽也焕然一新，对发式也关心起来，那种粗大的帕拉什卡式发辫——不久曾一度和格拉菲拉·利沃夫娜残存的蓬松头发颜色很搭配——重又梳了起来，尽管发辫已经被蠹虫蛀去了一些。在这位备受敬重的女主人那松弛宽大的脸上，出现某种一直被丰满的两腮悄悄掩盖着的新的神态：有时候，她一微笑——眼睛里便透出几分淫荡的神色，一声叹息——目光里则露出几分甜蜜……这些个变化，丝毫都没有逃过艾丽丝·奥古斯托夫娜的眼睛。有一天，她偶然走进格拉菲拉·利沃夫娜的房间，女主人不在屋，她顺手打开梳妆盒，发现里面有一支 rouge à lèvres[②]，已经被打开，这支唇膏和一瓶什么眼药水放在一块儿有十五年了——当时她在心里不禁叫道："现在该是我出场的时候了！"当天晚上，她和格拉菲拉·利沃夫娜单独在一起的时候，这个法国女人便讲起有那么一位夫人——自然是公爵夫人了——对一位年轻男子产生了兴趣，她（即艾丽丝·奥古斯托夫娜）眼看天使般的公爵夫人痛苦不堪，一天天变得憔悴，便产生了恻隐之心；最后公爵夫人一头扎进她的怀里，把她当成是自己唯一的知心朋友，一五一十地把自己的烦恼和困惑统统都对她说了，想

---

① 拉丁文，意为"误会，误解"。
② 法文，意为"口红，唇膏"。

听听她的意见；她消除了公爵夫人的困惑，提出了自己的忠告；此后公爵夫人便不再憔悴和痛苦了，相反，开始变得丰满和快乐起来。格拉菲拉·利沃夫娜听了她这番胡扯，身体里顿时燃起了夜火一样的激情。通常人们认为胖的人不会有什么激情——这话不对：凡是大火持续得久的地方，那里肯定有许多带脂肪的东西——只要燃烧起来。而艾丽丝·奥古斯托夫娜，正如诸位所看到的，所扮演的就是煽风点火的角色，她把格拉菲拉·利沃夫娜身上的那点欲火煽成了熊熊的火焰。诚然，她还没有达到让格拉菲拉·利沃夫娜把自己所有秘密都告诉她的程度，她甚至具有不强人所难的气量，因为这样做完全没有必要：她想把格拉菲拉·利沃夫娜牢牢掌握在自己的手中——而且肯定稳操胜券。格拉菲拉·利沃夫娜在后来的两个星期里送给她两件礼物——一块库帕文厂出品的头巾和自己的一件*丝*绸连衣裙。

克鲁齐费尔斯基不仅在行为上，而且在思想中都像少女一般天真无邪，他怎么也猜不透这位法国女人主动过来讨好，说话含沙射影的用心，同时他也揣摩不透格拉菲拉·利沃夫娜眼神里的含义。然而他这种憨厚老实、羞涩腼腆的性格和他怅然若失的目光，更能激发一个四十岁的女人的激情；对通常男女关系的奇怪颠倒使这事变得特别有趣；实际上，格拉菲拉·利沃夫娜扮演的是征服者和引诱者的角色，而德米特里·雅科夫列维奇·克鲁齐费尔斯基——是一位天真少女的角色，居心险恶的蜘蛛已经在他周围开始张网布阵。好心的涅格罗夫什么都没察觉，像往常一样，到处走走看看，问问园丁婆婆果树的情况如何。在阿列克谢·阿布拉莫维奇这个宗法式的家庭里，依然保持着平静和睦。现在我们可以回到凉台上去了。

格拉菲拉·利沃夫娜见自己的约瑟[①]转身逃去,很是莫名其妙。她感到晚上有几分凉意,便回到了卧室。等只剩下她一个人和艾丽丝·奥古斯托夫娜在一起时,她取出了那封信。她那宽阔的胸脯有些起伏,她用颤抖的手指打开信件,开始阅读,这时她惊叫起来,好像有青蛙或者壁虎夹在信中或者突然爬到她怀里似的。三个女佣急忙跑进屋内,艾丽丝·奥古斯托夫娜伸手把信抓了过去。格拉菲拉·利沃夫娜叫人拿花露水过来,惊魂未定的女佣把氨搽油递给了她,这时格拉菲拉·利沃夫娜叫人在她头上搽一些……"Ah, le traître, le scélérat!  [②]……没想到这么老实的人竟干出这等事来!……我们这位英国小姐……不,这个贱骨头,是干不出什么好事来的,因为她一点不知好歹……我简直是养了一条毒蛇!"艾丽丝·奥古斯托夫娜现在的处境跟我认识的一位官员的情况差不多:他一辈子耍奸弄滑,屡屡得手,自信没有人能够顶替他,于是他提出了辞呈,想以退为进,保住自己的职位——谁知他的辞呈竟被照准了。骗了一辈子人,到头来却骗了自己。她是个很机灵的人,立刻就明白了是怎么回事,是她把事情搞糟了,知道错误出在什么地方;同时她又想,与其说她和格拉菲拉·利沃夫娜落在了克鲁齐费尔斯基的手里,还不如说是他落在了她们的手里。她想,如果格拉菲拉·利沃夫娜因为嫉妒而

---

① 《圣经》中雅各和拉结的儿子,犹太人十二列祖之一,被自己的兄弟们卖作奴隶,后被法老的护卫长波提乏买去,波提乏的妻子勾引约瑟,约瑟深受其扰。

② 法文,意为"啊,负心的坏蛋!"

忌恨他，他可能会把艾丽丝·奥古斯托夫娜揭露出来，可要是拿不出证据，这只能在阿列克谢·阿布拉莫维奇的心里引起怀疑。正当她苦思冥想着如何才能平息遭遗弃的狄多①的愤怒的时候，阿列克谢·阿布拉莫维奇走进了卧室，他一边打着哈欠，一边在自己的嘴上画着十字——艾丽丝·奥古斯托夫娜感到自己全完了。

"阿列克谢！"怒气冲冲的夫人叫道，"我从未想到过会出这样的事，亲爱的，你想想看：这位老实巴交的先生——他在给柳博尼卡写信，而且写的这叫什么信——读起来吓死人，他算把一个无依无靠的孤儿给毁了！……我要你明天立马让他从我们家走人。想想看，当着我们女儿的面……当然，她还是个孩子，但这种事是会对她的思想产生影响的。"

阿列克谢生来不是那种能够对事情迅速做出反应，并能当机立断的人。何况这件事着实也让他大吃一惊，一点不比当年蜜月期间格拉菲拉·利沃夫娜要他对着已故父母的坟墓发誓，一定要收养这个私生女时吃惊更小。此外，涅格罗夫困得要命，非常想睡觉，报告截获信件一事所选择的时间很不是时候：一个人想睡觉的时候对于妨碍他睡觉的人会非常恼火的——因为他的神经已经非常脆弱，一切都处在困倦的影响之下。

"怎么回事儿？柳博尼卡跟谁在通信吗？"

"是的，是的，柳博尼卡跟这位大学生在通信……我们这位品行端正的小姐……老实说，她这种出身，肯定会干出这种事来

---

① 古罗马诗人维吉尔（前70—前19）的长篇史诗《埃涅阿斯纪》中的女主人公，因自己的心上人埃涅阿斯拒绝了她的爱情而自杀。

的！……"

"喏，信里都写了些什么？是私订终身不成？啊？这不，女孩子一到十七岁，就要当心了。难怪她总是一个人待着，说头疼什么的……我一定要让这个骗子娶她，难道他忘了他在谁家做事么！信在哪里？呸，真糟糕，写这么小的字！一个当老师的，自己连字都不会写，像是老鼠爪子画的。你给我念念，格拉沙。"

"这种破玩意儿我连念都不愿念。"

"胡说什么呀！四十岁的娘儿们了还说这种话！达什卡，去书房把眼镜给我拿来。"

达什卡知道去书房的路，很快就把眼镜拿来了。阿列克谢·阿布拉莫维奇坐到灯旁，打了个哈欠，翘着上嘴唇，这使他的鼻子有一种令人肃然起敬的样子，他眯缝着两眼，开始非常吃力地，带着一种浓重的书生腔念道：

"是的，请做我的阿丽娜吧。我热烈地，像疯了一样不顾一切地在爱着您，您的名字就意味着爱①……"

"这人真能胡扯！"将军插话说。

"……我不抱任何希望，我也不敢幻想得到您的垂爱，但我的心里憋得发慌，不能不对您说：我爱您。请原谅我，我跪在您的面前，求您了——请您宽恕……"

"呸，你这个人还真能胡说八道！这还只是开头第一页……不，老兄，够了！谁要看这些胡言乱语！……预防发生这样的事，难道不是你们的责任吗？你们怎么看管的？为什么让他们单独在

---

① 因为"柳博尼卡"这个名字的词根源于俄文的"爱"字。

一起?……不过还好,没什么大不了的,女人就是头发长,见识短。信里到底写些什么?鬼话连篇,而别的事只字未提……可柳博尼卡也到该嫁人的时候了,他为什么不可以做未婚夫呢?医生说,他是一名十等官员。看他胳膊是不是能拧过大腿……咱们走着瞧,人早上总比晚上头脑聪明一些,该睡觉去了,再见,艾丽丝·奥古斯托夫娜,眼力挺不错的,可硬是没看出来……好了,明天再说!"

于是将军开始脱去衣服,一分钟后便打起鼾来。入睡前他还在想:克鲁齐费尔斯基,他跑不了,非让他和柳博尼卡结婚不可——这是对他的惩罚,而她也该有个归宿了。

这真是个不顺心的日子。格拉菲拉·利沃夫娜怎么也没有料到涅格罗夫的想法会这样急转直下,她忘记自己近来一直跟将军说柳博尼卡该嫁人的话了,这风流娘儿们醋意大发,一头扎到床上,就要去咬那枕头套,也许,实际上她真的咬了。

可怜的克鲁齐费尔斯基这时候一直在草地上躺着,他真心诚意地只想一死了之,要是在帕尔卡①女人掌权的时代,她们肯定会因为不忍心而把他的生命线切断的。他非常烦闷,万分苦恼,深感绝望与恐惧,担心与羞愧,他已经是疲惫不堪,结果跟阿列克谢·阿布拉莫维奇一样——竟然睡着了。若不是像克鲁波夫医生说的他患有 febris erotica② 症,他肯定会染上 febris catharralis③ 病,

---

① 罗马神话中的命运三女神,她们掌管着人的命运。三位女神中克罗托纺织生命之线,拉刻西斯决定生命之线的长短,阿特洛波斯负责切断生命之线。

② 拉丁文,意为"恋爱狂"。

③ 拉丁文,意为"卡他性寒热病"。

但这时寒露帮了他的忙：起初睡得不好，后来倒是睡熟了；三小时后，他醒了过来，这时太阳已经升起了……海涅说：太阳东升西落纯系老生常谈，这话完全正确；对于热恋中的人来说，这话更应该是理所当然的了。清新的空气，扑鼻的芳香；白蒙蒙的雨露返回大气，身后留下千百万晶莹透明的露珠；天空的彩云和难得一见的阴影赋予周围的树木、家舍一种优雅的新意；小鸟各自在欢唱；万里晴空。德米特里·雅科夫列维奇·克鲁齐费尔斯基站起身来，这时他的心情已经好多了；他面前的道路蜿蜒曲折，望不到头；他久久地望着它，心想：是不是沿着这条路一走了之，从此永远避开这些戳穿他的秘密——是他自己糟蹋了这一神圣的秘密——的人们呢？不然他怎么好回去，怎么见格拉菲拉·利沃夫娜呢……还是走为上计！但是他怎么能扔下柳博尼卡呢？哪儿有和她分手的勇气呢？……于是他慢腾腾地往回走去。他进了园子，看见椴树林荫道上有白色衣裙，马上便想起了自己所犯的错误，想起了第一次接吻，脸一下子就红了起来，但这次穿白衣裙的人却是柳博尼卡。她端坐在自己喜欢的长凳上，闷闷不乐、若有所思地眺望着远方。克鲁齐费尔斯基倚靠在一棵树上，怀着一种兴奋喜悦的心情注视着她。的确，此时此刻，她显得分外漂亮，她正在专心致志地想自己的心事，她的样子有些忧伤，但这种忧伤反而给她那生机勃勃、轮廓分明、青春美丽的面庞增添了某种庄重的印象。这位年轻人伫立良久，细心观察，目光中充满了爱慕和真诚，最后，他决定向她走去。他必须和她谈谈，必须告诉她关于那封信的事。柳博尼卡看见克鲁齐费尔斯基后显得有些不好意思，但这里没有任何做作之处，她迅速看一眼自己早晨穿的这身衣服（她没想到会遇见人），急忙整理一下，接着便抬起她那双沉静美丽的眼睛，望着克鲁齐费尔斯基。德米特里·雅科夫列维奇双手按在胸口，站在她的面前；她看到他那充满爱慕、痛苦、希望和喜悦的祈求的目光，便向他伸过手去；他握住她的手，泪流满面……诸位！人年轻时候有多么好啊！……

借《阿丽娜与阿利西姆》那首诗所吐露的真情，深深打动了柳博尼卡的心。正如我们所提到过的，很久以前，她就以其女性的洞察力感觉到有人已经爱上了自己，但当时这还只是一种预感，只可意会，不能言传。现在话已经说出来了，于是晚上她在自己的日记中写道：

> 好不容易我才把自己的思想稍微理出个头绪。啊，瞧他哭得多么伤心！天哪，我的天哪！我从未想到过男人也会这样痛哭。他的目光天生具有某种力量，使我浑身战栗，但这不是恐惧；他的眼神是那么温存，那么柔和，跟他的声音一样……我非常同情他；要是按我的心意，为了安慰他，我几乎会对他说我爱他，我会吻他，那样他会感到非常幸福……是的，他爱我，这我看得出；我自己也爱他。在我见到过的人当中，他和他们的区别是多么大呀！他是那样的高尚，那样的温柔！他对我谈过他的父母：他是多么爱他们啊！可他为什么要对我说："做我的阿丽娜吧！"我有自己的名字，而且非常好听；我爱他，我可以属于他，但我还是我……我值得他爱吗？我觉得我无法那么强烈地去爱！又是这一阴暗的想法，它永远在啮噬着我的心……

"再见,"柳博尼卡说,"信的事用不着那样担惊受怕,我什么都不怕,我了解他们。"

她握住他的手,态度是那么友好,样子是那么可爱,然后便消失在树丛中了。克鲁齐费尔斯基一个人留了下来。他们在一起谈了很久,克鲁齐费尔斯基所得到的幸福远比昨天所遭受的不幸大得多。他回味着她的每一句话,心潮澎湃,浮想联翩,事事都和一个人的形象交织在一起。她无处不在,她……但他的遐想被阿列克谢·阿布拉莫维奇的哥萨克用人打断了,他叫克鲁齐费尔斯基到将军那里去。涅格罗夫还从来没有在早上这个时候叫过他。

"有什么事吗?"克鲁齐费尔斯基问道,他像被当头泼了一盆冷水似的。

"是的,请到老爷那里去一趟。"哥萨克用人相当不客气地说。

显然,信的事将军一定有所耳闻了。

"我这就去。"克鲁齐费尔斯基说。恐惧和羞愧已经使他有些六神无主了。

他有什么好怕的呢?柳博尼卡爱他,看来这已毫无疑问,那还有什么可怕的呢?但是他却被吓得魂飞魄散,羞得无地自容;他怎么都无法想象到格拉菲拉·利沃夫娜的处境丝毫也不比他好,他想象不出自己以后怎么跟她见面。为摆脱困境而犯罪,这样的事倒是司空见惯……

"怎么样,亲爱的,"涅格罗夫说,摆出一副将要提出重要问题的庄严架势,"怎么,你们在大学里老师教不教写情书这种事?"

克鲁齐费尔斯基一声不吭,他是那样激动,甚至没有感觉出涅格罗夫说话的口气是在侮辱他。他那副愁眉苦脸、六神无主的样子，进一步刺激了勇敢的阿列克谢·阿布拉莫维奇，于是他盯住克鲁齐费尔斯基的脸，冲他大声说道：

"先生，您怎么竟敢在我家里搞这种勾勾搭搭的事呢？您把我家当成什么了？您把我当成什么了，当成傻瓜了，是不是？年轻人，勾引一个没爹没妈、无依无靠、没有财产的可怜的姑娘，是不道德的，是非常可耻的！……这就是当今的世风！学校教你们文法、算术，可就是不教你们道德……引诱一个年轻女子，败坏人家的名声……"

"请问，"克鲁齐费尔斯基回答说，心中的愤怒已经逐渐战胜了因自己的处境而形成的尴尬心态，"我干了什么啦？我爱柳博尼卡·亚历山大罗夫娜（她之所以叫亚历山大罗夫娜，大概是因为她父亲叫阿列克谢，而她母亲的丈夫——管家——叫阿克肖恩的缘故），而且敢于表明我的态度。我自己曾觉得我永远都不会说出我的所爱，我也不知道怎么会发生这种事。可您凭什么认为我这是在犯罪？为什么认为我是居心不良？"

"我来告诉您为什么！要是您出于真心实意，您就不会用自己的 billet doux① 来糊弄一个姑娘，而应该直接来找我。您知道，我是她的亲生父亲，因此，您应该来找我，征求我的同意和应允。可是您却在暗中偷偷地干，结果被逮住了——请不要抱怨我，我不许在我家里出现这种风流韵事，这叫勾引良家女子！不，我真没想到您会这样，您装老实装得不错呀，她做得也很出色，这都多亏她受的教育和照顾了！格拉菲拉·利沃夫娜哭了一

---

① 法文，意为"情书"。

个通宵。"

"信在您的手里，"克鲁齐费尔斯基说，"您可以看得出，这是头一封信。"

"凡事开头难。怎么，头一封信您就向她求婚了，是不是？"

"这我连想都不敢想。"

"您怎么一方面那么大胆，另一方面又那么胆小呢？您在信纸上密密麻麻写那么多，像老鼠爬的一样，目的何在呢？"

"我，老实说，"克鲁齐费尔斯基回答说，他对涅格罗夫的用语深为吃惊，"向柳博尼卡·亚历山大罗夫娜求婚的事，我连想都不敢想，如果有希望……那我就是世上最幸福的人了……"

"话说得很漂亮——这就是学校教你们的——用花言巧语骗人！请问，要是我答应您的求婚，不反对柳博尼卡嫁给您——那么您将靠什么生活呢？"

当然，涅格罗夫并不是那种特别精明的人，但他却完全具有我们民族所特有的务实的本领，即所谓"本能智慧"。不管柳博尼卡嫁给谁——都是他梦寐以求的，特别是当令人尊敬的父母大人看到自己可爱的女儿丽莎在柳博尼卡面前显得大为逊色之后，在情书的事发生前很久，阿列克谢·阿布拉莫维奇就想到过要克鲁齐费尔斯基娶柳博尼卡，然后让他去省里一个什么部门工作，这个想法跟他以前说过——要是遇上个好的文书就把柳博尼卡嫁出去——的话出于同一种考虑。当涅格罗夫发现克鲁齐费尔斯基爱柳博尼卡时，他脑子里出现的第一个念头，就是一定要让克鲁齐费尔斯基娶她。他认为，情书肯定是闹着玩的，一个青年人是不会轻易给自己套上婚姻生活的枷锁的；当涅格罗夫从克鲁齐费尔斯基的回答中清楚地看到,后者并不反对结婚,他便立即改变进攻的方向,把话题转到财产上,担心克鲁齐费尔斯基结婚时向他提出陪嫁的问题。

克鲁齐费尔斯基一声不响,涅格罗夫的问题像一块铁板重重压在他的胸口。

"您,"涅格罗夫说,"关于她的财产,您没有搞错吧?她可是什么都没有,也别指望有人能给她,当然,我不会让她只穿一条裙子走的,但除几件随身衣服外,我是什么也不会给她的,因为我自己的女儿也正在长大。"

克鲁齐费尔斯基说,陪嫁问题他根本没有想过,涅格罗夫大为满意,心里想:"真是一只绵羊,还是位学者呢!"

"话虽这么说,亲爱的,人们考虑问题是不会以果为因,本末倒置的。在您写信搅乱姑娘的心之前总该想想将来的事吧,要是您真心爱她,并打算向她求婚,您为什么不想想将来的生活呢?"

"要我怎么办?"克鲁齐费尔斯基反问道,他的声音任何人听了都不会不为所动。

"怎么办?您可是个有等级的官员,而且好像是一位十等文官,把您那算术和诗歌往一边放放,要求到衙门里去工作啊。游手好闲、无所事事的日子已经够了——该做点有用的事了,到衙门里去工作吧:那儿的副省长和我们是自己人,过些时候您就有可能当上参事——您还要怎么样?饭碗问题解决了,体面的职位也有了。"

克鲁齐费尔斯基打生下来就没有想过要到衙门或别的什么机关去工作,当参事,就像要他变成一只飞鸟、一只刺猬、一只雄蜂或别的什么那样不可思议。然而他觉得涅格罗夫的话基本上是对的。他不会察言观色，看不透涅格罗夫那套别具一格的家长式作风，即一再说柳博尼卡一无所有，而且也别指望有人会给她，同时却又像父亲一样关心着她的婚事。

"最好我还是当一名中学教师。"克鲁齐费尔斯基最后终于说。

"喏，这工作不怎么的。中学教师算什么呢？又不是官吏，永远也成不了省长的座上客，充其量也不过是当个校长，薪俸低得可怜。"

最后这句话的语气显得非常平淡。对于这场交易，涅格罗夫心里非常踏实，他相信，克鲁齐费尔斯基逃不出他的手心。

"格拉沙！"涅格罗夫冲另一个房间喊道，"格拉沙！"

克鲁齐费尔斯基的样子跟死人一样：他想，对于格拉菲拉·利沃夫娜来说，昨天那深情的一吻，跟他阴差阳错的初吻同样的重要，同样的令人惊讶。

"有事吗？"格拉菲拉·利沃夫娜回答说。

"到这儿来。"

格拉菲拉·利沃夫娜走进屋里，她摆出一副神气活现的模样，当然，这模样对她很不适宜，而且也很难掩饰她内心的慌乱。可惜克鲁齐费尔斯基没有看见，因为他没敢看她。

"格拉沙！"涅格罗夫说，"现在德米特里·雅科夫列维奇·克鲁齐费尔斯基要向柳博尼卡求婚。我们一向把她当亲生女儿一样教育、供养，因而有权决定她的婚事；尽管如此，我们也不妨跟她谈一谈；这是你们女人的事。"

"哎呀，我的天哪！是您在求婚吗？真是闻所未闻！"格拉菲拉·利沃夫娜伤心地说,"简直像《新爱洛伊丝》①中的故事!"

如果当时我是克鲁齐费尔斯基,为了表示我的学识不比格拉菲拉·利沃夫娜差,我会说:"是啊,昨天凉台上的那一幕,倒很像是《福勒拉斯》②中的故事。"可是克鲁齐费尔斯基一声不吭。

涅格罗夫站起身来,表示会面结束,他说:

"在您谋取到职位以前,请暂时不要考虑向柳博尼卡求婚的事。另外,先生,我劝您凡事都应该当心:您的一举一动我都在密切注视着。您继续留在我家里恐怕也多有不便。柳博尼卡着实让我们也没少操心!"

克鲁齐费尔斯基走了出去。格拉菲拉·利沃夫娜对他大加侮蔑,最后说,像柳博尼卡这样冷若冰霜的人谁都肯嫁,但绝不会给任何人带来幸福。

第二天早上,克鲁齐费尔斯基坐在自己房间里埋头深思。刚读过《阿丽娜与阿利西姆》不到两天,突然间他几乎成了未婚夫,而她则成了他的未婚妻,他还要到衙门里去谋差事……命运的力量真是奇妙,它正在主宰着他的生活,把他推向人生幸福的巅峰,这是为什么呢?就是因为他吻了一个女人而没有吻另外一个,把本该交给别人的情书错交给了她才一步登天的。这一切难道不是奇迹吗?该不是在做梦吧?后来他一次次地回想起柳博尼卡在椴

---

① 法国思想家、文学家卢梭(1712—1778)于1761年发表的一部书信体小说,写一对青年恋人的爱情悲剧,平民知识分子圣普乐在一个贵族家庭里当教师,爱上了他的学生朱丽小姐,后遭到朱丽父亲的反对而酿成悲剧。

② 卢维·德·古弗勒(1760—1797)的小说《骑士福勒拉斯的一生与风流韵事》(1787—1790)。

树林荫道上所说的话、她的眼神，于是他心里豁然开朗，变得十分得意。

突然，在通往他房间的楼梯上传来了什么人的沉重脚步声，克鲁齐费尔斯基不觉一怔，惊恐不安地等待着脚步很重的来人露面。门开了，走进来的是我们的老熟人——克鲁波夫医生，他的到来使克鲁齐费尔斯基颇为惊讶。他每周一次，有时候两次来看望涅格罗夫，但从未到克鲁齐费尔斯基的房间来过，他的造访必定因为有什么特别的事情。

"这该死的楼梯！"他说，一面气喘吁吁地用白手帕擦拭着脸上的汗，"瞧阿列克谢·阿布拉莫维奇给您找的这间房子。"

"哎呀，是谢苗·伊万诺维奇！"学士急忙说，不知为什么他的脸一下子红了。

"哦！"医生接着说，"从窗口望出去，多好的景色！看，远处发白的地方是杜巴索夫教堂吗？喏，往右边看！"

"好像是，不过，我也不清楚。"克鲁齐费尔斯基说，一个劲儿地往左边看。

"书呆子，一个不可救药的书呆子！喏，在这里住几个月了，竟不知道窗外的景色是什么。哎呀，有您这样的年轻人么！……喏，伸出手来，让我给您把把脉。"

"托上帝的福，谢苗·伊万诺维奇，我身体很好。"

"那您真该感谢上帝了。"医生接着说，一面按着克鲁齐费尔斯基的手。"我知道：脉搏很有力，但不够平稳。让我……一、二、三、四……内里有热，心火旺盛。一个人有这种脉象，肯定会干蠢事的：要是脉搏嗒、嗒、嗒，跳得非常平稳那就好了，您是永远不会这样的。我尊敬的朋友,刚才我在楼下听人说,'他想结婚啦'——我简直不敢相信自己的耳朵,喏,我想,小伙子非常可爱,他人并不傻,是我从莫斯科带来的……我不相信,我来是想看一看,果不其然:脉搏很有力,但不够平稳。这样的脉象别说结婚了,天知道什么傻事干不出来。喏,谁能在头脑发热的时候决定这样重大的事情呢?想一想吧。先把病治好,把思维器官,即大脑,调理到正常状态,不要让血气上升,冲昏了头脑。您愿意的话,我可以找个医师来给您放次血,喏,也就是一茶盅半的样子,怎么样?"

"非常感谢,但我觉得完全没这个必要。"

"您怎么知道必不必要呢?您可是一点也不懂得医学,而我可是学医的。喏,要是不愿意放血,那就喝点芒硝好了,药我随身带的有,来,我给您拿。"

"非常感谢您的关心,但我应该告诉您,我身体很好,一点不开玩笑,的确我想要(说到这里他迟疑了一下)……结婚,我不知道您为何要反对我办喜事。"

"有很多原因!"老人的表情严肃起来,"年轻人,我喜欢您,因此我才为您感到惋惜。您呀,德米特里·雅科夫列维奇,让我在垂暮之年想起了我自己年轻时候的许多事情。我是在为您好,替您着想,所以如果现在不说出来,我觉得是一种罪过。喏,您怎么能在这种年龄结婚呢?这都是涅格罗夫在哄骗您……瞧,看您那激动的样子,我的话您都不想听,这我看得出,但我一定要让您听我把话说完,我这把年纪有这个权利……"

"啊,不,谢苗·伊万诺维奇,"年轻人说,老人的话使他感到有些尴尬,"我知道您是为我好,替我着想,才说出您的意见,只可惜您这话已经有些多余,甚至为时已晚。"

"噢,如果只是您不同意我的意见,这不要紧,算不了什么,任何时候停下来都不算晚。婚姻……呃,那可是件令人头疼的事!糟就糟在人们不想想什么叫婚姻就贸然结婚了,过后一想,后悔了,可为时已晚,这都是 febris erotica 闹的。我的好兄弟,一个人脉搏跳得那么快,他怎么能决定迈出这一大步呢?您这是在拿自己的全部财产下赌注:也许,您把庄家的钱全赢了,也许……有哪个聪明人肯去冒这个险呢?是啊,赌场上的事咎由自取,自作自受:作多大孽,受多大罪。可是一桩婚事一定会连带另外一个人,喂,德米特里·雅科夫列维奇,你可要好好想想呀!我相信您爱她,她也爱您,但这不说明什么。您要相信,在两种情况下爱情是会消失的:一是您到其他地方去了——爱情也就没有了,二是您结婚了——爱情消失得更快。我自己也恋爱过,而且不止一次,是五次,但上帝拯救了我。现在我回到家里,安安静静地休息,消除自己的疲劳。白天一天我属于我的病人,晚上,玩玩牌,躺下休息休息,无忧无虑……有了老婆事情可就多了:老婆喊,孩子闹,除了这个家,别的事情就是天塌下来也顾不上了!老住在一个地方固然不好,可是换个地方住也很困难;于是整天东家长、西家短,围着自己的炉子转,书籍也都塞到了凳子底下,得考虑挣钱,考虑积蓄。现在,随便他们说您什么,一旦没有钱了怎么办——没什么大不了的,什么事情都会发生!以前我和安东·费尔迪南多维奇——您也认识他——在一起时,曾经身上只有一个卢布,可是我们既想吃饭,又想抽烟——我们买了四分之一俄磅①的法隆葡萄酒，就这样，除了面包，我们什么吃的都没有，本想买一俄磅火腿，最后也没买成；对此，我们俩一笑了之，没什么不得了的。可要是和老婆在一起就不同了：必须照顾她，她一定又哭又闹……"

"噢，不！这姑娘肯定不怕日子穷。您不了解她！"

"这个嘛，老弟，这样就更糟，要是她大喊大叫，大动肝火，至少你还可以听之任之，充耳不闻，最后一走了事。可要是她一声不吭，日见消瘦，那你就会想：'真是可怜，我干吗要拖累你忍饥挨饿呢？'……你会绞尽脑汁，想办法挣钱。可是，老弟，正正当当，老老实实，是发不了财的，坑蒙拐骗你又不干——于是，你想呀，想呀，为了醒脑提神，就喝上酒了。酒这东西本来没什么——我自己也喝点开胃酒——可是要知道，借酒浇愁，喝上第二次、第三次……你明白吗？好，就算是后来有了一口饭吃……就是说，比勉强维持生计好不到哪儿去，可她好歹也是涅格罗夫的女儿，而涅格罗夫，不管怎么说，也是富甲一方，不过，我可是了解他——他是不会破费的！为了他那个宝贝女儿，他可以送她五百农奴做嫁妆；对于柳博尼卡，五个卢布也就打发了——这点钱够做什么呢？唉，我真为你感到惋惜，德米特里·雅科夫列维奇！喏，要是别的什么人——反正他们也不会有什么出息——那就随他们去好了，可是你得珍惜自己啊！我建议您换个地方，赶紧从这儿离开——这样爱情也就烟消云散了。我们学校里有一个很好的空缺，别耍小孩子脾气了，要像一个男子汉！"

---

① 1 俄磅约为 409.5 克。

"谢苗·伊万诺维奇，老实说，非常感谢您对我的关心，但您说的这些话已经都是多余的了：您想吓唬我，把我当成一个小孩。我宁肯不要命也不能拒绝这位天使的爱情。我不敢指望能得到这种幸福，这是上帝一手安排的。"

"唉！"固执己见的克鲁波夫说，"都是我把你给害了，为什么要介绍您到这一家来呢！上帝安排的——可不是！涅格罗夫在骗你①，加上你又年轻。就这么回事，我什么也不想瞒你。我，亲爱的德米特里·雅科夫列维奇，在世上活了这么久，虽不能说是博学多才，但也经过许多风雨。要知道，我们干医生这一行的，经常出入的不是大堂客厅，而是人家的书房和卧室。我这一辈子见的多了，对每个人都要细心观察，而且要观察得入木三分。要知道，您通常看到的人都是穿着制服，甚至是身着化装舞会上才穿的那种衣服的人——而我们经常在幕后走动，各种家庭场面我见的多了，那里没什么羞耻可言，人人都赤裸裸，毫不客气。Homo sapiens②——讲什么 sapiens，见鬼去吧！——ferus③；野兽，最凶猛的野兽在自己窝里的时候也还是温存的，可是人在自己的窝里比野兽还坏……开头我是说什么来着？……对了……对了，喏，我已经习惯对这些人进行观察分析了。她做你的未婚妻不合适，使你动心的，是她那双眼睛，是她的容貌，是有时从她脸上流露出来的勃勃生机——她可是一只还不了解自己力量的虎崽子；

---

① 克鲁波夫对克鲁齐费尔斯基说的这一番话里有时用"您"，有时用"你"，这里照原文译出。

② 拉丁文，意为"智人"。

③ 拉丁文，意为"野蛮人"。

然而你呢——你是什么人？你是未婚妻，老弟，一个德国女子，你将扮演妻子的角色——喏，这划得来吗？"

克鲁齐费尔斯基对他最后这句话有些生气，他一反常态，相当冷淡，且爱答不答地说：

"有时候热心者是在帮助别人，可不是一味地讲大道理。也许您讲的道理都是对的——我无意反对，将来的事——谁知道呢，我只知道一点：现在我有两条出路——通往哪里，很难说，但第三条路是没有的。要么投河自尽，要么做个幸运儿。"

"还是投河自尽好，一了百了！"克鲁波夫说，他也感到对方有一些伤了他的自尊，顺手掏出一块红手帕。

这场谈话自然没有达到克鲁波夫医生所期望的那种效果。救死扶伤，也许他是一名好医生，但治疗心理疾患，他就不管用了。他大概是根据自身的经验来判断爱情的力量，因为他说他谈过好几次恋爱，想必有过丰富的实际体会，然而正因为如此，他才无法评判一生中只有一次的这种爱情。

克鲁波夫愤愤不平、气呼呼地走了。当天晚上，他在副省长家里吃饭的时候，就自己最得意的话题，大发议论，谈了一个半小时——痛骂女人和家庭生活，完全忘记了副省长已经结了三次婚，而且每一位夫人都给他生了几个孩子。克鲁波夫的话对克鲁齐费尔斯基几乎没有产生任何影响——我说"几乎"两个字，是因为毕竟还是留下了某种捉摸不定、含混不清但又非常沉重的印象，如同听见乌鸦不祥的叫声或赶赴喜宴途中遇上出殡一样。所有这一切，不言而喻，当他一看见柳博尼卡便统统都消失了。

"故事讲到这里，好像也该结束了。"很自然，诸位会高兴地说。

"对不起，故事还没有开始呢！"我应该如实地回答各位。

"哪能呢？不就剩下去请神甫了吗！"

"您说对了，但我认为只有把神甫请来，举行过涂圣油的仪式，故事才能算结束，而有时候还不能算结束。当教堂执事出面主持婚礼的时候，那么一个全新的故事已经开始了，不过出场的人物还是那么几位，他们在诸位面前不会姗姗来迟的。"

## 五　弗拉基米尔·别利托夫

在某个地方——其实完全没有必要从天文和地理上准确指明故事发生的地点和时间——在十九世纪的某个省城，正在进行贵族选举。全城熙来攘往，煞是热闹。旅行马车的铃铛声和车轮的轧轧声不绝于耳。地主们冬季用的大车、带篷马车，以及各种各样的车辆随处可见。车里乱七八糟，什么样的人都有，车外有一大帮用人围着，有穿制服大衣的，有穿光板羊皮袄的，也有头上缠着毛巾的，其中一部分人跟平时一样，他们在城里徒步而行，不时跟各种小店老板打着招呼，冲站在门口的伙计们笑笑；另外一部分人横七竖八地躺在车内，睡相非常难看。地主家的马匹陆陆续续几乎把所有重要人物都拉进省城里来了。这时退役骑兵少尉德里亚加洛夫已经捷足先登，他把自己住宅的窗户用红色的窗帘装饰一新，把最后的一点钱都花了。五省的选举，他全都跑遍了；所有大的集市，他逢集必到，而且无论在哪里，他从来不输，尽管他一天到晚都在赌牌；但是他并没有发起来，尽管他一天到晚都在赢钱。还有有音乐家之称的退役将军赫里亚晓夫也到场了，他是个富翁，别看他已经六十五岁了，仍是一位骑马好手。他来参加选举，目的在于举办四场舞会，感谢他的贵族们每次都推举他当省长，但每次他都以身体欠佳为由，婉言谢绝。一些穿着怪模怪样燕尾服的大人先生们陆续来到了客厅，他们的燕尾服夹着烟叶已经足足放了三年，天鹅绒领子已经褪色，式样也极其陈旧；和他们一起到来的还有一些身穿各个时期古怪制服的人：其中有穿警服的，有制服上钉两排纽扣的，有只钉一排扣子的，有佩戴着带穗肩章的，还有什么肩章也没有的。从早到晚大家都在相互拜访。这些人中一部分已经有三年没见面了，他们心情沉重地互相望着，感叹白头发增加了，脸上皱纹多了，有的人瘦了，有的人胖了；同是这些人，可仿佛又有些不像。岁月流逝在每个人身上都留下了自己的痕迹；然而从旁边看来，更令人心情沉重的，却是完全相反的情形：过去的三年，跟在这以前的十三年、三十年完全一样……

全城上下谈论的都是有关候选人、宴会、县长、舞会、法官等的话题。省长办公室主任已经第三天在那里挖空心思地起草讲稿了，他光写"亲爱的先生们，尊敬的NN市的贵族父老们！……"这个开头就写坏了两沓纸，于是他停下来，考虑再三，怎么个开头法，说"请允许我又一次和大家在一起"，还是说"很高兴和大家又一次"……这时，他对高级助手说：

"哎呀，库普里扬·瓦西里耶维奇，解决最棘手的刑事案件也要比起草讲话稿容易七百倍！"

"您可以参考一下安东·安东诺维奇的《模范文选》[①]，我记得那里有演讲文。"

"好主意！"主任说着，在自己助手的肩上狠狠地拍了一下，

---

[①] 即《模范俄语文选及白话译文》，1816—1817年彼得堡出版的文集。

"您真行呀，库普里扬·库普里扬诺维奇！"

办公室主任想，称呼一个人，一次叫他的父名，再一次叫他自己的名字，这样做特别有意思。于是那天晚上他参照卡拉姆津①的《城总管太夫人马尔法》中霍尔姆斯基公爵的演说词，写了几行字。

在这些众人参加的、繁忙的活动中，全城人已经绷得很紧的注意力，突然转到了一个完全出人意料的、谁也不了解的人的身上——此人谁也没有想到，甚至连盼望所有人都能来的德里亚加洛夫少尉也感到意外。这个谁也没有想到的人在村社头领的宗法式家庭中完全是多余的，他像是从天上掉下来的一样，可实际上他是坐着一辆豪华英国轿式马车来的。此人就是退了职的省文书弗拉基米尔·彼得罗维奇·别利托夫。他的官衔虽然不高，但其未抵押出去的庄园里却养着相当不错的三千个农奴。这座叫"白地"的庄园，选举人和被选举人都了如指掌；但"白地"的主人却是一个模糊不清的人物，他像一个神话，充满了传奇色彩。关于他有时候人们说什么的都有，净是些异想天开的，就跟说起远方的国家，说起堪察加和加利福尼亚一样——千奇百怪，难以想象。例如，几年前有人说，别利托夫大学刚毕业，就被一位大臣看上了；后来又听说别利托夫跟他这位保护人闹翻了，一气之下辞了职。人们并不相信这些话。有些人在外省早有明确的定论，跟这种人关系不能搞僵，只能而且必须对他们表示尊敬。有这种

---

① 卡拉姆津（1766—1826），俄国作家、历史学家。1802年发表历史中篇小说《城总管太夫人马尔法》（又名《诺夫哥罗德征服记》），企图证明专制政体优于共和政体，鼓吹开明君主制。

可能吗？别利托夫竟敢……不，他只是引起别人对他的义愤，或者只是赌钱，或者酗酒，或者拐带人家的女儿，也就是说，他拐带的不是什么大家闺秀，而是普通人家的女儿。后来听说他去了法国，对此，有些脑子机灵而且有学问的人又添油加醋，说他永远不会回来了，说他加入了巴黎的共济会，共济会派他到美国做良心审判法官去了。"很有可能！"许多人都说，"他从小就没人管，父亲在他生下来那一年好像就死了，他母亲的出身你们也知道，这女人头脑简单，疯疯癫癫，他的家庭教师又非常荒唐，因此他压根儿就学不出个好来。"此外，他们解释说，这就是他对庄园的事务听之任之、完全放任不管的原因，尽管他的农奴们都非常富裕，个个脚上都穿着皮靴。最后，已经有三年时间完全没有人再提起他了，然而突然，这个莫名其妙的家伙，这个巴黎共济会在美国的良心审判官，这个竟敢跟必须倍加尊敬的人闹翻，到法国且似乎一去不复返的人——现在居然说来就来，一下子出现在NN市的社交界，打算在选举中为自己争取选票。对于NN市的市民来说，这里面弄不清楚的地方太多了。为什么宁可来省里而不愿在首都工作呢？为什么宁愿到这里来竞选呢？难道这不奇怪吗？再说了，巴黎那边——无论是贵族院、三千农奴——还是省文书的职衔……喏，没有这些事NN城市民就已经够忙的了，有的是事情做。

全市最有权威的人士是法院院长，这是不争的事实，社会所关心的所有问题，都是他说了算，由他最后拍板；有人经常到他那里去商量如何解决家庭纠纷；他博学多才，通晓文学和哲学。能够和他竞争的只有一个人——医务监察员克鲁波夫，而且法院院长在他面前确实还曾丢过丑。但克鲁波夫的权威远没有得到普遍的认同,特别是在发生了下面这件事之后:省里有一位多愁善感且富有教养的贵族夫人,她曾经当着很多人的面说过:"我很敬重谢苗·伊万诺维奇·克鲁波夫,但是他很可能要察看死人的尸体,说不定还会用手去摸一摸,这样的人能够懂得女人的心,能够理解她们内心细腻的感情吗?"……所有的夫人们都认为不能够,并且还一致认为,法院院长没有这种惨不忍睹的习性,只有他一个人能够解决萦绕女人心头的敏感问题,至于其他问题那就更不在话下了。不用说,别利托夫的出现,几乎所有人的脑子里都闪过一个念头:对他的到来,安东·安东诺维奇有何高见?——不过,安东·安东诺维奇可不是那种可以随便打扰,问他"您对别利托夫先生有何看法?"的人,绝对不可以,甚至他好像故意似的(很可能真是故意的)有三天时间没露面了。无论是在副省长家的牌桌上,还是在赫里亚晓夫将军喝茶的时候都见不着他。在这个城市里,好奇心最强而且最神通广大的人那就非参事莫属了。他衣襟上佩戴一枚圣安娜勋章,佩戴它真是煞费了一番苦心:无论他是坐着,还是站着,从屋子的各个角度都能够看见这枚勋章。这位圣安娜勋章的佩戴者决定礼拜日从省长家里(他礼拜天和节假日肯定在省长家)去大教堂看一下,如果法院院长不在那里,便直接找他去。快到大教堂的时候,这位参事问街区警察:法院院长的马车在这儿吗?——"不在这儿,"街区警察回答道,"是啊,也许院长大人不会来了,因为刚才我看见他的马车夫帕夫努什卡到小酒店去了。"参事觉得这个情况非常重要,他想:安东·安东诺维奇不会只用一匹马就去大教堂的,而导马员尼克什克又驾驭不了那两匹浅黄色的马！因此，他决定不去大教堂了，直接找法院院长去。

法院院长根本没想到有人来访，在家里坐着，穿了一身便服——一件编织的长上衣、一条肥大的裤子、一双毡鞋。他的个子不高，肩膀宽宽的，一个大脑袋（智慧总是喜欢空间）；他脸上的所有特征都表现出一种端庄和凝重，显示出某种深知自己实力的神情。通常，他说话总是慢条斯理的，讲究抑扬顿挫，跟凡事需要拿主导意见的一家之主的身份很相配。如果有不识相的人打断他的话，他就马上停下来，等上一两分钟，然后再把停下的话刻意重说一遍，一字不差，神态气度和开始时一模一样。他容不得不同意见，而且从来也没有听到过任何人的不同意见——只有克鲁波夫医生除外，其他人根本不想跟他争论，虽然许多人并不同意他的看法。省长本人打心眼儿里佩服院长才智过人，认为他博学多能，并且说："老实说，法院院长对他来说真是大材小用了，他应该有更高的职位。多么渊博的学识！再听听他那高论——简直是一个马西里翁①！他把大部分时间都花在阅读和科学研究上了，因工作个人受到不少损失。"就这样一位因酷爱科学而没少吃亏的先生，穿一件外套，在自己的书桌前坐着；他在各种各样的报告上签署意见，在空白处批上因私酿白酒和流浪罪应该鞭打的数目，等等，然后他把笔尖擦干，放在桌子上，从书架上取下一本羊皮封面的书，随手打开便读了起来。慢慢地他脸上露出一种扬扬自得的、很难形容的满意神态。但是好景不长，他没读多久，

---

① 马西里翁（1663—1743），法国神学家、演说家。

衣襟上佩戴圣安娜勋章的参事便出场了。

"我可是一直都在想着您的，真的！我到省长那里去祝贺节日——您，安东·安东诺维奇，您不在那里；昨天牌桌上也没有看到您；去大教堂看看——又不见您的马车；我想，天有不测风云，没准儿病了，谁都有生病的时候……这很难说。您是怎么回事儿？真的，我着实还非常担心呢！"

"非常感谢您的惦念，托老天的福，我身体还不错。请坐，请坐，尊敬的参事先生。"

"哎呀，安东·安东诺维奇！看来我打扰您了，您在读书啊！"

"没关系，先生，没关系，我有时间博览群书，也有时间接待宾朋好友。"

"那好极了，安东·安东诺维奇！我觉得您现在可以添购一些新的书……"

"我不喜欢新书，"法院院长打断了很会交际的参事的话，"我不喜欢新书。现在我在重读《宝贝儿》①，老实说，真是百读不厌，每次都得到一种新的、妙不可言的享受。多么轻快流畅，多么机智风趣！——是啊，波格丹诺维奇的这种才气未曾传给任何人。"

这时法院院长朗读道：

　　憎恨——阴险而狡诈，

--------

① 俄国诗人波格丹诺维奇（1743 或 1744—1803）的长诗，以古代神话里的普绪喀和丘比特的爱情故事为背景，参照俄国民间故事创作而成，是对古典主义英雄叙事诗的一种嘲弄。

  它有许许多多的眼睛,
  无处不在严加审查,
  它能够穿过表层,
  洞悉被掩盖着的事情,
  公主想一手遮天,不让姊妹们知道,
  那是枉费心机——白搭。
  她一天、两天、三天,一再装傻,
  仿佛在等待自己的丈夫能够回家。
  姊妹们愁眉苦脸:他为何不回来?
  恶毒的诽谤何患无辞?
  据说他这个人既阴险又可怕。[①]

  "瞧,"参事打断了法院院长的朗诵,"这里的字字句句,就好像在说眼下正在我们城市观光旅游的那个人似的;的确,空口说白话谁不乐意。"

  法院院长严厉地看了他一眼,好像什么也没看见,什么也没听见似的,继续朗诵道:

  据说他这个人既阴险又可怕。
  宝贝儿的生活就是和恶魔相伴,
  善良的劝告这时她已经忘得干干净净,
  这究竟是姊妹们的罪过,还是命运的捉弄,

---

① 引自波格丹诺维奇的长诗《宝贝儿》。

再不就是宝贝儿自己的毛病。

她叹了口气,向姊妹们吐露了心声:

夫妻一场,她爱的只是一个身影,

他何时回来,停留多久,有什么事情,

她都能一五一十地详细说明,

但就是她的丈夫到底是谁,如何为人?

是巫师,是毒蛇,是鬼蜮,是神灵,

她实在一无所知,讲述不清。

"这些诗句并非空空洞洞,无病呻吟,而是充满感情,发自内心。我,尊敬的参事先生,不知是天生愚钝,还是才疏学浅,对于新作品,从瓦西里·安德烈耶维奇·茹科夫斯基起,我都不懂。"

从生下来那一天起,参事先生就从没有读过什么,当然,省府的公文除外,就这他也只是看看本部门的——他认为不读书就能非常潇洒地批复文件,是自己的职责——他说:

"这一点毫无疑问,可我觉得首都来的人并不这样看。"

"我们管他们干什么!"法院院长回答说,"我知道,而且非常清楚,目前所有的期刊都在赞扬普希金,我也读过他的诗。诗写得还算流畅,但是没有思想,没有感情,可是对于我来说,这里没东西(他错误地指了指右胸口),那就是纯粹的空话。"

"我本人非常喜欢读书,"参事先生补充说,他总也扣不住话题,"可就是没有时间,上午要处理那些该死的公文,管理工作中确实很少有能够滋养头脑和心灵的精神食粮,然而到了晚上又要玩牌。"

"想读书的人,"法院院长勉强笑着反驳说,"就不会每天晚上去打牌了。"

"那是当然,就比如大家谈论的这个别利托夫,他从来就不摸牌,只知道读书。"

法院院长一声不响。

"您一定也听说他到来的消息了吧?"

"听说有这么回事儿。"这位有哲学头脑的法官漫不经心地说。

"听说他学问可大了,刚好跟您是一对,真的,据说他甚至通晓意大利文。"

"我哪能和人家比,"法院院长很自尊地反驳道,"我算什么呢!关于别利托夫,我们已经有所耳闻:去过异国他乡,在部里工作过;我们这些外省的乡巴佬哪能跟他比呀!不过话又说回来了,咱们走着瞧吧。我还没那个跟他直接见面的荣幸——他没有拜访过我。"

"他连省长大人那里都没去,可他是五天前,我想,到这里的……确切地说,到今天中午就五天了。现在回想起来,当时我和马克西姆·伊万诺维奇正在警察局长家吃午饭,在吃甜点心的时候,我们听见了马车的铃铛声,马克西姆·伊万诺维奇——您知道他的弱点——耐不住性子,说:'我的妈呀,对不起,薇拉·瓦西里耶夫娜。'立即跑到窗口,突然大声叫道:'一辆六匹马的四轮轿式马车,瞧,多大的气派!'我走到窗口一看,果不其然,是六匹马的轿式马车,马车中的精品——想必是约希姆[①]的手

---

[①] 彼得堡有名的马车打造师。

艺，没错。警察局长马上叫手下的人去查问……手下人回来报告说：'别利托夫，从彼得堡来的。'"

"我呀，坦率地说，"法院院长神秘兮兮地说，"觉得这位先生很有些可疑：不是倾家荡产了，就是和警察局有牵连，再不就是本人受到了警察局的监视。不然怎么会呢：拥有三千名农奴，走九百俄里[①]路程，赶来参加选举！"

"当然，毫无疑问。老实说，要是您想见他，我这就可以引见：马上您就能知道是怎么回事了。昨天午饭后我出去散步——克鲁波夫医生说，这对健康有好处——随便从旅馆门前过了两次，忽然从前厅过道里走出一位年轻男子——我心里想，这肯定是那个人了，一问看门的，看门的说："他是用人。"穿得跟我们弟兄差不多，很难看出此人……哎呀，我的天，您门口停了一辆轿式马车！"

"这有什么可奇怪的呢？"不为所动的法院院长反驳道，"经常有好心的朋友来看我。"

"是啊，不过，也许……"

说话间，一个身体肥胖、面色红润、穿一身浅蓝色便服的女佣走进来说："有位地主老爷乘马车到了，以前我没见过这个人，请问，见不见？"

"把长袍给我，"院长说，"请他进来……"

法院院长穿上蛙背色丝绒长袍的时候，脸上露出一种似笑非笑的表情。参事先生从椅子上站起来，心里非常激动。

一个衣着得体而朴素的三十岁上下的人走了进来，彬彬有礼

---

[①] 1俄里约为1066.8米。

地向主人鞠了一躬。他体态匀称，略显消瘦；他脸上有一种奇怪的组合：雍容大度的目光和嘲弄人的嘴唇，正襟危坐的神态和顽皮孩子的表情，长期的苦苦思索和似乎难以控制的激情。法院院长在不失豪爽气概的情况下，先从安乐椅上欠起身来，然后原地不动，做出一种姿态，好像他马上就要迎过去似的。

"我——本省地主别利托夫，此次前来参加选举，特来拜访。"

"非常高兴，"法院院长说，"非常高兴，亲爱的先生，您请坐。"

大家都坐下了。

"才到不久吧？"

"五天前到的。"

"从哪里来？"

"彼得堡。"

"噢，在首都过惯了热闹的生活，来到边陲小城，会感到非常乏味的。"

"还不知道，不过，老实说，我不这样想；在大城市里我倒是感到非常乏味。"

我们暂且把法院院长和参事的事或相关的几页文字放下一会儿。参事先生自得了圣安娜勋章后还从来没有像现在这样兴奋过：他整个身心、脑子、眼睛、耳朵好像要把客人吞进肚子里似的，他一直盯住他不放，甚至客人背心上最下面的一个扣子没有扣上，右下腭拔掉了一颗牙齿等细节，他都没有漏掉。我们先把这两个人的事暂且放一放，像NN市的居民一样，仔细看看这位稀奇古怪的客人。

## 六

我们已经知道，别利托夫出生后不久他的父亲便去世了，母亲疯疯癫癫。别利托夫有种种劣迹，做母亲的理应受到谴责，可惜我们不得不同意，别利托夫人生的失败主要是他母亲造成的。这个女人的故事本身是很有意思的。她生于一个农民家庭，五岁左右被领进了庄园；庄园女主人有两个女儿；女主人的丈夫开办工厂，做农业方面的各种试验，结果把整个庄园都抵押给了教养院，想必他认为自己这样做已经完成了他在这个世界上的经济使命，随后不久也就死了。乱七八糟的家务事使他的遗孀不寒而栗；她悲痛欲绝，号啕大哭；最后擦干眼泪，以非凡的勇气，开始整顿庄园。只有凭着女人的智慧和一心为女儿嫁妆着想的慈母心肠，才能想出种种的办法，最后能如愿以偿。从晾晒蘑菇干、草莓干，倒腾棉纱，卖油克扣斤两，直到从别人林子里砍伐树木，招募新兵时贩卖壮丁，从不论先后次序——真是无所不用其极（这是很久以前的事了，现在很少遇到，这在当时还是一种习俗）——应该说句老实话，扎谢金村的这位女地主的名气可大了，大家公认她是一位无与伦比的母亲。她从已故农学家丈夫的遗物中找到一张票据，是莫斯科某寄宿学校的女主持开给他的；她写信跟这位女主持联系，但她发现钱是很难再要回来了，于是便说服对方同意接收三四名年轻的女佣，希望从她们中间能够为自己女儿或别人培养出几名家庭教师。几年后，这些自家培养的家庭教师回到了女主人身边，她们的毕业证书可是响当当的，上面注明她们修读了神学、算术、俄国简明断代史和通史、法语等课程，在毕业典礼上她们每人得到一本烫金的《保尔与维吉妮》[①]。女主人吩咐给她们特别收拾一间屋子，等有机会再安排她们工作。这时候，我们的主人公别利托夫的父亲的姑母正好要为自己的女儿寻找家庭教师，得知她的女邻居手下有几位家庭教师，便找到她，请她帮忙——她们讨价还价，争执不休，双方都动了肝火，几乎都要谈崩了，但最后还是达成了谅解。女主人允许姑母任选一位，结果就选中了我们主人公未来的母亲。过了两三年的样子，弗拉基米尔·别利托夫的父亲来到了自己乡下的庄园。他当时年轻，荒唐贪玩，不务正业，成天喝酒赌博，背杆枪到处溜达，无端撒野，凡是三十岁以下，脸上没有大毛病的女子没有他不追的。但这还不能说他已经是不可救药了，的确，悠闲、富裕、不开窍、狐群狗党，就像我的一个朋友所说的，使得他有些"积重难返"，但是应该说句公道话，这些劣迹还没有完全把他淹没掉。他偶尔也有忙的时候，因此常到姑母那里去，他的庄园距离姑母的庄园约有五俄里。他选中了索菲（他们这样叫一个家庭教师）：她二十岁上下，身材修长，黑头发，黑眼睛，松散的辫子，浑身透着青春朝气。在别利托夫看来，如果这事考虑来考虑去，未免太可笑

---

[①]《保尔与维吉妮》(1787)，法国作家贝纳丹·德·圣皮埃尔（1737—1814）的长篇小说。

了，他没有采取沃邦①的迂回战术，没有通过长长的壕堑来接近目标，而是当机立断，在只有他们两个在屋子里的时候，不失时机地一下子搂住了她的腰，亲吻了她，恳切地邀请她晚上到花园里去走走。她从他的怀里挣脱出来，想大声喊叫，但是羞涩和怕张扬的心理阻止了她。她失魂落魄地跑回自己屋里，第一次开始认真思考自己所处的两难境地。别利托夫遭到拒绝后并不甘心，开始不断地追她，向她表示自己对她的爱情；送她钻石戒指，她不收；又答应送她一只他自己并没有的宝玑②怀表，但使他不能不感到惊奇的是，不知这位美人儿从哪来的这种高不可攀的傲气。别利托夫开始感到嫉妒了，但又不知嫉妒什么人。最后，他恼羞成怒，开始威胁、谩骂——这也无济于事，于是他萌生了另外一个念头：他建议姑母花一大笔钱为索菲赎身——他相信贪心总能够战胜装出来的圣洁的。但作为一个做事从不轻率的人，他向可怜的姑娘透露了自己的用心。不用说，这使她大为吃惊，她扑倒在女主人的面前，声泪俱下地讲述了事情的原委，恳求能让她到彼得堡去。我不知道这究竟是怎么回事，但是她的话让女主人感到正中下怀；老太婆并不懂得塔列朗③原则——"永远不要遵从最初的心愿，因为它从来都是美好的"——她深为姑娘的遭遇所感

---

① 沃邦（1633—1707），法国侯爵、军事工程师、法国元帅（1703），著名筑垒学专家。提出了迂回包围、逐次攻占要塞的原理与方法，是西方地雷爆破理论的奠基人之一。

② 宝玑（1747—1823），法国制表师，他制造的报时怀表走时特别准确，而且能显示日期。

③ 塔列朗（1754—1838），法国著名外交家，以权变多诈、不讲信义著称。

动,建议用两千卢布的微小数目把姑娘赎出来。她对姑娘说:"这笔钱是我个人替你付的,那么你所花费的衣食费用呢?那样吧,在你还清这笔钱之前,请付给我少量的利息,一百二十卢布,我立刻让普拉托什卡给你写一张身份证;但他是个笨蛋,大概又要写坏许多纸,眼下带纹章的纸可贵了。"索菲全都同意,流着眼泪谢过女主人,方才稍微放下心来。一周后,普拉托什卡开好了身份证,上面注明她的面貌一般,鼻子一般,个子中等,口形适中,除会讲法语外,没有什么突出的特长。一个月后,毗邻庄园管家的妻子要去彼得堡银号存款,送儿子上中学,索菲请求她能带上自己一起走。马车里带了许多准备送人的蘑菇、果酱、蜂蜜和干鲜果品,管家妻子只给自己留出了个坐的地方,索菲只能坐在一只桶上,在九百俄里的长途跋涉中,这只桶一直在提醒她:它可不是用天鹅绒制成的。那位中学生坐在前面马车夫坐的地方,他长得又高又瘦,是个十四岁的孩子,已经学会抽烟,看上去有些早熟。一路上他不断向索菲献殷勤,要不是他母亲直用眼睛白他,说不定他就抢在别利托夫的前面了。A propos[①],别利托夫曾试图趁索菲从姑母家到管家妻子那里的时候把她拐走,若不是因马车夫酒醉迷了路,也许就叫他给拐走了。别利托夫一开始就意识到了酸葡萄的苦涩[②],苦恼之余,他便向他的赌友们胡编起自己的恋爱故事来,说的与实际情况完全不一样。他说,他的姑母跟所有的老太婆一样,出于嫉妒,硬是要把深深迷恋着他的索菲送走;不

---

① 法文,意为"其实"。
② 源于俄国寓言作家克雷洛夫(1768—1844)的寓言《狐狸与葡萄》(1808)。

过使他聊以自慰的是,她离开了,同时也把他对她的某些关爱的表示带走了。大家知道,在欧洲流浪的民族中,茨冈人和玩杂耍的人从来就不过定居生活,因此听过别利托夫故事的人中有一位几天后到了彼得堡就不足为奇了。此人与寄宿学校的主持——法国女人茹库尔,关系甚好。茹库尔已经是四十岁的人了,还天天束腰,因为怕羞而穿带高领的连衣裙。她对于旁人的道德操守是非常严格的,决不含糊。闲谈中,她告诉自己的朋友,说她聘请了一位女教师,怪就怪在这位女教师原是 NN 市一位女庄园主的女佣,讲得一口流利的法语。那位浪迹天涯的朋友听后哈哈大笑,说:"好啊!老朋友!太好了!妙极了!——哈哈哈——听我说,我在别利托夫家老是看见她,晚上等姑母家的人睡觉后她常到那里去。"然后,为顾全学校的名声,他提醒茹库尔太太考虑一下索菲的情况。茹库尔听了大吃一惊,叫道:"Quelle demoralisation dans ce pays barbare!①"她气得把世上所有的事情都忘记了,甚至忘记了他们那条街的街角上住着一位登记过的接生婆,她那里还收养着一对双胞胎:一个很像茹库尔,另一个很像她这位流浪者朋友。一气之下她直想去找警察,后来又想去找法国领事,但想来想去又觉得完全没这个必要,最简单的办法就是毫不客气地把索菲赶走了事。由于太过匆忙,甚至忘记付给她工资了——茹库尔把这可怕的故事讲给了学校的其他三位同事听,这三位又告诉了彼得堡的其他人。这样,这个可怜的姑娘无论走到哪里,没有不吃闭门羹的。她想做私人家庭教师的工作,但是没有熟人——

---

① 法文,意为"这个野蛮国家里什么荒唐事没有啊!"

到哪儿去找啊。后来有了个到外地工作的空缺，条件还相当不错，但那家的母亲在决定前到茹库尔太太那里一打听，便很感谢老天有眼，拯救了她的女儿。索菲又等了一个星期，把自己的钱数了又数——她只有三十五卢布，而且没有任何指望；她租的房子对她来说房租已显得太贵了。她找了很久，几经搬迁，最后在格罗霍街尽头的一幢人员庞杂的楼房的第五层（如果不是第六层的话）上找到了一个住处。要走到那扇勉强看得见的、在一堵大墙上开的小门跟前，需要穿过两个脏乱不堪的院子，这院子看上去就像是还没有干涸的湖底一样；从这里往上走，是一条长长的残破不全、污黑潮湿的石头阶梯，每层楼的平台处都有两三扇门敞开着；最高处，即彼得堡爱说俏皮话的人称为"芬兰天空"的地方，一个德国老太太租了一间小屋。她患风湿病，两腿行动不便，因此整天躺在炉边，已经有四个年头了。她平时织袜子，节假日读读马丁·路德[①]翻译的《圣经》。小屋的进深有三步长，这可怜的德国老太太认为其中的两步纯属浪费，因此连同旁边的窗户租给了别人，这样距窗子半俄尺远就是另外一家人的未曾涂刷过的一面砖墙。索菲和德国女人商量后，决定租这个小小的角落。这里又黑又脏，非常潮湿，烟熏火燎的。房门通向寒冷的过道，那里麇集着许多孩子，他们衣衫褴褛，脸色苍白，一头的红发，因患淋巴结核个个眼睛都有些浮肿。周围被醉醺醺的工匠师傅们挤得水泄不通。几个女裁缝租下了这一层最好的房间，可是从不见她

---

① 马丁·路德（1483—1546），德国宗教改革运动活动家，代表市民中的保守势力，他将《圣经》译成德文，对德文学语言的规范化起了很大的作用。

们工作，至少是在白天，但从她们的生活方式上可以看得出，她们的日子并不困难。她们的女厨子每天拿着一个没有嘴的瓶子往酒店里跑四五趟……寻找工作的努力全都白搭，好心的德国老太太也在为她求人帮忙，到处张罗，她通过自己帮人看孩子的唯一一个熟人和同胞，问有没有事情可做？她这位同胞答应是答应了，但就是没有下文。索菲最后下了决心：她准备当女佣，而且找到了这样一个位置，工钱都谈好了，但她身份证上的一项特别注明使这家女主人大吃一惊，说："不，亲爱的，会讲法语的女佣我可用不了。"索菲只好去缝衣服。女裁缝头儿对她的针线活非常满意，把按谈好的条件该付给她的钱几乎全都给她了，而且还请她到自己家里喝茶，用玫瑰啤酒招待她。她一再请这位可怜的姑娘搬到她那里去住，但索菲由于害怕没敢答应，最后拒绝了，这大大伤害了女裁缝头儿的自尊心，在索菲离开时，她傲气十足地把门砰地一关，说："自己送上门来，还摆什么贵族臭架子！住在我们这里的来自里加的德国姑娘，日子过得并不比你差。"晚上，女工头在警察所长面前对这位可怜的姑娘极尽讽刺挖苦之能事，大加嘲弄；这位警官有时候晚上来这里休息一下，消除一天的疲劳，现在听工头这么一说，产生了兴趣，立刻到德国老太太的房间里，问道：

"您好啊，老太太！怎么样，您的腿好些了吧？"

德国老太太急忙戴上总是放在手边以备不时之需的包发帽，回答说：

"没办法呀，老毛病了！"

"喂，那位叫索菲·涅姆钦诺娃的姑娘在哪儿？"

"在这儿。"索菲回答道。

"你在哪儿学的法语,啊?恐怕是骗人的吧?喏,说几句听听。"

索菲一声不吭。

"看来是不会说吧?喏,随便说一点。"

索菲仍不作声,眼里含满了泪水。

"老太太,您以为她会讲法国话吗?"

"顶呱呱的好!"

"你大概是蹲着跳舞的吧……怎么,您这里连点喝的东西也没有吗?我都要冻僵了。"

"没有。"德国女人回答说。

"糟糕——喏,这个苹果是谁的?"(这苹果是德国女人认识的一位老太太送的,她从礼拜三就一直保存着,打算礼拜天读马丁·路德翻译的《圣经》时再吃。)

"我的。"德国女人回答说。

"喏,你怎么能吃得了,说不定会被这个'法国通'吃掉的,喏,告辞了。"这位警官说。这次他实际上没干什么害人的事,只是很得意地把苹果往口袋里一装,到女裁缝那里去了。

时间一天天地过去,真是苦撑苦熬,度日如年;不幸的姑娘身陷困境,为众人所不齿,遭人欺凌。要是她没有多大教养,也许还能将就一下,找个事儿做也就行了;但是她所受的教育使她变得知书达礼,温文尔雅,因此周围的一切对她的压力实在是太大了。有时候她感到如此的疲惫和麻木,要不是她对肮脏平凡表面下的罪恶看得一清二楚的话,她很可能会堕落下去,而且会堕落得很深。有时候她想到服毒自杀,想结束自己的生命,摆脱这种毫无希望的困境。她没有什么可以责备自己的,这就使她感到更加绝望,有时候她内心充满了憎恨与愤怒。有一次,在这样心情的驱使下,她拿起笔,自己也不知道想干什么,为什么要这样做,给别利托夫写了一封信,她激昂慷慨、义愤填膺地写道:

我再也忍不下去了。我写信给您,只是为了在我一生中能够得到的也许是最后一次的乐趣——向您表示我对您的全部蔑视;我情愿用我准备购买面包的最后几个戈比发出这封信;我相信您会读到这封信的。在您姑母家里,您对我的所作所为,使我看出您是一个毫无道德可言的浪荡公子,是一位没有良心的好色之徒;当然,由于涉世不深,我还曾原谅过您,认为这都是因为您所受的教育不好,是周围的环境不好造成的;我原谅您,还以为是我的尴尬处境使您不得不如此。但是您散布的种种诽谤,这些厚颜无耻的恶意中伤,让我看清了您卑鄙下流的丑恶嘴脸:为了区区的自尊心,您决定进行报复,坑害一个无助的姑娘,散布关于她的流言蜚语。您这是为什么呢?难道您真的爱过我吗?请问问自己的良心吧……您高兴吧,因为您得逞了:您的朋友在这里往我脸上抹黑,人们把我赶出去,我到处遭人唾弃,听到的都是可怕的辱骂;最后害得我连一块面包也吃不上。因此您听我说,我厌恶您,因为您是个卑鄙小人,是个应该遭人唾弃的恶棍;您听着,这话是您姑母家的一个女用人说的……一想到您在读这封信时那种恼羞成怒的样子,我就感到非常痛快;您不是号称正人君子么,要是有和您身份相当的人把这话告诉您,想必您会朝自己脑门儿开一枪吧……

别利托夫赌输了钱,心里好生烦恼,喝茶前正在沙发椅上躺着。这时一个被派往城里的人给他带来些东西,其中有一封索菲写的信。他不认识她的笔迹,因此没猜出是谁写来的信,于是便心不在焉地随手拆开了。看了第一行他的手就开始抖了,但是他耐住性子把信一直读完,然后站起身,仔细把信收好,重又坐到沙发椅上,把脑袋转向窗口。他这样一坐就是两个小时,茶早就放在桌子上了,他还没有从杯子里喝过一口,烟斗里的烟也早已抽光了,他也没有喊哥萨克用人。当他完全清醒过来,他觉得自己好像刚刚生过一场大病;他感到两腿发软,浑身无力,耳朵嗡嗡直响。他前后两次用手摸了摸自己的脑袋,好像要摸摸脑袋是不是还在原来的地方。他感到有些发冷,脸色白得像纸一样;他走进卧室,支开用人,一头倒在沙发床上,和衣而睡……大约过了一个小时,按铃叫用人来;第二天天刚亮,一辆旅行马车已经出现在磨坊旁边的堤坝上了,四匹骏马同心协力地拉着马车向山坡上跑去。磨面人都跑出来看,问道:"我们老爷这是到哪儿去呀?"其中一个人回答说:"对了,听说是去彼得堡。"半年后,这辆马车又回来了,过的还是这座桥:老爷和太太回来了。村里的神甫赶去接风,回家后非常惊讶地告诉老婆:

"妻啊,妻啊!你知道回来的那位太太是谁吗?就是原来在薇拉·瓦西里耶夫娜家当过教师的那位夫人。天哪,真是天方夜谭!"

"什么?恐怕是你看走眼了吧?"神甫妻子回答说。

"不,我没有看错,"神甫回答说,"她能说会道,心地善良。"

为了别利托夫跟女家庭教师的这一婚事,姑母生了他两天两夜的气,她一辈子都没有忘记自己侄儿这桩令人无法忍受的婚姻,临死都不愿见侄儿一面。她常常说，若不是这件倒霉的事情使她寝食不安，她本来可以活到一百岁的。看来，女人的心就是这个样子：别利托夫太太——别利托娃——对于婚前的可怕体验也是刻骨铭心，难以忘怀的。有些温文尔雅、感情细腻的女人，正由于她们温柔多情，她们才不会被所受的痛苦压倒，不会因为眼前的情况向痛苦低头，但她会委曲求全，接受那使其永志不忘的种种可怕体验，而且一辈子也无法摆脱它的影响。痛苦的经历是一种有害的东西，它存在于血液中，寓于生活本身，有时它隐匿不见，有时又突然以可怕的力量显露出来，撕裂人的躯体。别利托娃的性格就是这样：无论是丈夫的爱情，还是对丈夫产生的显而易见的良好影响，都不能抹去她心头第一遭的痛苦；她怕见生人，喜欢一个人沉思默想，性格孤僻内向，羞于与人交往；她消瘦、苍白、疑神疑鬼，总是在担心什么，动不动就哭，在凉台上一坐就是几个小时，一句话也不说。三年后，别利托夫染上了风寒，五天后便死了，这都是因为他以前的生活有失检点，身体虚弱，抵抗不住风寒的侵袭，终于在昏迷中死去了。索菲曾经带着两岁的儿子去看他：他惊奇地看着孩子，吓得孩子伸着小手一定要到另外一间屋子去。此事让别利托娃受到了很大的打击：她爱这个人，因为他有了真诚的悔悟，她从周围生活的污泥浊水中了解了他的善良本质，她看重他的这种变化，有时甚至还挺喜欢他原来那种放荡不羁、纵情欢乐和肆无忌惮的公子哥儿习性。

丈夫死后，别利托娃在孩子教育上表现得非常神经质，动不动就着急上火。如果儿子夜里睡不好——她就干脆不睡觉，如果儿子身体不适——就跟她自己病了一样，总之，她和儿子同呼吸、共命运，她是他的保姆、奶妈，也是他的摇篮和木马。但就连这种对儿子神魂颠倒的爱在她内心深处也夹杂着某种忐忑不安。失去孩子的担心几乎一直萦绕在她的心头，她常常绝望地注视着熟睡的孩子，在他安然入睡的时候，她会小心翼翼地用颤抖的手去触摸他的嘴唇。但是，与她称之为病态幻想的做母亲的心声相反，孩子慢慢地长大了，虽然不能说很健康，但是也没灾没病。她从未离开过"白地"庄园；孩子也是落落寡合，孤身一人，像所有孤独的孩子一样，他身体的成长发育和自己的年龄很不相称；其实，除外界影响的痕迹外，在这孩子身上表现出的还有卓越才能和坚强个性的明显特征。到了孩子该上学的时候了，别利托娃带着儿子去莫斯科寻找家庭教师，她已故的丈夫在莫斯科有一位伯父，性格极其古怪，喜怒无常，为亲友所厌恶。他天资聪慧，但生性懒惰，的确，他因为自己的古怪脾气而为众人所不齿。

对于这样一个怪人，我实在忍不住要说上几句，因为我对所遇到的所有人的身世都非常感兴趣。看上去，普通人的生活好像都差不多一个样子——其实这只是表面现象，因为世间再没有比普通人的身世更独特和更多彩的了，特别是在没有两个人被一个共同思想所维系，任何青年人都能够各行其是，自由发展，不考虑后果的那种地方！要是可能的话，我会编一部传记辞典，比如说，先把一切不留胡子的人按字母顺序收进来；为简明扼要起见，可以把学者、文人、艺术家、著名军人、国家要人等凡是为公众所关注的人排除在外，因为他们的生活都是老一套，枯燥乏味；不外是成功，才华卓著，受人排挤，掌声，办公室生活或出门在外的生活，死于途中，老来受穷——凡此种种，没有一点自己的东西，全都属于时代。这就是为什么我从不忌讳中间插进人物身世介绍的缘故，因为它们展示了大千世界的丰富多彩。谁要是愿意，完全可以跳过去，不读这些插进来的叙述，不过这样他可能连故事也一起放过去了。现在我就来讲讲这位古怪老伯的身世。

他父亲是一个乡下地主，总是装穷，一辈子老穿一件光板羊皮袄，亲自去省城粜黑麦、燕麦和荞麦，而且总在秤上耍花样，为此常常受到惩罚。不过尽管他心理状态不佳，他送自己儿子进近卫军时还送去了套有四匹马的马车两辆、两个厨师、一个管事、一名身材高大的跟班，hors d'oeuvre① 还有四名侍童。在彼得堡，大家一看便知道这位年轻军官受过良好的教育，就是说，他有八匹马，还有不低于这个数目的随从，两名厨师等。事情开始都非常顺利；当这位后来的老伯晋升为近卫军中尉的时候，他的生活突然有变，出了一件大事。事情发生在七十年代，在一个天气晴朗的冬日，他想乘雪橇沿涅瓦河兜兜风，他刚走过阿尼奇科夫大桥，这时后面追上来一辆套有三匹马的大雪橇。那雪橇赶上他后，还想超到他前面去——您了解俄国人的脾气，中尉向车夫喊道："快呀！"这时坐在另外一辆雪橇上的一位穿着熊皮大衣、身材魁梧的男子，发出一声狮子般的吼叫："快！"但是中尉超到前面去了。那位穿熊皮大衣的先生怒不可遏，在雪橇转弯的时候，举起手中的鞭子，向中尉的车夫抽去，故意刺激一下雪橇的主人：

"不许抢先，混账东西！"

"怎么，您疯了吗？"中尉问道。

---

① 法文，意为"此外、加上"。

"我要教训教训您这个混蛋车夫,叫他知道不要抢先。"

"是我吩咐他这样做的,亲爱的先生,您要明白,我非常尊重皇帝授予我的这身军服,决不允许有人玷污它。"

"嘿,好一个愣头小子——你是什么人?"

"先说说你是谁?"中尉问道,眼看就要像猛兽一样向他扑过去。

那身材魁梧的男子轻蔑地瞅了他一眼,让他瞧瞧自己那大象脚掌般的拳头:

"想过招吗?不,老弟,收起来吧!"然后冲自己的车夫喊道:"走!"

"追上他!"中尉冲自己的车夫喊了一声,然后又加了两句词典上虽然没有但大家都知道的话。

中尉确实打听到了那位先生的住处,然而他改变了主意,不想去找他了;他决定给他写一封信,事情开始相当顺利;但好像有人故意跟他过不去似的,将军把他叫了去,莫名其妙地让人把他抓了起来;后来又把他调到奥尔斯克要塞驻防。虽然这里的地下到处都是奇石碧玉,自然矿产丰富,但毕竟是寂寞难耐,枯燥乏味。他随身带了几本克列比利昂[①]的小说和诸如此类的说教性读物,动身到乌法省边疆地区去了。三年后,他又被调回了近卫军,但是据认识他的人说,他从奥尔斯克要塞回来时身体状况已经不太好了,于是便退了役,随后又回到了庄园。这座庄园,就

---

[①] 克列比利昂(1707—1777),法国作家,早期因在作品中大胆披露僧侣、宫廷的生活而坐过牢;后来的作品因大胆的色情描写而遭人非议;但文学史家认为他不失为一位勇于揭示贵族的虚伪和饱食终日的淫逸生活的杰出作家。

是他那穿着光板羊皮袄，走一会儿路——其实只不过转一圈——就喘个不停的、破了产的父亲死后留给他的，他从附近又买了二千五百个农奴；这时候，这位新地主跟家里所有的亲人都吵翻了，于是便去了异国他乡。他先是在英国的大学里待了三年，后来又几乎跑遍了整个欧洲，只因他不喜欢奥地利和西班牙，所以这两个地方没有去；他广交朋友，结识了许多名流；他整晚整晚地跟博内①促膝交谈，探索机体生命的问题；和博马舍②彻夜长谈，一面讨论他的官司的情况，一面品尝着葡萄酒；和施勒策③关系甚好，保持着书信来往，当时后者正在办一份著名的报纸；他还专程去埃尔曼诺维尔④看望过失意潦倒的卢梭，骄傲地绕过费尔奈庄园⑤，没有去看伏尔泰。十年后，他从国外游学归来，打算在彼得堡住下来。但他过不惯彼得堡的生活，于是迁到了莫斯科。最初，莫斯科的一切都使他感到奇怪，后来大家反倒开始觉得他这个人有些奇怪。而实际上，不知怎么搞的，他有些不知所措……开始

---

① 博内（1720—1793），瑞士自然科学家、博物学家、哲学家、律师，俄国彼得堡科学院国外名誉院士（1764），著有《有关机体的考察》（1762）、《哲学的复兴》（1769）、《心理学论文》（1754）和《关于灵魂功能的分析论文》（1760）等。

② 博马舍（1732—1799），法国喜剧作家。1793年他与杜威奈的继承人打官司，最后败诉，几乎破产。

③ 施勒策（1735—1809），德国历史学家，致力于北欧和俄国历史研究，著有《俄国史》（1769）。

④ 埃尔曼诺维尔，巴黎附近的一座庄园，卢梭生前最后几个月是在这里度过的。

⑤ 伏尔泰1760年起就住在坐落于法国和瑞士边境的费尔奈庄园，继续与欧洲各界人士保持着通信联系，积极参与社会活动，不断揭露宗教迫害和专制政体下的司法黑暗。

读些纯医学方面的书,人好像也变得不修边幅了,脾气也变坏了,和所有的人都格格不入,对一切都很淡漠……

正当别利托娃到莫斯科寻找家庭教师的时候,这位奇怪伯父的一个瑞士朋友推荐的,一位想做教师的日内瓦人找他来了。这位日内瓦人四十岁左右,头发斑白,面容瘦削,有一双充满青春活力的蓝色眼睛和一脸刚正不阿的表情。他受过很好的教育,深谙拉丁文,是一位优秀的植物学家;这位幻想者怀着青年人的一片赤诚,认为从事教育就是在履行义务,责无旁贷。他研究了各种各样有关教育和教育学的文献,从卢梭的《爱弥儿》、裴斯泰洛齐[1]到巴泽多[2]和尼古拉[3],他都读过,唯独有一点他没有读透——这也是教育的要害,即要让青年人的头脑适应周围的环境。教育,应该像研究气候那样,对于每一个时代,每一个国家,尤其是对于每一个阶层,也许还有每一个家庭,都应该因材施教,运用各自不同的教育方法。这一点,日内瓦人无从知晓;因为他是按照普卢塔克[4]的理论来研究人的心灵的,根据马尔特-布戎[5]的理

---

[1] 裴斯泰洛齐(1746—1827),瑞士民主主义教育家,要素教育理论的创始人,主张对儿童进行综合教育,发展了教育与生产劳动相结合的思想。

[2] 巴泽多(1724—1790),德国教育改革家,提倡现实主义教育法,反对体罚和死记硬背的教育方法。

[3] 尼古拉(1737—1820),德国教育家。

[4] 普卢塔克(约46—约120),古希腊作家、历史学家、伦理学家,著有《希腊罗马名人比较列传》(五十篇)、《道德论丛》。

[5] 马尔特-布戎(1775—1826),丹麦人,因支持法国革命于1800年被驱逐出丹麦,后在巴黎当记者和地理学家,著有《世界地理概论》(六卷),是巴黎地理学会的创建人。

论和统计学材料了解现代生活的；他四十岁时读《唐·卡洛斯》[1]还不能不潸然落泪，他相信百分之百的自我牺牲，不能原谅拿破仑，因为后者未能解放科西嘉岛，而且带走了保利[2]的画像。诚然，他也知道时世之艰难，贫穷和失败对他的压力很大，但这使他变得更加不了解现实了。他忧心忡忡，在美丽的湖边漫步，为自己的命运感到不平，为欧洲感到不平，这时候，他突然想起了北方——想到了一个新的国度，它在领土疆域方面很像澳大利亚，而在精神方面却正在大规模地形成某种与众不同的、新的东西……日内瓦人买来了莱维加[3]的俄国史，读了伏尔泰的《彼得一世》[4]，一星期后，他徒步向彼得堡出发了。这位日内瓦人对世界的看法非常幼稚，而且具有某种不可动摇的信念，甚至是一种特殊的冷漠态度。一个头脑冷静的幻想者是无法被改变的：他永远都是个孩子。

别利托娃是在伯父家和他认识的，她未必敢指望找到一位心目中理想的家庭教师，但这个日内瓦人很接近她的理想。她提议给他年薪四千卢布（这在当时已经是很多了），日内瓦人说，他只需要一千二，于是就答应了下来。别利托娃表示非常奇怪，但他却冷冷地声辩说，他要的工资数额不多也不少，够用就行了，八百卢布作生活开支，四百卢布作不时之需。"我不喜欢奢侈，"他补充说，

---

[1] 德国作家席勒（1759—1805）青年时代的最后一个剧本。
[2] 保利（1725—1807），科西嘉政治家和爱国者，为科西嘉的独立进行长期的斗争，1794年终于将法国人赶走。
[3] 莱维加（1737—1812），法国历史学家。
[4] 指伏尔泰写的《彼得大帝时代的俄国史》（1759—1763）一书。

"聚敛钱财，我认为是不道德的。"于是，母亲便把满是荒地和田野的"白地"庄园的未来主人的教育托付给了这个疯子！

伯父这老头儿对世界上的事从来就没有满意过，对这件事也只是他一个人不以为然。当别利托娃正兴高采烈、扬扬自得的时候，伯父（丈夫所有亲属中只有他一人认同她）却说："唉，索菲！你净办些荒唐事，那日内瓦人给我当学生还差不多，怎么能做家庭教师呢？他自己还需要个保姆照看呢，他能把沃洛佳①教成什么样子？——一个瑞士人呗。如果这样，依我看，你还不如干脆把他送到沃韦或洛桑去……"索菲从他的这番话里听出了老人偏爱日内瓦人的自私心理，她不想惹老人生气，也就没有再说什么。后来，过了两个星期，她带着沃洛佳和这位四十岁的青年回到自己庄园去了。当时是春天，日内瓦人先从激发沃洛佳对植物学的兴趣入手，他们一大早就出去采集植物标本，用生动的交谈代替枯燥乏味的课堂讲授：眼前的一切事物都是他们讨论的课题，沃洛佳怀着极大的兴趣倾听日内瓦人的解释。午饭后，他们通常坐在面对花园的凉台上，这时日内瓦人讲述一些伟人的生平传记，讲述他们到远方旅行的经历，有时候作为鼓励，让沃洛佳自己朗读普卢塔克的作品……时光在流逝，两次地方选举都过去了，沃洛佳也到了该上大学的时候了。当母亲的却有点不大情愿，这些年她过惯了这种舒心的生活，这是她以前没有过过的，她非常喜欢这种平静和睦的日子，生怕发生什么变化：她习惯而且喜欢坐在自己心爱的凉台上等候沃洛佳从远处游玩归来；当沃洛佳红头

---

① 弗拉基米尔的爱称。

涨脸，兴高采烈地跑回来，一面擦着脸上的汗，一面向她扑过来，搂住她脖子的时候，她简直觉得这是一种莫大的享受；她看着他，心里是那样感到自豪，那样满意，简直快要哭了。的确，沃洛佳身上是有某种动人的东西：他是那样高尚优雅，那样坦诚直率，那样信任别人，让人一看见他就感到高兴，也为他感到几分忧愁。很显然，这样一位目光明亮、动作灵活的翩翩少年还从未承受过生活的重负，也从未体验过恐惧的感觉，撒谎骗人的话还从未沾过他的唇边，他根本不知道随着年龄的增长等待他的将是什么。日内瓦人几乎跟沃洛佳的母亲一样，对自己的学生也是难分难舍，有时候他久久地望着他，然后垂下眼睛，两眼满含泪水，心想："我这辈子也算没有白过，想到我曾帮助过这样一个青年成长发展，我也就知足了——我无愧于自己的良心！"

世界上的事情真是阴差阳错，无奇不有！自然，无论是做母亲的，还是当教师的，他们都没有想到，自己这种封闭式的教育会给沃洛佳带来多少痛苦和灾难。他们千方百计不让沃洛佳了解现实生活，想方设法不让他看见这灰色世界里所发生的种种事情，只向他灌输光辉灿烂的理想，从不谈生活的艰辛和困苦。他们带他去观看美妙的芭蕾舞，让孩子相信：这种优美的舞姿，这种动作与音乐的和谐的结合，就是普通的生活；他们不带他到市场上去看看那些追逐金钱者的贪婪嘴脸；他们从精神上把他培养成一个不食人间烟火的人……那位日内瓦人就是这样一个人——但这里的区别有多么大呀——他，一个穷文人，背着一只行囊，带上保利的画像，怀着自己藏在内心的理想，已经养成了随遇而安、知足常乐、蔑视奢华、劳动为本的习惯，准备随时云游四方，浪迹天涯——这跟沃洛佳的使命和社会地位有何相似之处呢？……

但是，无论别利托娃多么喜欢自己的这种封闭式的隐居生活，也不管离开恬静的"白地"庄园对她来说有多么痛苦——她还是决定要到莫斯科去。一到莫斯科，她立即带着沃洛佳到伯父家去。老人身体非常虚弱，正半躺在一张伏尔泰式的安乐椅①上，腿上盖着一块羊绒披巾，由稀疏的白发编成的长长的发辫搭在睡衣上，眼睛上戴着一个绿色的遮檐。

"喏，你现在正干什么，弗拉基米尔·彼得罗维奇？"老人问道。

"在准备考大学，爷爷。"青年回答说。

"考什么大学？"

"莫斯科大学。"

"在那里，学什么？以前我认识马太教授，还有海姆教授——喏，可毕竟好像还是牛津更好一些，你说呢，索菲？是更好一些吧？你想学什么专业呢？"

"法律，爷爷。"

爷爷露出不以为然的表情。

"喏，没什么！等你学完了 le droit naturel, le droit des gens, le code de Justinien②——以后干什么呢？"

"以后，"母亲笑着回答说，"以后去彼得堡谋个差事。"

"哈，哈，哈！一定要通晓 Pandectes③ 和关于它的所有

---

① 一种高背深座的安乐椅。
② 法文，意为"自然法、国际法、查士丁法典"。
③ 法文，意为"罗马法典"。

Glosses[①]！要么，弗拉基米尔·彼得罗维奇，您也许是想当法律顾问吧？哈，哈，哈！——做律师？您看着办吧，不过按我的意思，小伙子，还是去学医。我把自己的全部藏书都留给你——一个不小的图书馆，我把它管理得很好，所有新书我都预订了。眼下医学比什么都吃香，喏，对亲朋好友也有好处，看病挣钱你觉得不好意思，那就免费看好了——乐得个心安理得。"

沃洛佳和母亲都知道这老人爱认死理，所以谁也不去反驳他，但日内瓦人却有些忍不住了，他说：

"当然，医生这个行业是不错，但我不明白弗拉基米尔·彼得罗维奇为什么不去攻读法学，许多人都在想方设法让受过教育的年轻人进身仕途。"

"他说你们，顺带也说了我；我去过日内瓦，那时他还在地上爬呢，我亲爱的 citoyen de Genève[②]！"固执老头儿说。"您可知道，"他补充说，语气有些缓和，"我国有一个卢梭的译本上写着：'日内瓦市民卢梭文存'……"——这时老人笑得咳嗽起来。

关于这个译本的事，他说过上千次了，每次他都觉得听他讲的人还不知道这件事。

"沃洛佳，"他继续说，心情已经变好了，"你写不写诗？"

"试着写过，爷爷。"弗拉基米尔·别利托夫回答说，脸一下子红了。

"好孩子，我劝你可不要写诗，只有头脑空空的人才写诗，因

---

① 法文，意为"诠释"。
② 法文，意为"日内瓦公民"。

为那都是些 futilité[①]，应该干正经事。"

只有这最后一个劝告弗拉基米尔·别利托夫算是听进去了，因为他不再写诗了。他没有进牛津大学，而是进了莫斯科大学；他也没有选修医学专业，选的是伦理政治专业。别利托夫完成了大学的学业：以前他总是孤身一人，现在则置身于热闹的同学大家庭了。在这里，他知道了自己的分量，受到青年朋友们热诚欢迎；他敞开胸怀，面对一切美好的事物，孜孜不倦地学习着各门学科。系主任本人也注意到了他，认为他只要把头发再剪短一些，对人再礼貌恭敬一些，就是一名优秀大学生了。最后，他终于毕业了；毕业典礼上学校向青年们颁发了踏入生活的毕业证书。别利托娃准备到彼得堡去，她想让儿子先走，自己把事情安排一下，随后就去。在大学同窗各奔东西之前，同学们在别利托夫家里搞了一次聚会。大家这时还充满着希望：未来敞开自己的胸怀，吸引着他们，就像当年吸引克娄巴特拉[②]那样，寻欢作乐之余，同时也有死的权利。年轻人都有宏伟的抱负……谁都没想到，有人干了一辈子，充其量不过当个科长而已，而且最后把全部家产输个精光；有的人死守在自己乡下老家过日子，每天午饭前不喝三杯果酒，饭后不睡上三个小时就感到浑身不自在；第三种人处于这样的地位，他会气鼓鼓地说，青年人可不比老年人，他们无论

---

① 法文，意为"雕虫小技"。
② 克娄巴特拉（前69—前30），埃及托勒密王朝末代女王。克娄巴特拉聪明美丽，受过教育，为追求权力，她委身于恺撒。恺撒被刺后，她又与安东尼相好。屋大维大败安东尼后，她又想在屋大维身上打主意，但没有奏效。最后屋大维的罗马军队开进埃及，克娄巴特拉不愿被屋大维游街示众便自杀了。

在举止做派和思想道德方面都不像他的上司,他们全是些头脑空空的幻想家。当日内瓦人穿好上路的衣服,叫醒别利托夫的时候,他耳朵里还满是关于友谊和理想的海誓山盟与连连碰杯的声音。

我们的幻想家兴致勃勃地去彼得堡了。要开展活动,开展活动!……只有到那里,他的希望才能够实现,只有到那里,他才能够大展宏图,才能够了解现实——那里是俄罗斯新生活的中心,是它的总发源地!他想,莫斯科已经完成了自己的使命,它把国家的所有血管都吸纳过来,接通自己这火热的心脏,为国家而不停地跳动;然而,彼得堡,彼得堡——是俄国的大脑,它高高在上,它周围是冰冷的花岗岩般的头盖骨,它使帝国的思想发育成长……种种类似的想法和比喻在他的脑海里徘徊盘旋,真诚而神圣,没有丝毫的做作。而公共马车这时却在一站一站地向前行驶,马车里除了我们的幻想家之外,还搭载了一位退了役的轻骑兵上校、一个长着白胡子的阿尔汉格尔斯克的官员。官员随身带了一些鲅鱼干和甘菊浸剂,以备途中身体不适时使用;还带了个穿光板羊皮袄的用人,皮袄上的羊毛已经掉得差不多了;此外还有一个长着浅黄头发的士官生,他的脸比头发还要黑,他因能指使车夫而表现得神气活现。对于弗拉基米尔·别利托夫来说,这帮人的样子显得都很新奇,很让他高兴。当阿尔汉格尔斯克那位官员请他吃找出来的鲅鱼干时,弗拉基米尔宽厚地笑了。后来见他为找一枚合适的硬币付汤钱,尴尬地在口袋里摸了半天,而性急的上校代他付了时,弗拉基米尔不禁又笑了。他不怎么喜欢阿尔汉格尔斯克人称上校为"阁下",也不喜欢上校表达什么意思时的吞吞吐吐、说不清道不明的样子——一点也不爽快。他甚至觉得侍候同行的阿尔汉格尔斯克人的那个呆头呆脑的笨老头也非常可笑，这老头在服侍主人时之所以没有被冻死，确切地说，多亏他长了一张 cuir russe①。小伙子对这一切的看法都是很宽容的！

抵达彼得堡和第一次在上流社会露面都非常顺利。他带有一封给一位很有权势的老姑娘的推荐信，老姑娘见小伙子一表人才，便认为他肯定很有教养，能言善辩。她有一个兄弟在民政局一个部门当处长，她便把弗拉基米尔推荐给他。这位处长跟他交谈了几分钟，果不其然，他很为这位年轻人朴实的谈吐、多方面的教养、敏捷的才思和远见卓识感到惊讶。他提出让他到自己的处里工作，亲自托局长要对他多加关照。弗拉基米尔对工作非常卖力，他非常喜欢办公室的工作，在一个十九岁的年轻人的心目中，办公室是个庞杂、繁忙，是忙着编号和登记的地方，里面的人个个都手捧卷宗，心事重重，忙个不停。他认为办公室就像是个磨轮，能带动半个地球的人跟着它转动——他把一切都诗意化了。

别利托娃最后也来到了彼得堡。日内瓦人仍旧住在他们家里，最近他有好几次都想离开别利托夫家，但是他做不到，因为他跟这家人的关系实在太密切了，他把自己所有的东西都教给了弗拉基米尔，而且非常尊敬他的母亲，因此他很难跨出他们的家门。他渐渐变得郁郁寡欢，不断在进行自我斗争——我们已经说过，他是个冷静的幻想家，因此很难改变。有一天晚上，就在弗拉基米尔找到工作后不久，为数不多的一家人围坐在火炉边。这时候，年轻的别利托夫——他的自信心已大为见长，对自己的力量和抱

---

① 法文，意为"俄国皮"。

负也有其青年人的向往——正在幻想着未来；他脑子里闪过各种各样的希求、计划和期望；他幻想能官运亨通，前程似锦，幻想今生今世，前途无量……于是，这个陶醉于未来幻想的热情洋溢的青年，忽然一下子搂住日内瓦人的脖子："我欠你的恩情太多了，你是我们家真正的好朋友，"他对日内瓦人说，"我所以能出人头地，多亏了你和我母亲，你对我比我亲生父亲对我还要好！"日内瓦人用一只手捂住眼睛，然后看了看母亲，又看了看儿子，他想说什么，但什么也没说，站起身来，从屋子里走了出去。

回到自己的小书房，日内瓦人把门关上，从沙发下拖出自己满是灰尘的小皮箱，掸去尘土，打开后从里面把自己的宝贝东西摆放起来，爱不释手地一一仔细察看。这些东西分明体现出了此人无限的柔情：他珍藏着一只完好的纸夹子，这个纸夹子做工粗糙，是十二岁的沃洛佳在新年前夕背地里特意为日内瓦人制作的，他在上面贴了一张不知从什么书上撕下来的华盛顿的肖像；另外，日内瓦人还收藏着一张沃洛佳十四岁时的水彩画像：光着脖子，晒得黑黑的，眼睛里闪耀着思想的光芒，一副充满期待与希望的神情。这种神情，他继续保持了五年左右，后来就像彼得堡的太阳，只是偶尔有所显露，像是过去的事情，与现在的种种特点相比已经不合时宜了。此外他还保存着老伯父送给他的几件银制数学教具，一只绘有独立纪念日盛况的硕大玳瑁烟盒。这烟盒本是老人用的，一直放在身边——老人去世后，日内瓦人从管家手里买了过来。他把所有这几件宝贝玩意儿，还有一些类似的东西放好之后，又挑选了十五六本书，其余的东西都放在了一边。然后，第二天一大早，他悄悄来到莫尔斯克大街，叫了一辆拉货的马车，叫用人帮助他把箱子和书搬出去，并让他转告一声，就说他要出城去两天；然后他穿上长袍，拿起手杖和阳伞，握了握身边用人的手，跟着马车步行而去，大滴的眼泪洒落在他的长袍上。

别利托娃对日内瓦人的出走感到非常惊讶，但她想他还会回来的；两天后，她收到了下面这封信：

亲爱的夫人！昨天晚上我得到了对我的劳动的充分报偿。请您相信，此情此景我将铭记在心；作为一种安慰，作为对我个人眼力的鉴证，它将终生伴随着我——但同时它也庄严地结束了我的工作；它清楚地表明当老师的不应该再干预学生自身的发展了，老师的影响不仅没有好处，甚至会妨碍学生独立行事的能力。人应该毕生地接受教育，但是到了一定的时候，他就不应该就教于人了。现在我对令郎还有什么用处呢——他已经走在了我的前头。

我早就打算辞别贵府，但我的软弱阻碍了我——对令郎的爱妨碍了我。如果我现在不离开，我将永远履行不了我所担负的这一神圣义务。您是了解我的信条的：我不能够留下来，我认为不劳而获，拿您的钱满足自己的需要，混碗饭吃，这是嗟来之食，是有辱人的尊严的。因此，如您所见，我必须离开贵府。让我们像朋友那样分手吧，今后就不要再提这件事了。

当您收到这封信的时候，我已经是在去芬兰的路上了，我打算从那里到瑞典去，我将游览一番，直到把钱花完，然后再开始工作：我的精力还好。

最近一个时期没有拿您的钱,请您不必把钱给我寄来,请把这些钱一半送给侍候我的用人,另一半送给其他用人,并请您代我向他们致意:我时常麻烦这些贫苦的人。留下的书,是我送给令郎的礼物,请代我交给他。我另外给他写封信。

再见,尊贵的、深受敬重的夫人,再见了!为您的全家祝福;其实,您有这样的儿子,还有什么不满足呢?我只有一个愿望:希望您和令郎健康地活着,益寿延年。握您的手。

**他给弗拉基米尔的信开头是这样写的:**

弗拉基米尔:我最后对你说的话,不是老师的训诫,而是朋友的劝告。你知道,我没有关系很近的亲属,也没有比你更亲近的外人,尽管我们的年龄相差很大。我对你抱有很大的希望和期待。在我离开的时候,弗拉基米尔,我觉得应该对你作一番忠告。走命运指给你的路:这是一条光明大道;我不担心失败和不幸,因为你会从中得到支持和力量——我害怕成功和幸福,因为那样你会站在危险的道路上。你要努力工作,但当心不要走向反面:让工作为你服务。弗拉基米尔,不要把目的和手段混为一谈。唯独对亲者的爱,对幸福的爱,才应该是你的目的。如果你心中没有了爱,那你将一事无成,只能欺骗自己;只有爱能够创造坚实的、有生命的东西,高傲是徒劳无益的,因为它除了自己,什么都不需要……

不能把整封信都援引过来,因为他整整写了三张信纸。

于是,这位光明磊落、心地善良的家庭教师的形象就此在弗拉基米尔的生活中消失了。"我们的 monsieur Joseph① 在哪里呢?"——母亲或儿子经常提起他,两人常常念叨他;这时,他们脑海里便闪现出日内瓦人那柔和、稳重、有点僧人模样的身影,他身着旅途中穿的长袍,向傲然屹立的挪威群山走去。

---

① 法文,意为"约瑟夫先生",这里指约瑟夫神甫(1577—1638),法兰西奥秘神学家,与法国大主教配合,曾获得类似外交大臣的权位,云游四方,为日后被称为三十年战争的军事行动筹措军费,为使新教信徒改信天主教而四处奔走。

# 七

阿扎伊斯①证明（非常枯燥地），世界上的一切都是可以补偿的，当然，要相信他的这一说法，不必过于严格和吹毛求疵。基于这一理论，作为对失去"约瑟夫"先生的补偿，我们请来了奥西普·叶夫谢伊奇。他是一位头发斑白的清瘦老人，六十岁左右，穿一件破旧的文官常礼服，脸色红润，总是一副志得意满的样子。他在别利托夫待的那个办公室即第四科当科长已经三十年了，当科长前他在这个科里当了十五年的抄写员，另外十五年他是在机关大院里度过的，"门房的儿子"这一荣誉称号使他在其他守卫人员的孩子面前平添几分贵族气。这个人的情况能够最好地说明：一个人的成功并不一定要到远方旅行，去大学里听课，广交朋友，因为这位科长没有这些经历却照样对各种事情非常熟悉，有知人之明，而且富有外交家的才能，自然，决不在奥斯捷尔曼②

---

① 阿扎伊斯（1766—1845），法国哲学家。他认为人生的意义在于把握住欢乐与悲哀之间的自然与和谐的平衡，其成名作《人类命运中的补偿》（1809）和《宇宙体系》（1809—1812）提出和发展的就是这一思想，认为人类过去、现在、未来的全部经验都能够根据扩张和压缩二者力量的相互作用而被认识。

② 奥斯捷尔曼（1686—1747），俄国外交家、伯爵。俄最高枢密院成员，曾负责俄国内政外交事务。1742年被流放到别廖佐夫。

和塔列兰之下。他天资聪颖，十五岁进办公室工作，有充分发挥和培养自己实际能力的可能和时间；无论是科学、阅读、遣词造句，还是我们从书中用来糊弄人的空洞的理论，以及上流社会的奢华生活和充满得意的幻想都妨碍不了他。他一面抄抄写写，一面留心察言观色，天长日久，便能够深入观察现实生活，切实认识周围事物，采取正确的行为方式，在办公室这杂草丛生、危机四伏的一潭死水中，平平安安，毫发无损。上级主要领导更选，局长调换，处长变更，而第四科的科长却岿然不动。大家都很喜欢他，因为他这个人不能缺少，因为他精心地掩盖了这一点；大家都称赞他，对他评价很高，因为他总是极力否定自己；他什么都知道，办公室的事情他全都记得；他什么问题都能解答，像一部活辞典，就是不愿意出头露面；局长提议他出任处长——他坚持仍然当他的第四科科长。大家想为他报请一枚十字勋章——因为从来没有外人说他收受过贿赂，同事中也从来没有人怀疑他的廉洁。你们可以想象，四十五年来有多少各种各样的事情要经过他的手来处理，可是从来没有一件事让奥西普·叶夫谢伊奇发过脾气，引起过他的愤怒，使他心情感到不快活；他自打生下来就没有过要从文字处理工作转到和实际情况打交道的想法；不知为什么，他对工作的看法非常抽象，认为工作就像是一大堆的关系、信息、报告和咨询，它们互相交叉，盘根错节，按照一定的程序，遵从一定的规则，各就各位，发展运作；因此当他在科里工作的时候，或者像那些异想天开的科长们所说的，在协调操作时，不言而喻，他不过是在清理自己的办公桌，这样办起事情来更方便一些：克拉斯诺亚尔斯克的调查材料差不多要两年时间才能够回来，要么起草一份最后决定，或者——这是他最喜欢的——把事情推到别的办公室，由另外一个科长结束这场游戏，程序规则依然如故；他能不偏不倚、公正无私到这样的程度，比如说，全然不想一想，等克拉斯诺亚尔斯克的调查材料回来，那走的人该是什么样子了——忒弥斯①的眼睛就应当是什么也看不见的……

正是弗拉基米尔的这位令人尊敬的同事，在弗拉基米尔上班三个月之后，对誊清了的文件重新检查一遍，给四位抄写员分配了新的活计，又掏出自己的黑银烟盒，递给自己的助手，补充说：

"尝尝吧，瓦西里·瓦西里耶维奇，味儿挺冲的，是朋友从弗拉基米尔市带来的。"

"好烟！"这位助手拿起一点浅绿色的干烟末在鼻子上闻一闻，顿了片刻，醒过神来后说。

"怎么样？够劲儿吧？"科长见把助手的鼻膜刺激得够呛，非常得意地说。

"您怎么看，奥西普·叶夫谢伊奇？"助手问道，这时他已从被烟呛得浑身麻木的状态中渐渐恢复了过来，用蓝手绢一个劲儿地直擦眼睛、鼻子、脑门儿，甚至下巴，"我还没有问您，您喜欢不喜欢这个从莫斯科来的年轻人？"

"挺招人喜欢的，看上去很有朝气，据说是局长亲自拍板的。"

"是啊，没错儿，非常聪明伶俐，不能不承认。我昨天听见他跟帕夫拉·帕夫雷奇争了起来，要知道，那人是听不得不同意见

---

① 忒弥斯，古希腊神话中掌管法律和正义的女神，她一手执天平，一手执剑，两眼被布带蒙着，象征公正无私，执法如山。

的，而别利托夫这个人嘴巴也不饶人。帕夫拉·帕夫雷奇开始生气了，他说：我不是跟您这么说了吗——而别利托夫却说：对不起，我也跟您这么说了。我在一边看着，非常开心。后来，别利托夫走了，帕夫拉·帕夫雷奇跟自己的一个朋友说：'这号人一进来，我们办公室就得循规蹈矩了；其实我也是大学毕业，我要教训教训他，不能让他为所欲为，我不管他是由谁拍板安排进来的。'"

"真有意思！"科长说，这故事看来也引起了他的兴趣。"不管是谁决定的，那还不一个样？哎哟哟，帕夫雷奇！喏，怎么样，这话当着他的面说了吗？"

"没有，末了他只是用法文说了句什么。老实说，我一看这种样子，心里就想：我和奥西普·叶夫谢伊奇在第四科还得面对面地坐下去，而他肯定会搬到那边去的。"他指了指局长办公室。

"哎呀，瓦西里·瓦西里耶维奇，你这个聪明脑瓜子！"科长说，"看来三个科里再也找不出比你更聪明的人了，可是就连你也爬得很慢呀。老兄，我这辈子这种事见的可多了，有的人变成了真正的实干家，甚至掌管办公室的工作；这个不知天高地厚的花花公子一点儿戏都没有。他很聪明，也很勤奋——但聪明和勤奋就够了吗？咱们用一瓶茵陈酒打赌好不好，看这位先生能不能升到科长？"

"赌我不想打，可是我昨天看到了他拟的公文，文笔漂亮极了，没说的，这种好文章只有在《祖国之子》①上才能够读到。"

"我也看到了——虽然我已是老眼昏花，不过还没有完全失

---

① 彼得堡出版的一份历史政治刊物，也刊登文学作品，1812年开始发行。

明——他不懂得格式,如果是因为蠢笨或是由于不习惯——那也没什么大不了的:以后会学会的。可那位先生压根儿就不行,一窍不通,他行起文来像是在写小说,而主要的东西却给遗漏了。谁是报告人,行文是否恰当,呈报给谁——他觉得无所谓。用俄国人的话来说,这叫半瓶子醋。可是你问个什么事——他就会对我们这些老人教训一通,不,老兄,能干的小伙子一眼就能够看出来。起初我自己曾经想:他好像并不傻,说不定前程远大着呢,眼下对工作不习惯,不要紧,过些时候会习惯的。可是现在已经三个月了,每天游游荡荡,脾气大得很,也许我不该说,发起火来跟骂他亲生老子一样,他倒是痛快了——可往后这样怎么能行呢?这样的年轻人我们见过的多了,他不是第一个,也不是最后一个,他们都一样,只会说空话:我一定要根除滥用职权的现象,可他自己连什么是滥用职权都不知道,也不知道在哪里存在着滥用职权……只是一个劲儿地喊叫,这样喊上一辈子,最后不外是一个没干任何实事的官僚。然而这样一个蠢货却一直在嘲笑我们,说我们都是办公室的勤杂工,可事情全都是我们这些勤杂工干的。向民政部门呈交申诉,这本是他分内的工作,可是他不会,那就请所谓的勤杂工代劳……坐享其成!"能言善辩的科长最后说道。

其实,科长的这番议论完全是有事实根据的,而且事有凑巧,像有意安排好似的,他的话很快就得到了证实。别利托夫对办公室的工作很快就失去了兴趣,动不动就发脾气,工作敷衍了事。办公室主任把他叫去,对他苦口婆心地好言相劝——但无济于事。部长又把他叫去,像慈父般进行劝说,动之以情,晓之以理，连一旁的庶务官都听得大为感动；尽管他这个人是不太容易被感动的，这一点他手下所有的侍卫都知道——但最后同样无济于事。别利托夫太不知好歹了，他认为别人这种亲人般的关心，这种一心希望他改好的父亲般的愿望，是在伤害他的自尊心。一句话，就在科长和他的助手那次精彩谈话之后三个月，奥西普·叶夫谢伊奇对一个不知自己做错了什么事的文书大发脾气，而且说：

"你什么时候才能够学会呢？喏，你已经写过多少次了，但每次都得给你把稿子起草好，这全是因为你没有把工作放在心上，一心只想着穿上呢外套，到海军部大厦林荫道上闲溜达，看姑娘去了——我不止一次地看见过……喏，你写吧："为准予在俄罗斯帝国自由居住，根据有效的审核签字和官方印记，特颁发给退职省书记员别利托夫本身份证……写完了吗？给我看看！"于是他嘴里念念有词："庄园……农奴……籍贯……学历……编制……九月十八日……东正教……好吧！"于是奥西普·叶夫谢伊奇在这张纸的下面最边缘处用最细小的字体签上字，予以确认。

"去吧，现在就拿走交上去，等他们签字后，再去注册登记；图章应该盖在旁边，瞧见了吗，在写着"身份证"的边上。他明天要来取的。"

"怎么样，瓦西里·瓦西里耶维奇，您不愿跟我打那瓶茵陈酒的赌，要是打的话，您肯定输。没说的，你可真够油的！"

"干了十四年零六个月，难道都白吃饭了？"那位助手机智地回答道。

科长和全科的人都大笑起来。

我们的好朋友弗拉基米尔·彼得罗维奇·别利托夫的公务生涯就在这种平静的哄笑声中结束了。从那个可纪念的日子起，即薇拉·瓦西里耶夫娜向餐桌上摆放甜点心，院子里传来马车的铃声——马克西姆·伊万诺维奇忍不住跑到窗口去看——到现在已经过去整整十年了，这十年别利托夫都干了些什么呢？

什么都干过，或者说，差不多什么都干过。

他都做了些什么呢？

什么都没做，或者说，差不多什么都没做。

谁都知道有这样一句古话：期望过高的孩子成大事者寥寥无几。为什么？难道是因为一个人的精力有限，只能达到一定程度，如果青春年少时都消耗殆尽，等长大成人后就一无所剩了吗？这是个深奥难解的问题。我解答不了，也不想去解答，但是我想，这个问题的答案，与其说要从一个人的某种怪异心理结构中去寻找，还不如从他周围的环境、氛围、影响和接触中去发掘。不管怎么说，这种情况在别利托夫身上倒是得到了验证。别利托夫从小性情急躁，喜欢想入非非，对周围环境甚为不满；他对各方面的事情都看不顺眼，几乎像奥西普·叶夫谢伊奇所巧妙描述的那样，"事情全都是勤杂工们干的"，而且他们做这些事，犹如獾和獴什么都不会做，普通只有一个愿望，一种追求——给人类带来祸害；这种愿望和正追求往往还显得很高尚，但几乎总是徒劳无益……

一个不算晴朗，但对彼得堡来说却是典型的上午——一年四季中最糟糕的气候都集中在一起了——雨夹雪不断敲打着窗户。上午十一点钟了，天还没有亮，看上去好像已经接近黄昏。别利托娃就坐在她跟日内瓦人最后一次谈话时落座的火炉旁边，弗拉基米尔躺在沙发床上，手里拿一本书，看一看，放一放，后来干脆不看了，把书往桌子上一搁，懒洋洋地坐了老半天，最后若有所思地说：

"妈妈，你知道我想起了什么？要知道，爷爷要我学医还是对的。您怎么想的，我是不是该去学医？"

"随你的便，我的孩子，"别利托娃像平时一样慈爱地回答说，"只有一点令人很不放心，沃洛佳，学医，你就得接触各种病人，而有些病是带有传染性的。"

"妈妈，"弗拉基米尔温柔地拉着她的手，微笑说，"看你有多么自私，心里只想着自己爱的人！袖手旁观，当然没有多大危险；但我认为饱食终日，无所事事，跟要干一番事业一样，同样得有自己的使命；并不是谁想好逸恶劳，四体不勤，谁就可以饭来张口、衣来伸手的。"

"你试试看吧！"母亲回答说。

第二天上午，弗拉基米尔来到解剖室，他像初到办公室时那样认真地研究起了解剖学；但是他却未能把在莫斯科大学学习时那种对科学执着追求的劲头带到这儿来；无论他如何欺骗自己，医学对于他总不过是一种逃避的场所：他是由于失败、无聊和无所事事才到这里来的；从无忧无虑的大学生到退职官员和半吊子医生，这中间的差距实在是太大了。天资聪颖的他在新的学科中很快就遇到一些医学上讳莫如深的问题；这些问题不解决，其他一切问题便无从谈起。面对这些问题他打算鼓起勇气，一举攻下难关——他没有考虑到这些问题的解决，常常是坚持不懈的长期劳动的结果。他没有这种劳动的能力,而且很明显,他对于医学,特别是对于医生们的兴趣渐渐冷淡了下来;他从他们身上又一次看到了自己办公室的同仁;他希望他们用毕生的精力去解决他所感兴趣的问题,希望他们把临床工作看作崇高神圣的事业——而他们一心想的却是晚上去玩牌,是开张营业,因而没时间顾及这些问题。

"不,"弗拉基米尔想,"不行,我不愿意当医生!目前当关于生理学方面的各种问题众说纷纭的时候,竟然去给人看病,我这个人还讲不讲医德了!一切从业的想法统统放到一边去!我算什么官员?我算什么学者?我……我……实在愧不敢当,我是一名艺人!"别利托夫在临摹头盖骨的时候想到自己是一位艺术家。真是想到——做到。他在书房窗子的下半截玻璃上挂了不透明的窗帷子,在两个头盖骨旁边,摆放一尊小小的维纳斯雕像;不久好像从地下冒出来似的,房间里到处都是些带有恐惧、羞涩、嫉妒、勇敢等表情的石膏头像——这些表情是按照雕塑学所理解的表情,就是说,这些激情在真实自然的世界并不存在。弗拉基米尔于是不再理发,整个上午只穿一件宽大的短上衣,这件无产者的制服是涅瓦大街上一位高级裁缝师特意为他缝制的。弗拉基米尔每周都要到爱尔米塔日博物馆[①]去,老老实实地坐在画架前……母亲有时候蹑手蹑脚地进来,生怕打扰这位未来提香[②]工作。他开

---

[①] 俄国彼得堡美术、文化历史博物馆。1764年建立,专为沙皇个人收藏艺术珍品,1852年开始对外开放。

[②] 提香(1490—1576),意大利画家,文艺复兴时期威尼斯画派的代表人物。

始经常谈论意大利，谈论富有浓烈现代情趣的历史画：他想见见从西伯利亚归来的比伦[①]，见见前往西伯利亚的米尼希[②]；周围是冬天的景色，皑皑白雪，带篷的马车，伏尔加河……

不言而喻，绘画也不能使别利托夫感到完全满足：他对什么事情都不会感到满足；此外，还缺乏一种艺术氛围，一种支撑艺术家的生动的相互促进和交流。没有任何事情能够激发起他的工作热情，他的工作完全没有人需要，纯粹是出于他个人的愿望。但是对他来说，最大的障碍莫过于他关于服务、关于公民活动的往日的理想了。对于具有火一般热情的人来说，世界上没有任何东西比投身于当前的事业中去，亲自参与到正在发生的历史变革中去更有吸引力的了；怀有这种工作理想的人，去从事其他方面的工作，一定会感到非常别扭；无论做其他什么工作，肯定像当客人似的，安不下心来，因为他那非他莫属的领域不在那里——他把社会争论带进了艺术；要是他当了画家，他会把自己的思想画进画里；要是他当了音乐家，他会歌唱自己的思想。踏入另一个领域，他会欺骗自己，就像一个离开自己祖国的人千方百计地在说服自己，说无论他到哪里，反正都一样，到处都是他的祖国——真是挖空心思……然而他内心里总是有一种挥之不去的声音在召唤他到另外的地方去，使他想到另外的歌曲和另外的自然景观。——这些思想，时隐时现地萦绕在别利托夫的心头，挥之

---

[①] 比伦（1690—1772），俄皇安娜·伊万诺夫娜的宠臣，"比伦苛政"反动制度的创始人。1740年因宫廷政变被捕，被流放，后得到彼得三世的赦免。

[②] 米尼希（1683—1767），俄国军事和政治家、陆军元帅、俄皇安娜·伊万诺夫娜当权时的军政大臣。1742年被流放至西伯利亚，1762年得到彼得三世的赦免。

不去，因而，他很羡慕某一个德国人，此人只知道弹钢琴，陶醉于贝多芬的音乐，只根据ex fontibus①，就是说，只根据古代作家来研究现代生活。

加之彼得堡的夜晚非常漫长，这种时候无法作画……这样的夜晚，弗拉基米尔·别利托夫常常是在一位酷爱绘画的寡妇那里度过的。这位寡妇年轻美貌，衣饰华丽，楚楚动人，受过高等教育；弗拉基米尔在她家第一次羞答答地作出了爱的表示，而且第一次大胆签下了一张数目巨大的债据，因为就在这个幸福的夜晚，他赌输了钱。当时他根本心不在焉，完全陶醉于幸福之中了，玩牌时压根儿没把心思放在牌上；难道玩牌前他有过心思吗？寡妇就坐在他的对面，因此他从她的眼睛里分明看出了她对他的情意和关爱！

现在我不打算向你们讲述我的主人公的整个故事，故事非常平常，但它在他心中的反映却有些非同寻常。简单地说吧，经过这次消耗不少精力的爱情体验和签下了几张挥霍不少财产的债据之后，他远走高飞，到异国他乡去了——去寻找欢乐，扩大见闻，增长知识去了；而他已经未老先衰的母亲则回到了"白地"庄园，填补因赌债而造成的亏空，用长年操劳之所得来支付儿子一时娱乐的花销；为了能够使沃洛佳在国外生活得宽裕一些，她必须聚敛新的钱财。这一切对于别利托娃来说绝不是一件轻而易举的事；虽然她爱自己的儿子，但她已经没有像扎谢金村的女地主那样的能力了——现在她无时不在保持一种宽宏大量的态度，随时

---

① 拉丁文，意为"原始材料"。

都在欺骗着自己；不是因为粗心大意，也不是因为脑子迟钝，而是出于一种不让自己知道自己看见了真相的谦恭礼让的心理。"白地"庄园的农民们为自己的女主人祈祷上帝，他们老老实实地交纳租子。别利托夫经常给母亲写信，从这里你们可以看到另外一种爱；它不那么高傲，也不那么想独霸"爱"这个名称，但是这种爱不会随着岁月的流逝或疾病的缠绕而冷淡下去，有这种爱的人即使到了迟暮之年，用颤抖的双手打开书信阅读时，也会在珍贵的字里行间洒下老人心酸的眼泪。对于别利托娃来说，儿子的来信是她生命的源泉；它们支撑着她，安慰着她；对于儿子的每一封来信，她都要反复地读上一百遍。可是这些信写得怆然伤怀，缠绵悱恻，虽然充满了爱意，但是为了不伤母亲那脆弱的心，有许多事情他并没有在信中告诉她。显然，忧愁烦闷使这位年轻人苦不堪言，身处异邦的旁观者的角色他已经厌烦极了：他走遍了欧洲——已经没什么可看的了；人们到处都在忙碌，就像平时在家里一样，总有做不完的事情；他发现自己总是在做客，人家请你在椅子上坐下，说许多客气话，但有关家庭秘密的事他们从不透露，最后他们会告诉你该回家去了。可是一想到彼得堡的事情，别利托夫马上变得忧心忡忡，他不知道自己为什么要从巴黎来到伦敦。在别利托夫到达伦敦前几个月，母亲收到了他从蒙彼利埃发出的信，信里说他正在去瑞士的途中，在比利牛斯山地偶感风寒，所以要在蒙彼利埃耽搁五六天；他答应离开的时候再给她写信，但只字未提关于返回俄国的事。说是"偶感风寒"——当母亲的心可就悬了起来，一直在等他途中的来信。但是两个星期过去了——没有信来；一个月过去了——还是不见信来。可怜的女人甚至失去了分别后的最后一点安慰——可以写信，并且相信一定能够送到——她不知道信是否能够送到，只是为了求得个安慰，她向巴黎发了两封信，confiées aux soins de l'ambassade russe[①]。睡觉前，她总是吩咐冬尼娅早一点让车夫骑马到县城去问问有没有信来，其实她非常清楚：邮件每周只送一次。县邮政局长是个好心的老头儿，对别利托娃佩服得五体投地；他每次都让车夫向她报告没有信来，说一旦有信来，他会亲自或者派专人马上送去的——当母亲的眼巴巴等了几个小时，最后听到这样的回答，心里是多么的难受啊！亲自去一趟的想法，开始在她的脑子里不时出现。她已经想派人把自己的邻居、退役炮兵上尉请来——以前她有什么法律方面的重要问题常找他，比如拟定个措辞文雅的、解释为什么没有仓储式商店等的说明——问问他哪里可以办出国护照，是到县税务局，还是到县法院……等到了秋天，场光地净，椴树叶早已发黄，枯黄的叶子在脚下发出沙沙的响声，雨成天似下非下，但却连绵不断，在这样的日子里盼望来信，就更是苦不堪言了。一天傍晚，侍候别利托娃的姑娘恳请她允许自己去做通宵祈祷。

"去吧，不过明天是什么日子？"

"难道您忘记了，明天是九月十七日，是您的圣明的天使索菲及其女儿柳波夫、薇拉和娜杰日达的命名日呀！"

"去吧，冬尼娅，为沃洛佳也祈祷一下。"别利托娃说，眼睛满含着泪水。

---

[①] 法文，意为"托俄国大使馆转交"。

人活到一百岁——仍然是一个孩子，即使活到五百岁，其生命的某一个方面也仍然如孩子一样。如果他的这个方面丧失了，那就太可惜了，因为它充满了诗意。什么是命名日呢？为什么这一天人们喜怒哀乐的感觉要比前一天或后一天更鲜明呢？我不知道这里的原因，但确实是这样；不仅是命名日，任何周年节日都使人心里感到非常激动。"今天好像是三月三日。"有一个人说，担心错过公开拍卖庄园的日期。"三月三日，对，是三月三日。"另一个人回答说，此时他的思想已经回到八年前去了，他想起了离别后的第一次重逢。① 他回想起了所有的细节，并且带着某种得意的神情补充了一句："整整八年了！"他唯恐玷污了这个日子，他觉得这是一个节日；他想都没有想三月十三日将是整整八年零十天的日子，而且任何一天都是一个特殊的周年纪念。别利托娃的情况就是这样，想起跟儿子的分别，想到收不着来信，想到沃洛佳不会回来向她祝贺节日，想到他在国外也许忘记了向她表示祝贺……她心里越发痛苦，难过起来。她心潮起伏，浮想联翩，如烟的往事浮上心头；十五年前的一天，次日就是命名日了，她发现自己的起居室内摆满了鲜花；沃洛佳不让她进去，故意瞒着她；她猜到了是怎么回事，但却不告诉沃洛佳；约瑟夫先生竭力帮沃洛佳扎结花带；后来她又觉得沃洛佳在蒙彼利埃病倒了，由贪心的旅店老板在身边进行照料；这时她不敢再往下想了，连忙

---

① 赫尔岑这句话是指自己一生中最值得纪念的日子之一——1838年3月3日；当时他秘密地从弗拉基米尔来到莫斯科和自己的未婚妻扎哈林娜会面（见《往事与随想》第三卷，第二十三章《1838年3月3日和5月9日》）。

安慰自己：说不定他遇到了约瑟夫先生，后者会照料他的。约瑟夫先生那样热心，那样善良，那样喜欢沃洛佳，他会精心服侍他的，会严格按医生的吩咐行事的，沃洛佳睡着时他会守护在他身边的。可约瑟夫为什么在蒙彼利埃呢？这是怎么回事？可能是沃洛佳写信把他这位朋友叫来的……但是……她的心情再次变得非常沉重，真是肝肠寸断；一幅幅愁云惨雾的画面和愉快的回忆互相交错，萦系在她心头。

第二天，各种繁杂的事务分散了别利托娃的注意力，使她的心情有所好转。一大早"白地"庄园的贵族们就来到了前厅，真是高朋满座。村长身着蓝色长褂，站在前面，用一个大托盘端着一个大得出奇的大甜面包，这是他特意派一名甲长去县城买来的。大面包散发出一种大麻籽油的气味，使每个想上前切一块的人都不禁望而却步。大面包周围，沿着盘子周边，摆放着橘子和鸡蛋。这里有许多人都留着大胡子，在这些漂亮而端庄的人物中间，唯有当地的一名行政官员在服饰和仪容上显得格外与众不同：他不仅刮光了脸，而且在脸上刮伤了好几个地方；只因为他的手总是莫名其妙地发抖（不知是因为写字过多，还是因为如果不花公社的钱在酒馆里喝几杯劣质白酒，就从来没法看见村子美妙的早晨），这大大妨碍了他清醒地去嗅鼻烟和刮胡子；他身上穿一件蓝色的长外套，一条天鹅绒裤子，一双长筒靴子，就是说，他这副样子令人想起澳大利亚的一种著名的动物——一种集兽类、鸟类和两栖类动物于一身的令人感到恶心的鸭嘴兽。院子里一头小牛犊不时地发出哀叫，喂它牛奶已经有六个星期了：这也是农民给女主人过命名日送来的礼品。别利托娃不善于交际，不会大大方方地接待客人，这一点她自己也知道，遇到这种场合她总是显得有点不知所措。应酬结束后，开始做弥撒，进行祷告。正在这个时候，那位炮兵上尉来了，这次他来不是以法律顾问的身份，而是身着昔日的军装。当大家离开教堂回家时，别利托娃被一声轰隆吓了一跳。原来这位邻居在马车里带来一尊小口径炮，特意吩咐下人，为了给节日助兴，一定要鸣放；这时候，别利托娃的猎狗，跟一切蠢笨的动物一样，无论如何也弄不明白怎么可以没有目的地乱放枪炮呢，它前后奔跑，拼命地去寻找野兔或山鸡。大家回到家里，别利托娃吩咐端上吃的——正在这时，突然传来一阵响亮的铃声，一辆极其漂亮的邮政三驾马车飞奔过桥，转入山后，一时从眼前消失；过了约莫两分钟，马车已经离得很近了；车夫驾车径直向老爷家驶来，转眼间来到了门前，车夫熟练地猛地一下把马勒住。邮政局的老局长（是他）从马车里钻出来，急不可耐地对赶车的说：

"哎呀，博格达什卡，你真行，真是好样的，很值得称赞。"

博格达什卡对邮政局长的夸奖当然很满意，眨眨右眼，正了正帽子，说道：

"只要大人不嫌弃，我也就满意了。"

邮政局长得意扬扬、一本正经地走进客厅，径直去吻女主人的手。

"非常荣幸，索菲娅·阿列克谢耶夫娜，恭喜您命名日愉快，祝您身体健康。您好啊，斯皮里东·瓦西里耶维奇！（这是在冲那位炮兵上尉说）。"

"我这儿有礼了，瓦西里·洛吉诺维奇。"炮兵上尉回答说。

瓦西里·洛吉诺维奇继续对别利托娃说：

"为祝贺您的命名日，我特意给您带来一件小小的礼物，请不要见怪——能送什么，就送点什么。礼物并不贵重——邮费和挂号费，共计一卢布十五戈比，只有八钱重。给您，夫人，是弗拉基米尔·彼得罗维奇的两封信：从邮戳上看，一封好像是从蒙特拉舍发的，另一封寄自日内瓦。夫人，很对不起，是我不好：头一封信两星期前就到了，另外一封是五天前到的，我把它们保存到今天，老实说，索菲娅·阿列克谢耶夫娜，我是想让您在命名日这天高兴一下，给您一个惊喜。"

索菲娅·阿列克谢耶夫娜对邮政局长的态度，就像著名演员奥弗勒尼[①]在听戴拉曼纳的故事[②]那样：她一看见他取出信来，就再也不听他说下去。她用颤抖的手拆开信封，本想当场就看，后来还是站起来，走了出去。

邮政局长非常得意，起初他几乎使别利托娃难过得要死，后来又让她破涕为笑，乐不可支。他心地宽厚地搓着双手，为自己的让人意想不到的礼物大获成功而沾沾自喜。此时此刻，世界上没有一个狠心肠的人会因为他开这种玩笑而对他倍加指责，不请他入席。这一次，作为邻居的炮兵上尉开口说话了：

"喏，瓦西里·洛吉诺维奇，可真有你的，先是用信打她一巴

---

[①] 奥弗勒尼（1728—1804），真名让·里瓦尔，法国著名演员，一生演过许多欧洲剧作家的作品，晚年定居俄国，除演出外，主要从事戏剧教学工作。

[②] 见法国剧作家拉辛（1639—1699）的悲剧《费德尔》（1677）中戴拉曼纳讲述的关于希波吕托斯之死的故事。

掌，然后再揉一揉，让她欠你的人情，真是没说的！不过，趁索菲娅·阿列克谢耶夫娜现在正在看信，我们不妨先来享用；今天我起来得很早。"

他们开始吃起来了。

……一封信是途中发的，另一封是从日内瓦寄出的。信的结尾是这样写的："亲爱的妈妈，这次见面，这次谈话，令我大为感动——因此，我，正如我在信的开头所写的，决定回来，开始选举方面的工作。明天我就从这里动身，在莱茵河畔停留一个月左右，然后直接去塔乌罗根，不作停留……德国已经让我厌烦透了。在彼得堡和莫斯科，我只打算见几个熟人，然后便立即到"白地"庄园来看望您，亲爱的妈妈。"

"冬尼娅，冬尼娅，赶快把日历拿来！哎呀，我的天，你在哪儿找呀——没用的东西！那不是么！"

于是别利托娃亲自跑过去拿了日历，开始反复计算起来，把新历的日期换算成旧历，又把旧历换算成新历。这一会儿工夫，她把怎样收拾房间的事都已经想好了……除了自己的客人，她什么都没有忘记。幸好，客人们自己没有忘记自己，而且已经吃完第二道菜了。

"真是咄咄怪事！"法院院长继续说，"看来大城市的生活也够闲散开心的了，年轻人，尤其是衣食不愁的年轻人，总不至于感到沉闷乏味吧。"

"有什么办法！"别利托夫笑着回答说，同时起身告辞。

"其实，您就在我们这里住下吧。这里虽然看不到大城市的繁华和文明，但您肯定会遇到许多善良朴实的人们；他们会在自己和睦的家庭中热情地接待您的。"

"那是自然的喽！"那位纽扣上佩戴圣安娜勋章，举止很随便的文官插进来说，"我们这个城市没有别的长处，说到殷勤好客——和莫斯科一样！"

"这我相信。"别利托夫躬身一礼说。

# 第二部

# 一

诸位已经知道，别利托夫的到来，在NN市的可敬的居民中间引起了强烈而持久的反响。现在请允许我来谈一谈这座城市在可敬的别利托夫先生心目中的印象。他下榻在"凯莱斯堡"旅馆。旅馆之所以起这个名字，想必并不是为了和其他旅馆有所区别，因为全市旅馆只此一家，起这个名字更可能是出于对一座根本不存在的城市的尊重。这家旅馆是NN市一切小官员的希望所在，同时也是他们绝望的场所；它为他们排遣苦闷，为他们提供纵情娱乐的地方；面无表情的老板站在大门右首的柜台后面——永远是这个老地方，站在他对面的是一个穿白上衣的伙计，此人长着又宽又密的大胡子，头发从左眼上方截然地分开；每当月初的时候，所有的科长、他们的助理，以及助理们的助理所领到的大部分薪金大都流进了这个柜台（秘书们很少来这里，至少不常自费来；秘书这差事非常热门，而且一旦当上，决不肯放手，因此他们变得都非常保守）。旅馆老板大模大样地板起面孔，拨弄着算盘；那该死的柜台，一旦掀开它上面的隔板，什么五卢布的票子、一卢布的票子、十戈比的硬币、五戈比的硬币、一戈比的硬币，接二连三地统统都滚进了柜台，然后咔嚓一声，上了锁——钱也就被收了起来。只有在两种情况下柜台假装怎么也打不开——当雅科夫·波塔佩奇——地区派出所所长威严地出现在护栏外面的时候，当然，他是来还债的……文官们时不时地也常来旅馆走走，打打台球，喝点饮料，来上一两瓶酒，总之，像单身汉那样，出来纵情地玩一玩，背着自己的妻子（单身的文官从来是没有的，就像从来没有结婚的天主教神甫一样）——为此，他们能吹上两个礼拜，说他们如何如何开怀畅饮，寻欢作乐。这些大官一来，小官们连忙把自己的烟斗藏在背后（但是还得让人看见，因为问题不在于把烟斗藏起来，而是表示一种应有的尊敬），深深地躬身一礼，脸上露出尴尬的神色，退到其他的房间里去，也不管这局台球是不是打完了——骑兵少尉德里亚加洛夫玩牌之余也到这里来打台球，常常以大胆的击球和令人难以想象的坐球[①]，让人不胜惊讶。

　　旅馆老板是城郊农村一个暴发的农民，他知道别利托夫是什么人，也知道他有多大的家产，所以当即决定给他旅馆里最好的房间，这个房间平常只留给特别重要的人物——将军、包税人——享用。他先领他去看其他的房间，这些房间又脏又差，当老板领着别利托夫到了预定的那间房子后，便说："要不是这个房间当通道使用，我倒是很乐意租给您的。"——这时别利托夫一个劲儿地说服老板，请老板一定把这个房间让给他；老板为他的言辞所动，便同意了，而且价钱要的不低。可敬的旅馆老板殷勤地接待了别利托夫，反过来却大大冷落了其他所有的宾客。这间房子的确是个通道，把门一锁，便隔断了客厅和台球房之间的通路，

---

　　① 台球的一种打法，当第一球撞着第二球后，第一球停住不动，或反而向后滚回。

使要从这里经过的人只能绕道厨房。大部分房客对这种不便都默默地忍受了,就像以前忍受其他种种不便一样,认为是命中注定,活该如此;不过也有鸣不平的,认为老板做事太不公平。一位十年前在军队里服务的陪审员就曾扬言要用台球杆打断老板的脊梁骨,而且嘴里骂骂咧咧,带出许多不堪入耳的话来:"老子是贵族;喏,他妈的,要是让给一位什么将军——也就罢了——但是让给一个从巴黎来的黄口小儿,这就说不过去了。请问,我哪一点不如他?老子是贵族,出身名门,1812年得过勋章……"——"得啦,得啦,何必呢,你太激动啦!"骑兵少尉德里亚加洛夫冲他说,少尉对别利托夫有着自己的想法。无论别人怎么说,老板却有自己的一定之规。他或者一声不响,或者以玩笑搪塞,正如俄国商人所说,软硬兼施,寸步不让。那个成为许多虚荣好胜、沽名钓誉者谩骂目标的房间之所以到了别利托夫之手,其实那也是在看了四个令人望而生畏的房间之后,在老板的一再吓唬下才被选中的。实际上这个房间也相当的脏乱,而且很不方便,不时能闻到一种烧焦了的黄油的气味,加之周围经常烟雾弥漫,给人的感觉就像是因纽特人怀里揣的死鱼发出的臭味,实在令人作呕。

初来乍到的忙乱总算过去了。马车顶上的大行李箱,随身带的行李、小提箱都搬了进来;跟在这些随身物品的后面,别利托夫的管事格里戈里·叶尔莫拉耶维奇最后也走了进来,他手里拿着路上没用完的药物、烟荷包、没喝完的葡萄酒、吃剩下的带馅火鸡等东西。他把这些东西分放在桌子和椅子上后,便去小卖部喝酒去了。他告诉小卖部的营业员,说他在巴黎养成了一种习惯，办完事情后总要喝上一杯（在俄国是办事前先喝上一杯）。一大群想打听来客底细的公务员把他围了起来，但是我们不能不指出，这位管事不怎么吃这一套，他对他们摆出一副居高临下的态度；他在国外生活多年，颇为自己的身份和价值感到自豪。这期间，只有别利托夫一个人待在屋内，他在沙发上坐了一会儿，然后走到窗前，从这里能够看到半个城市。他眼前展现的美妙景色，和一般省城的风景毫无二致。首先映入眼帘的是一座油漆得非常难看的瞭望塔，卫兵在塔楼里来回走动着；从按照一定模式建造起来的长长的、不用说就是黄色的政府机关办公大楼的后面，可以看到一座古色古香的大教堂；然后是两三座教区的教堂，它们中的每一座都体现了建筑学上的两三个时代：古拜占庭式的墙壁装饰着希腊式的正门或者哥特式的窗子，再不就是二者兼而有之。再看下去是省长大人的官邸，门前有守卫的宪兵和两三个要求接见的大胡子男人。最后才是普通市民的住宅，它们跟我国其他所有城市的居民住宅一样，几根瘦骨嶙峋的柱子紧贴着墙体，带着个小阁楼，但因都装有意大利落地式窗户所以冬天不能住人。用人们居住的厢房，被烟熏得黑乎乎的，马厩里拴着几匹马；这些房子通常都是社交场上彬彬有礼的男士们以女士们的名义买下的；斜对面是个外贸中心商场，外面刷得很白，里面却是一片漆黑，从来都是又潮湿，又阴冷；这里什么东西都有——棉布、细纱、各种饮料——应有尽有，总之，一切可以用钱买的东西全有。眼前景色对别利托夫颇有所触动，他点燃一支雪茄烟，在窗边坐了下来。院内的冰雪已经开始融化——而融化任何时候都很像是在春天。水从屋檐上滴下来，融化的冰雪形成涓涓细流，沿着街道流去。这景象让他仿佛觉得大自然眼看就要从冰雪之下苏醒过来了，但这感觉只不过是一个初来乍到的人希望在二月初看到NN市春天的殷切心情罢了。街道显然知道还会有严寒和暴风雪来临，知道五月十五至二十七日这段时间之前树木是绝不会抽芽的，所以它并没有露出喜气洋洋的神色，而是一片死气沉沉。两三个脏兮兮的妇女坐在外贸中心商场的围墙外面，在兜售冰苹果和梨。她们趁手指还没有冻僵的时候在编织着长袜，数着针眼，只是偶尔互相交谈几句，用织袜子的针剔剔牙齿，叹口气，打个哈欠，在自己的嘴上画个十字。离她们不远处有一个年老的商人，七十岁左右，一把白胡子，头戴高顶貂皮帽子，躺在折椅上睡得十分香甜。店老板们不时地出出进进，有几个已经开始打点关门了。看来没有什么人买东西了，甚至街上的行人也几乎没有了，这时，有一名身着带毛皮领子外套的区警紧皱着眉头，手里拿着一卷纸，正步履匆匆地从街上走过。店老板们恭敬地摘下帽子，打着招呼，但区警连看都不看他们一眼。后来又驶过一辆怪里怪气的马车，很像是一个被切掉四分之一的老倭瓜；这辆倭瓜车由四匹无精打采的马拉着，马车的导马员和一头白发、满脸皱纹的车夫都穿着本色的粗呢外套，后面是一路颠簸、身着饰有花边外套的贴身用人。倭瓜车里还坐着另一个倭瓜——善良的一家之长——一个胖地主，他鼻子和脸颊上暴起的青筋分明构成一幅特殊的地图。他的身边是他形影不离的生活伴侣，此人倒不像倭瓜，而更像个辣椒，她没有戴帽子，整个身子完全裹在用塔夫绸缝制的斗篷之中。他们对面坐的是一位如花似玉的乡村姑娘，想必是她爹妈的甜蜜希望之所在；甜蜜归甜蜜，但是老人家们也没有少操心。一座菜园子从身边一闪而过……又是一片寂静……突然，胡同里传出一阵响亮的俄罗斯歌声，片刻之后，三名纤夫互相挽着胳膊向街上走来。他们穿着红色的短衬衣，戴着五花八门的帽子，个个都雄赳赳、气昂昂的，脸上带着我们大家所熟悉的激昂慷慨的表情。其中一个人手里拿着三弦琴，不过，与其说他是在好好地演奏，还不如说他只是为了胡乱弹出点响声。这位弹三弦琴的纤夫走起路来一摇三晃，从他肩头的动作看，显然他是想要蹲下来——这到底是怎么回事？原来是这样：不知是从地下钻出来的，还是从外贸中心商场大门口走过来的一名手持警棍的巡警或岗警突然出现在他们眼前，于是用来解除一时的无聊和困顿的歌声突然停住了，只有三弦琴在对警察倾诉自己的不平。这位令人尊敬的治安管理警察于是大模大样地向外贸中心商场的大门走去，就好像一只蜘蛛吸食了苍蝇的脑髓后又龟缩到阴暗的角落里一样。这时候四周变得更加寂静了，天开始黑了下来。别利托夫环顾左右——他感到有些毛骨悚然，身上好像被一块铁板压住了似的，明显地感到呼吸急促，这也许是被楼下冒上来的油烟味呛了的缘故。他抓起自己的便帽，穿上大衣，锁上房门，到街上去了。城市不大，从城这头走到城那头并不困难。但无论走到哪里，都是一片冷清，空空荡荡，当然，即使这样他也遇到几个行人。一名疲惫不堪的女工，肩上扛着扁担，光着双脚，踏着薄冰，有气无力地向山坡走去，呼哧呼哧地不时停下来喘上一口气。一个粗大肥胖、态度和蔼的神甫，穿了件在家里穿的衬衫，坐在大门前，一直看着这个女工。后来又遇到个身材修长的小公务员和一个胖子文官——两个人穿得都很邋遢，脏兮兮的，他们并不是穷得买不起衣服，而是从来不爱整洁，而且他们都有这样一个非同寻常的追求：九品文官一定要表现得活像是古罗马的元老……而十四品文官则像九品文官。这时警察局长也坐着雪橇过来了，他恭恭敬敬地向两位文官致意，心事重重地让他们看看手里封好的公文——表明他正在去给大人送日报……最后，走过两个大腹便便的商人，在他们之后，又过去一个女厨子，手里拿着几把笤帚和一只包袱，从她那红头涨脸的样子看，她手里的笤帚分量不轻。此后就没有再遇到什么人。

"这寂静究竟意味着什么？"别利托夫心里想，"是深思熟虑，还是一无所思？是忧心忡忡，或者只是犯懒？实在令人费解。但这寂静为什么如此让我难受；简直像吃了闭门羹似的，为什么我会感到如此压抑呢？我喜欢寂静。在海上，在村子里，甚至在一望无际的田野里，寂静给我的是一种富有诗意的虔诚的宗教感受，一种不矜不伐的忘我境界。这里的情况不是这样。那里——有寓于寂静中的广袤的世界，而这里的一切却在压抑人的感情，使人感到憋得慌，没意思，周围房舍又是那样的简陋，像废墟一样，而那些经过刷白、粉饰一新的房屋主人如今又在哪里呢？这个城市是否昨天被敌人一举攻占了，还是发生了瘟疫？——两种情况都不是：居民们都在家里，他们在休息；但他们什么时候干活呢？……"这时，别利托夫不禁想起其他城市行人熙来攘往的繁华街道：这些城市不那么守旧，居民热衷于欢乐生活。他开始感到有一种通常在误入歧途时产生的无奈心情，特别是当我们已经开始意识到走错人生道路的时候，于是他闷闷不乐地踏上归途。快到旅馆的时候，一阵低沉而持久的钟声从城郊的修道院里传来，这钟声使弗拉基米尔回想起了很久以前的一件事情，他本想朝钟声传来的方向走去，但是他忽然露出微笑，摇了摇头，快步向住处走去。一个疑云密布时代的可怜的牺牲者，你在NN市是寻找不到安宁的！

几天来，别利托夫细心阅读和研究了贵族选举条例，然后他稍仔细地穿好衣服，便动身去做一些最必要的拜访。过了三小时的样子，他回来了——头疼得厉害，心情很不好，而且感到非常疲惫，他要了点薄荷水喝，往头上搽些花露水。花露水和薄荷水稍微使他的思想恢复了常态，于是他一个人躺在沙发上，一会儿眉头紧锁，一会儿又哑然失笑——拜访时的所见所闻在他的脑子里一一浮现出来：在省长大人的前厅，他跟宪兵、两个头等商人和两名侍从，很愉快地度过了几分钟的时间，他们对一切出入门厅的人都主动地打招呼，请安问好，形式非常特别，说"节日过得好"，而且，他们像高傲的英国人那样，伸出一只手——那只有幸每天扶将军上马车的手。在省贵族代表大厅里，令人尊敬的NN市贵族精英的代表一定要说哪里也比不上在军队里更能使人学会遵守社会秩序了，军队能教会人主要的东西，当然，有了主要的东西，其余的学起来就不在话下了，后来他对别利托夫说，他是一个真正的爱国者，他在自己村子里修建一座砖石结构的教堂，他非常讨厌那些不去骑兵部队服役，不好好管理庄园，只知道玩牌、养法国小老婆、到巴黎寻欢作乐的贵族——所有这些话，都应当被看作是对别利托夫的一种讽刺。别利托夫今天所见到的几个人都很难从他的脑海中消失。他一会儿想起了省检察长，此人三分钟时间曾经六次对他说："您是位有学问的人，您知道，省长跟我没有任何关系；我直接向司法部长打报告，可司法部长是总检察长。省长是个好人——所以我尽量为他效劳，可他也不过是批批'已阅，已阅，已阅'便拉倒了；他——另有高见，我就像对上司应该做的那样，对他表示了充分的尊重；事情到此为止，再没有别的了，谁也不能强迫我；我又不是省府的顾问。"每当这时候，他便从银质的圆烟盒中取出卷好了的烟丝闻一闻，这烟从外表看很像是法国烟，但气味不一样，难闻极了。一会儿，别利托夫想起了民事法庭庭长——此人又高又瘦，身体虚弱，吝啬而邋遢，想以此说明自己为官一向清正廉洁。一会儿，他又想起了赫里亚晓夫将军，此人身陷重围，处在两个退职的警察局长、几个破落地主、几只猎犬、几条看家狗、一群用人、三个侄女和两个妹妹之间；在他的记忆中，将军总是像在自己家里一样，粗声大气，打着口哨，把一只叫米季卡的猎犬从前厅叫过来，跟它逗乐，百般宠爱。再不就是想起了我们所熟悉的、穿着青蛙脊背那样颜色睡袍的法院院长安东·安东诺维奇和那位衣纽上佩戴着圣安娜勋章的文职官员。当这帮可敬人物的尊容在别利托夫的脑海中渐渐淡漠的时候，他们大家则融合成为一副大官僚的怪模怪样的面孔——眉头紧锁，少言寡语，遇事模棱两可，但又固执己见。别利托夫深知自己不是这位歌利亚[①]的对手，不仅用一般的投石器打不倒他，就是用彼得大帝纪念碑下的花岗岩石座也打不倒他。说来也怪，自从别利托夫到国外以后，他的阅历丰富了，也勤于

---

[①]《圣经》传说中非利士巨人，他身材高大，头戴铜盔，身穿重甲，勇猛善战，所向无敌，后来在跟日后成为犹太王的牧童大卫决斗时被杀。

思考了,而且更富有热情,更爱动脑子,也更爱激动了。对于有思想抱负的人来说,光阴是不会虚度的……一切都没有变化,今天和昨天一样,天天如是,平平常常,可是猛回头一看,你就会惊异地发现,你已经走过了很长的路,已经有了收获,阅历尤为见长。别利托夫的情况就是这样:他有很多体会和感受,但是他没有安于现状止步不前。如今别利托夫第二次又和现实生活碰面了,情况跟他在办公室的时候一样——面对这样的现实,他又有些畏葸不前了。他缺乏那种务实的思辨能力,不会分析各种复杂事物的来龙去脉;他跟周围世界脱离得太远了。造成别利托夫脱离实际的原因是显而易见的:约瑟夫把他培养成犹如卢梭把爱弥儿培养成的那种一般意义上的人了;大学又继续了这种一般的发展;由五六个抱有伟大理想和希望的青少年组成的联谊小组——他们尚不了解教室外面的生活——一再鼓励别利托夫参加小组的思想学习活动,而这些思想与他所处的环境是没有必然联系的,是格格不入的。最后,学校大门被关上了,永生永世、至死不忘的联谊小组失去了原先的光泽,逐渐被淡忘了,只是在回忆往事的时候人们才提及它,再不就是几个人偶然聚在一起喝酒的时候才会谈起过去的事——其他的大门被打开了,虽然有些费劲。别利托夫走了进去,他发现自己处于一个完全陌生的国度,他感到是那样格格不入,怎么也习惯不了;对于周围沸腾的生活,他没有丝毫的好感;他无法做一个好的地主,成为一名优秀的军官或勤奋的官员——再说在现实生活中除上述之人外就只剩下到处闲逛、聚众赌博、醉生梦死的人了;应该为我们的主人公说句公道话,他对后一种人比对前一种人的好感要多一些,但即使在这里,他也不能够畅所欲言，因为他太先进了，而这些大人先生们的腐败堕落行为也太肮脏、太丑恶了。他学过医学，也学过绘画；吃喝玩乐，他全都干过，最后去了异国他乡。不用说，他在国外也找不到事情做；他什么工作都干，完全没有一定之规；他以俄国人的博学多识使德国专家大为惊讶，又以自己的深谋远虑使法国人诧为奇事，可是与此同时，德国人和法国人干了许多实事——而他却什么也没有干；他浪费自己的时间：去靶场打枪，在餐厅里一直坐到深夜，把肉体、灵魂和金钱都用在了卖笑女郎的身上。这样的生活，归根结底，不可能不让他产生要求工作的迫切愿望。尽管别利托夫看起来无所事事，十分闲散，其实他有许多生活的感受、想法和激情；对于自己的生活，自少年时候起他就缺乏任何实际的考虑。这就是别利托夫急于要干点事情的原因：首先，他有一个很好的值得称道的意愿，即想参加选举活动；其次，他见到了那些自幼就应该非常了解或者他理应有所了解的人们，并和他们有了密切的来往——但是他们的言谈举止、思想方式都使他大为惊讶，他未做任何努力和斗争便放弃了他考虑了好几个月的设想。一个能够接着干他所继承的事业的人是幸福的，因为他早已习惯于该项事业，用不着花半生的时间去挑选工作，可以聚精会神地、目标明确地进行工作，不至于分散精力。我们更多的人要重新开始，我们从父辈那里继承的仅仅是动产和不动产，而且还管理不善，因此我们中的大部分人什么都不想干，即使想干点什么的，也只是来到广阔的草原——东西南北，爱去哪儿都成——自由自在，只是达不到任何目的：这就是我们的凡事都无所用心，是我们事业上的好逸恶劳。别利托夫就完全属于这类人；

他还没有长大成人——尽管他的思想已经成熟；总之，直到现在，他已经是三十岁的人了，还像一个十六岁的孩子，才准备开始自己的生活，全不知离自己越来越近的大门并不是角斗士们跨进去的大门，而是把他们的尸体抬出来的大门。"当然，别利托夫在许多方面是有错误的。"我完全同意诸位的意见。可是另外有人认为，人们的错误比任何正确都要好。世上的事情就是这样的黑白颠倒。

别利托夫到NN市还不到一个月，他已经得罪了地主圈里所有的人，而且也未能避免众多官员从自己这方面对他的憎恨。在憎恨他的人中，有些人从不认识他；另外一些人虽说认识，但和他也没有任何来往；从他们这方面说，这种憎恨是纯洁的、无私的，但是即使最无私的感情也是有其原因的。憎恨别利托夫的原因并不难猜想。地主和官僚们多多少少都有自己狭小的圈子，这些圈子之间的关系非常紧密，跟亲人一般；他们有自己的利益，自己的争吵，自己的党派，自己的社会舆论和自己的风俗习惯，而且各省的地主和整个帝国的官僚们在这些方面都是一致的。比如一位官员从RR市来到NN市，只一个星期便能成为该市受人尊敬的活跃人物和同仁兄弟；如果我们那位令人尊敬的朋友巴维尔·伊凡诺维奇·乞乞科夫[①]来到这里，警察局长肯定会为他举行盛大的宴会，其他人也会围着他巴结奉承，叫他"亲爸爸"——因为他们显然看出了自己和巴维尔·伊凡诺维奇·乞乞科夫原是同祖同宗。但是别利托夫不同，别利托夫是个退职人员，就像科长助理

---

① 俄国作家果戈理的小说《死魂灵》中的人物。

指出的那样，他没有那工作十四年半，最后获得一枚勋章的经历，他老喜欢干些令这帮大人先生们忍无可忍的事情。当他们打牌正打得起劲的时候，他却在读一些有害的小册子；他浪游欧洲，对家里的事情置之不理，在国外也是与人格格不入；举止风度倒很有些贵族的派头，思想见解也是十九世纪的——这样的人外省社会怎么能够接受呢！他不能和他们共利益，他们和他的利益也无法一致，因此他们憎恨他；他们觉得别利托夫是他们的对立面，是揭露他们生活的，是反对他们的生活制度的。此外还有许多重要的情况：他很少出去拜访人，即使拜访，时间也拖得很迟，每天上午他总是穿上外套出去到处游荡；他对省长很少像一般人那样称呼"大人"，而对于首席贵族、退役了的龙骑兵大尉，他干脆就不买他们的账，尽管按地位他还是应该称呼他们一声"大人"的；他对自己管事的态度倒非常客气，这让客人们感到自己受了侮辱；他跟夫人们讲话时就像和其他人讲话一样，总之，他的谈吐"过于随便了"。加之他到来的头一天便直接和下级公务员们一块儿去玩台球了。不言而喻，人们对别利托夫的记恨并不当着他的面表露出来，只是背地里议论议论，当着他的面，他们对他简直关爱备至，用愚蠢而粗俗的方式对自己憎恨的对象精心照料。每一个人都很想在自己家里接待这位来客，跟他交往，对他巴结逢迎，以便谈起话来时可以十遍八遍地说："是这样，别利托夫在我家的时候……我跟他……"——但最后照样会对他随便骂上一通。

好心的NN市人想尽一切办法要使别利托夫落选，或者选他担任一个他可能接受的职务。他起初既没有觉察出别人对自己的憎恶，也没有发现政客们耍的这些阴谋诡计，后来他开始明白了其中的原委，便挺身而出，义无反顾地把事情进行到底……不过诸位不必担心，根据我知道的原因（由于作者想卖个关子，这原因我想先按下不表），我就不打算让读者了解后来所发生的事情的细节，向他们描写 NN 市选举的情况；我现在感兴趣的是另外一些事情——私人性质的，不是公务上的。

二

诸位,由于时间相隔太远,想必你们早已忘记前面讲的两个年轻人——柳博尼卡和谦恭可爱的克鲁齐费尔斯基——的故事了。不过这期间他们的生活发生了很大的变化:我们是在他们差不多成为未婚夫妻的时候离开他们的,现在再见面时他们已经是正式夫妻了。不仅如此,他们手里还拉着一个三岁的bambino①,他们的小亚沙。

关于这四年的情况没什么可说的,他们生活得很幸福,日子过得和和睦睦、安安静静;爱的幸福,特别是不必担心地等待的、能够结成美满姻缘的爱的幸福,是一种秘密,一种只属于两个人的秘密;这里第三者完全是多余的,这里不需要见证人;在这件只关系到两个人的事情中,存在着一种特殊的爱的魅力和一种难以用语言表达的相互恩爱之情。讲述他们生活的表面故事是可以的,但是不值得花这个气力;每天的操心事,手头拮据,和厨娘发生口角,购买家具等这一类的表面琐事,别人家里有,他们家里也有,而且也很伤脑筋,但是一分钟之后,这些烦恼便烟消云散,几乎被他们忘得干干净净。经克鲁波夫介绍,克鲁齐费尔斯

---

① 意大利文,意为"孩子"。

基在一所中学得到一个高级教师的职位，开始给学生上课。当然，有时他也会遇到这样一些家长，他们虽然全额交了学费，但是生活非常简朴，也许正因为这样他们才能够生活在NN市，换个活法他们还不愿意呢。不管克鲁波夫怎样劝说，阿列克谢·阿布拉莫维奇·涅格罗夫，怎么也不肯拿出一万卢布以上的陪嫁，不过他却全部包下了这对年轻人所需的日常生活用品，这项艰巨任务他完成得相当成功：他把自己家里仓库中一切用不着的东西都给了他们，大概他认为这些东西两个年轻人刚好用得着。所以，在格拉菲拉·利沃夫娜想到不幸的私生女时，阿列克谢·阿布拉莫维奇则想到了那辆很有些年头、陈旧不堪、弹簧断裂、车身残破的暗红色马车，最后费了很大劲，才把它搬进了克鲁齐费尔斯基的小院。由于院里没有车棚，很长时间马车就成了胆小的母鸡们的安乐窝。阿列克谢·阿布拉莫维奇还想送给他们一匹马，但马在去他们家的路上忽然得急症死了，它是一匹在将军的马厩里尽职尽责服务了二十年的马，从未生过什么病；不知是活到时候了，还是由于农民把它从老爷家牵出来后，让自己的马拉边，让它驾辕，因而气死了；牵马的农民被吓坏了，逃跑后半年不敢露面。但是就在这对年轻人离开岳父母家的那天上午，阿列克谢·阿布拉莫维奇送给他们一件最好的礼物；他吩咐把尼古拉什卡和帕拉什卡——一个二十五岁的年轻可爱的肺病患者和一个满脸麻子的年轻姑娘——叫来；他们进门后，将军阿列克谢·阿布拉莫维奇郑重其事，甚至表情有些严厉地说："都跪下来！吻一下柳博芙·亚历山大罗夫娜和德米特里·雅科夫列维奇的手。"这后一项吩咐完成起来可不那么容易：这对有些害臊的年轻夫妇，缩着手，红着脸,吻过之后,不知该如何是好。这时候,作为一家之主,他接着说:"这是你们的新主子!"这句话他说得声音非常洪亮,非常适合宣布这种重大的决定。"要好好服侍他们,不会亏待你们的(诸位记得这话已经说过一次了吧)!喏,如果他们[①]表现良好,那就请你们爱护他们,善待他们;要是调皮捣蛋,就把他们给我送回来;我这里有个专门对付捣蛋鬼的学校,等我把他们调教好后再给你们送回去。可不能放纵他们。这就是我送给你们上路的礼物。我知道你们管理家产不是内行,你们哪里能管得好那些懒散惯了的下人呢,而且这种懒散的人都是些滑头,他们知道拿他们没办法,一旦拿到了身份证,对,他们便大模大样地去另谋更好的差事。好了,行个礼,快滚吧!"将军雄辩地结束了自己的话。尼古拉什卡和帕拉什卡又咕咚地下了一跪,然后便离开了。他们迁入新居的事也就这样结束了。我们这对年轻夫妻带着咳个不停的尼古拉什卡和一脸麻子的帕拉什卡当天就搬进了城里。

克鲁齐费尔斯基夫妇的日子过得有滋有味。他们很少有什么分外要求,能够安闲自得,沉湎于夫妻恩爱之中,所以很难不让NN市居民把他们两人当外国人看待;他们和周围的所有的人完全不同。令人称奇的是,有些好心人,他们认为,我们俄国人,特别是外省人,在家庭问题上基本上都有封建宗法思想,我们不善于让我们的家庭生活跨入文明的门槛;更为奇妙的是,也许在对家庭生活逐渐淡漠的同时,我们对任何别的生活却没有什么追求;我们这里人的个性和共同利益都没有得到发展,而家庭变得衰落

---

[①] 感叹号后面的这段话是将军转而对年轻夫妇说的,因此称呼转换了。

了。我们的家庭生活中有一种既定的模式，而且唯独这里才有，就像是舞台上的道具；从丈夫不打骂老婆、父母不压制孩子的情况中，是揣摩不透这些人究竟有何共同之处，为什么他们相互嫌弃却又共同生活在一起的。谁要是想在我们这里享受家庭生活，他就该到客厅里去寻找，不能走进卧室；我们不是德国人，他们能够三十年如一日地在各个房间里都感到幸福与美满。不过情况也有例外，我们面前这对夫妇就是这种例外情况。他们的日子过得非常简朴；他们不知道别人是怎样生活的，自己却生活得极其合理；他们不跟别人攀比，不会为了充阔气而把自己最后的一点积蓄挥霍一空；他们也不会结交二三十个没用的朋友；一句话：某些人为的精神枷锁，所谓互教集体的兰开斯特[①]强制教学法，未曾光顾这位态度谦恭的中学教师的家；大家都在嘲笑这种所谓的互教集体，但是没有一个人敢于超越它；不过谢苗·伊万诺维奇·克鲁波夫医生本人在看了自己这"两个可爱孩子"后，不再坚持原来对家庭生活的看法了。

别利托夫感到非常不满，他有一种预感，觉得城里的生活确实像一潭死水，而且对此深为苦恼；他总是把两手插在口袋里，闷闷不乐地漫步街头；几天之后，在一所他从旁经过的房子里，满腔愤怒和苦恼的他，曾经有机会亲眼看见一幕令人赏心悦目的美满家庭的情景，从各个方面证明世上自有幸福存在。此情此景，

---

① 兰开斯特（1778—1838），英国教育家。他提出的一种集体互教的教学体制，简称兰开斯特教学法。它实行班长制，在成人的指导下，由比较聪明、学习成绩比较好的孩子去教其他学习较差的孩子。十九世纪初此教学法在欧洲和北美曾被广泛采用过。

颇有点像夏天花园里的那个傍晚，当时没有风，池面水平如镜，在阳光的照耀下，金光灿灿；远处，在树丛中间，有一座不大的村落；已经开始有露了，一群家畜向家里走去，人的喊声、牲口的嘶鸣、马蹄的嗒嗒声，汇成为一种混声大合唱……这时你们一定会由衷地发誓说：这辈子再也不会看到比这更美的景色了……而且妙就妙在，这傍晚的景色一个小时后便会消逝，就是说，会及时地被黑夜所取代，以免失去自身的魅力，让人们在看厌之前保持一些留恋。在一间小巧而整洁的房间里，谢苗·伊万诺维奇·克鲁波夫端坐在沙发上，他是这里唯一的贵客。一位少妇面带微笑地在给他装烟斗，她的丈夫坐在安乐椅上，一会儿看看妻子，一会儿看看老人，脸上透着一种泰然自若、情深意切的神情。不一会儿，屋里进来一个三岁小孩，走路摇摇晃晃的，他不是绕开桌子，而是直接从桌子底下钻过去，向克鲁波夫走去，因为他很喜欢老人坎肩上挂的那块会报时的怀表的玉坠儿。

"亚沙，你好呀！"谢苗·伊万诺维奇说着，把这位小朋友从桌子底下抱出来，放在自己膝盖上。

亚沙抓住玉坠儿，开始拽他那块报时表。

"他搅得您没法喝茶和吸烟，把他给我。"孩子母亲说。但她坚信亚沙从来不会打扰人的。

"叫他玩吧，别管他，等他烦我时我自然会把他还给您的。"于是谢苗·伊万诺维奇取出报时表，并把它拨响；亚沙一听见表会发出响声，高兴得不得了，然后他把表举到谢苗·伊万诺维奇的耳边，后来又举到母亲的耳边，看见他们确实显得大为惊讶的表情，又把报时表贴到了自己的嘴边。

"孩子是人生中最大的幸福!"克鲁波夫说,"特别是我们这些老哥儿们,逗逗小孩子,摸摸他们毛茸茸的鬈发,看着他们那亮晶晶的眼睛,真有说不出的高兴。确实,望着年轻稚嫩的幼苗,人也就不会变得那么粗野和自私了。不过我坦诚地对你们说,我并不后悔我自己没有孩子……有什么可后悔的呢?瞧,上帝赐给我这样好的孙子,等我再老一些,我来给孩子当保姆。"

"保姆在那儿哪!"亚沙说着,得意扬扬地指着门口。

"让我来当保姆吧。"

亚沙正要大声喊叫,对此表示反对时,他母亲及时制止了他,把他的注意力转移到了克鲁波夫燕尾服上一只金色的纽扣上。

"我喜欢孩子们,"老人继续说,"其实,我喜欢所有的人,年轻的时候——我也喜欢漂亮的脸蛋儿,老实说,我曾经谈过五次恋爱,但是我讨厌家庭生活。一个人只有独自生活时才可能是安静的、自由的。家庭生活中仿佛一切都是有意安排好的:人们生活在同一个屋檐下,互相嫌弃——最后不得不分手;不在一起生活——友谊长存、永久不变,一生活在一块儿,麻烦就来了。"

"算了吧,谢苗·伊万诺维奇,"克鲁齐费尔斯基反驳说,"您说的这是什么话呀!生活的一个重要方面,一个洋溢着人生美满与幸福的最好的方面,您没有体会到。您这种没有任何真情实感,只考虑自己一己私利的自由对您能有什么意思呢?"

"瞧,你这一套又来了。我对你说过多少次了,德米特里·雅科夫列维奇,你不要用'一己私利'来吓唬我——多么清高呀!什么'没有任何真情实感'——好像世界上只有你说的这种情况才算有真情实感似的:丈夫把妻子当偶像崇拜,妻子把丈夫奉若神明，两个人相互厮守，只能由自己占有对方，眼里没有任何别的亲朋好友，只能为自己的痛苦而哭，为自己的幸福而乐。不，老弟，我了解你们这种富有忘我精神的爱情；只是，我不想自我吹嘘，不过是赶到话头上了——你去给人看病，可是你的心都快要碎了，因为病人的情况很不好，你向病床走去时心里直犯嘀咕：哎呀，哎呀！一摸脉，还好，可病人用无神的目光望着你，使劲攥住你的手——喏，老弟，这也是一种真情实感。是一己私利吗？除了疯子，还有什么人不自私自利？只有疯子是单纯的，至于其他的人，正如俗话说的：狗鱼①就是狗鱼，只是隐蔽一些罢了。道理都一样，因此没有比家庭自私再狭隘的自私了。"

"谢苗·伊万诺维奇，我不知道您如此害怕过家庭生活；我出嫁至今已经整整四年，我感到很自由，无论是从我这方面，还是从他那方面，我完全不认为这里有什么牺牲和烦恼。"克鲁齐费尔斯基夫人说。

"输了个精光，还说玩得很开心，世界上真是无奇不有，你们是个例外——我很高兴，但这不说明什么。两年前，我们这里有一个裁缝——而且你们认识他：莫斯科大街的裁缝潘可拉托夫——他家小孩子从二楼窗口摔了下来，跌到街上，结果摔坏没有呢？一点事儿没有！当然，擦伤了一点皮，青一块紫一块的——别的都没事儿。喏，你换个孩子扔下去试试看！肯定会出

---

① 一种产于北美、欧洲和亚洲的鱼，这种鱼体形长，鳞细，头长，体大，嘴尖，牙利，背鳍和臀鳍靠近尾部，游动迅速，性凶猛，常潜伏于水下或水草丛中，喜独居，以鱼类、水鸟和小动物为食。

大事儿,弄不好孩子命都没了。"

"你是不是在暗示我们也会出问题?"克鲁齐费尔斯基夫人问道,一只手友好地搭在谢苗·伊万诺维奇的肩上。"自从您对我丈夫说过我们的婚姻后果不堪设想后,我就不再害怕您的预言了。"

"您真能揪住不放呀,好意思吗?也怪这个多嘴的家伙什么都说,算什么男子汉!喏,好了,好了,算我说错了,请不要往心里去,老不忘以前事情的人,眼睛会坏的,即使像他这样的大好人也不行。"他指了指克鲁齐费尔斯基。

"瞧谢苗·伊万诺维奇这个人,他又在拣好听的话说了。"

"那我就再说几句更好听的吧:看着你们过的日子,我真的不再那么坚持原来对家庭生活的看法了,但是请你们不要忘记,我活了六十岁,还是头一次不是在小说里,不是在诗歌里,而是实实在在地看到的确有家庭幸福存在,这种事也太少见了。"

"怎么见得,"克鲁齐费尔斯基夫人回答说,"也许您身边就有这样的夫妻,只是您没有注意到罢了,真正的爱情根本不愿意四处张扬,您寻找了吗?怎么寻找的?再说了,您很少遇到家庭生活幸福的人,这纯粹是一种偶然。不过,谢苗·伊万诺维奇,"她补充道,脸上露出一种戏谑的讥笑,甚至带着幸福者所常有的那种满不在乎的态度,"也许您觉得您必须保持自己的个性,如果您现在承认是自己错了,您会怪自己一辈子,同时也应该知道,现在再来纠正已经不行了。"

"噢,不,"老人急忙表示反对,"这一点请您放心,过去的事我永远都不会后悔,因为第一,无可挽回的惋惜是愚蠢的;第二,我是个单身老人,正在安度晚年,可你们的生活则刚刚开始,前程似锦。"

"您最后那次对我的告诫,"克鲁齐费尔斯基说,"我不知道是出于什么目的,但它在我心里引起了强烈的反响,使我产生一种难以排遣的非常可悲的思想,只要我心里有这种思想,无论多么高兴的心情,一下子便会荡然无存。有时我感到自己的幸福非常可怕,我,作为一个拥有巨大财富的人,面对未来,我开始感到非常害怕。是不是……"

"是不是以后减少一些财富。哈,哈,你们这些幻想家呀!谁在打量你们的幸福?又有谁会去减少它呢?这简直是小孩子的看法!你们的幸福,是机遇和你们自己促成的——因此它是你们的;因为幸福而想惩罚你们,那是毫无道理的。当然,这种偶然的机遇——非理性的、不可抗拒的——能够毁掉你们的幸福,什么事情都可能发生。也许,这天花板的大梁已经腐朽,可能会塌下来,那么赶紧搬出去吧,可是怎么搬呢?院里可能会遇上疯狗,到街上又可能被马撞着……如果这样前怕狼后怕虎,担心出事,那还不如干脆吞下鸦片,永远睡过去的好。"

"我一向感到奇怪,谢苗·伊万诺维奇,您对待生活的态度总是那样轻松:这是一种幸福,一种很大的幸福,但不是人人都能够得到的。您说:是偶然的机遇——因而也就心安理得了,可我却做不到。我不会因为把我生活中种种说不清道不明但非常可疑的联系称为偶然机遇就感到好受一些。生活中的一切都不是无缘无故的,一切都有其高深的含义,您在我的阁楼上找到我绝非毫无原因,莫斯科有不少老师——为什么偏偏找到了我?总不会是因为我身上有解救这个高尚纯洁社会的武器,也不会是我不敢幻想、害怕去想的东西突然兑现了吧——那我可就大喜过望了。可哪儿有什么公正可言呢，如果就这样一辈子过下去的话？我的幸福我领受了，就像别人忍受自己的不幸一样，但我却无法摆脱对未来的恐惧。"

"就是说，对不存在的东西的恐惧。现在我从自己的方面来说几句，这些病态的想象，我这辈子从来都没有弄懂，而且将来也不会弄懂，你们用各种各样的幻想来折磨自己，杜撰许多不幸，为未来伤心落泪，从中获得某种享受。有这样的性格，是一种特殊的不幸。喏，一个人遭到了不幸，痛苦万状——免不了伤心落泪，情绪低沉；但是，该饮美酒的时候却去想明天注定得喝劣质的克瓦斯——这是一种精神病。不会过当下的日子，却要评判未来，全身心地投入其中——这是我们时代最盛行的一种精神传染病。我们大家很像那些犹太佬——他们舍不得吃，舍不得喝，把钱一分一分地攒起来，以备危难时刻再用；然而危难时刻一直没有来，我们总也不打开钱柜子——这过的是什么日子呢？"

"我完全赞同您的看法，谢苗·伊万诺维奇。"克鲁齐费尔斯基夫人兴奋地说，"这话我常对德米特里·克鲁齐费尔斯基说。如果我现在生活得很好，为什么老要去考虑未来呢？对于我来说，未来似乎根本就不存在。德米特里本人常常同意我的意见，但他内心深处总是隐藏着一种忧患，无法排遣。其实，也不知为什么，"她补充说，对丈夫和颜悦色地微微一笑，"我还挺喜欢他这种忧心忡忡的样子，它包含有许多深刻的内容。我想，我和您之所以不能够理解，或者，至少说没有这种忧心忡忡的感觉，那是因为我们看问题比较肤浅，容易受感动，常常为表面现象所吸引，分散了注意力。"

"俗话说：乐极生悲；最初我直想亲吻您的小手，并且对您丈夫说：'这就是人们对生活的理解。'可最后他的幻想却变成了一种呕心沥血，一种深谋远虑——该享受的时候却万般苦恼，为也许根本不会发生的事情而吞声饮泣。"

"谢苗·伊万诺维奇，为什么您这样与众不同呢？有些势单力薄的人，他们在世上是没有充分幸福可言的，他们义无反顾地准备献出自己的一切，但却不能把埋藏在内心深处的令人悲不自胜的声音宣泄出来——这种声音每时每刻都可能成为……为了生活得更幸福，就必须变得粗暴野蛮一些，我常常会产生这样的想法。请看，飞鸟和野兽不也生活得很幸福么，那是因为它们没我们懂得的多。"

"然而，"寸步不让的克鲁波夫说，"对于不能升天，又不能入地，只能在地面上生活的人来说，智能高可不是件令人高兴的事。老实说，我认为这种高智能是一种身体退化和精神疾患；往身上浇些冷水，多活动活动——那些想入非非的幻想便会忘掉一半。您呀，德米特里·雅科夫列维奇，从生下来起，就体弱多病；身体不好的人智力往往特别发达，但几乎总是要走上邪路，迷恋抽象的东西，热衷于幻想和神秘世界。无怪乎古人曾经说过：mens sana in corpore sano[①]。请看看那些脸色苍白、头发浅黄的德国人吧，为什么他们那么喜欢想入非非，为什么他们常常低着头在一旁哭泣？是因为体质虚弱和气候的缘故，因此他们几个世纪以来，什

---

[①] 拉丁文，意为"健康的精神寓于健康的体魄"。

么事情都不干,一直在争论些玄而又玄的问题。"

"无怪乎人们说,医学这个职业往往使人对生活持一种枯燥乏味的唯物主义的态度,您对人的物质的方面了解得非常精到,可是您却忘掉了手术刀背后的另外一面,只有它才使粗俗的物质具有一定意义。"

"哎呀,这些唯心主义者,"谢苗·伊万诺维奇说,他显然有些生气了,"总是到处胡说八道。谁告诉他们说整个医学仅仅是个解剖学?这都是他们自己想出来安慰自己的,什么粗俗的物质……我不知道什么粗俗的物质、文明的物质,只知道活生生的物质。您很聪明,是当今的饱学之士,可是您的长进不大!这是我们一个旷日持久的争论,永远争不完的,最好还是不要争了。瞧,我们这些无聊的争论让亚沙都听困了,看他睡得多么香甜。睡吧,孩子!你爸爸还没有教你蔑视土地和物质,还没有对你说,这可爱的一双小脚丫、两只小手只不过是你躯体上的脏兮兮的一部分而已。克鲁齐费尔斯基夫人,您可不要向他灌输这种无聊的思想,喏,您对丈夫可以姑息迁就,随他的便好了!但至少不能用这种胡言乱语从小毒害一个无辜的孩子,喏,那样你们会把他变成一个什么样的人呢?一个幻想家。他一直到老都在寻找神鸟火凤凰,而真正的生活却白白地给耽误了。喏,这样好吗?给你孩子。"

老人把亚沙递给他母亲,拿起自己的帽子,慢腾腾地扣上燕尾服的扣子,说:

"哎呀,我忘记跟你们说了:最近我认识一个特别有意思的人。"

"大概是别利托夫吧?"克鲁齐费尔斯基夫人问道,"他来后,城里传得沸沸扬扬，我从校长太太那里也听到了关于他的消息。"

"的确是这样，他们传得那么起劲，是因为他有钱，不过，他这个人确实非常了不起，世界上的事情他全知道，什么都见识过，人非常聪明，只是有点被娇养惯了，大手大脚，喏，您知道，妈妈的宝贝儿子嘛，什么事情都大大咧咧，不像我们那样，经历过苦日子。可是现在他在这里非常苦闷，百无聊赖，一个在巴黎生活惯了的人，可想而知了。"

"别利托夫？让我想想，"德米特里·雅科夫列维奇说，"名字很熟，是不是我在莫斯科大学读书时的那个别利托夫？当时有很多议论，说他绝顶聪明，智力超人，是个什么日内瓦人一手教出来的。"

"没错，就是他。"

"我记起来了，当时我们还有点来往。"

"我相信，他看见您一定会非常高兴，在这边远偏僻的地方遇到一个有知识有教养的人——那是非常难得的。而别利托夫这个人，据我所知，根本不会一个人独处。他需要和人谈话，交流看法，孑然一身他会生病的。"

"要是您不反对的话，我这就去找他。"

"好哇，咱们一块去——不，等一等，瞧我年纪都这么大了，做事还这么冒失，他现在，老弟，是个大富翁，你找上门去，恐怕不妥！等明天我跟他说一声，要是他愿意，我就和他一块来看你——再见，我亲爱的论敌，再见。"

"那么明天就请把您那位别利托夫带来，"克鲁齐费尔斯基夫人说，"人们议论那么多，我倒是想见见他了。"

"值得一见，真的，值得一见。"老人说着，向前厅走去。

每次克鲁波夫跟克鲁齐费尔斯基争论都非常生气，并且说，他们两人之间的分歧越来越大——但这丝毫也没有妨碍他们俩的关系变得越来越密切。对于克鲁波夫来说，克鲁齐费尔斯基的家——就是他的家，他用自己那颗尚温暖着的心常来体味一下人生，看着他们夫妻的幸福生活，作为一种休息。对于克鲁齐费尔斯基夫妇来说，克鲁波夫的确是家里的一位长者——是父亲，也是伯父。有时候这位父亲和伯父出于爱心，不是因为血缘关系，对他们还会数落几句，发点脾气——他们也都打心眼里原谅他；两三天看不到他，他们还非常惦念。

第二天，下午七时左右，谢苗·伊万诺维奇带着别利托夫，坐着自己的大雪橇，身上盖着黄毛毯，由两匹黑黄两色的花斑马拉着，到克鲁齐费尔斯基的家里来了。别利托夫能跟这样的正派人交往，自然非常高兴，他想都没想到这竟是他头一次主动出去登门拜访。克鲁齐费尔斯基夫妇一时感到有点慌乱，谢苗·伊万诺维奇对他的赞誉，他在国外生活的传闻，甚至他的财产状况——所有这一切，在他进门的时候他们都模糊地想起来了，因此乍一见面，大家显得有些拘束，不过这很快就过去了。别利托夫的言谈举止坦诚朴实，而且非常得体，这是感情丰富、性格温柔的人所具有的崇高品质，因此半个小时不到，他们谈话的口气已经跟老朋友似的了。连不习惯与生人接触的克鲁齐费尔斯基夫人也不禁被吸引到谈话中了。别利托夫和克鲁齐费尔斯基回忆起大学生活的年代，想起了那时候的许多笑话、当年的理想和希望。别利托夫好久都没有这样高兴过了，因此当克鲁波夫把他送回到

"凯莱斯堡"旅馆门口时,他对克鲁波夫介绍他认识克鲁齐费尔斯基夫妇表示了深切的谢意。

"喏,怎么样?"谢苗·伊万诺维奇·克鲁波夫后来问克鲁齐费尔斯基夫妇,"喜欢这位新朋友吗?"

"那还用问。"克鲁齐费尔斯基回答说。

"我很喜欢这个人。"克鲁齐费尔斯基夫人说。

谢苗·伊万诺维奇见大家都很高兴,心里十分得意,他伸出食指,开玩笑地做出一种威胁的表示。

克鲁齐费尔斯基夫人的脸一下子红了。

这样的家庭场面是很吸引人的,现在,我写完了一个家庭,不能不开始写另外一个家庭。请诸位相信:这两个家庭的密切关系,下面就会见分晓。

## 三

杜巴索夫县的首席贵族有一个女儿——这事无论对于可敬的卡尔普·康德拉季伊奇,还是对于可爱的瓦尔瓦拉·卡尔波夫娜,都还没有多大妨碍;但卡尔普·康德拉季伊奇除女儿外,还有一位夫人,而瓦尔瓦拉(在家里都这样称呼她)除父亲外,还有一位可爱的妈妈玛丽亚·斯捷潘诺夫娜,这样一来局势可就大不相同了。卡尔普·康德拉季伊奇在家庭事务中一向谦恭,堪称典范;但奇怪的是,自打他从马房转到餐厅,从谷场走进卧室或起居室后,他这个人就变样了。如果我们没有著名旅行家留下的可信资料,证明同一个英国人既能够成为一名杰出的农场主,也能够成为一名优秀的家长,我们可能会不相信这种双重人格的可能性。其实,仔细想一想就会发现,这也是情理之中的事。离开家门,也就是说,在马房或在谷场上,卡尔普·康德拉季伊奇就是在指挥打仗;他是一位统帅,要频频出击,给敌人以重创;敌人嘛,自然就是那些不听指挥的胡作非为者——他们好逸恶劳,不为他恪尽职守,不好好照料那四匹枣红马,还有其他种种劣迹;一回到家里,走进大厅,情况就大不一样了,卡尔普·康德拉季伊奇遇到的是忠实妻子的温柔的拥抱,女儿可爱的脑门儿正等待着他去亲吻;他脱下干活时穿的粗笨的工作服,不仅变成了一位大好人，而且变成了和蔼可亲的卡尔普·康德拉季伊奇。他的夫人可完全不是这种情形；她在家里已经打了二十年左右的小型游击战，为了佃户家的鸡蛋和纱线的事也做过小小的突袭，不过这种情况很少发生；跟用人、厨子和小店老板的经常争吵，使她一直感到愤愤不平；不过应该为她说句公道话，她心中不可能装的全是这些不愉快的鸡毛蒜皮的小事——当表婶从莫斯科把十七岁的瓦尔瓦拉带回来时，她也是满含热泪，把她紧紧搂在自己怀里。瓦尔瓦拉是从莫斯科一所专科学校或寄宿学校毕业后回到这里的。这可不是厨子和用人所能相比的——她是亲生女儿，她们血管中流的是同一种血，而且她对女儿负有着神圣的义务。起初，让瓦尔瓦拉休息一下，特别是在有月亮的夜晚，到花园去转转；对于一个关起门来受教育的女孩子来说，对什么都感到新奇，感到"令人神往，使人着迷"，她望着月亮，想起自己一个非常要好的女友，并且坚信那女友现在一定也想到了她；她把女友的名字刻在树上……这在别人看来简直十分可笑，可我们对此却报以微笑，但不是蔑视的微笑，而是那种看着孩子们玩耍时露出的会心的微笑：我们已经不能玩了——让他们好好玩吧。人们通常总批评那些刚离开寄宿学校的姑娘们态度拘谨、内心狂热，这是不公正的，完全不公正的。这个年纪的姑娘们的一切理想，所有的自我牺牲行为，她们准备付出的爱，她们的大公无私，她们的忠贞不贰和忘我精神——全是出于一片真诚，天地可鉴；人生到了发生转折的时候，可是未来的帷幕还没有拉开；幕后深藏着许多可怕的秘密，同时还藏着很多诱人的秘密；心中确实为某种未知的东西所苦恼，而与此同时，身体却在发育成熟，神经系统变得敏感了，眼泪随时都会夺眶而出。再过五六年，一切都将发生变化；姑娘一出嫁——只要身体状况良好，她就不会等着让别人来掀开那神秘的帷幕，她自己会把它掀起来，换一种方式去看待人生。用二十五岁女学生的眼光去观察世界，那是很可笑的；如果用二十五岁女学生的眼光去观察事物，那也是很可悲的。

瓦尔瓦拉·卡尔波夫娜不是大美人，但她身上有许多抵得上美貌的东西，这种东西，ce quelque chose[①]，像醇香的美酒，只为悦己者而存在，而且这种东西还没有成熟，只是一种征兆，一种未卜先知的预见，它和能使一切都变得熠熠生辉的青春年华融合在一起——赋予她一种温柔细腻，而且并非人人都能理解的魅力。看着她那相当瘦削、黝黑的面孔，看着她那不怎么匀称的少女的身材和长有长长睫毛的若有所思的眼睛，人们不禁想到，当她的思想感情和那双眼睛一旦找到了归属，有了自己的含义和谜底，她身上所有的这些特点，将会发生怎样的变化，会变成什么样子呢？那时候，肩膀依托着她脑袋的那个男人将是多么幸福啊！其实，玛丽亚·斯捷潘诺夫娜对女儿的打扮非常不满，叫她"傻丫头"，责令她每天早晚一定要用黄瓜水洗脸，在水里加些可以增白祛黑的粉末，其实她认为这种黝黑完全是太阳晒出来的。瓦尔瓦拉在客人面前的举止表现，使这位当母亲的不得不对她严加注意。瓦尔瓦拉是个害羞的姑娘，一有客人来，她便拿着书躲到园子里去，不肯出来热情接待，也不和他们眉来眼去。因为书是最直接的原因，所以后来被收走了，紧接着就是父母的训教，没完没了。

---

[①] 法文，意为"这种东西"。

玛丽亚·斯捷潘诺夫娜觉得女儿并不怎么乐意听她的话，常常紧皱着眉头，有时候还要顶几句嘴；为防止这种情况出现，诸位想必也不会反对，必须采取果断措施；玛丽亚·斯捷潘诺夫娜在相当长的时间内对女儿不再那么温情了，开始严加管教，紧抓不放。女儿想玩的时候，她不许她出去玩；女儿想待在家里的时候，她却要让她到外面去。她硬要女儿吃许多东西，天天责怪她胖不起来。母亲的管教使瓦尔瓦拉精神非常紧张，她变得更加胆小，更加消瘦了。卡尔普·康德拉季伊奇有时候觉得妻子这样严厉管教一个可怜的女孩子是不会有什么结果的，他甚至想就这个问题跟妻子委婉地谈一谈，但是话一说到关键的地方，他便胆怯起来，没有勇气克服这种恐惧情绪，急忙到谷场去了。他这种一时的恐惧，换来的是所有用人们长时间的惊恐不安。由于玛丽亚·斯捷潘诺夫娜的原因，土地荒芜了；她为了给女儿置嫁妆，没命地购买各种布匹、台布和餐巾，命七个女佣编织花边——织得她们眼睛都要花了；三个女用人给瓦尔瓦拉绣各种各样毫无用处的东西——与此同时，她对女儿继续严加约束，像对待敌人一样。

当他们到NN市参加选举的时候，卡尔普·康德拉季伊奇好不容易才穿上了贵族的礼服，因为三年来这位首席贵族大大发福了，而礼服不知为什么却反而变瘦了。然后，他动身去拜见省长，又去拜见省首席贵族；和省长不同的是，他机智地称省首席贵族为"尊敬的阁下"。玛丽亚·斯捷潘诺夫娜在忙着指挥布置客厅，由四辆从乡下来的大车上卸下了杂七杂八的东西；有三个男用人在帮助她卸货，他们三个好像从小就没有梳过头似的，身上穿着既非绒又非呢的灰色短燕尾服。工作干得正起劲的时候，女主人好像突发奇想，停下来，尖声尖气地叫道：

"瓦尔瓦拉，瓦尔瓦拉，你躲到哪里去了，啊？"

可怜的姑娘感到事情不妙，惶恐不安地走进屋里。

"我在这里，maman[①]！"

"你怎么这个样子，是不是病了，啊？的确，你这副样子，让外人看来，好像在父母家里过得很差似的。瞧你们这些从寄宿学校出来的人！在妈妈面前就是这个德行！"玛丽亚·斯捷潘诺夫娜学着女儿无精打采的样子，"我自己也当过女儿，当时只要妈妈一喊，我就高高兴兴地跑到她跟前，"这时她显出兴冲冲、笑嘻嘻的样子，"可你总是愁眉苦脸的……蠢货，你会把东西摔坏的！你有什么可高兴的，好好搬，乡巴佬；什么时候都学不会……喏，我的好女儿，不开玩笑了，我最后一次郑重对你说：你的表现使我非常伤心，在乡下的时候我没说什么，但是在这里，我就不能不说了。我跑这么远可不是为让人家指着我女儿说：一个怕见生人的蠢丫头。我不许你坐在一边待着。你怎么就不能让一个男人对你产生兴趣呢？我十五岁的时候身边就有不少的男人。是该考虑自己终身大事的时候了，听见了吗？……哎呀，你这个蠢货，我不是对你说了，你会把东西摔坏的，瞧，你这个笨蛋，把东西摔坏了吧，完全摔成了两半，喏，等老爷回来看我怎么收拾你，我会紧紧揪住你的头发不放，不过叫人恶心的是：你头上抹了那么多的油，准是米季卡这个贼骨头在厨房里偷了老爷家的油，等着瞧好了，我也会收拾他的……对了，瓦尔瓦拉·卡尔波夫娜，

---

[①] 法文，意为"妈妈"。

您还是在选举期间出嫁的好；我会给你挑选未婚夫的，喏，对您我可不能再放任自流了。你自己是怎么想的，大美人儿，是不是觉得有很多人都在追求你呀？可是你既很少露面，也看不见你的身影，哪儿都不去，也不会穿着打扮，连话都不会说，还算在莫斯科学习过呢。不，亲爱的，把书扔到一边去吧，你读得够多的了，甚至都太多了，亲爱的，是采取行动的时候了。如果你不改弦更张，仍一意孤行，我就再也不愿看到你了。"

瓦尔瓦拉站在那里，像被宣判了死刑似的，只有母亲后面的一句话她感到是一种安慰。

"你怎么会找不到未婚夫呢！有三百五十个农奴呢！和邻近的农奴比起来，他们个个都是一个抵俩，而且你还有那么多嫁妆！……怎么，怎么——你好像是要哭的样子，这样会把眼睛哭红的，你呀，净叫当妈的操心！……"

她走到女儿跟前，离得那么近，而瓦尔瓦拉的头发是那么蓬松和干枯，要不是这时候那个穿短燕尾服的笨手笨脚的用人把点心盘子打碎了，这事最后还不知会怎么收场呢。玛丽亚·斯捷潘诺夫娜把满腔怒火都发泄到用人的身上了。

"是谁把盘子打碎了？"她声音沙哑地喝问道。

"是它自己碎的。"用人回答说，看来是忍不住了。

"什么自己碎的！它自己会碎吗？你竟敢跟我说——是它自己碎的！"后来的话，她就连说带比画，想必她认为这种手舞足蹈的方式比言词更能表达激动的心情。

备受折磨的姑娘再也忍不下去了：她哇的一声哭了起来，然后倒在沙发上，完全昏了过去。母亲吓得连声大叫："来人呀！死丫头,拿水来,拿药水来,快去叫大夫,快去叫大夫呀!"病情看来不轻,可是大夫一直没来,再次派人去请,还是那句话:"让等一会儿,他正在看一位难产的病人。"

"呸!真是该死!是谁偏偏在这个时候生孩子?"

"是检察长家的厨娘。"被派去的人回答说。

"竟有这样的事!"这下对玛丽亚·斯捷潘诺夫娜来说无异于火上浇油,她脸涨得通红,她那张脸本来就不好看,这样一来就更加难看了。

"厨娘?检察长家的厨娘?……"她再也说不出话来了。

卡尔普·康德拉季伊奇兴冲冲地走了进来,因为省长友好地跟他握了手,省长太太还领他看了从彼得堡送来的铺在客厅里的地毯;他看的时候表现出一副忠厚老实的样子,为了掩盖内心那种阿谀逢迎和卑躬屈膝的心态,说:"哎呀,省长太太,这样的地毯除了贵府谁家配用呀!"他对这一切感到非常满意,对于自己的巧妙回答更是分外得意。可是突然,他迎面遇到的却是家里的这种场面:女儿昏迷不醒,妻子大发雷霆,地上是摔碎的盘子,玛丽亚·斯捷潘诺夫娜鼻子不是鼻子,嘴不是嘴,而且不知为什么她的右手那样红——跟捷列什卡的左脸差不多。

"怎么回事儿!瓦尔瓦拉怎么啦?"

"显然是路上累的,一个女孩子家,"慈爱的母亲说,"一百二十俄里,她哪能受得了?我说过——等星期三再说,喏,就是不听,现在可好——人躺倒了。"

"你听我说,到星期三,一俄里也不会少。"

"你比谁都清楚。以后不许再让那个杀人不见血的克鲁波夫进我们家的门,这个共济会①的坏蛋,恶棍!我两次派人去请他——我在这个城市就这么无足轻重……他为什么不来?就因为你不会来事儿,这方面你比法院院长差多了。我一再派人去请,他拿我不当回事儿,竟说检察长家的厨娘难产,我女儿眼看就要死了,可他却守在检察长家的女厨子身边……简直是个雅各宾党人②!"

"一个混蛋,恶棍!"首席贵族最后说。

玛丽亚·斯捷潘诺夫娜还在滔滔不绝地说个没完,这时候前厅的大门打开了,克鲁波夫老人手持拐杖,不慌不忙地走了进来,其神态也比平时显得更加得意,一脸眉开眼笑的样子,全然没有发现这家主人根本没和他打招呼,开口便问:

"这里谁要我看病?"

"我女儿!"

"啊!薇拉·米哈伊洛夫娜!她怎么啦?"

"我女儿叫瓦尔瓦拉,我叫卡尔普。"首席贵族不失尊严地说。

"对不起,对不起,想起来了,那么瓦尔瓦拉·基里洛夫娜到底怎么啦?"

---

① 十八至十九世纪初发生于英国的一种宗教道德运动,在包括俄国在内的许多国家传播,在资产阶级和贵族中影响较大。它继承了中世纪骑士和秘密行会的许多传统,希望在全世界发展秘密组织,用宗教兄弟同盟的形式将人类联合起来,因此它的联系面和影响都很大,其联系的社团和个人中,反动的、进步的都有。

② 法国大革命时期雅各宾俱乐部成员的通称,他们代表中小资产阶级的利益,主张农民、城市贫民结成联盟,推行民主制度。1793年起义掌权后采取了许多革命措施,打退了内外反动派多次进攻;1794年的热月政变结束了雅各宾党人的专政,其政治影响和作用也随之消失。

"首先,老爷子,"玛丽亚·斯捷潘诺夫娜打断了他的话,气得她声音直发抖,"请您把心放下来;请问检察长家的女厨子是不是已经生了?"

"生了,非常顺利,"克鲁波夫兴奋地回答道,"这样的情况,我生平还没有遇见过。当时我真的想,母亲和孩子可能都没希望了,那个女人是难产,我年纪大了,手脚不利索,眼看着情况很不好。您想,孩子的脐带……"

"哎呀,我的天,他简直疯了,我不要听这些恶心人的事!您怎么竟讲起这个来了!我这里的乡下婆娘每年有五十个人生孩子,可我从不过问这些恶心人的事。"她啐了一口唾沫。

这时克鲁波夫才勉强弄明白是怎么回事了,他整夜都在闷热的厨房里照料那个可怜的产妇,一下子还没有从成功接生的心情中摆脱出来,所以起初他没有听出首席贵族夫人的弦外之音。她接着说:

"怎么,是不是检察长给您的钱多,以至于您一分钟也抽不出身来看看我这快要死了的女儿?"

"一分钟也不行,夫人,一分钟也不能离开——无论是为了令爱,还是别的什么人,都抽不出身来。看来您女儿病得并不厉害,因为您并不急于带我去看她。我早料到了。"

这番话使慈爱的双亲一时有些下不了台,不过当母亲的很快就稳住了神儿,反驳说:

"她已经好点儿了,况且,现在我也不能让您去看我女儿,想必您的手还没有洗吧?"

"老实说,医生先生,"首席贵族补充说,"我真没想到像您这样有名望的老医生竟做出这种无礼的举动和这样蛮不讲理的解释。要不是我看在您胸前的十字标记的分儿上，我也许不会就此善罢甘休的。从我当首席贵族起——已经六年了——还没有人这样侮辱过我。"

"哪儿能呢！如果您没有一点仁爱之心的话，那么您至少可以想一下，我是这里医务局的监察员，是维护医师法的，我怎么能丢下一个奄奄一息的产妇，跑去看一个仅仅有点头痛脑热、歇斯底里，或者由于别的什么家庭纠纷而昏倒的健康姑娘呢！这是违反医师法的，而您却在责怪人！"

这里要补充一句，卡尔普·康德拉季伊奇原本就是个胆小怕事的人，他一听医生话里有指责他有自由思想的意思，眼珠子一转，忙不迭地回答说：

"我不知道，上天有眼，我确实不知道，面对法律的权威，我无话可说。而且瓦尔瓦拉自己已经起来了。"

克鲁波夫走到她跟前，看了看，拉起她的手，摇了摇头，问了两三个问题——他知道不这样做是不会放他走的，便随便开了个处方，又补充了一句，说："最重要的是安静调养，不然还可能再犯。"——然后便走了。

玛丽亚·斯捷潘诺夫娜因女儿昏倒吃了一惊，后来态度变得缓和了一些；但是她一听到有关别利托夫的传闻，心马上就扑通扑通地直跳，而且跳得非常厉害，连六年来经常躺在她膝盖上，跟手绢、鼻烟盒形影不离的小狮子狗都叫了起来，开始嗅来嗅去，寻找是谁在蹦跳。别利托夫——一个现成的未婚夫！别利托夫——我们要找的正是他！

不言而喻，别利托夫去拜访了卡尔普·康德拉季伊奇，第二天，玛丽亚·斯捷潘诺夫娜赶着丈夫去做了回访。一星期后，别利托夫收到一封带油污的便函，函件是马车夫送来的，还带着他身上老羊皮袄的强烈膻味，便函内容如下：

> 杜巴索夫县首席贵族偕夫人恭请弗拉基米尔·彼得罗维奇先生光临敝舍，共进午餐。明日下午三时。

别利托夫看罢邀请函，惊愕不已，把便函往桌子上一扔，心想："他们为什么要邀请我？这要花很多钱的，他们跟守财奴一样，非常吝啬；没意思极了……可是没有办法，不去不行，不然要得罪人的。"

午餐前两天，瓦尔瓦拉已经开始演练和准备了；母亲从早到晚一直给她梳妆打扮，甚至想让她出来时穿上红丝绒连衣裙，因为这件衣服跟女儿的脸蛋儿好像比较般配，不过在听了自己表妹的劝告后，她改变了原先的想法。这位表妹是省长夫人家的常客，母亲认为她对所有时装都很在行，因为省长夫人已经答应明年夏天带她到卡尔斯巴德去。头一天晚上，玛丽亚·斯捷潘诺夫娜就叫人把准备次日用在果冻里的杏仁粉拿来，告诉女儿必须怎么用它往脖子上、肩上和脸上擦拭，强压着分明想破口大骂的欲望，竭力显出郑重其事的样子。

"瓦尔瓦拉，"她说，"如果上帝能帮助我把你嫁给别利托夫，我所有的祷告都能够被听取，那时在我眼里你可就身价百倍了，你会给自己的母亲带来很大的安慰。你不是一个铁石心肠、没有感情的人，难道你就不能做到这一点吗？为什么不去博得一个年轻男人的欢心呢？其实这里的女孩子并不很多，数得上的也就那么两三个。市议会议长的几个女儿——公认的所谓美人，可在我看来，特别叫人讨厌，而且听说跟几个小文书经常眉来眼去。再说了，她们是什么门第——父亲原是议会的一个文书。只要你稍稍用点心计，就能把她们……不过，她们这些没羞没臊的家伙，总是坐着敞篷马车在他的住所前招摇过市。这样下去不行——希望就会破灭。所以我现在非常着急，而你只是那么待着，像木头人儿似的，我前世作什么孽了，让我摊上这么个木头女儿！"

"妈妈，妈妈呀，"瓦尔瓦拉小声叫道，眼睛里露出某种绝望的神色，"我有什么办法？我做不出别的样子，您自己想想看，我根本不认识这个人，说不定他对我连看都不愿看一眼。我总不能跑过去搂住他脖子吧？"

"净说些不着边的话！谁说让你去搂他脖子了？……你这是在听妈妈的话吗？……没见过你这样的人！如果你妈是个傻瓜或者是个什么酒鬼，给你找不来未婚夫，那你怎么办呢？我的公主！"

她停下来不再说了，生怕说重了女儿又哭起来，这样明天眼睛会红的。

考验的日子终于到了。从十二点钟起，大家就给瓦尔瓦拉梳头、擦油、洒香水；玛丽亚·斯捷潘诺夫娜亲自给她穿紧身胸衣，使本来已经很瘦的她，变得像一只黄蜂。但玛丽亚·斯捷潘诺夫娜自有绝招，在女儿身上有的地方垫了棉花——就这样她仍然不十分满意：不是觉得领子太高了，就是嫌瓦尔瓦拉一个肩比另一个肩低了；而且她总是怪这怪那，动不动就发脾气，同时又催着用人们好好干活；她自己也一趟趟地往餐厅里跑，一会儿教女儿如何做媚眼，一会儿又指导餐厅服务人员怎样布置餐桌，等等。这一天玛丽亚·斯捷潘诺夫娜过得可真不容易——全靠母爱在支撑着了！

不言而喻，居家过日子，做这些都非常之好，而且必不可少；不管怎样打算，但总得为女儿的未来操心，为她的幸福着想；但令人遗憾的是，这些准备工作和种种幕后活动使女儿失去了第一次在公开场合与心中人邂逅的那种美好瞬间的感受——这些准备工作和幕后活动，当着她的面揭穿了现在还不应该揭穿的秘密，过早地表明为获得成功需要的不是爱情，不是幸运，而是在牌上做手脚，弄虚作假。这些准备工作亵渎了只有在当时才可能是真诚、神圣而且尚未被亵渎的人们之间的关系。严格的道学家们大概还要补充上一句，即一切诸如此类的安排，比所谓的堕落——我们尚未陷得这样深——更能够腐蚀姑娘们的心。况且，无论怎么说，女儿总是要嫁人的，她们来到这个世界就是为了这个目的，我想，一切道学家都会同意这一点。

三点钟的时候，梳妆整齐的瓦尔瓦拉坐在客厅里，那里从三点半开始已经到了几位客人，沙发前托盘上的鱼子酱、咸鱼干已经少了一半；这时候一个用人突然走了进来，递给卡尔普·康德拉季伊奇一封信。卡尔普·康德拉季伊奇从口袋里取出眼镜，用一块脏手绢擦了擦镜片，不知为什么，也许是为了卡着时间，一个字一个字地读完了这张只有两行字的便函，声音显然有些不安地对妻子说：

"玛沙①,弗拉基米尔·彼得罗维奇请大家原谅,他因为感冒,身体不适,尽管很想来,但是来不了了。请告诉来人,就说太遗憾了。"

玛丽亚·斯捷潘诺夫娜脸上的表情一下子就变了,她瞥了女儿一眼,那眼神就好像在说,是瓦尔瓦拉造成别利托夫感冒的。瓦尔瓦拉胜利了。玛丽亚·斯捷潘诺夫娜从来没有显得这样滑稽可笑:简直让人觉得她非常可怜。想来想去,她打心眼里恨透了别利托夫。她喃喃自语地说:"这简直太丢人了。"

"菜已经上好了。"一个用人说。

首席贵族带玛丽亚·斯捷潘诺夫娜到餐厅去了。

这件事过后大约两周,有一次,玛丽亚·斯捷潘诺夫娜正在喝茶;无论是她一个人,还是和亲朋好友们在一起,她喜欢慢条斯理地细细品味,嘴里含一小块方糖,用小茶碟一点一点地喝,这种喝法可以节省方糖。一位长得高高瘦瘦、头戴包发帽的女人坐在她对面的椅子上,她的头总是有点摇晃,所以包发帽花边上的穗子也跟着一起不停地晃动;她用两根粗大的毛衣针在织一条毛线围巾,戴一副很重的银边眼镜,看上去很像是个炮架子,而不是应该架在鼻梁上的东西;她身上那件穿旧了的宽大的连衣裙和冒出几根毛衣针的大手提包,说明此人不是外人,而且不是来自富有之家;这一点从玛丽亚·斯捷潘诺夫娜说话的口气上就能够弄得清清楚楚。这个老婆子叫安娜·亚基莫夫娜。她出身贵族世家,年轻时便守了寡;她的田庄只有四个家奴,是她从很有钱

---

① 玛丽亚的爱称。

的族人手中分到的遗产的十四分之一；这些族人看在她寡居的分儿上，慷慨地给她和她的农奴们划出一片沼泽地，这里栖息着许多中沙锥和扇尾沙锥①，但田地完全不适于耕作。因此，不管安娜·亚基莫夫娜怎么努力，她从这份家产中也收不到多少租息。她从亡夫那里得到的遗产也不多：一个中校头衔，一个独生子，一大堆给马治疗跗节内肿、鼻疽病的处方（每张处方上都写着有惊人的奇效），等等。儿子十九岁时进了某个团队，但是不久便因酗酒和打架斗殴而被军队开除，并被遣返回老家。后来他就住在安娜·亚基莫夫娜家的厢房里，常喝些用柠檬皮烧制的劣质白酒，经常跟用人和朋友们打架。母亲怕他就跟怕火一样，把钱和贵重物品都藏起来，给他鞠躬行礼，说她实在是身无分文。特别是有一次他用斧头劈开她的钱匣子，拿走她七十二卢布和一枚镶有绿松石的戒指后，就更是如此了。那枚戒指是她一个已经去世的好朋友留给她的纪念，已经珍藏五十四年了。除了四个农奴和医疗处方外，安娜·亚基莫夫娜还有三个年轻女用人、一个老婆子、两个男用人。她从来不给年轻女佣们添置新衣服，但奇怪的是她们总是打扮得漂漂亮亮。尽管安娜·亚基莫夫娜亲自安排她们一天到晚地工作，但看到自己能够挣钱买衣服，她们心里还是很高兴的。男用人是两个奇丑无比的老头儿，以酒为生，他们的房子和女佣们分开，各住一半；此外，他们还制作城里很多人都穿的气味很重的羊皮便鞋。不用说，亚基姆·奥西波维奇也在利用人

---

① 中沙锥亦叫大鹬，扇尾沙锥又称田鹬，属沙锥属和田鹬属，是一种体色灰暗，嘴尖，腿长，趾间无蹼的候鸟；常在沼泽地或水田里捉食小鱼、贝类、昆虫等。

类天生的弱点，不放过为自己谋取好处的机会。

这个封建宗法制基层组织令人尊敬的头面人物在玛丽亚·斯捷潘诺夫娜家里已经喝完第四杯茶了；光是那位已故将军格鲁吉亚公爵如何向她求婚，1809年她如何去彼得堡探亲，全市的将军们如何天天在他们家里聚会，以及她没有在那里住下去的唯一原因就是她喝不惯涅瓦河的水，有点水土不服——这些话她已经说过一百遍了。讲完这段对过去贵族生活的回忆，第四杯茶也喝完了，这时她突然把茶杯翻过来（这是个假招子），在杯底上放一小块糖，开口说：

"哎哟，亲爱的玛丽亚·斯捷潘诺夫娜，上帝要是让我跟前能有一位像您的瓦尔瓦拉这样的姑娘，那么，至少说，玛丽亚·斯捷潘诺夫娜，我一定会跟您一样，就别无他求了。我衷心为你们家感到高兴：家庭——美满幸福，受到普遍尊敬。确实很不错，您也该知足啦！"

"您干吗把杯子翻过来，接着喝吧！"

"真的喝好了，平时我只喝三杯，今天在您这里，我喝了四杯。非常感谢，您的茶的确与众不同。"

"是呀，我总是说，一卢布买一磅的茶叶，我认为那什么也不是，仅仅有个茶叶空名儿而已。再喝一杯吧。"于是安娜·亚基莫夫娜开始喝第五杯。

"当然，一切全看上帝怎么安排了，安娜·亚基莫夫娜，不过瓦尔瓦拉还很年轻，眼下还不急于嫁人，而且，老实说，随便找个未婚夫，只会害了姑娘，再说了，要是跟她分开，我还有些舍不得，真有点受不了。"

"喏，亲爱的，上帝会保佑你的。谁没有嫁过女儿呀，这又不是那种可以压在手里的商品：拖久了是要人老珠黄的。不，依我看，只要万能的圣母俯允，还是成全他们为好。这不，索菲娅·阿列克谢耶夫娜的儿子来了，说起来我们还沾点儿亲戚关系，嗨，眼下哪还讲什么亲戚不亲戚的，更不用说是穷亲戚了，不过他倒是家大业大，非常有钱，光一个地方可能就有两千农奴，田产管理也井井有条。"

"那么人怎么样呢？您老是说钱呀钱的，可财富带来的往往是负担，并不是幸福——尽是些让人劳心伤神的事。从远处看一切都很好，饭来张口，衣来伸手，可仔细一看，财富只能损害健康。我认识索菲娅·阿列克谢耶夫娜的儿子，他硬是跟卡尔普·康德拉季伊奇也攀上了关系，我们当然以礼相待，犯不着去说他——不过一看他的样子，就知道他是个花花公子！看他那个派头！到了贵族家里就跟走进餐厅里一样。您看见过他吗？"

"从远处看见过，在街上：他经常乘车从旁边经过，有时候也步行。"

"他从您身旁经过，那是要到哪儿去呀？"

"不知道，亲爱的，像我这把年纪，又有重病在身（这时她深深地叹了口气），哪还有心思管他到什么地方去，我自己的烦心事已经够多了……当着您的面，跟面对上帝一样，我实不相瞒：亚基沙又在胡闹了——非把我气死不可……"这时她哭了起来。

"您去跟戴十字架的教堂执事说说，可管用了：他拿来一种普通的烈性酒，对着酒，嘴里念念有词，他让病人喝一些，剩下的自己一饮而尽，别的没有什么了，然后病人就能看见地狱里各种各样的妖魔鬼怪——喏,简直是手到病除!"

"该不会收费很高吧?您知道我们的情况。"

"不会,他给我们家厨子看过病,只给他一张五卢布的票子。"

"管用吗?"

"管用倒是管用;只不过后来又旧病复发了,于是卡尔普·康德拉季伊奇又搞来了另外一种药,对他说:'你不懂得老爷的一片好心,我花五卢布为你治病,可你的病还没有治好,你这个骗子!'喏,你知道这是俄国人的办法,此后他就不再喝了。我让教堂执事到您那里去。喏,我真想再问一句:这个年轻人又到哪儿去了?"

"嗨,我自己也想问问我们的瓦西里斯卡——因为她在我们家里是非常机灵的……因此,没事的时候我就问她:那位老爷坐马车从我们这里到什么地方去了?她第二天就向我报告说:'您昨天问我别利托夫老爷到哪儿去了,其实他是跟一个医生老头到涅格罗夫家的家庭教师那里去了。'"

"和克鲁波夫一起到涅格罗夫的家庭教师那里去了?"玛丽亚·斯捷潘诺夫娜问道,她几乎掩盖不住内心的高兴,自己也不知道这是因为什么。

"没错,太太,他现在在这里的一个中学教书,教这个……"

"啊,原来是到这个地方去了,我一开始就认为他是个花花公子,有什么好奇怪的?老师让他从小就皈依了共济会——这还能走上什么正道?一个小孩子,没有人监护,住在法国首都,喏,一听这地方的名字,那里的道德风尚是什么样子就可想而知了……这么说,他是到涅格罗夫家养女那里献殷勤去了,好哇!这是什么世道呀！"

"可惜呀，玛丽亚·斯捷潘诺夫娜，我真替这位可怜的丈夫感到惋惜，据说他这个人还挺不错的。可是她——看看她的出身吧！这种人我见过的多了——农奴的血统在作祟！"

"喏，这个谢苗·伊万诺维奇·克鲁波夫，扮演的角色倒是不错！简直妙极了！老家伙连上帝都不怕，原来他也是共济会的，正好老牛舔犊，惺惺惜惺惺；想必他从别利托夫那里拿了不少钱吧？为什么？把一个女人给毁了。您说说看，安娜·亚基莫夫娜，这个守财奴要钱有什么用呢？他无亲无靠，孤身一人，对穷人从来一毛不拔，贪得无厌极了！整个是个见利忘义的犹大！最后能怎么样？像狗一样死去，财产归公！"

安娜·亚基莫夫娜谈兴正浓，一连又喝了三杯茶，这样的谈话又继续了大约十几分钟，她才开始准备回家。把眼镜摘下来放入眼镜盒内，然后叫人到前厅问一问，马克休特卡来接她没有，在得知马克休特卡已经到了后，她才站起身来。很久以来玛丽亚·斯捷潘诺夫娜没有这样热情接待过她了，她甚至一直把她送到前厅，胡子拉碴的马克休特卡已经等在那里了。马克休特卡约莫有六十岁，样子非常可笑，蓬头垢面，一脸酒气；穿一件带饰边、黑领口的外套，一只手拿着安娜·亚基莫夫娜的兔毛大衣，另一只手正在把烟盒往口袋里装。马克休特卡感到非常扫兴，因为他在棋盘上刚想别住对方的皇后，正要用他那脏手去吃对方的棋子的时候，女主人推开门进来了。"该死的老妖婆。"他粗鲁地嘟囔了一句，把大衣披到寡妇安娜·亚基莫夫娜瘦削的肩上。

"真是个笨蛋，递个大衣怎么教你都学不会。"女主人说。

"我也该走了,以后您找懂事的吧。"马克休特卡嘟囔着说。

"瞧,这就是当寡妇的难处,什么都得忍着,连小孩子的气也得受。有什么法子——谁让你是个女人呢,要是我已故的丈夫还活着,瞧我怎么收拾这个混蛋……他也太忘乎所以了……我的命好苦呀,但愿上帝别让您受这份罪!"

这番话并没有使马克休特卡有所感动,他搀着女主人的胳膊走下台阶,回头看了看送客的人们,向他们丢了个眼色,同时指指安娜·亚基莫夫娜,这使杜巴索夫县首席贵族家的用人们感到一种真正的长久的满足。

好心的玛丽亚·斯捷潘诺夫娜听到了这个消息,她显然有可能传播这一丑闻——不仅牵扯别利托夫,而且还涉及克鲁波夫——这件事给她带来的高兴和满足,我想请诸位好好地想象一下。诚然,有时候无意间就能毁坏一个女人的声誉,这似乎很令人遗憾,但是有什么办法呢?为了伟大的计划,在重要事情上是需要有人作出牺牲的!

# 四

当令人尊敬的寡妇安娜·亚基莫夫娜在同样令人尊敬的玛丽亚·斯捷潘诺夫娜家里喝着茶，怀着女人心中所特有的绵绵情意，大谈别利托夫的时候——这时别利托夫正愁眉不展地坐在自己的房间里，苦苦思索着一件令人很伤脑筋的事。如果他能未卜先知，有先见之明，那他就可以大大放心了，他就能够清楚地听见在一条肮脏的大街和一条肮脏胡同的那边，有两个妇人正在密切关注着他的命运。其中一个人在讲，另一个人在听，当然，听的人也不是完全无动于衷。但别利托夫没有这种先见之明，至少说，要不是他这个俄国人受西方新事物的毒害太深，他总是会打上几个嗝儿，嗝声会告诉他，有人——在什么地方……很远，背地里，在议论他。但是在我们这个否定一切的时代，打嗝儿已失去了自己神秘的意义，只是成了一种微不足道的胃部活动现象罢了。

其实，别利托夫的苦闷心情跟上面提到的喝第六杯茶时的谈话毫无关系。他今天起来得很晚，觉得头昏脑涨；昨天晚上他看书看了很长时间，但是看得并不专心，一直在打瞌睡——这几天他神不守舍的毛病越来越厉害了，总有些神思恍惚，心事重重——总觉得缺点儿什么，精力集中不起来；他用一个小时左右的时间抽雪茄、喝咖啡，想了很久，琢磨着今天应该先干什么，是看书呢，还是出去散步？最后决定还是出去散步，于是，他脱去了便鞋，但这时他忽然想起自己曾保证过每天上午要读政治经济学方面的最新著作，因此又穿上便鞋，重新拿起一支雪茄烟，准备好好读读政治经济学，但不巧雪茄烟盒旁刚好放着拜伦的作品，他躺在沙发上，五点钟前一直在读《唐璜》。[1] 当他读完《唐璜》，一看怀表，不禁大吃一惊：时间已经这么晚了，于是连忙叫来随身的管事，吩咐赶快准备穿戴。其实，这一惊、一吩咐更多的是出于本能反应，因为他哪里也不打算去——是上午六点还是夜里十二点，对他完全无所谓。我们那些在国外住久了的人，总习惯于穿得整整齐齐、干干净净，可是一回到家乡，这个习惯很快便没有了。他决心要攻读政治经济学，躺在原先的地方，打开一本关于亚当·斯密[2]的英文小册子。可是管事却拉开一张小桌，开始准备开饭。这位管事要比他的主人运气好多了；他（格里戈里）慢条斯理地布置着餐桌，把盛水的长颈玻璃瓶和拉斐特红葡萄酒瓶摆好，在另一张桌子上放一小瓶苦艾酒和一些奶酪，然后不慌不忙地看看自己摆放的东西，相信一切都准备妥当后，便去端汤去了。片刻工夫，东西端来了——只不过不是汤，而是一封信。

"哪儿来的信？"别利托夫问道，眼睛没离开那本亚当·斯密的小册子。

---

[1] 拜伦（1788—1824），英国浪漫主义诗人、贵族；《唐璜》（1819—1824）是诗人创作末期的一部力作，但最后没有完成。

[2] 亚当·斯密（1723—1790），英国经济学家和哲学家，西方古典政治经济学的代表人物，他最先把资产阶级社会分为雇佣工人、资本家、土地占有者三个阶级。

"想必是国外来的,邮戳不是我们的,还是封挂号信。"

"拿过来,"这时别利托夫放下小册子,"是谁来的信呢?"他想,"不知道;从日内瓦来的……难道……不,也许……不会……"

当然,只需拆开信,看看第四页信纸末尾的落款,比猜来猜去容易多了。这是毋庸置疑的。可为什么大家对这封信要做这样那样的猜测呢?其实这也是人心的一种秘密——人们都喜欢别人承认自己有能掐会算、料事如神的本领。

最后,别利托夫拆开信封,开始看信;每读一行,他的脸色随着也变得越来越苍白,眼睛里充满了泪水。

这封信是约瑟夫先生的外甥写来的,他告诉别利托夫,老人已经去世了。这位普普通通、品德高尚的老人的一生,像潺潺的流水,安静而清澈,他的死也是这样。他多年在距日内瓦不远的一所农村中学担任主课老师。他病了两天,第三天觉得好一点,刚能迈动脚步,便去教室上课,结果昏倒在课堂上。大家把他抬到家里,给他放了血,他苏醒过来,完全恢复了神志,和惊慌失措、默默站在他床边的孩子们道了别,叮嘱他们以后常到他的墓地去玩。后来他叫人拿来弗拉基米尔的画像,怜爱地看了好半天,对他外甥说:"他会成为一个了不起的人物……是的,看来我这个老头儿最了解……日后把这幅画像寄给弗拉基米尔……地址在我的公文包里,就是那个装有华盛顿画像的旧公文包……真为弗拉基米尔感到惋惜……非常遗憾……"

"这时候,"约瑟夫的外甥写道,"病人开始说胡话,他脸上流露出生命最后时刻才会出现的沉思的表情;他让人把他扶起来,睁开明亮的眼睛,心里有话想对孩子们说,但是舌头已经不听他使唤了。他冲孩子们微笑一下，随后白发苍苍的脑袋垂到了胸前。我们将他安葬在我们乡下的公墓里，在一位管风琴演奏者和一个路德派新教教堂工友之间。"

别利托夫看完信，把它放到桌上，擦了擦眼泪，在屋里来回走动着；他在窗前站了一会儿，再次拿起信，从头至尾又看了一遍。"一个难能可贵的人！一个了不起的人！"他透过牙缝喃喃说道，"一个无比幸福的人，能知足，会工作，无论命运将他抛到哪里，他都能够成为有用之人……如今，在整个世界上，我只有一个母亲，别的再没有什么人了……一个也没有……哪怕偶尔听到关于老人的一点消息也非常之好，喏，我只是想满足于认为他还活着。可是他人已经没了！唉，这实在令人难以承受。诚然，如果人们能预先知道一切，很少有几个傻瓜还愿意活在这个世上。"

"汤要凉了，弗拉基米尔·彼得罗维奇。"管事禀告道，他看出信里写的一定不是什么好消息。

"格里戈里，"别利托夫问道，"你还记得以前我们家的那位家庭教师吗？"

"怎么不记得呢，是个瑞士人。"

"他死了。"别利托夫说着，把脸从格里戈里面前转过去，以掩饰自己内心的激动。

"但愿他早升天堂！"格里戈里补充说，"他是个好人，对我们兄弟很和善；前不久我和马克西姆·费奥多罗维奇，就是那个在餐厅工作过的，还谈到了您。老实跟您说吧，马克西姆·费奥多罗维奇对您可不大恭敬。我嘛，托您的福，去过各种各样的家，见识了不少地方风情，喏，他大部分时间可都待在乡下，因此他感到非常惊奇;他说:'当然了,他心肠好,那是天生的,是从太太那里遗传来的。自然也是老师教得好;记得有时候遇到乡下孩子向少爷请安,那位老师一定要让弗拉基米尔·彼得罗维奇脱下帽子还礼;这样的人简直跟天使一般。'"

别利托夫一声不吭,神情忧郁地开始用汤。

约瑟夫的死讯,自然引起了别利托夫关于整个青少年时代的回忆,进而想到了他整个的一生。他想起了约瑟夫的诸多教诲,他是那样如饥似渴地认真领会,信以为真,可是现实生活跟约瑟夫说的完全不一样——而且……奇怪的是:所有他讲的东西都很美好,很有道理,到哪儿都有道理,然而对于他——别利托夫——来说,却完全是虚伪的。他把当时的自己和现在的自己作了一番比较;除了将这两个不同的人联系在一起的回忆线索外,他们之间没有任何共同之处。当时的别利托夫心里充满着希望,怀着自我牺牲的决心,决意不避艰险,建功立业,不计劳动报酬;而现在的别利托夫则屈服于外界环境,失去了希望,只热衷于及时行乐。当格里戈里从邮局取回画像,别利托夫连忙打开漆布包装,急不可待地将画像取出来……他一看见自己昔日的面影,脸上顿时变了颜色,他几乎就要背转身去。这里展现出的全是当时他脑子里的所思所想。他这张青春年少的面孔是多么清纯,多么富有朝气——脖子敞露着,衬衫领子向肩头两边分开,一种难以表达的沉思的表情从他的嘴角和眼神中一掠而过——那是一种令人难以捉摸的思索,预示着未来的某种雄才大略;"这个青年今后一定前途无量。"每一位理论家都会这样说,约瑟夫先生也会这样说。可是他却成了一个无所事事的旅游者,趁NN市选举之机,最后在这里抛了锚,想谋取一个职位。"当时,"别利托夫想,他看着画像,露出责备的神情,"当时我十四岁,现在已经过了三十——前面到底是什么呢？一片灰色的黑暗,一种单调乏味的生命继续；开始新的生活,为时已晚,继续老的一套,又不可能。多次开始,多次聚会……结果全都落空,成了孤家寡人……"

痛苦的思路被谢苗·伊万诺维奇·克鲁波夫打断了；他们又开始了相互的对话。

"身体怎么样,弗拉基米尔·彼得罗维奇？"

"啊！您好,谢苗·伊万诺维奇,看见您真高兴,心里非常愁闷,非常无聊,浑身没劲儿。想必我真的病了,好像我有点发烧,虽说没什么大不了,但总使我处在一种紧张状态。"

"您的生活方式不对头。"克鲁波夫反驳说,一面卷起外套的长袖子,以便仔细地诊一诊脉。"脉象不好。您的生活节奏比常人要快一倍,您既不怜惜车轮子,也不怕耗费润滑油——不能老是这样在路上奔波。"

"我自己感到精神上、体力上都不行了。"

"还早着呢。眼下一代人生活节奏都很快,您一定要当心身体,自己要有个分寸。"

"什么分寸？"

"分寸是很多的。按时睡觉,早起,少看书,少考虑问题,多散步,排除烦恼,果酒可以少喝一点,戒绝浓咖啡。"

"您觉得做到这一切很容易吧？特别是排除烦恼……您打算让我长期把握这个分寸吗？"

"一辈子。"

"我的天哪,这事既没意思,又令人讨厌,茹苦含辛,没有必要。"

"怎么没有必要?我看为了益寿延年,长命百岁,付出点牺牲还是值得的。"

"喏,为什么要长命百岁呢?"

"你问这问题就有些怪了!喏,什么为什么,我也不知道为什么,喏,毕竟活着要比死了好,一切动物都爱惜生命。"

"要是有不爱惜生命的动物呢,"别利托夫苦笑着说,"拜伦曾经很正确地说过,一个堂堂正正的人不应该活到三十五岁以上。究竟为什么要长寿呢?这也许是非常无聊的。"

"您这都是受了那些该死的德国哲学家的影响,读了他们不少诡辩主义谬论。"

"在这一点上我是维护德国人的;我是一个俄国人,是通过生活来学习思想,而不是通过思想来生活。我们谈到了这个问题,这很好,请您先想一想,然后认真负责地告诉我,如果我活的不是十年,而是五十年,那么我的生命,除了我母亲外,还有谁需要呢?而我母亲本人也已经是风烛残年了!说精力不佳也好,说性格缺陷也好,但问题是,我成了一个无用的人;确信这一点之后,我认为只有我自己才是我的生命的主人;我厌恶生活还没有到要开枪自杀的地步,我不喜欢生活也不至于就得受食谱的种种约束,断然拒绝强烈的感受和美味佳肴的诱惑,仅仅是为了苟延一个病人的生命。"

"您宁愿慢性自杀,"克鲁波夫反驳说,他已经开始生气了,"我明白,您讨厌游手好闲、无所事事的生活,应该说,这种生活的确非常无聊；您，跟一切有钱人一样，没有从事劳动的习惯。要是您有幸得到一份固定的工作，同时将您的'白地'庄园收走，这样您就会开始工作，比如说，为了自己，为了糊口，对别人也大有好处；世界上的一切事情本来就是这样。"

"听我说，谢苗·伊万诺维奇，难道您以为除了饥饿就没有能够激发人从事劳动的有效办法了吗？单纯地想显示显示自己，表现表现自己，这也会促使人去劳动的。相反，仅仅为了糊口，我是不会去工作的——一辈子工作只是为了不至于饿死；为了不至于饿死才去工作——一个聪明而有益的消磨时光的办法！"

"怎么，您饱食终日，又有表现的愿望，您究竟干了多少事情？"老人问道，他已经完全生气了。

"问题就在这里。当然，我并不是自愿选择这种游手好闲、使我讨厌的生活的。我生来不是当专家学者的料，就跟没有当音乐家的天赋一样；可是其他的道路，在我面前好像还没有出现……"

"就是说，您可以心安理得，聊以自慰了；对于您来说，地球并不大，地方也很小；坚强的意志您没有，锲而不舍的精神您没有，gutta cavat..."

"Lapidem[①]，"别利托夫把意思说了出来，"您是个积极向上的人，可怎么也谈起意志来了。"

"您说得倒不错，非常之好。"克鲁波夫说，"可我总觉得一个好的工人没有工作是绝对不行的。"

"您想到哪儿去了，这些里昂工人饿死的时候还准备干活

---

① 拉丁文，意为"水滴石穿"。

呢①，您以为他们因为没有工作就什么也不干或者拼命开玩笑吗？你呀，谢苗·伊万诺维奇！请不要急于下诊断，也不要急于开处方——精神的平静和团酸模，因为前者行不通，后者无济于事。很少有比意识到无用武之地更糟糕的病了。谈什么饮食调养！回忆一下拿破仑回答安托马尔克医生的话吧：'这不是身体内的癌，而是身体内的滑铁卢。'每个人都有自己的 Waterloo rentré②！咱们到克鲁齐费尔斯基夫妇那里去吧，谢苗·伊万诺维奇，我有两次都是在他们家治好我的忧郁症的，这比服任何汤药都管用。"

"瞧，您也该说声谢谢了吧！到他们家去——这个处方是谁开给您的呀？"

"抱歉，抱歉，我给忘记了！噢，谢苗·伊万诺维奇，您真是希波克拉底③的最伟大的子孙之一。"别利托夫回答说，他放下雪茄，温厚地对医生微笑着。

我和玛丽亚·斯捷潘诺夫娜想问一下，那位教师的穷家敝舍里到底有什么东西让别利托夫那么感兴趣？是他在这个家里找到知心朋友了呢，还是真的爱上这家主人的妻子了？让别利托夫亲自回答这些问题，即使他愿意实话实说，也是非常困难的。有许多东西使他和这个家庭的关系拉近了。选举以午宴和大型舞会告终。不用说，别利托夫怎么也没有被选上，他留在 NN 市，只是因为民事法庭的一个案子还没有了结。请诸位想象一下，如果他不

---

① 1831 和 1834 年里昂工人因不堪其苦爆发了武装起义。
② 法文，意为"体内的滑铁卢"。
③ 希波克拉底（约前406—约前377），古希腊医师，以医术高明、医德高尚而著称。

认识克鲁齐费尔斯基夫妇的话，那么他在NN市期间将是多么枯燥乏味呀。克鲁齐费尔斯基夫妇安静平稳的生活，对别利托夫来说，是一种新的、富有吸引力的东西；他一辈子都在探讨普遍性的问题，研究科学和理论，很多时间在异国他乡度过，在那里很难与家庭生活联系到一起，即使在彼得堡也很少涉及这个问题。他认为家庭幸福是一种空想，或者只是凡夫俗子们的事。克鲁齐费尔斯基夫妇不是这种人。克鲁齐费尔斯基的性格难以确定：他温文尔雅，极富爱心，天生一副女人心肠，非常谦恭随和；他是那样的天真纯洁，让人无法不爱他，尽管他的天真纯洁有时看起来仿佛是不谙世事，像个孩子似的。很难找到比他更不懂实际生活的人了；他所了解的一切，全来自书本，而且错误百出，脱离实际，他笃信茹科夫斯基所赞美的世界的现实，相信飘忽于大地之上的理想。大学生活期间他只知道埋头读书，只有在莫斯科剧院顶层楼座上看戏的时候，他才从与世隔绝的生活状态中走出来，进入激情与矛盾冲突的世界；他不声不响地走进了生活，那是一个秋天灰暗的日子；他面对的是一贫如洗的生活，他觉得一切都在跟他过不去，什么事情都与他格格不入，于是这位年轻学士渐渐学会了在他为逃避人与环境而躲进的幻想世界中去寻求快乐与安慰。同样的外在的生活贫困迫使他踏进了涅格罗夫的家门，面对这样的现实，他的性格变得更加内向了。他生性温和，从来都没想过要和现实进行斗争；他在现实的紧逼下步步退让，他只求能让他过上安静日子；但是爱情降临了，就像在这种人身上常常发生的那样：不疯狂、不盲目，但却是永生永世、地久天长；他是那样全身心投入，心里没有任何保留。情绪烦躁使他一直处于一种喜怒无常的状态；他无时不想大哭一场，发泄一下内心的苦闷——他喜欢在静静的夜晚久久地仰望着天空，这时候谁知道他从这寂静中看见了什么样的景象；他常常握住妻子的手，望着她，心里有说不出的高兴；但这高兴中又夹杂着一种深深的忧愁，以至于他的妻子忍不住流下了眼泪。他所有的行动都透出那种谦和的精神，同样，脸上也露出那种安详、真诚和多愁善感的神情。还用得着说这样的人应该钟爱自己的妻子吗？他的爱情与日俱增，更何况没有任何东西可分散他的注意力；两个小时看不见妻子那双深蓝色的眼睛，他就无法忍受；妻子出去未在预定的时间内回来，他就着急上火，焦躁不安；总之，很明显，他在妻子身上深深地扎下了根。这在很大程度上是他所处的世界造成的。

NN 市的中学教师们和我们过去的中学教师一样，在外省的生活中大部分人都变得懒惰和粗俗了，他们迫于困难的物质生活，失去了任何进修的愿望。我们也不认为克鲁齐费尔斯基有把科研工作进行下去的决心，不认为他能全身心地投身于这些课题，把它们当成自己十分紧迫的问题来看待，但是他同情和关注这些问题，有许多事情他能够做到……除了研究条件。自己订购书籍他连想都不敢想，学校里有书，但那些书无法满足年轻学者的要求。总的说来，外省生活对于那些想保全不止一份不动产的人，对于那些不想使自己的身体活动不便的人来说，是极其有害的；在完全缺乏任何理论兴趣的情况下，有谁能够在这死气沉沉的房间里不蒙头大睡呢？即使不能做一个好梦，也能美美地睡上一觉……一个人需要有外界的刺激；他需要报纸，因为报纸每天能够使他接触全世界；他需要杂志，因为杂志可以向他传递当代思潮的每一个动向；他需要与人交谈，需要去剧院看戏——当然，这些需要都可以放弃，好像这一切都没有必要，然后，这一切就真的变得完全没有必要了，也就是说，直到这个人本身变得完全多余为止。克鲁齐费尔斯基远不是那种意志坚强，不屈不挠，能够白手起家为自己创造条件的人；他周围缺乏任何令人感兴趣的事情，这一点对他起的负面影响要大于正面影响，尤其是因为这个情况发生在他生活中最美好的时期，即刚刚结婚后不久。而后来他便习以为常了，仍然沉湎于自己的幻想，探讨几年前就曾经考虑过的几个范围广泛的问题，保持对科学的爱好，还关注早已解决了的一些问题。他在爱情中寻求对更真实的精神需求的满足，从妻子的坚强性格中他找到了一切。持续四年之久的跟克鲁波夫的争论，犹如一潭死水似的外省生活——毫无进展：这些年天天都在争论，说来说去还是那几句话。克鲁齐费尔斯基推崇唯灵论[①]，克鲁波夫老人用医学上的唯物论对他毫不客气地进行批驳。我们这两位朋友的生活，如小河流水，在河床里平静地潺潺流动着；这时候，一个气质完全不同的人突然闯进了他们的生活。此人内心世界异常活跃，对当前诸多问题很感兴趣，他知识渊博，思维大胆敏捷。不知不觉中，克鲁齐费尔斯基对这位精力旺盛的新朋友佩服得五体投地；而别利托夫也远非没有受到克鲁齐费尔斯基妻子影响。一个很有个性又没有什么事情可做的人，几乎是不可能

---

① 一种客观唯心主义的哲学理论，是法国唯心主义哲学家库辛（1792—1867）于十九世纪最先提出这一术语并被广为使用的。唯灵论认为精神世界的本原，是不依附于物质而存在的，是特殊的无形实体。

不受一个精力充沛的女人影响的；除非是思想极其保守，或者头脑迟钝和完全缺乏个性的人，才能够在年轻美貌的女子面前坐怀不乱、束身自爱——而实际上，别利托夫生来就非常热情，不习惯约束自己，一见妩媚动人的漂亮女人便不免有所动心。他多次坠入情网，不是疯狂爱上什么歌剧明星、女舞蹈家，就是爱上住在温泉疗养地附近的不三不四的漂亮女人，再不就是爱上那种总喜欢想入非非、打算按照席勒的方式在夜莺的歌唱下海誓山盟永不分离的面色红润的德国金发女郎——或者是不顾脸面、纵情欢乐的热情奔放的法国女子……但是像克鲁齐费尔斯基夫人这样的影响，别利托夫还不曾领受过。

从认识克鲁齐费尔斯基夫妇起，别利托夫就想勾引女主人；这方面他有的是办法，贵族礼仪或虚伪的清规戒律都难以约束他；他非常自信，因为他勾引过一些不太难对付的女人；他机智伶俐，能说会道，完全能够把一个乡下女人搞得晕头转向，但是足智多谋的别利托夫当即放弃了这种庸俗的追求方法；他知道，像这样的猎物，用捕兽器显然是不行的。一个女人在这穷乡僻壤的地方出现在他的面前，她是那么朴实，那么清纯自然，又那么充满活力与智慧，这使别利托夫很想尽快把她搞到手。很难对她发动进攻，因为她根本就没有设防，也没有什么en garde[①]；另外一种富有人情味的态度很快便拉近了克鲁齐费尔斯基夫人和别利托夫的关系。克鲁齐费尔斯基夫人理解他的苦衷，理解他自己深为苦恼的爱挖苦人的性格特点；她的理解显得很深、很广，比克鲁波夫强

---

[①] 法文，意为"戒备"。

过千倍。比如，她知道自己面对他时再也无法保持不管不问、无动于衷的态度了，而是当她注视他的时候，对他的理解越来越深，每天都能从这个人身上不断发现一些新的方面——注定要被埋没的极其旺盛的精力和见多识广的理解力。别利托夫当即就看出了克鲁波夫出于好心的助人为乐精神和克鲁齐费尔斯基动不动就掉泪的浪漫主义同情心，跟他在克鲁齐费尔斯基夫人身上所看到的那种十分得体的分寸感，是很不相同的。有多少次了，当他们四个人坐在房间里的时候，别利托夫是有机会说明自己内心深处的见解的，但是他习惯于藏而不露，几乎总是用俏皮话把话岔开，或者是一带而过；听他说话的大部分人都没什么反应，但是当他把苦涩的目光投向克鲁齐费尔斯基夫人时，轻微的笑意便会从他脸上一闪而过——他看得出，自己的意思被理解了；他们不知不觉中走到一起了——这种比较是令人遗憾的，但是没有办法——处于当初柳博尼卡和克鲁齐费尔斯基在涅格罗夫家时的那种情形，当时他们只需三言两语，便能够相互了解。这种彼此间的好感，既没有什么好发展的，也没有什么好压抑的，他们所表现的不过是两个人友好情谊发展的事实，不管这两个人在什么地方和怎样的情况下相见；如果他们能够相互了解，能够明白自己这种亲情关系，那么，一旦环境需要，他们每个人都会为发展更高层的亲情关系而牺牲一切低层次的亲情关系。

"请猜猜他是谁？"别利托夫说着，把自己的画像递给克鲁齐费尔斯基夫人看。

"敢情是您呀！"克鲁齐费尔斯基夫人几乎叫了起来，脸唰地一下变红了，"您的一双眼睛，您的额头……真是一位英俊少年！

一张无忧无虑、勇敢大胆的脸……"

"我把自己十五年前的画像拿给一位夫人看,这需要有很大的勇气,但我非常想拿给您,让您亲眼看看,我可是这样,在我青春年岁?[①]可是您一眼便认出来了,这的确让我很吃惊,因为我已是今非昔比、面目全非了。"

"能够认出来。"克鲁齐费尔斯基夫人回答说,眼睛一直没有离开画像,"为什么这么长时间您不拿来!"

"我只是今天才收到,我的好朋友约瑟夫一个月前去世了,他的外甥给我寄来了这幅画像,还有一封信。"

"啊,可怜的约瑟夫!听您的介绍,我也把他视为好朋友了。"

"老人是在兢兢业业的工作中去世的,无论是从未与他见过面的您、他所教过的许多学生,还是我和我的母亲——都怀着关爱和悲痛的心情在悼念他。他的去世对许多人都是一个沉重的打击。在这方面我要比他幸运:在我母亲百年之后,等我要死的时候,我相信不会给任何人造成什么痛苦,因为谁跟我都没有关系。"

别利托夫的话说得尽管非常实在,但也带有几分做作:他很希望能引出克鲁齐费尔斯基夫人某种温馨的回答。

"您自己不要这样想。"克鲁齐费尔斯基夫人回答说,两眼一直看着他。别利托夫垂下了眼睛。

"嗨,死后我一切都无所谓,管他谁哭谁笑呢。"克鲁波夫说。

"我不同意您的看法,"克鲁齐费尔斯基插进来说,"我很能够理解:要是人死的时候,不仅身边没有,而且全世界都没有一个

---

[①] 引自普希金的长诗《叶甫盖尼·奥涅金》(《奥涅金的旅行片断》)。

亲人，只是由陌生人冷冰冰地往墓里铲一点土，然后慢慢放下铁锹，拿起帽子就回家了——那样死得就太惨了。柳博尼卡，我死后你可要常到我的墓前看看，这样我会感到轻松一些……"

"没错儿，的确能轻松许多，"克鲁波夫伤感地插了一句，"虽然连化学天平也称不出来……"

"这么说，除约瑟夫外，您好像就没有别的朋友了？"克鲁齐费尔斯基夫人问道，"这可能吗？"

"有过许多关系很好、感情很深的朋友，那又怎么样！我过去的样子不是跟现在也完全不一样么。是啊，其实不需要什么朋友：友谊，是青年人一种很可爱的毛病；谁不会自我约束，谁就要倒霉。"

"不过，据我所知，约瑟夫一直到死跟您的关系都是很好的。"

"因为我们住的地方距离很远，我们相处得不错，那是因为我们十五年才见一次面。在转瞬即逝的会面中，我用对过去的回忆掩盖了我发现的我们之间的分歧。"

"这么说，他回瑞士后您见过他了？"

"见过一次。"

"在哪儿？"

"在他去世的地方。"

"是很久以前吗？"

"一年前。"

"那您就不要老讲些令人丧气的话了，最好给我们谈谈您和老人见面的情形。"

"那好，我很愿意谈这件事，谈起来心里也高兴。事情是这样：

"去年年初,我从法国南方到了日内瓦。为了什么?很难说清楚。我不想去巴黎,因为我在那里什么也来不及做,因为我一到那里总是非常嫉妒:周围的人都很忙碌,有忙着干事情的,也有净瞎胡扯的,而我只是在咖啡店里看看报纸,悠闲自在,没事人一个。以前我没有到过日内瓦;这是一个很安静的城市,一切可置身事外,所以我才选择到那里租房过冬;我打算在那里攻读政治经济学,空闲时想一想明年夏天该做什么,到什么地方去。不言而喻,我到那里的第二天或者第三天,我已经向导游,向银行业主打听,反正到处打听:大家知不知道,听说没听说过一个叫约瑟夫的先生。谁都不知道他。只有一个老钟表匠说,他认识约瑟夫,他跟约瑟夫一起上过学,后来约瑟夫到彼得堡去了,但这以后他就没再看到过他。

"我心灰意冷,决定不再寻找了;学习的事也没有办好,当时正值早春时分,晴空万里,春寒料峭;生活漂泊不定的我,又想出去走一走了:我决定到日内瓦郊区短距离地走一走,转一转。对我影响最大的莫过于道路了。路上我兴奋极了,特别是在我步行或骑马的时候。坐马车有响声,会分散人的注意力;和马车夫在一起,又破坏孤身一人的心情;而一个人出去,骑马或者手持拐杖,信步而行,面前的道路弯弯曲曲,一直向前延伸,周围没有任何人,只有树木、小溪和在枝头间飞来飞去的小鸟……景色美极了!有一次,我在距离日内瓦市几英里的地方走着,独自一人,走了很长时间……突然,从旁边的路上走过来二十多个农民;他们正在热烈地谈论着什么,神情异常激动;他们离我很近,对我这个陌生人的态度也十分友好,因此,他们的谈话我听得非常清楚：是关于联邦州选举的事；农民们分为两派——明天就要最后选举了；显然他们完全陶醉于自己所关心的问题了：他们挥舞双手，把帽子抛向空中。我在一棵树旁坐下来，这群选民走了过去；过了很长时间，一些煽动性的议论和保守派的反驳还传到我的耳边。每当我看到人们都在忙着什么，有事情可做，而且非常投入，我就十分羡慕与嫉妒……因此，当我看见路上又过来一个人的时候，我的心情已经是很糟糕了。来人是一位翩翩少年，穿一件肥大的短上衣，戴一顶灰色的宽边帽，肩上背着行囊，嘴里含着烟斗；他也在这棵树的阴凉处坐了下来，坐下的时候还把手在帽檐上比画了一下；当我向他答礼时，他才完全摘下了帽子，开始擦拭脸上和他那头漂亮栗色头发上的汗水。我发现我的这位同路是个很谨慎的人，因为他之所以没有先摘下帽子，是怕我误会他是冲着我来的。坐定之后，这位小伙子向我打听道：

"'您要到哪儿去？'

"'很难对您说清楚，不像您认为的那么好回答；我只不过是随便出来走走。'

"'您肯定是个外国人吧？'

"'我是俄国人。'

"'噢！远方的客人……大概，贵国这时候天气还很冷吧？……'

"众所周知，没有一个外国人讲到俄国时会不提到俄国的寒冷和快速驿车，其实无论是严寒，还是快速驿车，早已经没有了。

"'是啊，现在彼得堡正是冬天。'

"'您喜欢我们这里的气候吗？'瑞士青年骄傲地问道。

"'这里气候不错,'我回答说,'您是本地人吗?'

"'是的,我出生在离这儿不远的地方,现在是从日内瓦去参加当地的选举;我还没有权利参加这次选举,但是我有另外一种权利,不参加投票,但或许能够争取些听众。如果您不介意,请跟我一起到我们家里去,我母亲一定会用奶酪和葡萄酒来招待您的;等明天您再看我们这方面是如何打败老头子们的。'

"'噢,原来他是激进派呀!'我心里想,又看了我这个青年伙伴一眼。

"'那我们就到府上去吧!'我对他说,同时把手伸了过去,'我反正无所谓。'

"'看看选举您也许会觉得很有意思,因为你们国家是没有选举的吧?'

"'这是谁跟您说的?'我回答说,'想必你们学校的地理老师是很差劲的;恰恰相反,俄国的选举非常之多:有贵族选举、商人选举、市民选举、农村选举,甚至地主乡下的管事都是选举的。'

"小伙子脸红了。

"'我很早以前学过地理,'他说,'学的时间不长。我们的老师,不瞒您说,是个非常出色的人;他本人在俄国待过,如果您愿意,我可以介绍您和他认识;他是一位哲学家,能够做任何他想做的事,可是他不愿意,只愿做我们的老师。'

"'非常感谢。'我回答说,我一点也不想见一位什么乡村教师。

"'可他真的去过贵国。'

"'去过哪里?'

"'去过彼得堡和莫斯科。'

"'他叫什么？'

"'我们叫他 Père Joseph[①]。'

"'Père Joseph！'我跟着叫了一声，不敢相信自己的耳朵。

"'是呀，这有什么好奇怪的？'我这位朋友反问道。

"经过一再询问，可以满意地说，Père Joseph——正是我要找的约瑟夫。我们加快了步子。这个年轻人因为给我带来这么大的意外惊喜，就别提有多高兴了，与此同时，他也给自己无限热爱和尊敬的约瑟夫带来了莫大的喜悦。我详细询问了老人的生活情况，从各种迹象看，他仍然是原来的样子：朴实、正派、待人热情、充满朝气；言谈中我知道自己在精神年龄上比他大，比他老。他担任主课老师和班主任的职务已经五年了；这期间，他做的工作比他的职务要求他做的要多出两倍；他有一个不大的图书馆，对全村开放；他有一座园子，闲暇时跟孩子们一起耕耘。我们来到先生整洁的小屋前面，夕阳的余晖鲜明地映照着那幢房屋和房屋背后的那座高山——我让我的朋友先去通报一声，就说有一个俄国人前来求见，以免我的突然造访使老人过于激动。Père Joseph 正在园子里，坐在长凳上，靠在一把铁锹上休息。他听到'俄国'一词时先是一怔，然后急忙向我走来；我扑向他的怀抱。使我首先感到吃惊的是——时间不饶人啊！我有十年时间没有看见他了，这期间的变化有多么大呀！他的头发几乎全部脱落了，面容显得非常苍老，步履也不像以前那样坚实有力，而且走起路来有点驼背，只是一双眼睛仍旧像过去一样炯炯有神，焕发着青春的光辉。

---

[①] 法文，意为"约瑟夫老爹"。

我简直无法向各位形容先生看到我时那种高兴的样子：老人哭着、笑着，接连不断向我提问题——问我们那条纽芬兰狗是不是还活着，还回忆起我种种的淘气行为；他一边说，一边把我领进一个亭子，让我坐下来休息，让沙尔利——就是陪我一块来的那个人——到地窖里去拿一杯上好的葡萄酒来。老实说，我以前喝过的最好的酒也没有约瑟夫先生这带点酸味的葡萄酒味道香甜，我喝了一杯又一杯；我兴奋不已，感到既年轻，又幸福；但老人很快就打断了我的兴致，问道：

"'这段时间你干了些什么，弗拉基米尔？'

"我把我失败的故事全都给他讲了，最后说：'当然，我本来可以把生活安排得更好一些，但是我并不后悔；如果说我失去了青春的理想，然而我却获得一种冷静的观点，这种观点也许是不容乐观的，令人忧愁的，但却是真实可信的。'

"'弗拉基米尔，'老人反驳道，'你不要太相信这种过分冷静的观点——千万不要因此变得心灰意冷，泯灭了你心中的热情！我不认为你一生能有多大的作为；你很痛苦，但是不应该一遇到困难就立即放下武器；人生的价值在于奋斗……吃得苦中苦，方为人上人。'

"当时我对生活的事看得比较简单，然而老人的话对我影响很大。

"'Père Joseph，最好您还是谈谈自己吧，这些年您是怎样过来的？我的生活失败了，被抛在了一边。我简直像以前我翻译给您听的我国民间故事中的人物，一走到十字路口就大声喊道："战场上还有人吗？"但是没有人回应……这是我的不幸！……孤身不

成军，独木不成林呀……'

"'早了，你退出得太早了。'老人一边摇头，一边说，'我的事情有什么好说的呢？我生活得很平静。离开府上后，我回到瑞士，后来又跟一个英国人去了伦敦，在那里教他的孩子们，教了大约两年；但我的思想方式和这位可尊敬的勋爵的意见不合，我便辞了职。我想回家，于是就直接从那里回到了日内瓦；在日内瓦，我谁都没找到，只见到了我妹妹的一个孩子。我想来想去，晚年做点什么呢——刚好当地学校缺一名老师，我就承担了下来，而且非常满意我的这份工作。不可能、也没有必要人人都站在前沿；每个人在自己圈子内干自己的事——工作到处都能够找到；等工作做完了，到了该彻底休息的时候，再安安稳稳地睡大觉吧。我们追求显赫的社会地位，这说明我们自己还很不成熟；说明我们自己不尊重自己，使自己完全成了外界环境的附庸。请相信我，弗拉基米尔，事情就是这样。'

"我们这样谈了大约一个小时。

"这次见面使我非常感动，心情特别愉快，也特别兴奋；种种已经忘得差不多的青年时期的梦想又回到了我的心中。我望着约瑟夫的脸——安详、镇定，没有一点惶惑与不安，这时我非常为自己感到难受，我因我是个成年人而感到十分压抑；老人生活得有多么好啊！人老自有其本身的美；这种美，既不是要激励人们的热情，也不是要引起人们的冲动，而是要人们能够心平气和，是使他们内心得到安宁；他头上稀疏的白发在晚风的吹拂下轻轻地飘动；他因见面而兴奋不已，一双眼睛流露出温和的目光；我望着老人，有一种青春幸福的感觉，我想到了最初几个世纪的天主教僧侣们，想到意大利学校的艺术大师们是如何表现他们的。我想，他们的头发虽然白了，但却充满了青春活力；约瑟夫也显得生气勃勃，可我已经是老气横秋了；为什么我要知道那么多他们不知道的事情呢？约瑟夫拉着我的手，站了起来，要到屋子里去。他深情地一再重复说：'该回家了，弗拉基米尔，该回家了！'晚上我在他家里过的夜。整夜我都在为成千的计划绞尽脑汁、苦思冥想。约瑟夫这个榜样太能说明问题了：他，一个老人，没有财产，却能够自食其力，安心干他的事业——而我，par dépit①，背井离乡，在异国东游西荡，不为各国所用，无所事事……第二天早上，我告诉老人，说我要直接去NN市参加选举工作。老人流着眼泪，把手放在我的头上说：'去吧，我的朋友，去吧。将来你会看到的——一个人只要堂堂正正地去做事，他一定能干出很大成绩的。'接着，他用颤抖的声音补充说：'一定要保持平静的心态。'我们分手了，我到了NN市，而他却去了另一个世界。这就是全部情况。这是我最近一次的青春迷恋；从这个时候起，我的教育也就结束了。"

克鲁齐费尔斯基夫人望着他，深表同情；从他的眼睛里、脸上，确实流露出一种痛苦悲伤的表情。他的这种忧伤特别令人感动，因为他和克鲁齐费尔斯基的性格完全不同，这不是他的性格特点；明眼人知道，外界环境一直在长期压迫着这位刚正不阿的人的天性，在他的性格中强行加进许多阴暗的东西，它们渐渐腐蚀他的性格，使他失去了自己的个性。

---

① 法文，意为"说来可悲"。

"您为什么到这里来了?"克鲁齐费尔斯基夫人小声问道。

"非常感谢,衷心感谢您提的这个问题。"别利托夫回答说。

"是啊,怪就怪在,"克鲁齐费尔斯基说,"的确很难理解,为什么人们有那么充沛的精力和那么强烈的意愿,却没有任何用武之地。任何动物都能巧妙地适应大自然,采取一定的生活方式。可是人……这里是不是出了什么毛病?可能就是为了让这种充沛的精力和强烈的意愿一直烂在自己的心里,一想到这些,就会打心眼里感到反感,感觉无法苟同。可这究竟是为什么呢?"

"您的话完全正确,"别利托夫激动地说,"但从这一点入手您是解决不了问题的。问题在于这种精力本身正在不断地发展着、准备着,而历史在决定着对它们的需要。您想必知道,每天上午莫斯科都有成群的工人、临时工和受雇者走进劳务自由市场;有的人被雇走了,他们有工可打,另外一些人长久地等待着,最后只好垂头丧气地回家,而更经常的是,他们走进了小酒馆;人世间的事情也是这样:等着补缺的人有的是——历史需要,就起用他们;不需要,那是他们的事,只能白白浪费生命。因此,这 à propos[①]一切活动家的滑稽可笑之处。法兰西需要军事统帅了——迪穆里耶[②]、奥什[③]、拿破仑及其元帅们便应运而生……源源不断;一旦和平时期到来——关于军事才能,便杳无音信了。"

---

[①] 法文,意为"正是"。

[②] 迪穆里耶(1739—1823),法国将军,1792年曾统帅法军战胜奥普干涉军,1793年失败后投奔了奥地利。

[③] 奥什(1768—1797),法国将军,十八世纪九十年代曾率大军平定过法国旺代省和布列塔尼半岛的叛乱。

"但剩下来的人们怎么办呢?"克鲁齐费尔斯基夫人发愁地问道。

"那要看情况了,其中一部分人从此销声匿迹,融入茫茫人海;一部分人侨居国外,有的被流放,有的做了刽子手的刀下鬼。当然,这不是突然间发生的事——他们起初只是小酒馆的常客、赌徒,后来根据各人的意愿常常守候在大路旁或偏僻胡同里。偶尔在路上听到有人喊自己的名字——便立即变换道具:强盗不见了,变成了叶尔马克①,征服西伯利亚的英雄。他们中很少有安分善良之辈,他们在家里为种种非分之想而心神不定。确实,当一个人走投无路,又一心希望能干一番事业,但又不得不袖手一旁……而身体又如此健壮,血气方刚……的时候,脑子里什么古怪念头不会萌生呀……这时候,只有一种情况能够挽救他,吸引住他……那便是见面……与人相聚……"

他没有把话说完。

克鲁齐费尔斯基夫人不觉怔了一下。

"什么乱七八糟的!"克鲁波夫说,"他说的这算什么呀,杂乱无章,简直是一团乱麻!喏,没说的,一位出色的陪审员或县法官的候选人!"

大家都露出了微笑。

---

① 叶尔马克(?—1585),哥萨克首领,约 1581 年远征西伯利亚,为俄国掠夺开发了大片土地,成了俄国民歌中的英雄人物。

# 五

NN市的各种景观中要数大众公园最引人瞩目了。在我国中部地区丰富的自然景观中，大众公园完全是一种奢侈品；因此平时没有人去光顾，一到节假日，从晚上六点到九点，整个城市的人都拥到了大众公园；但群众这时候汇集到这里并不是为了赏花观景，而是为了相互见见面。如果省长和团长的关系相处得很好，这时候军乐队便会带着喇叭和大鼓来到现场，这要看省里驻扎的是什么部队了；这时，《洛多伊斯卡》①序曲、《巴格达的哈里发》②，以及使人想起难以忘怀的希腊解放③和《莫斯科电讯》④时期的法国卡德里尔舞⑤曲，让那些身着绸缎夏装的商人太太们和那些几乎都已经四十岁以上，其实谁也不会向她们献殷勤的乡下太太们大饱耳福。我已经说过，平时公园里空空荡荡，除非因没有马匹而

---

① 《洛多伊斯卡》，意大利作曲家凯鲁比尼（1760—1842）的著名歌剧。
② 《巴格达的哈里发》，法国作曲家布瓦埃尔迪厄（1775—1834）的著名歌剧。
③ 指十九世纪二十年代希腊人民的民族解放运动。
④ 《莫斯科电讯》，俄国综合性文艺刊物，1825年开始出版，主要发表俄国作家和西欧作家的作品及评论。
⑤ 法国卡德里尔舞，是一种由四人组成，分成两对跳的民间交际舞，因此也叫方阵舞，含六种舞式，音乐为二分之四拍。

不得不滞留下来和认为该市跟别的城市没有多大区别的人才会去公园里转转，哪怕只是看一看这平淡无奇的风景。诗人们早就描写过：大自然对于人们在它脊背上究竟干些什么，已经厌恶至极，绝对不予理会。它既不会读着诗歌流泪，也不会看着小说发笑，只是根据自己的理解，一意孤行、我行我素。大自然在 NN 市的所作所为正是这样，它根本不管公园里完全没有游人；即使有个别游人，他们注意的也不是花草树木，而是融中国和希腊风格于一体的漂亮的凉亭；确实，凉亭建造得无与伦比，很有特色；省长夫人给它起了个很好听的名字，叫 Mon repos[①]。作为装饰，凉亭顶端有一匹用铁皮制成的小马驹，它代替了龙的职责，这匹小马驹来回不停地转动着，让人耳边有一种如泣如诉的悲鸣，使人心潮澎湃，浮想联翩；它说明把帽子吹往左面的风确实是从右面吹来的；除了龙之外，圆柱与圆柱间还镶嵌着几只用石膏制成的满头毛发、威风凛凛的狮子脑袋；由于雨水侵蚀，这些狮子的脑袋已经出现裂缝，耳朵和鼻子随时都有可能落到游人头上。不管是龙的这种哭泣，还是就像在但以理[②]的狮子坑中那样，有葬身狮口的实际危险，无动于衷的大自然仍然显得生机勃勃，特别是两边的林荫道上，树木葱葱、枝繁叶茂；当然这并不是因为大自然的谦恭不矜、虚怀若谷，而是因为前省长曾下令把林荫大道上的老椴

---

① 法文，意为"休闲亭"。

② 但以理（前7—前6世纪），据《圣经·旧约》中《但以理书》记载，但以理系四大先知之一；他因具有非凡的学识，能洞悉各种异象和梦兆，曾为巴比伦王尼布甲尼撒解梦，颇受重用，受到众臣的嫉妒，后被投入狮子坑；由于神的护卫，但以理毫发无损，而陷害但以理的人则被扔进狮子坑，葬身狮口。

树的树枝砍去一些；他认为老椴树的树枝的这样无节制的生长和它们所担负的真正责任是不相符的。被砍去树冠的椴树，下面又长出了新的枝条，直插天空，很像是为防止潜逃被剃了半边头的带足枷的囚犯；因此有些文人名士一再重复奥泽罗夫①的一句诗：

诸神皆在，——可大地却交给了恶人。

然而小路上的树木却在自由地生长，想怎么长就怎么长，只要津液充分；在其中的一条小路上，在一个暖和的四月的日子——NN市的居民想必知道，紧接着五月里还有几个冷天——一位身着白色宽袖女大衣的太太和一位穿黑大衣的男士在悠闲地散步。公园位于山坡上；最高处放着两把长椅，总是有人在长椅上相当清楚地刻了许多图画；地区警察局长费了很大劲也没抓到肇事者，于是每到节日前，他便不顾一切地派出消防队员（他们对破坏已经习以为常了），以求消灭定期在长椅上出现的艺术作品。那位太太和男士在长椅上坐了下来。周围的景色不错。一条大路（泥泞不堪）沿着公园通向河边，河水正在泛滥，两岸停放着许多大车、板车和四轮马车，立着卸了套的马匹、拿着包袱的妇女、士兵和市民；两条平底木船来来往往不停地摆渡，船上载满了人、马和马车；船体缓慢地移动着，船桨像挖出来的螃蟹的许多爪子，一起一伏地前后划动；坐着的人耳边传来各种各样的声

---

① 奥泽罗夫（1769—1816），俄国剧作家，这里援引的诗句出自他的悲剧《俄狄浦斯在雅典》（1804）第三幕第四场。

音：有大车的吱吱声，铃儿的叮当声，船工的喊叫声，勉强听得见的对岸的答话声，心急如焚的渡船人的斥骂声，马的蹄声，拴在大车上的牛的哞哞声，以及围着篝火的农民们的很大的说话声。那位太太和男士不再交谈，默默地听着远处的动静……我不知道为什么远处的这些情形对我们有这么大的影响，使我们感到如此震惊——然而我知道，维亚尔多[①]和鲁比尼[②]，上帝保佑他们，也能经常有这样热心的听众，听众们听他们的歌时的心情就像每当我夜里听到船夫拉纤时唱的无限忧伤的歌曲时的心情那样——这凄凉的歌声不时被风声、水声所打断，回荡在岸边的垂柳丛中。听着哀婉的歌声，我百感交集；我仿佛觉得穷人们想通过这种歌声从令人窒息的环境中摆脱出来，进入另一种境界；他们在不自觉地宣泄自己内心的苦闷；他们的心灵在呼喊，因为他们不堪其忧，因为他们苦不堪言，如此等等。这就是我青年时期的感受！

"这里真是不错……"那位穿白大衣的太太终于说话了。"应该说，北方的自然景色也很好，是不是？"

"哪里都一样。一个人，不管在什么地方，面对大自然，面对生活，只要心胸开阔，坦诚无私——就会感到无限喜悦。"

"这倒是真的。只要你愿意，世上的一切都很赏心悦目。我常常会产生一种怪念头：为什么一个人什么都能够欣赏，到处都能够发现美好的东西，唯独在人们的身上发现不了，这是什么原因？"

---

[①] 维亚尔多-加西亚（1821—1910），法国著名女中音歌唱家、作曲家，俄国作家屠格涅夫之密友。

[②] 鲁比尼（1795—1854），意大利著名男高音歌唱家。

"这是能够弄明白的,但弄明白之后,心情并不会因此而感到轻松一些。我们在和别人交往时总怀有某种不可告人的用心,这就一下子破坏了人际间的美好关系,使这种关系变得俗不可耐,十分糟糕。人总是认为别人都是自己的敌人,必须与之拼杀争斗、巧施计谋,然后抓紧达成妥协的条件。这里有什么快乐可言呢?我们在这种环境下长大成人,要摆脱这种影响几乎不大可能;我们都有一种小市民的虚荣心,遇事总是要瞻前顾后、左顾右盼一番;一个人用不着和大自然竞争,也不用害怕它,这样我们单独相处时就会感到非常轻松,非常自由;完全陶醉于自己的印象;可是,即使您把自己最要好的朋友请来,那也是另外一回事。"

"我一般很少遇到这样的人,特别是关系非常亲密的人;但是我想,这样的人总是有的,至少他们之间存在着某种同情,一切因不理解而引起的外在障碍是能够得到化解的,他们一辈子在任何情况下都不会妨碍对方。"

"我怀疑这种同情能否长久保持下去;这不过是说说而已。那些相互完全同情的人,其实是还没有谈到他们彼此对立的问题;但迟早他们是会谈到的。"

"不过,在他们谈到之前,毕竟还会有那么短暂的、相互同情的时刻,这时候他们可以互不妨碍,充分地享受自然,娱乐自己。"

"这样的时刻我也相信有。这是一种神圣的浪费感情的时刻,这时候一个人显得非常大方,他把一切都可以掏出来,他自己对自己如此富有爱心都感到吃惊。但这种时刻是非常短暂的;在大部分情况下,我们既不能对它们当场作出评价,也无法珍惜它们,甚至常常视而不见,用一些乱七八糟的东西来玷污它们;因此,这短暂的时刻事后给人留下的印象是对人的心灵的伤害，是对未来可以办成好事却没有办成的一件事情的愚蠢回忆。应该承认，人们对自己生活的安排是非常愚蠢的：人生一世，十分之九的时间都浪费在无聊的小事情上了，剩下的十分之一时间也没有好好利用。"

"既然知道它们的价值，为什么还要失去这大好时光呢？您肩负着双重的责任，"克鲁齐费尔斯基夫人微笑着说，"您看得如此清楚，了解得又如此透彻。"

"我不仅珍惜这短暂的时刻，我还珍惜每一次的享受；但这毕竟是说起来容易：别失去这短暂的时刻；搞错一个音符——整个乐队都完了。当你看见旁边有各种各样幻影……有人正指着你对你进行威胁、破口大骂的时候，你怎么能完全集中精力……"

"什么幻影？是不是你自己的错觉？"克鲁齐费尔斯基夫人说。

"什么幻影？"别利托夫重复道，他的声音由于内心激动而渐渐改变了腔调，"我很难对您解释清楚，可是对于我，事情非常明白；人总是把自己控制得严严实实，从不敢放任任何一种情感。请听我说，事情就是这样，我给你举个例子，这例子也许我不该举——但我要把它说出来……一开始说我可就控制不住自己了。从我们认识的最初几天起，我就喜欢上您了——是友谊，是爱情，或仅仅是一种同情？……但我知道，您，您的存在，对于我来说，已经是必不可少的了。我知道，每天上午我都在孩子般的焦急心情中度过，眼巴巴地等待着傍晚的来临……傍晚终于到了，我急着往您家里跑，一想到我马上就能看见您，便激动得有些透不过气来；我什么都不顾了，也不管周围的人如何冷眼旁观,我把您看成是我最后的安慰……请相信我,此时此刻,我的心情绝不是笔墨所能够形容的……我激动地跨进你们家的门槛,进门后,我装出一本正经的样子,说话字斟句酌,就这样,几个小时很快就过去了……为什么要演这种愚蠢的喜剧呢?……再说了,您对我也不是无动于衷;有一天晚上,您大概也在等我,我到您家时看见您眼睛里流露出喜悦的神情——这时我的心便怦怦地跳起来,使我几乎透不过气来——而您对我则装出一副彬彬有礼的样子,坐得离我远远的,好像我们很生疏似的……这是为什么呢?……难道你我的心灵深处有什么于心有愧、见不得人的东西吗?不!——有什么见不得人的东西呢?……更为可笑的是:我们互相在掩盖彼此间的亲密关系;现在我们是第一次谈到这一点,仿佛还有些遮遮掩掩。本来光明正大的感情被我们搞得很别扭,很紧张,羞于见人——不能多说一句话——如果害怕这种感情,把它隐藏起来,它就会认为自己是有罪的,这样它倒真的变成有罪的了;其实,欣赏一件什么东西,要是像小偷欣赏赃物那样,关起门来,倾听着周围的动静——这既是对欣赏对象的侮辱,也是对人的一种侮辱。"

"您说的不对。"克鲁齐费尔斯基夫人回答说,声音有些颤抖,"我从没有掩盖我对您的友谊,我也没有这个必要……"

"那么,请告诉我,究竟为什么,"别利托夫抓住她一只手,紧紧地攥着,"为什么我这样的苦恼,怀着满腔的真诚,想一吐为快,倾诉衷肠,表达对一个女人的爱情,可是我却没有勇气走向她,拉着她的手,看着她的眼睛,说呀……说呀……把自己疲惫的脑袋靠在她的胸前……为什么她不能把看到我时,我从她嘴边上看到，但却一直未能讲出口的话说出来呢？"

"因为，"克鲁齐费尔斯基夫人有点绝望地努力回答说，"因为这个女人属于另外一个人，她很爱他……是的，没错！爱得很深。"

别利托夫松开了她的手。

"我未曾料到的正是这样的回答。不过请告诉我，难道为了另外一个人您就非得拒绝一个人的同情吗？好像一个人的爱是有一定限度似的。"

"您的话也许有道理，但我不理解对两个人的爱情。我的丈夫，别的不说，他以其特有的无限的爱，赢得了对我的爱的巨大而神圣的权利。"

"为什么您开始维护起丈夫的权利来了？没有人要侵犯它。何况您维护得也并不高明；不错，如果说他的爱使他赢得了爱您的权利，那么，为什么另外一个人的爱——真诚的、深深的爱——就毫无这种权利呢？这就怪了！……请您听我说，柳博芙·亚历山大罗夫娜，请听听我的肺腑之言，我毕生中的一次肺腑之言，以后我也许什么都不再说了，甚至我会离开此地，只要您愿意。爱您的丈夫，再爱别的人，这种可能您说您不理解；是不理解吗？请您深入到自己的内心深处，看一看那里现在是怎么想的，此时此刻。喏，您说说看，起码这一切您都亲身体验过，反复考虑过吧，因为这一点我了解，我从您的脸上，从您的眼睛中看出了这种心思。"

"哎呀，别利托夫，别利托夫，何必要说这些话呢，为什么要谈这个话题呢？"克鲁齐费尔斯基夫人说，声音里充满了忧愁，"我们本来好好的……以后就不会这样了……等着瞧吧。"

"就是说,我们还没有把事情点破吗?小孩子的把戏!"

别利托夫忧郁地摇摇头,眯起了眼睛;他的脸一分钟前还兴奋不已,表现出无限的柔情,这时忽然露出一副嘲弄人的神情。

女主人眼含泪水,惊恐不安地注视着他……此时此刻,克鲁齐费尔斯基夫人显得分外漂亮;她摘下帽子;乌黑的头发被湿润的晚风吹得披散开来,她脸上每一根线条都活跃了起来,都在倾诉着什么;一双蓝眼睛透射出爱的光芒;她的一只手在发抖,一会儿紧紧地攥着手绢,一会儿又把它放开,抓住帽子上的绦带,胸口时起时伏,心跳明显加快,但好像肺里的空气仍不够用似的。这位高傲的年轻人到底想要她干什么?他想得到一句话,他想得到胜利,好像这句话对他非常必要似的;如果他的心再年轻一些,如果他脑子里那些令人痛苦的奇谈怪论不是那么根深蒂固,说不定他就不会要她说出这句话了。

"您这个人太可怕了。"可怜的克鲁齐费尔斯基夫人终于小声地说了一句,怯生生地看着他。

他顶住了她的这种目光,问道:

"谢苗·伊万诺维奇·克鲁波夫到哪儿去了?他说他很快就会到的。会不会在别的林荫道上等我们呢?我们迎过去看看,不然天就要黑了。"

她连动都没动,沉默片刻,又抬起眼睛看看别利托夫,然后用恳求的音调小声对他说:

"我的地位在您眼中是低人一等的;您忘记了我只是一个普通的弱女子。"于是她流下了眼泪。

此时此刻,和任何时候一样,女人的钟爱和温暖,最后战胜了男人的高傲与挑剔。别利托夫大为感动，拉起她一只手，按在自己胸口上；她听见了他的心在跳动，感到热泪滴落在她的手上……他这个人高傲、热情，又是那样的善良，那样吸引人……她自己也觉得热血沸腾，脑子里乱哄哄的，心里感到非常舒服，真是百感交集。在一种下意识的冲动中，她投进了他的怀抱，眼泪雨点般地滴落在弗拉基米尔·彼得罗维奇·别利托夫的巴黎花呢坎肩上。差不多就在这个时候，传来了谢苗·伊万诺维奇·克鲁波夫的声音：

"你们在哪儿呀？"他喊道，"在这里吗？"

"在这里。"别利托夫回答道，并且把手伸向柳博芙·亚历山大罗夫娜。

别利托夫陶醉于自己的幸福之中，他沉睡的心灵突然苏醒了过来，充满了活力。一向被压抑的爱情，现在从他身上表露出来了，他感到有一种说不出来的幸福。他好像昨天——来这里的第三天——还不知道他在爱着别人，同时也被别人所爱。从克鲁齐费尔斯基家出来，他又返回到公园，一屁股坐在原先那张长椅上；他的胸口直憋得慌，眼泪唰唰地直往下流；他感到惊讶的是，他身上竟然还保留着这么多的青春和朝气……诚然，没过多久，在喜悦的情绪中就夹杂进来一些令人不快的事情，一些使人无法不大皱其眉的事情；但是回到家里，他便吩咐格里戈里去拿瓶香槟酒和下酒的小菜；于是他心头的不快便烟消云散，喜悦的心情更加高涨。

克鲁齐费尔斯基夫人的脸色像死人一样苍白，她在自己家门口和别利托夫道了别，跟着他们到门口的还有谢苗·伊万诺维奇·克鲁波夫。对于刚才所发生的事情,她不敢相信,也不敢仔细回忆……但是有一点,不知为什么记得特别清楚,简直刻骨铭心——就是那热烈的、火一般的长吻;她很想把它忘掉,然而它是那样的甜美,世界上的任何东西都不能取代她对这次长吻的回忆。克鲁波夫也要告辞了,克鲁齐费尔斯基夫人闻听吓了一跳;她请他再回到屋里去,她害怕一个人再跨进这个门槛,她怕极了。

他们进了屋子。德米特里·雅科夫列维奇·克鲁齐费尔斯基正坐在桌前一门心思地在读一本什么杂志,其神态看上去比平时要更沉稳,更安详。他朝正走进屋子的两个人宽厚地微微一笑,合上杂志,向妻子伸过手去,问道:

"你们到哪儿玩去了?我等呀,等呀,等你回来,都有点着急了。"

妻子的手冷冰冰的,而且手上有汗,像病人临死前那样。

"我们到公园去了。"克鲁波夫替她回答说。

"你怎么啦?"克鲁齐费尔斯基问道,"你的手怎么这么凉!脸色也很难看。"

"我有点头晕,不用担心,德米特里,我去卧室里,喝点水,一会儿就会好的。"

"等一等,等一等,急什么呀?让我看看,怎么,您忘记我是医生啦……这是怎么搞的?她感觉很不好。德米特里·雅科夫列维奇,您扶她到沙发上去坐,搀着她,搀着胳膊,搀着胳膊……这样,这样;路上我就发现她有点不大对劲儿。春天风头高,血液循环快,冰雪融化蒸发,各种垃圾也都解冻了……要是手边有英国芥末,倒可以和点芥末膏——在手心里,兑上点醋,用黑面包蘸一蘸……你们家的厨娘呢?……去问问我的那个卡尔普,她知道……很简单,就这样……要点芥末……就这样……往两个小腿肚上一敷,要是不行——再在肩下两边有肉的地方敷上一些。"

"我没有病,我没有病。"柳博芙·亚历山大罗夫娜用微弱的声音一再重复说,她已经苏醒过来,全身一直在颤抖,"德米特里,到我跟前来,德米特里……我没有病,把你的手递给我。"

"你怎么啦,你怎么啦,我的天使?"她的丈夫连声问道,他自己好像也要病倒的样子,失声痛哭起来。

她望着他,愁眉苦脸,又有几分怪异,然而她说不出为什么要喊他过来。他再次询问了她。

"给我点水喝,再睡上一会儿,我就会好的,亲爱的。"

两三个小时后,柳博芙·亚历山大罗夫娜躺在床上,处于深度昏睡状态,或者是不省人事;为了别利托夫这一吻,她受到良心的谴责,肉体上又在接受芥末膏的治疗。这刺激实在是太大了,她的身体承受不了。

克鲁波夫和衣躺在客厅的沙发上,他留下来与其说是为了看护病人,还不如说是为了照顾手忙脚乱、失魂落魄的克鲁齐费尔斯基。克鲁波夫对沙发的弹簧大为不满,因为它一点弹性也没有,使他感到像躺在迦太基人把雷古卢斯装进去的那只大桶里一样[①]——可是一刻钟以后,他便鼾声大作地进入了梦乡,真是心中无愧,能吃能睡。

--------

① 传说迦太基市民俘获了罗马统帅雷古卢斯,把他装入一只里面钉满钉子的大桶里,然后让大桶在地上滚动。

病人的床边桌上放了一盏小油灯，灯光在天花板上映照出一个亮亮的光圈，时大时小，随着灯芯上小小火苗的晃动而不停地变幻。面色苍白、六神无主的克鲁齐费尔斯基坐在放小油灯的桌子旁边。只有经历过在病榻旁彻夜陪伴病人、朋友、兄弟、爱人的人，特别是在我国这样寒冷的冬夜，才能够体会心乱如麻的克鲁齐费尔斯基的心情。茫然无奈，爱莫能助，加上对未来的担心和因失眠与劳累而造成的高度紧张，使他陷入某种烦躁不安的状态。他不停地起来去看看她，摸摸她的额头，发现她的体温降了下来，于是他想，这是不是更糟了，会不会是病转入体内了。他起来把小油灯和药瓶换了个位置，看了看表，又拿到耳边听听，因为没看清楚时间，他又把它放了下来，然后又重新坐到自己的椅子上，开始目不转睛地瞧着天花板上摇曳不定的光圈，思前想后，心猿意马——被激发起的想象力几乎让他到了胡思乱想的地步。"不会，"他想，"这绝不会，绝不可能，嗒，绝对不可能；怎么会呢，她是我在世界上唯一的亲人，她这么年轻。我对她的爱苍天可鉴，上帝会对我们大发慈悲的。她这只不过是小灾小病，会很快好起来的；就是受寒了，被潮湿的风吹了；血气上升，正遇上解冻的天气，诚然，春天得伤风感冒是很可怕的，它会引起反复的高烧，肺结核……为什么至今还医治不了肺结核呢？这种病太可怕了！其实，十八岁以前这种病才是可怕的；可是我们法国老师的妻子三十岁就死于肺结核，没错，是死于肺结核；嗒，如果……"于是，在他的想象中，客厅里停放着一口被罩着的棺材，耳边传来悲伤的朗读经文的声音，谢苗·伊万诺维奇·克鲁波夫伤心地站在一旁，头上系着白头巾的奶妈怀抱着亚沙。后来，他仿佛看见了更加可怕的景象:棺材已经不见了,屋子已经收拾过,地板擦得干干净净……只不过散发出一种檀香的气味。他站起身来,晕晕乎乎地走到妻子跟前。她的脸烧得通红,呼吸急促,仿佛噩梦一直在困扰着她。克鲁齐费尔斯基双手捂着胸口,伤心地哭了起来……是啊!只要看他一眼,就会明白此人是多么爱她;他跪下来,拉着妻子发烫的手,把它紧紧贴在自己的胸前。

"不,"他大声喊道,"不,上帝不会把她召回去;她不会丢下我不管的;没有她我可怎么活呀?"

他仰望苍天,默默祷告起来。

这时候,谢苗·伊万诺维奇·克鲁波夫睡眼惺忪地走了进来;无论他怎么使劲,让他的左眼睁开,但它就是睁不开。

"怎么,开始说胡话啦?啊?"

"没有,她睡得很踏实。"

"我自己都听见了,老弟;难道是我在做梦不成,是我的一种感觉?"

"想必就是这样,谢苗·伊万诺维奇,是您在梦中的感觉。"德米特里·雅科夫列维奇·克鲁齐费尔斯基回答说,样子就像是一个被当场捉住了的学生。

克鲁波夫走到床边。

"是在发烧,不过,看来不要紧。您躺下睡一会儿吧,德米特里·雅科夫列维奇,喏,您硬撑着也没用。"

"不,我不想睡。"德米特里·雅科夫列维奇回答说。

"随您的便。"克鲁波夫说着,打着哈欠,向凹凸不平的沙发走去。他在这里安安稳稳地一直睡到七点半钟,这是他每天早上要起床的时间——不管是晚上十点睡,还是早上七点睡的觉。

查看过病人,谢苗·伊万诺维奇·克鲁波夫认为,她不过是有点感冒发烧,还说,现在这种病正在流行。

病后情况如何,还是让柳博芙·亚历山大罗夫娜自己来讲吧。下面是我们摘录的几段日记。

五月十八日

很长时间我没有记日记了:有一个多月……一个多月了!可有时候又觉得,我生病的那天离现在好像已经有好几年了。现在一切似乎都过去了,生活又恢复了平静,安安定定。昨天我第一次走出了家门。我多么高兴能呼吸到新鲜空气呀!天气那么好……然而这场病使我的身体变得虚弱多了;沿着我们房前的小花园我走过两三次,累得我头都有些晕了。把德米特里吓了一跳,不过很快就过去了。天哪!他是多么爱我呀!我可爱的、可爱的德米特里,一直在精心地照料着我!只要我夜间睁开一下眼睛,稍微动弹一下——他立刻就出现在我面前,问我需要什么,想不想喝水……可怜的德米特里,他自己瘦了许多,像生了一场病似的。爱情的力量是多么大呀!这样的人要是不爱,那真得有一副铁石心肠。噢!我爱他,我无法不爱他。公园里的那件事,什么问题也不能说明,其实我当时已经病了,情况特殊,精神处于兴奋状态……昨天我病后第一次看见了他……我听着他的声音,好像是在梦中,但我没看清他的脸。当时他显得非常激动,虽然他一再进行掩饰,但当他对我说"您终于好起来了"

时,他的声音在打战。后来他很少说话,一直在想自己的心事;他两次伸手抚摸自己的脑门儿,仿佛想把自己的心事从脑海里抹去,但是每次它又向他重新袭来。不过关于所发生的事,连一丁点儿的暗示都没有,他想必肯定明白,那不过是一时的病态冲动。为什么我不把这一切告诉德米特里呢?那天晚上他那么温情地把手伸给我,我真想一头扑进他的怀里,把一切都告诉他,但是我没有这个勇气,我真是傻透了。不过,德米特里对我那么温柔体贴,这事肯定会使他感到非常痛苦的。过些时候我一定要告诉他。

**五月二十日**

　　昨天我和德米特里去了公园,他要坐在那张长椅上,我说我担心河上风大——这长椅使我感到害怕;我觉得坐这长椅对德米特里是个侮辱。这不真的成了可以同时爱两个人了吗?我不明白。不仅同时可以爱两个人,甚至可以爱好几个人——但这不过是在搞文字游戏,说说而已;真正的爱情只能对一个人,而我爱恋的只是我的丈夫。此外,我爱克鲁波夫,而且我不怕承认,别利托夫我也爱;他是个很有个性的人,我不能不爱他。他是能成大事的人,非等闲之辈;从他的眼睛里能看出他是个天才。那种男女之间的爱情,这样的人是不需要的。对他来说女人算什么呢?女人在他那无限广阔的内心世界里会消失得无影无踪……他需要的是另外一种爱。他感到苦恼,深深地感到苦恼;这时候,女人的绵绵友情能够减轻他的这种痛苦,而他总能从我身上找到这种友情,他对这种友情的理解实在是热过了头，他对什么事情都非常热情；此外，他对别人的关心、同情非常不习惯；他一向形单影只，孤身一人，心里难免有许多苦涩和烦恼，现在突然遇到了知音，感到很振奋，这是很自然的。

五月二十三日

有时候也希望过上更充实的生活，这时心里莫名其妙地总感到有些惴惴不安。这是不是对命运的不敬，抑或人生来就如此，而我却常常有一种感觉，特别是最近有的时候；非常希望……这一点很难表达出来。我真心地爱德米特里；但有时候我的心又要求某种从他身上找不到的、另外的东西——他是那么温文尔雅，那么温柔体贴，我愿意把我的一切理想、心里种种幼稚的想法都对他讲，然后听他给以评价；他不讽刺嘲笑，不冷言挖苦或者摆出学者架子加以指责，但这还不够；有时会出现完全另外一些要求，我的心在寻找力量，在寻求大胆的思想；为什么德米特里没有这种追求真理、苦苦思考的要求呢？有时候，我向他提出些重大的问题，提出我的怀疑，他总是安抚我、劝慰我，像哄小孩似的哄我……可我需要的完全不是这个……他也用这种哄孩子的办法哄骗自己，而我却不能。

五月二十四日

亚沙病了。连着两天发烧，今天出了疹子；谢苗·伊万诺维奇·克鲁波夫瞒着没告诉我。有话直说，不知要好多少倍；应该控制幻想，不应任其自由发展，因为那样它会杜撰出更可怕、更糟糕的东西。我不敢正眼看亚沙，因为孩子太痛苦了，我真是心如刀割，肝肠寸断。他瘦多了，可怜的孩子，脸色多么苍白！……可是稍微有点好，立刻便笑嘻嘻地要皮球玩。我们珍贵的东西怎么就这样脆弱呢，想想都觉得可怕！比如，狂风过处，飞沙走石，天昏地暗，不管好坏，统统一扫而空，人也被席卷而去，然后一下子将他抛向幸福的顶峰，接着又把他摔下来。人以为自己能主宰这一切，其实，他只是像河里漂浮的一块木片，小小一个漩涡便能把他卷走，随波逐流，漂到哪儿算哪儿——冲到岸边，流进大海，或是沉入河底……多么无聊和憋气呀！

五月二十六日

亚沙得的是猩红热。德米特里有三个兄弟都是死于猩红热。谢苗·伊万诺维奇·克鲁波夫的情绪很坏，态度粗暴，动不动就发火；他一步也不离开亚沙。我的天哪，我的天哪！为什么要如此惩罚我们呢？德米特里几乎连腿都迈不动了；我给你带来的就是这样的幸福吗？

五月二十七日

时间在静静地流逝，一切如常。是宣判死刑，还是开恩赦免……只求能快点宣布……身体竟然能经受住这样的折磨，够令人吃惊的了！谢苗·伊万诺维奇·克鲁波夫只是说：等一等，等一等……亚沙，我的天使，别了，……孩子，别了！

五月二十九日

　　一昼夜半的时间过得比较平稳，危险过去了。但这时必须注意照料。这期间我一直在硬撑着，现在开始感到精神疲惫不堪。我有许多心里话要说。当我能够得到人们正确、深入的理解和同情时，把话说出来多么叫人高兴啊。

六月一日

　　一切都很顺利……这一次，头上的乌云终于散去了。亚沙在自己的小床上跟我玩了两个小时。他身体是那么虚弱，连腿都站不稳。谢苗·伊万诺维奇是个好人，一个难得的大好人！

六月六日

　　一切都放心了；亚沙已经好多了，然而我却病了；我的病，我感觉得出来。有时我坐在他的小床边，忽然间心里会莫名其妙地感到一阵忧愁，有种压抑感；这种感觉渐渐地增强，突然变成一种无声的剧烈的疼痛；好像随时就要死去似的。这阵子忙得我根本没时间坐下来好好想一想；我的病，亚沙的病，各种杂事，使我连一分钟自我反思的机会都没有。直到一切都安定下来，情况变得好一些了，一种悲哀、痛苦的声音在呼唤着我，让我窥探一下自己的内心，这时我连自己都不认识自己了。昨天午饭后，我觉得身体不舒服，坐在亚沙旁边，倒在亚沙的小枕头上便睡着了……不知道我是否睡了很久，只是突然感到一阵难受，我睁开了眼睛——别利托夫站在我的面前，而且屋子里没有其他任何人……德米特里去教课了……他看着我，眼里含满泪水；他什么话也没说，把手伸给我，他紧紧握住我的手，握得我手直痛……然后便走了。为什么他什么话都不说呢？……我想喊住他，但我喊不出声来。

六月九日

　　整个晚上他都在我们家，显得特高兴：讽刺挖苦，说俏皮话，嘻嘻哈哈，闹得挺欢。但我看得出：都是装出来的。我甚至觉得，为了使自己保持这种状态，他喝了许多酒，他心里难受，他在欺骗自己，他非常不开心。难道我不仅没有减轻他的思想负担，反而给他的内心带来了新的烦恼吗？

六月十五日

　　今天天气闷热，我感到有些不适。午前下了一场暴雨，这倾盆大雨使我感到浑身清爽多了，兴许比花草树木更显得精神。我们动身到公园去；院子里空气好极了：树木湿润清新，散发出一阵阵的清香；我感到轻快多了……我第一次变个方式来回忆那天发生的事：这其中有许多奥妙……难道有什么罪恶能够使人体验到美妙、陶醉和幸福吗？……我们仍然沿同一条小路走着，长椅上坐着一个人，我们从他身边走了过去：这人正是他；我高兴得几乎叫起来。他显得非常苦恼。他所有的话听起来都十分忧郁，充满了苦涩和讥讽的意味。他的话是对的：人们都在自寻烦恼；是啊，如果他是我的同胞兄弟，难道我就不能公开地爱他，告诉德米特里和所有的人吗?……任何人也不会觉得这有什么奇怪。然而他对我来说,就是一位兄弟,这一点,我感觉到了……我们本可以好好地安排我们的生活,安排好我们这个小小的四口之家;看来我们也有这种相互之间的信任,既有爱慕,也有友谊,而我们总在作让步和牺牲,一直不把话点透。我们回家的时候天色已晚;月亮已经升起。别利托夫走在我的身边。这个人的目光有一种莫名其妙的强大的吸引力!德米特里的目光平静而安详,像蓝色的天空,可是他的目光——让人激动,使人心神不定——过后就什么也没有了。

我们很少说话……只是分手时他对我说:"这段时间关于您我想了很多……我很想找机会谈一谈,因为我心里有许多的话。"

我说:"我也想了很多……别了,亲爱的弗拉基米尔……"我自己也不知道怎么会说出这种话来;我从没有这样称呼过他,但我觉得我不能用别的称呼来叫他。他听见这个称呼后,愣了一下,随即将身子凑近我,现出他偶尔也有的那种温文尔雅的态度,对我说:"您是第三个这样叫我的人,这叫声能使我像孩子似的得到很大的安慰,够我高兴两天了。""别了,亲爱的弗拉基米尔,别了。"我又说了一遍。他想要说什么,想了一下,握了握我的手,盯住我看了看,便走了。

六月二十日

我变了许多,自从遇见弗拉基米尔后,我变得成熟起来;他的火一般的热情、好动的天性、闲不住的性格,拨动了我所有的心弦，触及我生活的方方面面。我心里萌发了多少新问题呀！有多少以前我根本不注意的普通日常事情现在我不得不进行思考。许多以前我几乎不敢想的事情，现在也都清楚明白了。当然，往往也不得不放弃一些我一向珍视和爱护的理想；放弃这些理想的时候常常是非常痛苦的；可是放弃之后倒是变得更轻松，更自由了。如果他离开了这里，那我会非常苦恼的。我没有刻意寻找过他，但是事情就这么巧，生活使我们相遇在一起——把我们完全分开已经是不可能了；他在我的内心打开了一个新的世界。你说事情怪不怪，一个人，只身跑了大半个世界，哪里都找不到个安身立命之处，就是这样一个人，突然来到这里，来到一个偏远的小城，竟然博得了一个文化教养不高、生活清苦、与自己的生活圈相去甚远的女人的好感！他爱我也许有点过分——但这难道取决于个人意愿吗？再说了，他受了那么多的冷遇，遭到那么多的白眼，因此，对于任何友好的情意，他都准备千百倍地偿还。我不能让他再过孤独的生活，使他和我形同路人，这样做简直是一种罪过……是的！他没有错：他有爱的权利！

近来德米特里的情绪特别糟糕：总是心事重重，比平时显得有些心不在焉；这是他的性格特点，但是这样发展下去是很可怕的；他这样心事重重使我很有些不安，有时我把事情想得很严重……

六月二十二日

看来，我没有想错。昨天，德米特里日坐愁城，闷闷不乐，我忍不住问他到底怎么啦，"我脑袋痛，"他回答说，"想出去走走。"于是拿起了自己的帽子。"我和你一块去。"我说。"不，亲爱的，今天不行；我走得很快，你会累着的。"然后他含泪而去。他走之后，我忍不住伤心地哭了起来；他回来时我还在窗边原来的地方，他看见我哭了，便忧郁地握了握我的手，坐了下来。我们都没有说话。后来，过了几分钟，他对我说："柳博尼卡，你知道我在想什么吗？我在想，此时此刻，在这温暖如春的夏夜，在一片小树林里，把脑袋枕在你的膝头，一觉睡过去，永远不醒，那该有多好啊。""说什么呀，德米特里，"我对他说，"哪来的这些丧气话；难道这里就没有你舍不得撇下的人吗？""有，"他回答说，"你和亚沙，我就非常舍不得；但谢苗·伊万诺维奇·克鲁波夫说，我只会妨害对亚沙的教育，他这话我也同意，你比我能更好地教育他。再说了，亲爱的，无论是在那里，还是在这里，我都会永远地祝福你们——充满信任和喜悦的祝福——你们肯定能够听见……你会为我感到惋惜，这我知道，亲爱的，你是那样的善良；但你肯定能够找到克服这一打击的力量；这一点你自己也不能不承认。"听着他的话，我心里难受极了；从他的话中我听出了，而且看到了他的情绪很坏，我流下了眼泪。这是怎么回事儿？我开始觉得，我给我们的生活惹下了大祸。可我又觉得我的良心是清白的……难道是因为我对他爱得不深才使他变成这副样子，或是……他已经不像以前那样信任我了，这一点我看得出来。难道在他高尚的心灵中真的有我不愿说出来的感情吗？难道他怀疑我爱上了别人而不再爱他了吗？上帝呀！我怎么跟他说清楚这一点呢？我爱的不是别人，我爱的是他和弗拉基米尔；我对弗拉基米尔的好感完全是另外一回事……奇怪的是，我觉得我们的生活已经平静下来，以后的日子肯定会过得更开心，更充实——可是突然间，脚下凭空裂开了一道沟……只好停留在边缘……真是难受极了……如果我会弹钢琴，而且弹得很好，我肯定会把我难以向人倾诉的心声弹出来；那样德米特里就能够理解我，知道我的心完全是清白的。可怜的德米特里！你为自己无限的爱情吃尽了苦头；我是爱你的，我亲爱的德米特里！如果从一开始我对他什么都说了，那就永远不会发生这样的事；是什么邪恶的力量不让我这样做呢？等他一冷静下来，我就跟他谈，把事情都告诉他……

六月二十三日

我觉得谢苗·伊万诺维奇·克鲁波夫对我的态度也变了；我究竟怎么啦？……我什么都不明白——我什么也没做，什么事情也没有发生。德米特里的情绪今天好一些，我跟他谈了许多，但不是全部，有时候我觉得他好像能够理解我，但过一会儿我清楚地看到我们对生活的看法完全不同。我开始想，德米特里以前就不完全了解我，也没有真正同情过我——这个想法太可怕了！

六月二十四日

晚上，已经是很晚了。生活啊！生活！在茫茫的愁云惨雾中，在病态的预感和真正的痛苦中，突然之间，太阳出来了，于是一切都变得光明和美好了。弗拉基米尔刚刚离开；我和他谈了很久……他同样是忧心忡忡，苦不堪言；我太能够理解他的每一句话了！为什么周围的人要另眼看待我们彼此间的好感并对它加以破坏呢？他们为什么要这样做呢？

六月二十五日

　　昨天是伊万节。德米特里在一位老师家里参加了命名日。他回来时已经很晚了，而且喝得醉醺醺的；以前我从未看到过他这副样子，他面色苍白，头发蓬乱，在卧室里摇摇晃晃地走来走去。"你是不是不舒服，亲爱的？"我说，"要不要给你倒点水喝？""好啊，"说话时他气得都快喘不过气来了，脸上的表情和他的性格也完全不一样，"要是你倒的水能够把我淹死的话，我倒真的要谢谢你了。"我直视着他的眼睛，他有些局促不安起来。"看在上帝的分儿上，千万别听我胡说八道，"他说，想必是我的目光把他吓了一大跳，"我自己都不知道怎么会多喝了一杯，因此头脑有些发热，说起胡话来了……再见，亲爱的，我要在这里休息一会儿。"于是他衣服也没脱就倒头在沙发上，很快就完全睡着了。我整夜都没有合眼；他睡着后脸上流露出深深的痛苦，间或他也露出一丝微笑，但这微笑绝不是他的……不，德米特里，你别想骗我！你不是偶然多喝了一杯，你的话也不是胡言乱语，酒不过是帮助你下了狠心；这种狠心是你性格中根本就没有的。天哪，这真是祸从天降！它超过了人力之所为！可怜的德米特里，真是苦了你了！我眼见他吞声饮泣，痛不欲生，而且明知这都是我给他造成的！

三小时后

我还不能把事情理得井井有条；我心里乱极了，就像暴风雨过后浪花不能立刻平静下来一样。血液一个劲儿地往太阳穴上涌，心跳得很厉害，我只好用手捂着胸口——德米特里呀！你如此小看我，你就不觉得自己有错吗？！瞧你这可怜的样子，为这事你可吃了不少苦头！该给他减轻些痛苦了，一定要为他解忧！……哎呀，我头晕得厉害，而且正在发烧！是又得寒热病了吗？我对德米特里说了，我要求他解释他闷闷不乐和一系列言谈举止的原因；不错，他已对我不信任了，他永远都理解不了我身上所发生的变化。这太可怕了，因为我什么也改变不了……一切都显得烟雾茫茫，我的心在颤抖，在疼痛；为什么我要遇见弗拉基米尔呢？

六月二十六日

人们的思想是多么奇怪和混乱啊！有时候，想来想去，却拿不准是该生气呢，还是应该开怀大笑。今天我脑子里萌生一个念头：最忘我的爱，即最大的自私；最大的谦恭与温顺，即最可怕的傲慢，是被掩盖着的冷酷。我自己对这种想法也感到非常害怕，就跟小时候我因为不爱格拉菲拉·利沃夫娜和阿列克谢·阿布拉莫维奇而感到自己有罪，认为自己是个畸形儿那样感到害怕；为了摆脱自己的这种想法，我该怎么办呢？为什么要摆脱呢？我已经不是三岁小孩了。德米特里并没有怪我，也没有指责我，对我什么要求都没有；他变得更温存更体贴了。还要怎样呢！可是从这"还要"之中明显可以感觉到，这一切都是不自然的，不是那么回事儿；对我来说，这中间包含着那么多的傲慢和屈辱，距理解相去太远了。他是很痛苦，但关于那个为了爱情而服毒自杀的女人又能说些什么呢？是啊，我的天哪，难道这是我所希望的吗！我跟他说话比别的女人跟他说话要更坦诚一些；他想必是作了让步，但与此同时，他内心里却正在聚积一些完全不同的东西，而且他无法控制它们。

六月二十七日

他忧心忡忡，表现出一筹莫展、走投无路的样子，自打那次令人伤心的谈话后，有几天我的心情稍微有些好转。但现在却不同了，我不知道我该怎么办，我疲惫极了。把一个温文尔雅的人搞得焦头烂额，束手无策，需要下多大的功夫呀——但是我做到了，我不会再维持这种爱情了。他不再相信我的爱情表白，他正在毁灭自己。还不如我现在死了的好……就是现在，马上！

我开始瞧不起自己了；没错儿，最可恶、最令人无法理解的是，我的良心没有不安；我给我所爱的、把自己全部生命都献给我的人带来了可怕的打击，而我却认为只有我一个人不幸；我觉得，要是我知道自己有罪，兴许我会感到轻松一些——噢，那时我会扑倒在他的脚下，抱住他的双腿，表示追悔莫及，也许这样就能把事情摆平了：我的忏悔会清除我内心的一切污点；他是那样的温柔善良，与人无忤，肯定会原谅我，不使我为难；这样，虽然我们彼此经受了一番痛苦，最后肯定会感到更加幸福。可是哪儿来的这该死的自尊心，使我不能从内心进行忏悔呢？我多么想现在独自待在一个遥远的地方——身边只带着亚沙；我漫步在异地的陌生人中间，身体渐渐恢复过来……德米特里，你的内心里是没有和解的余地的；啊，亲爱的，只要你能够，而且希望了解我，我愿将自己的一腔热血，直至最后一滴，统统献出来；这样你肯定会觉得很好！你由于自己的冲动、不理解而作出了牺牲，我跟着你也跌进了这万丈深渊；我跟着你，因为我爱你，因为有一种神秘的力量要我和你同归于尽。有时我觉得，和弗拉基米尔说上两三句话就能使我感到轻松一些，因此我害怕寻找和他见面的机会。人言可畏呀！他们已经使我感到了恐惧，已经玷污了高尚的、光明磊落的感情。随便他们说吧！谢苗·伊万诺维奇·克鲁波夫已经委婉地对我进行过说教……啊，心地善良的谢苗·伊万诺维奇！我真为他感到惋惜；什么都不懂，却大讲母亲的神圣职责……难道他就没想过有时我也考虑过这一点吗？……人们的同情比他们的冷漠更带有侮辱性……友谊总认为将朋友捆在耻辱柱上是自己最好的权利……然后再要求对方接受自己的劝告……从不问对方对劝告的内容是否赞成……啊，这一切是多么微不足道呀！哎呀，真让人透不过气来，就像被关在一间小屋里，窗户紧闭，苍蝇嗡嗡地在飞！……

如果别利托夫没有来到NN市，德米特里·雅科夫列维奇一家人还会幸幸福福、安安静静地过上许多年，这是理所当然的事——但这并不是什么令人安慰的事；当走过一座被烧毁的房屋，面对断井颓垣、一片焦土和残破的烟囱，我有时会想：要是没有火星引燃，酿不成大火，这座房屋肯定还能够使用多年，里面可能会大摆筵席，欢声笑语，但是现在——残垣断壁，一片狼藉。

我的故事实际上已经讲完了；我可以就此打住，让读者去判断：谁之罪？——但是我觉得还有几个细节相当有意思；现在我们就来一起看看。先看看这位可怜的克鲁齐费尔斯基。

妻子病好后不久，克鲁齐费尔斯基就发现她有什么重要的心事；她老是发呆，焦躁不安……她脸上有一种比平时更傲气、更坚决的表情。克鲁齐费尔斯基在脑子里找过各种各样的解释——异想天开的，胡思乱想的，都有；对于这些想法，他在内心只不过是一笑置之；但是它们却反复出现，挥之不去。

有一次，她和亚沙在家里坐着；前厅忽然传来了敲门声，有人在问："在家吗？"克鲁齐费尔斯基说："是别利托夫。"他抬起眼睛，看见柳博芙·亚历山大罗夫娜脸上现出一丝红晕，目光里透出欣喜；但这欣喜的目光好像并不是投向他克鲁齐费尔斯基的。他不觉为之一震，便不再说话了。他清楚地知道妻子跟别利托夫非常要好，因此对于后者来访，他丝毫不感到惊奇，但是她的目光，她脸上出现的红晕，可就有点不同了！"难道？"他心里想，并重又把以前发生的事情回顾了一遍。别利托夫在逗亚沙玩；但他盯住孩子母亲的是什么目光呀——满腔热忱，温情脉脉！只有瞎了眼的人才看不出这目光所包含的爱情——火热乃至幸福美满的爱情。她站在那里，垂下眼睛，双手稍微有些颤抖，看来她感到非常惬意。克鲁齐费尔斯基说了几句话后便到另一个房间去了。"难道这是真的吗？"他惊魂未定地反问自己；这时他脑子里是一片混沌，耳朵嗡嗡直响，于是他赶紧坐到了床上；大约有五分钟的时间，他什么都没有想，只觉得麻木难受，旋即他又从房间里走了出来；这时他们两人正谈得非常投机，十分亲切，他觉得他们两个根本不需要他。他开始在屋子里走来走去，回想起各种各样的生活琐事，这些琐事当时几乎都未曾留意，但是现在却都变成了证明，成了真凭实据。别利托夫走的时候，她去送他；她冲他微微一笑，但这是怎样深情的微笑啊！"没错，她爱上他了。"想到这里，克鲁齐费尔斯基被吓了一跳，他急忙打消这个念头，但是它顽固得很，总是浮现出来；他感到万念俱灰，极度地绝望。"果不其然，我的预感应验了！我该怎么办呢？你，你，你都不爱我了！"于是他抓住头发，咬紧嘴唇，突然，他柔情似水的内心产生出一种可怕的愤怒、嫉妒的情绪，他要进行报复，而且他竭力把这种情绪掩盖起来。夜幕降临，他真想大哭一场，但是没有眼泪；有一会儿他刚要蒙蒙眬眬睡去，但立刻又醒了过来，出了一身冷汗；他梦见别利托夫正拉着柳博芙·亚历山大罗夫娜的手，目光里充满了恩爱的情意；她款款而行；他知道事情已经无可挽回了——后来他又梦见了别利托夫，这次是她在向他微笑，这简直太可怕了；他干脆起床不睡了。外面天色已经发亮；她还在熟睡，脸上表情非常安详；一个人睡着后，其面部表情有时候有一种异常动人的美；此时此刻，柳博芙·亚历山大罗夫娜的神态的确就是这样；这时她嘴角上忽然露出了笑容。"她梦见了别利托夫。"克鲁齐费尔斯基心里想。他望着她，满腔的愤恨与恼怒，一齐涌上心头，要不是我们这个时代有崇尚和平的习惯，他肯定会把她掐死的，而且干得绝不比那个威尼斯摩尔人①差；可是在我们这里，悲剧的最后结局一般都不那么急转直下。"她是怎样回报这种无限的爱呢？啊，我的天哪，我的天哪！——是怎样回报这种爱的呢？！"他反复地说着，似乎想要摆脱自己的这个念头和这种可怕诱惑；他走到小床边——亚沙四肢伸开，一只小手放在脸上，睡得非常香甜。"你很快就会成为孤儿的。"德米特里·雅科夫列维奇·克鲁齐费尔斯基站在孩子跟前时心里想，"可怜的亚沙！……我不再是你父亲了，可怜的孩子，这一点我无法忍受，我也不愿意忍受！我要把你托付给收养孤儿的人……他和她的情况是多么相似呀！"他哭了起来：眼泪，祷告和熟睡中的亚沙的安详神态，在一定程度上缓解了当事人的痛苦心情；在他那有所软化的内心里涌现出一些跟前面完全不同的想法。"我责怪她对吗？难道是她成心要爱他的吗？而且他……我自己就差一点爱上了他……"于是，我们这位狂热的幻想家，刚刚还是醋意大发、决意要进行报复的丈夫，突然决定要忍辱负重、三缄其口了。"只要她幸福就好，只要她知道我对她的一片痴情就行，我只希望能够看到她，知道她还存在；我情愿做她的兄弟，做她的朋友！"他激动不已，于是哭了起来；当他决定采取这一壮举——作出最大的个人牺牲——后，他的心情立刻便觉得轻松一些，而且他聊以自慰的是：他的这种牺牲肯定会使她大受感动；但这只是他不

---

① 指莎士比亚的悲剧《奥赛罗》中主人公奥赛罗。

得已而为之的一时的想法，因为不到两个礼拜，他精神上便不堪重负，终于被压垮了。

我们不想责怪他，因为大部分诸如此类完全不符合人的本性、违反自然的崇高行为和自我牺牲精神，往往只是一种幻想，实际上是做不到的。没过几天他就坚持不住了；但第一个削弱他的英雄主义精神的思想，是很无情、很狭隘的："她以为我什么都看不出来，她在耍滑头，在装模作样。"他这是在指谁呢？指那个他应该了解但却未能了解的，曾经那么被他钟爱、那么被他尊重的女人。后来，闷在心里的苦恼情绪开始表现在言谈上了，因为把话说出来可以减轻一点痛苦，这样就必须进行一些解释；解释时，克鲁齐费尔斯基又不善于适可而止，而柳博芙·亚历山大罗夫娜也不想多置一词。和她谈过话后，他的心情非常沉重；他避免跟她直接见面，尽管他们两个人过去在隐居式的生活中，几乎总是厮守在一起。他试图多做点研究工作，多读些书，但是研究不下去，书也读不进去，或者眼睛看着书，思想早开了小差，回忆起过去美好的情景了；这时他的眼泪往往夺眶而出，吧嗒吧嗒地滴落在面前的学术论文上。他心里有一种失落感，这种感觉仿佛每时每刻都在扩大；这样生活下去是不行的。他开始懒散起来。我们在她的日记中已经看到伊万节那天晚上，他在自己学校的同事梅杜津家里喝醉后回到家里的样子了。

另外，为了稍事休息，避开这令人紧张的是非之地，我们还是去听听梅杜津家的学术座谈吧，为此，我们得先认识一下这位可敬的主人，不然我们便无法出席这次座谈。认识这位梅杜津先生是件很愉快的事，因此我们专门为他辟了新的一章。

# 六

伊万·阿法纳西耶维奇·梅杜津是一位拉丁文教师和私立学校的校长，人非常之好。从外表上看，他完全不像墨杜萨①——因为他是个秃顶；从内里看，他也不像墨杜萨，因为他肚子里装的并不是毒液，而是美酒。人们在神学院叫他梅杜津，那是因为，第一，总得有个称呼；第二，这位未来学者以前的头发乱蓬蓬的，而且又粗又硬，简直跟铁丝一样，但是岁月不饶人，他满头的浓发已被"一扫而光"。伊万·阿法纳西耶维奇除了从神学院得到一个具有神话意味的雅号外，还接受了扎扎实实的教育；这种教育通常是神学院学生们毕生都离不开的，而且在他们身上留下了独特的印记，不管他们穿什么衣服，你们一眼便能看出他们是神学院出来的学生。梅杜津身上没有贵族特有的生活习惯：他从不对学生们称您，也从不在谈话中夹进一些上流社会很少使用的字眼。伊万·阿法纳西耶维奇五十岁左右，起初他在各种不同的家庭里当过教师，最后自己着手办了一所私立学校。他有一位朋友，也

---

① 俄语中梅杜津这一姓氏源自"墨杜萨"，据说墨杜萨原是一名美女，因触犯了雅典娜，头发变成了毒蛇，面貌也无比丑陋，谁要看她一眼，就会变成石头，后来被英雄珀耳修斯杀死，割下她的头，送给雅典娜，钉在神盾上，作为饰物。

是从神学院出来的教师，名叫卡费尔纳乌姆斯基，此人从生下来起就爱出汗，零下三十度还不住地擦汗，零上三十度时他干脆是挥汗如雨；有一次，他在班上遇见了伊万·阿法纳西耶维奇，故意当着大家的面对他说：

"伊万·阿法纳西耶维奇，要是我没记错的话，好像您的命名日快到了。当然我们要庆祝一番了，今年怎么样，还是照老样子热闹热闹？"

"到时候再说吧，尊敬的先生，到时候再说。"伊万·阿法纳西耶维奇在家事的管理上还没有走上正轨。十五年来他从未离开过NN市，但看上去好像他昨天刚迁过来一样，什么都还没有来得及整顿。如果说这是因为他不喜欢轻举妄动，还不如说是他完全不了解具体情况，而这对于一个只关心社交生活的人来说，是非常需要知道的。举办舞会前，他察看了自己的家当；原来他有六个茶杯，其中两个已经变成了缸子，因为茶杯上唯一的一个把手已经被打碎，而且总共只有三个茶碟儿；有一只茶炊，几只在桌上放不稳的碟子，它们是厨娘买来的残次品；还有两只高脚杯——梅杜津谦逊地称它们为"自己的伏特加酒杯"；三根被烟油子堵住了的烟袋杆——想必是为了防止它们两头通风；这就是他的全部器具。可是他邀请了全校的老师，怎么办呢？他想了很久，最后决定把厨娘佩拉盖娅叫来（请注意：他从不随便叫她帕拉盖娅，而是正儿八经地叫她佩拉盖娅；就像他只说"礼拜四"和"礼拜五"，而不说软绵绵的"星期四"和"星期五"一样）。

佩拉盖娅曾是一位勇敢军人的妻子，她丈夫在婚礼后一个星期便参加了警卫队，从此杳无音信，一直没有回来。这样，佩拉盖娅的寡妇地位不尴不尬，难以确定，总怀疑她的丈夫是不是还活着。我有上千条的理由认为：这位又高又胖、系着头巾、脸上长了许多疣、眉毛乌黑的佩拉盖娅，不仅掌握着厨房的大权，而且还控制着梅杜津的心。但是我不能对你们说出来，因为对于我来说，个人生活隐私是神圣不可侵犯的。佩拉盖娅被叫来了。他向她说明了自己的困难处境。

"我说您这个人也真够滑头的了，"佩拉盖娅回答说，"哪像个什么读书人！愿上帝能饶恕我，您怎么像小孩子一样的不懂事，一下子请了那么多人，平时洗衣服十戈比都舍不得花！事到临头，现在我们该怎么办呢？真够丢人现眼的了。"

"佩拉盖娅！"梅杜津大声喊道，"别以为我软弱可欺，我请朋友们来庆祝命名日，我想办就一定要办，用不着一个女人家出来说三道四。"

西塞罗①的影响尽人皆知，但佩拉盖娅一听说要大操大办便激动了起来，未曾考虑西塞罗的雄辩术。

"当然，我会闭上嘴的；这是您的事，哪怕您往窗外丢钱，只要您觉得 plaisir② 就行。给我五十卢布，一切都由我来办，酒水除外。"

佩拉盖娅很清楚梅杜津不爱听她这些话，所以她说完后，带着深沉的尊严感，一只手撑着另一条胳膊，被撑起的那只手托着腮帮子，静观自己的话会不会发生作用。

---

① 西塞罗（前106—前43），古罗马政治活动家和著名演说家，力主共和制。
② 法文，意为"高兴"。

"这点破事儿张口就要五十卢布!你可真敢要啊,太过分了吧,是不是?五十卢布,还不包括酒水!简直胡说八道!你这个傻婆娘!什么主意都想不出来!你还是到约翰尼基神甫那里去一趟,请他二十四日到家里来一趟,跟他借一下那天晚上要用的餐具。"

"那还不如挨门挨户去借呢!"

"佩拉盖娅!你知道这家伙的厉害吗?"梅杜津问道,指了指屋角一根带节的手杖。

佩拉盖娅一见这根熟悉的手杖,赶紧走进厨房,穿上外套,系上丝巾,然后嘴里嘟嘟囔囔地到约翰尼基神甫家去了;而梅杜津则坐在书桌前,苦苦想了一个多小时,后来突然"假他人之手"[1],抓起一张纸,一挥而就——要是您以为他是在为《埃涅阿斯纪》[2]或是在为欧特罗庇厄斯[3]的《罗马简史》作注释,那可就错了。请看他写些什么:

一、俄语语法和逻辑学……………使用很多

二、历史和地理……………………使用还可以

三、纯粹数学………………………不好

四、法文……………………………葡萄酒多了

---

[1] 指在果戈理的《死魂灵》的影响下当时流行的一种故弄玄虚、假装斯文的时尚,如明明是吐唾沫,不说"吐唾沫"而说"用一下手绢";明明是自己动手写,不说"自己动手写",而说"假他人之手"。

[2] 《埃涅阿斯纪》,古罗马诗人维吉尔(前70—前19)的大型叙事诗。

[3] 欧特罗庇厄斯,公元4世纪历史学家,著有《罗马简史》。

五、德文…………………………啤酒太多

六、美术与书法…………………只要露酒

七、希腊文①……………………仍在使用

除了这些人类学性质的条目，伊万·阿法纳西耶维奇还列了一个和它们相应的图表：

桑托林葡萄酒一桶……………十六卢布

露酒半桶………………………八卢布

啤酒半桶………………………四卢布

蜂蜜两瓶………………………五十戈比

苏达克酒十瓶…………………十卢布

牙买加甜酒三瓶………………四卢布

甜伏特加酒一俄升……………二点五卢布

共计四十五卢布

梅杜津对自己的预算很满意：既不太贵，又够大家喝。末了，他又拿出一大笔钱，购买做炸馅饼用的鱼干、火腿肉、鱼子酱、柠檬、鲱鱼、烟草和薄荷味的甜饼干——这最后的一项开支，已经不是出于必要，而是在讲排场了。

---

① 原来我写的是"神甫教师"，书刊检查部门将它改成"希腊文"。——原注

客人们六点多钟就到了。九点钟,卡费尔纳乌姆斯基已经是满头大汗;十点,地理教师跟法文教师谈论起后者老婆死的时候的情况,笑得前仰后合,他实在不明白这位可敬夫人死去时有什么可笑的——但最令人瞩目的是连这位法国人——悲痛欲绝的鳏夫——望着地理老师,也大笑不止,其实他只喝了一种酒——葡萄酒。梅杜津亲自出马,在客人们面前以身作则:他不停地喝,凡是佩拉盖娅送上来的——露酒、啤酒、伏特加、桑托林葡萄酒,他都照喝不误,甚至总共只有两瓶的蜂蜜他也喝了一杯;受主人鼓舞的客人们也不甘落后;只有克鲁齐费尔斯基是主人的特邀嘉宾,因为他在市里学界的地位最高——只有他一个人没有参与这种胡闹:他坐在屋角,一直在抽烟。主人锐利的目光终于注意到了他。

"德米特里·雅科夫列维奇,您怎么样,喝杯带柠檬汁的露酒吧?……喏,说真的,您闷头坐在一边,一点不喝,这样会影响别人喝的。"

"您知道,伊万·阿法纳西耶维奇,我一向不喝酒。"

"这种无稽之谈,亲爱的,我连听都不愿听,什么不喝、不喝,应该和朋友们一起开怀畅饮,亲切交谈,对了……佩拉盖娅,拿杯露酒来,要劲儿大一点的。"

后面这句话,想必主人是故意说给克鲁齐费尔斯基听的,因为他知道后者是滴酒不沾的。

佩拉盖娅拿来一杯基兹利亚尔烈性葡萄酒,杯里确实悬浮着一片柠檬,肯定还暗中兑了几勺开水。克鲁齐费尔斯基拿起杯子,想趁主人不备,找机会把四分之三的酒倒到窗外去。但这事并不那么容易，因为梅杜津找了个替他玩牌的人，自己坐守在克鲁齐费尔斯基身边。

"听着，德米特里·雅科夫列维奇，老实对你说，真得好好谢谢你，诚心诚意地谢谢你，否则，像你这样的年纪，又要闭门在家，把自己锁在屋里了；当然，你家里有一位年轻的女主人，但也应该出来看看外面的世界呀。喏，德米特里·雅科夫列维奇，为此，让我来亲你一下。"于是，不等克鲁齐费尔斯基同意，也不管自己身上散发出那股像小酒店门口散发出的扑面的酒气，他那双厚嘴唇着着实实在克鲁齐费尔斯基的脸上留下一个清晰可见的印记。紧接着，二话不说，大汗淋漓的卡费尔纳乌姆斯基也过来拥抱一下德米特里·雅科夫列维奇。克鲁齐费尔斯基想把自己脸上的汗擦干，但按照自己青年时期所受的教育，又不愿意使朋友太过难堪，便走到屋角，才掏出了手绢。背对他站在那里的是那位悲痛欲绝的鳏夫——法文教师，还有那个叫古斯塔夫·伊万诺维奇的德文教师，后者此时喝啤酒喝得连指尖都红了，同时还在抽着一只饰有羽毛的烟斗。他们几个人都没有看见克鲁齐费尔斯基，继续在小声交谈着。不用说，克鲁齐费尔斯基也根本无意去偷听他们在说些什么，但是从他们的交谈中他清楚听见了别利托夫和他克鲁齐费尔斯基的名字，这使他不禁为之一震，而且本能地侧耳细听起来。

"这是个老问题了，"法国人说，不知为什么，他把俄国所有的字母念得一点抑扬顿挫的感觉都没有了，"如果说亚当没有戴绿帽子的话，那是因为伊甸园里他是唯一的男人。"

"说得对，"古斯塔夫·伊万诺维奇回答说，"太对了！这个别利托夫呀，跟唐璜①一模一样。"过了一分钟，他放声大笑起来，在这一分钟时间里，按照德国人的习惯，古斯塔夫·伊万诺维奇把法文教师关于亚当的那段话细细琢磨了一番，终于弄清了它的含义，于是才放声大笑起来，同时从烟斗的嘴子里抽出那根被他的德国牙齿咬得面目全非的羽毛，志得意满地说："Ich habe die Pointe, sehr gut！②"

不过这些话对古斯塔夫·伊万诺维奇的影响还没有什么，但是对于那个几乎从未听到过的人，即克鲁齐费尔斯基，影响可就大了。这两个名字联系在一起，究竟意味着什么呢？怎么会这样呢？难道那个他仅仅有所怀疑，连自己都不愿承认的可怕的秘密，已经成了人们街谈巷议的传闻了吗？他们谈的是这件事吗？当然，他们是谈了——喏，他们现在还站在那里，古斯塔夫·伊万诺维奇还在继续哈哈大笑……克鲁齐费尔斯基感到他胸中有什么东西被揪住了，只觉得满腔热血都沸腾起来，而且越升越高，很快就要从嘴里喷射出来……他感到天旋地转，两眼直冒金星；他害怕和别人的目光相遇，担心自己跌倒在地上——于是他扶着墙壁……突然，什么人的一只手使劲抓住他的袖子，他吓得一哆嗦；"又怎么啦？"他心里想。

"不，亲爱的德米特里·雅科夫列维奇，老实正直的人是不能够这样做的。"伊万·阿法纳西耶维奇说，他一手抓住克鲁齐费尔

---

① 唐璜，欧洲中世纪传说中一个放荡不羁的骑士形象，他不承认道德、宗教的准则；后来成了许多作家笔下的典型人物，莫里哀、霍夫曼、拜伦、普希金等都描写过他。

② 德文，意为"我知道问题在哪儿了，很好！"

斯基的袖子，另一只手举着一杯果酒。"不行，老朋友，你躲在一边，还以为自己做得很对。我这里有一条规矩：举不举杯子由你，但是一旦你举起来，就必须得喝。"

克鲁齐费尔斯基看了又看，听了又听——就跟古斯塔夫·伊万诺维奇琢磨法文教师那句话似的——最后才模模糊糊明白了是什么意思；他接过杯子，一饮而尽，哈哈大笑起来。

"我就喜欢这样，好样的！怎么样？可你还说——不会喝，真是滑头！喏，德米特里·雅科夫列维奇，米佳，再喝一小杯……佩拉盖娅，"梅杜津补充说，一面伸手（彬彬有礼地）取出克鲁齐费尔斯基杯子里那块柠檬，"再来一杯果酒，劲大一点的……敢喝吗？"

"行！"

"好哇，好极了！"

梅杜津没有吻克鲁齐费尔斯基，只因为他嘴里正在嚼一片柠檬，他连皮带核一起将它吃下，还摆出一副解释的姿态："基础打好了，酸的东西也很不错。"

果酒拿来了，克鲁齐费尔斯基像喝水似的，一饮而尽。没有人注意他的脸色已经像蜡一样的白，发青的嘴唇一直在哆嗦，也许是因为客人们也觉得整个地球都在颤动。

这时候大家开始赌牌游戏，不知疲倦的佩拉盖娅用托盘把酒瓶和高脚杯送到小桌上，然后又端来一碟鲱鱼，上面放了些洋葱。鲱鱼虽然被切成数段，其实并没有剔除鱼的脊骨和肋骨，所以它们看上去特别整齐，很有意思。游戏的输赢虽小，最后却闹得大家互相指责，破口大骂，而这些人却一直是在一起玩牌的。梅杜津是赢家，心情自然是最好的了。

"行了，行了！"他喊道，"托上帝的福，我们最好还是去喝坎塔弗列思吧。"

伊万·阿法纳西耶维奇经常把果酒叫坎塔弗列思，什么原因——不知道，但我想，在拉丁文方面总是有确切出处的。

客人们入席就座。

"德米特里·雅科夫列维奇！想必你也不会拒绝喝坎塔弗列思酒吧？"

"好，就来点坎塔弗列思吧。"克鲁齐费尔斯基回答说，将一大杯浸泡过各种草药的烈性酒一饮而尽。据轻信的人们说，这种酒气味虽然难闻，但对肠胃颇有好处。

客人们的高兴劲儿就别提了；不过佩拉盖娅又端上了用鱼干做的，跟神话里说的那样大的油炸馅饼……其实，我认为，我们都相当清楚伯沙撒狂宴[①]的情形，梅杜津就是用这种方式庆祝自己的命名日的，因此我认为没有必要再接着描写下去了，我可以向读者保证，庆祝活动的宗旨和基调跟伯沙撒狂宴如出一辙。

第二天，克鲁齐费尔斯基和柳博芙·亚历山大罗夫娜进行了一次长谈；她在他的眼睛里是那样的高，那样不可企及；他能够理解她，珍视她……但他们之间好像缺少点什么东西；一个可怕的念头——"人们都在谈论此事"——又让他感到自惭形秽，无地自容。其实，关于这件事，他对她一个字都没提，他觉得很难跟

---

[①] 伯沙撒，巴比伦最后一位统治者，伯沙撒狂宴即灭亡前的狂宴。据《圣经》传说，波斯军进攻巴比伦，巴比伦王伯沙撒败退入城，以为可以高枕无忧，但在他狂宴的时候，敌军攻入，将他杀死。

她启齿，于是便急忙跑到学校去；到了学校，别的老师还没有下课，他就站在教员休息室的窗口等着。他心平气和地从这个窗口向外眺望——难道这是很久以前的事吗？他那么急着回家，享受人类最大的幸福——难道是很遥远的事吗？突然，一切全都变了：他希望逃离家庭……不过她的威严和力量又使他受到很大的压抑；他明白，她内心的痛苦不比他小，但是由于爱他，她一直在掩盖自己这些痛苦……"由于爱我！难道她爱我吗？难道能够爱一根横在幸福之路上的木头吗？……为什么我没有把我所知道的一切都掩盖起来呢；要是我能够小心谨慎一些，也许她就不会这样痛苦了，而我是竭尽全力，想让她幸福的呀；可是现在怎么办呢？逃跑，出走——往哪儿去呀？……"

…………

阿涅姆波季斯特·卡费尔纳乌姆斯基喊住了他。看上去卡费尔纳乌姆斯基还没有从昨天晚上的庆祝活动中恢复过来，他两眼发红，眼泡浮肿，像冬季寒日的月亮，脸上和鼻子上有些紫色斑点。

"怎么样，亲爱的，"卡费尔纳乌姆斯基说，一面擦脸上的汗水，"受得了吗？"

克鲁齐费尔斯基没有吭声。

"我自己也是在勉强地活着。

你见过航船的残骸吗？

见过又如何？

它就是我现在的生活……

梅杜津是什么东西?是一条老狗,昨晚叫得多么凶!您怎么样,德米特里·雅科夫列维奇,恢复过来了吗?也算以毒攻毒啊……"

"怎么,你恢复得还好吧?"

"您看我怎么样;显然您还是个新手!走,到我那里去。我住的离这儿不远——

　　为了罗姆酒和阿拉克酒,
　　请到寒舍一叙。①"

克鲁齐费尔斯基到卡费尔纳乌姆斯基家去了,为什么?他自己也不知道。卡费尔纳乌姆斯基没有让他喝罗姆酒和阿拉克酒,而是给他倒了一杯白酒,拿出些酸黄瓜。克鲁齐费尔斯基喝下后,惊奇地发现,他心里确实好受多了,不用说,这一发现来得也再巧不过了,因为当时正是他痛心疾首、走投无路的时候。

…………

十点刚过不久,谢苗·伊万诺维奇·克鲁波夫来到"凯莱斯堡"旅馆的小客厅,他不停地走来走去,脸上表现出心事很重、很生气的样子。五分钟后,别利托夫的房门打开了,格里戈里走了出来,一手拿着刷子,另一只手拿一件大衣。

"怎么,还在睡觉吗?"

"已经醒了。"格里戈里回答说。

────────

① 这是俄国诗人达维多夫(1784—1839)1804年写的《致布尔佐夫》一诗中的两句,上句"为了罗姆酒和阿拉克酒"的原诗为"为了上帝和阿拉克酒",书刊检查部门把"上帝"一词改成了"罗姆酒"。

"告诉他，我有事要找他。"

"谢苗·伊万诺维奇！"别利托夫喊道，"谢苗·伊万诺维奇，快请进来！"说着他已经出现在门口。

"您能不能给我半个钟头的时间？"克鲁波夫问道。

"一整天都行！"别利托夫回答说。

"我是不是打扰您了？您好像每天上午都要研究政治经济学的，是不是？"

老人毫不掩饰自己问话时嘲弄的语气。

"看来您老今天很早就起床了，只是起得匆忙了些。"别利托夫说，对于老人的牢骚抱怨，他在态度上尽量表现得非常谦和。

"匆忙不匆忙，是我自己的事。"

"那就请吧。"别利托夫说着，用手指了指门口。

克鲁波夫一声不吭地走了进去。

"弗拉基米尔·彼得罗维奇！"克鲁波夫开始说，不管他怎样希望保持冷静、镇定的态度，但是他做不到，"我来找您谈话，绝不是出于一时的心血来潮，而是经过深思熟虑的，我知道我是在干什么。我不得不把痛苦的实情告诉您，对此我感到非常痛心；因为我知道这些情况后，心里也很不好受。我老了老了，还遭人愚弄，完全看错了人，就是十六岁的孩子也会感到脸红的。"

别利托夫惊讶地望着老人。

"只要我一开口说话，我就会像马其顿的士兵一样，该怎么着就怎么着，后果如何，不是我的事；我老了，但没有人说我是胆小鬼，我也决不会因为胆小怕事，把坏事说成是好事。"

"听我说，谢苗·伊万诺维奇！我相信您不是胆小鬼，我更相信您也不会把我看成胆小鬼，但如果非要向我十分敬重的您证明这一点，那我会感到非常遗憾的；我看得出，您情绪非常激动，因此，无论如何，我们要创造一个环境：不要说粗话。因为它们对我有一种奇怪的作用：它们会使我忘记堕落到张口骂人地步的人身上的好的一面。靠骂人是说不清楚问题的，因此，现在我们谈正事吧，请原谅我的 aviso①。"

"好吧，亲爱的先生，我将以礼相待、特别客气一些。请允许我斗胆问一句，弗拉基米尔·彼得罗维奇，您知不知道您破坏了一个幸福的家庭——四年来我常爱去串门，我把它当成了自己的家；可您把它给毁了，您一下子断送了四个人的幸福。出于对您孤身一人的同情，我把您介绍给了这家人；他们像亲人一样接纳了您，待您宛如家人，可您却怎么回报他们呢？请允许我告诉您：说不定做丈夫的明天就会上吊，或投河自尽，或终日烂醉如泥，我说不准；她会得肺结核——这一点我可以对您担保；孩子将会变成孤儿，由别人收养；最后全城的人都会祝贺您的胜利。也请接受我对您的祝贺！"

高尚的老人说到最后一句话时气得浑身都在发抖。

"也许，从更高的高度看，您觉得这算不了什么。"他停顿片刻，又补充说。

别利托夫从沙发上站起来，快步在屋里走来走去，然后突然在老人面前停住了脚步。

"那么请允许我现在问您一句，是谁给您权利让您如此蛮横

---

① 意大利文，意为"警告，告诫"。

无理地干涉我的生活隐私呢？您怎么知道我就不比别人更加不幸呢？但我不计较您说话的语气，请允许我来说一说。您需要从我这儿了解什么呢？是我爱不爱这个女人吗？我爱她！是的，没错！我可以重复一千遍：我全身心地爱着这个女人！我爱她，听见了吗？"

"您为什么要害她呢？要是您有良心的话，在您迈上第一个台阶时就应该立即止步，这样您就不会意识到自己的爱情！您为什么不离开他们家呢？为什么？"

"您可以问得更简单些：为什么我要活着？的确，我不知道！也许就是为了破坏这个家庭，为了毁灭我遇到的这个优秀的女人。这些问题，您问起来、评判起来，都很容易。显然，从青年时代起，您的心里一直就非常平静，要不然总会留下哪怕一点点的回忆的。请允许我来回答您的问题。是的！我感到现在没有进行自我辩解的必要——我不承认对我的审判，除了我自己——现在我只是谈一谈；此外，我对您也没有什么好说的了：我明白您的意思，您不过是想利用这件事，变着法儿侮辱谩骂罢了，最后只能使我们双方大动肝火。老实说，我根本不想和您决斗，其中还因为这个女人需要您，少不了您。"

"说吧，说吧，我听着呢。"

"我来这里时，正是我一生中最困难的时候。最近一个时期，我和国外的朋友们中断了联系，这里我又没有一个亲朋好友，在莫斯科，我拜访过几位——和他们没有任何共同语言！这就更增强了我来NN市的意愿。您知道这里的情况，也知道我在这里是否快活。突然，我遇到了这个女人……您喜欢她、尊重她，但您却完全不了解她,就像您不了解我一样。您高度珍视她的家庭幸福,她对丈夫和孩子的爱——仅此而已;请不要生气——有时候,人们谈的并不都是甜蜜真情……不要以为表面的亲近或长久的岁月会打开一个人的心灵——情况绝不是这样!有些人共同生活了二十年,进坟墓时还形同路人,这种事情屡见不鲜;有时候人们互相爱慕,却并不了解,而友好的同情者瞬间所了解的东西何止于他们的十倍百倍。再说了,您一向喜欢说教,用医生的眼光去看她,居高临下,而我呢,一个深深被她的超群魅力所吸引的人,拜倒在了她的面前。她实在是个无与伦比的人!我吃苦受累,花了半生时间所得到的结果,它们对于我是那么新颖,那么珍贵,那么完整无缺,可是在她看来却简单得很,是不言自明的道理:她觉得平常极了。我真不懂,我遇到过许多人,他们每个人迟早都会达到自己的极限,达到一道他们无法逾越的鸿沟;然而我在她身上没有看到这个极限。在我们长时间交谈的每个黄昏,我都体验到一种真正幸福的瞬间!……我在世态炎凉中得到了休息。一个人头一次懂得了什么是爱情,什么是幸福。为什么他没有就此停下来?这一点,说到底,显得非常可笑,因为我没有那么多的理智。而事情过后又完全没有这个必要了。等我清醒过来,自己明白了——为时已经晚了。"

"您总得说一说,您的目标是什么呀?喏,以后打算怎么办?"

"我没考虑过这一点,没法对您说什么。"

"您现在面临的就是您欠考虑的结果。"

"您以为我对这种结果就无动于衷,等着您来告诉我吗?在您之前我就知道,我的幸福是黯淡无光的,充满诗意与欢乐的时代已经过去，人们开始攻击这个女人……因为她站得很高，如鹤立鸡群。德米特里·雅科夫列维奇是个好人，他疯狂地爱她，但是他的爱有些病态；他的爱正在毁掉他自己，可这有什么办法呢？……更糟糕的是，他连她也一起毁了。"

"那该怎么办？照您的意思，眼看自己老婆在爱别的男人，他应该完全无动于衷吗？"

"我没有这样说。也许他应该做已经做了的事；每一个人都是忠于自己的天性的，尤其当他处于危机的时刻。可您知道他不该做什么吗？那就是把自己的生活和像她这样杰出的女人结合在一起。"

"遗憾的是，这话在婚礼前我对他说过，但是您也会同意，现在再谈这一点已经晚了；您到来之前，她一直很幸福。"

"谢苗·伊万诺维奇，这是不会永远维持下去的。这种错误迟早会表现出来的，您怎么就看不透这一点呢？！"

"老实说，这种事是很令人费解的！噢，我不是经常说家庭生活是非常危险的嘛，就像约翰①在荒野里传经布道一样，没有人听我的话。您哪怕是从同情、怜悯的角度……"

"老实说，我真不知道您究竟想要我干什么？她生病后我开始注意到她很忧郁，发现她丈夫有一种难言的、无奈绝望的心态。我几乎不再到他们家去了，这您知道；但这对我意味着什么，只有我知道；我曾经有二十次坐下来给她写信——由于担心影响她的身体，终于没有动笔；我去看过他们——但我什么话都没说；

---

① 西庇太之子，耶稣十二门徒中四大门徒之一，晚年被流放，又称使徒约翰，以便和施洗约翰相区别。

您责怪我什么呢？您想要我干什么呢？您找上门来，我想不光是为了把我痛骂一顿吧？"

"弗拉基米尔·彼得罗维奇，喏，希望您能够证明自己是个意志坚强的人；我知道，这对您是很困难的，但还是希望您能够作出牺牲，很大的牺牲……这样我们，也就能够，拯救这个女人了；弗拉基米尔·彼得罗维奇，请您离开这里吧！……"

一种温文尔雅的语气代替了刚才的生硬冷漠……老人的声音有些颤抖。他喜欢别利托夫。

别利托夫打开皮包，从中找出一封没有写完的信交给他。

"请读一下吧。"他说。

信是写给母亲的，他告诉她自己决意再次到国外去，而且很快就要启程。

"您看，我要走了。您以为，好心的谢苗·伊万诺维奇，您这样便能够拯救她了吗？"他神情忧郁地问道，一面直摇头。

"可又有什么办法呢？"克鲁波夫有点无奈地问道。

"不知道，"别利托夫回答说，"谢苗·伊万诺维奇，我要给她写一封信，然后交给您，请您转交给她，能做到吗？"

"保证做到。"克鲁波夫回答说。

别利托夫把满面愁容、心情激动的谢苗·伊万诺维奇·克鲁波夫送到门口。

然后他回到自己的小桌旁，往沙发上一倒，感到浑身没有一点力气；显然，跟克鲁波夫的谈话给他带来了很大的打击，他还不能够控制住情绪，好好想一想，并且战胜它。他躺了约莫两个小时，手里拿着一支已经熄灭了的雪茄，后来，他拿过一张信纸，开始写信。写完后，他把信装好，穿上衣服，带着信到克鲁波夫那里去了。

"这就是我写给她的信，"别利托夫说，"您能不能，谢苗·伊万诺维奇，让我跟她见个面，当着您的面，只需两分钟，行吗？"

"为什么呢？"

"这您就不必问了，决不会有什么不好，要是您对我有过哪怕一点同情心的话，就请您帮帮我这个忙吧。"

"您要什么时候走？"

"明天上午。"

"请您八点钟到公园去。"

别利托夫握了握他的手。

"我今天看见过她，样子可怜极了。"

"别说了，谢苗·伊万诺维奇，一个字也别说了，求求您了。"

不幸的柳博芙·亚历山大罗夫娜挽着克鲁波夫走了过来，她脸色苍白，面容消瘦，两眼红肿；她还发着烧，眼神直让人害怕。她知道自己要到哪儿去，也知道为什么要去。他们走到那张她朝思暮想的长椅旁坐了下来；她哭着，手里拿着一封信；谢苗·伊万诺维奇·克鲁波夫的那套道德说教也说不出来了，他一个劲儿地直擦眼泪。

别利托夫走了过来；他脸上的高兴劲儿全没了，脸上的每一根线条都流露出难以忍受的痛苦；他拉着她的手。样子像死人。

"别了，"他对她说，声音勉强听得见，"我又要出去漂泊了；但是我们的相见、您的形象，将留在我心中……它们会在我生命的最后时刻给我以安慰。"

"永远不回来了?"她问道。

他没有作声。

"我的天呀!"她说后立刻便停住了,"别了,弗拉基米尔。"她低声又补充一句。然后,突然间,她的力量一下子好像增长了许多倍,她站起身来,紧紧握住他的手,声音响亮而清楚地说:"弗拉基米尔,请您记住,您是个深深被爱着的人……一个被人无限爱着的人,弗拉基米尔!"

她走了,他没有挽留她,她鼓足勇气,迈着比她来时更加坚定的步子走了。

他望着他们的背影,一直到白色的风衣在白桦树林中看不见时为止。她没有勇气回过头来看一看。弗拉基米尔留了下来,他想:"难道我真应该丢下她,永远离开吗?"他手扶着头,两眼紧闭,在哀痛欲绝、苦不堪言地坐了大约一个小时后,突然有人在喊他的名字;他抬头一看,勉强认出是一张一般文官所具有的脸型;别利托夫冷冷地向他躬了躬身。

"您,弗拉基米尔·彼得罗维奇,好像是来尽情畅想、思考问题的吧?"

"是的,所以我喜欢一个人待着。"

"这话一点儿不错,不瞒您说,像您这样有教养的人,也许没有什么比独处更愉快的了。"这位文官一边坐在长椅上,"其实,有时候跟大伙在一起也不比独自一个人差。我刚才遇见了克鲁波夫、谢苗·伊万诺维奇,他也给自己找了一位年轻太太。"

在这位文官落座的时候,别利托夫立刻站起来就想走,但文官最后这句话使他停了下来。文官那副嘲弄人的样子很清楚地说明了他说这句话的用意。他很可能是受那个玛丽亚·斯捷潘诺夫娜的私下委托才到公园里来的。

"我认识跟克鲁波夫在一块儿的那位太太。"别利托夫说，直感到怒不可遏。

"是啊，我想您怎么能不认识呢？哈哈哈！"

那位举止轻浮的文官说："你们年轻人，对所有漂亮点儿的女人，全都认识。"

"您呀，不是个疯子，就是个蠢货！不管是哪种情况，一边待着去吧，您哪。"别利托夫说着，沿着林荫小道走去。

"您怎么敢这样说我？！"文官的脸红得像芍药花似的，从长椅上跳起来叫道。

别利托夫停住了脚步。

"您想要我怎么样，"他质问文官道，"跟您进行决斗？请便！无论什么孬种，我都能对付；如果不决斗，那就请您多多包涵，我有一个坏习惯，谁妨碍我散步，我会用拐杖把他赶走的。"

"什么拐杖？"文官问道，"您是什么人，竟敢拿拐杖威胁人？"

在任何其他情况下，别利托夫对这位可爱的文官都会忍俊不禁，一笑了之，但是碰上这个时候——就是这位文官先生不来，别利托夫也已经是火冒三丈了——他未必还能记得清自己在干什么和告诉文官先生应该如何行事。让文官先生大为惊讶的是，别利托夫竟然走了。

第二天早上，当管事格里戈里正忙着收拾行李的时候，别利托夫在屋子里来回走个不停；他的脑子里和胸中仿佛一片空虚，好像自己的半个生命和半个存在被投进了水里，踪影全无；因此他感到那样的可怕和痛心,那样的不寒而栗——突然,他眼睛充满了泪水。格里戈里问他十来遍了,他总是回答说:"随便怎么都行。"的确,此时此刻,不仅路上穿哪件大衣,甚至走哪条路,去巴黎还是去托博尔斯克,对他都无所谓。谢苗·伊万诺维奇·克鲁波夫走了进来,和昨天简直判若两人:两眼明显带着泪痕,走进来时轻手轻脚,用袖头轻轻掸去帽子上的灰尘,在窗边站了一小会儿,对格里戈里说,马车旁的撬杠还没有捆好,总之,一切还没有收拾停当。

"您感到满意了吧,谢苗·伊万诺维奇?"别利托夫含泪笑着说。

"我昨天言语上多有冒犯,喏,没办法,请您原谅……要是您这就上路……"

老人的声音哽住了。

"不要这样,谢苗·伊万诺维奇,不要这样,您这是怎么啦?"别利托夫把两只手向他伸了过去。

"还有一件事:这是我送给您的,请您收下,留作纪念;我真的很喜欢您,我想……"他把一只挺大的精制羊皮公文包递给他,"我想把这个珍贵的礼物送给您,它对我非常珍贵。"

别利托夫将皮包打开,看了老人一眼,一下子扑过去搂住他的脖子;老人放声大哭,他说:"老实说,我自己都觉得非常可笑,真是老糊涂了。多么愚蠢,一大把年纪了,动不动还要流泪。"

别利托夫一下子坐到椅子上,紧紧抱着那只公文包……这是柳博芙·亚历山大罗夫娜的一幅水彩画像。

克鲁波夫站在他面前,极力让别利托夫相信,他自己完全没有动感情；接着，他一面悄悄地擦着眼泪，一面做了如下说明：

"两年前，一位英国水彩画家，一位很不错的水彩画家，从这里路过，他画过一些大幅的油画画像，喏，省长书房里挂的省长夫人的画像就是他画的。我劝柳博芙·亚历山大罗夫娜也去画一张——一共去了三次……当时她想到没有？……"

别利托夫没有听他的说明，因此，当旅馆老板气喘吁吁地跑进来，打断克鲁波夫的话，说警察局长先生来了时，损失并不太大。

"他来干什么？"别利托夫问道。

"找阁下有事。"旅馆老板回答说。

"告诉他，我在房间里。"

警察局长走了进来，身上的马刀碰得叮当作响；从门口望出去，远远看见一位瘦瘦的警官和一名战战兢兢拿着警察局长外套的旅馆伙计。

别利托夫站起身来，他的整个神态表现出了他心中要问的问题，因此用不着多说什么。问题自然是：有何贵干？

"非常遗憾，弗拉基米尔·彼得罗维奇，我必须耽误您几分钟时间，您是不是打算要离开本市？"

"是的。"

"将军请您到他那里去一趟。菲尔斯·彼得罗维奇·叶尔卡涅维奇写信向大人投诉，指控您损害了他的名誉。我感到很抱歉，您自己也明白——这是例行公事，您知道，我的任务——就是公事公办。"

"事情来得太不凑巧了。请问，这要耽误我很长时间吗？"

"这要看您怎么样了，叶尔卡涅维奇是个品德高尚的人，只要您把事情解释清楚，想必他不会揪住不放的。"

"这有什么好解释的？"

"哎呀，弗拉基米尔·彼得罗维奇，叫我拿你怎么办呢？老实说，你什么都不懂。"克鲁波夫说，"喏，要是您愿意，我跟警察局长先生去说，只要十五分钟就可以把事情办妥，怎么样？"

"非常感谢，衷心表示谢意。"

"那好极了，"警察局长说，"这是我们的神圣职责，能够这样用和平方式解决，使大家都满意，那是再好不过了。"

事情就这样了结了。


……两周后，一辆套有四匹骏马的四轮马车，沿着磨坊前的那条道路，从"白地"庄园驶上了大道，非常招眼。格里戈里坐在前座上，抽着烟斗，马车夫喔喔、吁吁地喊个不停，一心想让马儿跑得协调些，尽量按照他的指挥奔跑。河这边站着一位头戴包发帽、身穿白罩衫的老太太，她由女用人搀扶着，遥望着从四轮马车中探身出来的人，使劲挥动着被眼泪沾湿而变得沉甸甸的手绢，马车里的人也在挥动着手绢——道路慢慢地向右弯去；当马车沿着道路驶过去的时候，能够看见的也只是马车的后半身了，但就这后半车身很快也被扬起的尘土遮住了，等尘埃散去，除了道路，已经什么也看不见了；可是老太太依然站在那里，踮起脚尖，一个劲儿地向远处眺望着。

老太太在"白地"庄园生活得既枯燥，又空虚；每星期总有那么一两次，她觉得弗拉基米尔就要回来，她已经习惯于倾听从远处，从山那边传来的马车铃铛的声音，然后走到阳台上去迎接他的到来；就是在这个阳台上，她以前曾经等待过那个喜气洋洋、皮肤晒得黑黑的翩翩少年。她不觉惦念起 NN 市来了，因为那里有一个她儿子所钟情的女人，后者因为也爱他而成了不幸的牺牲品。入冬之前，老太太真的到城里来了。她找到了柳博芙·亚历山大罗夫娜，这时后者已经是病势危殆，朝不保夕了。当有人询问她的病情时，谢苗·伊万诺维奇·克鲁波夫更是哭丧着脸，连连摇头；悲不自胜的德米特里·雅科夫列维奇只知道向上帝祷告，借酒浇愁。索菲娅·阿列克谢耶夫娜要求来照料病人，天天守护在病榻旁；当柳博芙·亚历山大罗夫娜将脑袋靠在自己一只瘦骨嶙峋的手上，半张着嘴，眼含热泪，倾听一位老母亲滔滔不绝地讲述她们远在他乡的弗拉基米尔的故事的时候，在这种垂危之美和暮年之美的结合中，在这位双颊深陷、眼睛大而明亮、头发披到双肩、正在凋谢的女人身上，洋溢着某种富有高度诗意的东西……

# 汉译文学名著

## 第一辑书目（30种）

|  |  |  |
|---|---|---|
| 伊索寓言 | 〔古希腊〕伊索著 | 王焕生译 |
| 一千零一夜 | | 李唯中译 |
| 托尔梅斯河的拉撒路 | 〔西〕佚名著 | 盛力译 |
| 培根随笔全集 | 〔英〕弗朗西斯·培根著 | 李家真译注 |
| 伯爵家书 | 〔英〕切斯特菲尔德著 | 杨士虎译 |
| 弃儿汤姆·琼斯史 | 〔英〕亨利·菲尔丁著 | 张谷若译 |
| 少年维特的烦恼 | 〔德〕歌德著 | 杨武能译 |
| 傲慢与偏见 | 〔英〕简·奥斯丁著 | 张玲、张扬译 |
| 红与黑 | 〔法〕斯当达著 | 罗新璋译 |
| 欧也妮·葛朗台 高老头 | 〔法〕巴尔扎克著 | 傅雷译 |
| 普希金诗选 | 〔俄〕普希金著 | 刘文飞译 |
| 巴黎圣母院 | 〔法〕雨果著 | 潘丽珍译 |
| 大卫·考坡菲 | 〔英〕查尔斯·狄更斯著 | 张谷若译 |
| 双城记 | 〔英〕查尔斯·狄更斯著 | 张玲、张扬译 |
| 呼啸山庄 | 〔英〕爱米丽·勃朗特著 | 张玲、张扬译 |
| 猎人笔记 | 〔俄〕屠格涅夫著 | 力冈译 |
| 恶之花 | 〔法〕夏尔·波德莱尔著 | 郭宏安译 |
| 茶花女 | 〔法〕小仲马著 | 郑克鲁译 |
| 战争与和平 | 〔俄〕列夫·托尔斯泰著 | 张捷译 |
| 德伯家的苔丝 | 〔英〕托马斯·哈代著 | 张谷若译 |
| 伤心之家 | 〔爱尔兰〕萧伯纳著 | 张谷若译 |
| 尼尔斯骑鹅旅行记 | 〔瑞典〕塞尔玛·拉格洛夫著 | 石琴娥译 |
| 泰戈尔诗集：新月集·飞鸟集 | 〔印〕泰戈尔著 | 郑振铎译 |
| 生命与希望之歌 | 〔尼加拉瓜〕鲁文·达里奥著 | 赵振江译 |
| 孤寂深渊 | 〔英〕拉德克利夫·霍尔著 | 张玲、张扬译 |
| 泪与笑 | 〔黎巴嫩〕纪伯伦著 | 李唯中译 |
| 血的婚礼——加西亚·洛尔迦戏剧选 | 〔西〕费德里科·加西亚·洛尔迦著 | 赵振江译 |
| 小王子 | 〔法〕圣埃克苏佩里著 | 郑克鲁译 |
| 鼠疫 | 〔法〕阿尔贝·加缪著 | 李玉民译 |
| 局外人 | 〔法〕阿尔贝·加缪著 | 李玉民译 |

## 第二辑书目（30种）

|  |  |  |
|---|---|---|
| 枕草子 | 〔日〕清少纳言著 | 周作人译 |
| 尼伯龙人之歌 | 佚名著 | 安书祉译 |
| 萨迦选集 | | 石琴娥等译 |
| 亚瑟王之死 | 〔英〕托马斯·马洛礼著 | 黄素封译 |
| 呆厮国志 | 〔英〕亚历山大·蒲柏著 | 李家真译注 |
| 波斯人信札 | 〔法〕孟德斯鸠著 | 梁守锵译 |
| 东方来信——蒙太古夫人书信集 | 〔英〕蒙太古夫人著 | 冯环译 |
| 忏悔录 | 〔法〕卢梭著 | 李平沤译 |
| 阴谋与爱情 | 〔德〕席勒著 | 杨武能译 |
| 雪莱抒情诗选 | 〔英〕雪莱著 | 杨熙龄译 |
| 幻灭 | 〔法〕巴尔扎克著 | 傅雷译 |
| 雨果诗选 | 〔法〕雨果著 | 程曾厚译 |
| 爱伦·坡短篇小说全集 | 〔美〕爱伦·坡著 | 曹明伦译 |
| 名利场 | 〔英〕萨克雷著 | 杨必译 |
| 游美札记 | 〔英〕查尔斯·狄更斯著 | 张谷若译 |
| 巴黎的忧郁 | 〔法〕夏尔·波德莱尔著 | 郭宏安译 |
| 卡拉马佐夫兄弟 | 〔俄〕陀思妥耶夫斯基著 | 徐振亚、冯增义译 |
| 安娜·卡列尼娜 | 〔俄〕列夫·托尔斯泰著 | 力冈译 |
| 还乡 | 〔英〕托马斯·哈代著 | 张谷若译 |
| 无名的裘德 | 〔英〕托马斯·哈代著 | 张谷若译 |
| 快乐王子——王尔德童话全集 | 〔英〕奥斯卡·王尔德著 | 李家真译 |
| 理想丈夫 | 〔英〕奥斯卡·王尔德著 | 许渊冲译 |
| 莎乐美 文德美夫人的扇子 | 〔英〕奥斯卡·王尔德著 | 许渊冲译 |
| 原来如此的故事 | 〔英〕吉卜林著 | 曹明伦译 |
| 缎子鞋 | 〔法〕保尔·克洛岱尔著 | 余中先译 |
| 昨日世界：一个欧洲人的回忆 | 〔奥〕斯蒂芬·茨威格著 | 史行果译 |
| 先知 沙与沫 | 〔黎巴嫩〕纪伯伦著 | 李唯中译 |
| 诉讼 | 〔奥〕弗兰茨·卡夫卡著 | 章国锋译 |
| 老人与海 | 〔美〕欧内斯特·海明威著 | 吴钧燮译 |
| 烦恼的冬天 | 〔美〕约翰·斯坦贝克著 | 吴钧燮译 |

## 第三辑书目（40种）

| | |
|---|---|
| 埃达 | 〔冰岛〕佚名著　石琴娥、斯文译 |
| 徒然草 | 〔日〕吉田兼好著　王以铸译 |
| 乌托邦 | 〔英〕托马斯·莫尔著　戴镏龄译 |
| 罗密欧与朱丽叶 | 〔英〕莎士比亚著　朱生豪译 |
| 李尔王 | 〔英〕莎士比亚著　朱生豪译 |
| 大洋国 | 〔英〕哈林顿著　何新译 |
| 论批评　云鬈劫 | 〔英〕亚历山大·蒲柏著　李家真译注 |
| 论人 | 〔英〕亚历山大·蒲柏著　李家真译注 |
| 亲和力 | 〔德〕歌德著　高中甫译 |
| 大尉的女儿 | 〔俄〕普希金著　刘文飞译 |
| 悲惨世界 | 〔法〕雨果著　潘丽珍译 |
| 安徒生童话与故事全集 | 〔丹麦〕安徒生著　石琴娥译 |
| 死魂灵 | 〔俄〕果戈理著　郑海凌译 |
| 瓦尔登湖 | 〔美〕亨利·大卫·梭罗著　李家真译注 |
| 罪与罚 | 〔俄〕陀思妥耶夫斯基著　力冈、袁亚楠译 |
| 生活之路 | 〔俄〕列夫·托尔斯泰著　王志耕译 |
| 小妇人 | 〔美〕路易莎·梅·奥尔科特著　贾辉丰译 |
| 生命之用 | 〔英〕约翰·卢伯克著　曹明伦译 |
| 哈代中短篇小说选 | 〔英〕托马斯·哈代著　张玲、张扬译 |
| 卡斯特桥市长 | 〔英〕托马斯·哈代著　张玲、张扬译 |
| 一生 | 〔法〕莫泊桑著　盛澄华译 |
| 莫泊桑短篇小说选 | 〔法〕莫泊桑著　柳鸣九译 |
| 多利安·格雷的画像 | 〔英〕奥斯卡·王尔德著　李家真译 |
| 苹果车——政治狂想曲 | 〔英〕萧伯纳著　老舍译 |
| 伊坦·弗洛美 | 〔美〕伊迪斯·华尔顿著　吕叔湘译 |
| 施尼茨勒中短篇小说选 | 〔奥〕阿图尔·施尼茨勒著　高中甫译 |
| 约翰·克利斯朵夫 | 〔法〕罗曼·罗兰著　傅雷译 |
| 童年 | 〔苏联〕高尔基著　郭家申译 |
| 在人间 | 〔苏联〕高尔基著　郭家申译 |
| 我的大学 | 〔苏联〕高尔基著　郭家申译 |

| 地粮 | 〔法〕安德烈·纪德著 | 盛澄华译 |
| 在底层的人们 | 〔墨〕马里亚诺·阿苏埃拉著 | 吴广孝译 |
| 啊,拓荒者 | 〔美〕薇拉·凯瑟著 | 曹明伦译 |
| 云雀之歌 | 〔美〕薇拉·凯瑟著 | 曹明伦译 |
| 我的安东妮亚 | 〔美〕薇拉·凯瑟著 | 曹明伦译 |
| 绿山墙的安妮 | 〔加〕露西·莫德·蒙哥马利著 | 马爱农译 |
| 远方的花园——希梅内斯诗选 | 〔西〕胡安·拉蒙·希梅内斯著 | 赵振江译 |
| 城堡 | 〔奥〕弗兰茨·卡夫卡著 | 赵蓉恒译 |
| 飘 | 〔美〕玛格丽特·米切尔著 | 傅东华译 |
| 愤怒的葡萄 | 〔美〕约翰·斯坦贝克著 | 胡仲持译 |

## 第四辑书目(30种)

| 伊戈尔出征记 | | 李锡胤译 |
| 莎士比亚诗歌全集——十四行诗及其他 | 〔英〕莎士比亚著 | 曹明伦译 |
| 伏尔泰小说选 | 〔法〕伏尔泰著 | 傅雷译 |
| 海上劳工 | 〔法〕雨果著 | 许钧译 |
| 海华沙之歌 | 〔美〕朗费罗著 | 王科一译 |
| 远大前程 | 〔英〕查尔斯·狄更斯著 | 王科一译 |
| 当代英雄 | 〔俄〕莱蒙托夫著 | 吕绍宗译 |
| 夏洛蒂·勃朗特书信 | 〔英〕夏洛蒂·勃朗特著 | 杨静远译 |
| 缅因森林 | 〔美〕梭罗著 | 李家真译注 |
| 鳕鱼海岬 | 〔美〕梭罗著 | 李家真译注 |
| 黑骏马 | 〔英〕安娜·休厄尔著 | 马爱农译 |
| 地下室手记 | 〔俄〕陀思妥耶夫斯基著 | 刘文飞译 |
| 复活 | 〔俄〕列夫·托尔斯泰著 | 力冈译 |
| 乌有乡消息 | 〔英〕威廉·莫里斯著 | 黄嘉德译 |
| 生命之乐 | 〔英〕约翰·卢伯克著 | 曹明伦译 |
| 都德短篇小说选 | 〔法〕都德著 | 柳鸣九译 |
| 无足轻重的女人 | 〔英〕奥斯卡·王尔德著 | 许渊冲译 |
| 巴杜亚公爵夫人 | 〔英〕奥斯卡·王尔德著 | 许渊冲译 |
| 美之陨落:王尔德书信集 | 〔英〕奥斯卡·王尔德著 | 孙宜学译 |
| 名人传 | 〔法〕罗曼·罗兰著 | 傅雷译 |
| 伪币制造者 | 〔法〕安德烈·纪德著 | 盛澄华译 |
| 弗罗斯特诗全集 | 〔美〕弗罗斯特著 | 曹明伦译 |

| | | |
|---|---|---|
| 弗罗斯特文集 | 〔美〕弗罗斯特著 | 曹明伦译 |
| 卡斯蒂利亚的田野：马查多诗选 | 〔西〕安东尼奥·马查多著 | 赵振江译 |
| 人类群星闪耀时：十四幅历史人物画像 | 〔奥〕斯蒂芬·茨威格著 | 高中甫、潘子立译 |
| 被折断的翅膀：纪伯伦中短篇小说选 | 〔黎巴嫩〕纪伯伦著 | 李唯中译 |
| 蓝色的火焰：纪伯伦爱情书简 | 〔黎巴嫩〕纪伯伦著 | 薛庆国译 |
| 失踪者 | 〔奥〕弗兰茨·卡夫卡著 | 徐纪贵译 |
| 获而一无所获 | 〔美〕欧内斯特·海明威著 | 曹明伦译 |
| 第一人 | 〔法〕阿尔贝·加缪著 | 闫素伟译 |

## 第五辑书目（30种）

| | | |
|---|---|---|
| 坎特伯雷故事 | 〔英〕乔叟著 | 李家真译注 |
| 暴风雨 | 〔英〕莎士比亚著 | 朱生豪译 |
| 仲夏夜之梦 | 〔英〕莎士比亚著 | 朱生豪译 |
| 山上的耶伯：霍尔堡喜剧五种 | 〔丹麦〕霍尔堡著 | 京不特译 |
| 华兹华斯叙事诗选 | 〔英〕威廉·华兹华斯著 | 秦立彦译 |
| 富兰克林自传 | 〔美〕富兰克林著 | 叶英译 |
| 别尔金小说集 | 〔俄〕普希金著 | 刘文飞译 |
| 三个火枪手 | 〔法〕大仲马著 | 江城子译 |
| 谁之罪？ | 〔俄〕赫尔岑著 | 郭家申译 |
| 两河一周 | 〔美〕梭罗著 | 李家真译注 |
| 伊万·伊里奇之死 | 〔俄〕列夫·托尔斯泰著 | 张猛译 |
| 蓝眼盗 | 〔墨〕阿尔塔米拉诺著 | 段若川、赵振江译 |
| 你往何处去 | 〔波兰〕亨利克·显克维奇著 | 林洪亮译 |
| 俊友 | 〔法〕莫泊桑著 | 李青崖译 |
| 认真最重要 | 〔英〕奥斯卡·王尔德著 | 许渊冲译 |
| 五重塔 | 〔日〕幸田露伴著 | 罗嘉译 |
| 窄门 | 〔法〕安德烈·纪德著 | 桂裕芳译 |
| 我们中的一员 | 〔美〕薇拉·凯瑟著 | 曹明伦译 |
| 薇拉·凯瑟短篇小说集 | 〔美〕薇拉·凯瑟著 | 曹明伦译 |
| 太阳宝库 船木松林 | 〔俄〕普里什文著 | 任子峰译 |
| 堂吉诃德之路 | 〔西〕阿索林著 | 王军译 |
| 给一个青年诗人的十封信 | 〔奥〕里尔克著 | 冯至译 |

与魔的搏斗：荷尔德林、克莱斯特、尼采
〔奥〕斯蒂芬·茨威格著　潘璐、任国强、郭颖杰译
幽禁的玫瑰：阿赫玛托娃诗选　〔俄〕安娜·阿赫玛托娃著　晴朗李寒译
日瓦戈医生　　　　　　〔俄〕帕斯捷尔纳克著　力冈、冀刚译
总统先生　　　　　〔危地马拉〕M.A.阿斯图里亚斯著　董燕生译
雪国　　　　　　　　　　〔日〕川端康成著　尚永清译
永别了，武器　　　　　〔美〕欧内斯特·海明威著　曹明伦译
聂鲁达诗选　　　　　　〔智利〕巴勃罗·聂鲁达著　赵振江译
西西弗神话　　　　　　　〔法〕阿尔贝·加缪著　杜小真译

图书在版编目(CIP)数据

谁之罪？/(俄罗斯)赫尔岑著；郭家申译.—北京：商务印书馆，2024
(汉译世界文学名著丛书)
ISBN 978-7-100-24018-5

Ⅰ.①谁… Ⅱ.①赫… ②郭… Ⅲ.①长篇小说—俄罗斯—近代 Ⅳ.①I512.44

中国国家版本馆 CIP 数据核字(2024)第 103124 号

权利保留，侵权必究。

汉译世界文学名著丛书
**谁之罪？**
〔俄〕赫尔岑 著
郭家申 译

商 务 印 书 馆 出 版
(北京王府井大街36号 邮政编码100710)
商 务 印 书 馆 发 行
北京中科印刷有限公司印刷
ISBN 978-7-100-24018-5

2024年9月第1版　　开本 850×1168　1/32
2024年9月北京第1次印刷　印张 9⅝
定价：48.00元

# 兩漢魏晉南北朝正史西域傳要注

## 上冊

余太山 著

商務印書館
The Commercial Press

2019年·北京

## 目錄

緒說 ... 001
凡例 ... 003

一 《史記·大宛列傳》要注 ... 004
二 《漢書·西域傳上》要注 ... 061
三 《漢書·西域傳下》要注 ... 152
四 《後漢書·西域傳》要注 ... 231
五 《魏略·西戎傳》要注 ... 324

# 緒說

本書旨在爲兩漢魏晉南北朝正史西域傳有關西域的記載提供一個系統的注解。

兩漢魏晉南北朝正史西域傳是研究公元七世紀以前中亞、南亞、西亞乃至歐洲和北非的重要史料，自成體系，歷來受中外史學界重視。自清末丁謙作注以來，已近百年，除若干單篇外，還沒有人將這批資料作爲一個整體進行詮釋。在西域史、特別是中亞史研究業已有了長足進步的今天，爲兩漢魏晉南北朝正史西域傳作新注無疑應該提到議事日程上來。

兩漢魏晉南北朝正史有一十五種，包涵以下有關西域的傳記：《史記·大宛列傳》、《漢書·西域傳》、《後漢書·西域傳》、《晉書·西戎傳》、《梁書·西北諸戎傳》、《魏書·西域傳》、《周書·異域傳下》、《隋書·西域傳》、《南史·西域諸國傳》和《北史·西域傳》，加上《三國志》裴注所引《魏略·西戎傳》，凡一十一篇。茲說明如下：

1.《史記·大宛列傳》，嚴格說來祇是張騫、李廣利的合傳，但不失爲正史"西域傳"之濫觴，故列爲第一篇。

2.《晉書·西戎傳》、《梁書·西北諸戎傳》、《周書·異域傳下》和《隋書·西域傳》四篇僅錄注有關西域的內容。

3. 今本《魏書·西域傳》抄自《北史·西域傳》。後者乃抄襲《魏書·西域傳》、《周書·異域傳下》和《隋書·西域傳》三者而成。故所注《魏書·西域傳》其實爲剔除《周書》和《隋書》文字後的《北史·西域傳》。

4.《南史·西域諸國傳》之內容多與《梁書·西北諸戎傳》重複，故要注重在文字異同。

5.《北史·西域傳》採自《魏書·西域傳》、《周書·異域傳》和《隋書·西域傳》，故要注重在資料來源。

6.《三國志》裴注所引《魏略·西戎傳》乃現存曹魏時期西域事情最主要的記錄，亦予錄注。

所謂"要注"，無非是突出重點的意思，當然也是藏拙避短之計。不言而喻，對於兩漢魏晉南北朝正史"西域傳"見仁見智的詮釋會永遠繼續下去，注者將保持對不同觀點的興趣，通過與同道的切磋，不斷提高認識的水平。

# 凡例

一、凸現詮釋系統，不臚列異說。

二、突出重點，與"西域"無直接聯繫者從略。

三、以傳文內容爲界，不事枝蔓。

四、各傳所在正史有關材料擇要錄入（或予簡注），以資參考。

五、除非必需，不注語辭。

六、凡有所本，標明出處。

七、文字、標點從中華書局本，指出區別。

# 一 《史記·大宛列傳》[1]要注

大宛[2]之跡,見自張騫。張騫,漢中[3]人。建元中爲郎。是時天子問匈奴[4]降者,皆言匈奴破月氏[5]王,以其頭爲飲器[6],月氏遁逃而常怨仇匈奴,[7]無與共擊之。漢方欲事滅胡[8],聞此言,因欲通使。[9]道必更匈奴中,[10]乃募能使者。騫以郎應募,使月氏,與堂邑氏胡奴甘父[11]俱出隴西[12]。經匈奴,匈奴得之,傳詣單于[13]。單于留之,曰:月氏在吾北,[14]漢何以得往使?吾欲使越[15],漢肯聽我乎?留騫十餘歲[16],與妻,有子,然騫持漢節不失。

[1] 一般認爲,本傳是正史"西域傳"之濫觴。這雖是事實,但就傳文的性質來看,視之爲張騫、李廣利兩人的合傳更爲合適。張、李二人生平主要事蹟均與大宛有關,故同入一傳。《史記索隱》稱:"'大宛列傳'宜在'朝鮮'之下,不合在'酷吏'、'遊俠'之間。斯蓋司馬公之殘缺,褚先生補之失也,幸不深尤焉。"其實,《史記》卷一一八以下多爲事蹟類似人物之合傳,本傳位在"酷吏列傳"與"遊

俠列傳"兩傳之間,並無不合,而"南越列傳"、"東越列傳"、"朝鮮列傳"、"西南夷列傳"的記述對象,是漢對南越等地區的經營,並非傳中所涉若干人物之傳記。[1]又,此傳爲《漢書·張騫李廣利傳》所本,故本注錄入兩者重要異文,並作說明。此傳復有若干段落爲《漢書·西域傳》所本,有關兩者異同之說明見"《漢書·西域傳上》要注"。

[2] 大宛,國名,位於今費爾幹納盆地。[2]

[3] 漢中,郡名,治今陝西漢中東。《史記索隱》引陳壽《益部耆舊傳》曰:"騫,漢中成固(今陝西城固)人。"

[4] 匈奴,漠北的遊牧部族。據《史記·匈奴列傳》,秦始皇在位時,"東胡彊而月氏盛。匈奴單于曰頭曼,頭曼不勝秦,北徙。……單于有太子名冒頓。後有所愛閼氏,生少子,而單于欲廢冒頓而立少子,乃使冒頓質於月氏。冒頓既質於月氏,而頭曼急擊月氏。月氏欲殺冒頓,冒頓盜其善馬,騎之亡歸。頭曼以爲壯,令將萬騎"。及冒頓立,"大破滅東胡王,而虜其民人及畜產。既歸,西擊走月氏,南并樓煩[3]、白羊[4]河南王"。於是匈奴"右方王將居西方,直上郡[5]以西,接月氏、氐、羌;而單于之庭直代[6]、雲中[7]"。這就是說,匈奴自冒頓單于在位時(前209—前174年)開始強盛,西擊敗月氏,東擊敗東胡,並不斷南侵,成爲西漢最嚴重的邊患。[8]

[5] 月氏,遊牧部族。在被匈奴擊敗之前,月氏十分強大,其統治中心東起今祁連山以北,西抵今天山、阿爾泰山東端,且一度伸張其勢力至河套內外。[9]

[6] 飲器,指飲酒器。《漢書·張騫李廣利傳》顏注:"'匈奴傳'云'以所破月氏王頭共飲血盟',然則飲酒之器是也。"案:希羅多德

《歷史》（IV，65）所載斯基泰人亦有類似的風俗："至於首級本身，他們并不是完全這樣處理，而祗是對他們所最痛恨的敵人纔是這樣的。每個人都把首級眉毛以下的各部鋸去并把剩下的部份弄乾淨。如果這個人是一個窮人，那末他祗是把外部包上生牛皮來使用；但如果他是個富人，則外面包上牛皮之後，裏面還要鍍上金，再把它當作杯子來使用。"[10] 匈奴以此施之月氏王，則月氏人亦染此俗也未可知。[11]

[7]"月氏遁逃而常怨仇匈奴"，匈奴冒頓單于在破滅東胡、消除來自東面的威脅後，便掉過頭來對付月氏。他對月氏發動的較大的進攻有兩次。第一次在公元前三世紀末，遏阻了月氏東進的勢頭。第二次在公元前177/前176年。月氏經此一戰，放棄故地，大部份西遷至伊犁河、楚河流域。史稱這部份西遷的月氏人爲"大月氏"。至於傳文所謂"匈奴破月氏王"，結合下文關於"匈奴老上單于殺月氏王，以其頭爲飲器"的記載，可知此處"破月氏王"者爲老上單于（前174—前161年在位）。這就是說，西遷伊犁河、楚河的大月氏又一次遭到匈奴的沉重打擊，其王被殺。但老上單于的這次打擊，並沒有使大月氏放棄伊犁河、楚河流域。所謂"月氏遁逃"，不過是"敗北"的意思。

[8]胡，指匈奴，"月氏遁逃而常怨仇匈奴，無與共擊之"云云，可證。"胡"係"匈奴"之略譯。[12]

[9]張騫首次西使，旨在爲漢聯結月氏、夾擊匈奴。可知使出之日，"怨仇匈奴"的大月氏尚在伊犁河、楚河流域。

[10]"道必更匈奴中"，武帝建元中，月氏在伊犁河、楚河流域，而匈奴在將月氏逐出其故地後，不僅控制了祁連山以北，直至天山、阿爾

泰山東端的大片土地，且進而控制了包括準噶爾盆地在內的阿爾泰山南麓，以及原來可能役屬月氏的塔里木盆地綠洲諸國。因此張騫一行出隴西，往赴大月氏，勢必穿越匈奴控制的地區，終於被匈奴拘留。

[11] 堂邑氏胡奴甘父，據《史記索隱》，"謂堂邑縣人家胡奴名甘父也。下云'堂邑父'者，蓋後史家從省，唯稱'堂邑父'而略'甘'字。甘，或其姓號"。案：堂邑氏之奴，名甘父，本匈奴人。張騫西使月氏，"道必更匈奴中"，或者因此與匈奴人甘父同行。"堂邑氏"，指堂邑侯，見《史記·高祖功臣侯者年表》。

[12] 隴西，郡名，治今甘肅臨洮縣。

[13] 單于，匈奴最高首領的稱號。此處指軍臣單于（前161—前126年在位）。

[14] "月氏在吾北"云云，表明遲至張騫被拘留之日，月氏尚在伊犁河、楚河流域。

[15] 越，指南越，族名，時分佈於今湖南南部、廣東、廣西和越南北部。

[16] "十餘歲"，建元二年（前139年）至元光六年（前129年）。案：張騫啟程於武帝建元二年。[13]

居匈奴中，[17]益寬，騫因與其屬亡鄉月氏，西走數十日至大宛。[18]大宛聞漢之饒財，欲通不得，見騫，喜，問曰：若欲何之？騫曰：為漢使月氏，而為匈奴所閉道。今亡，唯王使人導送我。誠得至，反漢，漢之賂遺王財物不可勝言。大宛以為然，遣騫，為發導（繹）[譯]，[19]抵康居，[20]康居傳致大月氏。[21]

大月氏王已爲胡所殺，立其太子[22]爲王。既臣大夏[23]而居，地肥饒，少寇，志安樂，又自以遠漢，殊無報胡之心。[24]騫從月氏至大夏，[25]竟不能得月氏要領[26]。

[17]"居匈奴中"，《漢書·張騫李廣利傳》作"居匈奴西"。既然張騫出隴西被匈奴拘捕後，曾"傳詣單于"，亦即被押送至漠北的單于庭，張騫"西走"大宛可能是從漠北出發的。如果按照《漢書·張騫李廣利傳》，張騫似乎是從阿爾泰山南麓西走大宛的。就是說張騫雖然曾被押送至漠北的單于庭，但"西走"大宛之前被拘留在匈奴領土的西部。

[18]張騫西抵大宛最可能的途徑是取道巴爾喀什湖北岸，沿楚河南下，穿越吉爾吉斯山脈，復順納倫河進入費爾幹納盆地。張騫得脫，往赴月氏，而取道大宛，說明當時他已知月氏放棄伊犁河、楚河流域之事。張騫抵達大宛的時間應爲武帝元光六年（前129年）。

[19]大宛王見張騫而喜，顯然是因爲有意交通，旨在通商。這說明其時大宛對西漢已經有所瞭解，知漢"饒財"，因而相信張騫關於賂遺財物的許諾，並爲發導譯。"導繹"，當作"導譯"。下文"烏孫發導譯送騫還"，可證。[14]

[20]康居，騎馬遊牧部族。主要遊牧於錫爾河北岸。因此，張騫往赴阿姆河流域之大月氏國，所經"康居"應爲康居屬土，即位於錫爾河與阿姆河之間的索格底亞那。蓋張騫自大宛往赴阿姆河北岸的大月氏王庭，並無必要繞道錫爾河北岸，而索格底亞那則是必由之途。或者說，張騫往赴大月氏而"抵康居"，說明索格底亞那當時役屬康

居。又,《史記·司馬相如列傳》載司馬相如喻告巴蜀民檄:"康居西域,重譯請朝,稽首來享。"相如喻告巴蜀民在元光末(前130/前129年),知康居在張騫首次西使自匈奴中得脫之前已遣使漢廷,是最早朝漢的西域國家。[15]

[21] 此處所謂"大月氏",已不復位於伊犁河、楚河流域。蓋公元前130年左右,役屬匈奴的烏孫遠征大月氏、戰而勝之。大月氏被迫放棄伊犁河、楚河流域,再次西遷,經費爾幹納,到達阿姆河流域,征服了主要位於河南的大夏國。張騫抵大月氏時,大月氏設王庭於河北,控制著跨有阿姆河兩岸的原大夏國領土。張騫很可能是在逃離匈奴後獲悉大月氏再次西遷的消息的,因而他不去伊犁河流域,而徑自巴爾喀什湖北岸南下費爾幹納。

[22] "太子",《漢書·張騫李廣利傳》作"夫人"。兩書的矛盾可能是這樣產生的:大月氏王被老上所殺時,太子尚幼,雖被立爲王,實由其母攝政。本傳與《漢書·張騫李廣利傳》於名實各執一端。

[23] "大夏",國名,位於今阿姆河流域。[16]

[24] 月氏征服大夏的年代當在公元前130年,約張騫到達阿姆河流域一年之前。大月氏本遊牧部族,從伊犁河、楚河流域遷至媯水(阿姆河)流域時,習俗未改,故其王巡歷媯水南北。但遊牧部族進入農耕區後,逐步走向定居,終於建都,也是勢在必然。張騫西使抵大月氏國時,發現大月氏人因"地肥饒"而"志安樂",可以說這種傾向已見端倪。

[25] 張騫於公元前129年抵達大月氏時,大月氏已領有媯水以南大夏之地,祇是王庭尚設在水北,但大月氏王可能經常巡歷阿姆河南

北。因此，張騫爲得其要領而"從月氏至大夏"，其實是從大月氏王庭至原大夏國都城，可能是爲了會晤當時正在河南的大月氏王。

[26] "要領"，《漢書·張騫李廣利傳》顏注："要，衣要也。領，衣領也。凡持衣者則執要與領。言騫不能得月氏意趣，無以持歸於漢，故以要領爲喻。"張騫"不能得月氏要領"，原因固如傳文所述，但究其根本，大月氏此時遠在阿姆河流域，事實上已不可能與漢夾擊匈奴，不能得要領，可以說勢在必然。又，張騫這次西使，雖然沒有達到原定目的，但打開了漢人的眼界，西漢的西域經營，實肇端於此。

　　留歲餘[27]，還，並南山[28]，欲從羌中歸，[29]復爲匈奴所得。[30]留歲餘[31]，單于死，左谷蠡王攻其太子自立，國內亂，[32]騫與胡妻及堂邑父俱亡歸漢。[33]漢拜騫爲太中大夫，堂邑父爲奉使君。

[27] "留歲餘"，元光六年（前129年）至元朔元年（前128年）。張騫當於元朔元年末踏上歸途。

[28] 此處所謂"南山"，指西域南山，即今喀喇崑崙、崑崙、阿爾金山。

[29] 羌人遊牧於今甘肅、青海一帶。敦煌以遠，沿崑崙山北麓往西，亦有其種類。如果考慮到張騫很可能是沿南道到達羅布泊西南的樓蘭，復北上至泊西北的姑師，在自姑師東走途中再次被匈奴拘捕的，"從羌中歸"不過是他的計劃而已，則"羌中"更可能指漢南山的羌人居地。

[30] 張騫歸途很可能沿南道，經于闐、扜罙後，抵達位於羅布泊西南之樓蘭，復北上至泊西北之姑師。很可能他在知道"羌人惡之"後，採取了"少北"的路線（見下文），結果又爲匈奴所得。

[31] "留歲餘"，元朔二年初至元朔三年。

[32]《史記·匈奴列傳》："其後冬，匈奴軍臣單于死。軍臣單于弟左谷蠡王伊稚斜自立爲單于，攻破軍臣單于太子於單。"事在元朔三年。

[33] 張騫歸國當在武帝元朔三年。張騫再次被拘留後，很可能同前次一樣，被"傳詣單于"，並被押送至原流放地（因而得會其胡妻，終於相偕歸漢），直至軍臣單于死後，纔乘亂得脫。

騫爲人彊力，寬大信人，蠻夷愛之。堂邑父故胡人，善射，窮急射禽獸給食。初，騫行時百餘人，去十三歲[34]，唯二人得還。

[34] "十三歲"，自武帝建元二年（前 139 年）至元朔三年（前 126 年）。

騫身所至者大宛、大月氏、大夏、康居，而傳聞其旁大國五六，[35] 具爲天子言之。[36] 曰：

[35] "傳聞其旁大國五六"，據傳文可知是烏孫、奄蔡、安息、條枝、黎軒和身毒。

[36] 張騫首次西使所經見和傳聞諸國中，大宛、大月氏、大夏、康居、烏孫和奄蔡可能均和阿喀美尼朝波斯大流士一世貝希斯登銘文（第一欄第 12—20 行，第二欄第 5—8 行和第五欄第 20—30 行）[17] 所見 Sakā 人有關。據 Strabo《地理志》[18] 記載（XI, 8），Sakā 人主要包括四個部落或部族：Asii、Gasiani、Tochari 和 Sacarauli。至遲在公元前七世紀末葉，Asii 等部已出現在伊犁河、楚河流域。約公元前六世紀二十年代末，Asii 等部西向擴張至錫爾河，逐去原居該河右岸的 Massagetae 人。約公元前 177/ 前 176 年，由於大月氏人西遷，Sakā 人被迫放棄伊犁河、楚河流域，一部份南下，散處帕米爾各地，後亦東向進入塔里木盆地諸綠洲。公元前 140 年左右，大批 Sakā 人渡錫爾河南下，一支進入 Ferghāna（費爾幹納），一支進入 Bactria（巴克特里亞）。後者滅亡了希臘巴克特里亞王國。他們各自建立的政權（可能均以 Tochari 人爲主），張騫分別稱之爲大宛國和大夏國。"大宛" [dat-iuan] 和 "大夏" [dat-hea] 均可能是 Tochari 之音譯。大概在此同時，另一支 Sakā 人（可能以 Asii 人爲主）順錫爾河而下，遷往鹹海乃至裏海沿岸。張騫將這一支 Sakā 人稱爲奄蔡，而將留在錫爾河北岸的 Sakā 人（可能以 Sacarauli 人爲主）稱爲康居。"奄蔡" [iam-tziat] 和 "康居" [khang-kia] 可能分別是 Asii 和 Sacarauli 的對譯。公元前 130 年，烏孫人在匈奴人的支援下，遠征大月氏，戰而勝之，奪取了伊犁河、楚河流域。大月氏人再次西遷，到達阿姆河流域，擊敗大夏，佔領其地。本傳的烏孫國和大月氏國於是成立。"烏孫" [a-suən] 和 "月氏" [njiuk-zjie] 可分別視作 Asii 和 Gasiani 的對譯，彼此有某種淵源亦未可知。[19]

大宛在匈奴西南，在漢正西，去漢可萬里[37]。其俗土著[38]，耕田，田稻麥。有蒲陶[39]酒。多善馬，馬汗血，其先天馬子也。[40]有城郭屋室。其屬邑大小七十餘城，衆可數十萬。其兵弓矛騎射。其北則康居，西則大月氏，西南則大夏，東北則烏孫[41]，東則扜罙[42]、于寘[43]。于寘之西，則水皆西流，[44]注西海[45]；其東水東流，[46]注鹽澤[47]。鹽澤潛行地下，其南則河源出焉。[48]多玉石，河注中國。而樓蘭[49]、姑師[50]邑有城郭，[51]臨鹽澤[52]。鹽澤去長安可五千里[53]。匈奴右方居鹽澤以東，至隴西長城，南接羌，鬲漢道焉。

[37]"可萬里"（里數1），表示自漢都長安經由匈奴單于庭往赴大宛國王治的行程，蓋張騫往赴大宛乃自漠北匈奴單于庭附近出發。前文"大宛在匈奴西南"，也表明這一里數乃經由匈奴單于庭的行程。20

[38]本傳將西域諸國按照經濟形態大別爲兩類：行國和土著。行國隨畜，兵强。土著耕田，有城郭屋室。這一認識來自張騫首次西使歸國向漢武帝所作的報告，這個報告所涉及的西域國家主要位於蔥嶺以西，這是張騫首次西使的宗旨和當時的形勢決定的。張騫首次西使身臨的西域國家有大宛、康居、大月氏和大夏；此外，還有傳聞之國，卽烏孫、奄蔡、安息、條枝、黎軒和身毒。其中，康居、大月氏、烏孫和奄蔡四者，是典型的"行國"卽騎馬遊牧國家，其餘六國亦卽大宛、大夏、安息、條枝、黎軒和身毒則是典型的"土著"卽農耕國家。案：建立大宛、大夏國的 Tochari 人本來是遊牧的，進入費爾幹納盆地和巴克特里亞後逐步走向農耕，成爲"土著"。

[39] 蒲陶，可能是伊朗語 buδawa 之漢譯。[21]

[40]《史記·樂書》："伐大宛得千里馬，馬名蒲梢，次作以爲歌。歌詩曰：天馬來兮從西極，經萬里兮歸有德。承靈威兮降外國，涉流沙兮四夷服。"《史記集解》（卷二四）引應劭曰："大宛馬汗血霑濡也，流沫如赭。"傳文稱此馬爲"貳師馬"，且載大宛貴人之言曰："貳師馬，宛寶馬也。"

[41] 烏孫，遊牧部族，張騫自匈奴中得脫西走時已西遷至伊犂河、楚河流域，故傳文稱其國在"大宛東北可二千里"。[22]

[42] 扜罙，綠洲國，位於今 Dandān-Uiliq 遺址一帶。[23] 案：約公元前 177/ 前 176 年，大月氏西遷，將 Sakā 人逐出伊犂河、楚河流域，一部份 Sakā 人南下葱嶺。托勒密《地理志》[24]（VI, 13）稱索格底亞那以東、帕米爾以西、錫爾河以南、興都庫什山以北地區爲 Sacara，並載活動其間的 Sakā 小部落名有 Caratae、Comari、Comedie、Massagetae、Grynaci 等。由此可知，Sakā 除可大別爲 Asii 等四部外，又可再細分爲若干小部落，這些小部落亦各有名號。可能在到達葱嶺地區以後，這些 Sakā 部落又逐步東向滲入塔里木盆地，建立了不少小國。"扜罙" [a(kio)-miai]，與 Comari 或 Comedie 得視爲同名異譯，[25] 亦卽佉盧文書所見 Khema。[26]

[43] "于寘"，綠洲國，位於今和闐附近，最可能在 Yotkan。[27] "于寘" [hiua-dyen]，與 Gasiani 得視爲同名異譯，可能是進入西域南道的 Gasiani 人所建。[28]

[44] 西流之水指阿姆河、錫爾河。

[45] 西海，此處指裏海。

[46] 東流之水指塔里木河。

[47] 鹽澤，一般認爲指羅布淖爾（Lop Nor）。澤水含鹽量高，故得名"鹽澤"。

[48] 這就是所謂河源潛流說，始見於《山海經·海外北經》："禹所積石之山在其東，河水所入。"郭璞注："河出崑崙而潛行地下，至蔥嶺復出，注鹽澤。從鹽澤復行，南出於此山，而爲中國河，遂注海也。"《史記正義》引《括地志》曰："蒲昌海一名泑澤，一名鹽澤。"

[49] 樓蘭，綠洲國，位於今羅布淖爾西南若羌縣附近之且爾乞都克古城。[29]"樓蘭"[lo-lan]，得視爲 Sacarauli 卽 Sakā [K]rauli 或 Sakā Krorai[mna] 之對譯，可能是進入塔里木盆地東端的 Sacarauli 人所建。[30]

[50] 姑師，綠洲小國，張騫首次西使歸國之際可能位於今羅布淖爾西北，今樓蘭古城遺址一帶。"姑師"[ka(kia)-shei]，得視爲 Gasiani 之對譯，可能是進入塔里木盆地東端的 Gasiani 人所建。[31]

[51] 按之前引《史記·匈奴列傳》所載冒頓單于遺漢書可知，樓蘭作爲鄯善之前身曾被歸入"引弓之民"一類。

[52] 張騫首次西使歸國之際，樓蘭與姑師一在泊之西南，一在泊之西北，均"臨鹽澤"。[32]

[53] "可五千里"（里數 2），傳文旣稱"樓蘭、姑師邑有城郭，臨鹽澤"，張騫標出鹽澤去長安距離，事實上記錄了自兩國王治赴長安的大致行程。

烏孫在大宛東北可二千里[54]，行國[55]，隨畜，與匈奴同俗。控弦者數萬，敢戰。故服匈奴，[56] 及盛，取其羈屬，不肯往朝會焉。[57]

[54]"可二千里"（里數 3），表示自大宛國王治赴烏孫國王治的大致行程。烏孫國王治當在納倫河流域。

[55] 行國，見注 38。

[56] "故服匈奴"，始自公元前 177/ 前 176 年匈奴冒頓單于擊敗月氏。

[57] "及盛"云云，始自公元前 130 年左右烏孫遷至伊犂河、楚河流域擊走大月氏。


康居在大宛西北可二千里[58]，行國，與月氏大同俗。控弦者八九萬人。與大宛鄰國。國小，[59]南羈事月氏，東羈事匈奴。

[58] "可二千里"（里數 4），表示自大宛國王治赴康居國王治的大致行程，大致自費爾幹納至錫爾河北岸 Turkestan 一帶。

[59] "國小"，指人口少，非關國土面積。


奄蔡[60]在康居西北可二千里[61]，行國，與康居大同俗。控弦者十餘萬。臨大澤[62]，無崖，蓋乃北海[63]云。

[60] 奄蔡，遊牧部族，時遊牧於鹹海以北。[33]

[61] "可二千里"（里數 5），表示自康居國王治赴奄蔡國王治的大致行程。

[62] 大澤，指今鹹海。

[63] 北海，指鹹海或裏海，之所以又被稱爲"北海"，可能是承波斯人的稱呼。

大月氏在大宛西可二三千里[64]，居嬀水[65]北。其南則大夏，西則安息[66]，北則康居。[67]行國也，隨畜移徙，與匈奴同俗。控弦者可一二十萬。故時彊，輕匈奴，及冒頓立，攻破月氏，[68]至匈奴老上單于，殺月氏王，以其頭爲飲器。[69]始月氏居敦煌[70]、祁連[71]閒，及爲匈奴所敗，乃遠去，過宛，西擊大夏而臣之，遂都嬀水北，爲王庭。[72]其餘小衆不能去者，保南山[73]羌，號小月氏[74]。

[64] "可二三千里"（里數6），當爲"可二千里"之訛，"三"字衍，表示自大宛國王治赴大月氏國王治的大致行程。

[65] 嬀水卽阿姆河。"嬀"[kiua]，Vakhsh 或 Wakhsh 之對譯。[34]

[66] 安息，指帕提亞（Parthia）波斯王朝。"安息"[an-siək]，一般認爲係帕提亞王室名 Arshaka 的對譯。[35]

[67] "北則康居"，康居其時領有索格底亞那，故云。

[68]《史記·匈奴列傳》載漢文帝前元四年（前176年），匈奴冒頓單于遺漢書曰："今以小吏之敗約故，罰右賢王，使之西求月氏擊之。以天之福，吏卒良，馬彊力，以夷滅月氏，盡斬殺降下之。定樓蘭、烏孫、呼揭，及其旁［三］（二）十六國，皆以爲匈奴。諸引弓之民，并爲一家。"樓蘭（在羅布泊西南）、烏孫（在伊吾一帶）、呼

揭（在阿爾泰山南麓）[36]既爲匈奴所定，則月氏在其故地已無容身之處。因此，大月氏放棄故地西遷伊犂河、楚河流域當在冒頓單于時。

[69] 這是說，老上單于在位時，西遷伊犂河、楚河的大月氏又一次遭到匈奴的沉重打擊，其王被殺，但匈奴這次打擊，並沒有使大月氏放棄伊犂河、楚河流域。張騫首次西使的對象便是西遷至伊犂河、楚河流域的大月氏。

[70] "敦煌"，一般認爲指漢敦煌郡，治今敦煌西。但是，必須指出：上述有關月氏故地的記載出自張騫西使大月氏國歸國（前126年）後向武帝所作的報告，而由於其時敦煌郡尚未設置，[37]顯然張騫不可能用敦煌郡或其郡治來標誌月氏故地的位置。"敦煌"作爲地名，漢以前既未見著錄，很可能是武帝元鼎六年（前111年）分酒泉地置新郡時纔出現的。換言之，張騫向武帝報告月氏故地時，並沒有使用"敦煌"這一名稱，而是使用了一個地望與後來所置敦煌郡大致相當的古地名，而在今天所見張騫關於月氏故地的報告中出現"敦煌"一名，應該是司馬遷用新名取代舊稱的緣故。至於張騫原始報告中所用的古地名，可能是《山海經·北山經》所見"敦薨"；因此，所謂"敦煌、祁連間"的"敦煌"應指"敦薨之山"即今祁連山。[38]

[71] "祁連"，張騫用來標誌月氏故地的"敦煌"即"敦薨之山"既爲今祁連山，則用來標誌月氏故地的"祁連"就不可能是今祁連山，應爲今天山。[39]

[72] 大月氏放棄伊犂河、楚河流域，西遷阿姆河流域，時在公元前130年。"過宛"云云表明月氏之大衆，即所謂"大月氏"是沿天山北麓西遷的。傳文稱，元鼎初（前116年），張騫使烏孫時，曾遣

副使使大月氏。該副使歸國時，可能偕大月氏使者同來。果然，阿姆河流域的大月氏首次遣使西漢最早可能在武帝元鼎年間（前116—前111年）。

[73] 此處"南山"和前文"南山"一樣，均指西域南山，大概月氏人被匈奴擊破後分道揚鑣，一支經天山北麓西遷，一支（老弱）即入南山。小月氏所保"南山"不妨認爲亦指西域南山。過去多以爲這些"小衆"的居地應在今祁連山，至少是不確切的。小月氏人應散佈在今祁連山直至阿爾金山、昆崙山一帶。所保"南山羌"也應該包括西域南山之羌人。

[74]《史記·衛將軍驃騎列傳》載武帝詔："驃騎將軍踰居延[40]，遂過小月氏，攻祁連山，得酋涂王……益封去病五千戶。賜校尉從至小月氏爵左庶長。"武帝詔中提到的"小月氏"，應是大月氏西遷時留在天山東端的餘衆，或正處在去病攻"祁連山"必經途中，故漢軍先"過小月氏"。[41]

安息在大月氏西可數千里[75]。其俗土著，耕田，田稻麥[76]，蒲陶酒。城邑如大宛。其屬小大數百城，地方數千里，最爲大國。臨嬀水，有市，民商賈用車及船，行旁國或數千里。以銀爲錢，錢如其王面，王死輒更錢，效王面焉。[77] 畫革旁行[78]以爲書記。其西則條枝[79]，北有奄蔡、黎軒[80]。

[75] "可數千里"（里數7），表示自大月氏國王治赴安息國王治的大致行程。

[76]"田稻麥",可能是張騫得諸傳聞,不足爲據。蓋波斯直至薩珊時代尚不產稻。[42]

[77] 張騫首次西使抵達大月氏,時值帕提亞王 Fraates 二世在位(前 138/ 前 137—前 129 年)。其錢幣正面爲"王面"。至於"王死輒更錢,效王面"則是古代中東地區的普遍風俗。[43]

[78]"旁行",指《史記集解》引《漢書音義》曰:"橫行爲書記。"

[79] 條枝,指塞琉古朝叙利亞王國,"條枝"[diəu-tjie],乃王國都城 [An]tiochia 的縮譯。[44]

[80] 黎軒,指托勒密埃及王國,"黎軒"[lyei-xian] 乃王國都城 [A]lexan[dria] 的縮譯。[45]

條枝在安息西數千里[81],臨西海[82]。暑溼。耕田,田稻[83]。有大鳥[84],卵如甕。人衆甚多,往往有小君長,而安息役屬之,以爲外國。[85]國善眩[86]。安息長老傳聞條枝有弱水[87]、西王母[88],而未嘗見。[89]

[81]"數千里"(里數 8),表示自安息國王治赴條枝國王治的大致行程。

[82] 西海,此處指地中海。

[83] 條枝國"田稻"也是張騫傳聞之誤。[46]

[84] 大鳥,一般認爲指鴕鳥。

[85]"安息役屬之,以爲外國",這裏的意思是條枝役屬於安息,成爲安息的蕃國。按之西史,安息王 Mithridates 一世(前 171—

前139/138年）在位時，國力臻於極盛，曾俘虜入侵的叙利亞國王Demetrius二世（前145—139/前138年、前129—前125年在位）。繼位的Fraates二世再次擊退叙利亞王國的入侵，消滅叙利亞大軍三十萬人，殺死其王Antiochus七世（前139/前138—前129年在位）。Fraates二世隨即放回被Mithridates一世囚禁的Demetrius二世，並娶其女爲妃。[47]不難想見Fraates此舉是爲了有效地控制叙利亞王國，而Demetrius二世爲換取自由和復辟，必然對波斯人提出的政治、經濟要求作出某種承諾。這或許就是傳文所載條枝役屬安息的背景和内容。

[86]"善眩"，《史記正義》引顏注："今吞刀、吐火、殖瓜、種樹、屠人、截馬之術皆是也。"

[87] 弱水，不能勝舟之水。但此處所謂"弱水"可能是"若水"之訛。"若水"之所以被置於西方絶遠之處，可能和某些遷自西方的部族的古老記憶有關。[48]

[88] 西王母，一說其原型可能是Anatolia的大神母Koubaba即Cybele，而與公元前十四至十二世紀存在於叙利亞地中海沿岸的都市國家Ugarit所崇拜的Anat等神祇亦有淵源。[49]案：西王母在漢文史籍（如《穆天子傳》）中，一直被置於極西之地，本傳更明確這位神祇在地中海東岸，這似乎正與西王母即Cybele說暗合。蓋最初Cybele祇是諸神之一，公元前1180年左右赫梯帝國滅亡之後，被Anatolia新的征服者腓尼基人接受爲族神，地位開始尊顯，影響漸及整個地中海地區，爲希臘、羅馬世界接受。西王母果指Cybele，則可視爲地中海文化東傳在漢文史籍中留下的痕跡。

[89] 西王母與弱水往往連帶叙及，但没有證據表明兩者之間存在

必然的聯繫。質言之，兩者都可能是古代中國人中若干遷自西方的部落擁有的古老記憶，但未必屬於同一系統。

大夏在大宛西南二千餘里[90]，媯水南。其俗土著，[91]有城屋，與大宛同俗。無大君長，往往城邑置小長。[92]其兵弱，畏戰。善賈市。及大月氏西徙，攻敗之，皆臣畜大夏。大夏民多，可百餘萬。其都曰藍市城[93]；有市，販賣諸物。[94]其東南有身毒國[95]。

[90]"二千餘里"（里數9），表示自大宛國王治赴大夏國王治藍市城的大致行程。時大月氏設王庭於媯水北，自大宛往赴，較赴藍市城爲近，故一曰"可二千里"，一曰"二千餘里"。

[91] 大月氏征服大夏後便"志安樂"，說明其地宜耕稼。

[92] "無大君長，往往城邑置小長"，可能是指滅亡希臘巴克特里亞王國的 Sakā 諸部各自爲政、互不統屬的局面。

[93] "藍市"[lam-zhiə]，可能是 Bactra 的別稱 Alexandria 的略譯。位於今 Balkh 附近。[50]

[94] "有市"云云，這是張騫首次西使瞭解到的情況。時距大夏人進入巴克特里亞已有十餘年，其人已開始從遊牧走向定居、農耕，成爲所謂"土著"。由於並沒有"大君長"，故所謂"其都曰藍市城"應指當地最大的都市希臘巴克特里亞王國的都城 Bactra。該城位於阿姆河南岸，是當時東西交通的樞紐之一，十分繁榮。

[95] 身毒，指今印度河流域。"身毒"[sjien-tuk]，是梵語 Sindhu

或伊朗語 Hindu 之對譯。[51]

騫曰：臣在大夏時，見邛竹杖[96]、蜀布[97]。問曰：安得此？大夏國人曰：吾賈人往市之身毒。[98]身毒在大夏東南可數千里[99]。其俗土著，大與大夏同，而卑溼暑熱云。其人民乘象以戰。其國臨大水[100]焉。以騫度之，大夏去漢萬二千里[101]，居漢西南。今身毒國又居大夏東南數千里，有蜀物，此其去蜀不遠矣。今使大夏，從羌中，險，羌人惡之；少北，則爲匈奴所得；從蜀宜徑，[102]又無寇。天子既聞大宛及大夏、安息之屬皆大國，多奇物，土著，頗與中國同業[103]，而兵弱，貴漢財物；其北有大月氏、康居之屬，兵彊，可以賂遺設利朝也。[104]且誠得而以義屬之，[105]則廣地萬里，重九譯，致殊俗，[106]威德徧於四海。[107]天子欣然，以騫言爲然，乃令騫因蜀犍爲[108]發閒使，四道並出，出駹[109]、出冄[110]、出徙[111]、出邛[112]、僰[113]，皆各行一二千里。其北方閉氐[114]、筰[115]，南方閉嶲[116]、昆明[117]。昆明之屬無君長，善寇盜，輒殺略漢使，終莫得通。然聞其西可千餘里有乘象國，名曰滇越[118]，而蜀賈姦出物[119]者或至焉，於是漢以求大夏道始通滇國[120]。初，漢欲通西南夷，費多，道不通，罷之。[121]及張騫言可以通大夏，乃復事西南夷。[122]

[96]"邛竹杖"，《史記正義》："邛都邛山出此竹，因名邛竹。節高實中，或奇生，可爲杖。"邛山即邛崍山，今四川滎經西南。邛竹

當是一種藤竹。

[97]"蜀布",當爲蜀地所產之布,一般認爲是苧麻布。蜀,郡名,治今四川成都。

[98] 這是漢文史籍對於中亞阿姆河流域與南亞次大陸經濟來往的最早的記載。

[99]"可數千里"(里數 10),表示自大夏國王治藍市城赴身毒國的大致行程。

[100] 大水,指印度河。

[101]"萬二千里"(里數 11),表示自大夏國王治藍市城經大宛國王治赴漢都長安的行程;亦即藍市城去大宛國王治"二千餘里",與大宛國王治去長安"可萬里"之和。

[102]"從蜀宜徑",《漢書·張騫李廣利傳》顏注:"徑,直也。宜猶當也。從蜀向大夏,其道當直。"案:張騫在大夏地見到"蜀物"固係事實,但赴大夏"從蜀宜徑"卻祇是他的猜度之辭。

[103]"同業",《漢書·張騫李廣利傳》作"同俗"。

[104]"設利朝也",《漢書·張騫李廣利傳》顏注:"設,施也。施之以利,誘令入朝。""賂遺設利"使西域諸國來朝的方針,其根據是諸國"貴漢財物",實質是利用中原經濟文化較西域先進而產生的吸引力。

[105]"以義屬之",《漢書·張騫李廣利傳》顏注:"謂不以兵革。"

[106]"重九譯",《史記正義》:"言重重九遍譯語而致。""重九譯、致殊俗"的重要內容之一便是"求奇物",另一項內容是西域各國遣使朝獻和遣子入侍,既可傳播漢威德於四海,又可粉飾中國之太平。

[107]"廣地萬里，重九譯，致殊俗，威德徧於四海"，不僅是西漢"通西域"，也是"事征四夷"的共同目的。西漢最初的西域經營策略在很大程度上是建立在張騫首次西使後對西域諸國的認識基礎之上的。這一策略對後世的西域經營產生了深遠影響。這就是《史記·太史公自序》所謂："漢既通使大夏，而西極遠蠻，引領內鄉，欲觀中國。"

[108] 犍爲，郡名，時治今四川筠連。

[109] 駹，西南夷族名。駹在今四川茂汶一帶。

[110] 冉，西南夷族名。冉在今四川茂汶一帶。"冉"，《漢書·張騫李廣利傳》作"莋"。

[111] 徙，西南夷族名。徙在今四川漢源一帶。

[112] 邛，西南夷族名。邛在今四川西昌一帶和雲南麗江、楚雄北部。

[113] 僰，西南夷族名。僰在四川南部和雲南東北部。

[114] 氐，西南夷族名。氐在今甘肅東南、陝西西南和四川西北部。

[115] 筰，西南夷族名。筰在今四川漢源一帶。

[116] 嶲，西南夷族名。嶲在今四川西昌一帶。

[117] 昆明，西南夷族名。昆明在今四川西部、雲南西部和北部。

[118] 滇越，一說位於今阿薩姆與緬甸之間，"滇越"[tien-hiuat]即 Danava 之漢譯。[52]

[119] "姦出物"，《漢書·張騫李廣利傳》作"間出物"；顏注："私往市者。"

[120] 滇國，都今雲南晉寧東。

[121]《史記·西南夷列傳》："及元狩元年，博望侯張騫使大夏來，言居大夏時見蜀布、邛竹杖，使問所從來，曰：從東南身毒國，可數千里，得蜀賈人市。或聞邛西可二千里有身毒國。騫因盛言大夏在漢西南，慕中國，患匈奴隔其道，誠通蜀，身毒國道便近，有利無害。於是天子乃令王然于、柏始昌、呂越人等，使間出西夷西，指求身毒國。至滇，滇王嘗羌乃留，爲求道西十餘輩。歲餘，皆閉昆明，[53]莫能通身毒國。"武帝初事西南夷在建元六年（前135年），罷於元朔四年（前125年），元狩元年（前122年）因欲通大夏而復事西南夷。

[122] 這是說漢使因受阻於昆明，未能穿越西南夷居地到達身毒，祇是傳聞昆明之西有滇越，並因求通往大夏的道路而到達滇國。也許有人認爲漢使走不通並不等於商人走不通。但漢廷所遣均爲"間使"，也就是說使者並不暴露其身份，很可能正是扮作商人前往的。之所以"終莫得通"，與其認爲是這些"間使"的身份被識破，不如認爲他們所取之道本來是商人也走不通的。如果說張騫設想的"宜徑"當時確實存在，祇是最初所遣"四道並出"的漢使盲目性較大，未能找到，那麼在"通滇國"後，滇王嘗羌爲漢"求道"，應該說情況就有很大的不同了。而經過一年多的努力，依然"莫能通身毒國"，所謂川滇緬印道當時是否存在就很值得懷疑了。[54]


騫以校尉從大將軍擊匈奴，知水草處，軍得以不乏，乃封騫爲博望[123]侯。是歲元朔六年[124]也。其明年[125]，騫爲衛尉，與李將軍俱出右北平[126]擊匈奴。匈奴圍李將軍，軍失亡多；而騫後期當斬，贖爲庶人。[127]是歲漢遣驃騎破匈奴西域[128]數萬人，至祁連山。其明年[129]，渾邪王率其民降漢，[130]而金城[131]、河西西並南山[132]至鹽澤空無匈奴。[133]匈奴時有候者到，而希矣。其後二年，漢擊走單于於幕北。[134]

[123]《史記正義》：“《地理志》：南陽博望縣。”博望縣，故址在今河南方城縣西南。

[124]《史記·建元以來侯者年表》：“以校尉從大將軍，六年擊匈奴，知水、道，及前使絕域大夏功，侯。[元朔]六年（前123年）三月甲辰，侯張騫元年。”

[125]“其明年”，《漢書·張騫李廣利傳》作“後二年”。案：本傳所謂“其明年”（元狩元年）或指張騫爲衛尉之年；《漢書·張騫李廣利傳》所謂“後二年”乃指張騫失侯之年。

[126]右北平，郡名，治今天津薊縣。

[127]《史記·建元以來侯者年表》：“[元狩]二年（前121年），侯騫坐以將軍擊匈奴畏懦，當斬，贖，國除。”《史記·李將軍列傳》：“後二歲，廣以郎中令將四千騎出右北平，博望侯張騫將萬騎與廣俱，異道。……廣軍幾沒，罷歸。漢法，博望侯留遲後期，當死，贖爲庶人。”

[128]“匈奴西域”，《漢書·張騫李廣利傳》作“匈奴西邊”。案：《史記·衛將軍驃騎列傳》稱渾邪爲“匈奴西域王”。《漢書·張騫李廣利傳》改“匈奴西域”爲“匈奴西邊”，蓋因《漢書·西域傳》以“西域”指稱玉門關、陽關以西廣大地區。

[129]“其明年”，《漢書·張騫李廣利傳》作“其秋”。案：兩書

均承前文而言，均指元狩二年（前121年），《漢書·西域傳》較準確。

[130]《史記·建元以來侯者年表》："以匈奴渾邪王將眾十萬降，侯，萬戶。[元狩]二年（前121年）七月壬午，定侯渾邪元年。"

[131] 金城，縣名，治今甘肅蘭州西北。

[132] 此處"南山"，應即《漢書·西域傳上》所見"漢南山"，指今祁連山。

[133] 元狩二年（前121年）秋，匈奴單于怒渾邪王、休屠王在西方敗績，欲召誅之，渾邪王因與休屠王共謀降漢。後休屠王悔約，渾邪王乃殺休屠王，將眾降。渾邪降後，亦即元鼎元年（前116年）或二年，漢遣張騫使烏孫，欲招誘烏孫東居其故地即今巴里坤至哈密一帶。由於烏孫並未東歸，漢一時又無力駐守，這一帶不久又落入匈奴之手。武帝天漢二年（前99年）、征和三年（前90年），漢軍均曾發動對天山東端的進攻，但未能佔有該地。漢兵一退，匈奴復至。

[134] "漢擊走單于於幕北"，事在武帝元狩四年（前119年）。

是後天子數問騫大夏之屬。騫既失侯，因言曰：[135]臣居匈奴中，聞烏孫王號昆莫[136]，昆莫之父，匈奴西邊小國也。[137]匈奴攻殺其父，而昆莫生弃於野。烏嘷肉蜚其上，狼往乳之。[138]單于怪以爲神，而收長之。及壯，使將兵，數有功，單于復以其父之民予昆莫，令長守於西域[139]。昆莫收養其民，攻旁小邑，控弦數萬，習攻戰。單于死，昆莫乃率其眾遠徙，中立，不肯朝會匈奴。匈奴遣奇兵擊，不勝，以爲神而遠之，因羈屬之，不大攻。今單于新困於漢，而故渾邪地[140]空無人。蠻夷俗貪漢財物，今誠以此時而厚幣賂烏孫，招以益東，居故渾邪之地，與漢結昆弟，其勢宜聽，聽則是斷匈奴右臂也。[141] 既連烏孫，自其西大夏之屬皆可招來而爲外臣。[142] 天子以爲然，拜騫爲中郎將，將三百人，馬各二匹，牛羊以萬數，齎金幣帛直數千巨萬，多持節副使，道可使，使遣之他旁國。

[135]《漢書·張騫李廣利傳》載張騫所言烏孫始祖傳說頗有不同："臣居匈奴中，聞烏孫王號昆莫，昆莫父難兜靡本與大月氏俱在祁連、焞煌間，小國也。大月氏攻殺難兜靡，奪其地，人民亡走匈奴。子昆莫新生，傅父布就翎侯[55]抱亡置草中，爲求食；還，見狼乳之，又烏銜肉翔其旁，以爲神，遂持歸匈奴，單于愛養之。及壯，以其父民衆與昆莫，使將兵，數有功。時，月氏已爲匈奴所破，西擊塞王。塞王南走遠徙，月氏居其地。昆莫既健，自請單于報父怨，遂西攻破大月氏。大月氏復西走，徙大夏地。昆莫略其衆，因留居，兵稍彊，會單于死，不肯復朝事匈奴。匈奴遣兵擊之，不勝，益以爲神而遠之。今單于新困於漢，而昆莫地空。蠻夷戀故地，又貪漢物，誠以此時厚賂烏孫，招以東居故地，漢遣公主爲夫人，結昆弟，其勢宜聽，則是斷匈奴右臂也。既連烏孫，自其西大夏之屬皆可招來而爲外臣。"兩傳的矛盾可能是這樣形成的：烏孫本來遊牧於今哈密一帶，很可能一度役屬月氏。公元前177/前176年，匈奴冒頓單于大舉進攻月氏；月氏放棄故地西遷。很可能就在這個時候，潰敗的月氏人衝擊烏孫的牧地，殺死了烏孫昆莫難兜靡，時難兜靡之子獵驕靡新生，其餘衆因持此遺孤投奔匈奴。獵驕靡長成後，軍臣單于令率其族人守衛

匈奴西界。公元前130年，獵驕靡在匈奴支援下，遠征伊犁河、楚河流域。軍臣單于死後，獵驕靡不復"朝事"匈奴。難兜靡直接死於月氏、間接死於匈奴之手。既可以說爲匈奴、也可以說爲大月氏攻殺。或以爲，據《漢書·張騫李廣利傳》，昆莫留居塞地在某匈奴單于生前，而據本傳，昆莫遠徙在某單于死後，以見兩史不同。[56]案：兩史在提及"單于死"時，著眼點完全相同，即指出烏孫在該單于死後，纔擺脫匈奴控制而獨立。本傳因未敘及昆莫破月氏事，故所言籠統，不如《漢書·張騫李廣利傳》層次分明：烏孫在逐走月氏後留居塞地，而在單于死後纔不復朝事匈奴。這裏所謂班馬異同，僅此而已。至於此處提到的單于，無疑應是公元前126年去世的軍臣單于。而《漢書·張騫李廣利傳》涉及的塞種，說詳"《漢書·西域傳》要注"。

[136] 昆莫，烏孫王號。

[137] 烏孫故地當在今哈密一帶。

[138] 烏孫的族名雖係音譯，但可能考慮到"烏哺狼乳"傳說，漢字字面有"烏之子孫"的含意。[57]

[139] "西域"即前文所謂"匈奴西域"。

[140] "渾邪地"，《漢書·張騫李廣利傳》作"昆莫地"，下文"渾邪之地"作"(昆莫)故地"。案："渾邪地"即"匈奴西域"。本傳雖未明言昆莫所守"西域"即烏孫故地，但其地顯係昆莫率眾遠徙以前的駐牧地，亦即《漢書·張騫李廣利傳》所謂"昆莫地"，相對於"大宛東北"來說，目之爲烏孫故地也未嘗不可。在這裏，本傳和《漢書·張騫李廣利傳》其實並不牴牾。《漢書·張騫李廣利傳》之所以改"渾邪地"爲"昆莫地"，僅僅是因爲"渾邪地"不完全等於"昆莫

地"。西徙前的烏孫,"小國也";就地理範圍而言,"昆莫地"無疑包含在"渾邪地"之中。

[141] 渾邪故地爲今河西走廊及其以西,因渾邪王降漢,而"地空無人"。其地若爲漢之盟國控制,對於隔絕匈奴與西域的聯繫能起十分重要的作用。因此,張騫第二次西使,就其目的地而言,和第一次並無二致,也是伊犁河、楚河流域。所謂"斷匈奴右臂",是說西漢可以假手烏孫切斷匈奴與西域的聯繫。隨著西漢勢力逐步向西域滲透,以及漢匈力量對比朝有利於漢的方向轉化,西漢所謂"斷匈奴右臂"便不再指望聯絡烏孫之類西域盟國,而是通過驅逐匈奴在西域的勢力,取代匈奴控制西域去實現了。

[142]"旣連烏孫,自其西大夏之屬皆可招來而爲外臣"云云,說明除了"斷匈奴右臂"外,張騫使烏孫,尚有開闢東西道的用意在內。在張騫使烏孫之前,烏孫作爲匈奴的屬國,事實上妨礙著漢與西域諸國的交往。

騫旣至烏孫,[143] 烏孫王昆莫見漢使如單于禮,騫大慙,知蠻夷貪,乃曰:天子致賜,王不拜則還賜。昆莫起拜賜,其他如故。騫諭使指曰:烏孫能東居渾邪地,則漢遣翁主爲昆莫夫人。烏孫國分,王老,而遠漢,未知其大小,素服屬匈奴日久矣,且又近之,其大臣皆畏胡,不欲移徙,王不能專制。騫不得其要領。昆莫有十餘子,其中子曰大祿[144],彊,善將衆,將衆別居萬餘騎。大祿兄爲太子,太子有子曰岑娶[145],而太子蚤死。臨死謂其父昆莫曰:必以岑娶爲太子,無令他人代之。昆莫哀而許之，卒以岑娶爲太子。大祿怒其不得代太子也，乃收其諸昆弟，將其衆畔，謀攻岑娶及昆莫。昆莫老，常恐大祿殺岑娶，予岑娶萬餘騎別居，而昆莫有萬餘騎自備，國衆分爲三，而其大總取羈屬昆莫，昆莫亦以此不敢專約於騫。[146]

[143] 張騫西使烏孫究竟取什麽路線，史無明文。如果允許推測，其去路似乎可以認爲是沿阿爾金山北麓西進，抵達羅布泊西南的樓蘭，自樓蘭北上，到達泊西北的姑師（今樓蘭古城遺址一帶），復沿孔雀河西進，取西域北道經龜茲到達烏孫。[58] 當時，漢征匈奴已取得重大勝利，特別是元狩二年（前 121 年），匈奴西域王渾邪降漢後，出現了傳文所謂"金城河西西並南山至鹽澤空無匈奴"的局面。既然沿南山即阿爾金山至鹽澤即羅布泊空無匈奴，張騫取此道使烏孫是完全可能。另外，雖然元狩四年（前 119 年）漢已將匈奴逐至漠北，但匈奴並未失去對阿爾泰山南麓包括準噶爾盆地的控制，因而天山北路對張騫來說未必是坦途。至於張騫的歸途，不妨認爲與去路相同。

[144] 大祿，烏孫官號，此處藉作人名。

[145] 岑娶，《漢書·西域傳下》作"岑陬"；烏孫官號，此處藉作人名。

[146] 烏孫立國伊犂河、楚河流域，雖如傳文所說，在軍臣單于死後，"不肯朝會匈奴"，但因地近匈奴，仍受匈奴羈縻，這應該是張騫又一次不得要領的根本原因。當然，其他因素諸如國分、王老、遠漢等也起一定作用。

騫因分遣副使使大宛、康居、大月氏、大夏、安息、身毒、于寘、扜罙及諸旁國。[147] 烏孫發導譯送騫還，騫與烏孫遣使數十人，馬數十匹報謝，因令窺漢，知其廣大。[148]

[147]《漢書·張騫李廣利傳》未及"安息、身毒、于寘、扜罙"諸國。副使所使諸國可能就是張騫首次西使親臨和傳聞諸國。其中，于寘、扜罙應該是張騫首次西使歸途所歷南道綠洲國。

[148] 這是烏孫走上與漢結盟道路的開始；而烏孫的向背，對於西漢最終戰勝匈奴至關緊要。

騫還到，[149] 拜爲大行，列於九卿。歲餘，卒。[150]

[149] 張騫使烏孫的年代，史無明文，一般認爲他啓程於元狩四年（前119年），歸漢於元鼎二年（前115年）。案：元狩四年，漢兵擊匈奴於漠北，西域道可通。張騫於是年被遣出使烏孫，並不是沒有可能。但嚴格說來，這一年祇能看作張騫動身年代的上限。而據本傳或《漢書·張騫李廣利傳》，可知張騫這次西使中途未受梗阻，似乎也沒有在烏孫作較長時間的停留。《資治通鑒·漢紀一二》既繫張騫歸漢於元鼎二年（前115年），則不妨認爲張騫動身於元鼎元年（前116年）或二年。

[150] 張騫拜爲大行在元鼎二年（前115年），卒於三年。[59]

烏孫使既見漢人衆富厚，歸報其國，其國乃益重漢。其後歲餘，騫所遣使通大夏之屬者皆頗與其人俱來，[151]於是西北國始通於漢矣。然張騫鑿空[152]，其後使往者皆稱博望侯，以爲質[153]於外國，外國由此信之。

[151] 此處所謂"大夏"，或即役屬大月氏的若干原大夏國"小長"。此處並舉大月氏、大夏，似乎其時大月氏、大夏還是二國。其實，這說明大月氏雖然征服了大夏，但並未完全消滅當地的土著政權，而所謂"五翎侯"可能就是大夏國城邑的小長。這些翎侯都有一定的自主權，大月氏人不過徵其賦稅而已。傳文稱張騫使烏孫時所"遣使通大夏之屬者皆頗與其人俱來"，俱來者果有大夏人，則應是這些役屬大月氏的大夏土著政權的代表。

[152]《史記集解》引蘇林曰："鑿，開；空，通也。騫開通西域道。"《史記索隱》："謂西域險陀，本無道路，今鑿空而通之也。"考古學和文獻的證據都表明，西域道早在先秦就已經開通。[60]有鑒於此，史遷所謂"鑿空"，也許不是一般意義上的"開通西域道"，其本意或在於強調漢與西域諸國互通使節始自張騫的兩次西使。具體地說，所謂"西北國始通於漢"，不是民間的，而是官方的；不是單向的，而是雙向的。

[153]《史記集解》引如淳曰："質，誠信也。博望侯有誠信，故後使稱其意以喻外國。"

自博望侯騫死後，匈奴聞漢通烏孫，怒，欲擊之。及漢使烏孫，若[154]出其南，抵大宛、大月氏相屬，烏孫乃恐，使使獻馬，願得尚漢女翁主爲昆弟。天子問羣臣議計，皆曰：必先納聘，然後乃遣女。初，天子發書《易》[155]，云：神馬當從西北來。得烏孫馬好，名曰"天馬"。及得大宛汗血馬，益壯，更名烏孫馬曰"西極"，名大宛馬曰"天馬"云。而漢始築令居[156]以西，初置酒泉郡[157]以通西北國。因益發使抵安息、奄蔡、黎軒、條枝、身毒國。而天子好宛馬，使者相望於道。諸使外國一輩大者數百，少者百餘人，人所齎操[158]大放博望侯時。其後益習而衰少焉。漢率一歲中使多者十餘，少者五六輩，遠者八九歲，近者數歲而反。

[154]"若"，《史記集解》引徐廣曰："《漢書》作'及'，'若'意義亦及也。"

[155]"發書《易》"，《史記集解》引《漢書音義》曰："發《易》書以卜。"

[156]令居，縣名，治今甘肅永登西北。《史記·平準書》："其明年（前112年），南越反，西羌侵邊爲桀，於是天子爲山東不贍，赦天下〔囚〕，因南方樓船卒二十餘萬人擊南越，數萬人發三河以西騎擊西羌，又數萬人度河築令居。初置張掖、酒泉郡。"

[157]酒泉郡，元狩二年（前121年）置，河西四郡之一，治今甘肅酒泉。61

[158]《漢書·張騫李廣利傳》師古注："操，持也。所齎持，謂節及幣也。"

是時漢既滅越，而蜀、西南夷皆震，[159]請吏入朝。於是置益州[160]、越巂[161]、牂柯[162]、沈黎[163]、汶山[164]郡，欲地接以前通大夏。[165]乃遣使柏始昌、呂越人等歲十餘輩，出此初郡[166]抵大夏，皆復閉昆明，爲所殺，奪幣財，終莫能通至大夏焉。[167]於是漢發三輔罪人，因巴[168]蜀士數萬人，遣兩將軍郭昌、衛廣等往擊昆明之遮漢使者，斬首虜數萬人而去。[169]其後遣使，昆明復爲寇，竟莫能得通。[170]而北道酒泉抵大夏，使者既多，而外國益厭漢幣，不貴其物。[171]

[159]"滅越，而蜀、西南夷皆震"，時在元鼎六年（前 111 年）。"蜀、西南夷"，《漢書·張騫李廣利傳》作"蜀所通西南夷"。

[160] 益州，郡名，闢西南夷地置，治今雲南晉寧東。

[161] 越巂，郡名，闢西南夷地置，治今四川西昌東南。

[162] 牂柯，郡名，闢西南夷地置，治今貴州黃平、貴定間。

[163] 沈黎，郡名，闢西南夷地置，治今四川漢源東北。

[164] 汶山，郡名，闢西南夷地置，治今四川茂縣北。

[165] "欲地接以前通大夏"，《史記集解》引李奇曰："欲地界相接至大夏。"

[166] "初郡"，初置之郡。

[167] 初郡中，益州郡最在西南，按之《史記·西南夷列傳》，元封二年（前 109 年）以滇國及其旁勞浸、靡莫等地置益州郡後，"賜滇王王印，復長其民"，而"西南夷君長以百數，獨夜郎、滇受王印。滇小邑，最寵焉"。由此可見，漢使欲"出此初郡抵大夏"者必經益

州郡，且得滇王之助。如果說設郡之前，滇王爲漢"求道"有可能陽奉陰違，未盡全力，那麼設郡之後，滇王受印，又最寵，這種可能性就幾乎沒有了。"終莫能通至大夏"者，也許是確乎沒有可通之道。

[168] 巴，郡名，治今重慶北。

[169] 事在元封二年（前109年）。[62]

[170] 至此，武帝欲通大夏而事西南夷以失敗告終。

[171] 西南夷不通，祇能取道酒泉，赴大夏如此，使身毒也是如此。元鼎初，張騫使烏孫時，曾遣副使使身毒，這位使者無疑是出酒泉郡後取西域南北道前往的。又據《漢書·張騫李廣利傳》所載武帝詔，知危須及其以西諸國曾合謀殺死身毒國使。身毒國遣使於漢既然也取西域北道，可知武帝時並不存在張騫設想的"宜徑"。案：危須，西域北道綠洲國，詳"《漢書·西域傳下》要注"。

自博望侯開外國道以尊貴，其後從吏卒皆爭上書言外國奇怪利害，求使。天子爲其絕遠，非人所樂往，聽其言，予節，募吏民毋問所從來，爲具備人衆遣之，以廣其道。來還不能毋侵盜幣物，及使失指，天子爲其習之，輒覆案致重罪，以激怒令贖，復求使。使端無窮，而輕犯法。其吏卒亦輒復盛推外國所有，言大者予節，言小者爲副，故妄言無行之徒皆爭效之。其使皆貧人子，私縣官齎物，[172] 欲賤市以私其利外國。外國亦厭漢使人人有言輕重，[173] 度漢兵遠不能至，而禁其食物以苦漢使。漢使乏絕積怨，至相攻擊。而樓蘭、姑師小國耳，當空道[174]，攻劫漢使王恢等尤甚。而匈奴奇兵時時遮擊使西國者。

使者爭徧言外國災害，皆有城邑，兵弱易擊。於是天子以故遣從驃侯破奴將屬國[175]騎及郡兵數萬，至匈河水[176]，欲以擊胡，胡皆去。其明年[177]，擊姑師，破奴與輕騎七百餘先至，虜樓蘭王，遂破姑師。因舉兵威以困烏孫、大宛之屬。[178]還，封破奴爲浞野侯。[179]王恢數使，爲樓蘭所苦，言天子，天子發兵令恢佐破奴擊破之，封恢爲浩侯。[180]於是酒泉列亭鄣至玉門[181]矣。

[172]"私縣官齎物"，《漢書·張騫李廣利傳》顏注："言所齎官物，竊自用之，同於私有。"

[173]"漢使人人有言輕重"，《漢書·張騫李廣利傳》顏注引服虔曰："漢使言於外國，人人輕重不實。"

[174]空道，卽孔道，亦卽通道。此處指交通要道。

[175]屬國，《史記正義》（卷一一一）："以降來之民徙置五郡，各依本國之俗而屬於漢，故言屬國也。"

[176]匈河水，今蒙古國拜達里格河。

[177]"其明年"，武帝元封三年（前108年）。但從驃侯破奴至匈河水擊胡似在元鼎六年（前111年）。果然，傳文不確。

[178]"因舉兵威以困烏孫、大宛之屬"，《漢書·西域傳上》作"因暴兵威以動烏孫、大宛之屬"。[63]

[179]《史記·建元以來侯者年表》：趙破奴"以司馬再從驃騎將軍數深入匈奴，得兩王子騎將功，侯。以匈河將軍元封三年（前108年）擊樓蘭功，復侯。"

[180]《史記·建元以來侯者年表》："以故中郎將將兵捕得車師王

功，侯。四年（107年）正月甲申，侯王恢元年。"

[181]"玉門"，指玉門關，故址今甘肅敦煌西北。

　　烏孫以千馬匹聘漢女，漢遣宗室女江都翁主[182]往妻烏孫，[183]烏孫王昆莫以爲右夫人。匈奴亦遣女妻昆莫，昆莫以爲左夫人。[184]昆莫曰我老，乃令其孫岑娶妻翁主。烏孫多馬，其富人至有四五千匹馬。

[182] 江都翁主，據《漢書·西域傳下》，江都王建之女，名細君。

[183] 江都公主往妻烏孫昆莫之年代不能確知，但至遲爲元封四年（前107年）。

[184] 烏孫尚漢公主，表明它已不再一邊倒。匈奴尚左，昆莫以匈奴女爲"左夫人"，積威尚在故。匈奴初聞烏孫通漢，怒，欲擊之，及烏孫尚漢公主，匈奴反以女妻之，可見當時匈奴其實無力擊烏孫，而烏孫通漢提高了自己在匈奴心目中的地位。《史記·匈奴列傳》："漢又西通月氏、大夏，又以公主妻烏孫王，以分匈奴西方之援國。"

　　初，漢使至安息，安息王令將二萬騎迎於東界[185]。東界去王都數千里。行比至，過數十城，人民相屬甚多。[186]漢使還，而後發使隨漢使來觀漢廣大，以大鳥卵及黎軒善眩人獻于漢。[187]及宛西小國驩潛[188]、大益[189]，宛東姑師、扞罙、蘇薤[190]之屬，皆隨漢使獻見天子，天子大悅。

[185] 安息國東界在今 Merv 東。

[186] 張騫遣副使使安息，應該是西漢第一次遣使安息。此處所載應該是漢使首次抵達安息的情景。張騫使烏孫在武帝元鼎初（前116年），故所遣副使抵達安息的時間應爲公元前116或公元前115年。當時在位的安息即帕提亞朝波斯王是 Mithridates 二世（前124/前123—前87年在位）。漢使抵達之日，正值該王征討入侵 Sakā 人臨近奏功之時，大軍雲集東界，恰好迎接漢使入境。

[187] "漢使還，而後發使隨漢使來觀漢廣大，以大鳥卵及黎軒善眩人獻于漢"，《漢書·張騫李廣利傳》作"大宛諸國發使隨漢使來，觀漢廣大，以大鳥卵及犛軒眩人獻於漢"，表述有欠確切；應從本傳。如果我們不知道大鳥卵和眩人是安息使者所獻，也就無從知道所謂"大宛諸國"中包括安息了。又，安息使者所獻"大鳥卵"，原產地可能是條枝。

[188] 驩潛，綠洲國，位於今阿姆河下游。"驩潛" [xuan-dziəm]，應是阿赫美尼德波斯大流士一世貝希斯頓銘文所見 Uvārazmīy 一名的漢譯。[64]

[189] 大益，國名，可能位於裏海東南岸。"大益" [dat-jiek]，一般認爲應即薛西斯一世波斯波利斯銘文所見 Dahā 一名的漢譯。

[190] 蘇薤，此處指當時索格底亞那地區的活動中心 Kesh。"蘇薤" [sa-xat]，或爲 Soghd 之對譯。果然，則傳文雖位置於"宛東"，其實亦在大宛之西。[65]

而漢使窮河源，河源出于寘，其山多玉石，[191]采來，天子案古圖書，名河所出山曰崑崙[192]云。

[191] 這是關於于闐玉最早的記載。[66]
[192] 崑崙，山名，今崑崙山。按之傳文，于闐南山被稱爲崑崙始於此時。《爾雅·釋地》："西北之美者，有崐崘虛之璆琳琅玕焉。"此或爲武帝命名之依據。

是時，上方數巡狩海上，乃悉從外國客，大都多人則過之，散財帛以賞賜，厚具以饒給之，以覽示漢富厚焉。於是大觳抵[193]，出奇戲諸怪物，多聚觀者，行賞賜，酒池肉林，令外國客徧觀各倉庫府藏之積，見漢之廣大，傾駭之。及加其眩者之工，而觳抵奇戲歲增變，甚盛益興，自此始。[194]

[193] 大觳抵，角鬭、競技之類。
[194] 武帝於此一舉兩得，既示"外國客"以漢之富厚，又令"聚觀者"識天子威德徧於四海。

西北外國使，更來更去。宛以西，皆自以遠，尚驕恣晏然，未可詘以禮羈縻[195]而使也。自烏孫以西至安息，以近匈奴，匈奴困月氏也，匈奴使持單于一信[196]，則國國傳送食，不敢留苦；及至漢使，非出幣帛不得食，不市畜不得騎用。所以然者，遠漢，而漢多財物，故必市乃得所欲，然以畏匈奴於漢使焉。[197]宛左右以蒲陶爲酒，富人藏酒至萬餘石，久者數十歲不敗。俗嗜酒，馬嗜苜蓿[198]。漢使取其實來，於是天子始種苜蓿、蒲陶肥饒地。及天馬多，外國使來衆，則離宫別觀旁盡種蒲萄、苜蓿極望。自大宛以西至安息，[199]國雖頗異言，然大同俗，相知言。其人皆深眼，多鬚䫇，善市賈，爭分銖。[200]俗貴女子，女子所言而丈夫乃決正。其地皆無絲漆，不知鑄錢器[201]。及漢使亡卒降，教鑄作他兵器。得漢黄白金，輒以爲器，不用爲幣。

[195]《史記索隱》（卷一一七）曰："羈，馬絡頭也。縻，牛韁也。《漢官儀》：馬云羈，牛云縻。言制四夷如牛馬之受羈縻也。"

[196] 信，符信。

[197] 烏孫以西諸國去漢既遠，又受匈奴羈縻，自然不可能禮遇漢使。"必市乃得所欲"，可見諸國重商的傳統。值得注意的是諸國中包括遊牧部族烏孫。

[198] 苜蓿，原語爲伊朗語 buksuk、buxsux 或 buxsuk。[67]

[199] 這是張騫首次西使歸國後向漢武帝所作報告中的內容。張騫這次西使主要的經歷在葱嶺以西，具體而言是大宛以西。這是當他談論族群、語言時，以大宛爲基準的原因。張騫首次西使，身臨和傳聞之國凡十國：大宛、大月氏、大夏、康居、烏孫、奄蔡、安息、條枝、黎軒和身毒。其中，除烏孫"在大宛東北"外，其餘諸國均在大宛之西："大月氏在大宛西"，"大夏在大宛西南"，"康居在大宛西北"，"奄蔡在康居西北"，"安息在大月氏西"，"條枝在安息西"，"身毒在大夏東南"，黎軒在"安息北"。其中，黎軒實際上也是在安息之西。由此可見，上述族群、語言歸屬的情況所描述的是大月氏、大夏、康

居、奄蔡、安息、條枝、黎軒和身毒八國的情況。這八國中，大月氏、大夏、康居三國是張騫親臨的，所述應該最爲可靠。又，張騫所傳聞諸國中，安息、條枝、黎軒和身毒的族群、語言情況都是清楚的。據此，似乎至少可以由此推論大月氏、大夏、康居乃至奄蔡四國居民也具有西歐亞體徵，語言屬印歐語系，當然未必屬於同一語族或語支。傳文旣稱大月氏國"始月氏居敦煌、祁連間，及爲匈奴所敗，乃遠去，過宛，西擊大夏而臣之，遂都嬀水北，爲王庭"，而"敦煌"和"祁連"分別指今天山和祁連山，若以上關於大月氏族群、語言情況的推論可以成立的話，在公元前 177/前 176 年，月氏人被匈奴擊敗西遷之前，河西走廊至準噶爾盆地是在一個主要人員有西歐體徵的遊牧部族的直接控制之下。

[200] 這是說早在張騫首次西使之時，蔥嶺以西諸國均爲重商之國。

[201] "鑄錢器"，《漢書・西域傳上》作"鑄鐵器"。一說此處文字當從本傳："錢器"指錢幣與器物，《漢書・西域傳上》稱罽賓"有金銀銅錫，以爲器。市列。以金銀爲錢"，可以爲證。[68] 案：果然，則與下文"得漢黃白金，輒以爲器，不用爲幣"矛盾。因此，"錢器"很可能是"鐵器"之誤。冶鐵技術本來是漢人發明後逐步西傳的，在張騫首次西使之際，蔥嶺以西尚不知"鑄鐵器"是完全可能的。[69]

而漢使者往旣多，其少從[202]率多進熟[203]於天子，言曰：宛有善馬在貳師城[204]，匿不肯與漢使。天子旣好宛馬，聞之甘心，使壯士車令等持千金及金馬以請宛王貳師城善馬。宛國饒漢物，相與謀曰：漢去我遠，而鹽水[205]中數敗，出其北有胡寇，出其南乏水草。又且往往而絕邑[206]，乏食者多。漢使數百人爲輩來，而常乏食，死者過半，是安能致大軍乎？無柰我何。且貳師馬[207]，宛寶馬也。遂不肯予漢使。漢使怒，妄言，椎金馬而去。宛貴人怒曰：漢使至輕我！遣漢使去，令其東邊郁成[208]遮攻殺漢使，取其財物。[209]於是天子大怒。[210]諸嘗使宛姚定漢等言宛兵弱，誠以漢兵不過三千人，彊弩射之，卽盡虜破宛矣。天子已嘗使浞野侯攻樓蘭，以七百騎先至，虜其王，以定漢等言爲然，而欲侯寵姬李氏，拜李廣利爲貳師將軍，發屬國六千騎，及郡國惡少年[211]數萬人，以往伐宛。期至貳師城取善馬，故號"貳師將軍"。趙始成爲軍正，故浩侯王恢[212]使導軍，而李哆爲校尉，制軍事。[213]是歲太初元年也。[214]而關東蝗大起，蜚西至敦煌。[215]

[202] "少從"，《漢書·張騫李廣利傳》顏注："漢時謂隨使而出外國者爲少從，總言其少年而從使也。"

[203] "進熟"，一說："言進見孰習也。"[70]

[204] 貳師城，大宛國城邑之一，位於今 Ura-tübe，因產貳師（Nesaean）馬而得名。

[205] 鹽水，《史記正義》引孔文祥云："鹽澤也。"下文"西至鹽水"，在《漢書·西域傳上》的平行段落中，被易爲"西至鹽澤"。一說鹽水相當於今營盤以上之孔雀河及營盤以下之庫魯克河。[71]案：所謂"鹽水中數敗"，似乎不可能指漢軍在鹽澤中被打敗，而結合前文"漢去我遠"，乃指漢人取道鹽水（孔雀河與庫魯克河）流域出使西域

屢遭失敗。要之，將"鹽水"理解爲庫魯克河與孔雀河於義較長。

[206]"絕邑"，《漢書·張騫李廣利傳》顔注："言近道之處，無城郭之居也。"

[207] 貳師馬（Nisaean horse），古良馬名，首見於希羅多德《歷史》，據載，原產 Media"一個稱爲 Nisaean 的大平原"。(VII，40) [72] 在阿姆河南北，自 Media 西南，經呼羅珊至費爾幹納，均有以 Nisa、Nisaya 命名的地方，且多爲良馬產地。大宛國之"貳師城"亦得名於 Nesaean 馬之一地。[73]

[208] 郁成，大宛國屬邑之一，位於今 Ush（也可能在 Uzgent）。"郁成"[iuək-zjieng]，一名可能是 Gasiani 的對譯。

[209] 大宛殺車令，似乎並不完全是爲了奪取財物。據《漢書·張騫李廣利傳》載武帝詔有云："危須以西及大宛皆合約殺期門車令、中郎將朝及身毒國使，隔東西道。"由此可知大宛旨在阻止西漢與西方的交通。這很可能是受匈奴的指使。武帝決心經營西域，繼樓蘭、姑師之役，又聯姻烏孫，於是輪到大宛。

[210] 漢伐大宛，起因於武帝"好宛馬"，導火線是求貳師馬不得，使者被殺。蓋如《漢書·蘇武傳》所謂"南越殺漢使者，屠爲九郡；宛王殺漢使者，頭縣北闕；朝鮮殺漢使者，即時誅滅"。顯然，在武帝看來，恥莫甚於斯，是無法片刻容忍的。

[211]"惡少年"，《漢書·張騫李廣利傳》顔注："謂無行義者。"

[212]"故浩侯"，據《史記·建元以來侯者年表》："[元封] 四年（前107年）四月，侯恢坐使酒泉矯制害，當死；贖，國除。封凡三月。"

[213]"趙始成"至"制軍事"二十三字，《漢書·張騫李廣利傳》

僅作"故皓侯王恢使導軍"。

[214] 貳師將軍啓程於太初元年（前104年）秋。[74]

[215]《史記·封禪書》："是歲，西伐大宛。蝗大起。丁夫人、雒陽虞初等以方祠詛匈奴、大宛焉。"敦煌，指敦煌郡；元鼎六年（前111年）置，河西四郡之一。

貳師將軍軍既西過鹽水，[216]當道小國恐，各堅城守，不肯給食。攻之不能下。下者得食，不下者數日則去。[217]比至郁成，士至者不過數千，皆飢罷。攻郁成，郁成大破之，所殺傷甚衆。貳師將軍與哆、始成等計：至郁成尚不能舉，況至其王都乎？引兵而還。往來二歲。還至敦煌，士不過什一二。[218]使使上書言：道遠多乏食，且士卒不患戰，患飢。人少，不足以拔宛。願且罷兵，益發而復往。天子聞之，大怒，而使使遮玉門[219]，曰：軍有敢入者輒斬之！貳師恐，因留敦煌。[220]

[216]"西過鹽水"云云，指是李廣利大軍渡庫魯克河或孔雀河西進。

[217] 由此可見，當時綠洲諸國的城郭未必不堪一擊。傳文載漢臣之言"皆有城邑，兵弱易擊"，不完全正確。

[218] 時在太初二年（前103年）秋冬之交。

[219] "玉門"，指玉門關，《漢書·張騫李廣利傳》正作"玉門關"。[75]

[220] 貳師將軍初征大宛敗績，首先是由於輕敵。另一個原因是

沿途很難得到補給。

其夏，漢亡浞野之兵二萬餘於匈奴。[221] 公卿及議者皆願罷擊宛軍，專力攻胡。天子已業誅宛，宛小國而不能下，則大夏之屬輕漢，而宛善馬絕不來，烏孫、侖頭[222] 易苦漢使矣，爲外國笑。乃案言伐宛尤不便者鄧光等，赦囚徒材官[223]，益發惡少年及邊騎[224]，歲餘而出敦煌者六萬人，負私從者不與。[225] 牛十萬，馬三萬餘匹，驢騾橐它以萬數。多齎糧，兵弩甚設，天下騷動，傳相奉伐宛，凡五十餘校尉。[226] 宛王城中無井，皆汲城外流水，於是乃遣水工徙其城下水空以空其城。[227] 益發戍甲卒[228] 十八萬，酒泉、張掖[229] 北置居延、休屠以衛酒泉，[230] 而發天下七科適[231]，及載糒給貳師。轉車人徒相連屬至敦煌。而拜習馬者二人爲執驅校尉，[232] 備破宛擇取其善馬云。

[221] 太初二年（前 103 年）事，見《史記・匈奴列傳》。

[222] 侖頭，故址可能位於今柯尤可沁舊城附近[76]，也可能在 Bhghr 附近[77]。"侖頭"[liuən-do]（《漢書・張騫李廣利傳》作"輪臺"[liuən-də]），與"樓蘭"當爲同名異譯。

[223] "赦囚徒材官"，赦免囚徒作材官。"材官"，步兵。《漢書・張騫李廣利傳》作："赦囚徒扞寇盜。"[78]

[224] "邊騎"，邊郡騎士。

[225] "負私從者不與"，攜帶私人裝備從軍者不在六萬人之內。[79]

[226] 時爲太初三年（前 102 年）秋。

[227]"乃遣水工徙其城下水空以空其城","水空"即水流經之孔道。《漢書·張騫李廣利傳》作"遣水工徙其城下水空以穴其城"。"穴"乃"空"字毀壞而成。"徙其城下水空"即下文"決其水源，移之"。[80]

[228]"戍甲"，一說"甲"字係"田"字之訛。"戍田卒"屢見漢簡。[81]

[229]張掖，郡名，元鼎六年（前111年）置，河西四郡之一。

[230]"置居延、休屠以衛酒泉"，《漢書·張騫李廣利傳》顏注引如淳曰："立二縣以衛邊也。或曰置二部都尉。"[82]

[231]"七科適"，《史記正義》引張晏曰："吏有罪一，亡命二，贅壻三，賈人四，故有市籍五，父母有市籍六，大父母有籍七，凡七科。"

[232]"拜習馬者二人爲執驅校尉"，《漢書·張騫李廣利傳》顏注："習猶便也。一人爲執馬校尉，一人爲驅馬校尉。"

於是貳師後復行，兵多，而所至小國莫不迎，出食給軍。至侖頭，侖頭不下，攻數日，屠之。自此而西，平行至宛城[233]，漢兵到者三萬人。宛兵迎擊漢兵，漢兵射敗之，宛走入葆乘其城。貳師兵欲行攻郁成，恐留行而令宛益生詐，乃先至宛，決其水源，移之，則宛固已憂困。圍其城，攻之四十餘日，其外城壞，虜宛貴人勇將煎靡。宛大恐，走入中城。宛貴人相與謀曰：漢所爲攻宛，以王毋寡匿善馬而殺漢使。今殺王毋寡而出善馬，漢兵宜解；即不解，乃力戰而死，未晚也。宛貴人皆以爲然，共殺其王毋寡，持其頭遣貴人使貳師，約曰：漢毋攻我。我盡出善馬，恣所取，而給漢軍食。即不聽，我盡殺善馬，而康居之救且至。至，我居内，康居居外，與漢軍戰。漢軍熟計之，何從？是時康居候視漢兵，漢兵尚盛，不敢進。貳師與趙始成、李哆等計：聞宛城中新得秦人[234]，知穿井，而其内食尚多。所爲來，誅首惡者毋寡。毋寡頭已至，如此而不許解兵，則堅守，而康居候漢罷而來救宛，破漢軍必矣。軍吏皆以爲然，許宛之約。宛乃出其善馬，令漢自擇之，而多出食食給漢軍。漢軍取其善馬數十匹，中馬以下牡牝三千餘匹，而立宛貴人之故待遇漢使善者名昧蔡以爲宛王，與盟而罷兵。終不得入中城。乃罷而引歸。[235]

[233] "宛城"，當指大宛國都城，並非貳師城。貳師城在宛城之西。

[234] "秦人"，《漢書·張騫李廣利傳》作"漢人"。一般認爲是西域人對中原人的稱呼，因漢的前代"秦"之國號得名。

[235] 時在太初三年（前102年）冬。此前，李廣利已遣將攻破郁成，追殺其王。

初，貳師起敦煌西，以爲人多，道上國不能食，乃分爲數軍，從南北道[236]。校尉王申生、故鴻臚壺充國等千餘人，別到郁成。郁成城守，不肯給食其軍。王申生去大軍二百里，偵而輕之，責郁成。郁成食不肯出，窺知申生軍日少，晨用三千人攻，戮殺申生等，軍破，數人脱亡，走貳師。貳師令搜粟都尉上官桀往攻破郁成。郁成王亡走康居，桀追至康居。康居聞漢已破宛，乃出郁成王予桀，桀令四騎士縛守詣大將軍[237]。四人相謂曰：郁成王漢國所毒，今生將去，卒失大事。欲殺，莫敢先擊。上邽[238]騎士趙弟最少，拔劍擊之，斬郁成王，齎頭。弟、桀等逐及大將軍。

[236]"南北道"，李廣利伐大宛所從"北道"乃自玉門或陽關西出，過白龍堆，到羅布泊西北今樓蘭古城遺址一帶，復沿孔雀河西進。此道在武帝時是西漢通西域、特別是赴北道諸國的主道，非獨李廣利進軍大宛所從。爲了維持其暢通，西漢曾設官屯田。

[237]"大將軍"，指李廣利。《史記集解》引如淳曰："時多別將，故謂貳師爲大將軍。"

[238]上邽，縣名，屬隴西郡，治今甘肅天水。

初，貳師後行，天子使使告烏孫，大發兵并力擊宛。烏孫發二千騎往，持兩端，不肯前。[239]貳師將軍之東，諸所過小國聞宛破，皆使其子弟從軍入獻，見天子，因以爲質焉。[240]貳師之伐宛也，而軍正趙始成力戰，功最多；及上官桀敢深入，李哆爲謀計，軍入玉門者萬餘人，軍馬千餘匹。貳師後行，軍非乏食，戰死不能多，而將吏貪，多不愛士卒，侵牟之，以此物故衆。天子爲萬里而伐宛，不錄過。[241]封廣利爲海西侯。[242]又封身斬郁成王者騎士趙弟爲新時侯[243]。軍正趙始成爲光祿大夫，上官桀爲少府，李哆爲上黨太守。[244]軍官吏爲九卿者三人，諸侯相、郡守、二千石者百餘人，千石以下千餘人。奮行者官過其望，以適過行者皆絀其勞。[245]士卒賜直四萬金。伐宛再反，凡四歲而得罷焉。[246]

[239]"持兩端，不肯前"云云，說明漢與烏孫聯姻並不表示武帝希望的針對匈奴的聯盟已經確立。漢軍所擊者爲大宛，烏孫尚且如此，遑論匈奴。不妨認爲，元封三、四年以降，烏孫在漢與匈奴，乃至漢與西域強國之間，一直"持兩端"。李廣利初征大宛失敗，武帝不願罷擊宛軍，據同傳，原因之一是"宛小國而不能下"，則"烏孫、侖頭易苦漢使矣"。

[240] 西域諸國皆臣屬於漢的局面，在李廣利伐宛凱旋時開始形成。

[241]《漢書·張騫李廣利傳》於此錄武帝詔曰："匈奴爲害久矣，今雖徙幕北，與旁國謀共要絕大月氏使[83]，遮殺中郎將江、故雁門[84]守攘。危須以西及大宛皆合約殺期門車令、中郎將朝及身毒國使，隔東西道。貳師將軍廣利征討厥罪，伐勝大宛。賴天之靈，從泝河山，涉流沙，通西海，山雪不積，士大夫徑度，獲王首虜，珍怪之物畢陳於闕。其封廣利爲海西侯，食邑八千戶。""河山"，指河所出山，即崑崙山。"泝河山，涉流沙"，可能暗示李廣利伐大宛所由南北道。

[242]《漢書·張騫李廣利傳》稱李廣利"食邑八千戶"。《史記正義》(卷四九)："漢武帝令李廣利征大宛，國近西海，故號海西侯也。"由此可知"海西"一名之由來。一說"海西"，縣名，治今山東郯城。

[243] 據《漢書·景武昭宣元成功臣表》，新時侯食邑於齊地。

[244]"軍正趙始成爲光祿大夫，上官桀爲少府，李哆爲上黨太守"，《漢書·張騫李廣利傳》作"軍正趙始成功最多，爲光祿大夫；上官桀敢深入，爲少府；李哆有計謀，爲上黨太守"。上黨，郡名，

治今山西長子西南。

[245]"奮行者"兩句,《史記集解》引《漢書音義》曰:"奮,迅。自樂入行者。"又引徐廣曰:"奮行者及以適行者,雖俱有功勞,今行賞計其前有罪而減其賜,故曰'絀其勞'也。絀,抑退也。此本以適行,故功勞不足重,所以絀降之,不得與奮行者齊賞之。"

[246]太初元年(前104年)至太初四年。

漢已伐宛,立昧蔡爲宛王而去。歲餘,宛貴人以爲昧蔡善諛,使我國遇屠,乃相與殺昧蔡,立毋寡昆弟曰蟬封爲宛王,而遣其子入質於漢。漢因使使賂賜以鎮撫之。

而漢發使十餘輩至宛西諸外國,求奇物,[247]因風覽以伐宛之威德。而敦煌置酒泉都尉;[248]西至鹽水,往往有亭。[249]而侖頭有田卒數百人,[250]因置使者[251]護田積粟,以給使外國者。[252]

[247]"求奇物"是"重九譯、致殊俗"的重要內容之一。"求奇物"主要是爲了點綴昇平,亦炫示四夷之客,使知漢之富強。

[248]"敦煌置酒泉都尉",《史記集解》引徐廣曰:"一云置都尉。又云敦煌有淵泉縣,或者'酒'字當爲'淵'字。"案:其說或是。

[249]"西至鹽水,往往有亭",一說近代考察表明:"由營盤西北沿庫魯克塔格山南麓、孔雀河北岸,西北跨越沙漠自庫爾勒到庫車西北,在一百英里以上的古道上發現有綿延的烽台。"[85] 換言之,將鹽水理解爲孔雀河與庫魯克河,文獻與考古便可互相印證了。

[250]"侖頭有田卒數百人",《漢書·西域傳上》作"輪臺、渠犁

皆有田卒數百人"。"輪臺"即侖頭，在渠犂之西，自李廣利伐宛遭屠後，不復成國，或因此首先成爲西漢屯田之地。至於渠犂屯田，很可能是在天漢二年（前99年）渠犂來獻之後。其事太史公不及記。這也許是兩傳所載有異的原因。又，傳文既稱"置使者護田積粟"於漢伐大宛"歲餘"之後，則侖頭屯田或在太初四年（前101年）或天漢元年（前100年）。案：漢伐大宛，重要目的之一便是維護"東西道"的暢通，故伐大宛之後，便置使者校尉，且屯田侖頭，以鞏固伐宛取得的勝利。可見亭障之列直至侖頭。[86]

[251]"使者"，《漢書·西域傳》稱爲"使者校尉"，知"使者"不過是略稱，而"使者校尉"是西域都護之前身。[87]

[252] 這是漢屯田西域之始。

太史公曰：《禹本紀》[253]言：河出崑崙，崑崙其高二千五百餘里，日月所相避隱爲光明也。其上有醴泉、瑤池。今自張騫使大夏之後也，窮河源，惡睹《本紀》所謂崑崙者乎？[254] 故言九州[255] 山川，《尚書》[256] 近之矣。至《禹本紀》、《山海經》[257] 所有怪物，余不敢言之也。

[253]《禹本紀》，應即下文所謂《本紀》，久已失傳。《山海經·海內西經》："海內崑崙之墟，在西北，帝之下都。崑崙之墟，方八百里，高萬仞。"郭注："皆謂其墟基廣輪之高庳耳。自此以上二千五百餘里，上有醴泉、華池，去嵩高五萬里，蓋天地之中也。見《禹本紀》。"似乎郭璞尚及見此書。

[254]《史記集解》引鄧展曰："漢以窮河源，於何見崑崙乎？《尚書》曰：導河積石，是爲河源出於積石，積石在金城河關，不言出於崑崙也。"《史記索隱》："言張騫窮河源，至大夏、于寘，於何見崑崙爲河所出？謂《禹本紀》及《山海經》爲虛妄也。"案：太史公似乎並不懷疑河出崑崙，祇是認爲《禹本紀》所言崑崙情況失實而已。

[255]"九州"，指冀、兗、青、徐、揚、荊、豫、梁、雍，見《尚書·禹貢》。

[256]《尚書》，此處指《尚書·禹貢》。

[257]《山海經》，古地理書，有很濃的傳説色彩，多載"怪物"。

# ■ 注釋

1 余太山《兩漢魏晉南北朝正史西域傳研究》，中華書局，2003年，pp. 1-16。

2 關於大宛諸問題，詳見余太山《塞種史研究》，中國社會科學出版社，1992年，pp. 70-95。

3 樓煩，部族名，時遊牧於今山西寧武一帶。

4 白羊，部落名；位於"河南"（今河套以南）者，稱"白羊河南王"。

5 上郡，郡名，治今陝西榆林東南。

6 代，郡名，治今河北蔚縣東北。

7 雲中，郡名，治今內蒙古托克托東北。

8 關於匈奴與西域關係，參看注2所引余太山書，pp. 272-305。

9 關於大月氏諸問題，詳見注2所引余太山書，pp. 52-69。

10 希羅多德《歷史》，王以鑄漢譯本，商務印書館，1985年。

11 參看重松俊章"髑髏飲器考"，《桑原博士還曆記念東洋史論叢》，京都，弘文堂，1934年，pp.173-189；白鳥清"髑髏の盟に就て"，《史學雜誌》39～7（1928年），pp. 734-735；"髑髏飲器使用の風習と其の傳播（上、下）"，《東洋學報》20～3（1933年），pp. 121-145；20～4（1933年），pp.139-155；Ma Yong, "A Study on 'Skull-Made Drinking Vessel'." *Religions and Lay Symbolism in the Altaic World and other Papers*, Wiesbaden, 1989, pp. 184-190。

12 陳寅恪"五胡問題及其他"，蔣天樞《陳寅恪先生編年事輯・附錄》，上海古籍出版社，1981年，pp. 194-195。

13 關於張騫西使之年代及相關諸問題，見余太山"張騫西使新說"，《兩漢魏晉南北朝與西域關係史研究》，中國社會科學出版社，1995年，pp. 203-213。

14 說見瀧川資言考證、水澤利忠校補《史記會注考證附校補》，上海古籍出版社，1986年，p. 1975。

15 關於康居諸問題，詳見注2所引余太山書，pp. 96-117。

16 關於大夏諸問題，詳見注2所引余太山書，pp. 24-51。

17 貝希斯登銘文見R. G. Kent, *Old Persian, Grammar, Text, Lexicon*. New Havan, Connecticut, 1982。

18 H. L. Jones, tr., *The Geography of Strabo*. London, 1916.

19 這是注2所引余太山書提出的假說，請參看。

20 關於里數的考證，詳見注1所引余太山書，pp. 135-180。

21 見勞費爾《中國伊朗編》，林筠因漢譯，商務印書館，1964年，pp. 43-70。

22 關於烏孫諸問題，詳見注 2 所引余太山書，pp. 131-143。

23 藤田豐八"西域研究·扜彌と Dandān-Uiliq"，《東西交涉史の研究·西域篇》，東京：荻原星文館，1943 年，pp. 263-273；長澤和俊"拘彌國考"，《史觀》100（1979 年），pp. 51-67；岑仲勉《漢書西域傳地里校釋》，中華書局，1981 年，pp. 55-63。

24 E. L. Stevenson, tr. & ed., *Geography of Claudius Ptolemy*. New York: 1932.

25 注 2 所引余太山書，pp. 210-215。

26 E. G. Pulleyblank, "The Consonantal System of Old Chinese." *Asia Major* n.s. 9 (1962), pp.58-144, esp. 88.

27 A. Stein, *Ancient Khotan, Detailed Report of Archaeological Explorations in Chinese Turkestan*. vol. I. Oxford, 1907, pp. 185-235；孟凡人"于闐國都城方位考"，《西域考察與研究》，新疆人民出版社，1994 年，pp. 449-476。

28 注 2 所引余太山書，pp. 210-215。

29 關於樓蘭國位置，參看注 2 所引余太山書，pp. 228-241。

30 參看注 1 所引余太山書，pp. 477-485。

31 注 2 所引余太山書，pp. 210-215。

32 參看注 2 所引余太山書，pp. 215-217。

33 關於奄蔡諸問題，參看注 2 所引余太山書，pp. 118-130。

34 W. Barthold, *Turkestan, down to the Mongol Invasion*, 4th ed. by C. E. Bosworth. London, 1977, p. 65.

35 關於安息諸問題，詳見注 2 所引余太山書，pp. 174-178。

36 呼揭，在阿爾泰山南麓。說見護雅夫"いわゆる'北丁零'、'西丁零'について"，《瀧川博士還曆記念論文集·東洋史篇》，長野中澤印刷，1957 年，

pp. 57-71。

37 關於漢置敦煌郡年代的討論,見周振鶴《西漢政區地理》,人民出版社,1987 年,pp. 157-171。

38 參看注 2 所引余太山書,pp. 53-56。

39 同注 38。

40 居延,澤名,在今內蒙古額濟納旗北境。

41 "過小月氏",《漢書·霍去病傳》作"臻小月氏"。

42 注 21 所引勞費爾書,pp. 197-199。

43 參看孫毓棠"安息與烏弋山離",《文史》第 5 輯(1978 年), pp. 7-21。

44 關於條枝諸問題,詳見注 2 所引余太山書,pp. 182-209。

45 關於黎軒諸問題,詳見注 2 所引余太山書,pp. 182-209。

46 同注 42。

47 N. C. Debevoise, *A Political History of Parthia*. Chicago, 1937, pp. 22-25, 33-35.

48 參看余太山《古族新考》,中華書局,2000 年,pp. 29-52。

49 森雅子"西王母の原像——中國古代神話における地母神の研究——",《史學》56～3 (1986 年), pp. 61-93。

50 此採 M. É. Specht, "Les Indo-Scythes et l'Époque du Règne de Kanischka." *Journal Asiatique* Series 9, 10 (1897), pp. 152-193, 之說。

51 吳其昌"印度釋名",《燕京學報》第 4 期(1928 年), pp. 716-743;徐時儀"印度的譯名管窺",《華林》第 3 卷,中華書局,2004 年,pp. 61-69。

52 Danava 即《大唐西域記》卷一〇所見"迦摩縷波國"之別稱。參看汶江"滇越考——早期中印關係的探索",伍加倫、江玉祥主編《古代西南絲綢之路研究》，四川大學出版社，1990 年，pp. 61-66。

53 "爲求道西十餘輩。歲餘，皆閉昆明"，《漢書·西南夷傳》作"爲求道，四歲餘，皆閉昆明"。案："四"，應爲"西"之訛，後奪"十餘輩"三字。

54 參看注 13 所引余太山書，pp. 14-16。

55 "傅父布就翖侯"，《漢書·張騫李廣利傳》顏注引服虔曰："傅父，如傅母也。"又引李奇曰："布就，字也。翖侯，烏孫官名也。爲昆莫作傅父也。"顏注則曰："翖侯，烏孫大臣官號，其數非一，亦猶漢之將軍耳。而布就者，又翖侯之中別號，猶右將軍、左將軍耳，非其人之字。翖與翕同。"

56 說見藤田豐八"西域研究·月氏西移の年代"，注 23 所引書，pp. 344-358。

57 E. G. Pulleyblank, "The Wu-sun and Sakas and the Yüeh-chih Migration." *Bulletin of the School of Oriental Studies* 33 (1970), pp. 154-160.

58 參看黃文弼"張騫使西域路線考"，《黃文弼歷史考古論集》，文物出版社，1989 年，pp. 37-38。

59 《漢書·百官公卿表下》："[元鼎二年,]中郎將張騫爲大行令；三年，卒。"

60 參看馬雍、王炳華"公元前七至二世紀的中國新疆地區"，《中亞學刊》第 3 輯（1990 年），pp. 1-16。

61 關於河西四郡的設置年代，采周振鶴說。見注 37 所引書，pp. 157-170。

62 《漢書·武帝紀》：元封二年（109 年）秋，"遣將軍郭昌、中郎將衛廣發巴蜀兵平西南夷未服者，以爲益州郡"。

63 徐松《漢書西域傳補注》（卷上）："按是時惟大宛未通，烏孫已與漢和親，不得言舉兵困之。《漢書》義長。"案：徐說未安。其時烏孫尚未與漢和親，且"舉兵威以困"亦可通。

64 余太山"中國史籍關於希瓦和布哈拉的早期記載"，《九州》第 2 輯（1999 年），商務印書館，pp. 157-160。

65 參看注 2 所引余太山書，pp. 101-104。

66 關於于闐玉，見章鴻釗《石雅・寶石說》，上海古籍出版社，1993 年，pp. 120-125。

67 見注 21 所引勞費爾書，pp. 31-43。

68 王先謙《漢書補注》引吳仁傑說。

69 A. F. P. Hulsewé and M. A. N. Loewe, *China in Central Asia, the Early Stage: 125B.C. - A.D. 23*. Leiden: 1979, p.137, note 348. 汪寧生"漢晉西域與祖國文明"，新疆社會科學院考古研究所編《新疆考古三十年》，新疆人民出版社，1983 年，pp. 194-208。

70 王先謙《漢書補注》（卷六一）引王闓運說。

71 說見陳夢家《漢簡綴述》，中華書局，1980 年，pp. 212-215。

72 同注 10。

73 白鳥庫吉"大宛國考"，《白鳥庫吉全集・西域史研究（上）》（卷六），東京：岩波，1970 年，pp. 229-294。

74 李廣利伐大宛之年代，參看注 2 所引余太山書，p. 79。

75 參看馬雍"西漢時期的玉門關和敦煌郡的西境"，《西域史地文物叢考》，文物出版社，1990 年，pp. 11-15。

76 黃文弼《塔里木盆地考古記》，科學出版社，1958 年，pp. 10-11。

77 嶋崎昌，"姑師と車師前後王國"，《隋唐時代の東トゥルキスタン研究——高昌國史研究を中心として——》，東京大學出版會，1977 年，pp. 3-58。

78 "赦囚徒扞寇盜"，顏注引如淳曰："放囚徒使其扞御寇盜。"

79 見王念孫《讀書雜志》（卷四之一一），中華書局，1991 年，p. 327。

80 說本注 14 所引瀧川資言、水澤利忠書，pp. 1983-1984。

81 說見注 69 所引 A. F. P. Hulsewé and M. A. N. Loewe 書，p. 230, note 883。

82 據《漢書·地理志》，居延、休屠分屬張掖、武威郡，均都尉治。"衛酒泉"，指備匈奴。武威，河西四郡之一，宣帝地節三年（前 67 年）置，治今武威市。

83 武帝詔此處乃追述伐大宛前夕的形勢，中郎將江等若非張騫副使，則大月氏在元封間曾再次使漢。

84 雁門，郡名，治今山西右玉南。

85 同注 71，esp. 213。

86 同注 71。

87 張維華"西漢都護通考"，《漢史論集》，齊魯書社，1980 年，pp. 245-308。以及注 13 所引余太山書，pp. 233-257。

## 二 《漢書・西域傳上》要注

西域[1]以孝武時始通[2]，本三十六國，其後稍分至五十餘，[3]皆在匈奴[4]之西，烏孫[5]之南。南北有大山[6]，中央有河[7]，東西六千餘里[8]，南北千餘里[9]。東則接漢，阸以玉門[10]、陽關[11]，西則限以葱嶺[12]。其南山，東出金城[13]，與漢南山[14]屬焉。其河有兩原[15]：一出葱嶺山，一出于闐[16]。于闐在南山下，其河北流，與葱嶺河合，東注蒲昌海[17]。蒲昌海，一名鹽澤[18]者也，去玉門、陽關三百餘里[19]，廣袤三百里。其水亭居，冬夏不增減，皆以爲潛行地下，南出於積石，爲中國河云。[20]

[1]"西域"，按照傳文的實際描述範圍，應指玉門關、陽關以西的廣大地區。但是傳文編者給出的範圍卻是："匈奴之西，烏孫之南。南北有大山，中央有河，東西六千餘里，南北千餘里。東則接漢，阸以玉門、陽關，西則限以葱嶺"，亦卽今玉門關、陽關以西，帕米爾以東，天山以南，崑侖山以北地區。這一"西域"定義與傳文的記述範圍顯然存在著巨大的差距，或者說完全沒有反映傳文所描述時代

的實際。這說明它並非形成於這一時代。今案：上述"西域"的定義可能形成於西漢開展西域經營之前，亦即這一地區被匈奴統治的時期。據《漢書·匈奴傳上》，公元前176年（文帝前元四年）冒頓單于遺漢書中提到匈奴征服了"樓蘭、烏孫、呼揭及其旁二十六國"。這"二十六國"顯然是"三十六國"之誤。也就是說，由於冒頓發動的戰爭，"三十六國"成了匈奴的勢力範圍。正是這一範圍，被匈奴稱爲"西域"。如《史記·大宛列傳》稱，匈奴滅亡烏孫後，匈奴單于收養了成爲遺孤的烏孫昆莫。昆莫長成後，匈奴單于將其父民衆予昆莫，"令長守於西域"。當然，烏孫昆莫所守衹是其中很小的一部份。又如，在烏孫昆莫因西擊月氏率衆遠徙後，據同傳，匈奴單于令渾邪王鎮守"西域"，故《史記·衛將軍驃騎列傳》逕稱渾邪爲"匈奴西域王"。因此，上引"匈奴之西"云云，與其說是本傳編者對"西域"的定義，毋寧說是對"西域"一語來歷的說明。換言之，西域"本三十六國"云云，是說"西域"最初僅僅是對"三十六國"的指稱。這"三十六國"位於玉門、陽關以西，帕米爾以東，天山以南，昆侖山以北地區，並不是說"西域"衹有"三十六國"，或者這"三十六國"所在地區便是"西域"全境。因此，客觀上，"西域"有了廣狹二義。廣義的"西域"，泛指玉門關、陽關以西的廣大地區。狹義的"西域"主要指塔里木盆地及其周圍地區。可能是由於武帝以後漢王朝經營或控制的核心地區其實並沒有越出"三十六國"的範圍，《漢書·西域傳》終於自覺或不自覺地採納了狹義，且導致了某種程度的敘事混亂。例如：傳首"西域以孝武時始通"以及下文"自玉門、陽關出西域有兩道"均指廣義的西域，而下文"西域諸國大率土著"，祇能適用於狹義的西域。

[2]"孝武時始通"：武帝建元二年（前139年）遣張騫出使西域，是傳文編者心目中通西域之始。案：張騫事見《史記·大宛列傳》和《漢書·張騫李廣利傳》。

[3]"三十六國"，泛指西域綠洲諸國。[1]"稍分"云云，則說明傳文編者在誤以爲蔥嶺以東、天山以南確曾有過不多不少三十六國的同時，又誤以爲在傳文描述時代獲悉的五十餘國皆分自這三十六國，沒有考慮到這五十餘國分佈的範圍遠遠超出蔥嶺以東、天山以南。即使武帝開始的西域經營重點也在蔥嶺以西、天山之北，僅將塔里木盆地及其周圍地區稱爲"西域"也是不確切的。

[4] 匈奴，北亞遊牧部族，公元前177/前176年擊敗月氏後開始稱霸西域。[2]

[5] 烏孫，遊牧部族，首見《史記·大宛列傳》。烏孫原來和月氏同在"敦煌、祁連間"，具體而言在今哈密附近；約公元前130年左右西遷至伊犁河、楚河流域。[3]

[6] "南北有大山"，北大山即今天山，南大山即今喀喇昆侖、昆侖、阿爾金山。

[7] "中央有河"：河指塔里木河。

[8] "六千餘里"（里數1.1）：玉門、陽關與蔥嶺之間的大致距離。[4]

[9] "千餘里"（里數1.2）：北山和南山之間的大致距離。

[10] 玉門，指玉門關，故址在今甘肅敦煌西北。

[11] 陽關，故址在今甘肅敦煌西南。

[12] 蔥嶺，亦作"蔥領"，今帕米爾。顏注引《西河舊事》云：

"葱嶺，其山高大，上悉生葱，故以名焉。"

[13] 金城，指金城郡，治今甘肅民和南。

[14] 漢南山，今祁連山。

[15] "河有兩原"：一出葱嶺山者爲葱嶺河（今葉爾羌河），一出于闐者，爲于闐河（今和闐河），兩者合流後，注羅布泊。亦即下文于闐東、東流之水。

[16] 于闐，南道綠洲國，即《史記·大宛列傳》所見"于寘"。"于闐"，不妨認爲與塞種（見注 237）部落名 Gasiani 同源。[5]

[17] 蒲昌海，即下文所見鹽澤，指今羅布淖爾（Lop Nor）。據本傳，"海"旁有山國，《水經注·河水二》引作"墨山國"。"蒲昌"[bua-thjiang]，或與"墨山"[mət-shean] 爲同名異譯。

[18] 鹽澤，指羅布淖爾。羅布淖爾被稱爲"鹽澤"，是因爲澤水含鹽量較高。

[19] "三百餘里"（里數 2），鹽澤與玉門、陽關之間的大致距離。案：一般認爲"三"字前應奪"千"字，蓋《水經注·河水二》載鹽澤"東去玉門、陽關千三百里"。但據傳文所載鄯善國王治去陽關及去長安里數，可以推知陽關去長安爲四千五百里。《史記·大宛列傳》亦載鹽澤去長安爲五千里，則鹽澤去陽關僅五百里。換言之，毋寧說本傳"三"字當爲"五"字之訛。

[20] "潛行地下，南出於積石，爲中國河"，結合前引"河有兩原"云云，則是所謂伏流重源說。[6] "積石"，山名。《尚書·禹貢》："導河積石，至于龍門。"《漢書·地理志下·金城郡》："河關（今青海西寧西南）：積石山在西南羌中，河水行塞外，東北入塞內。"

二 《漢書·西域傳上》要注 | 065

自玉門、陽關出西域有兩道。[21]從鄯善[22]傍南山北，波河[23]西行至莎車[24]，爲南道；南道西踰葱嶺則出大月氏[25]、安息[26]。自車師前王廷[27]隨北山[28]，波河西行至疏勒[29]，爲北道；北道西踰葱嶺則出大宛[30]、康居[31]、奄蔡[32]焉。[33]

[21] "出西域有兩道"：無論赴南北道諸國，旣可出玉門關，也可出陽關。赴南道諸國旣可西出玉門關或陽關後，經樓蘭古城遺址一帶南下，也可"傍南山北、波河西行"。

[22] 鄯善，南道綠洲國，其前身樓蘭，首見《史記·大宛列傳》。

[23] "波河"，顏注："循河也"。本傳關於南北道的描述似乎表明：沿西域南北道各有一河，與北道大致平行者應即塔里木河無疑。至於與南道平行者，應即後來《水經注·河水二》所謂"南河"。關於這一"南河"，衆說紛紜，未有定論。[7]

[24] 莎車，南道綠洲國。"莎車"[sai-kia]，與塞種部落名 Sacarauli 同源。

[25] 大月氏，遊牧部族，首見《史記·大宛列傳》。大月氏前身月氏，在被匈奴擊敗之前，十分強大，其統治中心東起今祁連山以北，西抵今天山、阿爾泰山東端，且一度伸張其勢力至河套內外。約公元前177/前176年，月氏被匈奴冒頓單于擊敗，放棄上述故地；其大部西遷至伊犁河、楚河流域，史稱"大月氏"。"月氏"[njiuk-zjie]，與塞種部落名 Gasiani 同源。[8]

[26] 安息，帕提亞（Parthia）波斯王朝，首見《史記·大宛列傳》。"安息"[an-siək]，一般認爲係帕提亞王室名 Arshaka 之對譯。[9]

[27] 車師，北道綠洲國，其前身姑師，首見《史記·大宛列傳》。遲至張騫首次西使時，姑師尚位於羅布泊西北，可能在武帝元封年間（前110—前105年），北遷至博格多山南北，從此被稱爲"車師"。"前王廷"即本傳（下）所見交河城。"車師"[kia-shiei]、"姑師"[ka(kia)-shiei]乃同名異譯，與塞種部落名 Gasiani 同源。

[28] 北山，即前文北大山，指今天山。

[29] 疏勒，北道綠洲國。"疏勒"[shia-lək]，可能得名於 Sugda（Suɣlaq 或 Suɣdaq）[10]，亦即索格底亞那（Sogdiana）。索格底亞那人很早就四出經商，有一支到達且定居於塔里木盆地是非常可能的。

[30] 大宛，西域國名，首見《史記·大宛列傳》，位於今費爾幹納盆地。"大宛"[dat-iuan]，可能與塞種部落名 Tochari 同源。[11]

[31] 康居，遊牧部族，首見《史記·大宛列傳》，時遊牧於錫爾河北岸。《漢書·董仲舒傳》載仲舒對策之言曰："夜郎、康居，殊方萬里，說德歸誼，此太平之致也。"仲舒對策在元光元年（前134年），這說明康居在張騫首次西使自匈奴中得脫往赴之前已遣使漢廷，是最早朝漢的西域國家。"康居"[khang-kia]，可能與塞種部落名 Sacarauli 同源。[12]

[32] 奄蔡，遊牧部族，首見《史記·大宛列傳》，時遊牧於鹹海以北。"奄蔡"[iam-tziat]，可能與塞種部落名 Asii 同源。[13]

[33] 本節所述出西域之"南道"和"北道"，是西漢通西域的主要路線。武帝時李廣利伐大宛所從"北道"乃自玉門或陽關西出，過白龍堆，到羅布泊西北今樓蘭古城遺址一帶，復沿孔雀河西進。但上述路線獨領風騷不過武、昭帝時期及宣帝初年。宣帝神爵（前61—前

58年）以降，儘管從樓蘭古城遺址一帶沿孔雀河西進的道路依然存在，並被繼續利用，西漢通北道諸國、天山東端和北麓諸國，更多是先從樓蘭古城遺址一帶經山國抵達交河城。置戊己校尉屯田交河城說明了這一點。亦即此時北道的樞紐不再是渠犂或輪臺，而是車師前國的王廷即交河城。本傳所載始"自車師前王廷"的北道終於形成。

西域諸國大率土著[34]，有城郭田畜，與匈奴、烏孫異俗，故皆役屬匈奴[35]。匈奴西邊日逐王置僮僕都尉[36]，使領西域，常居焉耆[37]、危須[38]、尉黎[39]間，賦稅諸國，取富給焉。[40]

[34]"土著"，顏注："言著土地而有常居，不隨畜牧移徙也。"案："土著"是張騫首先使用的相對於"行國"而言的一個概念。這一概念在本傳祇被使用過一次。這是因爲隨着西域經營的展開，西漢對西域諸國社會經濟情況的認識逐步加深，"土著"和"行國"這兩個概念已不足以用來概括西域諸國的社會經濟形態。傳文稱大月氏爲"行國"，不用說是承襲了《史記·大宛列傳》；而稱氐羌以及"類羌氐"的西夜爲"行國"，則說明"行國"這一概念的內涵已經產生了變化。氐羌和西夜固然也"隨畜逐水草往來"，與《史記·大宛列傳》所載所謂騎馬遊牧國家烏孫、康居等畢竟不同。對於上述諸國，本傳在不少地方稱之爲"城郭諸國"，這是本傳編者創造的一個概念。所謂"城郭諸國"的主要特徵可歸結爲"有城郭田畜"，其實多爲以城郭爲中心的綠洲小國，兼營田畜。

[35]"役屬匈奴"，顏注："服屬於匈奴，爲其所役使也。"

[36] 日逐王，《漢書·匈奴傳上》：" 狐鹿姑單于（前96—前85年在位）立，以左大將爲左賢王，數年病死，其子先賢撣不得代，更以爲日逐王。日逐王者，賤於左賢王。單于自以其子爲左賢王。""僮僕都尉"係日逐王所置。"僮僕"即"奴隸"，顧名思義，該都尉執掌役使西域諸國事宜。

[37] 焉耆，北道綠洲國。"焉耆"[ian-giei]，可能與塞種部落名Asii 同源。

[38] 危須，北道綠洲國。"危須"[kiua-sio]，可能與塞種部落名Gasiani 同源。

[39] 尉黎，北道綠洲國。"尉黎"[iuət-lyei]，可能與塞種部落名Gasiani 同源。

[40]《漢書·趙充國傳》載元康三年（前63年）趙充國之言曰："間者匈奴困於西方，聞烏桓來保塞，恐兵復從東方起，數使使尉黎、危須諸國，設以子女貂裘，欲沮解之。"這可以看作僮僕都尉運作之一例。僮僕都尉之設置，一般認爲在武帝太始元年（前96年）先賢撣爲日逐王後不久。此前，匈奴也許在三國間設有類似的機構。《漢書·張騫李廣利傳》引武帝詔稱所見危須等三國參與"隔東西道"這一事實似可爲證。危須等三國於神爵二年（前60年）歸漢之前並非完全受制於匈奴。例如：據本傳，征和四年（前89年），開陵侯擊車師時，曾發尉犁、危須國兵。[《漢書·常惠傳》，本始三年（前71年），常惠伐龜茲，發"龜茲東國二萬人"，當亦包括焉耆等三國在內。] 車師太子軍宿不願爲質於匈奴，亦敢往奔焉耆。三國在西漢和匈奴間持兩端，也許從太初或天漢以後就開始了，即使在先賢撣置僮僕都尉期

間也不例外。宣帝神爵二年，日逐王歸漢，僮僕都尉由此罷，而危須、焉耆、尉犂亦屬都護。嗣後，據《漢書·辛慶忌傳》，甘露年間（前53—前50年），慶忌曾"將吏士屯焉耆國"。

　　自周衰，戎狄錯居涇渭之北[41]。及秦始皇攘卻戎狄，築長城，界中國，然西不過臨洮[42]。

[41]"涇渭之北"，涇河、渭河以北，指今陝西中部。
[42]臨洮，縣名，屬隴西郡，治今甘肅岷縣。

　　漢興至于孝武，事征四夷，廣威德，而張騫始開西域之迹。[43]其後驃騎將軍擊破匈奴右地，降渾邪、休屠王，遂空其地[44]，始築令居[45]以西，初置酒泉郡[46]，後稍發徙民充實之，分置武威[47]、張掖[48]、敦煌[49]，列四郡，據兩關[50]焉。自貳師將軍伐大宛之後，西域震懼，多遣使來貢獻，[51]漢使西域者益得職。[52]於是自敦煌西至鹽澤[53]，往往起亭，而輪臺[54]、渠犂[55]皆有田卒數百人，置使者校尉領護，[56]以給使外國者。[57]

[43]"開西域"是"事征四夷"的一個重要組成部份，"廣威德"則是"事征四夷"的共同目的。
[44]《漢書·衛青霍去病傳》："其後，單于怒渾邪王居西方數爲漢所破，亡數萬人，以票騎之兵也，欲召誅渾邪王。渾邪王與休屠王等謀欲降漢，使人先要道邊。是時大行李息將城河上，得渾邪王使，

卽馳傳以聞。上恐其以詐降而襲邊，乃令去病將兵往迎之。去病旣度河，與渾邪衆相望。渾邪裨王將見漢軍而多欲不降者，頗遁去。去病乃馳入，得與渾邪王相見，斬其欲亡者八千人，遂獨遣渾邪王乘傳先詣行在所，盡將其衆度河，降者數萬人，號稱十萬。旣至長安，天子所以賞賜數十鉅萬。封渾邪王萬戶，爲漯陰[14]侯。"案："降渾邪、休屠王"在元狩二年（前121年）。《漢書·地理志下》稱武威郡爲"故匈奴休屠王地"，又稱張掖郡爲"故匈奴昆邪王地"；知西漢所置武威、張掖兩郡之地在兩王轄地之內。

[45] 令居，縣名，治今甘肅永登西北。

[46] 酒泉，河西四郡之一，元狩二年（前121年）置，治今甘肅酒泉。[15]

[47] 武威，河西四郡之一，宣帝地節三年（前67年）置，治今甘肅武威。

[48] 張掖，河西四郡之一，元鼎六年（前111年）置，治今甘肅張掖西北。

[49] 敦煌，河西四郡之一，元鼎六年（前111年）置，治今甘肅敦煌西南。

[50] "兩關"，指玉門關和陽關。

[51] 《漢書·張騫李廣利傳》："貳師將軍之東，諸所過小國聞宛破，皆使其子弟從入貢獻，見天子，因爲質焉。"

[52] "漢使西域者益得職"：大宛王被殺，使西域諸國不敢輕忽漢使，出使西域之漢使者均得以不辱使命。[16]

[53] "鹽澤"，《史記·大宛列傳》的平行段落中作"鹽水"。或

以爲應從後者作"鹽水",專指鹽澤以西東流注入鹽澤之水,相當於今營盤以上之孔雀河及營盤以下之庫魯克河。漢伐大宛前,往赴北道諸國,均須經由鹽澤西北今所謂樓蘭遺址所在地,溯鹽水西行先至渠犁。當時渠犁位置之重要不難想見。漢伐大宛,目的之一是維護"東西道"的暢通,因而伐宛之後,置使者校尉,屯田輪臺、渠犁,以鞏固伐宛的勝利。而所謂"西至鹽水,往往有亭",也可能已抵達渠犁。據《漢書·武帝紀》,天漢二年(前99年),渠犁"使使來獻",可知至少屯田渠犁確有其事。傳文改"鹽水"爲"鹽澤",似乎亭障僅列至羅布淖爾之東,有乖史遷原意,至少也是不夠確切的。[17]

[54] 輪臺,北道綠洲國,應即《史記·大宛列傳》所見侖頭。"輪臺"[liuən-də]、"侖頭"[liuən-do] 與下文所見"樓蘭"當爲同名異譯。

[55] 渠犁,北道綠洲國。"渠犁"[gia-lyei],可能與塞種部落名 Tochari 同源。

[56] "使者校尉",《史記·大宛列傳》略作"使者",本傳"渠犁條"略作"校尉"(《漢書·鄭吉傳》同)。案:"使者校尉"應即下文所見"西域都護"之前身。本傳稱初置使者校尉於"輪臺、渠犁",與《史記·大宛列傳》僅稱"侖頭"者不同。前者有時祇提渠犁,不及輪臺,《漢書·鄭吉傳》更明言:"初置校尉,屯田渠黎。"這些差異出現的根本原因很可能是使者校尉初置於侖頭(輪臺),後又移往渠犁。屯田渠犁,或許在天漢二年(前99年)以後。是年,渠犁國遣使朝漢。可能以此爲契機,漢廷將使者校尉自輪臺移置渠犁,而司馬遷已不及記。應該指出的是,屯田渠犁後,輪臺的屯田並未撤銷,故傳文稱:"輪臺、渠犁皆有田卒數百人。"至於本傳"渠犁條"和《漢

書・鄭吉傳》單提渠犁是因爲兩處僅僅是敘述渠犁的情況，沒有必要涉及輪臺。"領護"，顏注："統領保護營田之事也。"一說這是概括了武帝直至昭帝時的情況。[18] 案：此說似有未安。

[57] "給使外國者"，顏注："收其所種五穀以供之。"

至宣帝時，遣衞司馬使護鄯善以西數國。[58] 及破姑師，未盡殄，分以爲車師前後王及山北六國。[59] 時漢獨護南道，未能盡幷北道也，然匈奴不自安矣。其後日逐王畔單于，將衆來降，護鄯善以西使者鄭吉迎之。[60] 旣至漢，封日逐王爲歸德侯，吉爲安遠侯。[61] 是歲，神爵三年[62]也。乃因使吉幷護北道，故號曰都護[63]。都護之起，自吉置矣。[64] 僮僕都尉由此罷，匈奴益弱，[65] 不得近西域。於是徙屯田[66]，田於北胥鞬，披莎車之田[67]，屯田校尉始屬都護。[68] 都護督察烏孫、康居諸外國動靜，有變以聞。可安輯，安輯之；可擊，擊之。[69] 都護治烏壘[70]城，去陽關二千七百三十八里[71]，與渠犁田官相近，土地肥饒，於西域爲中，故都護治焉。[72]

[58] "遣衞司馬"云云：據《漢書・鄭吉傳》，"至宣帝時，吉以侍郎田渠黎，積穀，因發諸國兵攻破車師，遷衞司馬，使護鄯善以西南道"。

[59] "及破姑師"云云："未盡殄"的姑師人於元封三年（前108年）北遷後，首先分裂爲車師和山北六國（蒲類前後國、東西且彌國和卑陸前後國），其中車師在神爵二年（前60年）之後再分爲前後王

國。此前，史籍不見車師前後王的記載。車師之分前後，固然是漢人有意分而治之，其實已肇端於匈奴、西漢分立兜莫、軍宿爲王之時。在某種意義上，漢人不過承認現實而已。[19]

[60] 據《漢書·宣帝紀》，神爵二年（前60年），"秋，匈奴日逐王先賢撣將人衆萬餘來降。使都護西域騎都尉鄭吉迎日逐，破車師，皆封列侯"。據《漢書·鄭吉傳》，"神爵中，匈奴乖亂，日逐王先賢撣欲降漢，使人與吉相聞。吉發渠黎、龜茲諸國五萬人迎日逐王，口萬二千人、小王將十二人隨吉至河曲，頗有亡者，吉追斬之，遂將詣京師。漢封日逐王爲歸德侯。"案：日逐王詣京師不應遲於二年十月。又，匈奴日逐王置僮僕都尉於焉耆、尉犁、危須間，管領西域。日逐降漢，車師勢孤，遂破。《漢書·鄭吉傳》載，宣帝嘉吉功效，"乃下詔曰：都護西域騎都尉鄭吉，拊循外蠻，宣明威信，迎匈奴單于從兄日逐王衆，擊破車師兜訾城[20]，功效茂著。其封吉爲安遠侯，食邑千戶。吉於是中西域而立莫府，治烏壘城，鎮撫諸國，誅伐懷集。漢之號令班西域矣"。"擊破車師兜訾城"，既可能在鄭吉發渠犂、龜茲諸國兵迎日逐王至河曲之前，也可能在鄭吉自京師返回西域之後。總之，因日逐降漢，車師失去依恃，降漢勢在必然，祇是"擊破"云云似乎表明車師也不是不戰而降的。以日逐降漢爲契機，西漢與車師乃至整個西域的關係進入了一個新的階段。

[61]《漢書·景武昭宣元成功臣表》："安遠繆侯鄭吉，以校尉光祿大夫將兵迎日逐王降，又破車師，侯，坐法削戶三百，定七百九十戶。神爵三年（前59年）四月壬戌封，十一年薨。"

[62] "三年"，應按"本紀"作"二年"。

[63]"都護"，顏注："都猶總也，言總護南北之道。"據《漢書·百官公卿表上》，"西域都護，加官，宣帝地節二年（前68年）初置，以騎都尉、諫大夫使護西域三十六國"。鄭吉於地節二年以侍郎屯田渠犁，始建"都護［西域使者校尉］"之號，然直至是年冬破車師、遷衛司馬後，始得都護北道，故亦被稱爲"［都］護鄯善以西使者校尉"。西域都護秩比二千石。府治在烏壘國王治烏壘城。據同表，其屬官有"丞一人，司馬、候、千人各二人"。

[64]《漢書·鄭吉傳》："吉既破車師，降日逐，威震西域，遂并護車師以西北道，故號都護。都護之置自吉始焉。"案：神爵二年（前60年）秋，鄭吉以使者校尉迎降，時吉之本職爲騎都尉、光祿大夫。翌年，封安遠侯，於是立幕府，治烏壘，并護南北兩道。又，鄭吉任都護多年，其去職年代不詳，上限爲甘露元年（前53年），下限爲元帝初元元年（前48年）。21

[65]"匈奴益弱"：西域爲西漢控制，則僮僕都尉無立足之地，匈奴因失西域，其勢遂弱。

[66]屯田：西漢在西域屯田始自武帝太初末、天漢初，屯田的地區最早爲輪臺和渠犁。征和中，桑弘羊建議擴大輪臺屯田，使與渠犁的屯田連成一片，但未被武帝採納。昭帝用桑氏前議，命賴丹屯田輪臺以東，因賴丹被殺，亦未能實現。宣帝時，鄭吉屯田渠犁，以渠犁爲基地，與匈奴翻覆爭奪車師。破車師後，漢又屯田車師北胥鞬。前此，鄭吉曾遣吏士田車師交河城，因匈奴遣騎兵爭奪，不敵而罷。至元帝時，始置戊己校尉，重開交河城附近的屯田。昭帝時，還因鄯善國王之請屯田伊循，先遣司馬，後置都尉主其事。爲控制烏孫，宣帝

甘露中亦曾屯田烏孫王治赤谷城。成帝河平元年（前 28 年）則有徙己校屯姑墨事。西漢經營西域，必須駐軍、遣使，故屯田積粟必不可少。本傳（下）所載武帝征和四年（前 89 年）詔有一段敘說經營西域供應之難，可作西域屯田之背景讀。而屯田之所在，如伊循、車師前後國、輪臺、渠犂，多當道之要衝，也說明了同樣的問題。西域都護設置之後，在西域的各級官吏、士卒的部份食糧亦可由屯田區供給。當然，屯田不可能解決西域經營的所有供應問題。而宣帝時，鄭吉上書願增益車師田者，公卿以爲道遠煩費，議罷車師屯田，知屯田本身，尤其在開闢之初，消耗亦頗可觀。[22]

[67] "田於北胥鞬，披莎車之田"：漢徙渠犂屯田於北胥鞬在神爵三年（前 61 年）。宣帝本始年間（前 73—前 70 年），匈奴屯田車師可能就在這一帶。日逐王降漢之後，匈奴衰弱，不得近西域，於是漢將屯田北徙，以鞏固對車師北部的控制。又，"胥鞬"與"莎車"亦得視爲同名異譯。蓋車師本係塞人之一支，而塞人並非單一部落組成。雖然"車師"係 Gasiani 之音譯，車師國人當以 Gasiani 爲主，但車師國內很可能還有其他塞人部落。"胥鞬"[sia-kian] 或"莎車"既可視爲 Sakā 或 Sacarauli 之音譯，則車師國內有塞人部落 Sacarauli 亦未可知。"胥鞬"或因"莎車"（Sacarauli）人所居而得名。漢人田於胥鞬北部，故稱"披莎車之地"。一般認爲此處"莎車"必"車師"之誤；似有未安。蓋"披車師之地"，可以說毫無意義；而車師國有"莎車之地"並不是完全不可能的。[23]

[68] "屯田校尉始屬都護"，應在神爵三年（前 61 年）鄭吉立府施政之後。然地節年間，漢已遣侍郎鄭吉、校尉司馬憙屯田渠犂和車

師,當時有三校尉屯田。鄭吉既於地節二年(前 68 年)建都護之號,則屯田校尉在屬都護之前,很可能由司馬熹統率。司馬熹所任校尉可視作戊己校尉之前身。爲屯田車師而設置的戊己校尉是否也屬都護,史無明文,但這種可能性是存在的。

[69] "都護"至"擊之"一段,是說都護之職責。"督察"云云,顯然是強調都護所督察者不僅僅是歸屬西漢的塔里木盆地諸國,也包括葱嶺以西、天山以北諸國在內。葱嶺以西以康居爲例,天山以北以烏孫爲例,則至多暗示以上有關都護職責的提法形成於都護設置之初。要之,不妨認爲,玉門、陽關之西,一切西域國家,均在都護督察之列。前引《漢書·鄭吉傳》所謂"鎮撫諸國,誅伐懷集之",也應該這樣來理解。當然,客觀上都護能夠"安輯之"或"擊之"的主要是葱嶺以東諸國。屬都護諸國,據本傳,可知元帝時凡四十有八:鄯善、且末、精絕、扜彌、于闐、皮山、莎車(以上昆侖山前諸國)、婼羌、小宛、戎盧、渠勒、西夜、子合、蒲犁、依耐、無雷、烏秅(以上昆侖山谷諸國)、疏勒、溫宿、姑墨、龜茲、烏壘、渠犁、尉犁、危須、焉耆(以上天山山前諸國)、蒲類、蒲類後國、車師前國、車師後國、車師都尉國、車師後城長國、郁立師、狐胡、山國、卑陸、卑陸後國、劫國、單桓、東且彌、西且彌、烏貪訾離、烏孫、尉頭(以上天山山谷諸國)、捐毒、休循、桃槐(以上葱嶺山谷諸國)、大宛(以上葱嶺以西諸國)。[24]

[70] 烏壘,北道綠洲國。"烏壘"[a-liuəi],可能與塞種部落名 Asii 同源。

[71] "二千七百三十八里"(里數 3):自烏壘城經渠犁赴陽關的

行程。傳文（下）：烏壘"南三百三十里至渠犁"。

[72] 烏壘之所以與都護同治，原因之一便是"與渠犁田官相近"。西漢自武帝太初、天漢間開始經營的輪臺、渠犁屯田在控制西域的過程中發揮了重要的作用。烏壘去渠犁330里，故稱"相近"。當時以烏壘、渠犁這兩個故國爲中心，形成了葱嶺以東最大的農耕區。這雖然是漢政府所經營，但對西域諸國的經濟發展也應該有一些影響。至於所謂"於西域爲中"，不過大體而言。

至元帝時，復置戊己校尉[73]，屯田車師前王庭。是時匈奴東蒲類王兹力支[74]將人衆千七百餘人降都護，都護分車師後王之西爲烏貪訾離[75]地以處之。

[73] "戊己校尉"，據《漢書・百官公卿表上》，"元帝初元元年（前48年）置。有丞、司馬各一人，候五人，秩比六百石"。既有丞比六百石，校尉應爲比二千石。置校尉主要是爲了屯田車師前王庭卽交河城。而西漢屯田車師，始自宣帝地節四年（前66年），時車師未分前後國，但審度情勢，可知所屯應卽後來成爲前王庭的交河城。元康二年（前64年），因匈奴遣騎來爭，漢罷車師屯田，並將車師國民徙至渠犁，交河城一帶遂爲匈奴所佔。神爵二年（前60年），匈奴日逐王降漢，西域都護鄭吉擊降車師，徙部份渠犁屯田至博格多山以北的北胥鞬，但未聞屯田交河城，可見交河城屯田恢復於戊己校尉設置之時，卽元帝初元元年。戊己校尉本爲屯田而設，其前身卽屯田校尉；因此，"戊己"一號必與屯田有關。之所以改"屯田"爲"戊

己"，顯然意在厭勝，校尉以屯田攘匈奴、安西域，故名"戊己"。[25]案：《漢書·王莽傳中》載天鳳三年五月"戊辰，長平館西岸崩，邕涇水不流，毀而北行。遣大司空王邑行視，還奏狀，羣臣上壽，以爲《河圖》所謂以土填水，匈奴滅亡之祥也。乃遣并州牧宋弘、遊擊都尉任萌等將兵擊匈奴，至邊止屯。"由此可見"戊己"很可能是"以土填水"之意。

[74]"東蒲類王"云云，說明直至元帝時，蒲類地區仍爲匈奴所控制，茲力支其人當爲匈奴在蒲類澤以東的統帥。

[75] 烏貪訾離，本係車師後王國地名，因茲力支人衆所居成爲國名。"烏貪訾離"[a-thəm-tzie-liai]，可能與Ottorocarae同源。後者見載於托勒密《地理志》[26]（VI，16），係Serica地區部落之一。

自宣、元後，單于稱藩臣，西域服從，其土地山川王侯戶數[76]道里[77]遠近翔實矣。

[76] 戶數：本傳詳載諸國戶口情況而無墾田細數或領土面積，亦即重視人戶遠過於田土，這和漢縣鄉設置不以地域廣狹而以人戶多寡爲準是一致的。[27] 屬都護諸國除貢獻方物外，均有服勞役和兵役的義務。漢廷有事西域時，諸國承擔責任之大小或者與其戶、口、勝兵多寡有關。

[77] 道里：本傳的里數主要有以下四種：1. 長安里數：自西域各國王治赴西漢都城長安的行程。2. 烏壘里數：自西域各國王治（或其屬國首府）赴西漢西域都護治所的行程。3. 陽關里數：自大月氏、

康居屬國的首府以及若干重要地點（如縣度、烏壘）赴陽關的行程。

4. 區間里數：西域各國王治及重要地點之間的行程。長安里數、烏壘里數、陽關里數一般說來是由相關的區間里數累計而成。應該指出的是，同一區間里數，往往因資料來源不同而不同。具體而言，有的因路途經由不同而不同，有的是實測所得，有的祇是按日行百里換算成的馬行天數，諸如此類。爲全面反映西漢與西域諸國以及西域諸國間的交通情況，傳文編者儘量利用了通過各種渠道獲得的里數資料，從而有意、無意地保留了若干客觀上無法協調的資料。這就是在今天看來，這些里數記錄充滿矛盾、撲朔迷離的根本原因。不用說，由於當時條件的局限導致的測算錯誤，也增加了讀解這些里數的困難。有關的里數記載如此詳盡，顯然是爲了說明漢廷與西域各國之間存在著廣泛的聯繫，這正是對西域各國實行有效控制的前提。至於突出諸國王治去長安的距離，無非是爲了表現西域諸國對漢廷的嚮往。

出陽關，自近者始，曰婼羌[78]。婼羌國王號去胡來王[79]。去陽關千八百里[80]，去長安六千三百里[81]，辟在西南，不當孔道[82]。戶四百五十。口千七百五十，勝兵者五百人。西與且末[83]接。隨畜逐水草，不田作，仰鄯善、且末穀。[84]山有鐵，自作兵，兵有弓、矛、服刀[85]、劍、甲。西北至鄯善，乃當道云。[86]

[78] 婼羌，羌之一種，之所以冠以"婼"字，當與 Asii 之前身卽西遷允姓之戎有關。允姓之戎都姓，"婼"[njiak]與"鄀"音同。婼羌大概是羌人與允姓之戎混血而成。[28] 此條所載婼羌國王治可能在今

楚拉克阿幹河流域。[29]

[79]"去胡來"[khia-ha-lə]，得視爲塞種部落之一 Tochari 之對譯。蓋婼羌國臣民爲婼羌人，王族爲 Tochari 人。婼羌可能是 Asii 與羌人的混血種，但其中靠近陽關的一支，曾受 Tochari 人統治，故其王"號去胡來王"。顏注："言去離胡戎來附漢也"，不過是在漢譯時賦予的字面意義。據傳文，小宛國"東與婼羌接"。戎盧國"南與婼羌"接。渠勒國"西與婼羌"接。于闐國"南與婼羌接"。難兜國"南與婼羌"接。婼羌國既是一個"戶四百五十"的小國，西與且末、小宛接尚有可能，同時又與戎盧、渠勒、于闐、難兜相接，就無法理解了。因此，不能不認爲婼羌種分佈的地域甚廣，而傳文"婼羌條"所載僅僅是"王號去胡來王"的一支。又，《漢書·趙充國傳》："今詔破羌將軍武賢將兵六千一百人，敦煌太守快將二千人，長水校尉富昌、酒泉候奉世將婼、月氏兵四千人，亡慮萬二千人……""婼"，果指婼羌，則酒泉候所將不僅僅是去胡來王一支。

[80]"千八百里"（里數 4.1）：自婼羌國去胡來王王治經鄯善國王治赴陽關的行程；亦即去胡來王王治去鄯善國王治二日行程（2×100 里），與鄯善國王治去陽關 1600 里之和。

[81]"六千三百里"（里數 4.2）：自婼羌國去胡來王王治經鄯善國王治赴長安的行程；亦即去胡來王王治去鄯善國王治 200 里，與鄯善國王治去長安 6100 里之和。

[82]"孔道"，大道，指交通要道。[30]傳文稱："出陽關，自近者始，曰婼羌。"故先列婼羌，繼述鄯善。然而婼羌去陽關、去長安反較鄯善去陽關、去長安各遠 200 里，知自婼羌赴陽關、長安乃經由鄯善國

王治，蓋此國"不當孔道"。

[83] 且末，南道綠洲國。"且末"[tzia(gia)-muat]，可以認爲得名於進入塔里木盆地的 Comari 或 Comedie 人。約前 177/ 前 176 年，大月氏西遷，將塞種（即 Sakā）人逐出伊犁河、楚河流域，一部份塞種南下葱嶺。托勒密《地理志》(VI, 13) 稱索格底亞那以東、帕米爾以西、錫爾河以南、興都庫什山以北地區爲 Sacara，並載活動其間的小部落名有 Caratae、Comari、Comediae、Massagetae、Grynaci、Byltae 等。由此可知，塞種除可大別爲 Asii 等四部外，又可再細分爲若干小部落，這些小部落亦各有名號。可能在到達葱嶺地區以後，這些塞種部落又逐步東向滲入塔里木盆地，建立了不少小國。

[84] 婼羌國以畜牧爲主。"仰穀"，見注 97。

[85] 服刀，即佩刀。顏注引劉德曰："服刀，拍髀也。"

[86]《漢書·韋玄成傳》："西伐大宛，並三十六國，結烏孫，起敦煌、酒泉、張掖，以鬲婼羌，裂匈奴之右肩。""婼羌"去陽關最近，"鬲婼羌"，指中斷匈奴與西域的聯繫。

鄯善國，本名樓蘭[87]，王治扜泥城[88]，去陽關千六百里[89]，去長安六千一百里[90]。戶千五百七十，口萬四千一百，勝兵二千九百十二人。輔國侯、卻胡侯、鄯善都尉、擊車師都尉[91]、左右且渠[92]、擊車師君各一人，譯長二人。西北去都護治所千七百八十五里[93]，至山國[94]千三百六十五里[95]，西北至車師千八百九十里[96]。地沙鹵，少田，寄田仰穀旁國[97]。國出玉，多葭葦[98]、檉柳[98]、胡桐[100]、白草[101]。民隨畜牧逐水草，有驢馬、多橐它。[102] 能作兵,與婼羌同。

[87] 樓蘭,羅布淖爾西南的綠洲國,首見《史記·大宛列傳》。"樓蘭" [lo-lan],得視爲 Sacarauli(即 Sakā [K]rauli 或 Sakā Krorai[mna])之對譯,可能是進入塔里木盆地東端的 Sacarauli 人所建。[31]

[88] 扜泥城,最可能的位置在羅布泊西南今若羌縣治附近之且爾乞都克古城(Charkhlik)。[32] "扜泥" [a-nyei],一說即佉盧文書所見 Khuhani 之音譯,意爲"京都"。[33]

[89] "千六百里"(里數 5.1):自扜泥城沿阿爾金山北麓赴陽關的行程。

[90] "六千一百里"(里數 5.2):自扜泥城經陽關赴長安的行程。

[91] 鄯善國的"擊車師都尉"、"擊車師君",性質類似龜茲國的"擊車師都尉",焉耆國的"擊車師君",以及莎車國的"備西夜君"等。按理諸國均屬漢,不應相互攻擊,即使事實上有摩擦,亦不應公然爲此設官置吏。因而,這些名號很可能是諸國自設於歸漢之前,而歸漢後,漢未予深究,纔得以保留。

[92] 且渠,官號,亦見於匈奴(見《漢書·匈奴傳上》)。

[93] "千七百八十五里"(里數 5.3):自扜泥城北上經尉犁國王治赴烏壘城的行程。傳文:尉犁國"西至都護治所三百里,南與鄯善、且末接"。

[94] 山國,北道綠洲國。一說應從《水經注·河水二》作"墨山國"。[34] "墨山" [mət-shean] 得視爲 Massagetae 之略譯。Massagetae 最早見載於希羅多德《歷史》(I, 153, 201)。[35]

[95]"千三百六十五里"（里數 5.4）：自扜泥城北上赴山國王治的行程。傳文：山國"東南與鄯善、且末接"。

[96]"千八百九十里"（里數 5.5）：自扜泥城經山國王治赴車師前國王治的行程。

[97]"寄田仰穀旁國"，顏注："寄於它國種田，又糴旁國之穀也。"果然鄯善國有人"寄於它國種田"，則似乎並非完全不知田作。又，前引傳文稱婼羌國仰鄯善穀，也說明這一點。鄯善國在仰穀旁國的同時，其穀亦爲婼羌所仰。

[98] 葭葦，蘆葦之屬。

[99] 檉柳，一般認爲即紅柳（Tamarix ramosissima），沙漠中特產，高不過 1.7 米，紅莖綠葉，枝葉茂密。

[100] 胡桐，一般認爲即胡楊（Populus diversifolia）。

[101] 白草，一般認爲應即白英（Solanium dulcamara），指 common bittersweet，或木本茄屬植物（woody nightshade），或蔓生的白薇屬（creeper Ampelopsis serianaefolia）。一說專指禾本科 Pennisetum flaccidum Griseb。[36]

[102] 鄯善國亦以畜牧業爲主，和婼羌國一樣。

初，武帝感張騫之言，甘心欲通大宛諸國，使者相望於道，一歲中多至十餘輩。[103] 樓蘭、姑師當道，苦之，攻劫漢使王恢等，又數爲匈奴耳目，令其兵遮漢使。[104] 漢使多言其國有城邑，兵弱易擊。於是武帝遣從票侯趙破奴將屬國 [105] 騎及郡兵數萬擊姑師。王恢數爲樓蘭所苦，上令恢佐破奴將兵。破奴與輕騎七百人先至，虜樓蘭王，遂破姑師，因暴兵威以動烏孫、大宛之屬。[106]還，封破奴爲浞野侯[107]，恢爲浩侯[108]。於是漢列亭鄣[109]至玉門矣。[110]

[103]"武帝"以下數句，《漢書·張騫李廣利傳》作："天子好宛馬，使者相望於道。一輩大者數百，少者百餘人，所齎操，大放博望侯時。"

[104]"樓蘭、姑師當道"云云：這應該是元朔三年（前126年）、特別是元鼎二年（前115年）以降的情況。這說明西漢通西域最初多經由樓蘭。具體而言，乃自陽關、循阿爾金山北麓西行至羅布泊西南樓蘭國王治後，或循昆侖山北麓繼續西行，往赴南道諸國，或自樓蘭國王治北上當時位於羅布泊西北的姑師，復自姑師沿孔雀河西行，往赴北道諸國。這主要是因爲天山東端爲匈奴控制，使者難以通行。

[105]屬國：據《漢書·武帝紀》，元狩二年（前121年），"秋，匈奴昆邪王殺休屠王，并將其衆合四萬餘人來降，置五屬國以處之。以其地爲武威、酒泉郡。"

[106]漢破樓蘭、姑師在武帝元封三年（前108年）。趙破奴打擊的目標是姑師，然而其先遣王恢先至樓蘭，可知漢兵是循阿爾金山北麓，抵達樓蘭國王治扜泥城後，再北上進攻姑師的。自姑師沿孔雀河西進可赴北道諸國，擊破姑師，始能"暴兵威以動烏孫、大宛之屬"。

[107]《漢書·景武昭宣元成功臣表》："從票侯趙破奴，以司馬再從票騎將軍擊匈奴，得兩王子騎，侯，二千戶。[元狩]二年（前121年）五月丙戌封，九年，元鼎五年（前112年），坐酎金免。元封三

年（前108年），以匈河[37]將軍擊樓蘭，封浞野侯。五年、太初二年（前103年），以浚稽將軍擊匈奴，爲虜所獲，軍沒。"《漢書·衛青霍去病傳》："趙破奴，太原人。嘗亡入匈奴，已而歸漢，爲票騎將軍司馬。出北地，封從票侯。坐酎金失侯。後一歲，爲匈河將軍，攻胡至匈河水[38]，無功。後一歲，擊虜樓蘭王，後爲浞野侯。後六歲，以浚稽[39]將軍將二萬騎擊匈奴左王。左王與戰，兵八萬騎圍破奴，破奴爲虜所得，遂沒其軍。"

[108]《漢書·景武昭宣元成功臣表》："浩侯王恢，以故中郎將將兵捕得車師王，侯。[元封四年（前107年）]正月甲申封，一月，坐使酒泉矯制害，當死，贖罪，免。"

[109] 亭鄣："亭"指驛站，"鄣"指土木工事。

[110] "列亭鄣至玉門"，《史記·大宛列傳》作"酒泉列亭鄣至玉門"。

樓蘭既降服貢獻，匈奴聞，發兵擊之。於是樓蘭遣一子質匈奴，一子質漢。[111]後貳師軍擊大宛。匈奴欲遮之，貳師兵盛不敢當，即遣騎因樓蘭候漢使後過者，欲絕勿通。時漢軍正任文將兵屯玉門關，爲貳師後距，捕得生口，知狀以聞。上詔文便道引兵捕樓蘭王。將詣闕，[112]簿責王，對曰：小國在大國間，不兩屬無以自安。願徙國入居漢地。上直其言，遣歸國，亦因使候司匈奴。匈奴自是不甚親信樓蘭。[113]

[111] 從元封三年（前108年）起，樓蘭自完全臣服於匈奴轉變爲兩屬於漢和匈奴。又，這裏沒有提到姑師，這很可能是姑師在其王

被俘後，餘衆越過庫魯克塔克山北投匈奴了。這以後的姑師，史稱"車師"。[40]

[112]"遣騎因樓蘭候漢使後過者"云云，事在太初三年（前102年）冬，時李廣利親率大軍沿南道還。蓋據《漢書·匈奴傳上》：太初三年秋，匈奴"使右賢王入酒泉、張掖，略數千人。會任文擊救，盡復失其所得而去。聞貳師將軍破大宛，斬其王還，單于欲遮之，不敢"。至於任文捕得樓蘭王、且"將詣闕"，或已是太初四年。

[113]樓蘭王對武帝所說的一席話，概括地道出了漢匈兩大勢力爭奪之下西域小國的處境。"兩屬"既不可避免，又很難維持。

征和元年，樓蘭王死，國人來請質子[114]在漢者，欲立之。質子常坐漢法，下蠶室宮刑，故不遣。報曰：侍子[115]，天子愛之，不能遣。其更立其次當立者。樓蘭更立王，漢復責其質子，亦遣一子質匈奴。後王又死，匈奴先聞之，遣質子歸，得立爲王。漢遣使詔新王，令入朝，天子將加厚賞。樓蘭王後妻，故繼母也，謂王曰：先王遣兩子質漢皆不還，奈何欲往朝乎？王用其計，謝使曰：新立，國未定，願待後年入見天子。[116]然樓蘭國最在東垂，近漢，當白龍堆[117]，乏水草，常主發導，負水儋糧，送迎漢使，[118]又數爲吏卒所寇，懲艾不便與漢通。後復爲匈奴反間，數遮殺漢使。[119]其弟尉屠耆降漢，具言狀。

[114]質子：樓蘭、大宛、康居、莎車、烏孫等國均曾遣子爲質。質子或侍子的作用有三。其一，當人質。如烏孫小昆彌末振將殺大昆

彌，漢沒入小昆彌侍子在京師者。其二，培植親漢勢力。樓蘭王死，匈奴先遣質子歸，得立爲王，故該王親匈奴。這個例子從反面清楚地說明西漢令諸國納質的作用。其三，質子或侍子是"致殊俗"（《史記・大宛列傳》）的象徵。

[115] "侍子"：西域諸國王遣子爲質於漢，質子入侍漢宮，又稱侍子。

[116] "後王又死"云云，生動地說明了匈奴與西漢爭奪樓蘭的外交手腕。征和初（前92年），匈奴於焉耆、危須、尉犁間置僮僕都尉，加強了對西域諸國的控制。樓蘭地處交通要衝，亦匈奴所必爭之地。終因匈奴質子先入，樓蘭復親匈奴而疏漢。漢繩樓蘭質子以漢法，不能不說是失策。

[117] 白龍堆，指今羅布泊東北雅丹羣。姑師北遷後，羅布泊西北亦歸樓蘭國，故此處稱樓蘭國"當白龍堆"。

[118] "負水儋糧"云云，說明鄯善早在國號"樓蘭"時已有農業。不僅如此，據《史記・大宛列傳》，可知最遲在張騫首次西使之時，樓蘭國已"邑有城郭"。也許正因爲如此，"隨畜牧逐水草"的鄯善國得稱爲城郭之國。

[119] 樓蘭的位置愈重要，作爲當道國，負擔也就愈沉重；不僅有勞役，還有兵役，如本傳載：漢於征和三年（前90年），再發樓蘭國兵擊車師。在這種形勢下，匈奴反間易入，樓蘭倒向匈奴，而有遮殺漢使之事。《漢書・傅介子傳》稱："樓蘭王安歸嘗爲匈奴間，候遮漢使者，發兵殺略衛司馬安樂、光祿大夫忠、期門郎遂成等三輩，及安息、大宛使，盜取節印獻物，[41]甚逆天理。"知樓蘭不僅殺死西去的

漢使者，也殺死東來的西域諸國使者，起到了阻斷漢與西域諸國交通的作用，這顯然是西漢所無法容忍的。[42]

元鳳四年，大將軍霍光白遣平樂監傅介子往刺其王。介子輕將勇敢士，齎金幣，揚言以賜外國爲名。既至樓蘭，詐其王欲賜之，王喜，與介子飲，醉，將其王屏語，壯士二人從後刺殺之，貴人左右皆散走。[120]介子告諭以王負漢罪，天子遣我誅王，當更立王弟尉屠耆在漢者。漢兵方至，毋敢動，自令滅國矣！介子遂斬王嘗歸首，馳傳詣闕，縣首北闕下。[121]封介子爲義陽侯[122]。乃立尉屠耆爲王，更名其國爲鄯善[123]，爲刻印章，賜以宮女爲夫人，備車騎輜重，丞相、將軍率百官送至橫門[124]外，祖[125]而遣之。王自請天子曰：身在漢久，今歸，單弱，而前王有子在，恐爲所殺。國中有伊循城[126]，其地肥美，願漢遣一將屯田積穀，令臣得依其威重。[127]於是漢遣司馬一人、吏士四十人，田伊循以填撫之。其後更置都尉，伊循官置始此矣。[128]

[120] 傅介子計謀得逞是由於樓蘭王貪漢財物，結合張騫西使大宛、烏孫的經歷，可見漢文化對西域影響之一斑。

[121]《漢書·傅介子傳》載："至元鳳中，介子以駿馬監求使大宛，因詔令責樓蘭、龜茲國。介子至樓蘭，責其王教匈奴遮殺漢使：大兵方至，王苟不教匈奴，匈奴使過至諸國，何爲不言？王謝服，言匈奴使屬過，當至烏孫，道過龜茲。介子至龜茲，復責其王，王亦服罪。介子從大宛還到龜茲，龜茲言：匈奴使從烏孫還，在此。介子因

率其吏士共誅斬匈奴使者。還奏事，詔拜介子爲中郎，遷平樂監。介子謂大將軍霍光曰：樓蘭、龜茲數反覆而不誅，無所懲艾。介子過龜茲時，其王近就人，易得也，願往刺之，以威示諸國。大將軍曰：龜茲道遠，且驗之於樓蘭。於是白遣之。介子與士卒俱齎金幣，揚言以賜外國爲名。至樓蘭。樓蘭王意不親介子，介子陽引去，至其西界，使譯謂曰：漢使者持黃金錦繡行賜諸國，王不來受，我去之西國矣。卽出金幣以示譯。譯還報王，王貪漢物，來見使者。介子與坐飲，陳物示之。飲酒皆醉，介子謂王曰：天子使我私報王。王起隨介子入帳中，屛語，壯士二人從後刺之，刃交胸，立死。其貴人左右皆散走。介子告諭以王負漢罪，天子遣我來誅王，當更立前太子質在漢者。漢兵方至，毋敢動，動，滅國矣！遂持王首還詣闕。"由此可知前王遣一子質漢，卽尉屠耆；一子質匈奴，卽嘗歸。嘗歸立後，其後妻稱"先王遣兩子質漢皆不還"，尉屠耆歸國時亦自稱"身在漢久"，可見所謂"尉屠耆降漢，具言狀"，所言主要是嘗歸卽位以前的事情，而傳文"樓蘭國最在東垂"至"數遮殺漢使"一節所述，旣是嘗歸以前，又是嘗歸以來的情況。又，龜茲王易得，而樓蘭王嘗歸"不親"介子，本不易得，霍光偏令介子先刺樓蘭王，顯然是因爲當時樓蘭的重要性超過龜茲。至於漢刺殺匈奴所立嘗歸，扶植親漢的尉屠耆，遣將屯田伊循，都是爲了消除導致樓蘭翻覆的因素。果然，樓蘭卽鄯善國從此附漢。

[122]《漢書·景武昭宣元成功臣表》載："義陽侯傅介子，以平樂廄監使誅樓蘭王，斬首，侯，七百五十九戶。七月乙巳封。"《漢

書·傅介子傳》載昭帝詔曰："平樂監傅介子持節使誅斬樓蘭王安歸首，縣之北闕，以直報怨，不煩師衆。其封介子爲義陽侯，食邑七百戶。士刺王者皆補侍郎。""安歸"應即"嘗歸"，兩者必有一誤。

[123]"更名其國爲鄯善"，其用意顯然在於使樓蘭國從此背匈奴向漢，改惡從善。但是"鄯善"一名祇能是一個音義兼顧的譯稱。換言之，"鄯善"本質上是一個樓蘭人能夠接受的名稱的漢語音譯，漢人不過是利用漢字字義賦予"向善"之意而已，類似的例子如婼羌國王號"去胡來王"。一說"鄯善"[zjian-zjian] 或與 Cherchen 或 Charchen 同源。⁴³

[124] 橫門，《三輔黃圖》卷一："長安城北出西頭第一門曰橫門。"

[125] "祖"，顏注："爲設祖道之禮也。"又，《漢書·景十三王傳》顏注："祖者，送行之祭，因饗飲也。昔黃帝之子纍祖好遠游而死於道，故後人以爲行神也。"

[126] 伊循城，一般認爲故址在今新疆婼羌縣東米蘭（Miran）附近。"伊循"[iei-ziuən]，得視爲塞種部落名 Asii 之對譯。

[127] "其地肥美"云云，似乎也說明鄯善國人"隨畜牧逐水草"應是習俗使然，並非完全是由於"地沙鹵"的緣故。

[128] 伊循都尉既屯田積穀，可見除鎮撫鄯善外，亦有供應漢使者的作用。《漢書·馮奉世傳》載，宣帝時，"奉世以衛候使持節送大宛諸國客，至伊脩城"。當時接待奉世的是都尉宋將，可知伊循都尉的作用。"伊脩"應即"伊循"，形近致訛。

鄯善當漢道衝，西通且末七百二十里[129]。自且末以往皆種五穀，土地草木，畜產作兵，略與漢同，有異乃記云。

[129]"七百二十里"（里數 5.6）：自扜泥城西赴且末國王治的行程。

且末國，王治且末城[130]，去長安六千八百二十里[131]。戶二百三十，口千六百一十，勝兵三百二十人。輔國侯、左右將、譯長各一人。西北至都護治所二千二百五十八里[132]，北接尉犁[133]，南至小宛[134]可三日行[135]。有蒲陶[136]諸果。西通精絕[137]二千里[138]。

[130] 且末城，一般認爲故址在今且末縣西南（Lalulik Tati 廢址）。案：此說尚難定論。蓋且末縣北 80 公里大沙漠中、阿牙克（Ayak）河古道旁，另有一座形制相當完整的古城遺址。不排除漢且末國王治位於這座古城的可能性。[44]

[131] "六千八百二十里"（里數 6.1）：自且末城經鄯善國王治赴長安的行程；亦即且末城去鄯善國王治 720 里，與鄯善國王治去長安 6100 里之和。

[132] "二千二百五十八里"（里數 6.2）：自且末城經尉犁國王治赴烏壘城的行程。傳文：且末國"北接尉犁"。案：這"二千二百五十八里"也可能是自且末城經渠犁赴烏壘城的行程。傳文：渠犁"東南與且末"接。

[133] 尉犁，即前文所見"尉黎"。

[134] 小宛，其原名當與大宛同。既有"大宛"這一譯名在前，

又因"大宛"之"大"被誤以爲大小之"大",且略稱爲"宛",故冠以"小"字;換言之,小宛之得名和大宛一樣,亦與 Tochari 有關。

[135] "三日行"(里數 6.3):自且末城南赴小宛國王治的行程。"可三日行"約爲 300 里。

[136] 蒲陶,首見《史記·大宛列傳》。

[137] "精絕"[tzieng-dziuat],與"鄯善"當爲同名異譯。精絕國或者也是 Sacarauli 人所建。

[138] "二千里"(里數 6.4):按理應爲自且末城赴精絕國王治的行程,然而這一里數並非實測所得,乃是精絕國王治去長安 8820 里,與且末城去長安 6820 里之差。由於前者以經由北道測得的扞彌去長安里數爲基數。因此,這"二千里"不足爲據。

小宛國,王治扞零城[139],去長安七千二百一十里[140]。戶百五十,口千五十,勝兵二百人。輔國侯、左右都尉各一人。西北至都護治所二千五百五十八里[141],東與婼羌接,辟南不當道。

[139] 扞零城,一般認爲故址在今安得悅遺址。"扞零"[a-lyeng]與"扞泥"當爲同名異譯。

[140] "七千二百一十里"(里數 7.1):自扞零城經且末國王治赴長安的行程;亦即扞零城去且末國王治三日行程(300 里),與且末國王治去長安 6820 里之和。"七千二百一十里"應爲"七千一百二十里"之訛。

[141] "二千五百五十八里"(里數 7.2):自扞零城經且末國王治

赴烏壘城的行程；亦即扜零城去且末國王治 300 里，與且末國王治去烏壘城 2258 里之和。

精絕國，王治精絕城[142]，去長安八千八百二十里[143]。戶四百八十，口三千三百六十，勝兵五百人。精絕都尉、左右將、譯長各一人。北至都護治所二千七百二十三里[144]，南至戎盧國[145]四日行[146]，地阨陿，西通扜彌[147]四百六十里[148]。

[142] 精絕城，一般認爲故址在今尼雅（Niya）遺址、民豐縣北沙漠中。

[143] "八千八百二十里"（里數 8.1）：按理應爲自精絕城經且末國王治赴長安的行程；亦即精絕城去且末國王治 2000 里，與且末國王治去長安 6820 里之和。其實，由於前面所說的原因，這"八千八百二十里"是扜彌國王治去長安 9280 里與扜彌國王治去精絕城 460 里之差。

[144] "二千七百二十三里"（里數 8.2）：自精絕城北上經渠犁赴烏壘城的行程。傳文："南與精絕接。"

[145] 戎盧，南道綠洲國。"戎盧"[njiuəm-la] 與"樓蘭"當爲同名異譯。

[146] "四日行"（里數 8.3）：自精絕城南赴戎盧國王治的行程。

[147] 扜彌，南道綠洲國，應即《史記·大宛列傳》所見"扜罙"。"扜彌"[a(kio)-miai]，與"且末"得視爲同名異譯。

[148] "四百六十里"（里數 8.4）：自精絕城西赴扜彌國王治的行程。

戎盧國，王治卑品城[149]，去長安八千三百里[150]。戶二百四十，口千六百一十，勝兵三百人。東北至都護治所二千八百五十八里[151]，東與小宛、南與婼羌、西與渠勒[152]接，辟南不當道。

[149] 卑品城，一般認爲故址在今尼雅河流域、民豐縣附近。"卑品"[pie-phiəm] 或爲 Bhīma（大自在天）之音譯。

[150] "八千三百里"（里數 9.1）：這可能是自卑品城經婼羌國去胡來王王治赴長安的行程；亦即卑品城去去胡來王王治二十日行程（2000 里），與去胡來王王治去長安 6300 里之和。傳文：戎盧國"南與婼羌（接）"。知戎盧國之南亦有婼羌，經此婼羌東行，可抵去胡來王王治。

[151] "二千八百五十八里"（里數 9.2）：自卑品城經小宛國王治赴烏壘城的行程，亦即卑品城去小宛國王治三日行程（300 里），與小宛國王治去烏壘城 2558 里之和。

[152] "渠勒"[gia-lek]，可視爲 Tochari 的對譯。

扜彌國，王治扜彌城[153]，去長安九千二百八十里[154]。戶三千三百四十，口二萬四十，勝兵三千五百四十人。輔國侯、左右將、左右都尉、左右騎君各一人，譯長二人。東北至都護治所三千五百五十三里[155]，南與渠勒、東北與龜茲[156]、西北與姑墨[157]接，西通于闐三百九十里[158]。今名寧彌。[159]

[153] 扜彌城，一般認爲故址在今 Dandān-Uiliq 遺址，策勒縣城北偏東約 90 公里。

[154]"九千二百八十里"（里數 10.1）：按理應爲自扜彌城經精絕國王治赴長安的行程；亦即扜彌城去精絕國王治 460 里，與精絕國王治去長安 8820 里之和。其實，這"九千二百八十里"是于闐國王治去長安 9670 里與于闐國王治去扜彌城 390 里之差。[45]

[155]"三千五百五十三里"（里數 10.2）：自扜彌城經由姑墨國王治，也可能是經由龜茲國王治，赴烏壘城的行程。傳文：扜彌國"東北與龜茲、西北與姑墨接"。

[156] 龜茲，北道綠洲國。"龜茲"，可以認爲是塞種部落名之一 Gasiani 之對譯。

[157] 姑墨，北道綠洲國。"姑墨"[tzia(gia)-mət] 與"且末"不妨視作同名異譯。

[158]"三百九十里"（里數 10.3）：自扜彌城西赴于闐國王治的行程。

[159]"今名寧彌"。"今"指班固寫作本傳的時期。"寧彌"一名，應是東漢人所起。又，《後漢書·西域傳》既稱"拘彌國居寧彌城"，知"寧彌"又是拘彌即扜彌國王治之名。據傳文，建武九年（33 年），莎車王賢攻破拘彌國，殺其王，而立其兄康之子爲拘彌王。之後，拘彌國長期處於動蕩之中，直至章帝即位之後，纔因歸漢而得安寧。更名"寧彌"，或者爲此。

渠勒國，王治鞬都城[160]，去長安九千九百五十里[161]。戶三百一十，口二千一百七十，勝兵三百人。東北至都護治所三千八百五十二里[162]，東與戎盧、西與婼羌、北與扜彌接。

[160] 鞬都城，故址應在今 Uzun-Tati 遺址。[46] "鞬都" [kian-ta]，應即 Hindhu 之對譯，或者由於該國是自印度北上的 Tochari 人所建。

[161] "九千九百五十里"（里數 11.1）：這可能是自鞬都城經戎盧國王治赴長安的行程；亦即鞬都城去戎盧國王治十六日半行程（1650 里），與戎盧國王治去長安 8300 里之和。傳文：渠勒國"東與戎盧"接。

[162] "三千八百五十二里"（里數 11.2）：自鞬都城經扜彌國王治赴烏壘城的行程；亦即鞬都城去扜彌國王治三日行程（300 里），與扜彌國王治去烏壘城 3553 里之和。傳文：渠勒國"北與扜彌接"。案：扜彌國王治去烏壘城"三千五百五十三里"（里數 10.2）應爲"三千五百五十二里"之訛。

于闐國，王治西城[163]，去長安九千六百七十里[164]。戶三千三百，口萬九千三百，勝兵二千四百人。輔國侯、左右將、左右騎君、東西城長、譯長各一人。東北至都護治所三千九百四十七里[165]，南與婼羌接，北與姑墨接。于闐之西，水皆西流，注西海。[166] 其東，水東流，注鹽澤，河原出焉。[167] 多玉石[168]。西通皮山[169] 三百八十里[170]。

[163] 西城，位於今和闐附近，最可能在 Yotkan。[47] "西"疑爲"于闐"二字之奪訛。

[164]"九千六百七十里"(里數 12.1):自西城經姑墨國王治赴長安的行程;亦即西城去姑墨國王治十五日行程(1500里),與姑墨國王治去長安 8150 里之和。兩者之和較 9670 里尚短 20 里,或者因爲西城去姑墨國王治原來測定爲 1520 里,後來被約略折合爲"十五日"行程。傳文:于闐國"北與姑墨接"。

[165]"三千九百四十七里"(里數 12.2):自西城經扜彌國王治赴烏壘城的行程;亦即西城去扜彌國王治 390 里,與扜彌國王治去烏壘城 3552 里之和。"三千九百四十七里"或爲"三千九百四十二里"之訛。

[166]"西海",此處指鹹海和裏海。

[167]"河原出焉":指于闐河,時以爲河水"兩原"之一。

[168]"多玉石",于闐玉以質地優良著稱。[48]

[169]皮山,南道綠洲國。"皮山"[biai-shean],卽 Massagetae 之略譯。

[170]"三百八十里"(里數 12.3):自西城赴皮山國王治的行程。

皮山國,王治皮山城[171],去長安萬五十里[172]。戶五百,口三千五百,勝兵五百人。左右將、左右都尉、騎君、譯長各一人。東北至都護治所四千二百九十二里[173],西南至烏秅[174]國千三百四十里[175],南與天篤[176]接,北至姑墨千四百五十里[177],西南當罽賓[178]、烏弋山離[179]道,西北通莎車三百八十里[180]。

[171]皮山城,一般認爲故址在今皮山縣(固璃,Guma)附近。

[172]"萬五十里"（里數 13.1）：自皮山城經于闐國王治赴長安的行程；亦卽皮山城去于闐國王治 380 里，與于闐國王治去長安 9670 里之和。

[173]"四千二百九十二里"（13.2）：自皮山城經于闐國王治赴烏壘城的行程；亦卽皮山城去于闐國王治三日半行程（350 里），與于闐國王治去烏壘城 3942 里之和。案：此處據皮山城去烏壘城里數可推得的皮山城去于闐國王治之行程與里數 12.3 不符，說明兩者所據資料不同。

[174]"烏秅"[a-teak]，可視爲 Asii 之對譯。

[175]"千三百四十里"（里數 13.3）：自皮山城赴烏秅國王治的行程。案：此里數與據里數 14.2 可推得的皮山城去烏秅國王治的里數不符，說明兩者所據資料不同。

[176] 天篤，指今印度流域爲中心的地區。"天篤"[thyen-tuək]，一般認爲係 Thindu 之對譯。

[177]"千四百五十里"（里數 13.4）：自皮山城赴姑墨國王治的行程。

[178] 罽賓，指喀布爾河中下游卽乾陀羅地區，包括 Puṣkalāvatī、Taxila 等地。"罽賓"[kiat-pien]，Kabul 古稱 Kophen 之音譯。[49]

[179] 烏弋山離，西域國名。約公元前 130 年左右大月氏人的第二次西遷，迫使一部份塞種自索格底亞那和 Tukhārestān（吐火羅斯坦），侵入帕提亞帝國，佔領了 Drangiana 和 Arachosia 兩郡之地，前者則因而被稱爲 Sakāstān（塞斯坦）。這部份塞種雖一度遭到 Mithridates 二世（前 124/123—前 87 年在位）的鎮壓，但在這位帕提亞皇帝去世

後不久，便宣告獨立。本傳所載烏弋山離國正是這個以塞斯坦爲中心的塞種王國。"烏弋山離"[a-jiək-shean-liai] 乃 Alexandria 之音譯，指 Alexandria Prophthasia。[50]

[180]"三百八十里"（里數 13.5）：自皮山城赴莎車國王治的行程。

烏秅國，王治烏秅城[181]，去長安九千九百五十里[182]。戶四百九十，口二千七百三十三，勝兵七百四十人。東北至都護治所四千八百九十二里[183]，北與子合[184]、蒲犂[185]，西與難兜[186]接。山居，田石間。有白草。累石爲室，民接手飲[187]。出小步馬[188]，有驢無牛。其西則有縣度[189]，去陽關五千八百八十八里[190]，去都護治所五千二十里[191]。縣度者，石山也，谿谷不通，以繩索相引而度云。

[181] 烏秅城，故址可能在今 Hunza。[51]

[182] "九千九百五十里"（里數 14.1）：自烏秅城經蒲犂國王治赴長安的行程；亦即烏秅城去蒲犂國王治四日行程（400 里），與蒲犂國王治去長安 9550 里之和。

[183] "四千八百九十二里"（里數 14.2）：自烏秅城經皮山國王治赴烏壘城的行程；亦即烏秅城去皮山國王治六日行程（600 里），與皮山國王治去烏壘城 4292 里之和。

[184] "子合"[tziə-həp]，一般認爲得名於 čukupa 或 čukuban，亦即藏文文獻所見 ču-go-ban 或 ču-go-pan。

[185] 蒲犂，南道綠洲國。"蒲犂"[bua-lyei]，或與托勒密《地理

志》（VI，13）所載 Byltae 爲同名異譯。Byltae 原來可能是 Massagetae 的部落。

[186] 難兜，南道綠洲國。"難兜"[nan-to]，與烏孫始祖難兜靡同名，其人也許和烏孫有某種淵源。

[187] "接手飲"，顏注："自高山下谿澗中飲水，故接連其手，如猨之爲"。

[188] "小步馬"，顏注："小，細也。細步，言其能蹀足，卽今所謂百步千跡者也。"

[189] 縣度，位於 Darel 至 Gilgit 之間印度河上游河谷。

[190] "五千八百八十八里"（里數 14.3）：自縣度經烏秅城赴陽關的行程。

[191] "五千二十里"（里數 14.4）：自縣度經烏秅城赴烏壘城的行程。案：據里數 14.3 和里數 14.4 可推得不同的縣度去烏秅城里數，這可能說明計測烏秅城去長安、去烏壘城的基準點不同。

西夜國[192]，王號子合王[193]，治呼犍谷[194]，去長安萬二百五十里[195]。戶三百五十，口四千，勝兵千人。東北到都護治所五千四十六里[196]，東與皮山、西南與烏秅、北與莎車、西與蒲犂接。蒲犂及依耐[197]、無雷[198]國皆西夜類也。[199]西夜與胡異，其種類羌氏行國，[200]隨畜逐水草往來。而子合土地出玉石。

[192] 西夜，南道綠洲國。"西夜"[shien-jyak]，與"塞"[sək]得

視爲同名異譯，故"西夜"亦得爲族名。

[193]"王號子合王"，也許意味着西夜國王族是子合人。子合人既王西夜，兩者應有某種程度的融合。

[194] 呼犍谷，似應求諸葉城（Karghalik）之西 Asgan-sal 河谷，更確切地說應在葉爾羌河與 Asgan-sal 河匯合地點以上 Kosrāb 附近的河谷。[52] "呼犍"[xa-kian]，可能得名於希羅多德（IV，23）所傳 Argippaei。

[195] "萬二百五十里"（里數 15.1）：自呼犍谷經莎車國王治赴長安的行程；亦卽呼犍谷去莎車國王治三日行程（300 里），與莎車國王治去長安 9950 里之和。

[196] "五千四十六里"（里數 15.2）：自呼犍谷經莎車國王治赴烏壘城的行程；亦卽呼犍谷去莎車國王治 300 里，與莎車國王治去烏壘城 4746 里之和。

[197] 依耐，南道綠洲國。"依耐"[iəi-nə]，或與托勒密《地理志》（VI，16）所載 Serica 地區小部落 Annibi 爲同名異譯。

[198] 無雷，南道綠洲國。"無雷"[miua-luəi]，或與托勒密《地理志》（VI，13）所載 Byltae 爲同名異譯。

[199] "蒲犂及依耐、無雷國皆西夜類也"，西夜旣係塞種，則蒲犂、依耐等亦得視爲塞種。

[200] "西夜與胡異，其種類羌氏行國"："胡"指匈奴，很可能是歐羅巴種。[53] 西夜旣爲塞種，則不應稱"與胡異"，稱異者或其人已與羌氏混血之故，卽所謂"類羌氏"。又，本傳稱氏羌爲"行國"，與《史記·大宛列傳》所用"行國"的概念已有所不同。在《史記·大宛

列傳》中，僅大月氏等騎馬遊牧部族纔被稱爲"行國"，此處則指一般遊牧部落。

蒲犁國，王治蒲犁谷[201]，去長安九千五百五十里[202]。戶六百五十，口五千，勝兵二千人。東北至都護治所五千三百九十六里[203]，東至莎車五百四十里[204]，北至疏勒五百五十里[205]，南與西夜子合[206]接，西至無雷五百四十里[207]。侯、都尉各一人。寄田莎車。種俗與子合同。[208]

[201] 蒲犁谷，一般認爲故址在今塔什庫爾幹。
[202] "九千五百五十里"（里數 16.1）：自蒲犁谷經疏勒國王治赴長安的行程；亦即蒲犁谷去疏勒國王治二日行程（200 里），與疏勒國王治去長安 9350 里之和。
[203] "五千三百九十六里"（里數 16.2）：自蒲犁谷經西夜國子合王所治赴烏壘城的行程；亦即蒲犁谷去子合王所治三日半行程（350 里），與子合王所治去烏壘城 5046 里之和。
[204] "五百四十里"（16.3）：自蒲犁谷赴莎車國王治的行程。
[205] "五百五十里"（里數 16.4）：自蒲犁谷赴莎車國王治的行程。案：此里數與據里數 16.1 可推得的蒲犁谷去疏勒國王治之行程不同，說明兩者所據資料不同。
[206] "西夜子合"，參照"婼羌國王號去胡來王"，應讀如"西夜[國王號]子合[王]"。
[207] "五百四十里"（里數 16.5）：自蒲犁谷赴無雷國王治的行程。

[208]"種俗與子合同"。傳文既稱"蒲犂及依耐、無雷國皆西夜類也",則蒲犂與依耐、無雷一樣,種俗與子合相同,而與"西夜"或"塞"亦有關。"蒲犂"與"無雷"且可以視爲同名異譯。"子合"雖可視爲 čukupa 或 čukuban 之對譯,但並不能因此指"種俗與子合同"的蒲犂國和無雷國人都是藏族。蓋"蒲犂"、"無雷"又得和"蒲類"視爲同名異譯,而蒲類作爲車師之一部,應該是塞種。傳文且明載"西夜國,王號子合王"。這說明在傳文描述的時代,王治呼揵谷的子合國曾被西夜人所控制。"西夜"既可視爲 Sakā 之對譯,則子合之"種俗"當受 Sakā 之影響。儘管西夜之 Sakā 可能與車師有異,但似在當時人心目中,並無太大差別,故被認爲"種俗"相同。傳文既稱蒲犂"寄田莎車",又稱蒲犂國"種俗與子合同",則子合的經濟情況亦可推知。

依耐國,王治[209]去長安萬一百五十里[210]。戶一百二十五,口六百七十,勝兵三百五十人。東北至都護治所二千七百三十里[211],至莎車五百四十里[212],至無雷五百四十里[213],北至疏勒六百五十里[214],南與子合接,俗相與同[215]。少穀,寄田疏勒、莎車。

[209]"王治"下有奪文。[54] 依耐國王治,當在大帕米爾(Great Pamir)。[55]

[210]"萬一百五十里"(里數 17.1):自依耐國王治經無雷國王治赴長安的行程;亦即依耐國王治去無雷國王治二日行程(200 里),

與無雷國王治去長安 9950 里之和。

[211]"二千七百三十里"（里數 17.2）：自依耐國王治經無雷國王治赴烏壘城的行程。

[212]"五百四十里"（里數 17.3）：自依耐國王治赴莎車國王治的行程。

[213]"五百四十里"（里數 17.4）：自依耐國王治赴無雷國王治的行程。案：此里數與據里數 17.1 和里數 17.2 可推得的依耐國王治去無雷國王治之行程各不相同，說明三者所據資料各不相同。

[214]"六百五十里"（里數 17.5）：自依耐國王治赴疏勒國王治的行程。

[215]"俗相與同"，"俗"字前疑奪一"種"字。傳文既稱"蒲犁及依耐、無雷國皆西夜類也"，則依耐與蒲犁一樣，應與子合種俗相同，而與"西夜"或"塞"亦有關。

無雷國，王治盧城[216]，去長安九千九百五十里[217]。戶千，口七千，勝兵三千人。東北至都護治所二千四百六十五里[218]，南至蒲犁五百四十里[219]，南與烏秅、北與捐毒[220]、西與大月氏接[221]。衣服類烏孫，俗與子合同[222]。

[216] 盧城，當在小帕米爾（Litter Pamir），具體而言在形成 Murg-āb 上游、東北流向的 Ak-su 河以及形成 Āb-i-panja 上游、西流的 Ak-su 河這兩河的河谷。[56] "盧城"係"無雷"兩字之奪訛。[57]

[217] "九千九百五十里"（里數 18.1）：自盧城經蒲犁國王治赴

長安的行程；亦卽盧城去蒲犂國王治四日行程（400里），與蒲犂國王治去長安 9550 里之和。

[218]"二千四百六十五里"（里數 18.2）：自盧城經疏勒國王治赴烏壘城的行程。

[219]"五百四十里"（里數 18.3）：自盧城赴蒲犂國王治的行程。案：此里數與據里數 18.1 可推得的盧城去蒲犂國王治之行程不同，說明兩者所據資料不同。

[220] 捐毒，帕米爾地區的綠洲國。"捐毒"[jiuan-dəuk]，一般認爲源自 Hindhu，故該國應是自印度北上的塞人所建。

[221]"西與大月氏接"，無雷當與役屬大月氏的貴霜翖侯治地相接。

[222]"俗與子合同"，"俗"字前疑奪一"種"字。傳文旣稱"蒲犂及依耐、無雷國皆西夜類也"，則無雷與蒲犂一樣，應與子合種俗相同，而與"西夜"或"塞"亦有關。亦可見"衣服類烏孫"不僅僅由於兩者生活、生產方式相同的緣故。

　　難兜國，王治[223]去長安萬一百五十里[224]。戶五千，口三萬一千，勝兵八千人。東北至都護治所二千八百五十里[225]，西至無雷三百四十里[226]，西南至罽賓三百三十里[227]，南與婼羌、北與休循[228]、西與大月氏接[229]。種五穀、蒲陶諸果。有銀銅鐵，作兵與諸國同。屬罽賓。

[223]"王治"下有奪文。[58] 難兜國王治，故址可能在今 Gilgit。[59]

[224]"萬一百五十里"（里數 19.1）：自難兜國王治經無雷國王

治赴長安的行程；亦卽難兜國王治去無雷國王治二日行程（200里），與無雷國王治去長安9950里之和。

[225]"二千八百五十里"（里數19.2）：自難兜國王治經無雷國王治赴烏壘城的行程。

[226]"三百四十里"（里數19.3）：自難兜國王治赴無雷國王治的行程。案：此里數與根據里數19.1和里數19.2可推得的難兜國王治去無雷國王治的行程各不相同，說明三者所據資料各不相同。

[227]"三百三十里"（里數19.4）：自難兜國王治赴罽賓國王治的行程。案：此里數可能有誤。

[228] 休循，帕米爾地區的綠洲國。"休循"[xiu-ziuən]，可能得名於塞種部落之一的 Gasiani。

[229] "西與大月氏接"，難兜既在今 Gilgit 河下游，應與役屬大月氏的雙靡翖侯治地相接。


罽賓國，王治循鮮城[230]，去長安萬二千二百里[231]。不屬都護。戶口勝兵多，大國也。東北至都護治所六千八百四十里[232]，東至烏秅國二千二百五十里[233]，東北至難兜國九日行[234]，西北與大月氏[235]、西南與烏弋山離接。[236]


[230] 循鮮城，可能在 Taxila。"循鮮"[ziuən-sian] 與"鄯善"、"精絕"等亦得視爲同名異譯。

[231] "萬二千二百里"（里數20.1）：自循鮮城經烏秅國王治赴長安的行程；亦卽循鮮城去烏秅國王治2250里，與烏秅國王治去長

安 9950 里之和。

[232]"六千八百四十里"（里數 20.2）：自循鮮城經烏秅國王治赴烏壘城的行程；亦即循鮮城去烏秅國王治十九日半行程（1950 里），與烏秅國王治去烏壘城 4892 里之和。"六千八百四十里"應爲"六千八百四十二里"之奪訛。

[233]"二千二百五十里"（里數 20.3）：自循鮮城赴烏秅國王治的行程。案：此里數與據里數 20.2 可推得的循鮮城去烏秅國王治的行程不同，說明兩者所據資料不同。

[234]"九日行"（里數 20.4）：應爲自循鮮城赴難兜國王治的行程。案："九日行"約 900 里，與里數 19.4 不符，似乎說明兩者所據資料不同；然而本里數可能有誤；而如前述，里數 19.4 也可能有誤。

[235]"西北與大月氏［接］"，罽賓與大月氏大致以興都庫什山爲界。

[236]"西南與烏弋山離接"，烏弋山離的統治中心在 Arachosia 和 Drangiana，罽賓與該國相接，衹有當罽賓領有 Paropamisadae 時纔有可能。[60]

昔匈奴破大月氏，大月氏西君大夏[237]，而塞[238]王南君罽賓。[239]塞種分散，往往爲數國。[240]自疏勒以西北，休循、捐毒之屬，皆故塞種也。[241]

[237]"大月氏西君大夏"，公元前 130 年左右，匈奴支持烏孫進攻大月氏，迫使後者放棄伊犁河、楚河領域，西遷阿姆河領域，征服

領土主要在河南的大夏國。[61]

[238]"塞"[sək]，一般認爲是西史所見 Sakā 的對譯。Sakā 是波斯人對錫爾河以北遊牧部族的泛稱，並不是指一個單一人種的部族。本傳所謂"塞種"，應即阿喀美尼朝波斯大流士一世（Darius I，前521—前486年在位）貝希斯登（Behistun）銘文所見 Sakā，主要包括四個部落或部族：Asii、Gasiani、Tochari 和 Sacarauli。公元前七世紀末葉，Asii 等部已出現在伊犂河、楚河流域；當時的希臘詩人 Aristeas 在記述其中亞旅行見聞的長詩《獨目人》中稱之爲 Issedones（希羅多德《歷史》，[IV, 13]），Isse[dones] 不妨認爲是 Asii 之異譯；這似乎表明 Asii 等部已組成一個聯盟，而以 Asii 爲宗主。遲至公元前六世紀二十年代末，伊犂河、楚河流域的 Asii 等部西向擴張至錫爾河，逐去原居該河右岸的 Massagetae 人。此後，他們被波斯人稱爲 Sakā。[62]

[239]"塞王南君罽賓"，本傳所謂罽賓國乃自伊犂河、楚河領域西遷的塞種所建，建國年代不能確知，但不會早於公元前129年。"塞王"，指塞種之首領。

[240]"塞種分散，往往爲數國"，乃塞種自錫爾河北岸南下的結果。這是前大月氏兩次西遷引起的連鎖反應。又，《廣弘明集·辨惑篇》（卷七）載有梁荀濟《論佛教表》所引本傳佚文："塞種本允姓之戎，世居燉煌，爲月氏迫逐，遂往葱嶺南奔。"[63] 案：這段文字似可插入"罽賓條"："塞種[本允姓之戎，世居燉煌，爲月氏迫逐，遂往葱嶺南奔]，分散，往往爲數國。""允姓之戎"，始見《左傳》（昭九年傳），其可以追溯的居地在涇水上游，公元前七世紀二三十年代經由河西遷至伊犂河、楚河流域。"允姓"[jiuən-sieng] 不妨視作 Asii 之漢譯。

至於所謂"世居敦煌"，乃基於敦煌卽古瓜州這一誤解，不足信據。[64]

[241] "自疏勒以西北"云云，乃叙說塞種"分散"的結果。其實，細考本傳所載國名和地名，不難發現有許多與塞種四部卽 Asii、Gasiani、Tochari 和 Sacarauli 有關；因此，不妨認爲葱嶺地區的塞人在公元前 177/ 前 176 年以後，逐步東向滲入塔里木盆地，建立了不少塞種小國，不獨疏勒以西北爲然。[65]

罽賓地平，溫和，有目宿[242]、雜草奇木，檀[243]、櫰[244]、梓[245]、竹、漆[246]。種五穀、蒲陶諸果，糞治園田。地下溼，生稻，冬食生菜[247]。其民巧，雕文刻鏤，治宮室，織罽[248]，刺文繡，好治食[249]。有金銀銅錫，以爲器。市列[250]。以金銀爲錢，文爲騎馬，幕爲人面。[251]出封牛[252]、水牛、象、大狗[253]、沐猴、孔爵、珠璣、珊瑚[254]、虎魄[255]、璧流離[256]。它畜與諸國同。

[242] 目宿，卽"苜蓿"，首見《史記·大宛列傳》。

[243] 檀（wingceltis），落葉喬木。

[244] 櫰（locust），卽槐，落葉喬木。

[245] 梓（catalpa），落葉喬木。

[246] 漆（lac tree），落葉喬木。

[247] "生菜"，可能指新鮮蔬菜，罽賓國氣候"溫和"，冬季亦不乏供應。

[248] 罽，指毛織物。《漢書·高帝紀下》顏注："罽，織毛若今氍

及氍毹之類也。"

[249]"好治食",一說應據荀悅《漢紀·孝武皇帝紀三》(卷一二)作"好酒食"。[66]

[250]"市列","市"前應奪"有"字。[67]

[251]"文爲騎馬,幕爲人面",顏注引張晏曰:"錢文面作騎馬形,漫面作人面目也。"

[252] 封牛,卽瘤牛 (humped cattle)。顏注:"封牛,項上隆起者也。"

[253] 大狗,顏注引郭義恭《廣志》云:"罽賓大狗大如驢,赤色,數里搖軛以呼之。"

[254]"珊瑚",一說源自古伊朗語 (ā)sanga。[68]

[255]"虎魄",一說源自古伊朗語 kahrupāī。[69]

[256] 璧流離(梵語 vaiḍūrya),亦卽璆琳,指青金石(Lapis lazuli)。

自武帝始通罽賓,[257] 自以絕遠,漢兵不能至,其王烏頭勞[258] 數剽殺漢使。烏頭勞死,子代立,遣使奉獻。漢使關都尉文忠送其使。[259] 王復欲害忠,忠覺之,乃與容屈王子陰末赴共合謀,攻罽賓,殺其王,立陰末赴爲罽賓王,授印綬。[260] 後軍候趙德使罽賓,與陰末赴相失,陰末赴鎖琅當[261] 德,殺副已下七十餘人,遣使者上書謝。孝元帝以絕域不錄,放其使者於縣度,絕而不通。

[257]"武帝始通罽賓",或在張騫西使烏孫之後。蓋張騫使烏孫

時遣副使所使諸國中，似乎並不包括罽賓。當然，另一種可能性也不能排除，發現因而"始通罽賓"者，便是張騫遣往身毒的副使。

[258]"烏頭勞"[a-do-lo]，可與塞王 Aziliases 勘同。[70]

[259] 事當在宣、元時，具體年代不詳。

[260] 最遲到元帝時，罽賓國的王統發生了一次變動，這是漢使文忠與容屈王子陰末赴合謀發動的政變引起的。"容屈"[jiong-khiuət]爲 Ἰωνακη（意爲"希臘的"）之對譯，"陰末赴"即錢幣所見希臘王 Hermaeus，可能是在塞人之前統治喀布爾河中下游地區的希臘貴族的後裔。"攻罽賓"云云，似也說明陰末赴屬於塞人治下罽賓國以外的勢力。至於文忠參與顛覆罽賓的塞人政權，是因爲塞王烏頭勞父子屢次剽殺漢使之故，而從傳文"立陰末赴爲罽賓王，授印綬"來看，文忠的行爲至少在事後是得到漢廷肯定和支持的。而以陰末赴殺害漢使爲契機，西漢對西域政策發生了較大的變化。所謂"絕域不錄"者，據本傳，不僅罽賓，還包括康居、大月氏、安息、烏弋山離等國。不言而喻，這與武帝以來的西域政策是大異其趣的。

[261]"鎖琅當"，一說"鎖"字衍。[71]顏注："琅當，長鎖也，若今之禁繫人鎖矣。"

成帝時，復遣使獻，謝罪。漢欲遣使者報送其使，[262]杜欽說大將軍王鳳曰：前罽賓王陰末赴本漢所立，後卒畔逆。夫德莫大於有國子民，罪莫大於執殺使者，所以不報恩，不懼誅者，自知絕遠，兵不至也。有求則卑辭，無欲則驕嫚，終不可懷服。凡中國所以爲通厚蠻夷，愿快其求者，爲壞比而爲寇也。[263]

今縣度之阨，非罽賓所能越也。其鄉慕，不足以安西域；雖不附，不能危城郭。前親逆節，惡暴西域，故絕而不通；今悔過來[264]，而無親屬貴人，奉獻者皆行賈賤人，欲通貨市買，以獻爲名，[265]故煩使者送至縣度，恐失實見欺。凡遣使送客者，欲爲防護寇害也。起皮山南，更不屬漢之國四五，斥候士百餘人，五分夜擊刀斗[266]自守，尚時爲所侵盜。驢畜負糧，須諸國稟食，得以自贍。國或貧小不能食，或桀黠不肯給，擁彊漢之節，餒山谷之間，乞匃無所得，離一二旬則人畜棄捐曠野而不反。又歷大頭痛、小頭痛之山，赤土、身熱之阪，[267]令人身熱無色，頭痛嘔吐，驢畜盡然。又有三池、盤石阪，道陿者尺六七寸，長者徑三十里。臨崢嶸不測之深，行者騎步相持，繩索相引，二千餘里[268]乃到縣度。畜隊，未半阬谷盡靡碎；人墮，勢不得相收視。險阻危害，不可勝言。聖王分九州，制五服，[269]務盛內，不求外。今遣使者承至尊之命，送蠻夷之賈，勞吏士之衆，涉危難之路，罷弊所恃以事無用，非久長計也。使者業已受節，可至皮山而還。於是鳳白從欽言。罽賓實利賞賜賈市，其使數年而壹至云。[270]

[262]"漢欲遣使者報送其使"，事在河平四年（前25年）。[72]

[263]"通厚蠻夷，慭快其求者"，對於遠國，主要原因是爲了"致殊俗"，以示"威德徧於四海"（《史記·大宛列傳》）。"壤比而爲寇"，不是主要考慮的因素，說辭而已。

[264]"悔過來"，"來"字下當有"順"字。[73]

二　《漢書·西域傳上》要注 ｜　113

[265] 罽賓奉獻旨在"通貨市買"，漢朝正是利用這一點，維持外國來朝的局面。

[266] "刁斗"，亦作"刀斗"，《漢書·李廣傳》顏注引孟康曰："刁斗，以銅作鐎，受一斗，晝炊飯食，夜擊持行夜。"

[267] "大頭痛、小頭痛之山，赤土、身熱之阪"以及下文"三池、盤石阪"，皆位於皮山之西、縣度之東，具體位置不詳。

[268] "二千餘里"（里數 20.5）：自皮山國王治經烏秅國王治赴縣度的行程。

[269] "分九州，制五服"，顏注："九州，冀、兗、豫、青、徐、荊、揚、梁、雍也。五服，甸、侯、綏、要、荒。"

[270] 成帝時，罽賓與西漢絕而復通似乎是單方面的：西漢不復遣使罽賓，僅罽賓使"數年而壹至"。從杜欽之言，可以清楚地看出，元帝後期以降，西漢的西域經營祇滿足於保全城郭諸國，無復遠圖了。

烏弋山離國，王[271]去長安萬二千二百里[272]。不屬都護。戶口勝兵[273]，大國也。東北至都護治所六十日行[274]，東與罽賓、北與撲挑[275]、西與犂靬[276]、條支[277]接。

[271] "王"字下似奪"治"字及王治名。[74] 烏弋山離國王治可能在 Alexandria Prophthasia。[75]

[272] "萬二千二百里"（里數 21.1）：應爲自烏弋山離國經罽賓國王治赴長安的行程。案：傳文稱罽賓"西南與烏弋山離接"。烏弋山離既在罽賓西南，去長安里數不應與罽賓相同，知此里數有誤。

[273]"戶口勝兵","兵"字下應闕"多"字。

[274]"六十日行"（里數 21.2）：應爲自烏弋山離國王治經罽賓國王治赴烏纍城的行程。案：罽賓國王治去烏纍城 6840 里，已逾"六十日行"，知此行程有誤。

[275] 撲挑，指巴克特里亞。"撲挑"[phok-dyô] 乃 Bāχtri 之對譯。

[276]"犂軒"，即《史記·大宛列傳》所見"黎軒"，指托勒密朝埃及王國。又，《漢書·地理志下》載張掖郡有"驪靬"縣；而《漢書·張騫李廣利傳》有"犛靬"，顏注："犛靬即大秦國也。張掖驪靬縣蓋取此國爲名耳。"案："犛靬"，即本傳所見"犂軒"。至於"驪靬"，視爲"犂軒"等之異譯固無不可。驪靬縣果因黎軒得名，則應與托勒密朝埃及王國有關。埃及亞歷山大城以商業發達著稱，商人足蹟遍及各地，其中若干到達河西，終於歸化，不是完全不可能的。當然，西漢置縣名"驪靬"，也可能僅僅是爲了招徠遠人，誇示朝廷"威德徧於四海"，未必真有犂軒人歸附。"大秦"指羅馬帝國，與黎軒或犂軒不能混爲一談。[76]

[277]"條支"，即《史記·大宛列傳》所見"條枝"，指塞琉古朝叙利亞王國。"條枝"[diəu-tjie]，乃該國王治名 [An]tiochi[a] 的縮譯。

行可百餘日[278]，乃至條支。國臨西海[279]，暑溼，田稻[280]。有大鳥[281]，卵如甕。人衆甚多，往往有小君長，安息役屬之，以爲外國。[282]善眩。[283]安息長老傳聞條支有弱水[284]、西王母[285]，亦未嘗見也。自條支乘水西行，可百餘日，近日所入云。

[278] "可百餘日"（里數 21.3）：自烏弋山離國王治經安息國王治赴條枝國王治的行程。"行可百餘日，乃至條支"，並不是說從烏弋山離可直達條枝。蓋以下傳文又云："自玉門、陽關出南道，歷鄯善而南行，至烏弋山離，南道極矣。轉北而東（應爲"西"）得安息。"既然至烏弋山離南道已極，可見這"百餘日"乃指從烏弋山離的都城北行至安息，再西向抵達條枝所需要的時日。

[279] "西海"，此處指地中海。

[280] "田稻"，並非傳文描述時代條枝卽叙利亞地區的實際情況，祇是承襲《史記·大宛列傳》。[77]

[281] 大鳥，鴕鳥。

[282] "以爲外國"，顏注："安息以條支爲外國，如言蕃國也。"[78]

[283]《漢書·張騫李廣利傳》："大宛諸國發使隨漢使來，觀漢廣大，以大鳥卵及犛軒眩人獻於漢，天子大說。"顏注："眩，讀與幻同。卽今吞刀吐火，植瓜種樹，屠人截馬之術皆是也。"[79]

[284] 弱水，古稱不能勝舟之水爲"弱水"。但此處所謂"弱水"其實可能是"若水"之訛。"若水"之所以被置於西方絕遠之處，可能和某些遷自西方的部族的古老記憶有關。[80]

[285] 西王母，一說其原型可能是 Anatolia 的大神母 Koubaba 卽 Cybele，而與公元前十四至公元前十二世紀存在於叙利亞地中海沿岸的都市國家 Ugarit 所崇拜的 Anat 等神祇亦有淵源。[81]

烏弋地暑熱莽平，其草木、畜產、五穀、果菜、食飲、宮室、市列、錢貨、兵器、金珠之屬皆與罽賓同，而有桃拔[286]、師子、犀牛。俗重妄殺。[287] 其錢獨文爲人頭，幕爲騎馬。以金銀飾杖。絕遠，漢使希至。自玉門、陽關出南道，歷鄯善而南行，至烏弋山離，南道極矣。轉北而東得安息。[288]

    [286] 桃拔，可能是長頸鹿。顏注引孟康曰："桃拔一名符拔，似鹿，長尾，一角者或爲天鹿，兩角者或爲辟邪。師子似虎，正黃有頻耏，尾端茸毛大如斗。"[82] 一說 "符拔" 乃 βούβαλις 之對譯。[83]

    [287] "俗重妄殺"：這很可能是對該國佛教信仰的描述。[84]

    [288] "南道極矣"，漢使沿南道西行抵皮山，自皮山西南行至烏秅，復自烏秅經縣度抵罽賓，自罽賓西行六十餘日則可至烏弋山離王治。此即所謂 "罽賓烏弋山離道"。漢使如欲更向西走，須自烏弋山離國王治北行至安息，復自安息西行。

    安息國，王治番兜城[289]，去長安萬一千六百里[290]。不屬都護。北與康居、東與烏弋山離、西與條支接。土地風氣，物類所有，民俗與烏弋、罽賓同。亦以銀爲錢，文獨爲王面，幕爲夫人面。王死輒更鑄錢。有大馬爵[291]。其屬小大數百城，地方數千里，最大國也。臨嬀水[292]，商賈車船行旁國。書革[293]旁行[294]爲書記。

    [289] "番兜" [phiuan-to]，其實可能是 Parθava 或 Parthia 之對譯。

    [290] "萬一千六百里"（里數 22.1）：應指自安息國王治經大月氏國王治赴長安的行程。案：傳文：大月氏國 "西至安息四十九日行"。

安息國既在大月氏國之西，去長安里數不應與大月氏國相同，知此里數有誤。"萬一千六百里"或爲"萬六千五百里"之訛。

[291] 大馬爵，顏注引《廣志》云："大爵，頸及膺身，蹄似橐駝，色蒼，舉頭高八九尺，張翅丈餘，食大麥。"案：大馬爵，應即前文所見"大鳥"。

[292] 嬀水，即阿姆河。"嬀"[kiua]乃 Vakhsh 或 Wakhsh 之對譯。

[293] "書革"，"書"當依《史記·大宛列傳》作"畫"。[85]

[294] "旁行"，橫行。

武帝始遣使至安息，王令將將二萬騎迎於東界。[295] 東界去王都數千里[296]，行比至，過數十城，人民相屬。因發使隨漢使者來觀漢地，以大鳥卵[297]及犛軒眩人[298]獻於漢，天子大說。安息東則大月氏。

[295] "武帝始遣使至安息"，武帝時首次出使安息的漢使應即張騫使烏孫時所遣副使。張騫使烏孫在武帝元鼎初，故所遣副使抵達安息的時間應爲公元前 116 或公元前 115 年。漢使抵達之日，正值 Mithridates 二世征討入侵塞人臨近奏功之時，大軍雲集東界，恰好迎接漢使入境。

[296] "數千里"（里數 22.2）：此里數承襲《史記·大宛列傳》。

[297] "大鳥卵"，《漢書·張騫李廣利列傳》顏注："鳥卵如汲水之罋耳。"安息使者獻於漢的"大鳥卵"，原產條枝。

[298] 《史記·大宛列傳》稱條枝"國善眩"，本傳亦有類似說法。

然而，兩傳又稱安息使者所獻眩人爲"黎軒善眩人"或"犂軒眩人"。因此，條枝、黎軒兩國很可能均"善眩"。考慮到本傳有關條枝國善眩的記載襲自《史記·大宛列傳》，而後者的依據僅僅是張騫的傳聞，則僅黎軒一國善眩也未可知。

大月氏國，治[299]監氏城[300]，去長安萬一千六百里[301]。不屬都護。戶十萬，口四十萬，勝兵十萬人[302]。東至都護治所四千七百四十里[303]，西至安息四十九日行[304]，南與罽賓接。[305]土地風氣，物類所有，民俗錢貨，與安息同。[306]出一封橐駝[307]。

[299]"治"字前似應有"王"字。

[300]"監氏城"，應即《史記·大宛列傳》所載大夏國都城"藍市城"。傳文既稱"大月氏國治監氏城"，又稱大月氏"都嬀水北爲王庭"，等於說是大月氏國初都於嬀水之北，後遷都水南，以大夏都城爲都城。本傳取消了大夏的專條，同時又不再提及"其都曰藍市城"，均可說明這一點；蓋藍市城即監氏城。大月氏作爲一個騎馬遊牧部族，自伊犂河、楚河流域的草原地帶遷入阿姆河流域的農耕區，起初沒有都城，後來走向定居，以所征服的大夏國的都城爲自己的都城，是符合一般規律的。"藍市"[lam-zhiə]和"監氏"[keam-zjie]可能都是 Bactra 的別稱 Alexandria 的略譯。

[301]"萬一千六百里"（里數 23.1）：自監氏城經捐毒國王治赴長安的行程，亦即監氏城去捐毒國王治十七日半行程（1750 里），與捐毒國王治去長安 9860 里之和。"萬一千六百里"或爲"萬一千六百十

里"之奪訛。

[302] 本傳與《史記·大宛列傳》所載大月氏人口總數並無太大的差別。所謂"勝兵十萬"，乃指"口四十萬"中能控弦者有十萬人；不能認爲《史記·大宛列傳》描述的時代大月氏總人口數僅一二十萬，而到了本傳描述的時代，大月氏國的總人口數一躍而爲五十萬。而《史記·大宛列傳》的"控弦者可一二十萬"不過是估計數，本傳的"勝兵十萬"應爲較精確的數字。

[303] "四千七百四十里"（里數 23.2）：自監氏城經休循國王治赴烏壘城的行程；亦即監氏城去休循國王治 1620 里，與休循國王治去烏壘城 3121 里之和。"四千七百四十里"應爲"四千七百四十一里"之奪訛，而監氏城去休循國王治"千六百一十里"（里數 30.5）應爲"千六百二十里"之訛。

[304] "四十九日行"（里數 23.3）：自監氏城西赴安息國王治的行程。

[305] "南與罽賓接"，本傳的罽賓既指興都庫什山以南，Kabul 河中下游地區，故兩國大致以興都庫什山爲界。

[306]《史記·大宛列傳》稱：大月氏"行國也，隨畜移徙，與匈奴同俗。控弦者可一二十萬"。本傳則在說"大月氏本行國也，隨畜移徙，與匈奴同俗。控弦十餘萬"的同時，又說："大月氏國，治監氏城……土地風氣，物類所有，民俗錢貨，與安息同。"這說明到本傳描述的時代，本來是行國的大月氏已經變成和安息國一樣的土著了。此處所謂大月氏是業已征服了大夏的大月氏，不再是一個行國。

[307] "一封橐駝"，顏注："脊上有一封也。封言其隆高，若封

土也。今俗呼爲封牛。"果如顏注，則一封橐駝卽封牛。

大月氏本行國也，隨畜移徙，與匈奴同俗。控弦十餘萬。故彊，輕匈奴。[308] 本居敦煌、祁連間，[309] 至冒頓單于攻破月氏，[310] 而老上單于殺月氏，以其頭爲飲器，[311] 月氏乃遠去，過大宛，西擊大夏而臣之，都嬀水北爲王庭。[312] 其餘小衆不能去者，保南山[313]羌，號小月氏。[314]

[308] "故彊，輕匈奴"，《漢書·匈奴傳上》："當是時，東胡強而月氏盛。匈奴單于曰頭曼，頭曼不勝秦，北徙。""故彊"，"彊"字前應據《史記·大宛列傳》補"時"字。

[309] "敦煌、祁連間"：敦煌，此處是山名，指今祁連山。祁連，山名，指今天山。[86]

[310]《漢書·匈奴傳上》："單于有太子，名曰冒頓。後有愛閼氏，生少子，頭曼欲廢冒頓而立少子，乃使冒頓質於月氏。冒頓既質，而頭曼急擊月氏。月氏欲殺冒頓，冒頓盜其善馬，騎亡歸。……冒頓既立……西擊走月氏……是時，漢方與項羽相距，中國罷於兵革。"這是冒頓單于第一次擊破月氏。時在公元前三世紀末。《漢書·匈奴傳上》又載，冒頓單于遺漢書曰："今以少吏之敗約，故罰右賢王，使至西方求月氏擊之。以天之福，吏卒良，馬力強，以滅夷月氏，盡斬殺降下定之。樓蘭、烏孫、呼揭[87]及其旁二十六國，皆已爲匈奴。諸引弓之民，幷爲一家。"這是冒頓單于第二次破月氏，時在公元前177/前176年。月氏經此打擊，其大衆西遷伊犁河、楚河流域。冒頓

單于，公元前209年至公元前174年在位。

[311]"老上單于殺月氏，以其頭爲飲器"，據《漢書·匈奴傳下》，元帝卽位之初，漢遣車騎都尉韓昌、光祿大夫張猛使匈奴，"以老上單于所破月氏王頭爲飲器者共飲血盟"。"殺月氏"下奪"王"字，可據《漢書·張騫李廣利傳》補。[88]老上單于，公元前174年至公元前161年在位。

[312]"故彊"，至"都嬀水北爲王庭"一段，乍讀似乎月氏放棄伊犂河、楚河流域應在老上單于時。然《史記·大宛列傳》"及冒頓立，攻破月氏，至匈奴老上單于，殺月氏王，以其頭爲飲器。始月氏居敦煌、祁連閒，及爲匈奴所敗，乃遠去，過宛，西擊大夏而臣之，遂都嬀水北，爲王庭"一段，叙事至"以其頭爲飲器"句時，文勢頓挫，以下始言及月氏放棄故地遠走嬀水流域事。可見《史記·大宛列傳》僅將月氏遠走嬀水北籠統地歸因於匈奴，未嘗說其事發生在老上單于時。班固於此失察，將"居敦煌、祁連閒"一句提前，又刪去"及爲匈奴所敗"一句，以照應下文關於"烏孫昆莫擊破大月氏，大月氏徙，西臣大夏"的記述，以致令人誤解月氏遠去嬀水北是由於其王爲老上所殺，且陷於自相矛盾。其實，大月氏放棄伊犂河、楚河流域，直接原因固然是爲烏孫昆莫的擊破，但根本原因其實在於前此爲老上重創。再說，昆莫之攻大月氏，本係匈奴所指遣。因此，《史記·大宛列傳》"及爲匈奴所敗，乃遠去"一句，儘管籠統，還是道出了事情本質的一面。種種證據表明月氏放棄伊犂河、楚河流域，西徙大夏地應在軍臣單于在位時（前161—前126年），《史記·大宛列傳》的記述與這一結論並無牴牾之處。因此，不能不認爲本傳有關記述乃

承襲《史記·大宛列傳》且有失原意。這主要是因爲本傳編者將張騫的報告和張騫以後所得的情報不加區別地穿插在一起，從而抹煞了張騫所獲若干資料的時間性。月氏西臣大夏，設王庭於嬀水北，時在公元前130年左右。

[313] 小月氏所保"南山"主要指西域南山。亦即包括今喀喇崑侖、崑侖、阿爾金山。

[314] "大月氏本行國也"直至"號小月氏"一段是追述大月氏國前史，其中"都嬀水北爲王庭"一句，顯然說的"治監氏城"之前的情況，不能認爲本傳此處自相矛盾，也不能認爲"監氏城"就是嬀水北的王庭。

大夏本無大君長，城邑往往置小長，民弱畏戰，故月氏徙來，皆臣畜之，共稟漢使者。[315] 有五翕侯[316]：一曰休密[317]翕侯，治和墨城[318]，去都護二千八百四十一里[319]，去陽關七千八百二里[320]；二曰雙靡[321]翕侯，治雙靡城[322]，去都護三千七百四十一里[323]，去陽關七千七百八十二里[324]；三曰貴霜翕侯[325]，治護澡城[326]，去都護五千九百四十里[327]，去陽關七千九百八十二里[328]；四曰肸頓[329]翕侯，治薄茅城[330]，去都護五千九百六十二里[331]，去陽關八千二百二里[332]；五曰高附[333]翕侯，治高附城[334]，去都護六千四十一里[335]，去陽關九千二百八十三里[336]。凡五翕侯，皆屬大月氏。[337]

[315] "共稟漢使者"，表明這些大月氏扶立的由原大夏國人擔任

的"五翖侯"有一定的外交自主權。雖然獨立的大夏國早已不復存在,但在漢人心目中,大夏一直佔有很突出的地位。《漢書・景武昭宣元成功臣表》稱:"博望侯張騫,以校尉數從大將軍擊匈奴,知道、水,及前使絕國大夏,侯。"《漢書・敘傳》也說:"博望杖節,收功大夏。"兩者均無隻字提及大月氏。而據《漢書・張騫李廣利傳》,漢通西南夷旨在"地接以前通大夏";又稱,李廣利初征大宛不利,武帝擔心的首先是"大夏之屬漸輕漢",諸如此類。大夏既是張騫西使親臨的絕遠之地,通大夏在某種意義上也就成了通西域的象徵。何況大夏不僅如《史記・大宛列傳》所說,"多奇物,土著,頗與中國同業",且"民多,可百餘萬",據《漢書・西南夷列傳》,張騫還"盛言"大夏"慕中國",漢人對大夏不勝向往也就可以理解了。事實上,正是由於經營西南夷通大夏未能成功,纔有元封年間的樓蘭、姑師之役和太初年間的大宛之役。

[316] 翖侯,塞種或與塞種有關部落(諸如康居、烏孫等)常見的官職名稱。大夏國五翖侯治地均在吐火羅斯坦東部山區。"翖侯",一說吐火羅語 yapoy 之對譯。[89]

[317] "休密"[xiu-miet],爲托勒密《地理志》(VI, 13)所載 Sacara 地區小部落 Comediae 之對譯。

[318] 和墨城,位於今 Wakhan 谷地 Sarik-Čaupan 一帶。[90] "和墨"[huai-mək],爲 Comediae 之對譯。

[319] "二千八百四十一里"(里數 24.1):自和墨城經大月氏國王治赴烏壘城的行程;亦卽和墨城去大月氏國王治一日行程(100 里),與大月氏國王治去烏壘城 4741 里之和。"二千八百四十一里",應爲

"四千八百四十一里"之訛。

[320]"七千八百二里"（里數 24.2）：自和墨城經大月氏國王治赴陽關的行程。"七千八百二里"應爲"七千八十二里"之訛。

[321]"雙靡"[sheong-miai]，乃 Śyāmāka 之對譯。

[322] 雙靡城，位於今 Chitral 和 Mastuj 之間。

[323]"三千七百四十一里"（里數 24.3）：自雙彌城經和墨城赴烏壘城的行程；亦卽雙彌城去和墨城七日行程（700 里），與和墨城去烏壘城 4841 里之和。"三千七百四十一里"應爲"五千五百四十一里"之訛。

[324]"七千七百八十二里"（里數 24.4）：自雙彌城經和墨城赴陽關的行程；亦卽雙彌城去和墨城 700 里，與和墨城去陽關 7082 里之和。

[325]"貴霜"[kiuət-shiang]，乃 Gasiani 卽 Kushān 之對譯。

[326] 護澡城，位於今 Wakhan 西部、Āb-i Panja 河左岸。"護澡"[hak-tzô]，亦爲 Gasiani 卽 Kushān 之對譯。

[327]"五千九百四十里"（里數 24.5）：自護澡城經雙彌城赴烏壘城的行程；亦卽護澡城去雙彌城二日行程（200 里），與雙彌城去烏壘城 5541 里之和。"五千九百四十里"應爲"五千七百四十一里"之奪訛。

[328]"七千九百八十二里"（里數 24.6）：自護澡城經雙彌城赴陽關的行程；亦卽護澡城去雙彌城 200 里，與雙彌城去陽關 7782 里之和。

[329]"朡頓"[piet(bet)-tuən]，乃 Badakhshān 之對譯。

[330] 薄茅城，位於 Badakhshān。案："薄茅"乃"薄第"之訛，"薄第"[bak-dyei]，乃 Badakhshān 之對譯。

[331] "五千九百六十二里"（里數 24.7）：自薄茅城經護澡城赴烏壘城的行程；亦即薄茅城去護澡城二日行程（200 里），與護澡城去烏壘城 5741 里之和。"五千九百六十二里"應爲"五千九百四十一里"之訛。

[332] "八千二百二里"（里數 24.8）：自薄茅城經護澡城赴陽關的行程；亦即薄茅城去護澡城 200 里，與護澡城去陽關 7982 里之和。"八千二百二里"應爲"八千一百八十二里"之奪訛。

[333] "高附"[kô-bio]，乃 Yamgān 或 Hamakān 之對譯。

[334] 高附城，位於今 Kokcha 河流域。

[335] "六千四十一里"（里數 24.9）：自高附城經薄茅城赴烏壘城的行程；亦即高附城去薄茅城十一日行程（1100 里），與薄茅城去烏壘城 5941 里之和。"六千四十一里"應爲"七千四十一里"之和。

[336] "九千二百八十三里"（里数 24.10）：自高附城經薄茅城赴陽關的行程；亦即高附城去薄茅城 1100 里，與薄茅城去陽關 8182 里之和。"九千二百八十三里"應爲"九千二百八十二里"之訛。現存資料表明，大夏五翖侯治所去烏壘、陽關里數的計測有共同的基準點。由於若干資料已有訛誤，特予校正。據校正後的五翖侯治所去烏壘、陽關里數可推得相同的烏壘城去陽關里數：2241 里。這一里數與里數 3 不符，因爲兩者所據資料不同。

[337] 大月氏征服大夏後，曾根據大夏並無大君長、城邑往往置小長的特點，在大夏扶植五翖侯，通過這些翖侯控制原屬大夏的一些

地區。遊牧部族進入農耕區後，往往利用當地土著進行統治，這種方式屢見於匈奴、嚈噠、突厥等。[91] 所謂"皆屬大月氏"，大概指按時進貢方物、表示臣服。張騫西使到達大月氏時，雖然大夏作爲一個獨立國家已不復存在，但《史記·大宛列傳》仍爲"大夏"設有專條。這可能是因爲當時大月氏尚未遷都水南，原大夏國王治仍爲大夏人的活動中心，甚或置有親大月氏的大夏國人的傀儡政權。而到了本傳描述的時代，大月氏已遷都水南，直接統治藍市城及其周圍地區，祇有原"大夏地"之東部假手若干傀儡政權控制，因此班固取消了"大夏條"，附有關事情於大月氏條之後。

　　康居國，王冬治樂越匿地[338]。到卑闐城[339]。去長安萬二千三百里[340]。不屬都護。至越匿地馬行七日[341]，至王夏所居蕃內[342]九千一百四里[343]。戶十二萬，口六十萬，勝兵十二萬人。東至都護治所五千五百五十里[344]。與大月氏同俗。[345] 東羈事匈奴。[346]

　　[338] 樂越匿地，疑有衍字，同傳另處僅稱"越匿地"。"越匿"[jiuat-niək]與"窳匿"或爲同名異譯。
　　[339] 卑闐城，位於錫爾河北岸，Turkestan、Kara-tau 之南。一說傳文應有奪誤，蓋言康居國王治卑闐城，至冬所居樂越匿地馬行七日，至夏所居蕃內 9104 里，以及去長安、都護里數皆據卑闐城言之。[92] "卑闐"[pie-dyen]，可能與托勒密《地理志》(VI, 13) 所載 Byltae 爲同名異譯，Byltae 原來可能是 Massagetae 之部落名。康居雖是 Sacarauli

所建，但其王治卑闐城可能因 Byltae 而得名，蓋錫爾河北岸原是 Massagetae 之故土。

[340]"萬二千三百里"（里數 25.1）：似指自卑闐城經烏孫國王治赴長安的行程；亦即卑闐城去烏孫國王治三十四日行程（3400 里），與烏孫國王治去長安 8900 里之和。傳文：烏孫國"西北與康居"接。

[341]"馬行七日"（里數 25.2）：應爲自卑闐城赴越匿地的行程。

[342] 蕃內，應在 Turkestan 西北千餘里處。顏注："王每冬寒夏暑，則徙別居不一處。""冬治"、"夏所居"云云，說明當時的康居人有冬夏兩個居地，這是典型的遊牧生活方式。"蕃內"[piuan-nuət]，或因有 Pialae 人居住而得名。托勒密《地理志》（VI，16）載 Serica 北部有 Pialae 人。

[343]"九千一百四里"（里數 25.3）：應爲自卑闐城赴蕃內的行程。"九千一百四里"或爲"一千一百四里"之訛。

[344]"五千五百五十里"（里數 25.4）：可能是自卑闐城經龜茲國王治赴烏壘城的行程；亦即卑闐城去龜茲國王治五十二日行程（5200 里），與龜茲國王治去烏壘城 350 里之和。案："五千五百五十里"可能是"五千五百五十一里"之奪訛，蓋龜茲國王治去烏壘城"三百五十里"（里數 38.2）或爲"三百五十一里"之訛。

[345]"與大月氏同俗"，不過是承襲《史記‧大宛列傳》的記載。蓋本傳描述的時代，大月氏已經與安息和大宛同俗，也成爲土著了。

[346]"東羈事匈奴"，《史記‧大宛列傳》作"南羈事月氏，東羈事匈奴"。蓋張騫首次西使抵達大月氏時，康居尚是一個小國，控弦不過"八九萬人"；而且當時"控弦可一二十萬"的大月氏尚設王庭在

媯水以北，康居役屬之，應在情理之中。可是在本傳描述的時代，大月氏已遷都媯水以南，去康居較前爲遠，而且康居的實力已較前大爲增強，勝兵已達"十二萬人"，當然不再受大月氏役使了。

宣帝時，匈奴乖亂，五單于並爭，漢擁立呼韓邪單于[347]，而郅支單于[348]怨望，殺漢使者，西阻康居。其後都護甘延壽[349]、副校尉陳湯[350]發戊己校尉、西域諸國兵至康居，誅滅郅支單于，語在甘延壽、陳湯傳。[351]是歲，元帝建昭三年也。[352]

[347] 呼韓邪單于，公元前58年至公元前31年在位。

[348] 郅支單于，公元前56年至公元前36年在位。

[349] 甘延壽爲西漢第六任西域都護，任期自建昭三年至竟寧元年（前36年至前33年）。

[350] 據《漢書·百官公卿表上》，西域都護的副貳稱"副校尉"（《漢書·陳湯傳》則稱之爲"西域副校尉"），"秩比二千石"。《漢書·陳湯傳》載："初元二年（前47年），元帝詔列侯舉茂材，[張]勃舉湯。……久之，遷西域副校尉，與甘延壽俱出。"《漢書·景武昭宣元成功臣表》："義成侯甘延壽，以使西域騎都尉討郅支單于，斬王以下千五百級，侯，四百戶。竟寧元年（前33年）四月戊辰封，九年薨。"

[351] 據《漢書·陳湯傳》，元帝初元四年（前45年），匈奴郅支單于殺漢使者谷吉，"自知負漢，又聞呼韓邪益彊，遂西奔康居。康居王以女妻郅支，郅支亦以女予康居王。康居甚尊敬郅支，欲倚其威

以脅諸國。郅支數借兵擊烏孫，深入至赤谷城，殺略民人，毆畜產，烏孫不敢追，西邊空虛，不居者且千里。郅支單于自以大國，威名尊重，又乘勝驕，不爲康居王禮，怒殺康居王女及貴人、人民數百，或支解投都賴水[93]中。發民作城，日作五百人，二歲乃已。又遣使責闔蘇[94]、大宛諸國歲遺，不敢不予。漢遣使三輩至康居求谷吉等死，郅支困辱使者，不肯奉詔，而因都護上書言：居困厄，願歸計彊漢，遣子入侍。其驕嫚如此"。建昭三年（前36年），湯與延壽出西域，與延壽謀曰："夷狄畏服大種，其天性也。西域本屬匈奴，今郅支單于威名遠聞，侵陵烏孫、大宛，常爲康居畫計，欲降服之，如得此二國，北擊伊列[95]，西取安息，南排月氏[96]、山離烏弋[97]，數年之間，城郭諸國危矣。且其人剽悍，好戰伐，數取勝，久畜之，必爲西域患。郅支雖所在絕遠，蠻夷無金城強弩之守，如發屯田吏士，毆從烏孫衆兵，直指其城下，彼亡則無所之，守則不足自保，千載之功可一朝而成也。"於是，"延壽、湯上疏自劾奏矯制，陳言兵狀。卽日引軍分行，別爲六校，其三校從南道踰葱領徑大宛，其三校都護自將，發溫宿國，從北道入赤谷，過烏孫，涉康居界，至闐池[98]西。而康居副王抱闐將數千騎，寇赤谷城東，殺略大昆彌千餘人，毆畜產甚多。從後與漢軍相及，頗寇盜後重。湯縱胡兵擊之，殺四百六十人，得其所略民四百七十人，還付大昆彌，其馬牛羊以給軍食。又捕得抱闐貴人伊奴毒。入康居東界，令軍不得爲寇。間呼其貴人屠墨見之，諭以威信，與飲盟遣去。徑引行，未至單于城可六十里，止營。復捕得康居貴人貝色子男開牟以爲導。貝色子卽屠墨母之弟，皆怨單于，由是具知郅支情。明日引行，未至城三十里，止營。單于遣使問：漢兵何以來？應曰：單于上書言居困陀，願歸計彊漢，身入朝見。天子哀閔單于棄大國，屈意康居，故使都護將軍來迎單于妻子，恐左右驚動，故未敢至城下。使數往來相答報。延壽、湯因讓之：我爲單于遠來，而至今無名王大人見將軍受事者，何單于忽大計，失客主之禮也！兵來道遠，人畜罷極，食度且盡，恐無以自還，願單于與大臣審計策。明日，前至郅支城都賴水上，離城三里，止營傅陳。望見單于城上立五采幡幟，數百人披甲乘城，又出百餘騎往來馳城下，步兵百餘人夾門魚鱗陳，講習用兵。城上人更招漢軍曰：鬭來！百餘騎馳赴營，營皆張弩持滿指之，騎引卻。頗遣吏士射城門騎步兵，騎步兵皆入。延壽、湯令軍聞鼓音皆薄城下，四面圍城，各有所守，穿塹，塞門戶，鹵楯爲前，戟弩爲後，卬射城中人，樓上人下走。土城外有重木城，從木城中射，頗殺傷外人。外人發薪燒木城。夜，數百騎欲出外，迎射殺之。初，單于聞漢兵至，欲去，疑康居怨己，爲漢內應，又聞烏孫諸國兵皆發，自以無所之。郅支已出，復還，曰：不如堅守，漢兵遠來，不能久攻。單于乃披甲在樓上，諸閼氏夫人數十皆以弓射外人。外人射中單于鼻，諸夫人頗死。單于下騎，傳戰大內。夜過半，木城穿，中人卻入土城，乘城呼。時康居兵萬餘騎分爲十餘處，四面環城，亦與相應和。夜，數犇營，不利，輒卻。平明，四面火起，吏士喜，大呼乘之，鉦鼓聲動地。康居兵引卻。漢兵四面推鹵楯，並入土城中。單于男女百餘人走入大內。漢兵縱火，吏士爭入，單于被創死。軍候假丞杜勳斬單于首，得漢使節二及谷吉等所齎帛書。諸鹵獲以畀得者。凡斬閼氏、太子、名王以下千五百一十八級，生虜百四十五人，降虜千餘人，賦予城郭諸國所發十五王」。《漢書‧匈奴傳下》則載："郅支既殺使者，自知負漢，又聞呼韓邪益彊，恐見襲擊，欲遠去。會康居王數為烏孫所困，與諸翕侯計，以為匈奴大國，烏孫素服屬之，今郅支單于困陀在外，可迎置東邊，使合兵取烏孫以立之，長無匈奴憂矣。即使使至堅昆[99]通語郅支。郅支素恐，又怨烏孫，聞康居計，大說，遂與相結，引兵而西。康居亦遣貴人，橐它驢馬數千匹，迎郅支。郅支人衆中寒道死，餘財三千人到康居。"兩傳所述可互相補充。

[352]《漢書·元帝紀》載：建昭三年（前36年），"秋，使護西域騎都尉甘延壽、副校尉陳湯撟發戊己校尉屯田吏士及西域胡兵攻郅支單于。冬，斬其首，傳詣京師，縣蠻夷邸門。"

至成帝時，康居遣子侍漢，貢獻，[353]然自以絕遠，獨驕嫚，不肯與諸國相望。都護郭舜[354]數上言：本匈奴盛時，非以兼有烏孫、康居故也；及其稱臣妾，[355]非以失二國也。漢雖皆受其質子，然三國內相輸遺，交通如故，亦相候司，見便則發；合不能相親信，離不能相臣役。以今言之，結配烏孫竟未有益，反為中國生事。然烏孫既結在前，今與匈奴俱稱臣，義不可距。而康居驕黠，訖不肯拜使者。都護吏至其國，坐之烏孫諸使下，王及貴人先飲食已，乃飲啗都護吏，故為無所省以夸旁國。以此度之，何故遣子入侍？其欲賈市；為好，辭之詐也。[356]匈奴百蠻大國，今事漢甚備，聞康居不拜，且使單于有自下之意。[357]宜歸其侍子，絕勿復使，以章漢家不通無禮之國。敦煌、酒泉小郡及南道八國，給使者往來人馬驢橐駝食，皆苦之，空罷耗所過，送迎驕黠絕遠之國，非至計也。漢爲其新通，重致遠人，終羈縻而未絕。[358]

[353] 康居此次遣子侍漢年代不詳，可能在郭舜任都護之時。或繫其事於元延二年（前 11 年）；[100] 不確。

[354] 郭舜，第十三任西域都護，自永始二年至元延元年（前 15 年至前 12 年）。《漢書·傅常甘陳段傳》贊："郭舜以廉平著。"

[355] "及其稱臣妾"：當指呼韓邪之歸順。

[356] "其欲賈市。爲好，辭之詐也"：這則記載有助於瞭解遊牧部族之間經商的情況。特別是康居與匈奴、烏孫三者"內相輸遺"。這也說明，就康居而言，貢獻和遣子入侍，目的全在賈市。據《漢書·陳湯傳》，"後湯上書言康居王侍子非王子也。按驗，實王子也。湯下獄當死"云云，湯言雖不驗，亦事出有因。

[357] "單于有自下之意"，顏注："言單于見康居不事漢，以之爲高，自以事漢爲太卑，而欲改志也。"

[358] "新通"，指成帝時康居遣子入侍，可知康居與漢絕而不通已久。康居通漢，旨在"賈市"，這也可能與康居領有 Sogdiana 有關，蓋 Sogdiana 人素以善商賈著稱。至於漢廷沒有完全採納郭舜的建議，是因爲自武帝以來"致遠人"一直是西漢經營西域的一個重要目的。不過，所謂"終羈縻而未絕"，大概祇是接待康居"使者"，很少遣使康居了。值得注意的是，都護郭舜就康居"遣子侍漢"而發的一番議論，與前文杜欽之言如出一轍，都是竭力主張"絕域不錄"。另外，據《漢書·段會宗傳》，會宗再任都護期間（前 21 —前 18 年），"康居

太子保蘇匿率衆萬餘人欲降，會宗奏狀，漢遣衛司馬逢迎。會宗發戊己校尉兵隨司馬受降。司馬畏其衆，欲令降者皆自縛，保蘇匿怨望，舉衆亡去"。此事不明究竟，錄以備考。

其[359]康居西北可二千里[360]，有奄蔡國。控弦者十餘萬人。與康居同俗。臨大澤，無崖，蓋北海[361]云。

[359] "其"，當爲"自"字，形近致訛。
[360] "二千里"（里數 26），里數承襲《史記·大宛列傳》。
[361] "北海"，指鹹海或裏海。

康居有小王五：一曰蘇薤[362]王，治蘇薤城[363]，去都護五千七百七十六里[364]，去陽關八千二十五里[365]；二曰附墨[366]王，治附墨城[367]，去都護五千七百六十七里[368]，去陽關八千二十五里[369]，三曰窳匿[370]王，治窳匿城[371]，去都護五千二百六十六里[372]，去陽關七千五百二十五里[373]；四曰罽[374]王，治罽城[375]，去都護六千二百九十六里[376]，去陽關八千五百五十五里[377]；五曰奧鞬[378]王，治奧鞬城[379]，去都護六千九百六里[380]，去陽關八千三百五十五里[381]。凡五王，屬康居。[382]

[362] "蘇薤" [sa-xat]，卽《史記·大宛列傳》所見"蘇薤"。兩者爲同名異譯，得視爲 Soghd 之對譯。

[363] 蘇鼙城，故址當在 Kesh。[101]

[364]"五千七百七十六里"（里數 27.1）：自蘇鼙城赴烏壘城的行程。

[365]"八千二十五里"（里數 27.2）：自蘇鼙城赴陽關的行程。"八千二十五里"或爲"八千三十五里"之訛。

[366]"附墨"[bio-mək]，名義待考。

[367] 附墨城，故址當在 Kashania。

[368]"五千七百六十七里"（里數 27.3）：自附墨城赴烏壘城的行程。"五千七百六十七里"或爲"五千七百六十六里"之訛。

[369]"八千二十五里"（里數 27.4）：自附墨城赴陽關的行程。

[370]"窳匿"[jia-niək]，或爲 Čaš 之對譯。

[371] 窳匿城，故址當在 Tashkend。

[372]"五千二百六十六里"（里數 27.5）：自窳匿城赴烏壘城的行程。

[373]"七千五百二十五里"（里數 27.6）：自窳匿城赴陽關的行程。

[374]"罽"[kiat]，爲 [Numij]kath 之略譯。

[375] 罽城，故址當在 Bukhara。

[376]"六千二百九十六里"（里數 27.7）：自罽城赴烏壘城的行程。

[377]"八千五百五十五里"（里數 27.8）：自罽城赴陽關的行程。

[378]"奧鞬"[uk-kian]，Kharghānkath 之對譯。

[379] 奧鞬城，故址當在 Kharghānkath。

[380]"六千九百六里"（里數 27.9）：自奧鞬城赴烏壘城的行程。"六千九百六里"：應爲"六千九十六里"之訛。

[381]"八千三百五十五里"（里數 27.10）：自奧鞬城赴陽關的行程。案：現存資料表明，康居五小王治所去烏壘、陽關里數的計測有共同的基準點，很可能自五小王治所赴烏壘、陽關經由蒲犂、西夜和莎車。由於若干資料已有訛誤，特予校正。據校正後的五小王治所去烏壘、去陽關里數可推得相同的烏壘城去陽關里數：2259里。

[382] 康居五小王治地均在索格底亞那，說明在傳文描述的時代，索格底亞那屬康居。


大宛國，王治貴山城[383]，去長安萬二千五百五十里[384]。戶六萬，口三十萬，勝兵六萬人。副王、輔國王各一人。東至都護治所四千三十一里[385]，北至康居卑闐城千五百一十里[386]，西南至大月氏六百九十里[387]。北與康居、南與大月氏接，[388] 土地風氣物類民俗與大月氏、安息同。大宛左右以蒲陶爲酒，富人藏酒至萬餘石，久者至數十歲不敗。俗耆酒，馬耆目宿。

[383] 貴山城，位於今 Khojend 一帶。"貴山"[giuət-shean]，得名於 Gasiani。

[384]"萬二千五百五十里"（里數 28.1）：應爲自貴山城經休循國王治赴長安的行程。案：此里數有誤。大宛在康居、大月氏之東，去長安里數不應反較後兩者爲大。

[385]"四千三十一里"（里數 28.2）：自貴山城經休循國王治赴烏壘城的行程；亦即貴山城去休循國王治九日行程（900里），與休循國王治去烏壘城 3121 里之和。"四千三十一里"應爲"四千二十一里"之訛。

[386]"千五百一十里"（里數 28.3）：自貴山城赴卑闐城的行程。

　　[387]"六百九十里"（里數 28.4）：應指自貴山城赴大月氏國王治的行程。案：這一里數並非實測所得，祇是休循國王治去大月氏國王治 1610 里與休循國王治去貴山城 920 里之差；由於 1610 里並非自休循國王治經由貴山城赴大月氏國王治的行程，這"六百九十里"不足爲據。又，如前所述，休循國王治去大月氏國王治"千六百一十里"應爲"千六百二十里"之訛，因而休循國王治去貴山城"九百二十里"應爲"九百三十里"之訛。

　　[388] 大宛卽今費爾幹納盆地。時大月氏東部領土包括 Badakhshān 和 Wakhan 等地，故大宛和大月氏兩國似應以 Karategin 爲接觸點。

　　宛別邑七十餘城，多善馬。馬汗血，言其先天馬子也。[389]

　　[389]"馬汗血"：大宛的汗血馬又稱貳師馬，亦卽下文所謂"天馬"，詳見"《史記·大宛列傳》要注"。

　　張騫始爲武帝言之，上遣使者持千金及金馬，以請宛善馬。宛王以漢絕遠，大兵不能至，愛其寶馬不肯與。漢使妄言，宛遂攻殺漢使，取其財物。於是天子遣貳師將軍李廣利將兵前後十餘萬人伐宛，連四年。[390] 宛人斬其王毋寡首，獻馬三千匹，漢軍乃還，語在"張騫傳"。貳師旣斬宛王，更立貴人素遇漢善者名昧蔡爲宛王。後歲餘，宛貴人以爲昧蔡諂，使我國遇屠，相與共殺昧蔡，立毋寡弟蟬封爲王，遣子入侍，質於漢，漢因使使賂賜鎮撫之。又發使十餘輩，抵宛西諸國求奇物，因風諭以伐宛之威。宛王蟬封與漢約，歲獻天馬二匹。漢使采蒲陶、目宿種歸。天子以天馬多，又外國使來衆，益種蒲陶、目宿離宮館[391]旁，極望焉。

[390]《漢書·武帝紀》載：太初元年（前104年）"秋八月，行幸安定。遣貳師將軍李廣利發天下謫民西征大宛"。

[391]"離宮館"，"館"字前似應據《史記·大宛列傳》補"別"字。班固《西都賦》："離宮別館，三十六所。"（《文選》卷一）

自宛以西至安息國，雖頗異言，然大同，自相曉知也。其人皆深目，多須顄。[392]善賈市，爭分銖。貴女子，女子所言，丈夫乃決正。其地無絲漆，不知鑄鐵器。及漢使亡卒降，教鑄作它兵器。[393]得漢黃白金，輒以爲器，不用爲幣。

[392]這則關於西域人種、語言的記載和《史記·大宛列傳》幾乎完全一樣。這是本傳抄襲《史記·大宛列傳》的結果。質言之，不能僅僅因爲本傳沒有對大宛以東諸國的人種、語言作出類似的概括，便得出當時大宛東西諸國的人種、語言不同的結論。

[393]"及漢使亡卒降，教鑄作它兵器"，顏注："漢使至其國及有亡卒降其國者，皆教之也。"《漢書·馮奉世傳》載奉世曾出使大宛諸國。

自烏孫以西至安息，近匈奴。匈奴嘗困月氏，故匈奴使持單于一信到國，國傳送食，不敢留苦。及至漢使，非出幣物不得食，不市畜不得騎，所以然者，以遠漢，而漢多財物，故必市乃得所欲。[394] 及呼韓邪單于朝漢 [395]，後咸尊漢矣。


　　[394]"自烏孫以西"至"必市乃得所欲"一段襲自《史記·大宛列傳》。《漢書·馮奉世傳》稱："先是時，漢數出使西域，多辱命不稱，或貪汙，爲外國所苦。"可以參看。

　　[395]《漢書·宣帝紀》："黃龍元年（前49年）春正月……匈奴呼韓邪單于來朝，禮賜如初。二月，單于歸國。"


　　桃槐 [396] 國，王 [397] 去長安萬一千八十里 [398]。戶七百，口五千，勝兵千人。


　　[396]"桃槐" [dô-huəi]，得視爲 Tochari 之對譯。

　　[397]"王"字下似奪"治"字以及王治名。[102] 由於別無其他判據，此國王治位置難以確指。根據它在傳文出現的次序以及與休循、捐毒去長安里數之比較，似應在休循、捐毒之西。

　　[398]"萬一千八十里"（里數29）。里數可能表示自桃槐國王治經休循國或捐毒國王治赴長安的行程。


　　休循國，王治鳥飛谷 [399]，在葱嶺西，去長安萬二百一十里 [400]。戶三百五十八，口千三十，勝兵四百八十人。東至都護治所三千一百二十一里[401]，至捐毒衍敦谷二百六十里[402]，西北至大宛國九百二十里[403]，西至大月氏千六百一十里[404]。民俗衣服類烏孫，[405]因畜隨水草，本故塞種也。

[399] 烏飛谷，一般認爲在 Alai 高原東部。一說在 Dschipptik 或其附近；[103] 一說在 Kizilsu 河上游的 Sari-tash。[104]"烏飛谷"，名義待考。

[400] "萬二百一十里"（里數 30.1）：自烏飛谷經捐毒國王治赴長安的行程；亦即烏飛谷去捐毒國王治 260 里，與捐毒國王治去長安 9860 里之和。案："萬二百一十里"應爲"萬一百一十里"之訛，捐毒國王治去長安"九千八百六十里"應爲"九千八百五十里"之訛。

[401] "三千一百二十一里"（里數 30.2）：自烏飛谷經捐毒國王治赴烏壘城的行程；亦即烏飛谷去捐毒國王治 260 里，與捐毒國王治去烏壘城 2861 里之和。

[402] "二百六十里"（里數 30.3）：自烏飛谷赴捐毒國王治的行程。

[403] "九百二十里"（里數 30.4）：自烏飛谷赴大宛國王治的行程。案：如前所述，"九百二十里"應爲"九百三十里"之訛。又，這一里數與據里數 28.2 可推得的烏飛谷去大宛國王治的里數（900 里）不盡相符，是因爲後者不過略數。

[404] "千六百一十里"（里數 30.5）：自烏飛谷赴大月氏國王治的行程。案：如前所述，"千六百一十里"應爲"千六百二十里"之訛。

[405] "民俗衣服類烏孫"：這似乎說明烏孫之習俗、衣服有類塞種。蓋烏孫國所在本塞地。大月氏逐走塞王，居其地。後烏孫擊破大月氏，復居其地，故烏孫人中有塞種、大月氏種。此所以烏孫的習

俗、衣服受塞種影響以致有類塞種。更何況，"烏孫"與塞種諸部之一的Asii不妨視爲同名異譯，烏孫和Asii本來可能是同源異流的關係。

　　捐毒國，王治衍敦谷[406]，去長安九千八百六十里[407]。戶三百八十，口千一百，勝兵五百人。東至都護治所二千八百六十一里[408]。至疏勒[409]。南與葱領屬，無人民。西上葱領，則休循也。西北至大宛千三十里[410]，北與烏孫接。衣服類烏孫，隨水草，依葱領，本塞種也。[411]

　　[406] 衍敦谷，位於Kizilsu河之發源地Irkeštam，該處乃自Ferghāna經由Osh、Terek山口往赴Kashgar，以及自Balkh登Alai高原、越Taum Murum山口往赴Kashgar兩道交會之樞要。[105] "衍敦" [jian-tuən]，可以認爲與"捐毒"是同名異譯。

　　[407] "九千八百六十里"（里數31.1）：自衍敦谷經疏勒國王治赴長安的行程；亦卽衍敦谷去疏勒國王治五日行程（500里），與疏勒國王治去長安9350里之和。案：傳文"至疏勒"下奪衍敦谷至疏勒國王治里數，然據此可知自疏勒有道可通捐毒。又，如前所述，"九千八百六十里"應爲"九千八百五十里"之訛。

　　[408] "二千八百六十一里"（里數31.2）：自衍敦谷經尉頭國王治赴烏壘城的行程；亦卽衍敦谷去尉頭國王治十四日半行程（1450里），與尉頭國王治去烏壘城1411里之和。

　　[409] "至疏勒"，"疏勒"下奪里數。

　　[410] "千三十里"（里數31.3）：自衍敦谷赴大宛國王治的行程。

[411] 傳文雖稱休循國"本故塞種"、捐毒國"本塞種"，但未必兩國人種之族源或族屬完全相同，蓋"塞種"並非單一部落構成。

莎車國，王治莎車城[412]，去長安九千九百五十里[413]。戶二千三百三十九，口萬六千三百七十三，勝兵三千四十九人。輔國侯、左右將、左右騎君、備西夜君[414]各一人，都尉二人，譯長四人。東北至都護治所四千七百四十六里[415]，西至疏勒五百六十里[416]，西南至蒲犁七百四十里[417]。有鐵山，出青玉。

[412] 莎車城，一般認爲故址在今莎車縣（葉爾羌）附近。

[413] "九千九百五十里"（里數 32.1）：自莎車城經疏勒國王治赴長安的行程；亦即莎車城去疏勒國王治六日行程（600 里），與疏勒國王治去長安 9350 里之和。

[414] "備西夜君"，參看注 91 關於"擊車師君"的注釋。

[415] "四千七百四十六里"（里數 32.2）：自莎車城赴烏壘城的行程，可能經由皮山國王治。

[416] "五百六十里"（里數 32.3）：自莎車城赴疏勒國王治的行程。案：此里數與據里數 32.1 可推得的莎車城去疏勒國王治里數不符，是因爲後者不過略數。

[417] "七百四十里"（里數 32.4）：自莎車城赴蒲犁國王治的行程。案：此里數與里數 16.3 不同，未知孰是？但據蒲犁、莎車去烏壘里數推算，本里數誤差較小。

宣帝時，烏孫公主小子萬年，莎車王愛之。莎車王無子死，死時萬年在漢。莎車國人計欲自託於漢，又欲得烏孫心，即上書請萬年爲莎車王。漢許之，遣使者奚充國送萬年。萬年初立，暴惡，國人不說。莎車王弟呼屠徵殺萬年，幷殺漢使者，自立爲王，約諸國背漢。會衛候馮奉世使送大宛客，即以便宜發諸國兵擊殺之，更立它昆弟子爲莎車王。[418]還，拜奉世爲光祿大夫。是歲，元康元年也。[419]

[418] 萬年係翁歸靡與解憂次子，莎車國人請立爲莎車王，意在同時取悅於西漢和烏孫，不料結果適得其反。莎車小國，這種遭遇自有其必然性。萬年"初立"便因故被殺，送萬年赴莎車的漢使尚未及回國，也一幷被殺；可知萬年之立，不過年餘，或在地節末年（前67/前66年）。

[419]《漢書・馮奉世傳》："前將軍增舉奉世以衛候使持節送大宛諸國客。至伊脩城106，都尉宋將言莎車與旁國共攻殺漢所置莎車王萬年，幷殺漢使者奚充國。時匈奴又發兵攻車師城，不能下而去。莎車遣使揚言北道諸國已屬匈奴矣，於是攻劫南道，與歃盟畔漢，從鄯善以西皆絕不通。都護鄭吉、校尉司馬意107皆在北道諸國間。奉世與其副嚴昌計，以爲不亟擊之則莎車日彊，其勢難制，必危西域。108遂以節諭告諸國王，因發其兵，南北道合萬五千人進擊莎車，攻拔其城。莎車王自殺，傳其首詣長安。諸國悉平，威振西域。……奉世遂西至大宛。大宛聞其斬莎車王，敬之異於它使，得其名馬象龍而還。"呼屠徵揚言北道諸國皆屬匈奴，不過虛張聲勢。當時龜茲已經附漢，都

護等又均在北道，呼屠徵所能聯絡者，不過南道數國而已，既得不到匈奴支援，便不堪奉世一擊。莎車從此附漢。

疏勒國，王治疏勒城[420]，去長安九千三百五十里[421]。戶千五百一十，口萬八千六百四十七，勝兵二千人。疏勒侯、擊胡侯、輔國侯、都尉、左右將、左右騎君、左右譯長各一人。東至都護治所二千二百一十里[422]，南至莎車五百六十里[423]。有市列。西當大月氏、大宛、康居道也。[424]

[420] 疏勒城，一般認爲故址在今喀什附近。

[421] "九千三百五十里"（里數 33.1）：自疏勒城經姑墨國王治赴長安的行程；亦即疏勒城去姑墨國王治十二日行程（1200 里），與姑墨國王治去長安 8150 里之和。

[422] "二千二百一十里"（里數 33.2）：自疏勒城經姑墨國王治赴烏壘城的行程；亦即疏勒城去姑墨國王治 1200 里，與姑墨國王治去烏壘城 1021 里之和。"二千二百一十里"應爲"二千二百二十一里"之奪訛。

[423] "五百六十里"（里數 33.3）：自疏勒城赴莎車國王治的行程。

[424] 傳文既稱"南道西踰葱嶺則出大月氏"，"波河西行至疏勒爲北道"，此處又稱疏勒"西當大月氏"，知抵大月氏亦可由北道。

尉頭國[425]，王治尉頭谷[426]，去長安八千六百五十里[427]。戶三百，口二千三百，勝兵八百人。左右都尉各一人，左右騎君各一人。東至都護治所千四百一十一里[428]，南與疏勒接，山道不通，西至捐毒千三百一十四里[429]，徑道馬行二日[430]。田畜隨水草，衣服類烏孫。[431]

　　[425]"尉頭"[iuət-do]，得視爲 Assi 或 Gasiani 之略譯。

　　[426]尉頭谷，故址可能在今巴楚東北 Tumshuq 古城附近。[109]

　　[427]"八千六百五十里"（里數 34.1）：自尉頭谷經溫宿國王治赴長安的行程；亦卽尉頭谷去溫宿國王治 300 里，與溫宿國王治去長安 8350 里之和。

　　[428]"千四百一十一里"（里數 34.2）：自尉頭谷經姑墨國王治赴烏壘城的行程；亦卽尉頭谷去姑墨國王治四日行程（400 里），與姑墨國王治去烏壘城 1021 里之和。"千四百一十一里"應爲"千四百二十一里"之奪訛。

　　[429]"千三百一十四里"（里數 34.3）：自尉頭谷赴捐毒國王治的行程。案：此里數與據里數 31.2 可推得的尉頭谷赴捐毒國王治里數不同，說明兩者所據資料不同。

　　[430]"馬行二日"（34.4）：自尉頭谷取"徑道"赴捐毒國王治的行程。

　　[431]據本傳，"衣服類烏孫"之國有休循、捐毒、無雷和尉頭。傳文旣明載休循、捐毒兩者是塞種，又載無雷爲"西夜類"，亦屬塞種。則尉頭國衣服類烏孫似乎不僅僅是生活、生產方式相似的緣故。

## ■ 注釋

1 說見伊瀨仙太郎《中國西域經營史研究》，東京：岩南堂，1968 年，pp. 30-35。

2 匈奴和西域關係，詳見余太山《塞種史研究》，中國社會科學出版社，1992 年，pp. 272-298。

3 關於烏孫諸問題，詳見注 2 所引余太山書，pp. 131-143。

4 關於傳文所見里數的考證，詳見余太山《兩漢魏晉南北朝正史西域傳研究》，中華書局，2003 年，pp. 135-180。

5 有關西域諸國族名、地名的詮釋，大多是作爲關於塞種淵源和遷徙假說的組成部份提出來的，詳見注 4 所引余太山書，pp. 109-134。

6 有關批判見岑仲勉《黃河變遷史》，人民出版社，1957 年，pp. 32-71，以及李長傅《禹貢釋地》，中州書畫社，1983 年，pp. 111-115。

7 參看注 4 所引余太山書，pp. 439-476。

8 關於大月氏諸問題，詳見注 2 所引余太山書，pp. 52-69。

9 關於安息諸問題，詳見注 2 所引余太山書，pp. 174-178。

10 此名首見於阿赫美尼德波斯大流士一世貝希斯頓銘文。銘文見 R. G. Kent, *Old Persian, Grammar, Text, Lexicon*. New Havan, Connecticut, 1982。

11 關於大宛諸問題，詳見注 2 所引余太山書，pp. 70-95。

12 關於康居諸問題，詳見注 2 所引余太山書，pp. 96-117。

13 關於奄蔡諸問題，詳見注 2 所引余太山書，pp. 118-130。

14 漯陰，縣名，屬濟北郡，治今山東齊河東北。

15 有關河西四郡的設置，詳見周振鶴《西漢政區地理》，人民出版社，1987 年，pp. 157-171。

16 說見王念孫《讀書雜志》卷四之一五。

17 說本陳夢家"漢武邊塞考略",《漢簡綴述》,中華書局,1980年,pp. 205-219。

18 徐松《漢書西域傳補注》(卷上)。

19 參見注 2 所引余太山書,pp. 131-133。

20 兜訾城,車師國城名,其名義、地望待考。

21 關於西域都護諸問題,詳見余太山《兩漢魏晉南北朝與西域關係史研究》,中國社會科學出版社,1995年,pp. 233-257。

22 參看劉光華《漢代西北屯田研究》,蘭州大學出版社,1988年,pp. 155-161。

23 參看注 2 所引余太山書,pp. 210-215。又,"北胥鞬",《通典·邊防七·西戎總序》作"比胥鞬"[piei-sia-kian]。若《通典》所載不誤,則該地名不妨視作 Massagatae 的音譯。車師國有 Massagatae 人也是完全可能的。

24 黃文弼"漢西域諸國之分佈及種族問題",《黃文弼歷史考古論集》,文物出版社,1989年,pp. 22-36。

25 關於戊己校尉諸問題,詳見注 21 所引余太山書,pp. 258-270。

26 E. L. Stevenson, tr. & ed., *Geography of Claudius Ptolemy*. New York: 1932.

27 參看王毓銓"'民數'與漢代封建政權",《中國史研究》1979年第3期,pp. 61-80。

28 關於"婼羌"之淵源,參看余太山《古族新考》,中華書局,2000年,pp. 53-76。

29 周連寬"漢婼羌國考",《中亞學刊》第 1 輯,中華書局,1983,pp.81-90;該文指婼羌國王治在阿克楚克賽。案:傳文所載西域諸國地望,詳注 4 所引余太山書,pp. 198-253。

30 同注 16。

31 參看注 4 所引余太山書，pp. 477-485。

32 注 2 所引余太山書，pp. 228-241。孟凡人"論鄯善國都的方位",《亞洲文明》第 2 集，安徽教育出版社，1992，pp. 94-115。

33 榎一雄"樓蘭の位置を示す二つのカロシユテイー文書について",《石田博士頌壽記念東洋史論叢》，東京：石田博士古稀記念事業會，1965 年，pp. 107-125。

34 同注 16。

35 王以鑄漢譯本，商務印書舘，1985 年。

36 潘富俊《唐詩植物圖鑒》，臺北：貓頭鷹出版社，2001 年，pp. 78-79。

37 匈奴河，今蒙古國拜達里格河。

38 匈河水，即《漢書・景武昭宣元成功臣表》所見"匈河"。已見《史記・大宛列傳》。

39 浚稽，山名，在匈奴境內，今蒙古國南部。

40 參看注 2 所引余太山書，pp. 215-217。

41 顏注："節及印，漢使者所賚也。獻物，大宛等使所獻也。"

42 《漢書・蘇武傳》："南越殺漢使者，屠爲九郡；宛王殺漢使者，頭縣北闕；朝鮮殺漢使者，即時誅滅。"僅殺漢使一款，樓蘭王罪已當誅。

43 E. G. Pulleyblank, "The Consonantal System of Old Chinese." *Asia Major* n. s. 9 (1962), p. 109.

44 同注 31。

45 長澤和俊"古代西域南道考"，載護雅夫編《内陸アジア・西アジアの社會と文化》，東京：山川出版社，1983 年，pp. 57-77。

46 同注 31。

47 A. Stein, *Ancient Khotan, Detailed Report of Archaeological Explorations in Chinese Turkestan*, vol. I. Oxford, 1907, pp. 185-235；孟凡人"于闐國都城方位考"，載《西域考察與研究》，新疆人民出版社，1994年，pp. 449-476。

48 見章鴻釗《石雅・寶石說》，上海古籍出版社，1993年，pp. 120-125。

49 關於罽賓諸問題，詳見注2所引余太山書，pp. 144-167。

50 關於烏弋山離諸問題，詳見注2所引余太山書，pp. 168-181。

51 松田壽男"イラン南道論"，松田壽男博士古稀記念出版委員會《東西文化交流史》，東京：雄山閣，1975，pp. 217-251。馬雍"巴基斯坦北部所見'大魏'使者的嚴刻題記"，《西域史地文物叢考》，文物出版社，1990年，pp. 129-137。

52 注51所引松田壽男文。

53 參看注2所引余太山書，pp. 242-271。

54 同注16。

55 注51所引松田壽男文。

56 同注55。

57 同注16。

58 說見王念孫《讀書雜志》卷四之一五。王先謙《漢書補注》(卷上)以爲可據《太平御覽》卷七九七補"難兜城"三字。

59 榎一雄"難兜國に就いての考"，《加藤博士還曆記念東洋史集說》，東京：富山房，1941年，pp. 179-199。

60 《後漢書・西域傳》載，"高附"即 Paropamisadae 歸屬不定，但確曾一度歸罽賓。

61 關於大夏諸問題，詳見注2所引余太山書，pp. 24-51。

62 關於塞種諸問題，詳見注 2 所引余太山書，pp. 1-23。

63《大正新脩大藏經》T52，No. 2103，p. 129。

64 詳見注 28 所引余太山書，pp. 53-76。

65 詳見注 2 所引余太山書，pp. 210-215。

66 王先謙《漢書補注》（卷上）。

67 同注 16。

68 J. Chmielewski, "Two early loan-words in Chinese." In *Rocznik Orientailistyczny* 24/2 (1961), pp. 65-86.

69 參看勞費爾《中國伊朗編》，林筠因漢譯，商務印書館，1964 年，pp. 351-353；謝弗《唐代外來文明》，吳玉貴漢譯本，中國社會科學出版社，1995 年，pp. 524-527；注 48 所引章鴻釗書，pp. 60-65。

70 注 2 所引余太山書，pp. 154-159。

71 同注 16。

72 據《資治通鑒·漢紀二二》。

73 據《後漢書·西域傳》李注引杜欽語。

74 A. F. P. Hulsewé and M. A. N. Loewe, *China in Central Asia, the Early Stage: 125 B. C. - A. D. 23*. Leiden: 1979, p. 112, no. 253.

75 注 2 所引余太山書，pp. 168-171。

76 關於犁靬諸問題，詳見注 2 所引余太山書，pp. 182-209。

77 注 69 所引勞費爾書，pp. 197-199。

78 關於條支諸問題，詳見注 2 所引余太山書，pp. 182-209。

79 D. D. Leslie, and K. H. J. Gardiner, *The Roman Empire in Chinese Sources*. Roma, 1996, pp. 150-152, 222-223.

80 參看注 28 所引余太山書，pp. 29-52。

81 森雅子"西王母の原像――中國古代神話における地母神の研究――",《史學》56～3（1986 年），pp. 61-93。

82 參看注 74 所引 A. F. P. Hulsewé and M. A. N. Loewe 書，pp. 114-115，no. 262。

83 E. Chavannes, "Trois généraux chinois de la dynastie des Han orientaux." *T'oung Pao* 7 (1906), pp. 210-269, esp. 232.

84 同注 18。

85 說見王念孫《讀書雜志》卷四之一五。《太平御覽》卷七九三引本傳"書"亦作"畫"。

86 詳見注 2 所余太山引書，pp. 53-56。

87 呼揭，遊牧部族，時遊牧於今阿爾泰山南麓。說見護雅夫"いわゆる'北丁零'、'西丁零'について",《瀧川博士還曆記念論文集・東洋史篇》，東京：長野中澤印刷，1957 年，pp. 57-71。

88 同注 16。

89 E. G. Pulleyblank, "Chinese and Indo-Europeans." *Journal of the Royal Asiatic Society* 1966, pp. 9-39, esp. 28.

90 關於五翖侯治地的位置見注 2 所引余太山書，pp. 30-32。

91 參看余太山《嚈噠史研究》，齊魯書社，1986 年，pp. 129-142。

92 同注 18。

93 都賴水，一般認爲應即今塔拉斯（Talas）河。

94 閻蘇，應即本傳所見奄蔡。"閻蘇"[hap-sa] 與 "奄蔡"[iam-tziat] 均得視爲 Asii 之對譯。

95 伊列，國名。"伊列"，或得名於 Ili 河，應在烏孫之北，佔有伊犁河下游，蓋郅支欲令康居降服烏孫，始能北擊伊列。

96 月氏，應卽本傳所見大月氏。

97 山離烏弋，卽本傳所見烏弋山離，當乙正。

98 闐池，今伊塞克湖，烏孫領土西抵此湖。

99 堅昆，遊牧部落，一般認爲當時遊牧於匈奴西北，今葉尼塞河上游。

100 見《資治通鑒·漢紀二四》。

101 康居五小王位置見注 2 所引余太山書，pp. 101-102，106-108。

102 見注 74 所引 A. F. P. Hulsewé and M. A. N. Loewe 書，p. 138，note 353。

103 白鳥庫吉"西域史上の新研究·大月氏考"，《白鳥庫吉全集·西域史研究（上）》（卷六），東京：岩波，1970 年，pp. 97-227，esp. 122-129。

104 注 51 所引松田壽男文。

105 詳見注 2 所引余太山書，pp. 86-88。

106 伊脩城，應卽本傳所見伊循城。

107 司馬意，應卽本傳所見司馬憙。

108 參看注 4 所引余太山書，pp. 495-507。

109 榮新江"所謂'Tumshuqese'文書中的'gyāźdi'"，《内陸アジア言語研究》7（1991 年），pp. 1-12。

## 三 《漢書·西域傳下》要注

烏孫國，大昆彌[432]治赤谷城[433]，去長安八千九百里[434]。戶十二萬，口六十三萬，勝兵十八萬八千八百人。相、大祿[435]、左右大將二人，侯三人，大將都尉各一人，大監二人，大吏一人，舍中大吏二人，騎君一人。東至都護治所千七百二十一里[436]，西至康居蕃內地五千里[437]。地莽平。多雨，寒。山多松、樠[439][438]。不田作種樹[440]，隨畜逐水草，與匈奴同俗。國多馬，富人至四五千匹。民剛惡，貪狼無信，多寇盜，最爲彊國。故服匈奴，後盛大，取羈屬，不肯往朝會。[441]東與匈奴、西北與康居、西與大宛、南與城郭諸國相接。[442]本塞地[443]也，大月氏西破走塞王，塞王南越縣度，大月氏居其地。[444]後烏孫昆莫擊破大月氏，大月氏徙，西臣大夏，而烏孫昆莫居之，[445]故烏孫民有塞種、大月氏種云。[446]

[432] 昆彌，烏孫最高首領的稱號，應即下文所見"昆莫"（首見《史記·大宛列傳》）。甘露元年（前53年），西漢將烏孫分而治之，昆

彌始有大小之分。

[433] 赤谷城，大昆彌所治，在伊塞克湖東南、納倫河上游。"赤谷"，意爲"暘谷"。[110]

[434] "八千九百里"（里數35.1）：自赤谷城經姑墨國王治赴長安的行程；亦卽赤谷城去姑墨國王治七日半行程（750里），與姑墨國王治去長安8150里之和。

[435] 大祿，烏孫職官名。

[436] "千七百二十一里"（里數35.2）：自赤谷城經姑墨國王治赴烏壘城的行程；亦卽赤谷城去姑墨國王治七日行程（700里），與姑墨國王治去烏壘城1021里之和。案：據里數35.1與里數35.2可推得的赤谷城去姑墨國王治里數不同，很可能是因爲赤谷城去長安"八千九百里"其實是"八千八百五十里"之略。

[437] "五千里"（里數35.3）：自赤谷城赴蕃內的行程。

[438] "山"，指今天山。

[439] 楠，顏注："木名，其心似松。"或以爲榆樹（elm）之一種。[111]

[440] "樹"，顏注："植也。"

[441] "朝會"，《漢書·匈奴傳上》："歲正月，諸長小會單于庭，祠。五月，大會龍城，祭其先、天地、鬼神。秋，馬肥，大會蹛林，課校人畜計。"時烏孫役屬匈奴，故必須按時朝會。

[442] "南與城郭諸國相接"，一說"相"字衍。[112] 據本傳，北接烏孫的城郭諸國有姑墨、溫宿、龜茲、焉耆和捐毒。

[443] 塞地，在伊犁河、楚河流域。

[444] 大月氏爲匈奴所破，西徙塞地，逐走塞王，時在公元前

177/ 前 176 年，知塞種佔有伊犁河、楚河流域直至此年。

[445] 佔領塞地卽伊犁河、楚河流域的大月氏人又由於被烏孫擊破而西徙，西徙的大月氏人征服了大夏。此處"大夏"應指佔領巴克特里亞的 Asii, Tochari 等部。大月氏這次西徙時在公元前 130 年左右。

[446] "烏孫民"云云，顏注："烏孫於西域諸戎其形最異。今之胡人青眼、赤須，狀類獼猴者，本其種也。"案：顏氏所遇自述族源的"胡人"或者恰好是烏孫之裔，以致顏氏將當時"青眼、赤須"的胡人均指爲烏孫種。"烏孫"一名旣不妨視爲 Asii 之對譯，結合其登上歷史舞臺的時間、地點，它和 Asii 或奄蔡是同源異流關係的可能性不能排除。果然，則烏孫與《史記·大宛列傳》所傳宛西之國在體貌特徵上也應該沒有太大的差別。傳文將烏孫、大月氏和在它們之前佔有塞地的塞種區別開來，無非說明三者因分道揚鑣，已形成了各自的特色。

始張騫言烏孫本與大月氏共在敦煌[447]間，今烏孫雖彊大，可厚賂招令東居故地，妻以公主，與爲昆弟，以制匈奴。語在"張騫傳"[448]。武帝卽位，令騫齎金幣往。[449]昆莫見騫如單于禮，[450]騫大慙，謂曰：天子致賜，王不拜，則還賜。昆莫起拜，其它如故。

[447] "共在敦煌間"：一說"敦煌"後奪"祁連"二字。[113]

[448]《漢書·張騫李廣利傳》載："天子數問騫大夏之屬。騫旣失侯，因曰：臣居匈奴中，聞烏孫王號昆莫，昆莫父難兜靡本與大月

氏俱在祁連、焞煌間，小國也。大月氏攻殺難兜靡，奪其地，人民亡走匈奴。子昆莫新生，傅父布就翎侯抱亡置草中，爲求食；還，見狼乳之，又烏銜肉翔其旁，以爲神，遂持歸匈奴，單于愛養之。及壯，以其父民衆與昆莫，使將兵，數有功。時，月氏已爲匈奴所破，西擊塞王。塞王南走遠徙，月氏居其地。昆莫既健，自請單于報父怨，遂西攻破大月氏。大月氏復西走，徙大夏地。昆莫略其衆，因留居，兵稍彊，會單于死，不肯復朝事匈奴。匈奴遣兵擊之，不勝，益以爲神而遠之。今單于新困於漢，而昆莫地空。蠻夷戀故地，又貪漢物，誠以此時厚賂烏孫，招以東居故地，漢遣公主爲夫人，結昆弟，其勢宜聽，則是斷匈奴右臂也。既連烏孫，自其西大夏之屬皆可招來而爲外臣。天子以爲然，拜騫爲中郎將，將三百人，馬各二匹，牛羊以萬數，齎金幣帛直數千鉅萬，多持節副使，道可，便遣之旁國。騫既至烏孫，致賜諭指，未能得其決。語在'西域傳'。"有關問題，參看"《史記·大宛列傳》要注"。

[449]"武帝卽位，令騫齎金幣往"，應作"武帝卽令騫齎金幣往"；"位"字衍。[114]

[450]"昆莫見騫如單于禮"，顏注："昆莫自比於單于。"

初，昆莫有十餘子，中子大祿[451]彊，善將，將衆萬餘騎別居。大祿兄太子，太子有子曰岑陬[452]。太子蚤死，謂昆莫曰：必以岑陬爲太子。昆莫哀許之。大祿怒，乃收其昆弟，將衆畔，謀攻岑陬。昆莫與岑陬萬餘騎，令別居。昆莫亦自有萬餘騎以自備。國分爲三，大總羈屬昆莫。騫既致賜，諭指曰：

烏孫能東居故地[453]，則漢遣公主爲夫人，結爲昆弟，共距匈奴，不足破也。烏孫遠漢，未知其大小，又近匈奴，服屬日久，其大臣皆不欲徙。昆莫年老，國分，不能專制，乃發使送騫，因獻馬數十匹報謝[454]。其使見漢人衆富厚，歸其國，其國後乃益重漢。[455]

[451]"中子大祿"，昆莫中子官居大祿，史遷以官號稱之。

[452]"有子曰岑陬"："岑陬"亦烏孫職官名。太子之子官居岑陬，史遷以官號稱之。

[453]"故地"，指烏孫西遷伊犁河、楚河流域前的居地，亦卽"敦煌、祁連間"。

[454]《漢書·張騫李廣利傳》稱："得烏孫馬好，名曰'天馬'。"

[455] 烏孫立國伊犁河、楚河流域後，雖如《漢書·張騫李廣利傳》所說，在軍臣單于死後，"不肯復朝事匈奴"，但因地近匈奴，仍受匈奴羈縻，這應該是張騫又一次不得要領的根本原因。當然，其他因素諸如國分、王老、遠漢等也起一定作用，尤其因爲"遠漢"，不知漢之大小，使烏孫大臣"皆不欲徙"。直至烏孫使者隨張騫抵達長安，親睹漢之富強，歸報其國，其國纔"益重漢"，重漢則畏胡之心稍減。這是烏孫走上與漢結盟道路的開始。

匈奴聞其與漢通，怒，欲擊之。又漢使烏孫，乃出其南，抵大宛、月氏，相屬不絕。烏孫於是恐，使使獻馬，願得尚漢公主，爲昆弟。天子問羣臣，議許，曰：必先内聘，然後遣女。烏孫以馬千匹聘。漢元封中，遣江都王建女細君爲公主，以妻焉。[456] 賜乘輿服御物，爲備官屬宦官侍御數百人，贈送甚盛。[457] 烏孫昆莫以爲右夫人。匈奴亦遣女妻昆莫，昆莫以爲左夫人。[458]

[456]《漢書・匈奴傳上》："漢使楊信使於匈奴。是時漢東拔濊貊[115]、朝鮮以爲郡，而西置酒泉郡以隔絕胡與羌通之路。又西通月氏、大夏，以翁主妻烏孫王，以分匈奴西方之援國。"據此可知"以翁主妻烏孫王"在楊信使匈奴之前。據《漢書・武帝紀》，元封四年（前107年）"秋，以匈奴弱，可遂臣服，乃遣使說之"，所遣之使即楊信，故江都公主往妻烏孫昆莫不會遲於元封四年秋。

[457] 這無疑是一次較大規模的漢文化輸入。《後漢書・耿恭傳》載："……恭至部，移檄烏孫，示漢威德，大昆彌已下皆歡喜，遣使獻名馬，及奉宣帝時所賜公主博具，願遣子入侍。恭乃發使齎金帛，迎其侍子。"又，《宋書・樂志一》："琵琶，傅玄《琵琶賦》曰：漢遣烏孫公主嫁昆彌，念其行道思慕，故使工人裁箏、筑，爲馬上之樂。欲從方俗語，故名曰琵琶，取其易傳於外國也。"均可與此參看。

[458] 匈奴尚左（每以太子爲左屠耆王），故昆莫以其女爲左夫人。[116] 當然，烏孫與匈奴同俗，本身也可能尚左。

公主至其國，自治宮室居，歲時一再與昆莫會，置酒飲食，以幣帛賜王左右貴人。昆莫年老，語言不通，公主悲愁，自爲作歌曰：吾家嫁我兮天一方，遠託異國兮烏孫王。穹廬爲室兮旃爲牆，以肉爲食兮酪爲漿。[459] 居常土思兮心內傷，願爲黃鵠兮歸故鄉。天子聞而憐之，間歲[460]遣使者持帷帳錦繡給遺焉。[461]

    [459]"穹廬爲室兮旃爲牆"云云：典型的遊牧部族飲食起居。
    [460]顏注："間歲者，謂每隔一歲而往也。"
    [461]漢與烏孫聯姻並不表明武帝希望的針對匈奴的聯盟已經確立。《史記・大宛列傳》載，李廣利征大宛時，武帝"使使告烏孫，大發兵幷力擊宛。烏孫發二千騎往，持兩端，不肯前"。漢軍所擊者爲大宛，烏孫尚且如此，遑論匈奴。不妨認爲，元封三、四年（前108/前107年）以降，烏孫在漢與匈奴，乃至漢與西域強國之間，一直"持兩端"。李廣利初征大宛失敗，武帝不願罷擊宛軍，據同傳，原因之一是"宛小國而不能下"，則"烏孫、侖頭易苦漢使矣"。而據《漢書・傅介子傳》所載，可知直至昭帝元鳳（前80—前75年）中，匈奴和烏孫尚使命往來。通過聯姻烏孫以"斷匈奴右臂"是一個緩慢的進程。

    昆莫年老，欲使其孫岑陬尚公主。公主不聽，上書言狀，天子報曰：從其國俗，欲與烏孫共滅胡。岑陬遂妻公主。昆莫死，岑陬代立。岑陬者，官號也，名軍須靡。昆莫，王號也，名獵驕靡。後書"昆彌"云。[462]岑陬尚江都公主，生一女少夫。公主死，漢復以楚王戊之孫解憂爲公主，妻岑陬。[463]岑陬胡婦子泥靡尚小，岑陬且死，以國與季父大祿子翁歸靡，曰：泥靡大，以國歸之。

[462]"昆莫"云云，顔注："昆莫本是王號，而其人名獵驕靡，故書云昆彌。昆取昆莫，彌取驕靡。彌、靡音有輕重耳，蓋本一也。後遂以昆彌爲其王號也。"案：顔說未諦。"昆莫"與"昆彌"應爲同名異譯。

[463] 昆莫獵驕靡死，軍須靡代立，可能在元封六年（前105年），而軍須靡尚江都公主還在"代立"之前。同傳既稱江都公主在妻獵驕靡後，"歲時一再與昆莫會"，細君之死則在元封六年或太初元年（前104年），這應該便是岑陬尚解憂之年。又，武帝命細君從烏孫俗妻岑陬，細君死，即以解憂妻岑陬，均表明武帝結好烏孫之意甚堅。

翁歸靡既立，號肥王，復尚楚主解憂，生三男兩女：長男曰元貴靡；次曰萬年，爲莎車王；次曰大樂，爲左大將；長女弟史爲龜茲王絳賓妻；小女素光爲若呼翎侯妻。[464]

[464] 萬年爲莎車王、弟史爲龜茲王，可見烏孫對於鄰國影響之一斑。

昭帝時，公主上書，言：匈奴發騎田車師，車師與匈奴爲一，共侵烏孫，唯天子幸救之！漢養士馬，議欲擊匈奴。會昭帝崩，宣帝初即位，公主及昆彌皆遣使上書，言：匈奴復連發大兵侵擊烏孫，取車延[465]、惡師[466]地，收人民去，使使謂烏孫趣持公主來，欲隔絕漢。[467]昆彌願發國半精兵，自給人馬五萬騎，盡力擊匈奴。唯天子出兵以救公主、昆彌。[468]漢兵大發十五萬騎，五將軍分道並出。語在"匈奴傳"。[469]遣校尉常惠使持節護烏孫兵，昆彌自將翎侯以下五萬騎從西方入，至右谷蠡王庭，獲單于父行及嫂、居次、名王、犂汙都尉、千長、騎將以下四萬級，馬牛羊驢橐駝七十餘萬頭，烏孫皆自取所虜獲。[470]還，封惠爲長羅侯[471]。是歲，本始三年也[472]。漢遣惠持金幣賜烏孫貴人有功者。[473]

[465] 車延，地望不詳。"車延"[kia-jian]，得視爲 Gasiani 的對譯。

[466] 惡師，地望不詳。一說當在今烏蘇一帶。117 "惡師"[iei-ziuən]，得視爲 Asii 的對譯。

[467]《漢書・常惠傳》載："是時，烏孫公主上書言：匈奴發騎田車師，車師與匈奴爲一，共侵烏孫，唯天子救之！漢養士馬，議欲擊匈奴。會昭帝崩，宣帝初即位，本始二年（前72年），遣惠使烏孫。公主及昆彌皆遣使，因惠言：匈奴連發大兵擊烏孫，取車延、惡師地，收其人民去，使使脅求公主，欲隔絕漢。昆彌願發國半精兵，自給人馬五萬騎，盡力擊匈奴。唯天子出兵以救公主、昆彌！於是漢大發十五萬騎，五將軍分道出。"

[468] 據下引《漢書・匈奴傳上》可知，取車延、惡師地，以及使使烏孫、欲得漢公主，諸事均在"昭帝崩"之前。

[469]《漢書・匈奴傳上》："匈奴繇是恐，不能出兵。即使使之烏孫，求欲得漢公主。擊烏孫，取車延、惡師地。烏孫公主上書，下公卿議救，未決。昭帝崩，宣帝即位，烏孫昆彌復上書，言：連爲匈奴所侵削，昆彌願發國半精兵人馬五萬匹，盡力擊匈奴。唯天子出

兵，哀救公主！本始二年（前72年），漢大發關東輕銳士，選郡國吏三百石伉健習騎射者，皆從軍。遣御史大夫田廣明爲祁連將軍，四萬餘騎，出西河[118]；度遼將軍范明友三萬餘騎，出張掖；前將軍韓增三萬餘騎，出雲中[119]；後將軍趙充國爲蒲類將軍，三萬餘騎，出酒泉；雲中太守田順爲虎牙將軍，三萬餘騎，出五原[120]：凡五將軍，兵十餘萬騎，出塞各二千餘里。及校尉常惠使護發兵烏孫西域，昆彌自將翕侯以下五萬餘騎從西方入，與五將軍兵凡二十餘萬衆。匈奴聞漢兵大出，老弱奔走，敺畜產遠遁逃，是以五將少所得。……蒲類將軍兵當與烏孫合擊匈奴蒲類澤[121]，烏孫先期至而去，漢兵不與相及。……校尉常惠與烏孫兵至右谷蠡庭，獲單于父行及嫂、居次、名王、犁汙都尉、千長、將以下三萬九千餘級，虜馬牛羊驢贏橐駝七十餘萬。漢封惠爲長羅侯。然匈奴民衆死傷而去者，及畜產遠移死亡不可勝數。於是匈奴遂衰耗，怨烏孫。其冬，單于自將數萬騎擊烏孫，頗得老弱，欲還。會天大雨雪，一日深丈餘，人民畜產凍死，還者不能什一。於是丁令[122]乘弱攻其北，烏桓[123]入其東，烏孫擊其西。凡三國所殺數萬級，馬數萬匹，牛羊甚衆。又重以餓死，人民死者什三，畜產什五，匈奴大虛弱，諸國羈屬者皆瓦解，攻盜不能理。"

[470]"遣校尉常惠"以下，《漢書·常惠傳》作："以惠爲校尉，持節護烏孫兵。昆彌自將翕侯以下五萬餘騎，從西方入至右谷蠡庭，獲單于父行及嫂居次[124]，名王騎將以下三萬九千人，得馬牛驢贏橐佗五萬餘匹，羊六十餘萬頭，烏孫皆自取鹵獲。"

[471]《漢書·景武昭宣元成功臣表》："長羅壯侯常惠，以校尉光祿大夫持節將烏孫兵擊匈奴，獲名王，首虜三萬九千級，侯，

二千八百五十戶。本始四年四月癸巳封，二十四年薨。"案：戰事結束於本始三年（前71年），常惠受封於四年。前引紀、傳皆作"三年"不過是順筆敘及而已。"長羅"，地名，屬陳留郡（治今開封東南）。

[472]《漢書·宣帝紀》載：本始二年（前72年），"匈奴數侵邊，又西伐烏孫。烏孫昆彌及公主因國使者上書，言昆彌願發國精兵擊匈奴，唯天子哀憐，出兵以救公主。秋，大發興調關東輕車銳卒，選郡國吏三百石伉健習騎射者，皆從軍。御史大夫田廣明爲祁連將軍，後將軍趙充國爲蒲類將軍，雲中太守田順爲虎牙將軍，及度遼將軍范明友、前將軍韓增，凡五將軍，兵十五萬騎，校尉常惠持節護烏孫兵，咸擊匈奴。"又載："本始三年（前71年）正月……戊辰，五將軍師發長安。夏五月，軍罷。祁連將軍廣明、虎牙將軍順有罪，下有司，皆自殺。校尉常惠將烏孫兵入匈奴右地，大克獲，封列侯。"準此，五將軍之兵發調於本始二年秋，翌年正月於長安啓程，至五月戰事已經結束。本始三年一役標誌著烏孫從此不再"持兩端"，而漢自武帝以來實行的對烏孫政策終於收效。而對於匈奴來說，烏孫之叛離，是它經營西域以來所遭受到的最大挫折。本始三年之敗，幾乎使它一蹶不振，後來呼韓邪之事漢已肇端於此。

[473]《漢書·常惠傳》："惠從吏卒十餘人隨昆彌還，未至烏孫，烏孫人盜惠印綬節。惠還，自以當誅。[125] 時漢五將皆無功，天子以惠奉使克獲，遂封惠爲長羅侯，復遣惠持金幣還賜烏孫貴人有功者。"《漢書·景武昭宣元成功臣表》則載惠以本始四年（前70年）四月封侯，而賜烏孫貴人又在封侯之後，很可能也是四年。[126]

元康二年，烏孫昆彌因惠上書：願以漢外孫元貴靡爲嗣，得令復尚漢公主，結婚重親，畔絕匈奴，願聘馬驘各千匹。詔下公卿議，大鴻臚蕭望之[474]以爲：烏孫絕域，變故難保，不可許。上美烏孫新立大功，又重絕故業，遣使者至烏孫，先迎取聘。[475]昆彌及太子、左右大將、都尉皆遣使，凡三百餘人，入漢迎取少主。上乃以烏孫主解憂弟子相夫[476]爲公主，置官屬侍御百餘人，舍上林[477]中，學烏孫言。[478]天子自臨平樂觀[479]，會匈奴使者、外國君長，大角抵[480]，設樂而遣之。使長羅侯光祿大夫惠爲副，凡持節者四人，送少主至敦煌。未出塞，聞烏孫昆彌翁歸靡死，烏孫貴人共從本約[481]，立岑陬子泥靡代爲昆彌，號狂王。惠上書：願留少主敦煌，惠馳至烏孫責讓不立元貴靡爲昆彌，還迎少主。事下公卿，望之復以爲：烏孫持兩端，難約結。前公主在烏孫四十餘年，恩愛不親密，邊竟未得安，此已事之驗也。[482]今少主以元貴靡不立而還，信無負於夷狄，中國之福也。少主不止，繇役將興，其原起此。[483]天子從之，徵還少主[484]。

[474]元康二年（前64年）蕭望之自少府遷左馮翊，非大鴻臚。[127]

[475]"遣使者至烏孫，先迎取聘"，懸泉漢簡的研究表明這位使者爲長羅侯常惠。[128]

[476]"烏孫主解憂弟子相夫"，"主"字前似應有"公"字。

[477]上林，指上林苑，秦置，武帝收爲宮苑。故址在今陝西西安西。

[478] "學烏孫言"云云,當時西漢政府似設有專門機構教習外國和外族語言。

[479] 平樂觀,在上林苑中。據《漢書·武帝紀》,元封六年(前105年),"夏,京師民觀角抵于上林平樂館"。

[480] 大角抵,角鬭、競技之類。《漢書·武帝紀》:"[元封]三年(前108年)春,作角抵戲,三百里内皆觀。"顏注引應劭曰:"角者,角技也。抵者,相抵觸也。"又引文穎曰:"名此樂爲角抵者,兩兩相當角力,角技藝射御,故名角抵,蓋雜技樂也。"

[481] "本約":據本傳,岑陬且死,其胡婦子泥靡尚小,以國與季父大祿子翁歸靡,曰:"泥靡大,以國歸之。"

[482] 從蕭望之的議論來看,對武帝以來聯姻烏孫的政策,漢臣頗有不以爲然者。漢與烏孫聯姻以來,烏孫"持兩端、難約結"雖係事實,然如前述,這是烏孫出於自身利益的考慮,不得不如此。祇要西漢在對匈奴戰爭中未佔優勢,烏孫就不可能倒向西漢一邊。公主在烏孫"恩愛不親密,邊竟未得安",應該也是事實,但也不能因此全盤否定聯姻烏孫在漢戰勝匈奴以及經營西域過程中所起的積極作用。本始初公主與昆彌一同上書一事便足以說明這一點。

[483]《漢書·蕭望之傳》載:"先是,烏孫昆彌翁歸靡因長羅侯常惠上書,願以漢外孫元貴靡爲嗣,得復尚少主,結婚内附,畔去匈奴。詔下公卿議,望之以爲烏孫絶域,信其美言,萬里結婚,非長策也。天子不聽。神爵二年,遣長羅侯惠使送公主配元貴靡。未出塞,翁歸靡死,其兄子狂王背約自立。惠從塞下上書,願留少主敦煌郡。惠至烏孫,責以負約,因立元貴靡,還迎少主。詔下公卿議,望之復

以爲：不可！烏孫持兩端，亡堅約，其效可見。前少主在烏孫四十餘年，恩愛不親密，邊境未以安，此已事之驗也。今少主以元貴靡不得立而還，信無負於四夷，此中國之大福也。少主不止，繇役將興，其原起此。天子從其議，徵少主還。後烏孫雖分國兩立，以元貴靡爲大昆彌，漢遂不復與結婚。"由此可知"送少主"事在神爵二年（前60年），是年翁歸靡死；而可繫於元康二年（前64年）者爲翁歸靡請婚一事。

[484] 這則記載，說明西漢與烏孫關係自元康至神爵年間發生了重大轉折。武帝遣張騫使烏孫時，打算妻以公主，結爲昆弟。後烏孫以馬千匹爲聘，也是願得漢公主，結爲昆弟。這意味著雙方試圖建立的是一種平等的關係。由於漢以細君妻昆莫，復從烏孫國俗，使昆莫之孫妻公主，這種關係終於確立。漢和烏孫的這種關係並不妨礙烏孫和匈奴建立類似的關係。事實上，很可能由於漢以公主妻昆莫而在某種程度上改變了烏孫作爲匈奴屬國的地位。漢與烏孫這種關係確立的基礎是烏孫在漢和匈奴之間保持不偏不倚。這也許符合烏孫本身的利益，但並非漢聯姻烏孫的本意，蕭望之斥之爲"持兩端，難約結"者爲此。烏孫這種"持兩端"的政策，也引起匈奴的不滿，於是有擊烏孫、欲得公主之舉，本始三年（前71年）之役終於爆發。如果說本始三年之役的結果是烏孫與匈奴的關係在實際上徹底破裂，那麼元康二年（前64年）翁歸靡提出結婚重親，叛絕匈奴，得到宣帝同意，就意味著正式宣告烏孫與漢結盟。當然，翁歸靡爲元貴靡求尚漢公主，亦是爲其子即位尋求外援。至此，武帝聯姻烏孫的目的完全達到。但是，由於本始三年以後，匈奴勢力日衰，已不再構成對漢的威

脅，烏孫又不可能修復昔日同匈奴的關係，重溫"持兩端"的舊夢，西漢和烏孫的關係也從元康、甚至本始年間開始發生微妙的變化。質言之，西漢通過聯姻這種方式追求、維持與烏孫結盟的基礎已不復存在，終於以烏孫不立元貴靡爲契機，漢不再以公主妻烏孫。後烏孫雖以元貴靡爲大昆彌，漢亦不復與結婚。根本原因是形勢發生了變化。至於元康二年宣帝一度允烏孫之請，原因不過是"美烏孫新立大功，又重絕故業"；後來有了藉口，自然也就不再堅持。據《漢書・蕭望之傳》，望之崇儒術，一貫反對開邊興利，而宣帝"不甚從儒術"。故蕭望之反對結親烏孫的議論未必盡合宣帝之意，宣帝作出"徵還少主"的決定，與其說是擔心"繇役將興"，不如說是考慮到沒有必要繼續與烏孫"結婚重親"的緣故。

　　狂王復尚楚主解憂，生一男鴟靡，不與主和，又暴惡失衆。漢使衛司馬魏和意、副候任昌送侍子，[485] 公主言狂王爲烏孫所患苦，易誅也。遂謀置酒會，罷，使士拔劍擊之。劍旁下，狂王傷，上馬馳去。其子細沈瘦會兵圍和意、昌及公主於赤谷城。數月，都護鄭吉發諸國兵救之，乃解去。[486] 漢遣中郎將張遵持醫藥治狂王，賜金二十斤，采繒[487]。因收和意、昌係瑣，從尉犁檻車至長安，斬之。車騎將軍長史張翁留驗公主與使者謀殺狂王狀，主不服，叩頭謝，張翁捽主頭罵詈。主上書，翁還，坐死。副使季都別將醫藥養視狂王，狂王從十餘騎送之。都還，坐知狂王當誅，見便不發，下蠶室。[488]

[485] 此侍子究竟是烏孫國還是其他西域國家的侍子，不得而知；烏孫此時是否已遣子入侍，也不清楚。如果魏、任所送爲烏孫侍子，則烏孫遣子入侍不得遲於神爵末、五鳳初。烏孫在神爵末、五鳳初尚未屬都護，果於此時遣子入侍，則其動機或與成帝時康居遣子入侍相仿佛。

[486] 事當在五鳳中（前 57—前 54 年）。[129]

[487] "采繒"，下應奪匹數。[130]

[488] 這則記載十分重要，它表明西漢與烏孫的關係又進入一個新的階段。時在宣帝五鳳年間（前 57—前 54 年）。狂王復尚解憂，形式上漢與烏孫的聯姻依舊存在，但這時解憂的使命已不再是"與烏孫共滅胡"，而是爲漢控制烏孫了。狂王泥靡是軍須靡與匈奴女之子，故狂王之立，不合漢意。狂王既暴惡失衆，公主遂與漢使謀誅之。這是西漢首次干涉烏孫内政，祇是尚未明目張膽。於魏、任所爲，漢廷其實並不反對；兩人被斬，是因爲誅殺狂王未能成功，當然也是爲了暫掩烏孫耳目。遣張遵醫治狂王，賜以金帛，無非表面文章。而張翁、季都之獲罪，則在於未能領會朝廷真實意圖，兩人可以說是西漢對烏孫政策轉變時的犧牲品。

初，肥王翁歸靡胡婦子烏就屠，狂王傷時驚，與諸翎侯俱去，居北山[489]中，揚言母家匈奴兵來，故衆歸之。後遂襲殺狂王，自立爲昆彌。漢遣破羌將軍辛武賢將兵萬五千人至敦煌，遣使者案行表[490]，穿卑鞮侯井[491]以西，欲通渠[492]轉穀，積居盧倉[493]以討之。[494]

[489]"北山",指今天山。

[490]"行表",《漢書·溝洫志》:"令齊人水工徐伯表,發卒數萬人穿漕渠。"顏注:"巡行穿渠之處而表記之,今之豎標是。"

[491]卑鞮侯井,顏注引孟康曰:"大井六通渠也,下泉流湧出,在白龍堆東土山下。""卑鞮"[pie-tie],或即得名於蒲類或卑陸人。

[492]"通渠",開鑿運河。據懸泉漢簡,時有"穿渠校尉"專司其事。[131]

[493]居盧倉,位於白龍堆之東、白龍堆與三隴沙之間。[132]"居盧",一說乃"居盧訾"之略,後者見諸羅布淖爾所出漢簡。[133]

[494]據《漢書·宣帝紀》,神爵元年(前60年)六月,"即拜酒泉太守辛武賢爲破羌將軍"。而據《漢書·趙充國辛慶忌傳》,神爵二年,"罷遣辛武賢歸酒泉太守官";而"辛武賢自羌軍還。後七年,復爲破羌將軍,征烏孫至敦煌",烏就屠襲殺狂王,以及討烏就屠事當在甘露元年。[134]

初,楚主侍者馮嫽能史書,習事,嘗持漢節爲公主使,行賞賜於城郭諸國,敬信之,號曰馮夫人。爲烏孫右大將妻,右大將與烏就屠相愛,都護鄭吉使馮夫人說烏就屠,以漢兵方出,必見滅,不如降。烏就屠恐,曰:願得小號[495]。宣帝徵馮夫人,自問狀。遣謁者竺次、期門甘延壽爲副,送馮夫人。馮夫人錦車[496]持節,詔烏就屠詣長羅侯赤谷城,立元貴靡爲大昆彌,烏就屠爲小昆彌,皆賜印綬,破羌將軍不出塞還。[497]後烏就屠不盡歸諸翎侯民衆,漢復遣長羅侯惠將三校[498]屯赤谷,因爲分別其人民地界，大昆彌戶六萬餘，小昆彌戶四萬餘，然衆心皆附小昆彌。[499]

[495]"小號"，小昆彌之號。

[496]"錦車"，《漢紀·孝宣皇帝紀二》作"軺車"[135]。

[497] 事在甘露元年（前53年）。這是西漢公開干涉烏孫內政的開始。由於利用了烏孫國內的矛盾，又以武力相威脅，軟硬兼施，終於將烏孫分而治之。大小昆彌"皆賜印綬"，說明烏孫從此成了漢的屬國。

[498]《漢書·趙充國辛慶忌傳》載辛慶忌"少以父任爲右校丞，隨長羅侯常惠屯田烏孫赤谷城，與歙侯[136]戰，陷陳卻敵。惠奏其功，拜爲侍郎，遷校尉，將吏士屯焉耆國"。辛慶忌或爲三校之一。

[499] 賜印綬之後，緊接著便屯田積穀，這顯然是爲了長期控制烏孫。事在甘露元年（前53年）或二年。《漢書·匈奴傳下》載：郅支單于"自度力不能定匈奴，乃益西近烏孫，欲與幷力，遣使見小昆彌烏就屠。烏就屠見呼韓邪爲漢所擁，郅支亡虜，欲攻之以稱漢，乃殺郅支使，持頭送都護在所，發八千騎迎郅支。郅支見烏孫兵多，其使又不反，勒兵逢擊烏孫，破之。因北擊烏揭[137]，烏揭降。發其兵西破堅昆，北降丁令，幷三國。數遣兵擊烏孫，常勝之"。郅支"遣使見小昆彌"，主要由於烏就屠母家是匈奴，其事約在黃龍元年（前49年）。烏就屠既已投漢，且見郅支勢窮，遂"欲攻之"。

元貴靡、鴟靡皆病死，公主上書言年老土思，願得歸骸骨，葬漢地。天子閔而迎之，公主與烏[500]孫男女三人俱來京師。是歲，甘露三年也[501]。時年且七十，賜以公主田宅奴婢，奉養甚厚，朝見儀比公主。後二歲卒，三孫因留守墳墓云。

[500]"烏"字衍。[138]

[501]《漢書·宣帝紀》：甘露三年（前51年），"冬，烏孫公主來歸"。解憂歸漢，漢與烏孫形式上的聯盟也不復存在。"天子閔而迎之"，正值解憂使命完成之時。

元貴靡子星靡代爲大昆彌，[502]弱，馮夫人上書，願使烏孫鎮撫星靡。漢遣之，卒百人送焉。都護韓宣[503]奏，烏孫大吏、大祿、大監皆可以賜金印紫綬，以尊輔大昆彌，漢許之。後都護韓宣復奏，星靡怯弱，可免，更以季父左大將樂代爲昆彌，漢不許。後段會宗爲都護[504]，招還亡畔，安定之。[505]

[502] 星靡之立，當在甘露三年（前51年）。

[503] 韓宣，西漢第二任西域都護，任期自元帝初元元年至初元四年（前48年至前45年）。

[504] 段會宗，西漢第七任西域都護，任期自竟寧元年至成帝建始三年（前33年至前30年）。據《漢書·段會宗傳》，段會宗於"竟寧中，以杜陵[139]令五府舉爲西域都護、騎都尉光祿大夫，西域敬其威信。三歲，更盡還，拜爲沛郡[140]太守。以單于當朝，徙爲雁門[141]太守。數年，坐法免。西域諸國上書願得會宗，陽朔中復爲都護"。

由此可見，段會宗曾再任都護，應是第十一任都護，任期自陽朔四年至鴻嘉三年（前21年至前18年）。《漢書·百官公卿表下》成帝陽朔三年項下有載："護西域騎都尉韓立子淵爲執金吾。"這似乎表明陽朔三年時西域都護爲韓立，乃第十任都護，任期自陽朔元年至陽朔四年（前24年至前21年）。

[505] 解憂歸漢既爲甘露三年（前51年）冬，則元貴靡之死、星靡之立可能均在同一年。星靡因是元貴靡之子，故漢竭力扶助之，既遣馮夫人鎮撫，又賜屬官印綬，韓宣罷免之奏不許，會宗且爲之招還亡叛。星靡怯弱，爲漢進一步控制烏孫大開方便之門。

星靡死，[506]子雌栗靡代。小昆彌烏就屠死，子拊離代立，爲弟日貳所殺。漢遣使者立拊離子安日爲小昆彌。[507]日貳亡，阻康居。[508]漢徙己校屯姑墨，[509]欲候便討焉。安日使貴人姑莫匿等三人詐亡從日貳，刺殺之。都護廉褒[510]賜姑莫匿等金人二十斤，繒三百匹。

[506] 星靡之死，一説在竟寧元年（前33年）[142]，一説在成帝建始初（前32年）。[143] 前文既稱段會宗任都護後曾爲星靡招還亡叛，而會宗首任都護始於元帝竟寧元年，迄于成帝建始三年，故兩説均可通。

[507]《漢書·段會宗傳》載："會宗既出。諸國遣子弟郊迎。小昆彌安日前爲會宗所立，德之，欲往謁，諸翖侯止不聽，遂至龜茲謁。城郭甚親附。"由此可知此處"使者"指段會宗。會宗首任西域都護既更盡於建始三年（前30年），知安日之立在是年之後，而拊離

被殺年代之上限爲建始三年會宗更盡之後。

[508]《漢書·陳湯傳》載:"西域都護段會宗爲烏孫兵所圍,驛騎上書,願發城郭、敦煌兵以自救。丞相王商、大將軍王鳳及百僚議數日不決。"此處圍困段會宗的烏孫兵可能是日貳所率領。同傳稱,湯料敵以爲必可以無憂,"上曰:何以言之?湯曰:夫胡兵五而當漢兵一。何者?兵刃樸鈍,弓弩不利。今聞頗得漢巧,然猶三而當一。又兵法曰:客倍而主人半然後敵。今圍會宗者人衆不足以勝會宗,唯陛下勿憂!且兵輕行五十里,重行三十里。而會宗欲發城郭、敦煌,歷時乃至,所謂報讐之兵,非救急之用也。上曰:柰何,其解可必乎,度何時解?湯知烏孫瓦合,不能久攻,故事不過數日。因對曰:已解矣!詘指計其日,曰:不出五日,當有吉語聞。居四日,軍書到,言已解"。據《漢書·百官公卿表下》,"建始四年(前29年)三月甲申,右將軍王商爲丞相"。又載:河平四年(前25年)"四月壬寅,丞相商免"。此傳既稱會宗上書,丞相商等議數日未決,知烏孫兵圍會宗一事發生在公元前29至公元前25年之間。在這段時間内,烏孫大昆彌爲雌栗靡,小昆彌爲安日。雌栗靡與漢並無矛盾,圍會宗者不可能是雌栗靡。安日本會宗所立,據《漢書·段會宗傳》,會宗再任都護時,因德會宗,曾往謁於龜兹,故圍會宗者似亦不可能是安日。當時與漢爲敵的最可能是日貳。日貳很可能不滿會宗立安日,而發兵圍會宗,見事不成,亡阻康居。當然也可能奔康居在先,借康居兵圍會宗。祇因圍攻數日而解,故不見載於本傳和《漢書·段會宗傳》,而在《漢書·陳湯傳》刻畫陳湯時敘及。後者稱日貳所圍困的會宗爲"西域都護",猶如本傳稱元康二年(前64年)的蕭望之爲"大

鴻臚"一樣，有欠確切。

[509]"徙己校屯姑墨"，顏注："有戊己兩校兵，此直徙己校也。"文獻與出土簡牘既見"己校"、"戊校"，說明至遲在成帝即位後，戊己校尉麾下分置戊校尉和己校尉。己校雖一度徙姑墨，戊己校尉駐所仍在交河城。[144] 又，己校之徙，事在成帝河平元年（前28年），"屯"指屯田。[145]

[510] 廉襃，西漢第八任西域都護，任期自建始三年至河平二年（前30年—前27年）。《漢書·傅常甘陳段傳》贊："廉襃以恩信稱。"

後安日爲降民所殺，[511] 漢立其弟末振將代。時大昆彌雌栗靡健，翖侯皆畏服之，告民牧馬畜無使入牧，[512] 國中大安和翁歸靡時。[513] 小昆彌末振將恐爲所幷，使貴人烏日領詐降刺殺雌栗靡。[514] 漢欲以兵討之而未能，遣中郎將段會宗持金幣與都護圖方略，[515] 立雌栗靡季父公主孫伊秩靡爲大昆彌。漢沒入小昆彌侍子在京師者。久之，大昆彌翖侯難栖殺末振將，末振將兄安日子安犂靡代爲小昆彌。[516] 漢恨不自誅末振將，復使段會宗卽斬其太子番丘。[517] 還，賜爵關內侯。[518] 是歲，元延二年也。

[511] 安日之死，當在鴻嘉四年或永始元年（前17/前16年），末振將之立當在永始元年或二年。蓋據《漢書·段會宗傳》，"會宗更盡還，以擅發戊己校尉之兵乏興，有詔贖論。拜爲金城太守，以病免。歲餘，小昆彌爲國民所殺，諸翖侯大亂。徵會宗爲左曹中郎將光祿大夫，使安輯烏孫，立小昆彌兄[146]末振將，定其國而還"。會宗更盡於

鴻嘉三年（前18年），其後"歲餘"應爲鴻嘉四年或永始元年，而會宗金城太守任期不明。

[512]"無使入牧"，顏注："勿入昆彌牧中，恐其相擾也。"案："告民牧馬畜無使入牧"，可能是界定"分地"，亦即界定牧地。《漢書·匈奴傳上》："逐水草遷徙，無城郭常居耕田之業。然亦各有分地"，而烏孫"與匈奴同俗"。[147]

[513]"和翕歸靡時"，顏注："勝於翕歸靡時也。"

[514] 據《漢書·段會宗傳》，事在立末振將之明年，刺殺雌栗靡以及段會宗立伊秩靡爲大昆彌當在永始二年或三年（前15/前14年）。

[515] 這是段會宗第二次出使西域，時都護爲郭舜。

[516]《漢書·段會宗傳》作："明年，末振將殺大昆彌。會病死，漢恨誅不加。元延中，復遣會宗發戊己校尉諸國兵，卽誅末振將太子番丘。"此傳稱末振將"病死"，與本傳載末振將爲難栖所殺者不同，當以本傳爲是。末振將死、安犂靡代爲小昆彌當在元延初（前12年）。又，會宗既誅番丘在"元延中"，則末振將死於元延二年（前11年）前。

[517] 誅番丘事，詳見《漢書·段會宗傳》："會宗恐大兵入烏孫，驚番丘，亡逃不可得，卽留所發兵墊婁[148]地，選精兵三十弩，徑至昆彌所在，召番丘，責以末振將骨肉相殺，殺漢公主子孫，未伏誅而死，使者受詔誅番丘。卽手劍擊殺番丘。官屬以下驚恐，馳歸。小昆彌烏犂靡者，末振將兄子也，勒兵數千騎圍會宗，會宗爲言來誅之意：今圍守殺我，如取漢牛一毛耳。宛王郅支頭縣藁街，烏孫所知也。昆彌以下服，曰：末振將負漢，誅其子可也，獨不可告我，令飲食之邪？會宗曰：豫告昆彌，逃匿之，爲大罪。卽飲食以付我，傷

骨肉恩，故不先告。昆彌以下號泣罷去。""烏犁靡"，當即本傳所見"安犁靡"。這則記載生動地描述了淪爲西漢屬國的烏孫的處境。

[518]《漢書·段會宗傳》載："會宗還奏事，公卿議會宗權得便宜，以輕兵深入烏孫，即誅番丘，宣明國威，宜加重賞。天子賜會宗爵關內侯，黃金百斤。"

會宗以翎侯難栖殺末振將，雖不指爲漢，合於討賊，奏以爲堅守都尉[519]。責大祿、大吏、大監以雌栗靡見殺狀，奪金印紫綬，更與銅墨云。[520] 末振將弟卑爰疐本共謀殺大昆彌，將衆八萬餘口北附康居，謀欲藉兵兼并兩昆彌。[521] 兩昆彌畏之，親倚都護。[522]

[519] "堅守都尉"，一說此官因論功行賞而特置。[149]

[520] "金印紫綬"，公侯所佩，中二千石至四百石皆銅印墨綬。[150]

[521]《漢書·匈奴傳下》載："至哀帝建平二年（前5年），烏孫庶子卑援疐翕侯人衆入匈奴西界，寇盜牛畜，頗殺其民。單于聞之，遣左大當戶烏夷泠將五千騎擊烏孫，殺數百人，略千餘人，驅牛畜去。卑援疐恐，遣子趨逯爲質匈奴。單于受，以狀聞。漢遣中郎將丁野林、副校尉公乘音使匈奴，責讓單于，告令還歸卑援疐質子。單于受詔，遣歸。"此處所謂"烏孫庶子卑援疐"可能便是本傳所載"北附康居"的末振將弟卑爰疐。漢令匈奴單于還其質子，並非回護卑爰疐，而是擔心單于與之相勾結；何況在西漢看來，匈奴、烏孫皆臣屬於漢，單于自不應受卑爰疐質子。《漢書·息夫躬傳》載："會單于當

來朝，遣使言病，願朝明年。躬因是而上奏，以爲單于當以十一月入塞，後以病爲解，疑有他變。烏孫兩昆彌弱，卑爰疐強盛，居彊煌之地[151]，擁十萬之衆，東結單于，遣子往侍。如因素彊之威，循烏就屠之跡，舉兵南伐，幷烏孫之勢也。烏孫幷，則匈奴盛，而西域危矣。"由此可知，當時卑爰疐不僅已與兩昆彌鼎足而三，而且其勢已淩駕兩昆彌之上，不可不防。

[522]《漢書·段會宗傳》：元延中，"小昆彌季父卑爰疐擁衆欲害昆彌，漢復遣會宗使安輯，與都護孫建幷力。明年，會宗病死烏孫中，年七十五矣，城郭諸國爲發喪立祠焉"。知會宗誅番丘後又一次使西域，事當在元延四年（前9年）孫建爲都護更盡之前。而孫建爲都護於"元延中"；以三歲一更計，應爲元延元年至四年。孫建爲西漢第十四任西域都護，《漢書·傅常甘陳段傳》贊："孫建用威重顯"。

哀帝元壽二年，大昆彌伊秩靡與單于並入朝，漢以爲榮。[523]至元始中，卑爰疐殺烏日領以自效，漢封爲歸義侯。兩昆彌皆弱，卑爰疐侵陵，都護孫建[524]襲殺之。自烏孫分立兩昆彌後，漢用憂勞，且無寧歲。[525]

[523]《漢書·哀帝紀》："[元壽]二年（前1年）春正月，匈奴單于、烏孫大昆彌來朝。"

[524] 據《漢書·百官公卿表下》，哀帝元壽二年（前1年），"執金吾孫建爲右將軍"。平帝元始二年（公元2年），"右將軍孫建爲左將軍光祿勳"。《漢書·外戚恩澤侯表》又載：元始五年，"成武侯孫

建，以強弩將軍，有折衝之威，侯"。西漢既無以將軍出任都護者，孫建很可能並未復任。換言之，襲殺卑爰疐者雖爲孫建，但孫建當時並非都護，傳文不過以昔日官職稱呼之。[152]

[525] 大昆彌入朝是宣帝甘露以來西漢與烏孫關係發展的必然結果。元始中，卑爰疐殺烏日領以自效，旨在得漢承認，以便兼并兩昆彌。故卑爰疐得漢封後，必定加緊侵陵兩昆彌，漢終於命孫建襲殺之。又，漢分立兩昆彌，本意在分而治之。兩昆彌分立之後，矛盾不斷，漢不得不一再干涉，調停其間，因此或屯田赤谷，或徙己校姑墨，或發戊己校尉兵，或賂贈以金幣，賜予印綬；僅段會宗便四次出使烏孫，故傳文稱"漢用憂勞"。據《漢書・王莽傳中》，始建國五年（公元 13 年），"烏孫大小昆彌遣使貢獻。大昆彌者，中國外孫也。其胡婦子爲小昆彌，而烏孫歸附之。莽見匈奴諸邊並侵，意欲得烏孫心，乃遣使者引小昆彌使置大昆彌使上。保成師友祭酒滿昌劾奏使者曰：夷狄以中國有禮誼，故詘而服從。大昆彌，君也，今序臣使於君使之上，非所以有夷狄也。奉使大不敬！莽怒，免昌官"。首任小昆彌烏就屠，是翁歸靡與匈奴女之子，傳文所謂"其胡婦子爲小昆彌"者指此。滿昌奏稱大小昆彌有君臣之分，自烏就屠以後諸小昆彌一直是承認這一點的。這也許是大昆彌之名均以"靡"字結尾，而小昆彌之名不以"靡"字結尾的原因。惟一的例外是安日之子安犁靡，但此名衍"靡"字的可能性極大。否則，便是安日之子卽小昆彌位後，不甘心"小號"，僭稱"安犁靡"。果然，則王莽序小昆彌使於大昆彌使之上，不僅是王莽之權變，也是當時形勢使然。又，王莽因當時"匈奴諸邊並侵"而"欲得烏孫心"，似乎莽新與烏孫的關係與武帝時代

西漢與烏孫關係頗爲相似。然而王莽採取的辦法竟是尊小昆彌而貶大昆彌，殊不知烏孫人心附小昆彌的原因之一，應是小昆彌爲"胡婦子"，得仗其母家之勢。

姑墨國，王治南城[526]，去長安八千一百五十里[527]。戶三千五百，口二萬四千五百，勝兵四千五百人。姑墨侯、輔國侯、都尉、左右將、左右騎君各一人，譯長二人。東至都護治所一千二十一里[528]，南至于闐馬行十五日[529]，北與烏孫接。出銅、鐵、雌黃[530]。東通龜茲六百七十里[531]。王莽時，姑墨王丞殺溫宿[532]王，幷其國。

[526] 南城，其故址可能在今阿克蘇附近。[153] 案："南"字可能是"姑墨"兩字毀壞而成。姑墨國王治可能是姑墨城。

[527] "八千一百五十里"（里數 36.1）：自南城經龜茲國王治赴長安的行程；亦即南城去龜茲國王治 670 里，與龜茲國王治去長安 7480 里之和。

[528] "一千二十一里"（里數 36.2）：自南城經龜茲國王治赴烏壘城的行程；亦即南城去龜茲國王治 670 里，與龜茲國王治去烏壘城 350 里之和。案：標點本作"二千二十一里"，未安。龜茲國王治去烏壘"三百五十里"應爲"三百五十一里"之奪訛。

[529] "馬行十五日"（里數 36.3）：自南城赴于闐國王治的行程。

[530] 雌黃，礦物名，卽 auripigmentum。

[531] "六百七十里"（里數 36.4）：自南城赴龜茲國王治的行程。

[532] 溫宿，北道綠洲國。"溫宿"[uən-siəuk] 得視爲 Asii 之對譯。

溫宿國，王治溫宿城[533]，去長安八千三百五十里[534]。戶二千二百，口八千四百，勝兵千五百人。輔國侯、左右將、左右都尉、左右騎君、譯長各二人。東至都護治所二千三百八十里[535]，西至尉頭三百里[536]，北至烏孫赤谷六百一十里[537]。土地物類所有與鄯善諸國同。[538] 東通姑墨二百七十里[539]。

[533] 溫宿城，一般認爲位於今烏什一帶。

[534] "八千三百五十里"（里數 37.1）：自溫宿城經姑墨國王治赴長安的行程；亦卽溫宿城去姑墨國王治二日行程（200 里），與姑墨國王治去長安 8150 里之和。

[535] "二千三百八十里"（里數 37.2）：應爲自溫宿城經姑墨國王治赴烏壘城的行程。案：此里數有誤。溫宿在尉頭之北，去烏壘里數不應大於尉頭近七百里。

[536] "三百里"（里數 37.3）：自溫宿城西赴尉頭國王治的行程。

[537] "六百一十里"（里數 37.4）：自溫宿城赴烏孫國王治的行程。

[538] 溫宿國 "土地物類" 旣同鄯善，此國亦應以畜牧業爲主。

[539] "二百七十里"（里數 37.5）：自溫宿城東赴姑墨國王治的行程。案：此里數與據里數 37.1 可推得的溫宿城去姑墨國王治的里數不同，說明兩者所據資料不同。

龜茲國，王治延城[540]，去長安七千四百八十里[541]。戶六千九百七十，口八萬一千三百一十七，勝兵二萬一千七十六人。大都尉丞、輔國侯、安國侯、擊胡侯、卻胡都尉、擊車師都尉、左右將、左右都尉、左右騎君、左右力輔君各一人，東西南北部千長各二人，卻胡君三人，譯長四人。南與精絕、東南與且末、西南與扜彌[542]、北與烏孫、西與姑墨接。能鑄冶，有鉛。東至都護治所烏壘城三百五十里[543]。

[540] 延城，一般認爲位於今庫車縣治東郊的皮郎古城。"延城"，《冊府元龜·外臣二·國邑二》（卷九五八）引作"居延城"。"龜茲"[khiuə-tziə]、"居延"[kia-jian]，均得視爲 Gasiani 之對譯。[154]

[541] "七千四百八十里"（里數 38.1）：自延城經渠犂赴長安的行程。

[542] "扜彌"卽前文所見"扞彌"。

[543] "三百五十里"（里數 38.2）：自延城赴烏壘城的行程。如前所述，"三百五十里"應爲"三百五十一里"之奪訛。

烏壘[544]，戶百一十，口千二百，勝兵三百人。城都尉、譯長各一人。與都護同治[545]。其南三百三十里[546]至渠犂[547]。

[544] 烏壘城，一般認爲故址在今輪臺縣東北小野雲溝附近。

[545]《漢書·鄭吉傳》稱吉"中西域而立莫府，治烏壘城"。

[546] "三百三十里"（里數 39）：自烏壘赴渠犂的行程。

[547] 渠犂城，故址大致在今庫爾勒西、孔雀河之東，一說在今

查爾赤卽庫爾楚。[155]

渠犁，城都尉[548]一人，戶百三十，口千四百八十，勝兵百五十人。東北與尉犁、東南與且末、南與精絕接。西有河，至龜茲五百八十里[549]。

[548]"城都尉"，應爲漢官。
[549]"五百八十里"（里數40.1）：自渠犁赴龜茲國王治的行程。

自武帝初通西域，置校尉，屯田渠犁。[550]是時軍旅連出，師行三十二年，[551]海內虛耗。征和中，貳師將軍李廣利以軍降匈奴。[552]上旣悔遠征伐，而搜粟都尉桑弘羊與丞相御史奏言：[553]故輪臺東捷枝[554]、渠犁皆故國，[555]地廣，饒水草，有溉田五千頃以上，處溫和，田美，可益通溝渠，種五穀，與中國同時孰。[556]其旁國少錐刀，貴黃金采繒，可以易穀食，宜給足不乏。[557]臣愚以爲可遣屯田卒詣故輪臺以東，置校尉三人分護，各舉圖地形，通利溝渠，務使以時益種五穀。張掖、酒泉遣騎假司馬爲斥候，屬校尉，事有便宜，因騎置[558]以聞。田一歲，有積穀，募民壯健有累重[559]敢徙者詣田所，就畜積爲本業，益墾溉田，稍築列亭，連城而西，以威西國，輔烏孫，爲便。臣謹遣徵事臣昌分部行邊，嚴敕太守都尉明燧火，選士馬，謹斥候，蓄茭草。願陛下遣使使西國，以安其意。臣昧死請。[560]

[550]《漢書·鄭吉傳》載:"自張騫通西域,李廣利征伐之後,初置校尉,屯田渠黎。"

[551]"三十二年",自元光二年(前133年)誘單于絕和親爲用兵之始,至太初三年(前102年)西域貢獻,凡三十二年。[156]

[552]《漢書·張騫李廣利傳》載:"征和三年(前90年),貳師復將七萬騎出五原,擊匈奴,度郅居水。兵敗,降匈奴。"

[553]"奏言",事在征和四年(前89年);時丞相爲田千秋、御史大夫爲商丘成。[157]

[554] 捷枝,綠洲國名,具體位置不詳。一說捷枝應卽《水經注·河水二》所見"積黎",位於今庫車城東北。[158]"捷枝"[dziap-tjie],不妨視爲 Gasiani 的對譯。

[555] 捷枝與渠犂在此皆被稱爲"故國",表明後者作爲綠洲國至少在武帝末曾失去獨立。

[556] 桑弘羊稱捷枝、渠犂"有溉田五千頃以上",且建議"益通溝渠"、"益墾溉田",說明當時西域的灌溉工程已經具有相當的規模。[159]

[557]"其旁國"云云,顏注:"言以錐刀及黃金彩繒與此旁國易穀食,可以給田卒,不憂乏糧也。"這是當時這一帶商品經濟不發達的表現。一說"錐刀"應作"錢刀"。[160]

[558]顏注:"騎置卽今之驛馬也。"《漢書·文帝紀》顏注:"置者,置傳驛之所,因名置也。"

[559]顏注:"累重謂妻子家屬也。"

[560]漢於太初、天漢年間已分別屯田輪臺、渠犂(屯田渠犂可能遲至太初太始年間),但兩地僅各有田卒數百人,規模不大,不能

滿足日益頻繁的東西交通的需要，因而有征和中桑弘羊的建議。這建議，亦卽武帝詔所謂"田輪臺"，其實指的是田輪臺以東，旨在擴大屯田的規模，使輪臺至渠犂間"溉田五千頃"均得到開墾。至於"稍築列亭，連城而西"，應指自渠犂列亭至輪臺。[161] 桑氏此奏，因當時武帝正欲改變政策，未被採納。[162]

上乃下詔，深陳旣往之悔，曰：前有司奏，欲益民賦三十[561]助邊用，是重困老弱孤獨也。而今又請遣卒田輪臺。輪臺西於車師千餘里[562]，前開陵侯擊車師[563]時，危須、尉犂、樓蘭六國子弟在京師者皆先歸，發畜食迎漢軍，又自發兵，凡數萬人，王各自將，共圍車師，降其王。諸國兵便罷，力不能復至道上食漢軍。漢軍破城，食至多，然士自載不足以竟師，[564] 彊者盡食畜產，羸者道死數千人。朕發酒泉驢橐駝負食，出玉門迎軍。吏卒起張掖，不甚遠，然尚廝留甚衆。[565] 曩者，朕之不明，以軍候弘上書言：匈奴縛馬前後足，置城[566]下，馳言：秦人[567]，我匄若馬。又漢使久留不還，[568] 故興遣貳師將軍，欲以爲使者威重也。古者卿大夫與謀，參以蓍龜，[569] 不吉不行，乃者以縛馬書徧視丞相御史二千石諸大夫郎爲文學者，乃至郡屬國都尉[570]成忠、趙破奴等，皆以虜自縛其馬，不祥甚哉！或以爲：欲以見彊，夫不足者視人有餘。《易》之，卦得大過，爻在九五，[571] 匈奴困敗。公車方士、太史治星望氣，及太卜龜蓍，皆以爲吉，匈奴必破，時不可再得也。又曰：北伐行將，於鬴山[572]必克。卦諸將，貳師最吉。故朕親發貳師下酈山，[573]詔之必毋深入。今計謀卦兆皆反繆。重合侯[574]得虜候者，言：聞漢軍當來，匈奴使巫埋羊牛所出諸道及水上以詛軍；[575]單于遺天子馬裘，常使巫祝之；縛馬者，詛軍事也。又卜：漢軍一將不吉。匈奴常言：漢極大，然不能飢渴，失一狼，走千羊。[576]乃者貳師敗，軍士死略離散，悲痛常在朕心。今請遠田輪臺，欲起亭隧，是擾勞天下，非所以優民也。今朕不忍聞。大鴻臚[577]等又議，欲募囚徒送匈奴使者，明封侯之賞以報忿，五伯所弗能爲也。[578]且匈奴得漢降者，常提掖搜索，問以所聞[579]。今邊塞未正，闌出不禁，障候長吏使卒獵獸，以皮肉爲利，卒苦而烽火乏，失亦上集不得，[580]後降者來，若捕生口虜，乃知之。[581]當今務在禁苛暴，止擅賦，力本農，脩馬復令，[582]以補缺，毋乏武備而已。郡國二千石各上進畜馬方略補邊狀，與計對。[583]由是不復出軍。而封丞相車千秋爲富民侯，以明休息，思富養民也。[584]

[561] 顏注："三十者，每口轉增三十錢也。"

[562] "千餘里"（里數 40.2）：自車師前國王治赴輪臺的行程。

[563] 顏注引晉灼曰："開陵侯，匈奴介和王來降者。"《漢書·景武昭宣元成功臣表》："開陵侯成娩，以故匈奴介和王將兵擊車師，不得封年。"

[564] "士自載不足以竟師"，顏注："士雖各自載糧，而在道已盡。至於歸塗，尚苦乏食不足，不能終師旅之事也。"

[565] 西漢經營西域，必須駐軍、遣使，故屯田積粟必不可少。

武帝征和四年（前89年）詔這一段叙說經營西域供應之難，可作西域屯田之背景讀。

[566]"城"，指長城。

[567]"秦人"，顏注："謂中國人爲秦人，習故言也。"

[568]"漢使久留不還"，指蘇武等漢使爲匈奴拘留，事見《漢書·李廣蘇建傳》。

[569]"參以蓍龜"，顏注："謂共卿大夫謀事，尚不專決，猶雜問蓍龜也。"

[570]"郡屬國都尉"，郡守及郡、屬國之都尉。[163]

[571]"卦得大過，爻在九五"，顏注引孟康曰："其繇曰：枯楊生華。象曰：枯楊生華，何可久也！謂匈奴破不久也。"一說"匈奴"前應有"曰"字。[164]

[572]䩕山，山名，當在五原塞外、匈奴境内。[165]

[573]《漢書·匈奴傳上》載："漢使貳師將軍六萬騎，步兵七萬，出朔方；強弩都尉路博德將萬餘人，與貳師會；遊擊將軍說步兵三萬人，出五原。"

[574]《漢書·武帝紀》載：征和三年（前90年），"重合侯馬通四萬騎出酒泉"，擊匈奴。

[575]"埋羊牛"，匈奴巫術。顏注："於軍所行之道及水上埋牛羊。"

[576]"失一狼，走千羊"，狼喻將帥，羊喻士卒，失一狼，千羊不能自存。[166]

[577]《漢書·百官公卿表》載：征和四年（前89年），"淮陽太守田廣明爲大鴻臚"。[167]

[578]"五伯"，即五霸。顏注："五霸尚恥不爲，況今大漢也。""弗能爲"，《資治通鑑·漢紀一四》作"此五伯所弗爲也"。

[579]"問以所聞"後，《資治通鑑·漢紀一四》有"豈得行其計乎"六字。[168]

[580]"今邊塞未正"以下數句，顏注："言邊塞有闌出逃亡之人，而主者不禁。又長吏利於皮肉，多使障候之卒獵獸，故令燧火有乏。又其人勞苦，因致奔亡。凡有此失，皆不集於所上文書。"一說："言上軍簿時皆不能得其闌出之數，非謂守燧火之卒奔亡。"[169]"上集"應即"上計"。《漢書·武帝紀》顏注："計者，上計簿使也。郡國每歲遣詣京師上之。"

[581]"若捕生口虜，乃知之"，顏注："既不上書，所以當時不知，至有降者來，及捕生口，或虜得匈奴人言之，乃知此事。""生口虜"，虜之生得者。[170]

[582]顏注："馬復，因養馬以免徭賦也。"

[583]"計對"，顏注："與上計者同來赴對也。"

[584]《漢書·食貨志上》："武帝末年，悔征伐之事，乃封丞相爲富民侯。下詔曰：方今之務，在於力農。以趙過爲搜粟都尉。過能爲代田，一畝三甽。歲代處，故曰代田，古法也。"

　　初，貳師將軍李廣利擊大宛，還過扜彌，扜彌遣太子賴丹爲質於龜茲。廣利責龜茲曰：外國皆臣屬於漢，龜茲何以得受扜彌質？即將賴丹入至京師。[585]昭帝乃用桑弘羊前議，以扜彌太子賴丹爲校尉，[586]將軍田輪臺，輪臺與渠犁地皆相連也。[587]

龜茲貴人姑翼謂其王曰：賴丹本臣屬吾國，今佩漢印綬來，迫吾國而田，必爲害。王卽殺賴丹，而上書謝漢，漢未能征。[588]

[585] 貳師將軍擊大宛還軍時親率大軍走南道，還可能分兵走北道。廣利旣抵扜彌，得聞賴丹爲質事，乃遣使責龜茲，而"將賴丹入至京師"，應爲太初四年（前101年）春。

[586] "賴丹爲校尉"：一說賴丹亦三校尉之一。[171]

[587] 賴丹"田輪臺"，時在始元（前86—前80年）中。旣稱"用桑弘羊前議"，"田輪臺"應指田輪臺以東，蓋如傳文所言，"輪臺與渠犁地皆相連也"，而田卒應有千五百人。其使命不僅僅是維持輪臺、渠犁原有的屯田。因賴丹被殺，這一計劃又未實施。原扜彌太子賴丹是第一位留下姓名的使者校尉，《漢書·傅介子傳》稱之爲"使者"，可知賴丹的官號其實是"使者校尉"。

[588]《漢書·傅介子傳》："龜茲、樓蘭皆嘗殺漢使者。……至元鳳中，介子以駿馬監求使大宛，因昭令責樓蘭、龜茲國。……介子至龜茲，復責其王，王亦服罪。介子從大宛還到龜茲，龜茲言：匈奴使從烏孫還，在此。介子因率其吏士共誅斬匈奴使者。"這則記載表明，直至元鳳（前80—前75年）中，龜茲依然"持兩端"，卽同傳所謂"數反覆"。而所謂龜茲"嘗殺漢使者"，無疑是指扜彌太子賴丹。賴丹雖扜彌人，但旣爲漢所遣，無異漢使者。凡殺漢使者，漢必加誅，故介子謂大將軍霍光曰："不誅，無所懲艾。"僅因當時霍光急於征服樓蘭，無暇懲艾龜茲王，該王纔得以不死。

宣帝時，長羅侯常惠使烏孫還，便宜發諸國兵。[589]合五萬人攻龜茲，責以前殺校尉賴丹。龜茲王謝曰：乃我先王時爲貴人姑翼所誤，我無罪。執姑翼詣惠，惠斬之。[590]時烏孫公主遣女來至京師學鼓琴，漢遣侍郎樂奉送主女，過龜茲。龜茲前遣人至烏孫求公主女，未還。會女過龜茲，龜茲王留不遣，復使使報公主，主許之。後公主上書，願令女比宗室入朝，而龜茲王絳賓亦愛其夫人，上書言得尚漢外孫爲昆弟，願與公主女俱入朝。元康元年，遂來朝賀。[591]王及夫人皆賜印綬。夫人號稱公主，賜以車騎旗鼓，歌吹數十人，綺繡雜繒琦珍凡數千萬。留且一年，厚贈送之。後數來朝賀，樂漢衣服制度，歸其國，治宮室，作徼道周衛，出入傳呼，撞鐘鼓，如漢家儀。外國胡人皆曰：驢非驢，馬非馬，若龜茲王，所謂贏也。絳賓死，其子丞德自謂漢外孫，成、哀帝時往來尤數，漢遇之亦甚親密。[592]

[589]"便宜發諸國兵"，顏注："以便宜擅發兵也。"

[590] 據《漢書·常惠傳》，本始四年（前70年），宣帝"復遣惠持金幣還賜烏孫貴人有功者，惠因奏請龜茲國嘗殺校尉賴丹，未伏誅，請便道擊之；宣帝不許。大將軍霍光風惠以便宜從事。惠與吏士五百人俱至烏孫，還過，發西國兵二萬人，令副使發龜茲東國二萬人，烏孫兵七千人，從三面攻龜茲，兵未合，先遣人責其王以前殺漢使狀。王謝曰：乃我先王時爲貴人姑翼所誤耳，我無罪。惠曰：即如此，縛姑翼來，吾置王。王執姑翼詣惠，惠斬之而還"。案：龜茲，北道大國；龜茲不附，北道不通，又難以聯絡烏孫；何況賴丹被殺在

前，漢師出有名，龜茲王除降服外別無選擇。姑翼被斬，賴丹事件纔算了結。或以爲斬姑翼還京已是地節元年（前69年）[172]。

[591] "元康元年（前65年），遂來朝賀"，此事不見本紀。

[592] 龜茲王因妻烏孫公主之女而親漢，可以說是漢聯姻烏孫的副產品，或非始料所及。其實，當時出現絳賓這樣的人物並非偶然。降至本始年間，漢文化早已滲入西域、特別是蔥嶺以東各國。烏孫與漢聯姻，吸收漢文化自然便捷，龜茲既是烏孫緊鄰，又是西漢與烏孫交往必由之途，深受影響亦不待言。絳賓"遣人至烏孫求公主女"，"愛其夫人"便有嚮往漢文化的因素在內，而"樂漢衣服制度"亦非始自元康元年之朝賀。龜茲既附漢，據《漢書·鄭吉傳》，吉迎降日逐時，曾發龜茲國兵。漢文化的先進性則是西域諸國向往中原王朝的根本原因。

東通尉犁六百五十里[593]。

[593] "六百五十里"（里數40.3）：自渠犁赴尉犁國王治的行程。

尉犁國，王治尉犁城[594]，去長安六千七百五十里[595]。戶千二百，口九千六百，勝兵二千人。尉犁侯、安世侯、左右將、左右都尉、擊胡君各一人，譯長二人。西至都護治所三百里[596]，南與鄯善、且末接。

[594] 尉犁城，故址可能位於夏渴蘭旦古城，今庫爾勒南約6公

里處。[173]

[595]"六千七百五十里"（里數 41.1）：自尉犁城經鹽澤西北今樓蘭遺址一帶赴長安的行程。

[596]"三百里"（里數 41.2）：自尉犁城赴烏壘城的行程。

危須國，王治危須城[597]，去長安七千二百九十里[598]。戶七百，口四千九百，勝兵二千人。擊胡侯、擊胡都尉、左右將、左右都尉、左右騎君、擊胡君、譯長各一人。西至都護治所五百里[599]。至焉耆百里[600]。

[597] 危須城，故址可能位於曲惠古城。危須在山國之西，故應位於焉耆之東。[174]

[598] "七千二百九十里"（里數 42.1）：可能是自危須城經山國王治赴長安的行程。

[599] "五百里"（里數 42.2）：自危須城經焉耆國王治赴烏壘城的行程；亦即危須城去焉耆國王治 100 里，與焉耆國王治去烏壘城 400 里之和。

[600] "百里"（里數 42.3）：自危須城赴焉耆國王治的行程。

焉耆國，王治員渠城[601]，去長安七千三百里[602]。戶四千，口三萬二千一百，勝兵六千人。擊胡侯、卻胡侯、輔國侯、左右將、左右都尉、擊胡左右君、擊車師君、歸義車師君[603]各一人，擊胡都尉、擊胡君各二人，譯長三人。西南至都護治所四百里[604]，南至尉犁百里[605]，北與烏孫接。近海[606]水多魚。

　　[601] 員渠城，一般認爲故址可能在博格達沁古城（即四十里城，今焉耆縣治西南一二公里）。"員渠"[hiuən-gia]，得視爲 Asii 的對譯。

　　[602]"七千三百里"（里數 43.1）：自員渠城經山國王治赴長安的行程；亦卽員渠城去山國王治 160 里，與山國王治去長安 7170 里之和。"七千三百里"應爲"七千三百三十里"之奪訛。

　　[603]"歸義車師君"：西漢歷來不能容忍屬國之間納質受降，最根本的原因是擔心彼此勾結，不利於漢。故此歸義君也應置於歸漢之前，歸漢之後由於已名不副實，作爲陳蹟，卽使起作用，也祇能是不利於兩國勾結，旣不足爲虞，大概漢也就不妨聽其自然了。

　　[604]"四百里"（里數 43.2）：自員渠城經尉犁國王治赴烏壘城的行程；亦卽員渠城去尉犁國王治 100 里，與尉犁國王治去烏壘城 300 里之和。

　　[605]"百里"（里數 43.3）：自員渠城赴尉犁國王治的行程。

　　[606]"海"指博斯騰湖。

　　烏貪訾離國，王治于婁谷[607]，去長安萬三百三十里[608]。戶四十一，口二百三十一，勝兵五十七人。輔國侯、左右都尉各一人。東與單桓[609]、南與且彌[610]、西與烏孫接。

　　[607] 于婁谷，應位於瑪納斯附近，以 Khorgoss 河與烏孫爲界。"于婁"[hiua-lo] 則爲"烏[貪訾]離"之略譯。

[608]"萬三百三十里"(里數 44):可能表示自于婁谷經單桓國王治赴長安的行程。傳文:烏貪訾離國"東與單桓"接。

[609] 單桓國,天山以北綠洲國。"單桓"[tan-huan],得視爲 Tochari 之對譯。

[610] 與烏貪訾離國相接之且彌,應卽西且彌國。"且彌"[tzia-miai],與"且末"、"姑墨"等不妨視爲同名異譯,均係進入塔里木盆地的 Comari 或 Comediae 人所建。

卑陸國[611],王治天山[612]東乾當國[613],去長安八千六百八十里[614]。戶二百二十七,口千三百八十七,勝兵四百二十二人。輔國侯、左右將、左右都尉、左右譯長各一人。西南至都護治所千二百八十七里[615]。

[611] 卑陸國,天山以北綠洲國。卑陸與蒲類等屬於本傳所謂"山北六國",分自姑師。"卑陸"[pie-liuk],可能得名於托勒密《地理志》(VI,13)所載 Byltae。

[612] 本傳所謂"天山",一說指自焉耆北之博羅圖山蜿蜒至博格多山以東的山脈,175 一說專指 Qara-usen 山或 Döss-Mengen-Ola。176

[613] "乾當國",應爲"乾當谷"之訛。乾當谷,位置待考。"乾當"[gian-tang],與捐毒國王治"衍敦"[jian-tuən]、渠勒國王治"鞬都"[kian-ta]爲同名異譯。

[614] "八千六百八十里"(里數 45.1):可能是自乾當谷經車師前國赴長安的行程。

[615]"千二百八十七里"（里數 45.2）：自乾當谷經車師前國王治赴烏壘城的行程；亦即乾當谷去車師前國王治二日行程（200 里），與車師前國王治去烏壘城 1087 里之和。案：據里數 45.1 和里數 45.2 可推得的乾當谷去車師前國王治里數不同，說明兩者所據資料不同。

卑陸後國，王治番渠類谷[616]，去長安八千七百一十里[617]。戶四百六十二，口千一百三十七，勝兵三百五十人。輔國侯、都尉、譯長各一人，將二人。東與郁立師[618]、北與匈奴、西與劫國、南與車師接。

[616] 番渠類谷，位置待考。一說應在阜康一帶。[177]"番渠類"疑衍"渠"字；"番類"[phiuan-liuət]與"蒲類"、"卑陸"爲同名異譯。

[617] "八千七百一十里"（里數 46）：表示自番渠類谷經卑陸國王治赴長安的行程。

[618] 郁立師國，天山以北綠洲國。"郁立師"[iuət-liəp-shiei]，或者與托勒密（VI，12）所載索格底亞那的 Aristenses 同出一源。

郁立師國，王治內咄谷[619]，去長安八千八百三十里[620]。戶百九十，口千四百四十五，勝兵三百三十一人。輔國侯、左右都尉、譯長各一人。東與車師後城長、西與卑陸、北與匈奴接。

[619] 內咄谷，一說應在三臺附近之河谷。[178]"內咄"[nuət-tuət]與烏孫始祖難兜靡同名，得名當和 Asii 有關。

[620]"八千八百三十里"（里數 47）：可能表示自內咄谷經卑陸國王治赴長安的行程。

單桓國，王治單桓城[621]，去長安八千八百七十里[622]。戶二十七，口百九十四，勝兵四十五人。輔國侯、將、左右都尉、譯長各一人。[623]

[621] 單桓城，一般認爲故址在呼圖壁或昌吉一帶。

[622]"八千八百七十里"（里數 48）：可能表示自單桓城經劫國王治赴長安的行程。

[623] 據《史記·匈奴列傳》，武帝元狩二年夏，"驃騎將軍復與合騎侯數萬騎出隴西、北地二千里，擊匈奴。過居延，攻祁連山，得胡首虜三萬餘人，裨小王以下七十餘人"。此處所謂"祁連山"應指今天山。《漢書·衛青霍去病傳》載同一年武帝詔曰："票騎將軍涉鈞耆，濟居延，遂臻小月氏，攻祁連山，揚武乎鱳得，得單于單桓、酋涂王。"[179] 由此可見"單桓"是天山以北的一個小國，去病所得"單于單桓王"，應是匈奴封於單桓國的小王，而所謂"小月氏"應爲大月氏西走時留在天山東端的餘眾。此"單桓"與傳文所見"單桓"地理位置是否相同，不得而知。

蒲類國[624]，王治天山西疏榆谷[625]，去長安八千三百六十里[626]。戶三百二十五，口二千三十二，勝兵七百九十九人。輔國侯、左右將、左右都尉各一人。西南至都護治所千三百八十七里[627]。

　　[624] 蒲類國，天山東端的綠洲國，屬於本傳所謂"山北六國"，分自姑師。"蒲類"[bua-liuət]，與"卑陸"等爲同名異譯，可能均得名於托勒密《地理志》（VI，13）所載 Byltae。

　　[625] 疏榆谷，一般認爲故址位於巴里坤淖爾附近。"疏榆"[shia-jiuo] 與本傳所見"西夜"得視爲同名異譯。

　　[626] "八千三百六十里"（里數 49.1）：可能是自疏榆谷經車師前國王治赴長安的行程。

　　[627] "千三百八十七里"（里數 49.2）：自疏榆谷經車師前國王治赴烏壘城的行程；亦即疏榆谷去車師前國王治三日行程（300 里），與車師前國王治去烏壘城 1087 里之和。案：據里數 49.1 和里數 49.2 可推得的疏榆谷去車師前國王治里數不同，說明兩者所據資料不同。

　　蒲類後國，王[628]去長安八千六百三十里[629]。戶百，口千七十，勝兵三百三十四人。輔國侯、將、左右都尉、譯長各一人。[630]

　　[628] "王"下奪"治"字以及王治名。[180] 較之去長安里數，蒲類後國王治應在前國之西北 270 里，可能在大石頭綠洲一帶。[181]

　　[629] "八千六百三十里"（里數 50）：表示自蒲類後國王治經蒲類國王治赴長安的行程。

　　[630] 蒲類國及蒲類後國位於今巴里坤湖附近，該湖或因而得名

"蒲類澤"。這一帶自公元前 177/前 176 年冒頓單于逐走月氏後一直在匈奴控制之下,一度爲西邊渾邪王的領地。爲了打擊匈奴,早在武帝元狩二年,西漢勢力已進入這一地區。最晚到公元前 71 年,巴里坤地區成立了蒲類國,可能不久又分爲前後國。蒲類前後國和東西且彌國、卑陸前後國一樣,都是託庇於匈奴的小國。宣帝本始年間,漢又遣蒲類將軍趙充國擊匈奴於蒲類澤,雖獲勝,得單于使者蒲陰王,但亦未能駐守。嗣後,直至漢屯田車師前王庭時,據《漢書·西域傳上》,始有"匈奴東蒲類王茲力支將人衆千七百餘人降都護"。大約蒲類國和蒲類後國從此屬漢。[182]

西且彌國,王治天山東于大谷[631],去長安八千六百七十里[632]。戶三百三十二,口千九百二十六,勝兵七百三十八人。西且彌侯、左右將、左右騎君各一人。西南至都護治所千四百八十七里[633]。

[631] 于大谷,一般認爲故址可能在今瑪納斯南郊山谷。案:"于大谷"可能是"大于谷"之誤,"大于"[dat-hiua],得視爲 Tochari 之對譯。

[632] "八千六百七十里"(里數 51.1):自于大谷經東且彌國王治赴長安的行程。

[633] "千四百八十七里"(里數 51.2):自于大谷經東且彌國王治赴烏壘城的行程;亦即于大谷去東且彌國王治一日行程(100 里),與東且彌國王治去烏壘城 1487 里之和。案:"千四百八十七里"應爲"千五百八十七里"之訛。又,據里數 50.1 和里數 51.2 可推得的于大

谷去東且彌國王治里數不同，說明兩者所據資料不同。

東且彌國，王治天山東兌虛谷[634]，去長安八千二百五十里[635]。戶百九十一，口千九百四十八，勝兵五百七十二人。東且彌侯、左右都尉各一人。西南至都護治所千五百八十七里[636]。

[634] 兌虛谷，故址可能位於今烏魯木齊南郊水西溝一帶。"兌虛"[duat-khia]，得視爲 Tochari 之對譯。

[635] "八千二百五十里"（里數 52.1）：自兌虛谷經車師前國王治赴長安的行程。

[636] "千五百八十七里"（里數 52.2）：自兌虛谷經車師前國王治赴烏壘城的行程；亦即兌虛谷去車師前國王治四日行程（400 里），與車師前國王治去烏壘城 1087 里之和。案："千五百八十七里"應爲"千四百八十七里"之訛。又，據里數 52.1 和里數 52.2 可推得的兌虛谷去車師前國王治里數不同，說明兩者所據資料不同。

劫國[637]，王治天山東丹渠谷[638]，去長安八千五百七十里[639]。戶九十九，口五百，勝兵百一十五人。輔國侯、都尉、譯長各一人。西南至都護治所千四百八十七里[640]。

[637] 劫國，天山北綠洲國。"劫"[kiap]，或者也是 Sakā 之略譯。

[638] 丹渠谷，一說故址可能在今烏魯木齊西南。[183] "丹渠"[tan-gia]，得視爲 Tochari 之對譯。

[639]"八千五百七十里"（里數 53.1）：自丹渠谷經車師前國王治赴長安的行程。

[640]"千四百八十七里"（里數 53.2）：自丹渠谷經車師前國王治赴烏壘城的行程；亦即丹渠谷去車師前國王治四日行程（400 里），與車師前國王治去烏壘城 1087 里之和。案：據里數 53.1 和里數 53.2 可推得的丹渠谷去車師前國王治的里數不同，然而或許據後者可推得者是估計數，據前者可推得者較近實際。

狐胡國[641]，王治車師柳谷[642]，去長安八千二百里[643]。戶五十五，口二百六十四，勝兵四十五人。輔國侯、左右都尉各一人。西至都護治所千一百四十七里[644]，至焉耆七百七十里[645]。

[641] 狐胡國，天山東端綠洲國。"狐胡"[ha-ha] 與子合國王治"呼鞬"[xa-kian] 可能是同名異譯，或得名於希羅多德《歷史》（IV, 23）所傳 Argippaei。

[642] 車師柳谷之位置大致在雅爾和圖之西、托克遜東北，自吐魯番往赴烏魯木齊的交通道，亦即《西州圖經殘卷》所見白水澗道上。[184]"車師柳"[kia-shiei-liəu]，得視爲 Gasiani 之全譯。或者王治所在柳樹成蔭，故採用"柳"字。

[643]"八千二百里"（里數 54.1）：自車師柳谷經車師前國王治赴長安的行程；亦即車師柳谷去車師前國王治半日行程（50 里），與車師前國王治去長安 8150 里之和。

[644]"千一百四十七里"（里數 54.2）：自車師柳谷經車師前國

王治赴烏壘城的行程。案：據里數54.1和里數54.2可推得的車師柳谷去車師前國王治的里數不同，然而或許據前者可推得者是估計數，據後者可推得者（60里）較近實際。

[645]"七百七十里"（里數54.3）：自車師柳谷赴焉耆國王治的行程。

山國，王[646]去長安七千一百七十里[647]。戶四百五十，口五千，勝兵千人。輔國侯、左右將、左右都尉、譯長各一人。西至尉犁二百四十里[648]，西北至焉耆百六十里[649]，西至危須二百六十里[650]，東南與鄯善、且末接。山[651]出鐵，民山居，寄田糴穀於焉耆、危須。[652]

[646]"王"字下缺"治"以及王治名（可能是"墨山城"）。[185]案：山國王治，可能位於自樓蘭遺址往赴交河城的要衝Kizil-sangir或Singer，也可能位於今營盤遺址。[186]

[647]"七千一百七十里"（里數55.1）：自山國王治經由羅布泊西北今樓蘭遺址一帶赴長安的行程。

[648]"二百四十里"（里數55.2）：自山國王治赴尉犁國王治的行程。

[649]"百六十里"（里數55.3）：自山國王治赴焉耆國王治的行程。

[650]"二百六十里"（里數55.4）：自山國王治赴危須國王治的行程。案：這一里數與據里數42.1可推得者不同，說明兩者所據資料不同。

[651]"山"，指庫魯克塔克山。

[652] 由此可知，焉耆和危須兩國均知田作。

車師前國，王治交河城[653]。河水分流繞城下，故號交河。去長安八千一百五十里[654]。戶七百，口六千五十，勝兵千八百六十五人。輔國侯、安國侯、左右將、都尉、歸漢都尉、車師君、通善君、鄉善君各一人，譯長二人。西南至都護治所千八百七里[655]，至焉耆八百三十五里[656]。

[653] 交河城，一般認爲故址在今吐魯番縣西雅爾和圖（Yār-Khoto）。"交河"一名，據傳文"河水分流"云云，知是漢人的稱呼，該城或另有土名。車師所在地扼守著連接天山南北的重要孔道，自公元前 177/ 前 176 年冒頓單于逐走月氏以來，一直是匈奴在西域的重要據點。武帝開展西域經營後，西漢與匈奴曾在車師及其附近翻覆較量，宣帝地節、元康間，又曾屯田交河城，並在神爵二年（前 60 年）佔領車師後，徙部份渠犁屯田至博格多山以北的北胥鞬，並將車師國分爲車師前後國，以便控制。這一切都表明西漢對車師一地的重視；而車師前後國也逐步成爲西漢在西域的重要據點。元帝初元元年西漢置戊己校尉，屯田車師前王廷，而從此渠犁屯田不復見諸記載，很可能是廢止了。這清楚說明在西漢通西域路線上，交河城的位置是何等重要。西漢在西域屯田之處，均爲交通樞紐，無一例外。

[654] "八千一百五十里"（里數 56.1）：自交河城經焉耆國王治赴長安的行程；亦即交河城去焉耆國王治八日半行程（850 里），與焉耆

國王治去長安 7300 里之和。案：交河城去焉耆國王治應爲 835 里，焉耆國王治去長安應爲 7330 里，此處分別作 850 里和 7300 里均是估計數。

[655]"千八百七里"（里數 56.2）：自交河城經焉耆國王治赴烏壘城的行程。"千八百七里"應爲"千八十七里"之訛。

[656]"八百三十五里"（里數 56.3）：自交河城赴焉耆國王治的行程。案：本里數與據里數 56.2 可推得的交河城去焉耆國王治的里數不同，說明兩者所據資料不同。

車師後國，王治務塗谷[657]，去長安八千九百五十里[658]。戶五百九十五，口四千七百七十四，勝兵千八百九十人。擊胡侯、左右將、左右都尉、道民君、譯長各一人。西南至都護治所千二百三十七里[659]。

[657] 務塗谷，一般認爲無妨位置於吉木薩爾南郊之河谷。一說即後世西突厥之可汗浮圖城，蓋"務塗"[miuo-da]即"浮屠"或"浮圖"，爲 Buddha 之音譯。[187]西漢甚至更早時期，車師國人於佛教已有模糊的認識，以"浮圖"命名其王治不是完全不可能的。

[658]"八千九百五十里"（里數 57.1）：可能是自務塗谷經郁立師國王治赴長安的行程。

[659]"千二百三十七里"（里數 57.2）：自務塗谷經車師前國王治赴烏壘城的行程；亦即務塗谷去車師前國王治五日行程（500 里），與車師前國王治去烏壘城 1087 里之和。"千二百三十七里"應爲"千五百八十七里"之訛。

車師都尉[660]國，戶四十，口三百三十三，勝兵八十四人。

[660]"都尉"，應該是車師後國的都尉，並非漢人所置。"都尉"本西域諸國職官之一。

車師後城長[661]國，戶百五十四，口九百六十，勝兵二百六十人。[662]

[661]"後城長"，應指車師後國的城長。

[662] 傳文既列車師都尉國和車師後城長國於車師後國之後，按照傳文的體例，二國均可能在車師後國之西，而後城長國又在都尉國之西。西域諸國既有"城長"和"都尉"，兩國亦可能分自車師。

武帝天漢二年，以匈奴降者介和王爲開陵侯，將樓蘭國兵始擊車師[663]，匈奴遣右賢王將數萬騎救之，漢兵不利，引去。征和四年[664]，遣重合侯馬通將四萬騎擊匈奴，道過車師北，復遣開陵侯將樓蘭、尉犁、危須凡六國兵別擊車師，勿令得遮重合侯。諸國兵共圍車師，車師王降服，臣屬漢。[665]

[663]"始擊車師"，車師之前身姑師於武帝元封三年（前108年）被漢軍擊破、其王被俘虜後，餘衆越過庫魯克塔克山投靠匈奴。史籍將此後佔有博格多山南北的姑師記作"車師"。[188]"車師"與"姑師"實爲同名異譯。爲了打通西域北道，全面實現斷匈奴右臂的戰略，西

漢與匈奴曾翻覆爭奪車師。天漢二年（前 99 年）之役是西漢第一次攻擊位於博格多山南北的車師，故傳文稱"始擊車師"。這次攻擊的目的主要是配合漢軍在天山東端對匈奴的進攻。蓋同年漢遣李廣利出酒泉，擊右賢王於天山。由於匈奴回援及時，漢軍無功而回。

[664] "四年"，當作"三年"。《漢書·武帝紀》載：征和三年（前 90 年）"三月，遣貳師將軍廣利將七萬人出五原，御史大夫商丘成二萬人出西河，重合侯馬通四萬騎出酒泉。成至浚稽山，與虜戰，多斬首。通至天山，虜引去，因降車師。皆引兵還。廣利敗，降匈奴"。這一次擊車師的目的和首次相同，也是配合漢軍在天山東端對匈奴的進攻。車師投降，或出乎漢意料之外。

[665]《漢書·匈奴傳上》："重合侯軍至天山，匈奴使大將偃渠與左右呼知王將二萬餘騎要漢兵，見漢兵強，引去。重合侯無所得失。是時，漢恐車師兵遮重合侯，乃遣闓陵侯[189]將兵別圍車師，盡得其王民眾而還。"由此可知漢得車師後，並未駐守，漢軍退走後，車師之地當復歸匈奴。[190]

昭帝時，匈奴復使四千騎田車師。宣帝即位，遣五將將兵擊匈奴，車師田者驚去，車師復通於漢。[666]匈奴怒，召其太子軍宿，欲以爲質。軍宿，焉耆外孫，不欲質匈奴，亡走焉耆。車師王更立子烏貴爲太子。及烏貴立爲王，與匈奴結婚姻，教匈奴遮漢道通烏孫者。[667]

[666] "車師復通於漢"，本始二年（前 72 年）事。

[667] 自昭帝元鳳年間樓蘭附漢以來，車師對匈奴更爲重要，勢在必爭。烏貴立爲王，無疑是得到匈奴支持的。而由於烏貴的親匈奴立場，漢實際上又失車師。

地節二年，漢遣侍郎鄭吉、校尉司馬熹將免刑罪人[668]田渠犁，積穀，欲以攻車師。[669]至秋收穀，吉、熹發城郭諸國兵萬餘人，自與所將田士千五百人共擊車師，攻交河城，破之。王尚在其北石城[670]中，未得，會軍食盡，吉等且罷兵、歸渠犁田。收秋畢，復發兵攻車師王於石城。王聞漢兵且至，北走匈奴求救，匈奴未爲發兵。王來還，與貴人蘇猶議欲降漢，恐不見信。蘇猶教王擊匈奴邊國小蒲類，斬首，略其人民，以降吉。車師旁小金附國[671]隨漢軍後盜車師，車師王復自請擊破金附。[672]

[668] "免刑罪人"，免去罪人刑罰，使之屯田。

[669] 從下文關於渠犁田士有"千五百人"以及"凡三校尉屯田"之類記載來看，地節中屯田的規模與"桑弘羊前議"相同。因此，所謂"田渠犁"其實是田渠犁以西，開墾自渠犁西至輪臺的溉田。至於武帝太初、天漢間開始的輪臺、渠犁的小規模屯田，是否一直繼續到宣帝地節初，則不得而知。

[670] 石城，具體位置不詳。

[671] 小金附國，故址可能在今東大龍溝遺址，在吉木薩爾之南。[191]"金附"[kiəm-bio]，可能是Hippophagi的對譯。托勒密《地

理志》載，"Imaus 山外側的斯基泰"地區有一種 Scythian Hippophagi 人（VI，15）。

　　[672]"收秋畢"以下地節三年（前 67 年）事。[192] 由於車師王烏貴降漢，漢又得車師。

　　匈奴聞車師降漢，發兵攻車師，吉、熹引兵北逢之，匈奴不敢前。吉、熹即留一候與卒二十人留守王，吉等引兵歸渠犁。車師王恐匈奴兵復至而見殺也，乃輕騎奔烏孫，吉即迎其妻子置渠犁。[673] 東奏事，至酒泉，有詔還田渠犁及車師，益積穀以安西國[674]，侵匈奴。吉還，傳送車師王妻子詣長安，賞賜甚厚，每朝會四夷，常尊顯以示之。於是吉始使吏卒三百人別田車師。[675] 得降者言：單于大臣皆曰：車師地肥美，近匈奴，使漢得之，多田積穀，必害人國，不可不爭也。果遣騎來擊田者，吉乃與校尉盡將渠犁田士千五百人往田，匈奴復益遣騎來，漢田卒少不能當，保車師城[676] 中，匈奴將即其城下謂吉曰：單于必爭此地，不可田也。圍城數日乃解。[677] 後常數千騎往來守車師。吉上書言：車師去渠犁千餘里[678]，間以河山，北近匈奴，漢兵在渠犁者勢不能相救，願益田卒。公卿議以爲道遠煩費，可且罷車師田者。[679] 詔遣長羅侯將張掖、酒泉騎出車師北千餘里，揚威武車師旁。胡騎引去，吉乃得出，歸渠犁，[680] 凡三校尉屯田。[681]

　　[673]《漢書·匈奴傳上》稱："其明年，西域城郭共擊匈奴，取

車師國，得其王及人眾而去。單于復以車師王昆弟兜莫爲車師王，收其餘民東徙，不敢居故地。而漢益遣屯士分田車師地以實之。"按之同傳有關記載，"其明年"應爲地節三年（前67年），但"西域城郭共擊匈奴"云云其實是地節二至三年間發生之事。"得其王及人眾"，其實是得其王妻子，王烏貴已奔烏孫。"漢益遣屯士分田車師地"應爲地節四年之事，因而，《漢書·匈奴傳上》可補充本傳者爲：地節三年，匈奴立兜莫爲車師王，東遷其餘民，鄭吉遂於翌年遣吏士"以實之"。[193]

[674] "安西國"，指鄯善以西南道諸國。《漢書·鄭吉傳》載："至宣帝時，吉以侍郎田渠黎，積穀，因發諸國兵攻破車師，遷衛司馬，使護鄯善以西南道。"[194]

[675] 傳送車師王妻子詣長安，以及鄭吉田車師，均爲地節四年（前66年）之事，其餘則不妨認爲是地節三年秋以後之事。漢田車師，說明漢已決心佔有車師。

[676] "車師城"，應即交河城。[195] 交河城附近的屯田，直至元帝時纔恢復。

[677] "圍城數日乃解"，應即《漢書·匈奴傳上》所載："後二歲，匈奴遣左右奧鞬各六千騎，與左大將再擊漢之田車師城者，不能下。"其中提到左右奧鞬與左大將再擊漢田車師城者，結合本傳以及《漢書·馮奉世傳》有關奉世定莎車之亂的記述，可知時在元康元年。

[678] "千餘里"（里數58）：自車師前國王治赴渠犁的行程。

[679] "公卿"，指魏相等人。[196] 魏相諫屯田車師事見下引《漢書·魏相傳》。

[680] "後常數千騎往來守車師"以下至吉"歸渠犁"，若結合前

引《漢書・匈奴傳上》"後二歲"的記載，可知乃元康元年（前65年）至二年之事。鄭吉上書在元年，本傳既稱元康二年烏孫大昆彌翁歸靡因惠上書，則長羅侯揚威車師之年爲二年。是年，漢罷車師屯田。

[681] 當時屯田事很可能由校尉司馬憙負責，司馬憙本人卽"三校尉"之一，其他二校尉聽命於司馬憙。司馬憙所任校尉可以看作元帝所置戊己校尉的前身，而另外二校尉應卽戊校尉和己校尉之前身。三校尉屯田的制度並非始自宣帝。據本傳，武帝末年，桑弘羊已有"遣屯田卒詣故輪臺以東，置校尉三人分護"之議。此後，昭帝"用桑弘羊前議，以扞彌太子賴丹爲校尉，將軍田輪臺"。既用弘羊前議，輪臺屯田亦當有三校尉，另外二校尉聽命於賴丹。宣帝地節年間，遣侍郎鄭吉和校尉司馬憙出屯西域，先田渠犁，後田車師，"凡三校尉屯田"。元帝初元元年（前48年）置戊己校尉時，屯田吏士的數目應該和"三校尉屯田"時相同，亦有三校尉之設。案：戊己校尉，《漢書・百官公卿表上》顏注："有戊校尉，有己校尉"；似未諦。又，本傳敍陳良等叛殺刀護事，稱"良等盡脅略戊己校尉吏士男女二千餘人入匈奴"。此二千餘人乃總括所有人數，若單就屯卒而言，當在千五百人左右，亦三校尉之數。似乎直至西漢末，這一建制未變。[197]

車師王之走烏孫也，烏孫留不遣，遣使上書，願留車師王，備國有急，可從西道[682]以擊匈奴。漢許之。於是漢召故車師太子軍宿在焉耆者，立以爲王，盡徙車師國民令居渠犁，遂以車師故地與匈奴。車師王得近漢田官，與匈奴絕，亦安樂親漢。後漢使侍郎殷廣德責烏孫，求車師王烏貴，將詣闕，賜第與其妻子居。是歲，元康四年也。[683] 其後置戊己校尉屯田，居車師故地。[684]

[682]"西道"，當匈奴右地。《漢書·匈奴傳上》載："匈奴怨諸國共擊車師，遣左右大將各萬餘騎屯田右地，欲以侵迫烏孫、西域。"

[683] 扶立軍宿，令居渠犁，恰似地節三年（前67年）匈奴扶立兜莫、東遷其衆，都是力不從心的緣故。其實，復得"車師故地"的匈奴亦已力竭。此時漢匈雙方的形勢，據《漢書·魏相傳》載："元康中，匈奴遣兵擊漢屯田車師者，不能下。上與後將軍趙充國等議，欲因匈奴衰弱，出兵擊其右地，使不敢復擾西域。"相上書諫曰："間者匈奴嘗有善意，所得漢民輒奉歸之，未有犯於邊境，雖爭屯田車師，不足致意中。"所謂"有善意"，正是衰弱的表現。匈奴如此，漢亦困難重重，用魏相的話來說："今邊郡困乏，父子共犬羊之裘，食草萊之實，常恐不能自存，難於動兵。"這便是漢罷車師屯田的原因。

[684] 元康二年（前64年）以車師地與匈奴。今匈奴款附，故復屯田故地。[198]

元始中，車師後王國有新道，出五船[685]北，通玉門關，往來差近，戊己校尉徐普欲開以省道里半，[686]避白龍堆之阸。車師後王姑句以道當爲拄置，[687]心不便也。地又頗與匈奴南將軍地接，普欲分明其界然後奏之，召姑句使證之，不肯，繫之。姑句數以牛羊賕吏，求出不得。姑句家矛端生火，其妻股紫陬謂姑句曰：矛端生火，此兵氣也，利以用兵。前車師前王[688]

爲都護司馬所殺，今久繫必死，不如降匈奴。卽馳突出高昌壁[689]，入匈奴。[690]

[685] 五船，地名，地望不詳。

[686] 結合敦煌馬圈灣漢簡，可知王莽天鳳四年（公元 17 年），戊己校尉郭欽曾由"新道"至車師，復西南向擊焉耆。[199]這"新道"便是西漢平帝元始中戊己校尉徐普所闢。所謂"省道里半"應指省自敦煌至前王廷的里程，徐普闢"新道"之前交河城已成爲北道重要樞紐自不待言。

[687] "以道當爲拄置"，顏注："拄者，支拄也。言有所置立，而支拄於己，故心不便也。"《資治通鑒・漢紀二七》作："以當道供給使者，心不便也。"

[688] "前王"，指兜莫。

[689] 高昌壁，一般認爲故址當在今高昌古城。由此可知最晚到平帝卽位，戊己校尉的治所從交河壁遷至高昌壁。"高昌"[kô-thjiang]是 Gasiani 的對譯。

[690] 事在元始二年（公元 2 年）。徐普欲開新道，姑句不以爲便，無非因爲新道一旦開闢，送往迎來，徭役增加，不堪負擔。由此可見，西漢的統治至少在這時的車師是頗不得人心的。與下文的唐兜事件一樣，姑句事件也是西漢在西域的統治趨於瓦解的信號。

又去胡來王唐兜，國比大種赤水羌[691]，數相寇，不勝，告急都護。都護但欽[692]不以時救助，唐兜困急，怨欽，東守玉門關。玉門關不內，卽將妻子人民千餘人亡降匈奴。匈奴受之，而遣使上書言狀。是時，新都侯王莽秉政，遣中郎將王昌等使匈奴，告單于西域內屬，不當得受。單于謝罪，執二王以付使者。莽使中郎[693]王萌待西域惡都奴[694]界上逢受[695]。單于遣使送，因請其罪。使者以聞，莽不聽，詔下會西域諸國王，陳軍斬姑句、唐兜以示之。[696]

[691] 赤水羌，羌之一支，旣與婼羌為鄰，可能在今青海西部。

[692] 但欽，西漢第十八任西域都護，任期自元始元年至莽新始建國五年（公元1—13年）。自宣帝至王莽時，西域都護凡一十八人；韓宣以下，但欽之前，均三歲一更，復任者僅段會宗一人。

[693] "中郎"，應據下引《漢書‧匈奴傳下》作"中郎將"。

[694] 《漢書‧匈奴傳下》顏注引服虔曰："惡都奴，西域之谷名也。""惡都奴"[a-ta-na]，很可能就是《後漢書‧西域傳》所見"伊吾盧"[iei-nga-la]。

[695] "逢受"，顏注："謂先至待之，逢見卽受取也。"

[696] 姑句、唐兜之降匈奴，《漢書‧匈奴傳下》有載："單于受置左谷蠡地，遣使上書言狀曰：臣謹已受。詔遣中郎將韓隆、王昌、副校尉甄阜、侍中謁者帛敞、長水校尉王歙使匈奴，告單于曰：西域內屬，不當得受[200]，今遣之。單于曰：孝宣、孝元皇帝哀憐，為作約束，自長城以南天子有之，長城以北單于有之。有犯塞，輒以狀聞；有降者，不得受。臣知父呼韓邪單于蒙無量之恩，死遺言曰：有從中國來降者，勿受，輒送至塞，以報天子厚恩。此外國也，得受之。使

者曰：匈奴骨肉相攻，國幾絕，蒙中國大恩，危亡復續，妻子完安，累世相繼，宜有以報厚恩。單于叩頭謝罪，執二虜還付使者。詔使中郎將王萌待西域惡都奴界上逆受。單于遣使送到國，因請其罪。使者以聞，有詔不聽，會西域諸國王斬以示之。乃造設四條：中國人亡入匈奴者，烏孫亡降匈奴者，西域諸國佩中國印綬降匈奴者，烏桓降匈奴者，皆不得受。"這是僅有的關於西漢與去胡來王所統婼羌關係的具體記載。事在平帝元始二年（公元2年）[201]。唐兜事件是西漢在西域統治趨於瓦解的蹟象之一。

　　至莽篡位，建國二年，以廣新公甄豐爲右伯[697]，當出西域。車師後王須置離聞之，與其右將股鞮、左將尸泥支謀曰：聞甄公爲西域太伯，當出，故事給使者牛羊穀芻茭、導譯，前五威將過，所給使尚未能備。今太伯復出，國益貧，恐不能稱。欲亡入匈奴。戊己校尉刀護聞之，召置離驗問，辭服，乃械致都護但欽在所埒婁城[698]。置離人民知其不還，皆哭而送之。至，欽則斬置離。置離兄輔國侯狐蘭支將置離眾二千餘人，驅畜產，舉國亡降匈奴。

　　[697]"甄豐爲右伯"：《漢書・王莽傳中》載：始建國二年（公元10年），"時子尋爲侍中京兆大尹茂德侯，即作符命，言新室當分陝，立二伯，以豐爲右伯，太傅平晏爲左伯，如周召故事。莽即從之，拜豐爲右伯。當述職西出，未行，尋復作符命，言故漢氏平帝后黃皇室主爲尋之妻。莽以詐立，心疑大臣怨謗，欲震威以懼下，因是發怒

曰：黄皇室主天下母，此何謂也！收捕尋。尋亡，豐自殺"。知甄豐未能成行。

[698] 垺婁城，地望不詳。"垺婁"[liat-lo]，當與"輪臺"爲同名異譯。

是時，莽易單于璽，單于恨怒，遂受狐蘭支降，遣兵與共[入]寇，擊車師，殺後城長，傷都護司馬，及狐蘭兵復還入匈奴。[699]時戊己校尉刁護病，遣史[700]陳良屯桓且谷[701]備匈奴寇，史終帶取糧食，司馬丞韓玄[702]領諸壁，右曲候任商領諸壘，相與謀曰：西域諸國頗背叛，匈奴欲大侵，要死。[703]可殺校尉，將人衆降匈奴。卽將數千騎至校尉府，脅諸亭令燔積薪，分告諸壁曰：匈奴十萬騎來入，吏士皆持兵，後者斬！得三四百人，去校尉府數里止，晨火燃。校尉開門擊鼓收吏士，良等隨入，遂殺校尉刁護及子男四人、諸昆弟子男，獨遺婦女小兒。止留戊己校尉城[704]，遣人與匈奴南將軍相聞，南將軍以二千騎迎良等，良等盡脅略戊己校尉吏士男女二千餘人入匈奴。單于以良、帶爲烏賁都尉。[705]

[699]《漢書·匈奴傳下》載："明年（公元 10 年），西域車師後王須置離謀降匈奴，都護但欽誅斬之。置離兄狐蘭支將人衆二千餘人，敺畜產，舉國亡降匈奴，單于受之。狐蘭支與匈奴共入寇，擊車師，殺後城長，傷都護司馬，復還入匈奴。"五威將剛過，太伯復出，車師後王應接不暇，似乎其時徐普欲開之新道終於開通，且自高昌伸

向山北諸國。給使者牛羊穀芻茭及導譯等，也就是姑句以爲不便處。但欽以殺立威，不僅不能阻止西域人降匈奴，且適足以加速漢在西域統治的崩潰。狐蘭支既"舉國"降匈奴，匈奴"與共入寇"所進擊的車師，除後城長國外，主要應該是車師前國。大約後部從此屬匈奴，而由於不久戊己校尉刁護被殺，其史陳良、終帶脅略二千餘人入匈奴，前部亦危如累卵。

[700] 史，戊己校尉之屬官，秩祿應爲六百石。

[701] 桓且谷，地在車師後部。"桓且"[huan-tzia]，不妨視爲 Asii 之對譯。

[702] "司馬丞韓玄"：韓玄可能是丞兼攝司馬。[202]

[703] "要死"，顏注引如淳曰："言匈奴來侵，會當死耳，可降匈奴也。"

[704] "戊己校尉城"，一說其時戊己校尉府治不在交河城。[203] 案：未必其時高昌之地有壁無城。

[705]《漢書・匈奴傳下》："時戊己校尉史陳良、終帶、司馬丞韓玄、右曲候任商等見西域頗背叛，聞匈奴欲大侵，恐并死，卽謀劫略吏卒數百人，共殺戊己校尉刁護，遣人與匈奴南犁汙王南將軍相聞。匈奴南將軍二千騎入西域迎良等，良等盡脅略戊己校尉吏士男女二千餘人入匈奴。玄、商留南將軍所，良、帶徑至單于庭，人衆別置零吾水上田居。單于號良、帶曰烏桓都將軍[204]；留居單于所，數呼與飲食。西域都護但欽上書言匈奴南將軍右伊秩訾將人衆寇擊諸國。莽於是大分匈奴爲十五單于。"據《漢書・王莽傳中》載，始建國二年（公元 10 年）十一月，立國將軍建奏："西域將欽上言，九月辛巳，戊己

校尉史陳良、終帶共賊殺校尉刁護，劫略吏士，自稱廢漢大將軍，亡入匈奴。"

後三歲，單于死，[706]弟烏絫單于咸立，復與莽和親。莽遣使者多齎金幣賂單于，購求陳良、終帶等。單于盡收四人及手殺刁護者芝音妻子以下二十七人，皆械檻車付使者。到長安，莽皆燒殺之。[707]其後莽復欺詐單于，和親遂絕。匈奴大擊北邊，而西域亦瓦解。焉耆國近匈奴，先叛，殺都護但欽，莽不能討。[708]

[706]"單于"，指烏珠留若鞮單于，死於始建國五年（公元13年）。

[707]《漢書·匈奴傳下》載：天鳳元年（公元14年），"莽遣歙、歙弟騎都尉展德侯颯使匈奴，賀單于初立，賜黃金衣被繒帛，紿言侍子登在，因購求陳良、終帶等。單于盡收四人及手殺校尉刁護賊芝音妻子以下二十七人，皆械檻付使者，遣廚唯姑夕王富等四十人送歙、颯。莽作焚如之刑，燒殺陳良等"。

[708]據《漢書·王莽傳中》，始建國五年（公元13年），"西域諸國以莽積失恩信，焉耆先畔，殺都護但欽"。

天鳳三年，乃遣五威將王駿、西域都護李崇[709]將戊己校尉出西域，諸國皆郊迎，送兵穀。焉耆詐降而聚兵自備。駿等將莎車、龜茲兵七千餘人，分爲數部入焉耆，焉耆伏兵要遮駿。及姑墨、尉犁、危須國兵爲反間，還共襲擊駿等，皆殺之。唯戊己校尉郭欽別將兵，後至焉耆。焉耆兵未還，欽擊殺其老弱，引兵還。[710] 莽封欽爲劋胡子。李崇收餘士，還保龜茲。[711] 數年莽死[712]，崇遂沒，西域因絕。[713]

[709] 第十九任都護李崇，任期自天鳳三年至地皇四年（公元16—23 年）。而自始建國五年但欽被殺至天鳳三年李崇出西域之前，西域很可能沒有都護。

[710] 據近年敦煌馬圈灣漢代烽燧遺址所出簡牘的研究，可知王駿的正式官銜當爲"使西域大使、五威左率都尉"。王駿於天鳳三年（公元 16 年）十二月經過玉門千秋隧，翌年正月抵達大煎都候障，亦於此置幕府，調集軍隊，籌積糧秣。王駿所率兵，皆自河西各郡徵調，並分三批到達敦煌大煎都候官，凡七千餘人。漢軍分兩路進兵，一路由王駿、李崇自將，約二千兵，自大煎都候障西出，經鄯善至尉犁，會莎車、龜茲、尉犁等西域諸國兵，共七千餘人，於天鳳四年六月進擊焉耆。初戰頗有斬獲，曾向朝廷請賞，但旋即中伏敗績，又上書請罪，並求救兵。王駿被殺，全軍覆沒後，李崇退守龜茲，上書請罪。另一路，據《漢書·王莽傳中》，王駿"命佐帥何封，戊己校尉郭欽別將"。兩將率兵五千，經"新道"，亦即經由車師、西南向擊焉耆，於襲殺其老幼後，退守車師。焉耆乃與匈奴連兵，攻車師，何封、郭欽等孤軍作戰，備歷艱辛，終因"糧食乎盡，吏士饑餒"，無法堅守，退入塞內。[205] 西漢與焉耆等三國關係至此斷絕。

[711] 李崇能保龜茲，與宣帝本始以降，龜茲與漢過從甚密，深受漢文化影響不無關係。又，《漢書·地理志下》載上郡有"龜茲縣"。顔注："龜茲國人來降附者，處之於此，故以名云。"鑒於龜茲與西漢的

親密關係，師古之言或者不爲無據，僑寄或歸化之龜茲人當不在少數。

[712]"莽死"，時在地皇四年（公元 23 年）。

[713]《漢書·王莽傳中》："是歲，遣大使五威將王駿、西域都護李崇將戊己校尉出西域，諸國皆郊迎貢獻焉。諸國前殺都護但欽，駿欲襲之，命佐帥何封、戊己校尉郭欽別將。焉耆詐降，伏兵擊駿等，皆死。欽、封後到，襲擊老弱，從車師還入塞。莽拜欽爲塡外將軍，封剿胡子，何封爲集胡男。西域自此絕。"

最凡國五十，[714]自譯長、城長、君、監、吏、大祿、百長[715]、千長、都尉、且渠、當戶[716]、將、相至侯、王，[717]皆佩漢印綬，凡三百七十六人。[718]而康居、大月氏、安息、罽賓、烏弋之屬，皆以絕遠不在數中，其來貢獻則相與報，不督錄總領也。[719]

[714]"國五十"，指屬都護者。[206]若干遠國，如康居、大月氏、安息、罽賓、烏弋山離等，其職官不佩漢印綬，不在此數。

[715]百長：西域諸國之百長未見具體記載。

[716]當戶：這一職官名稱亦見於匈奴（《漢書·匈奴傳上》）。

[717]本傳所見屬都護西域諸國的官號大多是原有的。[207]若干（如都尉）可能祇是原有官號的漢語意譯。有些官職可以認爲是在歸漢後設置的，如"擊胡侯"、"卻胡侯"、"卻胡都尉"、"擊胡都尉"、"擊胡君"等，"胡"指匈奴無疑。又有所謂"輔國侯"者，"國"指該侯所在國，不可能指漢。

三　《漢書·西域傳下》要注 | 217

[718] 西漢在西域以夷制夷的主要表現爲授予諸國王侯以下印綬，通過他們控制西域。授予印綬最早見於烏孫大小昆彌，事在宣帝甘露元年（前53年）。烏孫大小昆彌皆賜印綬，是烏孫成爲漢之屬國的一項重要標誌。元帝初元年間（前48—前44年），又授烏孫大吏、大祿、大監金印紫綬，目的在"尊輔"漢所立大昆彌。大約此後不久，屬都護的西域諸國王侯以下開始佩漢之印綬。西域諸國貴漢財物，亦重漢印綬。在漢授予印綬之前，諸國盜取漢使印綬之事時有發生。《漢書·傅介子傳》載樓蘭王安歸曾殺略漢使，盜取節印；《漢書·常惠傳》亦載烏孫人盜惠印綬節事。由此不難想見，被授印綬者必引以爲榮，而印綬之予奪遂成爲重要的賞罰手段。本傳載烏孫翎侯難栖殺末振將，漢以爲合於討賊，拜"堅守都尉"，而大祿等則因雌栗靡見殺事，奪金印紫綬，更予銅墨，是賞罰之例。這對於鞏固西漢在西域的統治無疑是有作用的。當然，諸國王侯以下一旦被授印綬，便處於西域都護監護之下，客觀上亦有助於各國本身的安定。

[719] 全傳可分爲五大段。自第一國婼羌至第二十國大月氏（大夏）爲第一段，自第二十一國康居至第二十九國尉頭爲第二段，自第三十國烏孫至第三十八國焉耆爲第三段，自第三十九國烏貪訾離至第四十八國劫國爲第四段，第四十九國狐胡至第五十四國車師後城長國爲第五段。其實，第一段與第二段祗是一段。蓋據《史記·大宛列傳》，大月氏"北則康居"，故大月氏後逕接康居並不違例。第二段與第三段之間也沒有間隙，因爲尉頭之北便是烏孫。第三段本應與第五段相接，中間插入第四段亦卽天山以北諸國，可能是爲了將有關車師的事情移至傳末，以便結束全文。

贊曰：孝武之世，圖制匈奴，患其兼從西國，結黨南羌，乃表河西，列四郡，開玉門，通西域，以斷匈奴右臂，隔絕南羌、月氏。[720]單于失援，由是遠遁，而幕南無王庭。

[720]"隔絕南羌、月氏"：《漢書·地理志下》："自武威以西，本匈奴昆邪王、休屠王地，武帝時攘之，初置四郡，以通西域，鬲絕南羌、匈奴。"案：本傳"月氏"當按此作"匈奴"。《漢書·趙充國傳》載趙充國之言曰："臣恐匈奴與羌有謀，且欲大入，幸能要杜張掖、酒泉以絕西域，其郡兵尤不可發。"知匈奴與羌聯合，亦漢之患。又，《漢書·韋玄成傳》載王舜、劉歆之議曰："西伐大宛，並三十六國，結烏孫，起敦煌、酒泉、張掖，以鬲婼羌，裂匈奴之右肩。"由此可見，所謂"南羌"應即"婼羌"，而今祁連山一帶確有婼羌。漢設河西諸郡，重要目的之一便是隔絕匈奴與這一帶婼羌的聯繫。

遭值文、景玄默，養民五世[721]，天下殷富，財力有餘，士馬彊盛。故能睹犀布[722]、瑇瑁則建珠崖七郡[723]，感枸[724]醬、竹杖則開牂柯、越巂，[725]聞天馬、蒲陶則通大宛、安息。自是之後，明珠、文甲、通犀、翠羽之珍盈於後宮，蒲梢、龍文、魚目、汗血之馬[726]充於黃門，鉅象、師子、猛犬、大雀之羣食於外囿。殊方異物，四面而至。[727]於是廣開上林，穿昆明池，[728]營千門萬戶之宮，[729]立神明、通天之臺[730]，興造甲乙之帳[731]，落以隨珠和璧，天子負黼依[732]，襲翠被，馮玉几，而處其中。設酒池肉林以饗四夷之客，[733]作巴俞[734]都盧[735]、海中碭極<sup>[736]</sup>、漫衍魚龍<sup>[737]</sup>、角抵之戲以觀視之。及賂遺贈送，萬里相奉，師旅之費，不可勝計。至於用度不足，乃榷酒酤<sup>[738]</sup>、筦鹽鐵，<sup>[739]</sup>鑄白金，造皮幣，<sup>[740]</sup>算至車船，<sup>[741]</sup>租及六畜，民力屈，財用竭，因之以凶年<sup>[742]</sup>，寇盜並起，道路不通，直指之使始出，衣繡杖斧，<sup>[743]</sup>斷斬於郡國，然後勝之。是以末年遂棄輪臺之地，而下哀痛之詔，豈非仁聖之所悔哉！且通西域，近有龍堆，遠則蔥嶺，身熱、頭痛、縣度之阨。淮南<sup>[744]</sup>、杜欽<sup>[745]</sup>、揚雄<sup>[746]</sup>之論，皆以爲此天地所以界別區域，絕外內也。《書》曰"西戎卽序"<sup>[747]</sup>，禹旣就而序之，非上威服致其貢物也。

[721]"五世"，指高惠文景武五帝。

[722]"故能睹犀布"："能"字之後，《漢紀·孝武皇帝紀六》有"積羣貨"三字。又，"布"字應爲"象"字之訛，蓋犀、象、瑇瑁皆南粵所產。<sup>208</sup>

[723]"建珠崖七郡"：《漢書·武帝紀》：元鼎六年（前111年），"遂定越地，以爲南海（治今廣州）、蒼梧（治今廣西梧州）、鬱林（治今廣西桂平西）、合浦（治今廣西浦北西南）、交阯（治今越南河內西北）、九真（治今越南清化西北）、日南（治今越南平治天省）、珠厓（治今瓊山西南）、儋耳（治今海南儋州西北）郡"。"七郡"當作"九郡"。

[724] 枸醬枸，一般認爲指蔞葉（Piper betle Linn）。<sup>209</sup>

[725] "開牂柯、越巂"，據《漢書·武帝紀》，元鼎六年（前111年），"定西南夷，以为武都（治今甘肅西和西南）、牂柯（治今貴州黃平、貴定間）、越巂（治今四川西昌東南）、沈黎（治今四川漢源東

北)、文山(治今四川茂縣北)郡"。

[726] 蒲梢、龍文、魚目、汗血,顏注引孟康曰:"四駿馬名也。"案:《史記·樂書》:"伐大宛得千里馬,馬名蒲梢,次作以爲歌。歌詩曰:天馬來兮從西極,經萬里兮歸有德。承靈威兮降外國,涉流沙兮四夷服。"又,《爾雅·釋畜》:"一目白瞯、二目白魚。"郭注:"似魚目也。"又,《漢書·武帝紀》:"[太初]四年(前101年)春,貳師將軍廣利斬大宛王首,獲汗血馬來。作《西極天馬之歌》。"顏注引應劭曰:"大宛舊有天馬種,蹋石汗血。汗從前肩髆出,如血。號一日千里。"顏注:"蹋石者,謂蹋石而有跡,言其蹄堅利。"

[727] "殊方異物,四面而至",正是"威德徧於四海"的標誌。

[728] "穿昆明池",據《漢書·武帝紀》,事在元狩三年(前120年)。

[729] "千門萬戶之宮",指建章宮。據《漢書·武帝紀》,太初元年(前104年)"二月,起建章宮"。顏注:"在未央宮西。"

[730] "神明、通天之臺":據《漢書·武帝紀》,元封二年(前109年)夏,"作甘泉通天臺"。顏注引《漢舊儀》云:"高三十丈,望見長安城。"又,《漢書·郊祀志下》:"立神明臺。"顏注引《漢宮閣疏》云:"神明臺高五十丈,上有九室。"

[731] "甲乙之帳",顏注:"其數非一,以甲乙次第名之也。"《漢書·東方朔傳》:"陛下誠能用臣朔之計,推甲乙之帳燔之於四通之衢,卻走馬示不復用,則堯舜之隆宜可與比治矣。"

[732] 黼依,一種屏風。顏注:"依,讀曰扆。扆如小屏風,而畫爲黼文也。白與黑謂之黼,又爲斧形。""黼依",《漢紀·孝武皇帝紀六》作"黼黻"。

[733]"設酒池肉林以饗四夷之客",《漢書·張騫李廣利傳》:"是時,上方數巡狩海上,乃悉從外國客,大都多人則過之,散財帛賞賜,厚具饒給之,以覽視漢富厚焉。大角氐,出奇戲諸怪物,多聚觀者,行賞賜,酒池肉林,令外國客徧觀各倉庫府臧之積,欲以見漢廣大,傾駭之。"

[734] 巴俞,樂舞名。"巴"、"俞",原係蜀之地名,其人善歌舞。《漢書·禮樂志》:"巴俞鼓員三十六人。"顏注:"巴,巴人也。俞,俞人也。當高祖初爲漢王,得巴俞人,並趫捷善鬭,與之定三秦滅楚,因存其武樂也。巴俞之樂因此始也。巴即今之巴州,俞即今之渝州,各其本地。"

[735] 都盧,緣竿之技。"都盧",原係南海國名,其國人體輕善緣。

[736]"海中碭極",樂名。

[737]"漫衍魚龍",雜戲名,可能是一種怪獸舞。顏注:"漫衍者,即張衡《西京賦》所云巨獸百尋、是爲漫延者也。魚龍者,爲舍利之獸,先戲於庭極,畢乃入殿前激水,化成比目魚,跳躍漱水,作霧障日,畢,化成黃龍八丈,出水敖戲於庭,炫耀日光。《西京賦》云:海鱗變而成龍,即爲此色也。"

[738]"榷酒酤",據《漢書·武帝紀》,天漢三年(前98年),"初榷酒酤"。顏注:"禁閉其事,總利入官,而下無由以得,有若渡水之榷,因立名焉。"又引應劭曰:"縣官自酤榷賣酒,小民不復得酤也。"又引韋昭曰:"謂禁民酤釀,獨官開置,如道路設木爲榷,獨取利也。"

[739]"筦鹽鐵",《漢書·食貨志下》:"元封元年(前110年)……桑弘羊爲治粟都尉,領大農,盡代[孔]僅斡天下鹽鐵。"

[740]"鑄白金，造皮幣"，《漢書·武帝紀》："[元狩] 四年（前119 年）冬，有司言關東貧民徙隴西、北地、西河、上郡、會稽凡七十二萬五千口，縣官衣食振業，用度不足，請收銀錫造白金及皮幣以足用。"顏注引應劭曰："時國用不足，以白鹿皮爲幣，朝覲以薦璧。又造銀錫爲白金。"

[741]"算至車船"，《漢書·武帝紀》："[元光] 六年（前 129 年）冬，初算商車。"顏注引李奇曰："始稅商賈車船，令出算。"

[742]"凶年"，《漢書·食貨志下》："是時（元鼎二年，前 115 年），山東被河災，及歲不登數年，人或相食，方二三千里。"

[743]《漢書·武帝紀》載：天漢二年（前 99 年），"泰山、琅邪羣盜徐教等阻山攻城，道路不通。遣直指使者暴勝之等衣繡衣杖斧分部逐捕。"

[744]淮南之論，《漢書·嚴助傳》載淮南王諫伐閩越書："越，方外之地，劗髮文身之民也。不可以冠帶之國法度理也。自三代之盛，胡越不與受正朔，非彊弗能服，威弗能制也，以爲不居之地，不牧之民，不足以煩中國也。"

[745]杜欽之論，見《漢書·西域傳上》。

[746]"揚雄之論"，《漢書·匈奴傳下》載建平四年（前 3 年）揚雄上書，有云："且往者圖西域，制車師，置城郭都護三十六國，費歲以大萬計者，豈爲康居、烏孫能踰白龍堆而寇西邊哉？乃以制匈奴也。"

[747]"西戎卽序"，顏注："《禹貢》之辭也。序，次也。"

西域[748]諸國，各有君長，兵衆分弱，無所統一，雖屬匈奴，不相親附。匈奴能[749]得其馬畜旃罽，而不能統率與之進退。與漢隔絕，道里又遠[750]，得之不爲益，棄[751]之不爲損，盛德在我，無取於彼。故自建武以來，西域思漢威德，咸樂內屬。唯其小邑鄯善、車師，界迫匈奴，尚爲所拘。而其大國莎車、于闐之屬，數遣使置質于漢，願請屬都護。聖上[752]遠覽古今，因時之宜，羈縻不絕，辭而未許。[753]雖大禹之序西戎，周公之讓白雉，[754]太宗之卻走馬，[755]義兼之矣，亦何以尚茲！

[748]"西域"，此處與傳首所謂"西域"內涵相同，亦即匈奴盛時所能控制的範圍，主要位於葱嶺以東，天山以南。

[749]"能"，《漢紀·孝武皇帝紀六》作"徒能"。

[750]"道里又遠"，《漢紀·孝武皇帝紀六》作"道里尤遠"。

[751]"棄"，《漢紀·孝武皇帝紀六》作"失"。

[752]"聖上"，指東漢光武帝。

[753]"辭而未許"，見《後漢書·西域傳》。

[754]"周公之讓白雉"：據《韓詩外傳》卷五，"比菁三年，果有越裳氏[210]重九譯而至，獻白雉於周公：道路悠遠，山川幽深，恐使人之未達也，故重譯而來。周公曰：吾何以見賜也？譯曰：吾受命國之黃髮曰：久矣！天之不迅風疾雨也，海不波溢也，三年於茲矣！意者中國殆有聖人，盍往朝之！於是來也。周公乃敬求其所以來"。

[755]"太宗之卻走馬"：據《漢書·賈捐之傳》，"至孝文皇帝……時有獻千里馬者，詔曰：鸞旗在前，屬車在後，吉行日五十里，師行

三十里，朕乘千里之馬，獨先安之？於是還馬，與道里費，而下詔曰：朕不受獻也，其令四方毋求來獻。當此之時，逸游之樂絕，奇麗之賂塞，鄭衛之倡微矣。夫後宮盛色則賢者隱處，佞人用事則諍臣杜口，而文帝不行，故諡爲孝文，廟稱太宗"。

## ■ 注釋

110 烏孫與塞種部落 Asii 同源，Asii 可溯源於允姓之戎，而允姓之戎出自少昊。史稱少昊氏居窮桑，"窮桑"與"嵎夷"爲同名異譯。《尚書·堯典》："分命羲仲，宅嵎夷，曰暘谷。"《僞孔傳》曰："暘，明也，日出於谷而天下明，故稱暘谷。暘谷、嵎夷一也。""嵎夷"，《玉篇·土部》（卷二）作"堣夷"，注曰："日所出。"由此可見，"嵎夷"乃音譯，"暘谷"乃義譯。"窮桑"或"嵎夷"的原意均與東方日出之地有關。又，《釋名·釋采帛》（卷四）："赤，赫也，太陽之色也。"《淮南子·天文訓》："赤奮若之歲。"高注："赤，陽色。"又，《東觀漢記·顯宗孝明皇帝》（卷二）："建武四年五月甲申，皇子陽生，豐下銳上，顏赤色，有似於堯，上以赤色，名之曰陽。"詳見注 28 所引余太山書，pp. 53-76。

111 見注 74 所引 A. F. P. Hulsewé and M. A. N. Loewe 書，p. 144，note 383。

112 同注 16。

113 白鳥庫吉"烏孫に就いての考"，《白鳥庫吉全集·西域史研究（上）》（卷六），東京：岩波 1970 年，pp. 1-55。

114 王先謙《漢書補注》引劉敞說。

115 濊貊，族名，東夷之一種，分佈於今吉林、遼東等地。

116 徐松《漢書西域傳補注》（卷下）。

117 說見王明哲、王炳華《烏孫研究》，新疆人民出版社，1983 年，p. 83。

118 西河，郡名，治今內蒙古準噶爾旗西南。

119 雲中，郡名，治今內蒙古托克托東北。

120 五原，郡名，治今內蒙古包頭西北。

121 蒲類澤，今巴里坤淖爾。

122 丁令，部族名，在匈奴之北。

123 烏桓，部族名，在匈奴之東。

124《漢書·匈奴傳下》顏注引李奇曰："居次者，女之號，若漢言公主也。"

125 顏注："謂失印綬及節爲辱命。"

126 同注 116。

127 同注 116。

128 參見張德芳 "《長羅侯費用簿》及長羅侯與烏孫關係考略"，載胡平生、張德芳《敦煌懸泉漢簡釋粹》，上海古籍出版社，2001 年，pp. 230-256。

129 同注 116。

130 同注 16。

131 同注 128。

132 K. Enoki, "The Location of the Capital of Lou-lan and the Date of Kharoṣṭhī Inscriptions." *Memoirs of the Research Department of the Toyo Bunko* (The Oriental Library) 22 (1963), pp. 125-171, esp. 146.

133 見黃文弼 "羅布淖爾漢簡考釋"，《黃文弼歷史考古論集》，文物出版社，1989 年，pp. 375-408, esp. 384-387。

134 同注 116。

135 軺車，使者之車。

136 "歙侯"，即本傳所見 "翕侯"。

137 烏揭，應即《漢書·匈奴傳上》所載冒頓單于遺漢書中提及的 "呼揭"。

138 同注 16。

139 杜陵，宣帝陵墓，今陝西西安東南。

140 沛郡，治今安徽濉溪西北。

141 雁門，郡名，治今山西右玉南。

142 王先謙《漢書補注》引周壽昌說。

143 同注 116。

144 有關戊己校尉之建制學界頗有爭議，二十世紀九十年代初出土的懸泉漢簡內容頗有涉及戊己校尉者，然尚不足以澄清問題。

145 參見注 21 所引余太山書，pp. 258-270。

146 "兄"，應爲 "弟" 字之訛。

147 參看蔡鴻生《唐代九姓胡與突厥文化》，中華書局，1998 年，pp. 82-86，關於 "地分" 的論述。

148 墊婁，應爲烏孫國內地名，不知具體位置。

149 同注 116。

150 同注 116。

151 "疆煌之地"，地望不詳。顏注引臣瓚曰："是其國所都地名。"

152 參看張維華 "西漢都護通考"，《漢史論集》，齊魯書社，1980 年，pp. 245-308。

153 E. Chavannes, "Les pays d'occident d'après le *Wei Lio*." *T'oung Pao* 6 (1905),

pp. 519-571. 關於姑墨地望諸說，見周連寬《大唐西域記史地研究叢稿》，中華書局，1984 年，pp. 74-82。

154 《後漢書・班超傳》李注："龜茲國居居延城，去長安七千四百八十里，南與精絕，東與且末，北與烏孫，西與姑墨接"，亦可爲證。此外，河西亦有地名"居延"，同樣可能得名於 Gasiani；河西爲其人故地，後又成爲同源之月氏人居地，自不足爲怪。

155 黃文弼《塔里木盆地考古記》，科學出版社，1958 年，p. 19。

156 同注 116。

157 同注 116。

158 同注 116。

159 關於古代塔里木盆地周圍地區的水利，參看盧勳、李根蟠《民族與物質文化史考略》，民族出版社，1991 年，pp. 143-147。

160 見注 116 所引徐松書（卷下），以及王先謙《漢書補注》引吳仁傑說。

161 同注 17。

162 田餘慶"論輪臺詔"，《歷史研究》1984 年第 2 期，pp. 3-20。

163 同注 116。

164 同注 16。

165 同注 116。

166 同注 116。

167 同注 116。

168 參見注 74 所引 A. F. P. Hulsewé and M. A. N. Loewe 書，p. 172，note 564。

169 王先謙《漢書補注》引沈欽韓說。

170 同注 116。

171 同注 116。

172 同注 116。

173 陳戈"焉耆尉犁危須都城考",《西北史地》1985 年第 2 期, pp. 22-31。

174 注 173 所引陳戈文。

175 同注 116。

176 松田壽男《古代天山の歷史地理學的研究》,東京:早稻田大學出版部, 1970 年, pp. 45-49。

177 注 176 所引松田壽男書, pp. 116-117。

178 注 176 所引松田壽男書, p. 116。

179 "涉鈞耆,濟居延",顏注引張晏曰:"鈞耆、居延,皆水名也。"今案:詔書之文稱"濟居延",知前引《史記·匈奴列傳》"過居延"乃指越過居延水。一般認爲居延水即今額濟納河。又,"揚武乎鱳得",顏注:"此鱳得,匈奴中地名,而張掖縣轉取其名耳。"蓋西漢張掖郡有鱳得縣。

180 參見注 74 所引 A. F. P. Hulsewé and M. A. N. Loewe 書, p. 181, note 607。

181 注 176 所引松田壽男書, p. 117。

182 參看注 2 所引余太山書, pp. 218-219, 280-282。

183 注 176 所引松田壽男書, p. 114。

184 注 176 所引松田壽男書, pp. 77-84。

185 同注 16。

186 參見 A. Stein, *Serindia*, vol. 1. Oxford, 1921, p. 334;注 24 所引黃文弼文;黃盛璋"塔里木河下游聚落與樓蘭古綠洲環境變遷",《亞洲文明》第 2 集,安徽教育出版社, 1992 年, pp. 21-38;李文瑛"營盤遺址相關歷史地理學問題考證——從營盤遺址非'注賓城'談起",《文物》1999 年第 1 期,

pp. 43-51；等等。

187 見岑仲勉《漢書西域傳地里校釋》，中華書局，1981 年，pp. 491-493。

188 注 2 所引余太山書，pp. 215-217。

189 "閩陵侯"，應即本傳所見"開陵侯"。

190 同注 116。

191 薛宗正"務塗谷、金蒲、疏勒考"，《新疆文物》1988 年第 2 期，pp. 75-84。

192 參見嶋崎昌《隋唐時代の東トゥルキスタン研究——高昌國史研究を中心として——》，東京大學出版會，1977 年，pp. 15-17。

193 同注 192。

194 同注 116。

195 參看注 22 所引劉光華書，pp. 78-80。

196 同注 116。

197 同注 152。

198 同注 116。

199 吳礽驤等《敦煌漢簡釋文》，甘肅人民出版社，1991 年，pp. 339-345。

200 顔注："既屬漢家，不得復臣匈奴。"

201 《資治通鑒·漢紀二七》之繫年。

202 同注 116。

203 同注 116。

204 "烏桓都將軍"，似即"烏貪都尉"。"烏桓"誤。

205 同注 199。

206 《後漢書·西域傳》："哀平間，自相分割爲五十五國。"

207 同注 152。

208 同注 16。

209 稽含《南方草木狀》卷上:"蒟醬,畢茇也。生於蕃國者,大而紫,謂之畢茇;生於番禺者,小而青,謂之蒟焉。可以爲食,故謂之醬焉。交趾、九真人家多種,蔓生。"

210 越裳氏,國名,相傳在南海。

# 四　《後漢書·西域傳》要注

　　武帝時，西域內屬，有三十六國。[1] 漢爲置使者校尉[2] 領護之。宣帝改曰都護[3]。元帝又置戊、己二校尉，[4] 屯田於車師前王庭[5]。哀平閒，自相分割爲五十五國。[6] 王莽篡位，貶易侯王，由是西域怨叛，與中國遂絕，[7] 並復役屬匈奴。[8] 匈奴斂稅重刻，諸國不堪命，建武中，皆遣使求內屬，願請都護。光武以天下初定，未遑外事，竟不許之。[9] 會匈奴衰弱[10]，莎車[11] 王賢誅滅諸國，賢死之後，遂更相攻伐。小宛[12]、精絕[13]、戎盧[14]、且末[15] 爲鄯善[16] 所并。渠勒[17]、皮山[18] 爲于寘[19] 所統，悉有其地。郁立[20]、單桓[21]、孤胡[22]、烏貪訾離[23] 爲車師[24] 所滅。後其國並復立。[25] 永平中，北虜乃脅諸國共寇河西郡縣，城門晝閉。[26] 十六年，明帝乃命將帥，北征匈奴，取伊吾盧地，[27] 置宜禾都尉[28] 以屯田，遂通西域。[29] 于寘諸國皆遣子入侍。[30] 西域自絕六十五載，乃復通焉。[31] 明年，始置都護、戊己校尉。[32] 及明帝崩，焉耆[33]、龜茲[34] 攻沒都護陳睦，悉覆其衆，[35] 匈奴、車師圍戊己校尉。[36] 建初元年春，酒泉太守段彭大破車師於交河城。[37] 章帝不欲疲敝中國以事夷狄，乃迎還戊己校尉，不復遣都護。[38] 二年，復罷屯田伊吾，匈奴因遣兵守伊吾地。[39] 時軍司馬班超[40]留于寘，綏集諸國。[41] 和帝永元元年，大將軍竇憲大破匈奴。[42] 二年，憲因遣副校尉閻槃將二千餘騎掩擊伊吾，破之。[43] 三年，班超遂定西域。[44] 因以超爲都護，[45]居龜茲。[46] 復置戊己校尉[47]，領兵五百人，居車師前部高昌壁[48]，又置戊部候[49]，居車師後部候城，相去五百里[50]。六年，班超復擊破焉耆，於是五十餘國悉納質內屬。[51] 其條支[52]、安息[53]諸國至于海[54]瀕四萬里外[55]，皆重譯貢獻。九年，班超遣掾甘英窮臨西海[56]而還。皆前世所不至，《山經》[57]所未詳，莫不備其風土，傳其珍怪焉。[58] 於是遠國蒙奇[59]、兜勒[60]皆來歸服，遣使貢獻。[61]

　　[1]"西域內屬，有三十六國"：西域"內屬"始自太初年間李廣利伐大宛。《漢書·西域傳上》稱："自貳師將軍伐大宛之後，西域震懼，多遣使來貢獻。""三十六國"是泛指，並不是說當時西域綠洲諸國不多不少爲數三十又六。

　　[2] 使者校尉，首見《漢書·西域傳上》。據載，李廣利伐宛之後，"自敦煌西至鹽澤，往往起亭，而輪臺、渠犂皆有田卒數百人，置使者校尉領護，以給使外國者"。此時所置使者校尉便是後來宣帝所置西域都護的前身。

　　[3] "都護"，全稱"使西域都護使者校尉"。宣帝神爵二年（前60年）置，爲西漢在西域的最高長官。¹

[4]"元帝又置戊、己二校尉",時在初元元年（前48年）。元帝所置校尉似有三員：戊己校尉、戊校尉和己校尉；戊、己二校尉是戊己校尉的部屬。[2]

[5] 車師前王庭，指車師前國王治交河城，故址位於今吐魯番縣西雅爾和圖。車師前國爲西域北道綠洲國。

[6]"哀平間，自相分割爲五十五國"：此句本《漢書・西域傳上》："其後稍分至五十餘。"西域諸國分裂似非始自"哀平間"，如姑師之分裂爲車師前、後國和"山北六國"可能始自宣帝時代，而一些綠洲國之分裂亦非"自相分割"，而是漢有意造成。"五十五國"乃指《漢書・西域傳》所載諸國。[3]

[7]《漢書・王莽傳中》："莽策命曰：普天之下，迄于四表，靡所不至。……西出者，至西域，盡改其王爲侯。……西域後卒以此皆畔。"

[8]《漢書・王莽傳中》：始建國五年（公元13年），"西域諸國以莽積失恩信，焉耆先畔，殺都護但欽"。又載：天鳳三年（16年）莽"遣大使五威將王駿、西域都護李崇將戊己校尉出西域，諸國皆郊迎貢獻焉。諸國前殺都護但欽，駿欲襲之，命佐帥何封、戊己校尉郭欽別將。焉耆詐降，伏兵擊駿等，皆死。欽、封後到，襲擊老弱，從車師還入塞。莽拜欽爲塡外將軍，封剽胡子，何封爲集胡男。西域自此絶"。

[9] 據《後漢書・光武帝紀下》，建武二十一年（公元45年），"冬，鄯善王、車師王等十六國皆遣子入侍奉獻，願請都護。帝以中國初定，未遑外事，乃還其侍子，厚加賞賜"。

[10]"匈奴衰弱"，指公元48年（光武帝建武二十四年），匈奴

分裂爲南北兩部，南部附漢。而據《後漢書·南匈奴傳》，"[建武]二十八年（52年），北匈奴復遣使詣闕，貢馬及裘，更乞和親，并請音樂，又求率西域諸國胡客與俱獻見"。可見當時匈奴衰弱之情狀。

[11] 莎車，西域南道綠洲國，首見《漢書·西域傳》。

[12] 小宛，西域南道綠洲國，首見《漢書·西域傳》。

[13] 精絕，西域南道綠洲國，首見《漢書·西域傳》。

[14] 戎盧，西域南道綠洲國，首見《漢書·西域傳》。

[15] 且末，西域南道綠洲國，首見《漢書·西域傳》。

[16] 鄯善，西域南道綠洲國，首見《漢書·西域傳》。

[17] 渠勒，西域南道綠洲國，首見《漢書·西域傳》。

[18] 皮山，西域南道綠洲國，首見《漢書·西域傳》。

[19] 于寘，西域南道綠洲國，首見《史記·大宛列傳》。"于寘"，應即《漢書·西域傳》所見"于闐"。

[20] 郁立，西域北道綠洲國，"郁立"應即《漢書·西域傳》所見"郁立師"之略譯。

[21] 單桓，西域北道綠洲國，首見《漢書·西域傳》。

[22] 孤胡，西域北道綠洲國；"孤胡"應即《漢書·西域傳》所見"狐胡"之異譯。

[23] 烏貪訾離，西域北道綠洲國，首見《漢書·西域傳》。

[24] 車師，指車師後國，西域北道綠洲國，首見《漢書·西域傳》。

[25] 莎車和鄯善、于闐、車師這些綠洲大國相繼或同時稱霸現象的出現是西域的地緣政治因素決定的。自西漢以降，這種現象翻覆出現。由於東漢的西域經營遠不如西漢積極，東漢和西域的關係時斷時

續，史稱"三絕三通"。每當東漢和西域關係斷絕時，這種大國稱霸現像便會死灰復燃。而當這種關係恢復和加強時，稱霸現像便消失，即傳文所謂"其國並復立"。[4]

[26]《後漢書·明帝紀》：永平八年（65年），"北匈奴寇西河諸郡"。[5]

[27]《後漢書·班超傳》："[永平]十六年（73年），奉車都尉竇固出擊匈奴，以超為假司馬，將兵別擊伊吾，戰於蒲類海，多斬首虜而還。固以為能，遣與從事郭恂俱使西域。""伊吾"即伊吾盧，在今哈密附近。由此可知"取伊吾盧地"係班超之功。而竇固遣班超擊伊吾，主要因為該地在當時已是東西交通樞紐之一，赴西域可自玉門關西北向抵伊吾後西走。"伊吾盧" [iei-nga-la]，可能得名於塞種部落 Asii（Asiani）。關於"塞種"，參看"《漢書·西域傳上》要注"。

[28]宜禾都尉，其職能類似於武帝太初間（前104—前101年）於輪臺或渠犁所置使者校尉、昭帝元鳳間（前80—前75年）於鄯善所置伊循都尉、宣帝地節間（前69—前66年）於渠犁或車師所置屯田校尉，均在護田積粟，以給使外國者。又，宜禾都尉治敦煌廣志縣昆侖障。[6]

[29]《後漢書·明帝紀》："[永平]十六年（73年）春二月，遣太僕祭肜出高闕，奉車都尉竇固出酒泉，駙馬都尉耿秉出居延[7]，騎都尉來苗出平城[8]，伐北匈奴。竇固破呼衍王於天山，留兵屯伊吾盧城。耿秉、來苗、祭肜並無功而還。"[9] 案：東漢於是年首開西域經營，其實是對匈奴作戰的需要，屯田伊吾，不過是副產品。竇固、耿忠天山之戰，可以與武帝元狩二年（前121年）霍去病祁連山之戰類比，霍去病所擊祁連山應即竇固等所至天山。

[30] 據《後漢書·班超傳》，永平十六年（73年），竇憲遣班超使西域，至于闐。"是時于闐王廣德新攻破莎車，遂雄張南道，而匈奴遣使監護其國。"超至，"廣德禮意甚疏。且其俗信巫。巫言：神怒何故欲向漢？漢使有騧馬，急求取以祠我。廣德乃遣使就超請馬。超密知其狀，報許之，而令巫自來取馬。有頃，巫至，超即斬其首以送廣德，因辭讓之。廣德素聞超在鄯善誅滅虜使，大惶恐，即攻殺匈奴使者而降超。超重賜其王以下，因鎮撫焉"。案：于闐遣子侍漢當始於此時。

[31]《後漢書·明帝紀》：永平十七年（74年），"西域諸國遣子入侍"。案："西域諸國"中應包括于闐。

[32]《後漢書·明帝紀》：永平十七年（74年），"冬十一月，遣奉車都尉竇固、駙馬都尉耿秉、騎都尉劉張出敦煌昆侖塞，擊破白山虜於蒲類海上，遂入車師。初置西域都護、戊己校尉"。案：此處所謂"白山"，指天山東端。漢軍既屯田伊吾，下一個目標自然是車師。"擊破白山虜於蒲類海上"，既可解除來自北面的匈奴對伊吾的威脅，又可打開通向車師的道路。又，此時所置其實是戊校尉和己校尉。《後漢書·耿恭傳》"以恭爲戊己校尉"，北宋劉攽所見本作"以恭爲戊校尉"；而"關寵爲戊己校尉"，一本無"戊"字。結合耿、關任校尉前的官職考慮，可知當時所置僅戊、己二校尉。西漢武帝以降三校尉屯田之制至此一變。又，《後漢書·班勇傳》載班勇之言有云："昔永平之末，始通西域，初遣中郎將居敦煌，後置副校尉於車師，既爲胡虜節度，又禁漢人不得有所侵擾。故外夷歸心，匈奴畏威。"所謂"副校尉"應爲都護之副貳。

四 《後漢書・西域傳》要注 | 237

[33] 焉耆,西域北道綠洲國,首見《漢書・西域傳》。

[34] 龜茲,西域北道綠洲國,首見《漢書・西域傳》。

[35]《後漢書・明帝紀》:永平十八年(75年)六月,"焉耆、龜茲攻西域都護陳睦,悉沒其眾。北匈奴及車師後王圍戊己校尉耿恭。秋八月壬子,帝崩於東宮前殿"。而據《後漢書・班超傳》,"焉耆以中國大喪,遂攻沒都護陳睦",則焉耆等之叛似在"中國大喪"之後。案:據《後漢書・明帝紀》,明帝崩於八月。因此,本傳以及《後漢書・班超傳》均不確。又,陳睦任都護自永平十七年至永平十八年。

[36]《後漢書・耿恭傳》:"時焉耆、龜茲攻歿都護陳睦,北虜亦圍關寵於柳中。會顯宗崩,救兵不至,車師復畔,與匈奴共攻恭。恭厲士眾擊走之。後王夫人先世漢人,常私以虜情告恭,又給以糧餉。數月,食盡窮困,乃煮鎧弩,食其筋革。恭與士推誠同死生,故皆無二心,而稍稍死亡,餘數十人。單于知恭已困,欲必降之。復遣使招恭曰:若降者,當封爲白屋王,妻以女子。恭乃誘其使上城,手擊殺之,炙諸城上。虜官屬望見,號哭而去。單于大怒,更益兵圍恭,不能下。初,關寵上書求救,時肅宗新卽位……乃遣征西將軍耿秉屯酒泉,行太守事;[10]遣秦彭與謁者王蒙、皇甫援發張掖、酒泉、敦煌三郡及鄯善兵,合七千餘人。建初元年(76年)正月,會柳中擊車師,攻交河城,斬首三千八百級,獲生口三千餘人,駝驢馬牛羊三萬七千頭。北虜驚走,車師復降。[11]會關寵已歿,蒙等聞之,便欲引兵還。先是恭遣軍吏范羌至敦煌迎兵士寒服,羌因隨王蒙軍俱出塞。羌固請迎恭,諸將不敢前。乃分兵二千人與羌,從山北迎恭,遇大雪丈餘,軍僅能至。城中夜聞兵馬聲,以爲虜來,大驚。羌乃遙呼曰:

我范羌也。漢遣軍迎校尉耳。城中皆稱萬歲，開門共相持涕泣。明日，遂相隨俱歸。虜兵追之，且戰且行。吏士素飢困，發疏勒時尚有二十六人，隨路死沒，三月至玉門，唯餘十三人。衣屨穿決，形容枯槁。"案：據《後漢書·鄭眾傳》，"乃復召眾爲軍司馬，使與虎賁中郎將馬廖擊車師。至敦煌，拜爲中郎將，使護西域。會匈奴脅車師，圍戊己校尉，眾發兵救之"。知耿恭等被圍攻時，漢曾發兵相救。《後漢書·耿恭傳》稱"救兵不至"，很可能是得悉明帝去世後中途撤回。據《後漢書·馬廖傳》，廖於明帝崩後，"受遺詔典掌門禁"，可知至少馬廖在明帝去世後趕回京師的可能性不能排除。又據《後漢書·明帝紀》，"北匈奴及車師後王圍戊己校尉耿恭"在十八年（75年）六月，而明帝崩於同年八月。

[37]《後漢書·章帝紀》載：永平十八年（75年）十一月，"詔征西將軍耿秉屯酒泉。遣酒泉太守段彭救戊己校尉耿恭"。又載："建初元年（76年）春正月……酒泉太守段彭討擊車師，大破之。罷戊己校尉官。"知建初元年正月擊破車師者爲酒泉太守段彭。既然《後漢書·耿恭傳》稱章帝從司徒鮑昱之議，遣耿秉屯酒泉，行太守事，令敦煌、酒泉太守往擊車師，則前引《後漢書·耿恭傳》所見"秦彭"或係"段彭"之誤。當然，《後漢書·秦彭傳》稱彭於"建初元年，遷山陽太守"；又不載其擊破車師事，並不能完全排除秦彭曾任酒泉太守、破車師後遷山陽太守的可能性。也就是說，亦無妨認爲並無段彭其人，《後漢書·章帝紀》及本傳所見"段彭"，其實均係"秦彭"之誤。

[38]據《後漢書·楊終傳》，建初元年（76年）楊終疏稱："自永平以來，仍連大獄，有司窮考，轉相牽引，掠考冤濫，家屬徒

邊。加以北征匈奴，西開三十六國，頻年服役，轉輸煩費。又遠屯伊吾、樓蘭、車師、戊己，民懷土思，怨結邊域。"又載："書奏，肅宗下其章。司空第五倫亦同終議。太尉牟融、司徒鮑昱、校書郎班固等難倫，以施行既久，孝子無改父之道，先帝所建，不宜回異。"楊終乃復上書曰："秦築長城，功役繁興，胡亥不革，卒亡四海。故孝元棄珠崖之郡，光武絕西域之國，不以介鱗易我衣裳。魯文公毀泉臺，《春秋》譏之曰：先祖爲之而己毀之，不如勿居而已，以其無妨害於民也。襄公作三軍，昭公舍之，君子大其復古，以爲不舍則有害於民也。今伊吾之役，樓蘭之屯，久而未還，非天意也。"據云："帝從之，聽還徙者，悉罷邊屯。"

[39]《後漢書·章帝紀》：建初二年（77年），三月"甲辰，罷伊吾盧屯兵"。伊吾於是復歸匈奴。

[40] 班超（32—102年），扶風安陵（今陝西咸陽東北）人，事蹟見《後漢書·班超傳》。

[41]《後漢書·章帝紀》且載：建初三年（78年），"閏月，西域假司馬班超擊姑墨，大破之"。又，《後漢書·班超傳》："建初三年，超率疏勒、康居、于寘、拘彌兵一萬人攻姑墨石城，破之，斬首七百級。超欲因此叵平諸國，乃上疏請兵。曰：臣竊見先帝欲開西域，故北擊匈奴，西使外國，鄯善、于寘即時向化。今拘彌、莎車、疏勒、月氏、烏孫、康居復願歸附，欲共幷力破滅龜茲，平通漢道。若得龜茲，則西域未服者百分之一耳。臣伏自惟念，卒伍小吏，實願從谷吉[12]效命絕域，庶幾張騫弃身曠野。昔魏絳列國大夫，尚能和輯諸戎，況臣奉大漢之威，而無鈆刀一割之用乎？前世議者皆曰取三十六

國，號爲斷匈奴右臂。今西域諸國，自日之所入，莫不向化，大小欣欣，貢奉不絕，唯焉耆、龜茲獨未服從。臣前與官屬三十六人奉使絕域，備遭艱厄。自孤守疏勒，於今五載，胡夷情數，臣頗識之。問其城郭小大，皆言倚漢與依天等。以是效之，則葱領可通，葱領通則龜茲可伐。今宜拜龜茲侍子白霸爲其國王，以步騎數百送之，與諸國連兵，歲月之間，龜茲可禽。以夷狄攻夷狄，計之善者也。臣見莎車、疏勒田地肥廣，草牧饒衍，不比敦煌、鄯善間也，兵可不費中國而糧食自足。且姑墨、溫宿二王，特爲龜茲所置，既非其種，更相厭苦，其勢必有降反。若二國來降，則龜茲自破。願下臣章，參考行事。誠有萬分，死復何恨。臣超區區，特蒙神靈，竊冀未便僵仆，目見西域平定，陛下舉萬年之觴，薦勳祖廟，布大喜於天下。書奏，帝知其功可成，議欲給兵。平陵人徐幹素與超同志，上疏願奮身佐超。五年，遂以幹爲假司馬，將弛刑及義從[13]千人就超。先是莎車以爲漢兵不出，遂降於龜茲，而疏勒都尉番辰亦復反叛。會徐幹適至，超遂與幹擊番辰，大破之，斬首千餘級，多獲生口。"案：由此可見章帝雖可楊終之奏，罷屯田，卻爲班超之疏所動，議發兵西域。《後漢書·章帝紀》載：建初五年（80年），"西域假司馬班超擊疏勒，破之"。所指卽破番辰事。超疏所謂焉耆、龜茲"獨未服從"，主要是因爲得到匈奴的支持，或者說受匈奴控制。時因章帝罷都護，西域諸國，尤其是北道車師等國均附匈奴。超疏"莫不向化"云云，誇飾而已。超疏稱拘彌諸國"復願歸附"，說明他自信能得到葱嶺以西及南道諸國的支援，但實際情況遠比他設想的複雜。莎車之降、番辰之叛都表明諸國對漢心存疑懼，信心不足。番辰之叛雖然很快就被平定，但莎車問題卻遲遲不得解決。拜白霸爲王無非是以武力扶立親漢傀儡，所謂"以夷狄攻夷狄"。班超對形勢的這番估計也未免過於樂觀，龜茲降漢事實上已是和帝永元初了。

[42] 據《後漢書·和帝紀》，事在永元元年（89年）"夏六月"。

[43] 據《後漢書·和帝紀》，永元二年（90年），"[夏五月]己未，遣副校尉閻磐討北匈奴，取伊吾盧地"。伊吾於是復歸漢，漢依舊屯田伊吾。

[44]《後漢書·和帝紀》載永元三年（91年）冬十月詔："北狄破滅，名王仍降，西域諸國，納質內附，豈非祖宗迪哲重光之鴻烈歟？"

[45]《後漢書·和帝紀》載：永元三年（91年）"十二月，復置西域都護、騎都尉、戊己校尉官"。又據《後漢書·班超傳》，"明年（永元三年），龜茲、姑墨、溫宿皆降，乃以超爲都護，徐幹爲長史"。案：《後漢書·班超傳》又載，永元十二年（100年），班超上疏請歸，於"十四年（102年）八月至洛陽，拜爲射聲校尉"。自永平十六年（73）西使至永元十四年東歸，在西域凡三十一年。

[46]《後漢書·班超傳》：依班超建初三年（78年）之奏，東漢"拜白霸爲龜茲王，遣司馬姚光送之。超與光共脅龜茲廢其王尤利多而立白霸，使光將尤利多還詣京師。超居龜茲它乾城，徐幹屯疏勒。西域唯焉耆、危須、尉犁以前沒都護，懷二心，其餘悉定"。陳睦之後，繼任都護者依次爲班超、任尚和段禧。據《後漢書·班超傳》以及《後漢書·梁慬傳》等，可知三都護府治均在龜茲國它乾城。這是因爲龜茲自東漢之初一直附匈奴，成爲東漢經營西域的最大障礙，必須鎮壓之。據《後漢書·班超傳》，班超在章帝建初三年疏中甚至說：

"若得龜茲，則西域未服者百分之一耳。"和帝永元三年（91年），班超平定龜茲，始置都護府於龜茲國它乾城，以鎮撫這個西域南北道最大的綠洲國家。由此亦可見，西漢時都護府之所以能夠置於烏壘，與當時龜茲親漢有直接關係。又，它乾城，具體位置不詳。

[47]"戊己校尉"，應衍"己"字，時僅置"戊校尉"一人，蓋僅"領兵五百人"。而下文又說："置戊部候，居車師後部候城。"[14]

[48] 高昌壁，首見《漢書·西域傳》。

[49]"戊部候"：若前文"戊己校尉"不誤，則可能是"戊己部候"的略稱，爲戊己校尉的派出機構。[15]

[50]"五百里"（里數1）：自高昌壁赴車師後部候城的行程。案：本傳稱："自高昌壁北通後部金（滿）[蒲]城五百里。"由此可知"後部候城"去金蒲城不遠，或者便是金蒲城。既然高昌壁在柳中西北，故永元三年（91年）所置頗類永平十七年（74年）所置。又，本傳有洛陽里數、柳中里數和區間里數。其中各有很大一部份來自《漢書·西域傳》，或從《漢書·西域傳》提供的里數推得，並非東漢時測得。[16]

[51]《後漢書·和帝紀》：永元六年（94年）七月，"西域都護班超大破焉耆、尉犁，斬其王。自是西域降服，納質者五十餘國"。

[52] 條支，首見《史記·大宛列傳》，指塞琉古朝敍利亞王國。本傳指曾爲塞琉古朝敍利亞王國統治的敍利亞地區。[17]

[53] 安息，帕提亞朝波斯，首見《史記·大宛列傳》。

[54]"海"，指條枝、安息所瀕臨之海，亦即下文甘英所臨"西海"，應即地中海。

[55]"四萬里外"（里數2），指長安直至地中海以遠地區的里程。

[56]"西海"，地中海。

[57]《山經》，指《山海經》。

[58] 隨著焉耆等三國於永元六年（94年）降服，東漢的西域經營臻於極盛。不僅西漢時內附諸國納質歸屬，而且條枝、安息乃至四萬里以外的國家和地區也重譯貢獻。班超正是在這種形勢下派遣甘英西使的。所謂"窮臨西海而還"，乃指甘英抵達條枝所臨地中海而還。甘英出使應該是從龜茲（時西域都護府所在）出發的。他大概自龜茲西行至疏勒後踰蔥嶺，復經大宛、大月氏至安息都城和櫝城。此後歷阿蠻、斯賓、于羅而抵條枝。歸時，如傳文所說，"轉北而東，復馬行六十餘日至安息"，再取道木鹿和吐火羅斯坦東還。

[59]"蒙奇"[mong-gia]，應爲 Margiana 對譯。[18]Margiana 是安息的邊緣省份，自公元一世紀中葉以降，因帕提亞王權衰落，處於獨立或半獨立狀態，或因此有遣使東漢之舉。本傳以"蒙奇"爲國名，而稱其首府爲"木鹿"（Mōuru）。

[60]"兜勒"[to-lək]，應爲 Tochari 之對譯。[19]Tochari 即大夏，當時屬貴霜，但可能有一定的自主權，故遣使東漢。

[61] 據《後漢書·和帝紀》，永元十二年（100年），"冬十一月，西域蒙奇、兜勒二國遣使內附，賜其王金印紫綬"。這兩國"歸服"雖然是東漢影響日益擴大的結果，但和甘英西使也不無關係。按之時間，這兩國使者很可能是和甘英一起東來的。

及孝和晏駕，西域背畔。[62]安帝永初元年，頻攻圍都護任尚[63]、段禧[64]等，朝廷以其險遠，難相應赴，詔罷都護，自此遂弃西域。[65]北匈奴即復收屬諸國，共爲邊寇十餘歲。敦煌太守曹宗患其暴害，元初六年，乃上遣行長史索班，將千餘人屯伊吾以招撫之，於是車師前王及鄯善王來降。[66]數月，北匈奴復率車師後部王共攻沒班等，遂擊走其前王。[67]鄯善逼急，求救於曹宗，宗因此請出兵擊匈奴，報索班之恥，復欲進取西域。[68]鄧太后不許，但令置護西域副校尉[69]，居敦煌，復部營兵三百人，羈縻而已。其後北虜連與車師入寇河西，朝廷不能禁，議者因欲閉玉門[70]、陽關[71]，以絕其患。[72]

[62]《後漢書·安帝紀》載：殤帝延平元年（106年）九月，"西域諸國叛，攻都護任尚，遣副校尉梁慬救尚，擊破之"。《後漢書·梁慬傳》載："延平元年拜西域副校尉。慬行至河西，會西域諸國反叛，攻都護任尚於疏勒。尚上書求救，詔慬將河西四郡羌胡五千騎馳赴之，慬未至而尚已得解。會徵尚還，以騎都尉段禧爲都護，西域長史趙博爲騎都尉。禧、博守它乾城。它乾城小，慬以爲不可固，乃譎說龜茲王白霸，欲入共保其城，白霸許之。吏人固諫，白霸不聽。慬既入，遣將急迎禧、博，合軍八九千人。龜茲吏人並叛其王，而與溫宿、姑墨數萬兵反，共圍城。慬等出戰，大破之。連兵數月，胡眾敗走，乘勝追擊，凡斬首萬餘級，獲生口數千人，駱駝畜產數萬頭，龜茲乃定。"案：延平元年西域之叛，咎在任尚，即《後漢書·班勇傳》所謂"牧養失宜"。諸國怨尚，攻之於疏勒，說明起事之際，任尚正

與長史同在疏勒。諸國攻任尚，龜茲並未參預，這顯然是由於其王白霸親漢，它乾城且有漢軍駐守的緣故。然而這並不表明龜茲國人並不怨漢。龜茲國吏人因堅決反對漢軍入其都城，白霸不聽，遂"幷叛其王"。任尚"牧養失宜"，首當其衝的很可能就是龜茲人。因此，龜茲等雖被梁慬平定，漢在西域的統治基礎畢竟大爲動搖。安帝罷都護的一個重要原因，據《後漢書・梁慬傳》，便是西域"數有背叛"。而由於迎還慬、禧、博等，龜茲以及溫宿、姑墨等自然復附匈奴。

[63] 據《後漢書・班超傳》，"超被徵，以戊己校尉任尚爲都護"。知任尚爲都護始自永元十四年（102年）。而據前注所引《後漢書・安帝紀》以及《後漢書・梁慬傳》的有關記載，可知任尚任都護至殤帝延平元年（106年）九月之後。

[64] 段禧，任尚之後爲都護者，接任應在延平元年（106年）九月之後。兩者交接可能在永初元年（107年），但更可能永初元年被攻圍者僅段禧一人（任尚不過附筆提及）。

[65]《後漢書・安帝紀》載：永初元年（107年）六月壬戌，"罷西域都護"。《後漢書・西羌傳》載："安帝永初元年夏，遣騎都尉王弘發金城、隴西、漢陽羌數百千騎征西域，弘迫促發遣，羣羌懼遠屯不還，行到酒泉，多有散叛。諸郡各發兵傲遮，或覆其廬落。"這應該是放棄西域的重要原因。《後漢書・班勇傳》則載："永初元年，西域反叛，以勇爲軍司馬。與兄雄俱出敦煌，迎都護及西域甲卒而還。因罷都護。後西域絕無漢吏十餘年。"又載班勇之言曰："會間者羌亂，西域復絕，北虜遂遣責諸國，備其逋租，高其價直，嚴以期會。鄯善、車師皆懷憤怨，思樂事漢，其路無從。前所以時有叛者，皆由牧

養失宜，還爲其害故也。"《後漢書·梁慬傳》載慬等雖定龜茲，"而道路尚隔，檄書不通。歲餘，朝廷憂之。公卿議者以爲西域阻遠，數有背叛，吏士屯田，其費無已。永初元年，遂罷都護，遣騎都尉王弘發關中兵迎慬、禧、博及伊吾盧、柳中屯田吏士"。案：這次與西域斷絕交通，主要原因是都護任尚不得人心，引起諸國叛亂。另一原因便是東漢徵發羌人西征，羌人不服，沿途逃散，釀成禍亂。徵發羌人在永初元年夏，而安帝於是年六月罷都護。

[66] 諸國旣受匈奴盤剝，一旦索班招撫，便相継来降。

[67] 傳文旣稱降索班者爲前王，不及後王，又稱北匈奴率車師後部王擊走前王，似表明後王不僅未降索班，且隨匈奴與漢爲敵。但是，傳文另一處載：永寧元年（120 年），後王軍就反畔，殺後部司馬及敦煌行事。按之《後漢書·安帝紀》，改元永寧在元初七年（120 年）四月，後王之叛在三月，當卽前王降索班"數月"之後；所殺"敦煌行事"，據李注，應卽索班。可見軍就"反畔"與"攻沒班等"爲同一事件，而稱之爲"反畔"，表明前此後王屬漢。質言之，索班屯伊吾後，來降者不僅前王，亦有後王。後王旣降，漢依和帝制度，置司馬鎮撫之。傳文祇說前王來降，可能是因爲後王旋卽反叛的緣故。

[68]《後漢書·班勇傳》載："元初六年（119 年），敦煌太守曹宗遣長史索班將千餘人屯伊吾，車師前王及鄯善王皆來降班。後數月，北單于與車師後部遂共攻沒班，進擊走前王，略有北道。鄯善王急，求救於曹宗，宗因此請出兵五千人擊匈奴，報索班之恥，因復取西域。"

[69] "副校尉"全稱應爲"都護西域副校尉"。東漢一代，僅殤帝

延平元年（106年）和安帝元初六年（119年）曾設副校尉。前一次在設置的翌年即安帝永初元年（107年）便與都護一起廢止，事見《後漢書·梁慬傳》。後一次是在東漢放棄西域的情況下設置的。據本傳，當時不置都護，所置副校尉"居敦煌"，部"營兵三百人"。可能由於北匈奴屢次入寇河西，不久也就廢止了。

[70] 玉門，即玉門關，故址在今甘肅敦煌西北。

[71] 陽關，故址在今甘肅敦煌西南。

[72]《後漢書·班勇傳》載："鄧太后召勇詣朝堂會議。先是公卿多以爲宜閉玉門關，遂弃西域。勇上議曰：……舊敦煌郡有營兵三百人，今宜復之，復置護西域副校尉，居於敦煌，如永元故事。又宜遣西域長史將五百人屯樓蘭，西當焉耆、龜茲徑路，南彊鄯善、于寘心膽，北扞匈奴，東近敦煌。如此誠便。"於是朝廷"從勇議，復敦煌郡營兵三百人，置西域副校尉居敦煌。雖復羈縻西域，然亦未能出屯。其後匈奴果數與車師共入寇鈔，河西大被其害"。

延光二年，敦煌太守張璫上書陳三策，[73] 以爲：北虜呼衍王常展轉蒲類、秦海之間，[74] 專制西域，共爲寇鈔。今以酒泉屬國 [75] 吏士二千餘人集昆侖塞 [76]，先擊呼衍王，絕其根本，因發鄯善兵五千人脅車師後部，此上計也。若不能出兵，可置軍司馬，將士五百人，四郡供其犂牛、穀食，出據柳中 [77]，此中計也。如又不能，則宜弃交河城，收鄯善等悉使入塞，[78] 此下計也。朝廷下其議。尚書陳忠上疏曰：臣聞八蠻之寇，莫甚北虜。漢興，高祖窘平城之圍，太宗屈供奉之恥。[79] 故孝武憤怒，深惟久長之計，命遣虎臣，浮河絕漠，窮破虜庭。當斯之役，黔首隕於狼望之北，財幣糜於盧山之壑，[80]府庫單竭，杼柚空虛，筭至舟車，貲及六畜。[81]夫豈不懷，慮久故也。遂開河西四郡，以隔絕南羌，收三十六國，斷匈奴右臂。[82]是以單于孤特，鼠竄遠藏。至於宣、元之世，遂備蕃臣，[83]關徼不閉，羽檄不行。由此察之，戎狄可以威服，難以化狎。西域內附日久，區區東望扣關者數矣，此其不樂匈奴慕漢之效也。今北虜已破車師，埶必南攻鄯善，弃而不救，則諸國從矣。[84]若然，則虜財賄益增，膽埶益殖，威臨南羌，與之交連。如此，河西四郡危矣。河西旣危，不得不救，則百倍之役興，不訾之費發矣。議者但念西域絕遠，卹之煩費，不見先世苦心勤勞之意也。方今邊境守禦之具不精，內郡武衛之備不脩，敦煌孤危，遠來告急，復不輔助，內無以慰勞吏民，外無以威示百蠻。蹙國減土，經有明誡。[85]臣以爲敦煌宜置校尉，案舊增四郡屯兵，以西撫諸國。庶足折衝萬里，震怖匈奴。[86]帝納之，乃以班勇[87]爲西域長史，[88]將弛刑士五百人，西屯柳中。[89]勇遂破平車師。自建武至于延光，西域三絕三通。[90]順帝永建二年，勇復擊降焉耆。[91]於是龜茲、疏勒[92]、于寘、莎車等十七國皆來服從，而烏孫[93]、葱領[94]已西遂絕。六年，帝以伊吾舊膏腴之地，傍近西域，匈奴資之，以爲鈔暴，復令開設屯田如永元時事，置伊吾司馬一人。[95]自陽嘉以後，朝威稍損，諸國驕放，轉相陵伐。元嘉二年，長史王敬爲于寘所沒。永興元年，車師後王復反攻屯營。雖有降首[96]，曾莫懲革，自此浸以疏慢矣。[97]

班固記諸國風土人[98]俗,皆已詳備《前書》。今撰建武以後其事異於先者,以爲"西域傳",皆安帝末班勇所記云。[99]

[73] 袁宏《後漢紀·孝安皇帝紀下》載:"二年春正月,燉煌太守張璫上書陳邊事曰:臣在京師,亦以爲西域宜棄,今親踐其土地,乃知棄西域則河西不能自存。謹陳西域三策"云云。

[74] "蒲類、秦海之間":蒲類,西域綠洲國,首見《漢書·西域傳》。李注:"大秦國在西海西,故曰秦海也。"案:"秦海"似應指大秦所臨之海,即今地中海,蓋本傳首載大秦國事情。大秦國最在西端,而蒲類最在東端(巴里坤淖爾附近),所謂"蒲類、秦海之間"其實是"西域"之代名詞。敦煌太守稱呼衍王展轉其間,乃極言其勢力之盛,爲害西域之烈。

[75] 《後漢書·百官五》:"屬國,分郡離遠縣置之,如郡差小,置本郡名。""今以"句,袁宏《後漢紀·孝安皇帝紀下》作:"可發張掖、酒泉屬國之吏士,義從合三千五百人集崑崙塞。"

[76] 崑崙塞,在今甘肅安西縣南。

[77] 柳中,故址在今新疆鄯善縣西南魯克沁。

[78] 《後漢書·順帝紀》:"[漢安]二年(143年)春二月丙辰,鄯善國遣使貢獻。"這是見諸記載的鄯善國最後一次朝漢。

[79] 李注:"高帝自擊匈奴至平城,爲冒頓單于圍於白登,七日乃得解。太宗,文帝也。賈誼上疏曰:匈奴嫚侮侵掠,而漢歲致金絮繒綵以奉之。夷狄徵令,是人主之操。天子供貢,是臣下之禮。故云恥也。"

[80] 李注："狼望，匈奴中地名也。"又引揚雄之言曰："前代豈樂無量之費，快心於狼望之北，塡廬山之壑，而不悔也。"

[81] 李注："言皆計其所得以出算。軺車一算，商賈車二算，船五丈以上一算。六畜無文。以此言之，無物不算。"

[82]《漢書·韋玄成傳》："西伐大宛，並三十六國，結烏孫，起敦煌、酒泉、張掖，以隔婼羌，裂匈奴之右肩。"又，《漢書·匈奴傳上》亦稱："西置酒泉郡以隔絕胡與羌通之路。"案：由此可見漢事西域有隔絕羌和匈奴之用意在。

[83] 李注："宣帝、元帝時，呼韓邪單于數入朝，稱臣奉貢。"

[84]《後漢書·班勇傳》載班勇之言有曰："今鄯善王尤還，漢人外孫[20]，若匈奴得志，則尤還必死。此等雖同鳥獸，亦知避害。若出屯樓蘭，足以招附其心，愚以爲便。"可以參看。

[85] 李注："《毛詩》曰：昔先王受命，有如邵公，日辟國百里，今也日蹙國百里也。"

[86] 東漢一朝的西域經營，總的說來是消極、被動的，其目的主要是制匈奴，保全河西。稍受挫折，便放棄西域，經營亦無遠計，這均與目的本身消極有關。陳氏所言，可以爲證。

[87] 班勇，班超之子。史稱頗有父風，然細讀其元初六年（119年）上議，於漢武"開通西域"的目的，也祇能看到"奪匈奴府藏，斷其右臂"而已。據《後漢書·班勇傳》，他所強調的僅僅是："通西域則虜埶必弱，虜埶弱則爲患微矣。孰與歸其府藏，續其斷臂哉！今置校尉以扞撫西域，設長史以招懷諸國，若弃而不立，則西域望絕。望絕之後，屈就北虜，緣邊之郡將受困害，恐河西城門必復有晝閉之

傲矣。今不廓開朝廷之德，而拘屯戍之費，若北虜遂熾，豈安邊久長之策哉。"所言與陳忠如出一轍，要在"安邊"而已。他也提到"宣威布德"，但無非是"以繫諸國內向之心，以疑匈奴覬覦之情，而無財費耗國之慮也"。這與武帝"廣地萬里"、"威德徧於四海"的氣概自不可同日而語。

[88] 據《後漢書·班超傳》，章帝建初八年（83年），"拜超爲將兵長史，假鼓吹幢麾"。當時未置都護，此舉實肇長史理西域事情之端。又據同傳，和帝永元三年（91年），以班超爲都護，徐幹爲長史。時未置副校尉，長史之職略如都護副貳。任尚繼班超爲西域都護時，據《後漢書·梁慬傳》，長史爲趙博，與騎都尉段禧共同輔佐任尚。而在段禧繼任尚爲都護時，以梁慬爲西域副校尉，原西域長史趙博爲騎都尉。安帝於永初元年（107年）罷都護後，東漢再也沒有設都護和副校尉，而在經營西域時，以長史行都護之職，至靈帝時連任不絕。其姓名見諸史籍者，安帝時有索班、班勇，桓帝時有趙評、王敬，靈帝時有張晏。長史駐地不一，班超、徐幹駐疏勒，索班駐伊吾，班勇駐柳中，趙評、王敬駐于闐；餘不詳。西域長史秩祿未見明確記載，可能是六百石。長史地位若相當於郡丞，自當稟命於敦煌太守，所領西域各國因而也在某種程度上成了敦煌太守的轄地。東漢敦煌太守直接插手西域，大概是在安帝罷都護之後。這顯然與西域長官降格爲長史有直接關係。

[89] 這也就是說接受了張璫所陳中策。《後漢書·班勇傳》載："延光二年（123年）夏，復以勇爲西域長史，將兵五百人出屯柳中。明年正月，勇至樓蘭，以鄯善歸附，特加三綬[21]。而龜茲王白英猶自

疑未下，勇開以恩信，白英乃率姑墨、溫宿自縛詣勇降。勇因發其兵步騎萬餘人到車師前王庭，擊走匈奴伊蠡王於伊和谷，收得前部五千餘人，於是前部始復開通。還，屯田柳中。"所謂"鄯善歸附"，應指元初六年（119年）降索班事。

[90] 三絕三通，第一階段自光武帝建武五年（29年）至明帝永平十五年（72年）。最初，東漢企圖假手莎車控制西域，與匈奴對抗。莎車王賢卽位後，役使、侵陵諸國，諸國遣使東漢，請都護。光武帝因中原甫定，不允所請，於是諸國皆附匈奴。明帝永平八年（65年）以降，北匈奴脅服諸國，共寇河西郡縣，以至城門晝閉。十五年，明帝命竇固、耿秉出屯涼州，準備北伐。第二階段自明帝永平十六年（73年）至十八年。東漢因討北匈奴而開始經營西域，旨在斷匈奴右臂。第三階段自章帝建初元年（76年）至和帝永元元年（89年）。建初元年，東漢罷都護，以後棄西域十餘年。其原因在於明帝末年西域諸國叛漢，與北匈奴呼應；而建初初，"大旱穀貴"（《後漢書·楊終傳》），也使東漢無力繼續西域經營。但是，在這一階段，班超在西域的活動取得了很大的成功。在東漢放棄西域這種大氣候下，班超賴以成功者，除了他個人的才能外，正如《資治通鑒·漢紀四〇》胡注所說，主要是因爲"匈奴衰困，力不能及西域"。而北匈奴對西域諸國一貫剝削過重，也使諸國樂於事漢。第四階段自永元二年（90年）至殤帝延平元年（106年）。這段時間東漢重開西域經營。由於大敗北匈奴，以及前一階段班超的成功，東漢的西域經營至此臻於極盛，東西交通亦頗頻繁興旺。第五階段自安帝永初元年（107年）至延光元年（122年）。這次與西域斷絕，主要是由於繼班超之後任西域都護的任

尚不得人心，引起諸國叛亂。另一原因是東漢徵發羌人西征，羌人不服，沿途逃散，釀成禍亂。據《後漢書·西羌傳》，徵發羌人在永初元年夏，而安帝於是年六月罷都護。東漢放棄西域後，北匈奴復收屬西域諸國，共爲邊寇十餘年。在此期間，敦煌太守曹宗曾上遣行長史索班屯伊吾，招撫諸國，試圖減輕北匈奴的侵害，但數月之後，索班便被北匈奴攻沒。曹宗請求出兵擊匈奴，也許因羌亂尚未完全平定，鄧太后不許，但置西域副校尉於敦煌，復部營兵三百人，羈縻而已。此後，因北匈奴連續入侵河西，議者請閉玉門、陽關以絕其患。第六階段自延光二年至東漢末。這一階段又可再分爲三期。延光二年（123年）至順帝永建末（132年）爲第一期。在此期間，東漢又努力開展西域經營。雖然結果未能恢復與蔥嶺以西的關係，但塔里木盆地周圍諸國大多重新歸漢。這八年以出屯柳中始，恢復伊吾屯田終，是東漢經營西域的第二個高峰期。自陽嘉元年（132年）至桓帝元嘉元年（151年）爲第二期。在此期間，東漢尚能維持對西域的控制，但諸國相互侵陵，東漢的權威已每況愈下。元嘉二年，西域長史王敬被殺，可以認爲是東漢對西域的統治趨於崩潰的標誌。雖然靈帝建寧三年（170年）涼州刺史尚能發焉耆、龜茲、車師前後部兵攻疏勒，熹平四年（175年），戊己校尉、西域長史尚能發兵輔立拘彌侍子爲王，似乎東漢對西域的控制至少延續至靈帝後期，但這兩次出兵，毋寧說是東漢爲控制西域所作的最後努力。因爲建寧三年之後，疏勒王接連被害，漢廷無力禁止；儘管立拘彌侍子爲王，卻未能問罪於殺死拘彌前王的于闐國王，都能說明這一點。

[91]《後漢書·順帝紀》載：永建二年（127年）六月，"西域長史

班勇、敦煌太守張朗討焉耆、尉犁、危須三國，破之；並遣子貢獻"。

[92] 疏勒，西域北道綠洲國，首見《漢書·西域傳》。

[93] 烏孫，伊犁河、楚河流域的遊牧部族，首見《史記·大宛列傳》。據《後漢書·耿恭傳》，永平十七年（74年），以恭爲戊己校尉，"恭至部，移檄烏孫，示漢威德，大昆彌已下皆歡喜，遣使獻名馬，及奉宣帝時所賜公主博具，願遣子入侍。恭乃發使齎金帛，迎其侍子"。此爲烏孫與東漢交往之始。耿恭至部若在永平十七年冬，則烏孫入侍或在十八年。《後漢書·班超傳》載：建初五年（80年），"超既破番辰，欲進攻龜茲。以烏孫兵彊，宜因其力，乃上言：烏孫大國，控弦十萬，故武帝妻以公主，至孝宣皇帝，卒得其用。今可遣使招慰，與共合力。帝納之。八年（83年），拜超爲將兵長史，假鼓吹幢麾。以徐幹爲軍司馬，別遣衛候李邑護送烏孫使者，賜大小昆彌以下錦帛"。烏孫遂遣子入侍，"超即遣邑將烏孫侍子還京師"。這可能是烏孫第二次遣子侍東漢。班超既稱烏孫爲"大國"，知當時該國還有一定的實力，衹是控弦者不過十萬，比《漢書·西域傳下》所載大爲減少。又，烏孫雖蒙錦帛之賜，亦遣子入侍，卻未聞出兵助超擊龜茲，而東漢也似乎從未考慮聯結烏孫對抗匈奴。故烏孫與東漢的交往至安帝即位而中止。唯《後漢書·种暠傳》載，桓帝時，暠爲度遼將軍，烏孫曾向暠表示"順服"。

[94] 葱領，應卽《漢書·西域傳》所見"葱嶺"。

[95]《後漢書·順帝紀》：永建六年（131年），"三月辛亥，復伊吾屯田，復置伊吾司馬一人"。伊吾從此屬漢。

[96] 降首，李注："首，猶服也。"

[97] 阿羅多攻"屯營"(即下文所見且固城),亡奔匈奴;漢未能懲革,復立爲後王,朝廷威信由此喪盡。阿羅多事件是東漢西域經營走向崩潰的標誌之一。

[98] "人",原文應爲"民",唐人避諱改。

[99] 據《後漢書·班梁列傳》,班勇於順帝永建二年(127 年)與敦煌太守張朗擊焉耆。"勇以後期,徵下獄,免。後卒于家。"由此可見,班勇在西域的活動截止於永建二年,也就是說,這一年應該是"班勇所記"、亦卽本傳所記西域事情年代之下限。但是,本傳所傳有年代可稽諸事中顯然有許多遲於永建二年者,例如:有順帝永建六年事、桓帝元嘉二年(152 年)事、永興元年(153 年)事等等,紀年最遲者則爲靈帝熹平四年(175 年)事。這就是說,本傳的資料來源並非如編者所言,僅僅依據"班勇所記"。另外,班勇係班超之子,自安帝延光二年(123 年)至順帝永建二年任西域長史。在他的任期內,東漢的西域經營再次出現了興旺的局面。因此,班勇有很豐富的閱歷,"班勇所記"必定包含著不少班勇本人的見聞。但是,班勇在西域前後不過四年,且如傳文所說,永建二年之後,"烏孫、葱領已西遂絕"。故"班勇所記"不可能全部是班勇任西域長史時期的見聞;尤其是葱嶺以西部份,無疑含有其父班超時代積累的資料,包括班超遣使甘英西使所得。[22]

西域內屬諸國,東西六千餘里[100],南北千餘里[101],東極玉門、陽關,西至葱領。其東、北與匈奴、烏孫相接。[102]南北有大山,[103]中央有河[104]。其南山東出金城[105],與漢南山[106]

屬焉。其河有兩源：[107]一出葱領東流，一出于窴南山下北流，與葱領河合，東注蒲昌海[108]。蒲昌海一名鹽澤[109]，去玉門三百餘里。[110]

[100]"六千餘里"（里數 3.1）：玉門、陽關與葱嶺間的大致距離。

[101]"千餘里"（里數 3.2）：南山與北山間的大致距離。

[102]和《漢書·西域傳》一樣，本傳有關"西域"這一概念的定義和內涵也是不相符合的。實際上，本傳所載"西域"的範圍還超過了《漢書·西域傳》所載。具體而言，將意大利半島和地中海東岸、北岸和南岸也包括在內了。這是兩漢魏晉南北朝正史"西域傳"所描述的"西域"中範圍最大的，以後各史"西域傳"實際描述的範圍再也沒有越出此傳。

[103]南北有大山，南山指喀喇昆侖、昆侖和阿爾金山。北山指天山。

[104]河，指塔里木河。

[105]金城，縣名，治今甘肅蘭州西北。

[106]漢南山，今祁連山。

[107]"河有兩源"：一出葱嶺者爲葱嶺河（今葉爾羌河），一出于闐南山者，爲于闐河（今和闐河），兩者合流後，注羅布泊。

[108]蒲昌海，首見《漢書·西域傳》，即下文所見"鹽澤"。

[109]鹽澤，首見《漢書·西域傳》。

[110]"三百餘里"（里數 3.3）：鹽澤與玉門、陽關之間的大致距離。里數本《漢書·西域傳》。"玉門"下應奪"陽關"二字。

自敦煌西出玉門、陽關，涉鄯善，[111]北通伊吾千餘里[112]，自伊吾北通車師前部高昌壁千二百里[113]，自高昌壁北通後部金滿[114]城五百里[115]。此其西域之門戶也，故戊己校尉更互屯焉。伊吾地宜五穀、桑麻、蒲萄。其北又有柳中，皆膏腴之地。故漢常與匈奴爭車師、伊吾，以制西域焉。[116]

[111]"自敦煌西出玉門、陽關，涉鄯善"云云，文字似有奪脫。蓋自敦煌北通伊吾既不可能出陽關，也不可能涉鄯善境，鄯善東界並沒有直逼玉門關。因此，不無理由認爲"陽關涉鄯善"五字乃涉次段首句而衍。

[112]"千餘里"（里數4.1）：自敦煌西出玉門赴伊吾的行程。

[113]"千二百里"（里數4.2）：自伊吾西赴高昌壁的行程。

[114]"金滿"，應據《後漢書·耿恭傳》作"金蒲"。"金蒲"[kiəm-pha]與《漢書·西域傳》所見"金附"[kiəm-bio]應爲同名異譯。可能位於今吉木薩爾之南東大龍溝遺址。

[115]"五百里"（里數4.3）：自高昌壁赴金滿城的行程。結合里數1考慮，金滿城應即"後部候城"。

[116] 光武帝建武二十一年（45年），車師前王遣子入侍奉獻，請都護，因都護不出，不得已附匈奴。此前，後王已屬匈奴。明帝永平十七年（74年），漢擊破車師前後國。十八年，北匈奴殺後王，車師復歸匈奴。章帝建初元年（76年），漢軍攻交河城，車師復降。因罷戊己校尉，車師復附匈奴。至和帝永元二年（90年），竇憲破北匈奴，車師前後王始遣子奉貢入侍。三年，復置戊己校尉，居車師前部

高昌壁，又置戊部候，居車師後部候城。八年，後王擊前王。九年，漢討後王。後王奔北匈奴，漢軍追斬之，另立後王。安帝於永初元年（107年）罷都護，車師又降匈奴。元初六年（119年），索班屯伊吾，招撫諸國，車師前後王來降。永寧元年（120年）後王叛，殺後部司馬及敦煌行事。此後，匈奴數與車師寇鈔河西。至延光二年（123年），漢發龜茲等國兵到車師前王庭，擊走匈奴伊蠡王，前部始復開通。延光四年又發邊騎及車師前部等國兵破後王。永建元年（126年）北單于侵後部，漢軍馳救之。單于退走。陽嘉三年（134年），後部司馬率後王掩擊北匈奴於閶吾陸谷。四年春，北匈奴呼衍王率兵侵後部，漢軍救之，不勝。秋，呼衍王復攻破後部。永和二年（137年），敦煌太守誅呼衍王，車師又歸漢。桓帝永興元年（153年），有阿羅多事件（見本傳）。此後車師附漢。靈帝建寧三年（170年），涼州刺史曾發車師前後部兵擊疏勒。又，爲打擊北匈奴，明帝重開西域經營，於永平十六年（73年）遣竇固等出擊北匈奴，置宜禾都尉於伊吾以屯田。明帝去世，因罷西域都護，亦於建初二年罷伊吾屯田，伊吾復歸匈奴。和帝永元元年（89年），竇憲破匈奴，因遣副校尉閻槃於翌年擊破伊吾，漢依舊屯田伊吾。安帝永初元年（107年），東漢罷都護，同時罷伊吾、柳中屯田。北匈奴重新控制西域。元初六年（119年）遣行長史索班將千餘人屯伊吾。然數月之後，北匈奴又殺死索班，再次佔領伊吾。順帝永建六年，漢又令屯田伊吾，且置伊吾司馬。儘管北匈奴此後曾犯伊吾，但對伊吾的控制權未嘗易手。

自鄯善踰蔥領出西諸國，有兩道。[117]傍南山北，陂河[118]

西行至莎車，爲南道。南道西踰葱領，則出大月氏[119]、安息之國也。自車師前王庭隨北山，陂河西行至疏勒，爲北道。北道西踰葱領，出大宛[120]、康居[121]、奄蔡[122]焉。[123]

[117]"自鄯善踰葱領出西諸國"一段無疑是抄襲《漢書·西域傳上》關於南北兩道的記載，不僅"傍南山北"以下兩傳文字幾乎完全相同，而且末尾均衍"者"字。[23]祇是首句文義不通，可據《漢書·西域傳上》校改爲"自玉門、陽關出西域有兩道，自鄯善……"

[118]"陂河"，即《漢書·西域傳》所謂"波河"。

[119]大月氏，首見《史記·大宛列傳》，指伊犂河、楚河流域的遊牧部族，後西遷至阿姆河流域。本傳所謂"大月氏"乃指貴霜國。

[120]大宛，位於今費爾幹納盆地，首見《史記·大宛列傳》。大宛在東漢初曾一度役屬於莎車，與東漢的交往見諸記載者僅《後漢書·順帝紀》所載一次："[永建]五年……大宛、莎車王皆奉使貢獻。"然而其特產汗血馬卻時見傳入。

[121]康居，錫爾河北岸的遊牧部族，首見《史記·大宛列傳》。據《後漢書·班超傳》，建初三年（78年），班超曾率其兵攻姑墨；同年上疏請兵時且曾提到康居"願歸附"。八年，《後漢書·班固傳》載固上議有曰："康居、月氏，自遠而至"，似指三年康居願歸附事。然據《後漢書·班超傳》，超於元和元年（84年）攻疏勒時，康居遣精兵相救之，超令月氏王曉示康居王，康居乃罷兵。元和三年，原疏勒王忠向康居王借兵，與班超對抗。康居與東漢之離合，似乎均以一時之利害而轉移。

[122] 奄蔡，鹹海和裏海以北的遊牧部族，首見《史記·大宛列傳》。本傳所謂"奄蔡"乃指已被阿蘭征服了的奄蔡。

[123] 與《漢書·西域傳》相比，本傳所述通西域路線增加了一條伊吾道。一般認爲，此道始闢於東漢。據《後漢書·竇固傳》，固等出兵時，其部屬"耿秉、秦彭率武威、隴西、天水募士及羌胡萬騎出居延塞"，所循路線與霍去病正同。然明帝永平十七年（74年），竇固等出敦煌昆侖塞，"擊破白山虜於蒲類海上"（《後漢書·明帝紀》），說明這一次進軍路線已是所謂伊吾道了。蓋昆侖塞應處在從敦煌赴伊吾的交通線上。不妨認爲，伊吾道開闢，與伊吾屯田有關。

出玉門，經鄯善、且末、精絕三千餘里[124]至拘彌[125]。

[124] "三千餘里"（里數5）：自鄯善國王治經且末、精絕國王治赴拘彌國王治的大致行程。蓋據《漢書·西域傳上》，鄯善國王治去且末國王治720里，且末國王治去精絕國王治2000里，精絕國王治去扞彌（拘彌）國王治460里，合計3180里。由此可見，本里數乃承襲《漢書·西域傳》，並非東漢時實測所得。

[125] 拘彌，西域南道綠洲國，應即《漢書·西域傳》所見"扞彌"或"杅彌"。"拘彌"[kiok-miai]與"扞彌"或"杅彌"爲同名異譯。

拘彌國居寧彌城[126]，去長史所居柳中四千九百里[127]，去洛陽萬二千八百里[128]。領戶二千一百七十三，口七千二百五十一，勝兵千七百六十人。

[126] 寧彌城，位置與《漢書·西域傳》所載扜彌國王治扜彌城同，可能位於今 Dandān-Uiliq 遺址。據傳文，建武九年（33 年），莎車王賢攻破拘彌國，殺其王，而立其兄康之子爲拘彌王。之後，拘彌國長期處於動蕩之中，直至章帝即位之後，纔因歸漢而得安寧，"扜彌"或因此更名爲"寧彌"。

[127] "四千九百里"（里數 6.1）：自拘彌國王治經鄯善國王治赴柳中的大致行程。蓋據《漢書·西域傳上》，扜彌（拘彌）國王治去鄯善國王治 3180 里，鄯善國王治去車師前國王治 1890 里，知自拘彌國王治赴車師前國王治 5070 里，既然柳中在車師前國王治之東 80 里，自拘彌國王治經鄯善國王治往赴應爲 4990 里。"四千九百里"或爲"四千九百九十里"之奪訛。

[128] "萬二千八百里"（里數 6.2）：自拘彌國王治經鄯善國王治赴洛陽的行程；亦即拘彌國王治去鄯善國王治 3180 里，鄯善國王治去長安 6100 里（以上據《漢書·西域傳上》），與長安去洛陽約 1000 里之和。"萬二千八百里"應爲"萬二百八十里"之訛。

順帝永建四年，于寘王放前殺拘彌王興，自立其子爲拘彌王，而遣使者貢獻於漢。[129] 敦煌太守徐由上求討之，帝赦于寘罪，令歸拘彌國，放前不肯。[130] 陽嘉元年，徐由遣疏勒王臣槃發二萬人擊于寘，破之，斬首數百級，[131] 放兵大掠，更立興宗人成國爲拘彌王而還。至靈帝熹平四年，于寘王安國攻拘彌，大破之，殺其王，死者甚衆，戊己校尉[132]、西域長史各發兵輔立拘彌侍子定興爲王。時人衆裁有千口。[133] 其國西接于寘三百九十里[134]。

　　[129] 據《後漢書·順帝紀》，永建四年（129 年），"拘彌國遣使貢獻"。案：來獻者應係放前子所遣，爲取悅於漢。

　　[130]《後漢書·順帝紀》載，永建六年（131 年）于闐王兩次遣侍子貢獻。這可能是放前不肯"歸拘彌國"，自陳其狀。然終不免遭臣槃討伐。

　　[131] 此句《後漢書·天文志中》作："敦煌太守徐白使疏勒王盤等兵二萬人入于寘界虜掠，斬首三百餘級。"文字、內容略有出入。

　　[132]"戊己校尉"：一說此處傳文衍"己"字。[24]案：此說疑非是，東漢靈帝時有戊己校尉毋庸置疑。

　　[133] 安國此舉，旨在爲父復仇，所恃者宋亮不能出兵。漢雖發兵立拘彌王，畢竟未討安國。

　　[134]"三百九十里"（里數 6.3）：自拘彌國王治赴于闐國王治的行程。本里數襲自《漢書·西域傳上》。

　　于寘國居西城[135]，去長史所居五千三百里[136]，去洛陽萬一千七百里[137]。領戶三萬二千，口八萬三千，勝兵三萬餘人。[138]

　　[135] 西城，于闐國王治，首見《漢書·西域傳》。

　　[136]"五千三百里"（里數 7.1）：自西城經拘彌國王治赴柳中的行程；亦卽西城去拘彌國王治 390 里，與拘彌國王治去柳中 4990 里之和。"五千三百里"應爲"五千三百八十里"之奪訛。

[137]"萬一千七百里"（里數 7.2）：自西城經皮山、莎車國王治赴洛陽的行程。蓋據《漢書·西域傳上》，西城去皮山國王治 380 里，皮山國王治去莎車國王治 380 里，知自西城經皮山國王治赴莎車國王治 760 里。此里數與莎車國王治去洛陽 10950 里之和則爲西城去洛陽里數。"萬一千七百里"應爲"萬一千七百十里"之奪訛。

[138] 傳文所載于闐國戶、口、勝兵數分別是《漢書·西域傳》所載于闐國戶、口、勝兵數的 9.69、4.30 和 12.5 倍。但前者包括于闐國所役使的周鄰小國的戶、口和勝兵數，不能視爲于闐國人口的實際增長數。

建武末，莎車王賢强盛，攻并于寘，徙其王俞林爲驪歸[139]王。明帝永平中，于寘將休莫霸反莎車，自立爲于寘王。休莫霸死，兄子廣德立，後遂滅莎車，其國轉盛。從精絕西北至疏勒十三國皆服從。而鄯善王亦始强盛。自是南道自葱領以東，唯此二國爲大。[140]

[139] 驪歸，名義待考。
[140] 于闐、鄯善都是乘莎車衰落之機强盛起來的。前文既稱渠勒、皮山等爲于闐所并，小宛、精絕等國爲鄯善所并，則諸小國似乎不僅役屬之，且一度被兼并。

順帝永建六年，于寘王放前遣侍子詣闕貢獻。[141]元嘉元年，長史趙評在于寘病癰死，評子迎喪，道經拘彌。拘彌王成國與于寘王建素有隙，乃語評子云：于寘王令胡醫持毒藥著創中，故致死耳。評子信之，還入塞，以告敦煌太守馬達。[142]明年，以王敬代爲長史，達令敬隱覈其事。敬先過拘彌，成國復說云：于寘國人欲以我爲王，今可因此罪誅建，于寘必服矣。敬貪立功名，且受成國之說，前到于寘，設供具請建，而陰圖之。或以敬謀告建，建不信，曰：我無罪，王長史何爲欲殺我？旦日，建從官屬數十人詣敬。坐定，建起行酒，敬叱左右執之，吏士並無殺建意，官屬悉得突走。時成國主簿秦牧隨敬在會，持刀出曰：大事已定，何爲復疑？即前斬建。于寘侯、將輸僰等遂會兵攻敬。敬持建頭上樓宣告曰：天子使我誅建耳。于寘侯將遂焚營舍，燒殺吏士，上樓斬敬，懸首於市。[143]輸僰欲自立爲王，國人殺之，而立建子安國焉。馬達聞之，欲將諸郡兵出塞擊于寘，桓帝不聽，徵達還，而以宋亮代爲敦煌太守。亮到，開募于寘，令自斬輸僰。時輸僰死已經月，乃斷死人頭送敦煌，而不言其狀。亮後知其詐，而竟不能出兵，于寘恃此遂驕。[144]

[141]《後漢書·順帝紀》載：永建六年（131年），秋九月"丁酉，于闐王遣侍子貢獻"。又載：十二月"壬申，于闐王遣侍子詣闕貢獻"。

[142]"馬達"，本傳"車師條"作"司馬達"，未知孰是。趙評之子告于闐王於馬達，說明其時敦煌太守管理西域事情。

[143]《後漢書·桓帝紀》："[元嘉]二年（152年）春正月，西域長史王敬爲于寘國所殺。"

[144] 桓帝元嘉以後，東漢日益衰落；宋亮不討于闐，可以認爲是力不從心。又，馬達令王敬"隱覈其事"云云，表明西域長史受敦煌太守節制。東漢時西域長史駐地不一，蓋因時勢而異。趙、王駐于闐，具體原因不得而知，也許是臨時的。

自于寶經皮山，至西夜[145]、子合[146]、德若[147]焉。

[145] 西夜，種族名，首見《漢書·西域傳》。

[146] 子合，南道綠洲國，首見《漢書·西域傳》。

[147] 德若，南道綠洲國，應即《漢書·西域傳》所見"烏秅"。"德若"[tək-njiak] 與"烏秅"爲同名異譯。

西夜國一名漂沙[148]，去洛陽萬四千四百里[149]。戶二千五百，口萬餘，勝兵三千人。地生白草[150]，有毒，國人煎以爲藥，傅箭鏃，所中即死。《漢書》中誤云西夜、子合是一國，今各自有王。[151]

[148] "漂沙"[phiô-shea] 當是 Massagetae 之對譯。故本傳所載西夜，其實是漂沙國。蓋希羅多德《歷史》(I, 153, 201) 曾稱 Massagetae 爲 Sacae。Massagetae 雖有 Sacae 之稱，但不同於大流士貝希斯登銘文所見 Sakā，當然不能排除兩者人種、語言相近，並有共同起源的可能性。有關漂沙地望的資料僅去洛陽里數一項，很難據以判定其位置。按去長安距離計算，漂沙應在子合之西 3000 餘里。

[149]"萬四千四百里"（里數 8）：可能表示自西夜國王治經莎車國王治赴洛陽的行程。

[150] 白草，此處應指"獨白草"。獨白草藥效見《本草綱目·草之六》（卷一七下）。

[151] 傳文以《漢書》爲誤；其實不盡然。《漢書·西域傳上》所謂"西夜子合"，似乎可以有二種解釋：既可能是一支西夜人領有以呼犍谷爲中心的子合土地，也可能是說呼犍谷的西夜人爲子合人統治。果如後者，該傳所謂"王號子合王"，猶如同傳稱婼羌國"王號去胡來王"。而本傳載子合國王治名稱、戶、口、勝兵數與《漢書·西域傳上》所載西夜子合國相符，故其實祇是子合一國，或者說是子合一地的西夜人的情況。

子合國居呼犍谷 [152]。去疏勒千里 [153]。領戶三百五十，口四千，勝兵千人。

[152] 呼犍谷，位置與《漢書·西域傳》所載呼犍谷同，在今葉城（Karghalik）之西 Asgan-sal 河谷。

[153] "千里"（里數 9）：自呼犍谷經蒲犁國王治赴疏勒國王治的行程。據《漢書·西域傳》可以考知，自呼犍谷去蒲犁國王治 700 里，自蒲犁國王治去疏勒國王治 200 里，兩者之和爲 900 里；"千里"者，約略而言。

德若國領戶百餘，口六百七十，勝兵三百五十人。東去長史居三千五百三十里[154]，去洛陽萬二千一百五十里[155]，與子合相接。其俗皆同。

[154] "三千五百三十里"（里數 10.1）：自德若國王治東赴柳中的行程。

[155] "萬二千一百五十里"（里數 10.2）：自德若國王治赴洛陽的行程。案：德若果卽《漢書·西域傳》所見烏秅，則自德若赴柳中、洛陽當經由蒲犂或皮山，而里數 10.2 與據《漢書·西域傳上》烏秅去長安里數可推得的去洛陽里數不同，說明前者爲東漢實測所得。

自皮山西南經烏秅[156]，涉懸度[157]，歷罽賓[158]，六十餘日[159]行至烏弋山離國，地方數千里，時改名排持。[160]

[156] 烏秅，首見《漢書·西域傳》，應卽本傳所見"德若"。這可能是由於資料來源不同，一國被誤爲兩國。

[157] 懸度，應卽《漢書·西域傳》所見"縣度"。

[158] 罽賓，位於喀布爾河中下游，首見《漢書·西域傳》。

[159] "六十餘日"（里數 11.1）：自皮山國王治經烏秅、罽賓國王治赴烏弋山離國王治的行程。案：《漢書·西域傳上》稱，自烏弋山離國王治去烏壘城"六十日行"，非是。據本傳，可知"六十日行"應爲自烏弋山離國王治赴皮山國王治的行程。

[160] 烏弋山離國，位於 Alexandria Prophthasia，首見《漢書·西域傳》。本傳所謂"排持"應從《魏略·西戎傳》作"排特"，"持"、

"特"形似致誤。"排特"[buəi-dək]便是 Prophthasia 之略譯。

復西南馬行百餘日 [161] 至條支。

[161]"西南馬行百餘日"（里數 11.2）：烏弋山離經由安息至條枝的里程。案：本里數承襲《漢書・西域傳上》。"自皮山西南經烏秅"至"復西南馬行百餘日至條支"一段，不過是《漢書・西域傳上》"皮山國……西南至烏秅國千三百四十里……西南當罽賓、烏弋山離道"以及"烏弋山離國，王去長安萬二千二百里。……東北至都護治所六十日行，東與罽賓、北與撲挑、西與犁靬、條支接。行可百餘日，乃至條支。……自玉門、陽關出南道，歷鄯善而南行，至烏弋山離，南道極矣。轉北而（東）[西]得安息"這兩段文字的縮略而已，不能認爲到了班超或班勇時代就可以從烏弋山離直達條枝了。"西南馬行"，乃指從位於裏海東南隅的安息都城赴條枝，先要西南行，經 Eabatana 抵 Ctesiphon。

條支國城在山上，周回四十餘里。臨西海，海水曲環其南及東北，三面路絕，唯西北隅通陸道。[162] 土地暑溼，出師子、犀牛、封牛、孔雀、大雀 [163]。大雀其卵如甕。[164]

[162] 此處所描述的"條支國城"似卽原塞琉古朝敍利亞王國都城安條克（Antiochia）的外港 Seleucia。該城旣"臨西海"，則"海水曲環"云云或爲甘英"臨海欲度"之際所親見。25

[163] 大雀，指鴕鳥。

[164] 甘英既是明確見載抵達條枝的東漢使者，這一則可能傳自甘英。

轉北而東，復馬行六十餘日 [165] 至安息，後役屬條支，爲置大將，監領諸小城焉。[166]

[165] "六十餘日"（里數 11.3）：自條枝至安息都城的行程。案："轉北而東"云云，不過是承上"西南馬行"而言，理解不可執著。

[166] "後役屬條支"云云，祇能讀作"條枝役屬於安息"，"役屬"一詞的用法和《史記·大宛列傳》相同。而同傳別處並非如此；例如："大秦國……地方數千里，有四百餘城，小國役屬者數十。"案：這是本傳在條枝問題上抄襲"前書"的證據。"置大將"云云可能是傳文編者根據《史記·大宛列傳》載條枝國"往往有小君長"想像出來的。因爲這和前文"後役屬條支"句相牴牾，既然安息置將監領條枝，則可見條枝已爲安息所并，不再是受安息役屬了。事實上，條枝卽敍利亞王國早已亡於羅馬，因此不可能直至班超或班勇時代還受安息役使或監領。安息入侵已成爲羅馬屬地的敍利亞地區凡二次：一次在前 51 年（宣帝甘露三年），曾圍攻安條克城；一次在前 40 年（元帝永光四年），一度佔領安條克城，但爲時不長，僅年餘，似乎也談不上置將監領。[26]

安息國居和櫝城 [167]，去洛陽二萬五千里 [168]。北與康居接，南與烏弋山離接。地方數千里，小城數百，戶口勝兵最爲殷盛。其東界木鹿城[169]，號爲小安息，去洛陽二萬里[170]。

　　[167] 和櫝，安息早期都城。"和櫝"[huai-dok] 係 Hecatompylos 之略譯。

　　[168] "二萬五千里"（里數 12.1）：可能是自當時安息國都城經大月氏國王治赴洛陽的行程。

　　[169] 木鹿，位於今 Merv 一帶。"木鹿"[mu-lok]，一般認爲是 Mōuru 的對譯。

　　[170] "二萬里"（里數 12.2）：自木鹿城經大月氏國王治赴洛陽的行程。

　　章帝章和元年[171]，遣使獻師子、符拔[172]。符拔形似麟而無角。和帝永元九年，都護班超遣甘英使大秦[173]，抵條支。臨大海欲度，而安息西界船人謂英曰：海水廣大，往來者逢善風三月乃得度，若遇遲風，亦有二歲者，故入海人皆齎三歲糧。海中善使人思土戀慕，數有死亡者。英聞之乃止。[174]十三年，安息王滿屈[175]復獻師子及條支大鳥，時謂之安息雀。[176]

　　[171] 據《後漢書・和帝紀》，章和二年（88 年），"安息國遣使獻師子、扶拔"。案：與本傳所載"元年"有異，然而本傳也許是錯的。蓋《後漢書・章帝紀》載：章和元年，"月氏國遣使獻扶拔、師子"。證以《後漢書・班超傳》，《後漢書・章帝紀》此條可信；知元年獻師

子、符拔者爲月氏，並非安息。[27]

[172] 符拔，《後漢書·和帝紀》作"扶拔"，應即《漢書·西域傳》所見"桃拔"。

[173] 大秦，指羅馬帝國本土，今意大利半島。[28]

[174] "海中"以下，《通志·四夷三·西戎下》引作："海中善使人悲懷思土，故數有死亡者。若漢使不戀父母妻子者可入。英聞之乃止。"案：大秦是東漢人十分嚮往的地方，但"使大秦"的甘英祇是西域都護的屬吏，並非朝廷所遣，可見東漢的西域經營遠不如西漢積極。

[175] 滿屈，一般認爲即帕提亞王 Pacorus 二世（78—115/116 年在位）。

[176]《後漢書·和帝紀》：永元十三年（101 年）"冬十一月，安息國遣使獻師子及條枝大爵"。案：時稱條枝即敍利亞地區爲"安息西界"，故"條枝大鳥"得稱爲"安息雀"。大鳥，即鴕鳥。

自安息西行三千四百里[177]至阿蠻國[178]。從阿蠻西行三千六百里[179]至斯賓國[180]。從斯賓南行度河，又西南至于羅國[181]九百六十里[182]，安息西界極矣。自此南乘海，乃通大秦。其土多海西珍奇異物焉。[183]

[177] "三千四百里"（里數 13.1）：自安息國王治赴阿蠻的行程。

[178] "阿蠻" [a-mean]，爲 Ecbatana 的對譯。

[179] "三千六百里"（里數 13.2）：自阿蠻赴斯賓的行程。

[180] "斯賓" [sie-pien]，爲 Ctesiphon 的對譯。

[181]"于羅"[hiua-la],可能是 Hatra 的對譯。"西南","南"或係"北"之誤。

[182]"九百六十里"(里數 13.3):自斯賓赴于羅的行程。

[183]"海西",指大秦國,因該國位於大海(地中海)之西。案:這一段有可能傳自甘英,所述自安息都城和樻城(Hekotompylos)、經阿蠻(Ecbatana)、斯賓(Ctesiphon)、于羅(Hatra)抵條枝的路程很可能正是甘英所親歷。雖然早在章帝章和二年(88 年),據《後漢書·和帝紀》,安息國已經遣使來獻,但每一段路程均標以漢里,表明有關記載更可能傳自漢使,而甘英正是已知唯一走完全程的東漢使者。

大秦國一名犂鞬[184],以在海西,亦云海西國。地方數千里,有四百餘城。小國役屬者數十。以石爲城郭。列置郵亭,皆堊墍之。有松柏諸木百草。人俗力田作,多種樹蠶桑。[185]皆髡頭而衣文繡[186],乘輜軿白蓋小車,出入擊鼓,建旌旗幡幟。

[184]"犂鞬"[lyei-kian],與《史記·大宛列傳》所見"黎軒"爲同名異譯。《史記·大宛列傳》的"黎軒"指托勒密朝埃及王國。本傳之"犂鞬"客觀上已經成了大秦的同義詞。蓋黎軒即托勒密埃及王國距漢遙遠,直至前 30 年(成帝建始三年)淪爲羅馬行省時,還沒有來得及爲漢人瞭解,僅知其大致位置而已,而當漢人有可能進一步瞭解西方世界時,黎軒已經不復存在,而大秦之名卻如雷貫耳;原黎軒國既成了大秦國的一部份,來華的原黎軒國人又可能自稱大秦人,於

是很自然地把黎軒和大秦這兩個表示不同概念的名詞合而爲一了,終於有了本傳所見"大秦國一名犁鞬"的説法。

[185] "多種樹蠶桑":在本傳描述的時代,大秦即羅馬帝國尚未植桑養蠶。本傳有關記載是當時中國人美化大秦、想當然所致,不足爲據。<sup>29</sup>

[186] "衣文繡",籠統之言。"髡頭"似與當時羅馬人習俗不合。<sup>30</sup>

所居城邑,周圜百餘里。城中有五宮,相去各十里。<sup>[187]</sup>宮室皆以水精爲柱,食器亦然。<sup>[188]</sup>其王日游一宮,聽事五日而後徧。常使一人持囊隨王車,人有言事者,即以書投囊中,王至宮發省,理其枉直。各有官曹文書。置三十六將,皆會議國事。<sup>[189]</sup>其王無有常人,皆簡立賢者。國中災異及風雨不時,輒廢而更立,受放者甘黜不怨。<sup>[190]</sup>其人民皆長大平正,有類中國,故謂之大秦。<sup>[191]</sup>

[187] "城中有五宮",以及下文"其王日遊一宮"云云,與羅馬帝國實際情況不盡相符。一説是當時中國人根據五方思想等編造出來的。<sup>31</sup>

[188] "水精爲柱"之類,可見時人極理想化之能事。

[189] "常使一人持囊隨王車"云云,與羅馬帝國實際情況不盡相符。一説是當時中國人根據堯舜禹"以五音聽治"之類傳説編造出來的。<sup>32</sup>

[190] "其王無有常人"云云,與羅馬帝國實際情況不盡相符。一

說是當時中國人按堯舜禹的禪讓政治美化大秦的產物。[33] 案：其說或是，但"生放其故王"云云似乎不是業已獨尊儒術的中國人所能想像，有待進一步研究。

[191] "大秦"，似爲中亞人對羅馬帝國的稱呼，蓋"秦"係當時北亞和中亞人對中國的稱呼。稱之爲"秦"，是因爲在中亞人看來，羅馬帝國"有類中國"；著一"大"字，是因爲羅馬帝國是當時西方第一大國。至於人民"長大"云云，不過是當時中國人根據"大秦"這一名稱想像出來的，也有美化的成份在內。[34]

土多金銀奇寶，有夜光璧[192]、明月珠[193]、駭雞犀[194]、珊瑚、虎魄[195]、琉璃[196]、琅玕[197]、朱丹[198]、青碧[199]。刺金縷繡[200]、織成[201]、金縷罽[202]、雜色綾。作黃金塗[203]、火浣布[204]。又有細布，或言水羊毳[205]，野蠶繭[206]所作也。合會諸香，煎其汁以爲蘇合[207]。凡外國諸珍異皆出焉。

[192] 夜光璧，一說即金剛石。[35]

[193] 明月珠，發光的珠寶。一說應即金剛石。[36] 一說多爲鯨睛。[37]

[194]《抱朴子內篇・登涉》（卷一七）："通天犀角有一赤理如綖，有自本徹末，以角盛米置羣雞中，雞欲啄之，未至數寸，即驚却退，故南人或名通天犀爲駭雞犀。""赤理"，本傳李注引作"白理"。[38]

[195] 虎魄，首見《漢書・西域傳》。《後漢書・王符傳》李注："《廣雅》曰：虎魄，珠也。生地中，其上及旁不生草，深者八九尺。初時如桃膠，凝堅乃成。其方人以爲枕。出罽賓及大秦國。"

[196] 琉璃，可大別爲天然與人工合成二類，天然琉璃一說卽璧流離。³⁹

[197] 琅玕，一說卽 balas ruby。⁴⁰

[198] 朱丹，一說卽朱砂。⁴¹

[199] 青碧，孔雀石之類。⁴²

[200] 刺金縷繡，以及下文金縷罽，都是金線交織而成的織品。⁴³

[201] 織成，一種名貴織物。⁴⁴

[202] 罽，首見《漢書·西域傳》。

[203] 黃金塗，一說是塗金的布。⁴⁵

[204] 火浣布，一般認爲其原料是石棉。⁴⁶

[205] 水羊毳，一說指貽貝織物。⁴⁷

[206] 野蠶繭，大秦國有野蠶絲，亦見於 Pliny（公元 23—79 年）《博物志》（XI, 26）的記載。⁴⁸

[207] 蘇合：據《梁書·海南諸國傳》載，中天竺國出蘇合，乃"合諸香汁煎之，非自然一物也。又云大秦人採蘇合，先筰其汁以爲香膏，乃賣其滓與諸國賈人，是以展轉來達中國，不大香也"。可與本傳參看。"蘇合"，原語不詳。⁴⁹

以金銀爲錢，銀錢十當金錢一。與安息、天竺[208]交市於海中，利有十倍。其人質直，市無二價。穀食常賤，國用富饒。鄰國使到其界首者，乘驛詣王都，至則給以金錢。其王常欲通使於漢，而安息欲以漢繒綵與之交市，故遮閡不得自達。[209]至桓帝延熹九年，大秦王安敦[210]遣使自日南徼外獻象牙、犀角、璘瑂，始乃一通焉。[211] 其所表貢，並無珍異，疑傳者過焉。[212]

[208] 天竺，指印度。"天竺"[thyen-tiuk] 與《史記·大宛列傳》所見"身毒"、《漢書·西域傳》所見"天篤"均爲同名異譯。

[209] 據拜占庭史家 Procopius（500—565 年）《哥特戰爭》（IV, 17）記載，有"幾位來自印度（居住區）的僧侶到達這裏，獲悉 Justinianus 皇帝心中很渴望使羅馬人此後不再從波斯人手中購買絲綢，便前來拜見皇帝，許諾說他們可設法弄到絲綢，使羅馬人不再受制于波斯人或其他民族，被迫從他們那裏購買絲貨"云云，可與本傳"安息欲以漢繒綵與之交市"之類記述參看。[50]

[210] "大秦王安敦"，一般認爲應即羅馬帝國安敦尼王朝第五帝 Marcus Aurelius Antonius（161—180 年在位）。

[211]《後漢書·桓帝紀》載：延熹九年（166 年）九月，"大秦國王遣使奉獻"。知大秦即羅馬帝國與東漢首次通使直至延熹九年纔實現。這說明和帝永元六年（94 年）以後"重譯貢獻"的"海瀕四萬里外"諸國來使中不包括大秦的使者。傳文泛稱"海瀕四萬里外"，沒有提到大秦，其實已經暗示了這一點。但應該指出的是，很可能正是這些來自大秦屬土的貢獻者傳達了有關的信息，纔促使班超下決心派甘英出使大秦的。甘英西使的主要成果是豐富了漢人關於西方世界的見聞。

[212]《後漢書·西南夷傳》："永寧元年（120 年），撣國[51] 王雍由調復遣使者詣闕朝賀，獻樂及幻人，能變化吐火，自支解，易牛馬頭。又善跳丸，數乃至千。自言我海西人。海西即大秦也，撣國西

南通大秦。"這些記載都表明當時漢人對大秦不勝嚮望之情。

或云其國西有弱水[213]、流沙[214]，近西王母[215]所居處，幾於日所入也。《漢書》云：從條支西行二百餘日，近日所入；則與今書異矣。[216]前世漢使皆自烏弋以還，莫有至條支者也。[217]又云：從安息陸道繞海北行出海西至大秦，人庶連屬，十里一亭，三十里一置，[218]終無盜賊寇警。而道多猛虎、師子，遮害行旅，不百餘人，齎兵器，輒爲所食。[219]又言：有飛橋數百里可度海北諸國。[220][諸國]所生奇異玉石諸物，譎怪多不經，故不記云。

[213]弱水，首見《史記·大宛列傳》。"弱水"可能是"若水"之訛。"若水"之所以被置於西方絶遠之處，且隨中國人有關西方知識的擴充而西向漸行漸遠，可能和某些遷自西方的部族的古老記憶有關。

[214]《禹貢·雍州》："導弱水，至于合黎，餘波入于流沙。"一般認爲所述"弱水"指山丹河、額濟納河，"流沙"指騰格里沙漠。本傳"流沙"因"弱水"而提及，不能確指。

[215]西王母，首見《史記·大宛列傳》。其原型可能是 Anatolia 的大神母 Koubaba 即 Cybele。

[216]"《漢書》"云云：原以爲條枝近日所入，在本傳中則以爲大秦近日所入，是中國人對西方世界了解的範圍不斷擴大的結果。案：本節採自《魏略·西戎傳》。《魏略》應即傳文所謂"今書"。

[217]"前世漢使皆自烏弋以還"二句：這是承襲《漢書·西域傳

上》"烏弋山離"條的有關記載，原意祇是說沒有漢使前往條枝時經由烏弋山離，並不是說從未有漢使前往條枝。[52]

[218] 羅馬、安息均有驛傳，設 Serai 供隊商止宿，但並非"十里一亭，三十里一置"。一說這些描述大致以漢土制度爲藍本且加以理想化，不可全信。[53]

[219] 結合《魏略·西戎傳》所載，自安息赴大秦的海道與陸道，可概括如下：陸道自安息和櫝，經阿蠻，抵斯賓，然後渡底格里斯河（經于羅）或幼發拉底斯河而上，至安谷城，復北行至驢分，西向跨越 Hellespont 海峽，經巴爾幹等（所謂"海北"）地區，到達意大利半島。海道分爲南北：北道至安谷城後，截地中海而西，直達羅馬。南道從于羅渡幼發拉底斯河，至汜復，或從思陶經旦蘭至汜復，復自汜復經賢督、積石抵澤散（亦作烏遲散丹，即埃及亞歷山大），然後西北向乘船過地中海，亦至羅馬。南道以汜復爲樞紐。

[220] "飛橋"，指從 Propontis 西向越過架設在 Hellespont 海峽上的橋，可至意大利半島。


大月氏國[221]，居藍氏城[222]，西接安息，四十九日[223]行，東去長史所居六千五百三十七里[224]，去洛陽萬六千三百七十里[225]。戶十萬，口四十萬，勝兵十餘萬人。


[221] "大月氏國"即貴霜帝國與東漢關係在《後漢書》中有以下記載：1.《後漢書·班超傳》載，建初三年（78年），班超上疏稱月氏"願歸附"。元和元年（84年），班超攻疏勒，康居遣兵相救，超以

錦帛遺月氏王，月氏王乃勸康居王罷兵。2.《後漢書·章帝紀》載：章和元年（87 年），"月氏國遣使獻扶拔、師子"。按之《後漢書·班超傳》，"初，月氏嘗助漢擊車師有功，是歲貢奉珍寶、符拔、師子，因求漢公主。超拒，還其使，由是怨恨"。知章和元年月氏除貢獻外，尚有求婚之事。而從"超拒，還其使"來看，月氏使者似乎並未詣闕。又，月氏果曾"助漢擊車師"，應在建初元年（76 年）。[54] 3.《後漢書·班超傳》載："永元二年（90 年），月氏遣其副王謝將兵七萬攻超。超衆少，皆大恐。超譬軍士曰：月氏兵雖多，然數千里踰葱領來，非有運輸，何足憂邪？但當收穀堅守，彼饑窮自降，不過數十日決矣。謝遂前攻超，不下，又鈔掠無所得。超度其糧將盡，必從龜茲求救，乃遣兵數百於東界要之。謝果遣騎齎金銀珠玉以賂龜茲。超伏兵遮擊，盡殺之，持其使首以示謝。謝大驚，卽遣使請罪，願得生歸。超縱遣之。月氏由是大震，歲奉貢獻。"案：此處稱副王謝遁歸後，月氏"歲奉貢獻"，不見載於本紀等，未能落實。

[222] "藍氏城"應卽《史記·大宛列傳》所載大夏國都藍市城，亦卽《漢書·西域傳》所載大月氏國王治監氏城，均係希臘巴克特里亞王國的都城 Bactra 的另一個名稱 Alexandria 之略譯。"藍氏"[lam-zjie] 亦得視爲 Alexandria 的縮譯。

[223] "四十九日行"（里數 14.1）：本資料承襲《漢書·西域傳上》。案：果如《漢書》與《後漢書》所載，兩書描述時期大月氏國王治同在一地，則"四十九日行"不符合東漢時的情況。

[224] "六千五百三十七里"（里數 14.2）：自藍氏城經無雷、蒲犁和莎車諸國王治赴柳中的行程。傳文："莎車國西經蒲犁、無雷至大

月氏。"

[225]"萬六千三百七十里"（里數 14.3）：自藍氏城經難兜、無雷、蒲犂、莎車諸國王治赴洛陽的行程；亦卽藍氏城去難兜國王治四十日行程（4000 里），難兜國王治去無雷國王治 340 里，無雷國王治去蒲犂國王治 540 里，蒲犂國王治去莎車國王治 540 里（以上三者據《漢書·西域傳上》），以及莎車國王治去洛陽 10950 里之和。

初，月氏爲匈奴所滅，遂遷於大夏[226]，分其國爲休密[227]、雙靡[228]、貴霜[229]、肸頓[230]、都密[231]，凡五部翖侯。[232] 後百餘歲，貴霜翖侯丘就卻[233]攻滅四翖侯，自立爲王，國號貴霜王。[234] 侵安息，[235] 取高附地。[236] 又滅濮達[237]、罽賓，[238] 悉有其國。丘就卻年八十餘死，[239] 子閻膏珍[240]代爲王。復滅天竺，[241] 置將一人監領之。月氏自此之後，最爲富盛，諸國稱之皆曰貴霜王，漢本其故號，言大月氏云。[242]

[226] 月氏原居於今祁連山以北直至天山、阿爾泰山以東地區，約公元前 177/ 前 176 年，受匈奴打擊，放棄上述故地，大部西遷至伊犂河、楚河流域，史稱"大月氏"。約公元前 130 年，匈奴支持烏孫進攻大月氏，大月氏再次西遷至阿姆河流域，征服了原立國該處的大夏。[55]

[227] 休密，首見《漢書·西域傳》。

[228] 雙靡，首見《漢書·西域傳》。

[229] 貴霜，首見《漢書·西域傳》。

[230]"肸頓",應即《漢書·西域傳》所見"肸頓"之訛。

[231] 都密,位於 Surkhan 河注入阿姆河口不遠處。蓋"都密"[ta-miet] 無妨視爲 Tirmidh 之對譯(《大唐西域記》卷一所見咀蜜)。大月氏征服大夏之初,或者設王庭於該處,後移都嬀水之南,於該處另置翎侯。本傳既以爲高附不在五翎侯數內,便以都密補足之。

[232]"凡五部翎侯":一些學者堅持貴霜王朝係大月氏人所建,強調本傳這則記載,認爲傳文明言貴霜等五翎侯係大月氏人所置。[56] 另一些學者主張貴霜王朝係大夏人所建,強調《漢書·西域傳上》有關大夏的記載,認爲其中"有五翎侯"一句,祇能讀作"[大夏] 有五翎侯",不能讀作"[大月氏] 有五翎侯";否則,末句"凡五翎侯,皆屬大月氏"便成疣贅。[57] 質言之,《漢書·西域傳上》所載表明五翎侯應爲大夏人,本傳晚出,不可信從。案:《漢書·西域傳上》"有五翎侯"一句,顯然應該讀作"大夏有五翎侯"。至於本傳有關記載所採原始資料,據傳首序語,可知"皆安帝末班勇所記"。班氏父子鎮守西域多年,與包括貴霜在內的西域各國有十分頻繁的接觸,且時值貴霜王朝盛期,很難想像班勇對其淵源缺乏正確瞭解,也不應輕易否定。[58] 事實上,祇要仔細推敲便能發現本傳和《漢書·西域傳上》的有關記載其實是一致的。本傳不過是說五翎侯分治的局面是大月氏入侵後形成的,並沒有說這五翎侯都是大月氏人。遊牧部族往往在佔領區扶植傀儡政權,通過這些傀儡進行統治。大月氏採取的也是這種統治方式。據《史記·大宛列傳》,張騫西使時,瞭解到大夏"無大君長,往往城邑置小長"。五翎侯固然未必是原來的"小長",但也不能完全排除其中有若干設於原"小長"的城邑、起用原"小長"後裔或

親族的可能性。即使大月氏征服大夏後，另立五個翎侯，也完全有可能起用親大月氏的大夏人。大月氏人顯然是利用大夏國"小長"林立的局面因地制宜地進行統治的。"翎侯"一號，雖見於後世突厥語族（葉護），但指大月氏人爲突厥語族尚無確證，而大夏人遷自河西，完全有可能同使用該稱號的其他部族接觸。也許張騫所謂"小長"就是"翎侯"的義譯，而大月氏扶植五翎侯不過是因地制宜而已。

[233] 丘就卻，應卽印度 Kushāṇa 錢幣、銘文所見 Kujula Kadphises。"丘就卻"[khiuə-dziuk-kniak] 可視爲 Kaju[la] Ka[dphises] 之對譯。丘就卻事業開始的時間上限在公元 25 年左右。[59]

[234] 丘就卻在攻滅四翎侯、統一吐火羅斯坦東部地區後自立爲王，表明他已開始和昔日的宗主大月氏分庭抗禮，不復以臣屬自居了。案：包括貴霜翎侯在内的五翎侯既是大夏國人，由貴霜翎侯建立的貴霜王朝也就應該以大夏國人爲主。

[235] "侵安息"，"安息"指印度帕提亞人（Indo-Parthians）的領土。

[236] "取高附地"，佔領喀布爾河上游地區，指丘就卻從 Gondophares 或其繼承者手中奪取 Paropamisadae。"高附"[kô-bio]，Kabul 河古稱 Kophen 之音譯。

[237] "濮達"[pok-dat]，應卽《漢書·西域傳》所見"撲挑"，兩者均係 Bāχtri 之對譯，指 Bactria 地區。[60] 這裏指原希臘巴克特里亞王國的中心地區，爲大月氏王直接統治者。顯然，丘就卻是在攻滅四翎侯，又佔有高附，擁有雄厚的實力後纔發動對 Bactra 及其周圍地區進攻的。傳文既稱貴霜王朝爲"大月氏國"，自然衹能稱控制 Bactra 周

圍地區的原大月氏爲"濮達"了。

[238] 滅罽賓，乃指貴霜人佔領喀布爾河中下游地區（Gandhāra 和 Taxila）。丘就卻所滅應即盤踞該地的 Gondophares 王朝殘餘勢力。

[239] 根據現有資料，不妨認爲丘就卻生於公元前 5 年左右，公元 15 年左右即貴霜翕侯之位。他一度與希臘王 Hermaeus 結盟，時在公元 19 年以前。取得 Hermaeus 的支援後，他攻滅四翕侯，自號貴霜王。嗣後，直至公元 50 年左右即 Gondophares 去世之後，丘就卻奪取了高附地。接著，他推翻了昔日宗主大月氏，一統吐火羅斯坦，並在公元 60 年左右佔領 Gandhāra，78 年以前佔領 Taxila，貴霜王朝於是成立。丘就卻去世於公元 80 年左右。

[240] 閻膏珍，一般認爲應即印度 Kushāṇa 錢幣、銘文所見 Vima Kadphises。如按傳文，丘就卻之子應爲 Vima Kadphises。但根據對新發現的臘跋闔柯（Rabatak）銘文的研究，Kujula Kadphises（丘就卻）之子其實是 Vima Tak[to]，亦即錢銘所見 Sorer Megas（無名王）。Vima Tak[to] 之子纔是 Vima Kadphises。[61] 既然傳文所記閻膏珍應爲 Vima Tak[to]，則 Vima Kadphises 事蹟本傳未及記載。案："閻膏珍"[jiam-kə-tiən] 雖可與 Vima Tak[to] 勘同，但不如與 Vima Kadphises 勘同更爲貼切，故傳文也可能誤祖孫關係爲父子關係。[62]

[241] "復滅天竺"，應指閻膏珍即 Vima Tak[to] 滅亡一度佔領印度河流域某些地區的希臘人王國。

[242] "月氏自此之後"云云：貴霜翕侯原來役屬於大月氏，其治地在某種意義上也是大月氏國的一部份，故不妨將貴霜取代大月氏看作大月氏國內部的政權交替。東漢以後各朝的中國人依然稱之爲

"大月氏國"或者爲此。而貴霜翖侯在"攻滅四翖侯"時，很可能一直打著"大月氏"的旗號。傳文所謂"本其故號"者，乃本貴霜之故號也。

　　高附國[243]，在大月氏西南，亦大國也。其俗似天竺，而弱，易服。善賈販，內富於財。所屬無常。天竺、罽賓、安息三國強則得之，弱則失之，而未嘗屬月氏。[244]《漢書》以爲五翖侯數，非其實也。[245]後屬安息。及月氏破安息，始得高附。[246]

　　[243] 高附國，與《漢書·西域傳上》所見大月氏五翖侯之一的高附翖侯同名，但不在一地。本傳所謂高附國位於 Paropamisadae 卽喀布爾河上游地區。

　　[244] 高附卽喀布爾河上游地區，這一時期的歷史由於資料缺乏已不得其詳而知。錢幣學方面的證據表明，最後一位一統喀布爾河全流域的希臘王是 Antialcidas，已知他的末年不能早於公元前 129 年。[63] 此後，高附卽喀布爾河上游流域有可能落入東伊朗的塞人政權卽 Vonones 及其繼承者的勢力範圍。[64] 再後，Amyntas 和 Hermaeus 父子可能在 Azes 一世之後塞人統治相對削弱的時期恢復了希臘人對 Paropamisdae 的控制。至遲在公元 19 年，來自東伊朗的安息人 Gondophares 佔領了 Paropamisadae。[65]

　　[245]《漢書·西域傳》其實不誤，誤在本傳，原因是兩者譯名相同。

　　[246] 根據 Takht-i-Bāhī 銘文，Gondophares 至少在位二十六年。一般認爲他在公元 50 年左右去世。[66] 他的繼任者們統治西北次大陸爲

時很短，而且很可能僅僅是名義上的。[67] 因此，丘就卻很可能是在 Gondophares 去世後不久便發動"侵安息"戰爭的，結果是從後者的繼承人手中奪取了 Paropamisdae。[68]

天竺國，一名身毒，在月氏之東南數千里[247]。俗與月氏同，而卑溼暑熱。其國臨大水[248]。乘象而戰。其人弱於月氏，脩浮圖道[249]，不殺伐，遂以成俗。從月氏、高附國以西，南至西海，東至磐起國[250]，皆身毒之地。[251] 身毒有別城數百，城置長。別國數十，國置王。雖各小異，而俱以身毒爲名，其時皆屬月氏。[252] 月氏殺其王而置將，令統其人。土出象、犀、瑇瑁[253]、金、銀、銅、鐵、鉛、錫，西與大秦通，有大秦珍物。又有細布、好毾㲪[254]、諸香、石蜜[255]、胡椒、薑、黑鹽。

[247] "數千里"（里數 15）：此里數承襲《史記·大宛列傳》。

[248] 大水，指印度河。

[249] "浮圖道"，指佛教，"浮圖"即 Buddha 之漢譯。

[250] 磐起國，位於今緬甸。"磐起"[buan-khiə]（《魏略·西戎傳》作"盤越"[buan-hiuat]），應爲 Pyū（Prū、Prome）之對譯。

[251] "天竺"即"身毒"雖然主要包括印度河流域，但傳文既稱其地"從月氏、高附國以西，南至西海，東至磐起國"，磐起在今緬甸，則此名另有廣義的用法。

[252] "皆屬月氏"：結合前文，知這裏描述的是閻膏珍卽位後的形勢。似乎貴霜勢力曾佔有今緬甸的部份地區。

[253] 瑇瑁，一說指鷹嘴龜（Chelonia imbricata）之殼。[69]

[254] 氍毹，一種毛織物。李注引《埤蒼》曰："毛席也。"又引《釋名》曰："施之承大牀前小榻上，登以上牀也。""氍毹"可能是中古波斯語 tāpetān 的對譯。[70]

[255] 石蜜應即冰糖。《南方草木狀》卷上："諸蔗一曰甘蔗，交趾所生者圍數寸、長丈餘，頗似竹，斷而食之，甚甘。笮取其汁，曝數日，成飴，入口消釋，彼人謂之石蜜。"[71]

和帝時，數遣使貢獻，[256]後西域反畔，乃絕。至桓帝延熹二年、四年，頻從日南徼外來獻。[257]

[256] "數遣使貢獻"，不見《後漢書》本紀。

[257]《後漢書·桓帝紀》：延熹二年（159年）十二月，"天竺國來獻"。延熹四年，"冬十月，天竺國來獻"。案：身毒既因"西域反畔"而遣使斷絕，知身毒與東漢往來經由西域南北道。桓帝以後則取道南海。

世傳明帝夢見金人，長大，頂有光明，以問羣臣。或曰：西方有神，名曰佛，其形長丈六尺而黃金色。帝於是遣使天竺問佛道法，遂於中國圖畫形像焉。[258]楚王英始信其術，中國因此頗有奉其道者。[259]後桓帝好神，數祀浮圖、老子，百姓稍有奉者，後遂轉盛。[260]

四　《後漢書·西域傳》要注 ｜　287

[258]《後漢書·楚王英傳》李注引袁宏《後漢紀》曰："浮屠，佛也，西域天竺國有佛道焉。佛者，漢言覺也，將以覺悟羣生也。其教以脩善慈心爲主，不殺生，專務清靜。其精者爲沙門。沙門，漢言息也，蓋息意去欲而歸于無爲。又以爲人死精神不滅，隨復受形，生時善惡皆有報應，故貴行善修道，以練精神，以至無生而得爲佛也。佛長丈六尺，黃金色，項中佩日月光，變化無方，無所不入，而大濟羣生。初，明帝夢見金人長大，項有日月光，以問羣臣。或曰：西方有神，其名曰佛。陛下所夢，得無是乎？於是遣使天竺，問其道術而圖其形像焉。"案：此所謂明帝感夢求法。傳文雖冠以"世傳"兩字，不無可疑處，但亦難斷爲向壁虛構，至少說明當時東漢君臣對於佛教已有所瞭解。[72]

[259]《後漢書·楚王英傳》："英少時好遊俠，交通賓客，晚節更喜黃老，學爲浮屠齋戒祭祀。"[73]

[260]《後漢書·桓帝紀》論曰："前史稱桓帝……設華蓋以祠浮圖、老子。"

東離國[261]，居沙奇城[262]，在天竺東南三千餘里[263]，大國也。其土氣、物類與天竺同。列城[264]數十，皆稱王。大月氏伐之，遂臣服焉。男女皆長八尺[265]，而怯弱。乘象、駱駝，往來鄰國。有寇，乘象以戰。[266]

[261] "東離"，應從《魏略·西戎傳》作"車離"[kia-liai]，卽南印度古國 Chola。[74]

[262]"沙奇"[shea-gia]，應卽 Kāñchi。[75]

[263]"三千餘里"（里數16）：自東離國王治赴天竺國王治的行程。

[264]"列城"，應據《魏略·西戎傳》改爲"別城"。

[265]"八尺"，"八"字前應據《魏略·西戎傳》補"一丈"二字。

[266] 全傳可分爲四大段。第一國拘彌至第十三國東離爲第一大段。第十四國粟弋至第十六國奄蔡爲第二段，第十七國莎車至第十九國焉耆爲第三段，第二十國蒲類至第二十四國車師後國爲第四段。第一段是經由南道前往的各國，後三段是經由北道前往的各國。決定各國先後次序的原則與《漢書·西域傳》同，具體做法則略有變通。分爲四道敍述則已開《魏書·西域傳》之先例。

粟弋國[267]，屬康居。[268] 出名馬牛羊、蒲萄衆果，其土水美，故蒲萄酒特有名焉。

[267] 粟弋國，一般認爲指索格底亞那，今澤拉夫善河流域。"粟弋"[siok-jiək]爲 Sugda 之對譯。《後漢書·文苑傳·杜篤傳》所見"儵佞"或其異譯。

[268]"屬康居"，粟弋屬康居最早可追溯至張騫首次西使之際。[76]

嚴國[269]，在奄蔡北，屬康居，出鼠皮以輸之。

[269] 嚴國，一說該國位於伏爾加河支流 Kama 河流域。"嚴"[ngiam]，卽 Kama 之對譯。[77]

奄蔡國，改名阿蘭聊國[270]，居地城[271]，屬康居。土氣溫和，多楨松、白草。民俗衣服與康居同。[272]

[270]"阿蘭聊"，一說應卽《魏略·西戎傳》所見"阿蘭"與"柳[國]"之奪訛。"阿蘭"[a-lan]爲 Alan 之對譯，"柳"[lieu]爲伏爾加河古稱 Rha 之對譯。阿蘭人之居地在高加索山脈以北，東至裏海之北，西至黑海之東北。[78]

[271] 地城，名義及地望待考。

[272] 奄蔡與康居均爲行國，逐水草遷徙，民俗衣服應該相同。不僅如此，奄蔡改名很可能是被阿蘭（Alans）征服的結果。因此，民俗與康居相同的其實可能是包括奄蔡在內的阿蘭族。

莎車國西經蒲犁[273]、無雷[274]至大月氏，東去洛陽萬九百五十里。[275]

[273] 蒲犁，西域南道綠洲國，首見《漢書·西域傳》。

[274] 無雷，西域南道綠洲國，首見《漢書·西域傳》。

[275] "萬九百五十里"（里數 17）：自莎車國王治經疏勒國王治赴洛陽的行程；亦卽莎車國王治去疏勒國王治 600 里（據《漢書·西域傳上》里數推得），與疏勒國王治去洛陽 10350 里之和。傳文："莎車東北至疏勒。"

匈奴單于因王莽之亂，略有西域，唯莎車王延最強，不肯附屬。元帝時，嘗爲侍子，長於京師，慕樂中國，亦復參其典法。常勑諸子，當世奉漢家，不可負也。[276]天鳳五年，延死，謚忠武王，子康代立。

[276] 由此可見漢王朝要求西域諸國納質或送侍子的作用。這種舉措的主要目的是扶植親漢政權，客觀上則有利於中原和西域的文化交流。

光武初，康率傍國拒匈奴，擁衛故都護吏士妻子千餘口，檄書河西，問中國動靜，自陳思慕漢家。建武五年，河西大將軍竇融乃承制立康爲漢莎車建功懷德王、西域大都尉，五十五國皆屬焉。[277]

[277] 由於親東漢的莎車政權的存在，匈奴未能控制整個西域，這是和西漢初形勢不同之處。光武帝立康爲"建功懷德王、西域大都尉"，說明光武帝企圖假手莎車控制西域。

九年，康死，謚宣成王。弟賢代立，攻破拘彌、西夜國，皆殺其王，而立其兄康兩子爲拘彌、西夜王。[278]十四年，賢與鄯善王安並遣使詣闕貢獻，於是西域始通。[279]蔥領以東諸國皆屬賢。十七年，賢復遣使奉獻，請都護。[280]天子以問大司空竇融，以爲賢父子兄弟相約事漢，款誠又至，宜加號位以鎮安之。帝乃因其使，賜賢西域都護印綬，及車旗黄金錦繡。敦煌太守裴遵上言：夷狄不可假以大權，又令諸國失望。詔書收還都護印綬，更賜賢以漢大將軍印綬。其使不肯易，遵迫奪之，賢由是始恨。而猶詐稱大都護，移書諸國，諸國悉服屬焉，號賢爲單于。賢浸以驕橫，重求賦稅，數攻龜茲諸國，諸國愁懼。[281]

[278] 賢殺拘彌、西夜二王，無非是爲了安置乃兄二子，然這是莎車擾亂西域之始。賢於十四年（38年）來朝，漢美其通西域，置殺二王罪勿問，並默認其代康自立，賢於是儼然葱嶺以東諸國宗主。

[279]《後漢書·光武帝紀下》：建武十四年（38年），"莎車國、鄯善國遣使奉獻"。

[280]《後漢書·光武帝紀下》：建武十七年（41年），"莎車國遣使貢獻"。

[281] 莎車是最早"請都護"的西域國家，而從這一次遣使前後莎車的行爲來看，所謂"請都護"很可能祇是賢放出的試探性氣球。一旦斷定東漢無意經營西域，賢便可放手進行稱霸西域的活動。光武帝賜賢西域都護印綬，隨即追奪一節，不過起了催化其野心的作用。又，莎車王賢之所以能一度橫行西域，除了東漢棄西域不顧外，另一個重要原因是當時匈奴亦已衰弱。據《後漢書·南匈奴傳》，至公元46年（建武二十二年）前後，匈奴更是"連年旱蝗，赤地數千里，草木盡枯，人畜飢疫，死耗太半"，終於在48年分裂爲南北兩部。這自然是莎車擴張勢力的大好時機。至於本傳所見賢遣子不居徵爲質匈奴一事，應發生在建武之末，亦即同傳所載龜茲國人殺莎車所立龜茲王，歸附匈奴，匈奴與龜茲共攻莎車之際。其時，賢已成強弩之末，

故不久便被于闐王廣德所殺，國亦被并。要之，賢自代立爲莎車王，至永平五年（62年）去世，擾亂西域垂三十年。"詐稱大都護"雖祇能蒙蔽諸國於一時，"漢大將軍印綬"卻無疑助長了賢的氣焰。

　　二十一年冬，車師前王、鄯善、焉耆等十八國俱遣子入侍，獻其珍寶。及得見，皆流涕稽首，願得都護。天子以中國初定，北邊未服，皆還其侍子，厚賞賜之。[282]是時，賢自負兵強，欲并兼西域，攻擊益甚。諸國聞都護不出，而侍子皆還，大憂恐，乃與敦煌太守檄，願留侍子以示莎車，言侍子見留，都護尋出，冀且息其兵。裴遵以狀聞，天子許之。二十二年，賢知都護不至，遂遣鄯善王安書，令絕通漢道。安不納而殺其使。賢大怒，發兵攻鄯善。安迎戰，兵敗，亡入山中。賢殺略千餘人而去。其冬，賢復攻殺龜茲王[283]，遂兼其國。鄯善、焉耆諸國侍子久留敦煌，愁思，皆亡歸。鄯善王上書，願復遣子入侍，更請都護。都護不出，誠迫於匈奴。天子報曰：今使者大兵未能得出，如諸國力不從心，東西南北自在也。於是鄯善、車師復附匈奴，[284]而賢益橫。

　　[282]《後漢書·光武帝紀下》所載與本傳略同，祇是"車師前王"作"車師王"，"十八國"作"十六國"。西漢時車師國分前後，東漢時也是如此。本傳此處僅提"前王"，未及"後王"，很可能來朝的"十六國"或"十八國"中並無後王。若後王來獻，傳文應稱"車師前後王"，如《後漢書·和帝紀》永元二年（90年）條所載。又，車師前

王等遣子入侍，乃因莎車強盛，欲兼并諸國。都護不出，前王不得已依附匈奴。而建武二十一年（45年）冬來朝諸國中既不見後王，似可說明在此之前，後王已歸屬匈奴。案：東漢在與北匈奴爭奪伊吾、蒲類地區的同時，也將勢力深入車師，衹有控制車師及其附近地區，纔有可能進一步控制北道。鄯善等附匈奴，其實是不堪莎車之侵迫。

[283] 據《梁書・西北諸戎傳》，莎車王賢所殺龜茲王名弘。

[284]《後漢書・班超傳》，永平十六年（73年），"超到鄯善，鄯善王廣奉超禮敬甚備，後忽更疏懈"。班超知道，這必定是有匈奴使者到來，而鄯善王"狐疑未知所從故也"。於是"悉會其吏士三十六人"，乘夜斬匈奴"使及從士"。"超於是召鄯善王廣，以虜使首示之，一國震怖。超曉告撫慰，遂納子爲質"。案：鄯善光武帝建武二十一年（45年）朝漢，至此與漢隔絕近三十年，漢使乍到，自不免狐疑。班超斬匈奴使者，乃堅其向漢之心。

媯塞王[285]自以國遠，遂殺賢使者，賢擊滅之，立其國貴人駟鞬爲媯塞王。賢又自立其子則羅爲龜茲王。賢以則羅年少，乃分龜茲爲烏壘國[286]，徙駟鞬爲烏壘王，又更以貴人爲媯塞王。數歲，龜茲國人共殺則羅、駟鞬，而遣使匈奴，更請立王。匈奴立龜茲貴人身毒[287]爲龜茲王，龜茲由是屬匈奴。

[285] 媯塞王，當係媯水（Oxus）即阿姆河流域塞人之稱王者。

[286] 烏壘，原係西域北道綠洲國，首見《漢書・西域傳》。

[287] 龜茲貴人取名"身毒"，似可見當地接受印度文化影響之

一斑。

　　賢以大宛貢稅減少，自將諸國兵數萬人攻大宛，大宛王延留迎降，賢因將還國，徙拘彌王橋塞提爲大宛王。而康居數攻之，橋塞提在國歲餘，亡歸，賢復以爲拘彌王，而遣延留還大宛，使貢獻如常。賢又徙于寘王俞林爲驪歸王，立其弟位侍爲于寘王。歲餘，賢疑諸國欲畔，召位侍及拘彌、姑墨[288]、子合王，盡殺之，不復置王，但遣將鎮守其國。位侍子戎亡降漢，封爲守節侯。

　　[288] 姑墨，西域北道綠洲國，首見《漢書·西域傳》。

　　莎車將君得在于寘暴虐，百姓患之。明帝永平三年（60年），其大人都末出城，見野豕，欲射之，豕乃言曰：無射我，我乃爲汝殺君得。都末因此即與兄弟共殺君得。而大人休莫霸復與漢人韓融等殺都末兄弟，自立爲于寘王，復與拘彌國人攻殺莎車將在皮山者，引兵歸。於是賢遣其太子、國相，將諸國兵二萬人擊休莫霸，霸迎與戰，莎車兵敗走，殺萬餘人。賢復發諸國數萬人，自將擊休莫霸，霸復破之，斬殺過半，賢脫身走歸國。休莫霸進圍莎車，中流矢死，兵乃退。[289]

　　[289] 當時東漢勢力不及西域，匈奴勢力亦已削弱，故綠洲諸國之間爭奪勢力範圍的鬥爭不斷。

于寘國相蘇榆勒等共立休莫霸兄子廣德爲王。匈奴與龜茲諸國共攻莎車，不能下。廣德承莎車之敝，使弟輔國侯仁將兵攻賢。賢連被兵革，乃遣使與廣德和。先是廣德父拘在莎車數歲，於是賢歸其父，而以女妻之，結爲昆弟，廣德引兵去。明年，莎車相且運等患賢驕暴，密謀反城降于寘。于寘王廣德乃將諸國兵三萬人攻莎車。賢城守，使使謂廣德曰：我還汝父，與汝婦，汝來擊我何爲？廣德曰：王，我婦父也，久不相見，願各從兩人會城外結盟。賢以問且運，且運曰：廣德女婿至親，宜出見之。賢乃輕出，廣德遂執賢。而且運等因內于寘兵，虜賢妻子而幷其國。鎖賢將歸，歲餘殺之。[290]

[290] 匈奴率龜茲諸國攻莎車，無非是利用諸國對莎車稱霸之不滿，以假手龜茲控制西域。莎車旣不能南北兩綫作戰，祇能與廣德和，以女妻之。廣德與賢結盟乃權宜之計，一旦且運內應，便破莎車。

匈奴聞廣德滅莎車，遣五將發焉耆、尉黎、龜茲十五國兵三萬餘人圍于寘，廣德乞降，以其太子爲質，約歲給罽絮。冬，匈奴復遣兵將賢質子不居徵立爲莎車王，廣德又攻殺之，更立其弟齊黎爲莎車王，章帝元和三年也。[291]時長史班超發諸國兵擊莎車，大破之，由是遂降漢。[292]事已具"班超傳"。

[291] 匈奴發焉耆、尉黎、龜茲等國兵圍于闐，《資治通鑒·漢紀三七》繫於明帝永平四年（61年），傳文作章帝元和三年（86年），

似誤。

[292]《後漢書·章帝紀》：章和元年（87年），"西域長史班超擊莎車，大破之"。《後漢書·班超傳》："明年（章和元年），超發于寘諸國兵二萬五千人，復擊莎車。而龜茲王遣左將軍發溫宿、姑墨、尉頭合五萬人救之。超召將校及于寘王議曰：今兵少不敵，其計莫若各散去。于寘從是而東，長史亦於此西歸，可須夜鼓聲而發。陰緩所得生口。龜茲王聞之大喜，自以萬騎於西界遮超，溫宿王將八千騎於東界徼于寘。超知二虜已出，密召諸部勒兵，雞鳴馳赴莎車營，胡大驚亂奔走，追斬五千餘級，大獲其馬畜財物。莎車遂降，龜茲等因各退散，自是威震西域。"

莎車東北至疏勒。

疏勒國，去長史所居五千里[293]，去洛陽萬三百里[294]。領戶二萬一千，勝兵三萬餘人。[295]

[293]"五千里"（里數18.1）：應爲自疏勒國王治經尉頭等國王治赴柳中的行程。傳文：疏勒"東北經尉頭、溫宿、姑墨、龜茲至焉耆"。案：若自疏勒赴柳中取北道，則本里數有誤。

[294]"萬三百里"（里數18.2）：自疏勒國王治經姑墨國王治赴洛陽的行程。長安去洛陽約千里，而據《漢書·西域傳上》，疏勒去長安9350里，兩者之和爲10350里。"萬三百里"應爲"萬三百五十里"之訛。

[295]傳文所載疏勒國的戶數是《漢書·西域傳》所載疏勒國戶數

的 13.9 倍，勝兵數爲 15 倍。前者包括役屬疏勒的小國。

明帝永平十六年，龜茲王建攻殺疏勒王成，自以龜茲左侯[296]兜題爲疏勒王。冬，漢遣軍司馬班超劫縛兜題，而立成之兄子忠爲疏勒王。[297]忠後反畔，超擊斬之。事已具超傳。[298]

[296]"左侯"，一說當是"左將"或"左候"之訛。[79]

[297]《後漢書·班超傳》載："時龜茲王建爲匈奴所立，倚恃虜威，據有北道，攻破疏勒，殺其王，而立龜茲人兜題爲疏勒王。明年春，超從閒道至疏勒。去兜題所居槃橐城[80]九十里，逆遣吏田慮先往降之。勅慮曰：兜題本非疏勒種，國人必不用命。若不即降，便可執之。慮旣到，兜題見慮輕弱，殊無降意。慮因其無備，遂前劫縛兜題。左右出其不意，皆驚懼奔走。慮馳報超，超卽赴之，悉召疏勒將吏，說以龜茲無道之狀，因立其故王兄子忠爲王，國人大悅。忠及官屬皆請殺兜題，超不聽，欲示以威信，釋而遣之。疏勒由是與龜茲結怨。"又載："[永平]十八年（75 年），帝崩，焉耆以中國大喪，遂攻沒都護陳睦。超孤立無援，而龜茲、姑墨數發兵攻疏勒。超守盤橐城，與忠爲首尾，士吏單少，拒守歲餘。肅宗初卽位，以陳睦新沒，恐超單危不能自立，下詔徵超。超發還，疏勒舉國憂恐。其都尉黎弇曰：漢使弃我，我必復爲龜茲所滅耳。誠不忍見漢使去。因以刀自剄。超還至于寘，王侯以下皆號泣曰：依漢使如父母，誠不可去。互抱超馬脚，不得行。超恐于寘終不聽其東，又欲遂本志，乃更還疏勒。疏勒兩城自超去後，復降龜茲，而與尉頭連兵。超捕斬反者，擊

破尉頭，殺六百餘人，疏勒復安。"案：龜茲自西漢以來便是綠洲諸國中的大國，戶口勝兵遠多於其餘各國，故有力量侵陵旁國，既依託於匈奴，更爲所欲爲，立兜題爲疏勒王，等於以疏勒爲屬國。而在班超看來，西域諸國皆屬於漢，龜茲的行爲是不可容忍的。然當時班超勢孤力單，不能懲罰龜茲，乃命田慮劫縛兜題，所恃者無非兜題非疏勒種，疏勒國人必不用命而已。又，正如尉犁、危須等追隨焉耆反漢，龜茲則有姑墨、溫宿、尉頭等跟從，蓋綠洲大國不屬漢時往往各有其勢力範圍。然據同傳所載班超疏，"姑墨、溫宿二王，特爲龜茲所置，既非其種，更相厭苦，其勢必有降反"，知姑墨等不過脅從。

[298]《後漢書・班超傳》載："明年（元和元年即 84 年），復遣假司馬和恭等四人將兵八百詣超，超因發疏勒、于寘兵擊莎車。莎車陰通使疏勒王忠，啖以重利，忠遂反從之，西保烏卽城[81]。超乃更立其府丞成大爲疏勒王，悉發其不反者以攻忠。積半歲，而康居遣精兵救之，超不能下。是時月氏新與康居婚，相親，超乃使使多齎錦帛遺月氏王，令曉示康居王，康居王乃罷兵，執忠以歸其國，烏卽城遂降於超。"又載：元和三年（86 年），"忠說康居王借兵，還據損中[82]，密與龜茲謀，遣使詐降於超。超內知其姦而外僞許之。忠大喜，卽從輕騎詣超。超密勒兵待之，爲供張設樂。酒行，乃叱吏縛忠斬之。因擊破其衆，殺七百餘人，南道於是遂通。"《後漢書・章帝紀》載：元和三年，"西域長史班超擊斬疏勒王"。按之建初三年疏，康居亦屬"願歸附"的西域諸國，這裏卻扮演了支持疏勒與漢爲敵的角色，疏勒王忠更是班超所立，居然也貪利反漢。這些都說明班超上疏有意誇飾，或者是爲了堅定朝廷經營西域的決心。

安帝元初中，疏勒王安國以舅臣磐有罪，徙於月氏，月氏王親愛之。後安國死，無子，母持國政，與國人共立臣磐同產弟子遺腹爲疏勒王。臣磐聞之，請月氏王曰：安國無子，種人微弱，若立母氏，我乃遺腹叔父也，我當爲王。月氏乃遣兵送還疏勒。國人素敬愛臣磐，又畏憚月氏，卽共奪遺腹印綬，迎臣磐立爲王，更以遺腹爲磐槀城侯。後莎車連畔于寘，屬疏勒，疏勒以彊，故得與龜茲、于寘爲敵國焉。[299]

[299] 月氏卽貴霜雖於公元 90 年被班超擊退，但並未放棄向葱嶺以東擴張其勢力範圍的企圖。安帝元初（114—120 年）中，正是東漢放棄西域的年代，貴霜在這時出兵扶立親貴霜的疏勒傀儡，可謂乘虛而入。由此可見，月氏王"親愛"臣磐，用心甚深。疏勒國人因"畏憚月氏"而迎立臣磐爲王，似乎也表明當時貴霜對葱嶺以東頗有影響。

順帝永建二年，臣磐遣使奉獻，帝拜臣磐爲漢大都尉，兄子臣勳爲守國司馬。[300] 五年，臣磐遣侍子與大宛、莎車使俱詣闕貢獻。[301] 陽嘉二年，臣磐復獻師子、封牛。[302] 至靈帝建寧元年（168 年），疏勒王漢大都尉於獵中爲其季父和得所射殺，和得自立爲王。[303] 三年，涼州刺史孟佗遣從事任涉將敦煌兵五百人，與戊司馬曹寬、西域長史張晏，將焉耆、龜茲、車師前後部，合三萬餘人，討疏勒，攻楨中城[304]，四十餘日不能下，引去。[305] 其後疏勒王連相殺害，朝廷亦不能禁。

[300]《後漢書·順帝紀》：永建二年（127年）三月，"疏勒國遣使奉獻"。案：順帝之初，東漢雖著意經營西域，然長史班勇屯於柳中，於南北道西端畢竟有鞭長莫及之感，故拜臣磐爲"漢大都尉"，試圖假手疏勒維持秩序。

[301] 據《後漢書·順帝紀》，時在永建五年（130年）正月。

[302]《後漢書·順帝紀》載：陽嘉二年（133年）六月，"疏勒國獻師子、封牛"。

[303] 傳文所載與傳世《曹全碑》有異："戊司馬曹寬"，碑文作"戊部司馬曹全"；傳文稱臣磐爲其季父和得所殺，碑文則稱和德"弒父篡位"。傳文稱漢軍攻城不下，無功而返，碑文則稱"和德面縛歸死"。或以爲當從碑文。[83] 然而，無論這次戰役的結果如何，臣磐之死的損失已無法挽回。

[304] 楨中城，當在疏勒國，具體位置無考。"楨中"[tieng-tiuəm]，與"鄯善"、"精絕"等得視爲同名異譯。

[305] 討疏勒由涼州刺史而不是由敦煌太守調兵遣將，說明當時西域直屬涼州統轄。班勇之後，屢見敦煌太守獨力處理西域事務。如：順帝永建四年（129年），敦煌太守徐由討于闐；順帝陽嘉四年（135年），令敦煌太守發兵掩擊北匈奴呼衍王、救車師六國等等。而長史已無異於太守部屬，敦煌太守事實上已成爲西域的最高行政長官。東漢末年，州刺史權力日益增大，太守形同刺史的部屬，掌管西域事務的不再是敦煌太守而成了涼州刺史。[84] 又，《曹全碑》稱疏勒王"面縛歸死"，乃緣飾之詞。

東北經尉頭[306]、溫宿[307]、姑墨、龜茲至焉耆。

[306] 尉頭，西域北道綠洲國，首見《漢書·西域傳》。
[307] 溫宿，西域北道綠洲國，首見《漢書·西域傳》。

焉耆國，王居南河城[308]，北去長史所居八百里[309]，東去洛陽八千二百里[310]。戶萬五千，口五萬二千，勝兵二萬餘人。[311] 其國四面有大山，[312] 與龜茲相連，道險阨易守。有海水曲入四山之內，周匝其城三十餘里。[313]

[308] "南河"，疑爲"員渠"之奪訛。"員渠"，首見《漢書·西域傳》，時爲焉耆國王治。

[309] "八百里"（里數 19.1）：自南河城赴柳中的行程。

[310] "八千二百里"（里數 19.2）：本里數以襲自《漢書·西域傳》的焉耆國王治員渠城去長安里數爲基礎；亦即員渠城去長安 7330 里，與長安去洛陽約千里之和。"八千二百里"應爲"八千三百三十里"之奪訛。這也表明"南河城"應即員渠城。

[311] 傳文所載焉耆國戶、口、勝兵數分別是《漢書·西域傳下》所載焉耆國戶、口、勝兵數的 3.75、1.62 和 3.33 倍。但前者包括該國所役使的周鄰小國的戶、口和勝兵數，不能視爲人口的實際增長數。

[312] "四面有大山"是對焉耆盆地形勢的描述。

[313] "海水曲入"云云，指博斯騰湖及其四周水系。

永平末，焉耆與龜茲共攻沒都護陳睦、副校尉郭恂，殺吏士二千餘人。至永元六年，都護班超發諸國兵討焉耆、危須、尉黎、山國，遂斬焉耆、尉黎二王首，傳送京師，縣蠻夷邸[314]。超乃立焉耆左候元孟爲王，尉黎、危須、山國皆更立其王。[315]至安帝時，西域背畔。延光中，超子勇爲西域長史，復討定諸國。元孟與尉黎、危須不降。永建二年，勇於敦煌太守張朗擊破之，元孟乃遣子詣闕貢獻。[316]

[314] 李注：「蠻夷皆置邸以居之，若今鴻臚寺也。」

[315]《後漢書·班超傳》：「[永元]六年（94年）秋，超遂發龜茲、鄯善等八國兵合七萬人，及吏士賈客千四百人討焉耆。兵到尉犁界，而遣曉說焉耆、尉犁、危須曰：都護來者，欲鎮撫三國。即欲改過向善，宜遣大人來迎，當賞賜王侯已下，事畢卽還。今賜王綵五百匹。焉耆王廣遣其左將北鞬支奉牛酒迎超。超詰鞬支曰：汝雖匈奴侍子，而今秉國之權。都護自來，王不以時迎，皆汝罪也。或謂超可便殺之。超曰：非汝所及。此人權重於王，今未入其國而殺之，遂令自疑，設備守險，豈得到其城下哉！於是賜而遣之。廣乃與大人迎超於尉犁，奉獻珍物。焉耆國有葦橋之險，廣乃絕橋，不欲令漢軍入國。超更從它道厲度。七月晦，到焉耆，去城二十里，營大澤中。廣出不意，大恐，乃欲悉驅其人共入山保。焉耆左候元孟先嘗質京師，密遣使以事告超，超卽斬之，示不信用。乃期大會諸國王，因揚聲當重加賞賜，於是焉耆王廣、尉犁王汎及北鞬支等三十人相率詣超。其國相腹久等十七人懼誅，皆亡入海，而危須王亦不至。坐定，超怒詰

廣曰：危須王何故不到？腹久等所緣逃亡？遂叱吏士收廣、汎等於陳睦故城斬之，傳首京師。因縱兵鈔掠，斬首五千餘級，獲生口萬五千人，馬畜牛羊三十餘萬頭，更立元孟爲焉耆王。超留焉耆半歲，慰撫之。於是西域五十餘國悉皆納質内屬焉。"案：超所立元孟，"先嘗質京師"，超進兵時，又密遣使以廣動靜告超；總之是以親漢面貌出現者。由此不難想見，超扶立的尉犁、危須和山國國王亦元孟一類人物，被取代的故王則均爲親匈奴者。

[316]《後漢書·班勇傳》："[永建] 二年（127 年），勇上請攻元孟，於是遣敦煌太守張朗將河西四郡兵三千人配勇。因發諸國兵四萬餘人，分騎爲兩道擊之。勇從南道，朗從北道，約期俱至焉耆。而朗先有罪，欲徼功自贖，遂先期至爵離關，遣司馬將兵前戰，首虜二千餘人。元孟懼誅，逆遣使乞降，張朗逕入焉耆受降而還。元孟竟不肯面縛，唯遣子詣闕貢獻。"班超父子經營西域，最後平定的都是焉耆、危須、尉犁三國。

蒲類國，居天山西疏榆谷[317]，東南去長史所居千二百九十里[318]，去洛陽萬四百九十里[319]。戶八百餘，口二千餘，勝兵七百餘人。廬帳而居，逐水草，頗知田作。有牛、馬、駱駝、羊畜。能作弓矢。國出好馬。

[317] 疏榆谷，蒲類前國王治，首見《漢書·西域傳》。
[318] "千二百九十里"（里數 20.1）：自疏榆谷赴柳中的行程。
[319] "萬四百九十里"（里數 20.2）：自疏榆谷經柳中、車師前

國王治赴洛陽的行程；亦即疏榆谷去柳中 1290 里，柳中去車師前國王治 80 里，與車師前國王治去洛陽 9120 里之和。

蒲類本大國也，前西域屬匈奴，而其王得罪單于，單于怒，徙蒲類人六千餘口，內之匈奴右部阿惡[320]地，因號曰阿惡國。南去車師後部馬行九十餘日。人口貧羸，逃亡山谷間，故留爲國云。[321]

[320] 阿惡地，具體位置不詳。"阿惡" [a-ak] 與 "孤胡" [kua-ha] 可能是同名異譯。

[321] 本節所述蒲類大國與蒲類前後國可能並無繼承關係，被徙後其地當在匈奴右部、車師後部之北 9000 餘里。

移支[322]國，居蒲類地。戶千餘，口三千餘，勝兵千餘人。其人勇猛敢戰，以寇鈔爲事。皆被髮[323]，隨畜逐水草，不知田作。所出皆與蒲類同。

[322] 移支，車師人之一枝，可能在今巴里坤湖一帶。"移支" [jiai-tjie]，與 "車師" 應爲同名異譯。

[323] "被髮"：一說移支既係車師之一枝，傳文僅載移支人 "被髮"，似說明其餘車師部落皆不 "被髮"。案：此說未必然。另說所謂 "被髮" 其實很可能意指 "辮髮"。[85]

東且彌國[324]，東去長史所居八百里[325]，去洛陽九千二百五十里[326]。戶三千餘，口五千餘，勝兵二千餘人。廬帳居，逐水草，頗田作。其所出有亦與蒲類同。所居無常。

[324] 東且彌國，首見《漢書·西域傳》。但本傳所傳東且彌國，與《漢書·西域傳》所傳東且彌國似乎不在一處，應在博格多山之北。[86]

[325] "八百里"（里數21.1）：自東且彌國王治赴柳中的行程。

[326] "九千二百五十里"（里數21.2）：本里數以襲自《漢書·西域傳》的東且彌國王治去長安里數爲基礎；亦即東且彌國王治去長安8250里，與長安去洛陽約1000里之和。

車師前王居交河城[327]，河水分流繞城，故號交河。去長史所居柳中八十里[328]，東去洛陽九千一百二十里[329]。領戶千五百餘，口四千餘，勝兵二千人。

[327] 交河城，車師前國王治，首見《漢書·西域傳》。

[328] "八十里"（里數22.1）：自交河城赴柳中的行程。

[329] "九千一百二十里"（里數22.2）：本里數可能以襲自《漢書·西域傳》的交河城去長安里數爲基礎；亦即交河城去長安8150里，與長安去洛陽約1000里之和。果然，"九千一百二十里"應爲"九千一百五十里"之訛；不過，按之里數20.2，其訛由來已久。

後王居務塗谷[330]，去長史所居五百里[331]，去洛陽九千六百二十里[332]。領戶四千餘，口萬五千餘，勝兵三千餘人。[333]

[330] 務塗谷，車師後國王治，首見《漢書·西域傳》。

[331] "五百里"（里數 23.1）：自務塗谷經車師前國王治赴柳中的行程；亦即務塗谷去車師前國王治 500 里，與車師前國王治去柳中 80 里之和。"五百里"應爲"五百八十里"之奪訛。

[332] "九千六百二十里"（里數 23.2）：自務塗谷經車師前國王治赴洛陽的行程；亦即務塗谷去車師前國王治 500 里，與車師前國王治去洛陽 9120 里之和。

[333] 傳文所載車師後國戶、口、勝兵數分別是《漢書·西域傳》所載車師後國戶、口、勝兵數的 6.72、3.14 和 1.59 倍。但前者包括該國所役使的周鄰小國的戶、口和勝兵數，不能視爲該國人口的實際增長數。

前後部及東且彌、卑陸、蒲類、移支，是爲車師六國，[334] 北與匈奴接。前部西通焉耆北道，後部西通烏孫。

[334] 東且彌、卑陸、蒲類屬於《漢書·西域傳上》所謂"山北六國"，分自姑師。故與"移支"合稱爲"車師六國"。

建武二十一年，與鄯善、焉耆遣子入侍，光武遣還之，乃附屬匈奴。明帝永平十六年，漢取伊吾盧，通西域，車師始復內屬。[335] 匈奴遣兵擊之，復降北虜。[336] 和帝永元二年，大將軍竇憲破北匈奴，車師震懾，前後王各遣子奉貢入侍，並賜印綬金帛。[337] 八年，戊己校尉索頵欲廢後部王涿鞮，立破虜侯細致。涿鞮忿前王尉卑大賣己，因反擊尉卑大，獲其妻子。[338] 明年，漢遣將兵長史王林，發涼州六郡兵及羌胡二萬餘人，以討涿鞮，獲首虜千餘人。涿鞮入北匈奴，漢軍追擊，斬之，立涿鞮弟農奇爲王。[339] 至永寧元年，後王軍就及母沙麻反畔，殺後部司馬及敦煌行事。[340] 至安帝延光四年，長史班勇擊軍就，大破，斬之。[341]

[335]《後漢書·竇固傳》載：永平十七年（74 年），竇固"復出玉門擊西域，詔耿秉及騎都尉劉張皆去符傳以屬固。固遂破白山，降車師"。《後漢書·耿秉傳》載："十七年夏，詔秉與固合兵萬四千騎，復出白山擊車師。車師有後王、前王，前王即後王之子，其廷相去五百餘里。固以後王道遠，山谷深，士卒寒苦，欲攻前王。秉議先赴後王，以爲并力根本，則前王自服。固計未決。秉奮身而起曰：請行前。乃上馬，引兵北入，衆軍不得已，遂進，並縱兵抄掠，斬首數千級，收馬牛十餘萬頭。後王安得震怖，從數百騎出迎秉。而固司馬蘇安欲全功歸固，卽馳謂安得曰：漢貴將獨有奉車都尉，天子姊婿，爵爲通侯，當先降之。安得乃還，更令其諸將迎秉。秉大怒，被甲上馬，麾其精騎徑造固壁。言曰：車師王降，訖今不至，請往梟其首。固大驚曰：且止，將敗事！秉厲聲曰：受降如受敵。遂馳赴之。安得

惶恐，走出門，脫帽抱馬足降。秉將以詣固。其前王亦歸命，遂定車師而還。"《後漢書·耿恭傳》載："永平十七年冬，騎都尉劉張出擊車師，請恭爲司馬，與奉車都尉竇固及從弟駙馬都尉秉破降之。始置西域都護、戊己校尉，乃以恭爲戊己校尉，屯後王部金蒲城[87]，謁者關寵爲戊己校尉，屯前王柳中城，屯各置數百人。"案：車師已於十七年夏被擊降，似不應於同年冬復擊之，故《後漢書·耿恭傳》所謂"十七年夏"不過是下詔的時間，張、恭、固、秉擊車師實在是年冬。《後漢書·耿恭傳》稱漢軍欲攻後王，而"士卒寒苦"，可證這次軍事行動在冬季。前節引《後漢書·明帝紀》繫此事於永平十七年"冬十一月"，正與《後漢書·耿恭傳》合。又，《後漢書·耿恭傳》稱"前王卽後王之子"，則似乎表明當時前部已爲後部所并。果然，其事當發生在建武二十一年（45年）之後，後部之所以能兼并前部，蓋有匈奴支援。

[336]《後漢書·耿恭傳》載："明年（永平十八年）三月，北單于遣左鹿蠡王二萬騎擊車師。恭遣司馬將兵三百人救之，道逢匈奴騎多，皆爲所殁。匈奴遂破殺後王安得，而攻金蒲城。……恭以疏勒城[88]傍有澗水可固，五月，乃引兵據之。七月，匈奴復來攻恭，恭募先登數千人直馳之，胡騎散走，匈奴遂於城下擁絕澗水。恭於城中穿井十五丈不得水，吏士渴乏，笮馬糞汁而飲之。恭仰歎曰：聞昔貳師將軍拔佩刀刺山，飛泉湧出，今漢德神明，豈有窮哉。乃整衣服向井再拜，爲吏士禱。有頃，水泉奔出，衆皆稱萬歲。乃令吏士揚水以示虜。[89]虜出不意，以爲神明，遂引去。"

[337]《後漢書·和帝紀》載：永元二年（90年）五月，"車師前

後王並遣子入侍"。這是車師前後王遣子入侍或爲質最早的記載，但很可能在明帝時就開始了。

[338]《後漢書·和帝紀》載：永元八年（96年）七月，"車師後王叛，擊其前王"。

[339]《後漢書·和帝紀》載：永元九年（97年）三月，"西域長史王林擊車師後王，斬之"。

[340]《後漢書·安帝紀》載：永寧元年（120年）三月，"車師後王叛，殺部司馬"。

[341]《後漢書·班勇傳》載："[延光]四年（125年）秋，勇發敦煌、張掖、酒泉六千騎及鄯善、疏勒、車師前部兵擊後部王軍就，大破之。首虜八千餘人，馬畜五萬餘頭。捕得軍就及匈奴持節使者，將至索班沒處斬之，以報其恥，傳首京師。"

順帝永建元年，勇率後王農奇子加特奴及八滑等，發精兵擊北虜呼衍王，破之。勇於是上立加特奴爲後王，八滑爲後部親漢侯。[342]陽嘉三年夏，車師後部司馬率加特奴等千五百人，掩擊北匈奴於閶吾陸谷[343]，壞其廬落，斬數百級，獲單于母、季母及婦女數百人，牛羊十餘萬頭，車千餘兩，兵器什物甚衆。[344]四年春，北匈奴呼衍王率兵侵後部，帝以車師六國接近北虜，爲西域蔽扞，乃令敦煌太守發諸國兵，及玉門關候、伊吾司馬，合六千三百騎救之，[345]掩擊北虜於勒山[346]，漢軍不利。秋，呼衍王復將二千人攻後部，破之。[347]桓帝元嘉元年，呼衍王將三千餘騎寇伊吾，伊吾司馬毛愷遣吏兵五百人於蒲類海東與呼衍王戰，[348]悉爲所沒，呼衍王遂攻伊吾屯城。[349]夏，遣敦煌太守司馬達將敦煌、酒泉、張掖屬國吏士四千餘人救之，出塞至蒲類海，呼衍王聞而引去，漢軍無功而還。

[342]《後漢書·班勇傳》載："永建元年（126年），更立後部故王子加特奴爲王。勇又使別校誅斬東且彌王，亦更立其種人爲王，於是車師六國悉平。其冬，勇發諸國兵擊匈奴呼衍王，呼衍王亡走，其眾二萬餘人皆降。捕得單于從兄，勇使加特奴手斬之，以結車師匈奴之隙。北單于自將萬餘騎入後部，至金且谷，勇使假司馬曹俊馳救之。單于引去，俊追斬其貴人骨都侯，於是呼衍王遂徙居枯梧河上。是後車師無復虜跡，城郭皆安。唯焉耆王元孟未降。"班勇稱農奇爲"後部故王"，該王既爲漢所立，則軍就可能是安帝罷都護後爲匈奴所立，這似乎可以說明何故降索班後旋即反叛。又，班勇所斬東且彌王亦匈奴所立，其人非車師種。而據本傳，車師凡六國，這六國應由西漢時的車師八國分合而成。車師前後部既已降服，其餘四國勢必隨之附漢。又，匈奴失車師，勢在必爭，故班勇乘勝進擊呼衍王，以攻爲守，確保車師平安。至於所謂"金且谷"，似即《漢書·西域傳下》所見"桓且谷"。班勇使曹俊馳救，與西漢時戊己校尉刀護"遣史陳良屯桓且谷"以備匈奴，形勢仿佛。該谷當匈奴進入後部之通道。

[343]閶吾陸谷，具體位置不詳。

[344]《後漢書·順帝紀》載：陽嘉三年（134年），"夏四月丙寅，車師後部司馬率後部王加特奴等掩擊匈奴，大破之，獲其季母"。

[345] 敦煌太守發兵救後部，是因爲當時沒有西域都護。此敦煌太守理西域事情之始。

[346] 勒山，當在車師後部附近，地望不詳。

[347] 陽嘉四年秋呼衍王破車師是匈奴最後一次佔有車師。永和二年（137年），敦煌太守誅呼衍王，車師又歸漢。

[348] 匈奴呼衍王寇伊吾，漢軍與呼衍王戰於蒲類海東，蒲類海應即今巴里坤湖。這是見諸記載的東漢與北匈奴最後一次爭奪伊吾、蒲類地區。

[349] 據原立於巴里坤東松樹塘嶺的《裴岑碑》："惟漢永和二年（137年）八月，敦煌太守雲中裴岑將郡兵三千人誅呼衍王等，斬馘部衆，克敵全師，除西域之灾，蠲四郡之害，邊竟艾安，振威到此，立海祠以表萬世。"知裴岑曾大敗北匈奴於伊吾北，誅殺一呼衍王，維護了伊吾地區的安定。

永興元年，車師後部王阿羅多與戊部候[350]嚴皓不相得，遂忿戾反畔，攻圍漢屯田且固城[351]，殺傷吏士。後部候炭遮領餘人畔阿羅多詣漢吏降。阿羅多迫急，將其母妻子從百餘騎亡走北匈奴中，敦煌太守宋亮上立後部故王軍就質子卑君爲後部王。後阿羅多復從匈奴中還，與卑君爭國，頗收其國人。戊校尉閻詳慮其招引北虜，將亂西域，乃開信告示，許復爲王，阿羅多乃詣詳降。於是收奪所賜卑君印綬，更立阿羅多爲王，仍將卑君還敦煌。以後部人三百帳別屬役之，食其稅。[352]帳者，猶中國之戶數也。[353]

[350] 戊部候所居爲車師後部候城，可能就是金蒲城。

[351] 且固城，具體位置不詳，可能與《漢書·西域傳上》所見"北胥鞬"同在一處，西漢以來一直是屯田之地。"且固"[tzia(gia)-ka]，與"胥鞬"[sia-kian] 得視爲同名異譯。

[352] 蔡邕《太尉橋公廟碑》："公拜涼州刺史，威名克宣，凶虜革心，清風席捲，至則無事。車師後部阿羅多、卑君相與爭國，[興]兵作亂。公遣從事牛稱、何傳舉輕騎奉辭責罪，收阿羅多、卑君，繫燉煌，正處以聞：阿羅多王、卑君侯。稱以奉使副指除侯部。不動干戈，揮鞭而定西域之事，人以爲美談。"[91] 案：碑文所載與此傳不同，揆情度理，應從本傳。

[353] 阿羅多事件之後，車師附漢。《後漢書·趙典傳》提及"車師王侍子爲董卓所愛"，可知直至東漢之末車師一直遣子入侍。

論曰：西域風土之載，前古未聞也。漢世張騫懷致遠之略[354]，班超奮封侯之志，[355] 終能立功西遐，羈服外域。自兵威之所肅服，財賂之所懷誘，莫不獻方奇，納愛質，露頂肘行，東向而朝天子。故設戊己之官，分任其事；建都護之帥，總領其權。先馴則賞籯金而賜龜綬[356]，後服則繫頭顙而釁北闕。立屯田於膏腴之野，[357] 列郵置於要害之路。馳命走驛，不絕於時月；商胡販客，日款於塞下。其後甘英乃抵條支而歷安息，臨西海以望大秦，拒玉門、陽關者四萬餘里，靡不周盡焉。若其境俗性智之優薄，產載物類之區品，川河領障之基源，氣節涼暑之通隔，梯山棧谷繩行沙度之道，身熱首痛風災鬼難之域，[358]

莫不備寫情形，審求根實。至於佛道神化，興自身毒，而二漢方志莫有稱焉。[359]張騫但著地多暑溼，乘象而戰，班勇雖列其奉浮圖，不殺伐，而精文善法導達[360]之功靡所傳述。余聞之後說也，其國則殷乎中土，玉燭和氣[361]，靈聖之所降集，賢懿之所挺生[362]，神迹詭怪，則理絕人區[363]，感驗明顯，則事出天外。[364]而騫、超無聞者，豈其道閉往運，數開叔葉乎？不然，何誣異之甚也！漢自楚英始盛齋戒之祀，桓帝又修華蓋之飾。將微義未譯，而但神明之邪？詳其清心釋累之訓，空有兼遣之宗，道書之流也。[365]且好仁惡殺，蠲敝崇善，所以賢達君子多愛其法焉。然好大不經，奇譎無已，[366]雖鄒衍談天之辯，莊周蝸角之論，[367]尚未足以槩其萬一。又精靈起滅，因報相尋，[368]若曉而昧者，故通人多惑焉。蓋導俗無方，適物異會，取諸同歸，措夫疑說，則大道通矣。

[354] 張騫事蹟見《史記·大宛列傳》和《漢書·張騫李廣利傳》。

[355]《後漢書·班超傳》："永平五年（62年），兄固被召詣校書郎，超與母隨至洛陽。家貧，常為官傭書以供養。久勞苦，嘗輟業投筆歎曰：大丈夫無它志略，猶當效傅介子、張騫立功異域，以取封侯，安能久事筆研間乎？左右皆笑之。超曰：小子安知壯士志哉！其後行詣相者，曰：祭酒，布衣諸生耳，而當封侯萬里之外。超問其狀。相者指曰：生燕頷虎頸，飛而食肉，此萬里侯相也。"

[356] "龜綬"，李注："龜，謂印文也。《漢舊儀》曰：銀印皆龜紐，其文刻曰：某官之章。"

[357] 東漢在西域屯田，始於明帝永平十六年（73年）。是年，漢軍取伊吾廬地，置"宜禾都尉"以屯田。翌年，東漢攻破車師，又分置戊、己校尉於後部金蒲城和前部柳中城，管理兩處的屯田。《後漢書·楊終傳》載終建初元年（76年）上疏有言："自永平以來……北征匈奴，西開三十六國，頻年服役，轉輸煩費，又遠屯伊吾、樓蘭、車師戊己，民懷土思，結怨邊城。"可知永平十六年後，東漢曾屯田樓蘭。關於樓蘭屯田，《水經注·河水二》有載："敦煌索勱，字彥義，有才略，刺史毛奕表行貳師將軍，將酒泉、敦煌兵千人，至樓蘭屯田。起白屋，召鄯善、焉耆、龜茲三國兵各千，橫斷注濱河，河斷之日，水奮勢激，波陵冒堤。勱厲聲曰：王尊建節，河堤不溢，王霸精誠，呼沱不流，水德神明，古今一也。勱躬禱祀，水猶未減，乃列陣被杖，鼓譟讙叫，且刺且射，大戰三日，水乃迴減，灌浸沃衍，胡人稱神。大田三年，積粟百萬，威服外國。"案：文中提到的王尊，《漢書》卷七六有傳；王霸，《後漢書》卷二〇有傳。所述屯田事不能早於東漢，[92] 但未必指永平年間的屯田，蓋其間焉耆、龜茲均未服從，索勱未必能徵其人服役。因此，上述記載很可能是和帝時事。

[358] "梯山"兩句：參看《漢書·西域傳上》關於皮山至縣度一段路況的描述。

[359] "至於"云云，意爲兩漢方志有關佛教的記載僅僅停留在表面。其實，如果對照《法顯傳》和《洛陽伽藍記》之類記載，不難發現魏晉南北朝正史"西域傳"有關西域佛教的記載亦甚粗疏，不獨兩漢。北魏時扜彌國事佛則未見記載；高昌國有佛教信仰，亦不刊見於各史"西域傳"。諸如此類，不一一列舉。

[360]"善法導達",意指以佛法使人覺悟。[93]

[361]"其國"二句,李注:"《天竺國記》云:中天竺人殷樂無戶籍,耕王地者輸地利。又其土和適,無冬夏之異,草木常茂,種田無時節。《爾雅》曰:四時和謂之玉燭。"

[362]"靈聖"二句,李注:"《本行經》云:釋迦菩薩在兜率陁天,爲諸天無量無邊諸衆說法。又觀我今何處成道,利益衆生。乃觀見宜於南閻浮提生有大利益。又云:誰中與我爲父母者。觀見宜於天竺刹利種迦毗羅城白淨王摩邪夫人,可爲父母。又云:四生之中,何生利益。觀見同衆生、胎生、我若化生,諸外道等即誹謗我是幻術也。爾時菩薩觀已,示同諸天五衰相現。命諸同侶,波斯匿王等諸王中生,皆作國王,與我爲檀越。命阿難及諸人等,同生爲弟子。命舍利弗等,外道中生我,成道時當受我化,回邪入正。又有無量衆生,同隨菩薩於天竺受生,多所利益也。"這這是說印度是佛教聖賢誕生之地。

[363]"神迹詭怪,則理絕人區",李注:"《維摩經》曰:以四大海水入一毛孔,不撓魚鼇等,而彼大海本相如故。又舍利弗住不思議菩薩,斷取三千大千國界,如陶家輪著右掌中,擲過恆河沙國界之外,其中衆生不覺不知,又復還本處,都不使人有往來相。"

[364]"感驗明顯,則事出天外",李注:"《涅槃經》曰:阿闍王令醉象蹋佛,佛以慈善根力,舒其五指,遂爲五師子見,爾時醉象惶懼而退。又五百羣賊劫奪人庶,波斯匿王收捉,刵其兩目,弃入坑中。爾時羣賊苦痛不已,同時發聲念南無佛。陁達摩佛以慈善根力,雪山吹藥,令入賊眼,皆悉平復如本。""陁達摩"應是"喬達摩"之訛。

[365]"詳其"數句,李注:"清心謂忘思慮也。釋累謂去貪欲也。

不執著爲空，執著爲有。兼遣謂不空不有，虛實兩忘也。維摩詰云：我及涅槃，此二皆空。《老子》云：常無，欲觀其妙；常有，欲觀其徼。故曰道書之流也。"

[366]"好大不經，奇譎無已"，李注："《維摩經》曰：爾時毗邪離有長者子名曰寶積。與五百長者子，俱持七寶蓋來詣佛所，頭面禮足，各以其蓋共供養佛。佛威神力令諸寶蓋合成一蓋，徧覆三千大千國界諸須彌山，乃至日月星宿，幷十方諸佛說法，皆現於寶蓋中。又維摩詰三萬二千師子坐，高八萬四千由旬，高廣嚴淨，來入維摩方丈室，包容無所妨礙。又四大海水入毛孔，須彌山入芥子等也。"

[367]"雖鄒衍"二句，李注："《史記》曰：談天衍。劉向《別錄》曰：鄒衍之所言五德終始，天地廣大，其書言天事，故曰談天。《莊子》曰：有國於蝸之左角者曰觸氏，有國於蝸之右角者曰蠻氏，相與爭地而戰，伏尸數萬，逐北旬有五日而後反。郭璞注《爾雅》云：蝸牛，音瓜。談天言大，蝸角喻小也"。

[368]李注："精靈起滅，謂生死輪回無窮已。因報相尋謂行有善惡，各緣業報也。"

贊曰：遏[369]矣西胡，天之外區。土物琛麗，人性淫虛。不率華禮，莫有典書。若微神道，何恤何拘。[370]

[369]李注："遏，遠也。"

[370]李注："言無神道以制胡人，則匈猛之性，何所憂懼，何所拘忌也。"

## ■ 注釋

1 參看余太山《兩漢魏晉南北朝與西域關係史研究》，中國社會科學出版社，1995 年，pp. 233-257。

2 參看注 1 所引余太山書，pp. 258-270。

3 王先謙《後漢書集解》卷八八。

4 參看余太山《兩漢魏晉南北朝正史西域傳研究》，中華書局，2003 年，pp. 495-507。

5 "西河"當是"河西"之誤。

6 同注 3。

7 居延，縣名，治今內蒙古額濟納旗東南。

8 平城，縣名，治今山西大同東北。

9 《後漢書·竇固傳》：永平十六年，"固、忠至天山，擊呼衍王，斬首千餘級。呼衍王走，追至蒲類海。留吏士屯伊吾盧城"。

10 《後漢書·耿秉傳》："明年秋，肅宗即位，拜秉征西將軍。遣案行涼州邊境，勞賜保塞羌胡，進屯酒泉，救戊己校尉。"

11 李注："《東觀記》曰，車師太子比特訾降。"

12 谷吉，事蹟見《漢書·陳湯傳》。

13 義從，此處指羌人、小月氏人之武裝。

14 同注 3。

15 同注 3。

16 傳文所見里數的考證，詳見注 4 所引余太山書，pp. 135-180。

17 參看余太山《塞種史研究》，中國社會科學出版社，1992 年，pp. 182-209。

18《辭海》，上海辭書出版社，1979年，p. 1627。

19 王國維"西胡考"，《觀堂集林》卷一三，中華書局，1984年，pp. 613-614。

20 尤還可能是西漢時尉屠耆的後裔。尉屠耆曾娶漢宮女爲夫人，班勇或因此稱其子孫爲"漢人外孫"。蓋未聞東漢曾與鄯善聯姻。

21 "三綬"或爲"王綬"之訛。

22 參看長澤和俊"甘英の西使について"，《シルク・ロード史研究》，國書刊行會，1979年，pp. 398-414。

23 參看中華書局標點本《漢書・西域傳》和本傳的校勘記。

24 劉攽《東漢書刊誤》。

25 參看宮崎市定"條枝と大秦と西海"，《史林》24～1（1939年），pp. 55-86。

26 G. Downey, *A History of Antioch in Syria*. Princeton, 1961, pp.143-162.

27 參看注1所引余太山書，p. 92。

28 同注17。

29 詳見余太山"《後漢書》、《魏略》有關大秦國桑蠶絲記載淺析"，《西域研究》2004年第2期，pp. 14-16。

30 D. D. Leslie and K. H. J. Gardiner, *The Roman Empire in Chinese Sources*. Roma, 1996, pp. 48, 113.

31 詳見白鳥庫吉"大秦傳に現はれたる支那思想"，《白鳥庫吉全集・西域史研究（下）》（卷七），東京：岩波，1971年，pp. 237-302, esp. 271-281。

32 詳見注31所引白鳥庫吉文，esp. 268-271。

33 詳見注31所引白鳥庫吉文，esp. 265-268。

34 同注17。

35 章鴻釗《石雅・寶石說》，上海古籍出版社，1993年，pp. 102-103。

36 見注 35 所引章鴻釗書，pp. 102-103。

37 見謝弗《唐代外來文明》，吳玉貴漢譯，中國社會科學出版社，1995 年，pp. 510-514。

38 注 30 所引 D. D. Leslie and K. H. J. Gardiner 書，p. 202。

39 注 35 所引章鴻釗書，pp. 1-26。

40 注 35 所引章鴻釗書，pp. 27-34。

41 F. Hirth, *China and the Roman Orient*. Shanghai & Hongkong, 1885 (reprinted 1939), p. 41；注 30 所引 D. D. Leslie and K. H. J. Gardiner 書, p. 49。

42 注 35 所引章鴻釗書，pp. 359-362。

43 注 41 所引 F. Hirth 書，pp. 253-254。

44 參看蔡鴻生《唐代九姓胡與突厥文化》，中華書局，1998 年，pp. 30-31。

45 注 30 所引 D. D. Leslie and K. H. J. Gardiner 書，p. 215。

46 說詳勞費爾《中國伊朗編》，林筠因漢譯，商務印書館，1964 年，pp. 328-331；注 37 所引謝弗書，pp. 435-436；注 35 所引章鴻釗書，pp. 206-207。

47 說詳注 37 所引謝弗書，pp. 440-441。關於這個問題的其他說法可參看白鳥庫吉"大秦國及び拂菻國に就きて"，注 31 所引書，pp. 125-203, esp. 178-180。

48 Rackham, H. tr., Pliny, *Natural History*. Harvard University Press: 1949. 譯文見裕爾、考迪埃《東域紀程錄叢》，張緒山漢譯，雲南人民出版社，2002 年，pp. 165-166。

49 有關考說見注 46 所引勞費爾書，pp. 282-285，注 37 所引謝弗書，p. 360，注 30 所引 D. D. Leslie and K. H. J. Gardiner 書，p. 204。

50 H. B. Dewing, tr., Procopius, *War of the Goths*. Cambridge, London, 1957. 譯文

見註48所引裕爾、考迪埃書，p. 171。

51 撣國，一般認爲在今緬甸東北境。

52 註17所引余太山書，pp. 169-171，187-188。

53 註31所引白鳥庫吉文，esp. 280-282。

54 參看余太山"第一貴霜考"，《中亞學刊》第4輯，北京大學出版社，1995年，pp. 73-94。

55 參看註17所引余太山書，pp. 53-61。

56 例如 O. Maenchen-Helfen, "The Yüeh-chih Problem Re-Examlined." *Journal of the American Oriental Society*, LXV, 1945, pp. 71-81，認爲，《後漢書》雖晚出，但可靠程度未必低於《漢書》，前者曾糾正後者關於高附翎侯記載的錯誤，便可見一斑。

57 說見桑原隲藏"張騫の遠征"，《東西交通史論叢》，東京：弘文堂，1944年，pp. 1-117。案：《漢書·西域傳》載："康居有小王五：一曰蘇䪼王，治蘇䪼城……二曰附墨王……三曰窳匿王……四曰罽王……五曰奧鞬王……凡五王，屬康居。"文例相同，知桑原氏說未安。

58 例如：註57所引桑原隲藏文以爲《後漢書》在節略《漢書》時無意識地變更了原意，且舉《漢紀》"大夏本無大君長，往往置小君長，有五翕侯"云云爲證。案：《後漢書》編者並未誤會《漢書》，桑原氏說未安。

59 參看註54所引余太山文。以下有關貴霜諸事均請參看此文。

60 E. Chavannes, "Les pays d'occident d'après le Wei-lio." *T'oung Pao* 6 (1905), pp. 519-571.

61 N. Sims-Williams and J. N. Cribb, "A New Bactrian Inscription of Kanishka the Great." *Silk Road Art and Archaeology*, 1995/1996, pp. 76-142.

62 余太山"新發現的臘跋闍柯銘文和《後漢書·西域傳》有關閻膏珍的記載",《新疆文物》2003 年第 3/4 合期,pp. 43-47。

63 H. Raychaudhuri, *Political History of Ancient India*. Calcutta 1953, pp. 438-439.

64 W. W. Tarn, *The Greeks in Bactria and India*. Cambridge, 1951, pp. 331-332. A. K. Narain, *The Indo-Greeks*, Oxford, 1957, pp. 154-155, 則以爲 Antialcidas 是由 Hermaeus 之父 Amyntas 直接繼承的。

65 F. W. Thomas, "Sakastana, Where dwelt the Sakas Named by Darius and Herodotus?" *Journal of the Royal Asiatic Society* 1906, pp. 181-200; J. Marshall, *Taxila*. Cambridge, 1951, pp. 58-60.

66 據 Philostratos (II, 25-28; VII,14) 記載,在 Tyana 的 Appollonius 時代(公元一世紀中葉),Taxila 的統治者是 Phraotes;見 F. C. Conybeare, tr., *The Life of Apollonius*, London, 1912。E. Herzfeld, "Sakastan." *Archaeologische Mitteilugen aus Iran* IV (1932), pp. 1-116,以爲 Phraotes 應指 Gondophares,因爲 Gondophares 佉盧文錢銘中王號的一部份是 apratihata。案:據 Takht-i-Bāhī 銘文推斷,Gondophares 在公元 45 年在位。

67 參看注 65 所引 J. Marshall 書,p. 64; E. J. Rapson, *The Cambridge History of India*, I, Cambridge, 1951, p. 580。兩者均以爲 Gondophares 的繼任者僅 Pacores 一人。

68 注 65 所引 J. Marshall 書,p. 66,指出:在 Begrām 和喀布爾河谷的其他遺址發現了大量 Gondophares 的錢幣,但是沒有發現他的繼承者 Pacores 的錢幣,則表明 Gondophares 死後,安息人在 Paropamisadae 的統治隨之結束。

69 參看注 37 所引謝弗書,pp. 463-464。

70 參見注 46 所引勞費爾書,p. 321。

71 說詳注 46 所引勞費爾書,pp. 201-203;注 37 所引謝弗書,pp. 326-327。

72 參看湯用彤《漢魏兩晉南北朝佛教史》上冊，中華書局，1983年，pp. 15-21。

73 詳見注72所引湯用彤書，pp. 37-39，等。

74 參看注54所引余太山文。

75 同注74。

76 參看注17所引余太山書，pp. 98-101。

77 白鳥庫吉"大秦傳より見たる西域の地理"，注31所引書，pp. 303-402, esp. 305。

78 注77所引白鳥庫吉文，esp. 367-368。

79 同注3。

80 槃橐城，具體位置不詳。

81 烏即城，具體位置不詳。

82 "損中"，應即本傳及《魏略·西戎傳》所見"楨中"，形近致訛，具體位置不詳。

83 馬雍"東漢《曹全碑》中有關西域的重要史料"，《西域史地文物叢考》，文物出版社，1990年，pp. 41-45。

84 馬雍"東漢後期中亞人來華考"，載注83所引書，pp. 46-59。

85 注4所引余太山書，pp. 364-381。

86 注4所引余太山書，pp. 198-253。

87 李注："金蒲城，車師後王庭也，今庭州蒲昌縣城是也。"據李注，城在今新疆鄯善縣附近。

88 《後漢書·耿恭傳》所見"疏勒城"，一說在唐庭州之西南。見岑仲勉《漢書西域傳地里校釋》，中華書局，1981年，pp. 346-347。

89 李注引《東觀記》曰："恭親自挽籠，於是令士且勿飲，先和泥塗城，并揚示之。"

90 枯梧河，地望不詳。

91《蔡中郎集》卷五。

92 參看劉光華《漢代西北屯田研究》，蘭州大學出版社，1988 年，pp. 168-169。

93 同注 3。

# 五 《魏略·西戎傳》要注

......[1]

[1] 兩漢魏晉南北朝正史所謂"西域"均係廣義的"西域",亦卽敦煌以西的廣大地區。但按照這一概念編纂"西域傳"的除《漢書》和《後漢書》外,僅《魏書》、《南史》和《北史》三史,其餘各史的"西域傳",包括後來的《舊唐書》和《新唐書》,均將西域事情幷入"西戎傳"了。其中,《隋書》和《新唐書》雖有"西域傳"之名,描述的範圍其實與"西戎傳"相同。這種編纂法最早見諸本傳。這與其說是各史編者觀念不同所致,不如說是由於編者爲編纂方便採取的權宜之計。質言之,前後漢以及北魏時期有關西戎與西域兩者的材料較多,必須分開記述。其餘各史編者或者由於掌握的有關西戎與西域的材料較少,故可合幷記述。這裏僅錄注傳文有關西域的部份。

燉煌[2]西域之南山[3]中,從婼羌[4]西至葱領[5]數千里,有月氏餘種[6]、葱茈羌[7]、白馬[8]、黃牛羌[9],各有酋豪,北與諸國接，不知其道里廣狹。[10] 傳聞黃牛羌各有種類，孕身六月生，南與白馬羌鄰。西域諸國，漢初開其道，時有三十六，後分爲五十餘。[11] 從建武以來，更相吞滅，于今有二十。[12] 道從燉煌玉門關[13]入西域，前有二道，今有三道。從玉門關西出，經婼羌轉西，越葱領，經縣度[14]，入大月氏[15]，爲南道。[16] 從玉門關西出，發都護井[17]，回三隴沙[18]北頭，經居盧倉[19]，從沙西井[20]轉西北，過龍堆[21]，到故樓蘭[22]，轉西詣龜茲[23]，至葱領，爲中道。[24] 從玉門關西北出，經橫坑[25]，辟三隴沙及龍堆，出五船[26]北，到車師[27]界戊己校尉[28]所治高昌[29]，轉西與中道合龜茲，爲新道。[30] 凡西域所出，有前史已具詳，今故略說。[31] 南道西行，且志國[32]、小宛國[33]、精絕國[34]、樓蘭國皆幷屬鄯善[35]也。戎盧國[36]、扞彌國[37]、渠勒國[38]、皮山國[39]皆幷屬于窴[40]。罽賓國[41]、大夏國[42]、高附國[43]、天竺國[44]，皆幷屬大月氏。[45]


[2] 燉煌，應卽《史記·大宛列傳》所見"敦煌"。本傳指曹魏時期的敦煌郡，治今敦煌西。

[3] "西域之南山"，相對"漢南山"而言，指阿爾金、昆侖和喀喇昆侖山。

[4] 婼羌，西域南道綠洲國，首見《漢書·西域傳》。

[5] 葱領，首見《漢書·西域傳》。

[6] "月氏餘種"，月氏離開"敦煌、祁連"間的故地西遷時留下的"小衆"，亦卽《史記·大宛列傳》所謂"小月氏"之一部份。一般

以爲這些"小衆"的居地在今祁連山。案：此說不確。小月氏的居地可能包括今祁連山直至西域南山一帶。《史記·大宛列傳》所謂"保南山羌"也應該包括西域南山之羌人，亦即本傳所說蔥茈羌、白馬羌、黃牛羌之類。標點本作"有月氏餘種蔥茈羌、白馬、黃牛羌"，似未安。《後漢書·竇融傳》載："八年夏，車駕西征隗囂，融率五郡太守及羌虜、小月氏等步騎數萬、輜重五千餘兩，與大軍會高平第一。""羌虜、小月氏"，標點本作"羌虜小月氏"，顯然也是將小月氏視爲羌之一種。其實，《後漢書》屢見"羌胡"連稱之例（"竇融傳"外，如"孔奮傳"等），小月氏乃"胡"之一種，"羌"似非"胡"之限定詞。李注可以爲證："小月氏，西域胡國名。"要之，羌胡有別，而"小月氏"往往被稱爲"胡"。《後漢書·董卓傳》李注引《獻帝紀》稱牛輔帳下有"支胡赤兒"，亦以"月支"爲"胡"之例。

[7] 蔥茈羌，羌之一種，具體居地無考。

[8] 白馬羌，羌之一種，主要分佈在今四川綿陽北部和甘肅武都南部。[1]

[9] 黃牛羌，羌之一種，當在白馬羌之北，具體居地無考。

[10] 這一段說，在傳文描述的時代，敦煌以西，自婼羌，沿西域之南山，直至蔥嶺，數千里之間分佈有月氏餘種、蔥茈羌、白馬羌、黃牛羌等，各部北與南道諸國相接。除塞種之外，羌人是西域的另一個大族羣。和塞種一樣，被冠以"羌"名者，在人種上不可能是單一的。

[11] "時有三十六[國]"云云，本《漢書·西域傳上》。

[12] "于今有二十[國]"，指曹魏時代西域綠洲大國稱霸的形勢。僅存"二十[國]"是大國兼并鄰近小國的結果。但本傳的文字似乎

說這樣的形勢始自東漢初。殊不知曹魏時代西域綠洲大國稱霸是東漢末的變動造成的。建武初西域確曾一度出現類似的形勢，而由於東漢的西域經營，這種形勢已經消失。本傳編者於此未予深究，逕將曹魏時代西域綠洲大國的稱霸現象溯源於建武初，顯然非是。案：標點本作"于今有二十道"，未安。

[13] 玉門關，首見《漢書·西域傳》，即《史記·大宛列傳》所見"玉門"。

[14] 縣度，首見《漢書·西域傳》。

[15] 大月氏，本傳所謂"大月氏"並非自伊犁河、楚河流域西遷之大月氏，乃指貴霜國。貴霜國事情詳見《後漢書·西域傳》要注。

[16] 據《漢書·西域傳》和《後漢書·西域傳》，南道乃出玉門關或陽關，傍南山北西行至鄯善國都扜泥城，復自扜泥城西行赴且末以西諸國；本傳卻說在出玉門關後，"經婼羌轉西"。又據《漢書·西域傳上》，婼羌國"去陽關千八百里，去長安六千三百里"，鄯善國"去陽關千六百里，去長安六千一百里"，知當時赴鄯善不經過婼羌；且同傳明載婼羌國"不當孔道"。因此，本傳的敘述說明曹魏時南道的取向與兩漢時有所不同。另一種可能便是婼羌的位置發生了變化。因爲《漢書·西域傳上》所說"不當孔道"的婼羌國不過是西域婼羌族之一支，其王稱"去胡來王"。[2]這一支其實在西漢末已經消亡，或者其餘衆聚居之處在曹魏時正當自玉門關往赴鄯善之道。[3]

[17] 都護井，一說即《漢書·西域傳》所見"卑鞮候井"。[4]"卑鞮"或係土名。

[18] 三隴沙，《太平御覽》卷七四引《廣志》："流沙在玉門關外，

南北二千、東西數百里。有三斷，名曰三隴。"

[19] 居盧倉，首見《漢書·西域傳》。

[20] 沙西井，具體位置不詳。

[21] 龍堆，即《漢書·西域傳》所見"白龍堆"。

[22] 樓蘭，首見《漢書·西域傳》。樓蘭係西域南道東端綠洲國，後改名鄯善。其王治位於羅布泊西南、今若羌縣治附近之且爾乞都克古城。此處所謂"故樓蘭"位於今羅布泊西北樓蘭古城遺址，亦即《水經注》所見"樓蘭城"。蓋據《水經注·河水二》："河水又東逕注賓城南，又東逕樓蘭城南而東注。蓋墩田士所屯，故城禪國名耳。河水又東，注於泑澤。"禪者，取代、轉讓之意。樓蘭國既改名鄯善，城乃禪國名得稱"樓蘭城"。[5]

[23] 龜茲，西域北道綠洲國，首見《漢書·西域傳》。

[24] 本傳所謂"中道"，早在西漢武帝時已經開闢，但在《漢書·西域傳》和《後漢書·西域傳》中均沒有作為一條通西域的路線記載。傳文強調從玉門關到"故樓蘭"一段路線，表明曹魏時今樓蘭古城遺址一帶的重要性超過前代，這顯然是因為該處成了西域長史的治所。[6]

[25] 橫坑，具體位置不詳。

[26] 五船，具體位置不詳。一說即《後漢書·西域傳》所見"伊吾"，[7]似有未安。"五船"[nga-zjiuan]，其名可能得自塞種之一部 Gasiani，與"車師"為同名異譯。

[27] 車師，指車師前國，西域北道綠洲國，首見《漢書·西域傳》。

[28] 戊己校尉，西域職官名稱，詳見"《漢書·西域傳上》要注"。

據《三國志·魏書·文帝紀》，黃初三年（222年）二月，鄯善等三國來朝，"詔曰：西戎卽敍，氐、羌來王，《詩》、《書》美之。頃者西域外夷並款塞內附，其遣使者撫勞之。是後西域遂通，置戊己校尉"。由此可知曹魏曾置戊己校尉，時在黃初三年二月之後。據本傳，可知曹魏戊己校尉所治爲車師界高昌。曹魏首任戊己校尉爲張恭。據《三國志·魏書·張恭傳》，敦煌太守馬艾卒官，郡人推恭行長史事。恭"乃遣子就東詣太祖，請太守"。時酒泉黃華、張掖張進各據郡叛，執就。恭卽引兵攻酒泉，別遣鐵騎二百及官屬，緣酒泉北塞，東迎太守尹奉。"黃初（二）［三］年，下詔褒揚，賜恭爵關內侯，拜西域戊己校尉。"又據同傳，繼張恭爲戊己校尉者爲其子張就。張就任戊己校尉至少到明帝青龍四年（236年）。《晉書·地理志上》"涼州條"稱，曹魏時，"刺史領戊己校尉，護西域，如漢故事，至晉不改"。知曹魏所置戊己校尉稟命於涼州刺史，如東漢後期故事。除戊己校尉外，曹魏似乎還在西域設有西域長史，長史治樓蘭。

[29] 高昌，其前身當卽《漢書·西域傳》所見"高昌壁"，故址當位於今高昌古城。

[30] 新道，一般認爲便是《漢書·西域傳》和《後漢書·西域傳》所載"北道"。這固然不錯，但值得注意的是，《漢書·西域傳》和《後漢書·西域傳》的"北道"並不完全等於"新道"。"北道"其實包括了本傳所載"中道"和"新道"兩者。"新道"之"新"僅在於銜接玉門關與"北道"的一段路線。在《漢書·西域傳》的編者看來，徐普雖有新闢，與"北道"幹線無涉，故傳文序仍稱"出西域有兩道"。本傳編者不明此理，纔有"前有二道，今有三道"之說。

[31] 曹魏的西域經營規模雖不能與漢代相比,但這一時期西域和中原的經濟交往是比較頻繁的。《三國志·魏書·崔林傳》稱文帝時,西域諸國商賈屢屢冒充使者來魏。《三國志·魏書·蘇則傳》稱:破酒泉、張掖後,"西域通使,燉煌獻徑寸大珠"。《三國志·魏書·倉慈傳》稱,慈爲敦煌太守,"常日西域雜胡欲來貢獻,而諸豪族多逆斷絕;既與貿遷,欺詐侮易,多不得分明。胡常怨望,慈皆勞之。欲詣洛者,爲封過所;欲從郡還者,官爲平取,輒以府見物與共交市,使吏民護送道路,由是民夷翕然稱其德惠"。當時西域商賈有兩類,一類以洛陽爲目的地,直接與宮廷貿易;另一類以敦煌爲目的地,在敦煌銷售貨物後便返回。[8]

[32] "且志",應爲《漢書·西域傳》所見西域南道綠洲國"且末"之訛。

[33] 小宛,西域南道綠洲國,首見《漢書·西域傳》。

[34] 精絕,西域南道綠洲國,首見《漢書·西域傳》。

[35]《三國志·魏書·文帝紀》:黃初三年(222年),"二月,鄯善……遣使奉獻"。《三國志·魏書·烏丸鮮卑東夷傳》也提到鄯善朝魏。

[36] 戎盧,西域南道綠洲國,首見《漢書·西域傳》。

[37] 扜彌,西域南道綠洲國,應即《史記·大宛列傳》所見"扜罙"、《漢書·西域傳》所見"扜彌"或"杅彌"、《後漢書·西域傳》所見"拘彌"。其王治位於今 Dandān-Uiliq 遺址,策勒縣城北偏東約 90 公里。

[38] 渠勒,西域南道綠洲國,首見《漢書·西域傳》。

[39] 皮山，西域南道綠洲國，首見《漢書·西域傳》。

[40] 于窴，西域南道綠洲國，應卽《史記·大宛列傳》所見"于寘"、《漢書·西域傳》所見"于闐"。其王治應位於今和闐附近，最可能在 Yotkan。據《三國志·魏書·文帝紀》，黃初三年（222年），"二月……于闐王各遣使奉獻"。⁹《三國志·魏書·烏丸鮮卑東夷傳》也提到于闐朝魏。

[41] 罽賓，首見《漢書·西域傳》，原指由南下塞人建立的政權，大致位於喀布爾河中下游地區。本傳所謂"罽賓"則指乾陁羅地區。

[42] 大夏，首見《史記·大宛列傳》，原指自阿姆河以北南下的吐火羅人建立的政權。這一政權統治的地區因而被稱爲吐火羅斯坦。本傳所謂"大夏"指吐火羅斯坦。

[43] 高附，首見《後漢書·西域傳》。

[44] 天竺，應卽《史記·大宛列傳》所見"身毒"、《漢書·西域傳》所見"天篤"，《後漢書·西域傳》所見"天竺"，均指以印度河流域爲中心的南亞次大陸。

[45] 關於大月氏（卽貴霜）與曹魏的關係，據《三國志·魏書·明帝紀》，太和三年（229年），十二月"癸卯，大月氏王波調遣使奉獻，以調爲親魏大月氏王"。《三國志·魏書·烏丸鮮卑東夷傳》也提到朝魏西域諸國有月氏。又，所謂罽賓國等四國屬大月氏，表明在傳文描述的時代，吐火羅斯坦、喀布爾河流域、印度河流域均役屬貴霜帝國。又，貴霜人和大月氏人同出一源，"月氏"和"貴霜"客觀上是同名異譯，故授予波調的"大月氏王"與"大貴霜王"無異。

臨兒國[46]，《浮屠經》云其國王生浮屠。[47] 浮屠，太子也。父曰屑頭邪[48]，母云莫邪[49]。浮屠身服色黃[50]，髮青如青絲，乳青毛，蛉赤如銅。[51] 始莫邪夢白象而孕，及生，從母左脅[52]出，生而有結，墮地能行七步。[53] 此國在天竺城中。天竺又有神人，名沙律。[54] 昔漢哀帝元壽元年，博士弟子景盧受大月氏王使伊存口受《浮屠經》[55]曰復立[56]者其人也。《浮屠》所載臨蒲塞[57]、桑門[58]、伯聞、疏問、白疏閒[59]、比丘[60]、晨門[61]，皆弟子號也。《浮屠》所載與中國《老子經》相出入，蓋以爲老子西出關，過西域之天竺，教胡。[62] 浮屠屬弟子別號，合有二十九，不能詳載，故略之如此。

[46] "臨兒" [liəm-njie]，一說卽佛誕生地 Lumbini。[10] 一說當指釋迦牟尼故鄉迦毗羅城（Kapilavastu），遺址位於今尼泊爾、印度邊境地區（今印度北方邦巴斯底縣之庇普拉瓦[11]）。Kapilavastu 原意爲 "黃頭居處"。慧琳《一切經音義》卷二三："謂上古有黃頭仙人，依此處修道，故因名耳。"[12]

[47] "浮屠"，Buddha 之漢譯。

[48] "屑頭邪"（Śuddhodana），後通譯作 "淨飯王" 或 "白淨王"，亦音譯作 "首圖馱那"，相傳迦毗羅衛國國王。

[49] "莫邪"（māyā），意爲 "幻"，後通譯作 "摩耶"。

[50] "身服色黃"，袈裟色黃，故云。

[51] "髮青如青絲，乳青毛，蛉赤如銅"，一本作 "髮如青絲，爪如銅"。[13]

[52]"左脅",《太平御覽》卷七九七引《魏略》作"右脅"。案：作"右脅"是。

[53]《史記正義》（卷一二三）引《浮屠經》云："臨兒國王生隱屠太子。父曰屠頭邪，母曰莫邪屠。身色黃，髮如青絲，乳有青色，爪赤如銅。始莫邪夢白象而孕，及生，從母右脅出。生有髮，墮地能行七步。"可以參看。

[54]"沙律（Śāriputra）"，釋迦牟尼十大弟子之一，後通譯作"舍利弗"或"鶖露子"。[14]

[55]此事各書所記均有差異，不僅受經者姓名不一致，而且受經地點也不一致。若據《辯正論》卷五注："秦景至月氏國，其王令太子口授《浮圖經》"，則受經於月氏國。[15]

[56]"復立"，Buddha 之漢譯。"復立"，一本作"復豆"。[16]

[57]"臨蒲塞"："臨"字乃"伊"字之訛，"伊蒲塞"應爲 upāsaka 之漢譯。

[58]"桑門"，śramaṇa 之漢譯。

[59]"伯聞、疏問、白疏閒"，三者迄無令人信服之解釋。

[60]"比丘"，bhikṣu 之漢譯。

[61]"晨門"，應即"桑門"，本傳誤一爲二。

[62]除本傳外，有關老子出關之類記載也見於《世說新語·文學篇》注、《魏書·釋老志》、《隋書·經籍志一》、法琳《辯正論》卷五、《太平御覽》卷七九七、《史記正義》卷一二三等。

車離國[63]一名禮惟特，一名沛隸王，[64]在天竺東南三千餘里，其地卑溼暑熱。其王治沙奇[65]城，有別城數十[66]。人民怯弱，月氏、天竺擊服之。其地東南西北數千里，人民男女皆長一丈八尺，乘象、橐駝以戰，今月氏役稅之。[67]

[63] 車離，應卽《後漢書·西域傳》所載"東離"。"東離"，應從本傳作"車離"[kia-liai]。車離國乃指南印度古國 Chola，泰米爾人（Tamil）所建。

[64] "禮維特"[lyei-jiuəi-dək] 和"沛隸"[phat-lat]，可能分別是 Drāvia 和 Palār 的對譯。

[65] "沙奇"[shea-gia]，是 Kāñchi 的對譯。一說"沙奇"卽 Sāketa。[17]

[66] "別城數十"後，應據《後漢書·西域傳》補"皆稱王"三字。

[67] 月氏役稅之，說明當時貴霜勢力已伸向南印度。

盤越國[68]，一名漢越王，[69]在天竺東南數千里，與益部[70]近，其人小與中國人等，蜀人賈似至焉。南道而西極轉東南盡矣。

[68] 盤越，應卽《後漢書·西域傳》所載"磐起"。"磐起"[buan-khiə]、"盤越"[buan-hiuat] 均爲 Pyū（Prū、Prome）之對譯。

[69] 漢越，疑爲"滇越"之誤。滇越，首見《史記·大宛列傳》。

[70] 益部，卽益州，治今雲南晉寧東。

中道西行尉梨國[71]、危須國[72]、山王國[73]皆并屬焉耆[74]，姑墨國[75]、溫宿國[76]、尉頭國[77]皆并屬龜茲也，[78]楨中國[79]、莎車國[80]、竭石國[81]、渠莎國[82]、西夜國[83]、依耐國[84]、滿犁國[85]、億若國[86]、榆令國[87]、捐毒國[88]、休脩國[89]、琴國[90]皆并屬疏勒。[91]自是以西，大宛[92]、安息[93]、條支[94]、烏弋[95]。烏弋一名排特[96]，此四國次在西，本國也，無增損。前世謬以爲條支在大秦西，今其實在東。[97]前世又謬以爲彊於安息，今更役屬之，號爲安息西界。[98]前世又謬以爲弱水在條支西，今弱水在大秦西。[99]前世又謬以爲從條支西行二百餘日，近日所入，[100]今從大秦西近日所入。

[71]尉犁，西域北道綠洲國，應卽《漢書·西域傳》所見"尉犂"。

[72]危須，西域北道綠洲國，首見《漢書·西域傳》。據《晉書·宣帝紀》，齊王芳正始元年（240年）正月，"危須諸國……皆遣使來獻"。

[73]山王國，西域北道綠洲國，應卽《漢書·西域傳》所見"山國"。

[74]焉耆，西域北道綠洲國，首見《漢書·西域傳》。焉耆與曹魏關係，據《三國志·魏書·明帝紀》，太和元年（227年）十月，"焉耆王遣子入侍"。又據《晉書·宣帝紀》，齊王芳正始元年（240年）正月，"焉耆……皆遣使來獻"。

[75]姑墨，西域北道綠洲國，首見《漢書·西域傳》。

[76]溫宿，西域北道綠洲國，首見《漢書·西域傳》。

[77]尉頭，西域北道綠洲國，首見《漢書·西域傳》。

[78] 龜茲國與曹魏關係，據《三國志·魏書·文帝紀》，黃初三年（222 年），"二月……龜茲……各遣使奉獻"。又，《三國志·魏書·崔林傳》載：崔林任大鴻臚時，"龜茲王遣侍子來朝，朝廷嘉其遠至，褒賞其王甚厚。餘國各遣子來朝，間使連屬，林恐所遣或非真的，權取疏屬賈胡，因通使命，利得印綬，而道路護送，所損滋多。勞所養之民，資無益之事，爲夷狄所笑，此曩時之所患也。乃移書燉煌喻指，并錄前世待遇諸國豐約故事，使有恒常"。所述龜茲王遣侍子來朝或即"文帝紀"所載黃初三年龜茲王遣使奉獻事。由此亦可見，至少在魏初，諸國朝魏確實頻繁；"本紀"不載，也許不是疏漏，而是恐來者不過疏屬賈胡的緣故。龜茲王遣子入侍，雖受厚賞，但"文帝紀"祇稱"奉獻"，不提入侍，顯然是懷疑"所遣或非真的"。又，《三國志·魏書·烏丸鮮卑東夷傳》也提到龜茲朝魏。

[79] 楨中國，應即《後漢書·西域傳》所見疏勒國之楨中城；楨中國既"屬疏勒"，或在疏勒城附近。"楨中"[tieng-tiuəm]，與"鄯善"、"精絕"等亦得視爲同名異譯。

[80] 莎車，西域北道綠洲國，首見《漢書·西域傳》。

[81] 竭石國，一說其王治位於今 Tashkurghan。[18] 案："竭石"，應即《水經注·河水二》所見迦舍羅逝國，"竭石"[keai-sjya] 與"迦舍"[keai-sjya] 爲同名異譯，均得視爲塞種部落 Gasiani 一名之漢譯。

[82] "渠沙"[gia-shea]，亦得視爲 Gasiani 之對譯。《魏書·西域傳》載："渠莎國，居故莎車城。"因此，不能排除本傳誤一國爲二國之可能性。蓋莎車國本塞種部落所建，參與者既有 Sacarauli，又有 Gasiani。[19]

[83] 西夜，種族名，首見《漢書·西域傳》。本傳似指《後漢書·西域傳》之漂沙國。其王治位置不詳。

[84] 依耐，西域南道綠洲國，首見《漢書·西域傳》。

[85] "滿犁"，應即《漢書·西域傳》所見"蒲犁"之訛。蒲犁，西域南道綠洲國。也就是說應即本傳所見竭石，傳文誤一國爲二國。

[86] "億若"[iək-njiak]，應即《漢書·西域傳》所見烏秅、亦即《後漢書·西域傳》所見"德若"。[20]

[87] "榆令"[jiuo-lieng]，不見前史，很可能與《漢書·西域傳》所見"尉頭"[iuət-do]、"尉犂"[iuət-lyei]爲同名異譯，均得視爲Gasiani之略譯。榆令國具體位置不詳。

[88] 捐毒，帕米爾地區綠洲國，首見《漢書·西域傳》。

[89] 休脩，帕米爾地區綠洲國，應即《漢書·西域傳》所見"休循"。

[90] 琴國，不見前史，具體位置不詳，既"屬疏勒"，當近蔥嶺，可能亦塞種所建。"琴"[giəm]，得視爲Sakā之略譯。

[91] 疏勒，西域北道綠洲國，首見《漢書·西域傳》。《三國志·魏書·烏丸鮮卑東夷傳》提到疏勒朝魏。案：朝魏西域諸國，明確見諸記載的衹有八個，即：鄯善、龜茲、于闐、焉耆、危須、大月氏、康居和大宛；加上《三國志·魏書·烏丸鮮卑東夷傳》提到的烏孫、疏勒和車師[後國]，也不過十一個。但值得注意的是，除危須外，其餘十國都是當時西域的"大國"。在本傳描述的時代，這十個西域"大國"中鄯善、于闐、大月氏、焉耆、龜茲、疏勒、車師後國等七國，均係西域的霸主，各有自己的勢力範圍。如果本傳所載不誤，則

朝魏的鄯善等十國，其實代表了當時大部份西域。由於東漢末的混亂，曹魏代漢後一時又無力深入，西域又一次出現類似西漢末、東漢初鄯善等國兼并、役使其鄰近諸國、劃分勢力範圍的情況。《三國志》等所載朝魏的主要是這些有力兼并、役使諸小國的大國，正可視作東漢初的形勢在曹魏時重現的證據。

[92] 大宛，位於費爾幹納地區，首見《史記·大宛列傳》。大宛與曹魏關係，據《三國志·魏書·三少帝紀》，元帝咸熙二年（265年），閏十月"庚辰……大宛獻名馬"。

[93] 安息，指帕提亞朝波斯王國，首見《史記·大宛列傳》。

[94] 條支，指塞琉古朝敘利亞王國，首見《史記·大宛列傳》。本傳主要指曾爲塞琉古朝敘利亞王國統治的地區。

[95] "烏弋"，應即《漢書·西域傳》所見"烏弋山離"之略稱。

[96] "一名排特"，《後漢書·西域傳》作"時改名排（持）[特]"，而本傳義長。蓋"排特"[buəi-dək]便是Prophthasia之略譯，無所謂"改名"。

[97] "前世謬以爲條支在大秦西"：傳世文獻中未見類似記載，不知本傳作者何所指而云然。

[98] "前世又謬以爲彊於安息"三句：安息建國之初，經常受到條枝卽塞琉古朝敘利亞王國的威脅，直至Mithridates一世卽位後纔日益強盛起來。換言之，條枝確曾一度強於安息，前世所傳並非盡謬。條枝役屬安息是張騫時代的事。張騫以後六十餘年，條枝便亡於羅馬，自然也就談不上役屬安息了。因此，所謂"今更役屬之"，應該是張騫時代所獲得的消息，不能看作魚豢時代的實況。本傳所載西

域事情多屬東漢時代者，有關條枝、黎軒和大秦的部份亦然，故有不少被范曄採入《後漢書‧西域傳》，但似乎還有東漢以前者，如上引三句便是。又，前引《後漢書‧西域傳》"後役屬條支"句，著一"後"字，顯然是受此處"前世又謬以爲彊於安息，今更役屬之"兩句的影響。至於條枝"號爲安息西界"，無疑始於役屬安息之時。應該指出，既然是"號爲"西界，就不能認爲是真正的西界，更不能據此求條枝於安息西部疆界之内。故此處"西界"簡直可讀作"西蕃"，它表達了張騫時代條枝與安息關係的實質，即條枝役屬安息，安息以條枝爲蕃國。後來，條枝雖亡於羅馬，但中亞特別是安息人很可能依舊沿用"安息西界"來稱呼故條枝國之地。故本傳中的"安息西界"，可以說是條枝的代名詞。

[99]《漢書‧西域傳上》稱："安息長老傳聞條支有弱水、西王母。"

[100]《漢書‧西域傳上》稱："自條支乘水西行，可百餘日，近日所入云。"《後漢書‧西域傳》："《漢書》云，從條支西行二百餘日，近日所入。""近日所入"處以及弱水之西移，說明漢人有關西方地理視野的不斷擴大。

大秦國一號犂靬[101]，在安息、條支西大海之西，[102]從安息界安谷城乘船，直截海西，遇風利二月到，風遲或一歲，無風或三歲。[103]其國在海西，故俗謂之海西。[104]有河出其國，西又有大海[105]。海西有遲散城，從國下直北至烏丹城，[106]西南又渡一河，乘船一日乃過。西南又渡一河，一日乃過。[107]凡有大都三。[108]卻從安谷城陸道直北行之海北，復直西行之海西，[109] 復直南行經之烏遲散城 [110]，渡一河，[111] 乘船一日乃過。周迴繞海，凡當渡大海六日乃到其國 [112]。國有小城邑合四百餘，東西南北數千里。[113] 其王治濱側河海，以石爲城郭。其土地有松、柏、槐、梓、竹、葦、楊柳、梧桐 [114]、百草。民俗，田種五穀，畜乘有馬、騾、驢、駱駝。桑蠶。[115] 俗多奇幻，口中出火，自縛自解，[116] 跳十二丸巧妙。[117] 其國無常主，國中有災異，輒更立賢人以爲王，而生放其故王，王亦不敢怨。[118] 其俗人長大平正，似中國人而胡服，自云本中國一別也。[119] 常欲通使於中國，而安息圖其利，不能得過。[120] 其俗能胡書。其制度，公私宮室爲重屋，旌旗擊鼓，白蓋小車，郵驛亭置如中國。從安息繞海北到其國，[121] 人民相屬，十里一亭，三十里一置 [122]，終無盜賊。但有猛虎、獅子爲害，行道不羣則不得過。[123] 其國置小王數十，其王所治城周回百餘里，有官曹文書。王有五宮，一宮間相去十里，其王平旦之一宮聽事，至日暮一宿，明日復至一宮，五日一周。置三十六將，每議事，一將不至則不議也。[124] 王出行，常使從人持一韋囊自隨，有白言者，受其辭投囊中，還宮乃省爲決理。[125] 以水晶作宮柱及器物。[126] 作弓矢。其別枝封小國，曰澤散王 [127]，曰驢分王 [128]，曰且蘭王 [129]，曰賢督王 [130]，曰汜復王 [131]，曰于羅王 [132]，其餘小王國甚多，不能一一詳之也。

[101] "犂軒"，應卽《史記·大宛列傳》所見"黎軒"、《漢書·西域傳》所見"犂靬"、《後漢書·西域傳》所見"犂鞬"，均係 [A]

lexan[dria]（埃及的亞歷山大城）的縮譯。但《史記·大宛列傳》和《漢書·西域傳》所見"黎軒"和"犂靬"指托勒密朝埃及王國。《後漢書·西域傳》和本傳中的"犂鞬"和"犂靬"客觀上都已經成了大秦的同義詞。[21]

[102] "在安息、條支西大海之西"，乃指羅馬帝國本土位於安息、條枝（Syria）的西方，亦即"大海"即地中海的西部。

[103] "從安息界安谷城乘船"至"無風或三歲"數句，指從叙利亞的 Antiochia 城，乘船橫截地中海西航，可至大秦即羅馬帝國本土——意大利半島。案：所謂"安息界安谷城"應爲"安息西界安谷城"。如前所述，"安息西界"在本傳中用作"條枝"的代名詞。又，"安谷"[an-kok] 一名，無疑是 Antiochia 的縮譯。前文"條枝"也是 Antiochia 的縮譯。《後漢書·西域傳》載甘英抵條枝，臨海欲渡，聞"安息西界"船人之言："海水廣大，往來者逢善風三月乃得度，若遇遲風，亦有二歲者，故入海人皆齎三歲糧。"這與本傳載安谷城赴大秦日程，如出一轍，知"安谷"、"條枝"同在一地。

[104] "其國在海西"二句，指羅馬帝國本土在地中海西部，故亦稱爲"海西"國。

[105] "有河出其國，西又有大海"；河指意大利半島上的 Tiber 河；海指意大利半島以西的第勒尼安海。

[106] "海西有遲散城"，應讀作"海西國有遲散城"。"遲散"與下文"烏丹"、"烏遲散"均係"烏遲散丹"之奪誤。下文"復直南行經之烏遲散城"句，元郝經《續後漢書》卷八〇注所引作"經烏丹遲散城"，可見四字本連寫，原應作"烏遲散丹"，乃涉上"烏丹城"、

"遲散城"而致誤，可乙正。"烏遲散丹"[a-diei-san-tan]即Alexandria的全譯。"從國下直北至烏[遲散]丹城"，是指從大秦國的最南端，北行可至埃及的亞歷山大城。

[107] "西南又渡一河，乘船一日乃過。西南又渡一河，一日乃過"四句涉下文衍。

[108] "凡有大都三"句，疑上有奪文。"大都三"或指羅馬帝國的三個最大的都會：意大利的羅馬、叙利亞的安條克和埃及的亞歷山大。

[109] "卻從安谷城陸道直北行之海北，復直西行之海西"二句，指從叙利亞的Antiochia取陸道北行，可至"海北"即地中海北部：小亞、巴爾幹等地，更西行可達"海西"即大秦本土。

[110] "復直南行經之烏遲散[丹]城"句，復、經二字衍；乃指自Antiochia沿地中海海岸南行，可至埃及的亞歷山大城。

[111] "渡一河"，河指尼羅河。"周迴繞海"，指亞歷山大城位於尼羅河三角洲上，突出於海中。

[112] "凡當渡大海六日乃到其國"，指從叙利亞的Antiochia取海道抵亞歷山大，共需六日。"國"指大秦屬國，即下文所謂"別枝封小國"，此處指"澤散國"。前文明載自安谷城至大秦，速則二月，遲或三歲，非六日可到，故知"國"非指大秦國。

[113] "國有小城邑"二句，說明所謂大秦國乃指羅馬帝國全境，而不是帝國的局部。

[114] "松、柏、槐、梓、竹、葦、楊柳、梧桐"，一說這些植物，皆中國本土之靈草神木，尤其是槐、梓、竹、梧桐，未必當時大秦國實有，傳文強調大秦國有這些植物，可能是當時中國人將大秦理想化

的結果。²²

[115]"桑蠶",《後漢書·西域傳》有類似描述。

[116]《史記索隱》(卷一二三引) 本傳作:"犂靬多奇幻,口中吹火,自縛自解。""犂靬"當爲"犂軒"之訛。

[117]"俗多奇幻"云云,此即《後漢書·西南夷傳》所載大秦"幻人"。眩人或幻人應來自黎軒卽埃及的亞歷山大城。²³

[118]"其國無常主"云云,《後漢書·西域傳》有類似描述。

[119]"其俗"云云,可知時人認爲羅馬帝國"有類中國",纔稱之爲大秦的。蓋"秦"係當時北亞和中亞人對中國的稱呼。《漢書·匈奴傳上》:"衛律爲單于謀,穿井築城,治樓以藏穀,與秦人守之。"顏注:"秦時有人亡入匈奴者,今其子孫尚號秦人。"王先謙《漢書補注》引顧炎武云:"顏說非也。彼時匈奴謂中國人爲秦人,猶後世言漢人耳。"又,《漢書·西域傳下》:"匈奴縛馬前後足,置城下,馳言:秦人,我勾若馬。"顏注:"謂中國人爲秦人,習故言也。"又,《史記·大宛列傳》載貳師之言有曰:"聞宛城中新得秦人,知穿井。"《漢書·李廣利傳》"秦人"作"漢人"。皆可爲證。果然,"大秦"應爲中亞人對羅馬帝國的稱呼,漢人似乎不太可能用前朝的國號來指稱西域的一個大國。

[120]"常欲通使於中國"云云,詳"《後漢書·西域傳》要注"。

[121]"從安息繞海北到其國",指從安息經條枝取陸道北行,可至"海北"卽地中海北部,更西行可達大秦本土。

[122]"十里一亭,三十里一置",《後漢書·西域傳》有類似描述。

[123]"從安息繞海北到其國"至"行道不羣則不得過"一段或可

據《後漢書・西域傳》的有關文字釐定爲："從安息陸道繞海北到其國，人民相屬，十里一亭，三十里一置，終無盜賊寇警。但有猛虎、獅子，爲害行旅，不百餘人，齎兵器，輒爲所食。"

[124] "王有五宮"云云，《後漢書・西域傳》有類似描述。

[125] "王出行"云云，《後漢書・西域傳》有類似描述。

[126]《史記正義》（卷一二三）引康氏《外國傳》云："其國城郭皆青水精爲礎，及五色水精爲壁。人民多巧，能化銀爲金。國土市買皆金銀錢。"一說"水晶作宮柱"亦誇飾之言。[24]

[127] "澤散" [deak-san]，可視作 Alexandria 之縮譯，亦指埃及的 Alexandria。

[128] "驢分" [lia-piuən]，乃 Propontis 之略譯。

[129] "且蘭"乃"旦蘭" [dan-lan] 之訛，"旦蘭"乃 Palmyra 之古名 Tadmor 或 Tadmora 之對譯。

[130] "賢督" [hyen-sjiuk]，乃耶魯撒冷（Jerusalem）的古稱 Hierosōlyma 之對譯。

[131] "氾復" [ziə-biuk]，Damascus 的對譯。

[132] "于羅" [hiua-la]，Hatra 的對譯。


國出細絺[133]。作金銀錢，金錢一當銀錢十。有織成細布，言用水羊毳，名曰海西布[134]。此國六畜皆出水[135]，或云非獨用羊毛也。亦用木皮或野繭絲[136]作。織成[137]、氍毹[138]、毾㲪[139]、罽帳[140]之屬皆好，其色又鮮於海東諸[141]所作也。又常利得中國絲，解以爲胡綾，故數與安息[142]諸國交市於海中。海水苦不可食，故往來者希到其國中。山出九色次玉石[143]，一曰青，二曰赤，三曰黃，四曰白，五曰黑，六曰綠，七曰紫，八曰紅，九曰紺。今伊吾[144]山中有九色石，即其類。陽嘉三年時，疎勒王臣槃[145]獻海西[146]青石、金帶各一。[147]又今《西域舊圖》[148]云罽賓、條支諸國出琦石，即次玉石也。大秦多金、銀、銅、鐵、鉛、錫、神龜[149]、白馬、朱髦[150]、駭雞犀[151]、瑇瑁[152]、玄熊[153]、赤螭[154]、辟毒鼠[155]、大貝[156]、車渠[157]、瑪瑙[158]、南金[159]、翠爵[160]、羽翮、象牙[161]、符采玉[162]、明月珠[163]、夜光珠[164]、真白珠、虎珀[165]、珊瑚、赤白黑綠黃青紺縹紅紫十種流離[166]、璆琳[167]、琅玕[168]、水精[169]、玫瑰[170]、雄黃[171]、雌黃[172]、碧[173]、五色玉、黃白黑綠紫紅絳紺金黃縹留黃十種罽氀、五色氀㲲、五色九色首下氀㲲[174]、金縷繡[175]、雜色綾、金塗布[176]、緋持布[177]、發陸布[178]、緋持渠布[179]、火浣布[180]、阿羅得布[181]、巴則布[182]、度代布[183]、溫宿布[184]、五色桃布[185]、絳地[186]金織帳、五色斗帳[187]、一微木[188]、二蘇合[189]、狄提[190]、迷迷[191]、兜納[192]、白附子[193]、薰陸[194]、鬱金[195]、芸膠[196]、薰草木十二種香[197]。

[133] 絺，細葛布。[25]

[134] 水羊毦，亦見《後漢書・西域傳》。

[135] "六畜皆出水"，或疑文字有訛，一說"水"字下應有"中"字。[26]案：六畜皆出自水中也許是由水羊聯想所致。

[136] 野繭絲，亦見《後漢書・西域傳》。

[137] 織成，亦見《後漢書·西域傳》。

[138] 氍毹，指毛毯。"氍毹"的語源尚未能確定。²⁷

[139] 毾㲪，已見《後漢書·西域傳》。

[140] 罽帳，指毛織帳篷。罽，首見《漢書·西域傳》。

[141] 海東諸國，指地中海東岸條枝、安息諸國。

[142] "安息"二字下應據《後漢書·西域傳》補"天竺"二字。

[143] 次玉石，玉石之次者。

[144] 伊吾，即《後漢書·西域傳》所見"伊吾盧"。

[145] 疎勒王臣槃，事蹟見《後漢書·西域傳》。

[146] 海西，指大秦國。

[147]《北堂書鈔》卷一二九引《魏略》作："疏勒王獻大秦赤石帶。"

[148]《西域舊圖》，不見載《隋書·經籍志》，佚失已久。

[149] 神龜，指龜或龜甲。一說大秦國產神龜的記錄未必真實，是大秦被當時中國人理想化的結果。²⁸

[150]《魏書·西域傳》"大秦條"作"白馬朱鬣"。一說"朱鬣"亦應與"白馬"連讀，意指有朱鬣之白馬。²⁹

[151] 駭雞犀，亦見《後漢書·西域傳》。

[152] 瑇瑁，一說即鷹嘴龜（Chelonia imbricata）之殻。³⁰

[153] 玄熊即黑熊。

[154] 赤螭，一說可能是某類爬蟲。³¹一說螭爲龍之一種，乃漢人想像中的靈物，大秦不可能出產自不待言，本傳稱大秦多赤螭是時人將大秦理想化的結果。³²

[155] 辟毒鼠，一說可能指白鼬或黃鼠狼，亦即《新唐書·西域傳

上》所見貞觀十六年（642年）罽賓國所獻褥特鼠："喙尖尾赤，能食蛇，螫者嗅且尿，瘡卽愈。"[33]

[156] 大貝，一說指大海貝、海螺或蛤。[34]

[157] 車渠，學名爲 Tridacna gigas。[35] 車渠原產地爲印度，佛家視爲七寶之一。此處視爲大秦特產，可能有誤。

[158] 瑪瑙，玉髓之一種。[36]《藝文類聚》卷八四引曹丕"馬瑙勒賦序"："馬瑙，玉屬也。出自西域，文理交錯，有似馬瑙，故其方人因以名之。"

[159] "南金"，昔以此指稱南方產銅。《詩·魯頌·泮水》："元龜象齒，大賂南金。"毛傳："南謂荊揚也。"鄭箋："荊揚之州，貢金三品。"孔疏："金卽銅也。"此處或借指大秦所產精銅。

[160] "翠爵"，一說應與下文"羽翮"聯讀。"翠爵羽翮"，非翠鳥之羽毛，乃指如翡翠一類的珍寶。[37]

[161]《後漢書·西域傳》載桓帝延熹九年，"大秦王安敦遣使自日南徼外獻象牙、犀角、瑇瑁，始乃一通焉"。[38]

[162] 符采玉，玉之有橫文者。《文選》卷四載左思"蜀都賦"："符采彪炳。"注："符采，玉之橫文也。"

[163] 明月珠，亦見《後漢書·西域傳》。

[164] 夜光珠，應卽《後漢書·西域傳》所見"夜光璧"。

[165] 虎珀，應卽《漢書·西域傳》所見"虎魄"。

[166] 流離卽琉璃，亦見《後漢書·西域傳》。

[167] 璆琳，一說卽流離，亦卽璧流離。[39]

[168] 琅玕，亦見《後漢書·西域傳》。

[169] 水精，卽石英（crystal）。[40]

[170] 玫瑰，應卽雲母。[41]

[171] 雄黄，realgar。[42]

[172] 雌黄，auripigmentum。[43]

[173] 碧，應卽《後漢書·西域傳》所見"青碧"。

[174] "首下毻氀"，可能指毛織圍巾之類。

[175] 金縷繡，應卽《後漢書·西域傳》所見"刺金縷繡"。下文"金織帳"亦同類織品。

[176] 金塗布，應卽《後漢書·西域傳》所見"黄金塗"。

[177] 緋持布，烏弋山離所産。"緋持"，應作"排特"；本傳："烏弋，一名排特。"

[178] 發陸布，Propontis 所産。"發陸"[piuat-liuk]，似卽 Propontis 之對譯。Propontis 在本傳中又稱作"驢分"。譯稱不同，蓋資料來源有異。

[179] 緋持渠布，亦指烏弋山離所産。"排特渠"[buəi-dək-gia]，可能是 Prophthasia 較爲完整的譯稱，被誤爲二種。

[180] 火浣布，亦見《後漢書·西域傳》。《三國志·魏書·三少帝紀》：景初三年（239 年），"西域重譯獻火浣布"。裴注引《搜神記》曰："漢世西域舊獻此布，中間久絶。至魏初，時人疑其無有。文帝以爲火性酷烈，無含生之氣，著之《典論》，明其不然之事，絶智者之聽。及明帝立，詔三公曰：先帝昔著《典論》，不朽之格言，其刊石於廟門之外及太學，與石經並，以永示來世。至是，西域使至而獻火浣布焉，於是刊滅此論，而天下笑之。"

[181] 阿羅得布，埃及亞歷山大城所產。"阿羅得"[a-lai-tək]，卽 Alexandria 之略譯。Alexandria 指埃及亞歷山大城，是當時大秦卽羅馬帝國的三大都會之一。此城在本傳中又被記作"澤散"、"遲散"、"烏丹"或"烏遲散"。

[182] 巴則布，Damascus 所產。"巴則"[pea-tsiək]，卽 Damascus 之略譯。在本傳中 Damascus 又被稱作"氾復"。

[183] 度代布，Tadmora 所產。"度代"[dak-dək]，卽 Palmyra 的古名 Tadmor 或 Tadmora 之對譯。在本傳中 Tadmora 又被稱作"旦蘭"。《太平御覽》卷八二〇引作"鹿代"。

[184] 溫宿布，Antiochia 所產。此處"溫宿"，顯然不可能是本傳所載西域中道的綠洲小國溫宿。"溫宿布"或當從一本作"溫色布"。[44]"溫色"[uən-shiək]，似乎可以看作 Antiochia 之略譯。在本傳中 Antiochia 又被稱作"安谷"，亦卽《史記·大宛列傳》所傳條枝國都城所在，在本傳描述的時代屬羅馬，是當時大秦國三大都會之一。

[185] 桃布，無考。《太平御覽》卷八二〇作"枕布"，或是。

[186] "絳地"，《三國志·魏書·東夷傳》載景初二年（238 年）十二月魏帝報倭女王詔書有曰："今以絳地交龍錦五匹、絳地縐粟罽十張、蒨絳五十匹、紺青五十匹，答汝所獻貢直。""絳地交龍錦"，裴注以爲："地應爲綈，漢文帝著皁衣謂之弋綈是也。此字不體，非魏朝之失，則傳寫者誤也。"案："絳地"似指質地或底子爲絳色。[45]

[187] 斗帳，形如覆斗，故稱。

[188] 微木，無考。

[189] 蘇合，亦見《後漢書·西域傳》。

[190] 狄提，香料名，具體所指不明。《禮記·王制》："西方曰狄鞮。""狄提"或即"狄鞮"，藉指來自西域之香料。《玉臺新詠》卷一載張衡《同聲歌》："洒掃清枕席，鞮芬以狄香。"

[191] "迷迷"，《太平御覽》卷九八二作"迷迭"，引《廣志》曰："迷迭出西海中。"性狀見同卷所引魏文帝《迷迭賦》和陳班《迷迭香賦》。"迷迭"一作"迷迭"。[46] 一般認爲應作"迷迭"，指Rosmarinus officinalis，脣形科植物，主要產於地中海。春夏開淺藍色或白色小花，葉芳香，針形。

[192] 兜納，《廣志》云："出西海剽國諸山。"[《本草綱目·草之三》（卷一四）引自李珣《海藥本草》]

[193] 白附子，一說是一種麻風樹（Iatropha janipha）的塊莖。[47]

[194] 薰陸，即乳香（Boswellia thurifera）。

[195] 鬱金，據《梁書·海南諸國傳》，"鬱金獨出罽賓國（Kashmir），華色正黃而細，與芙蓉華裏被蓮者相似。國人先取以上佛寺，積日香槁，乃糞去之，賈人從寺中徵雇，以轉賣與佗國也"。大秦、波斯所產，性狀果如所述，或爲百合科鬱金香（Tulipa gesneriana）。

[196] 芸膠，應即芸香（Ruta graveolens），《說文解字》一篇下"艸部"（卷二）："芸，草也；似苜蓿。"《太平御覽》卷九八二引《廣志》曰："芸膠有安息膠，有黑膠。"

[197] "十二種香"，"二"字疑衍，蓋香凡十種。

大秦道既從海北陸通，又循海而南，與交趾七郡[198]外夷比，又有水道通益州[199]、永昌[200]，故永昌出異物。前世但論有水道，不知有陸道，今其略如此。其民人戶數不能備詳也。自葱領西，此國最大，置諸小王甚多，故錄其屬大者矣。[201]

[198] 交趾七郡，即交州七郡：南海（治今廣東廣州）、蒼梧（治今廣西梧州）、鬱林（治今桂平市西）、合浦（治今廣西浦北西南）、交趾（治今越南河內西北）、九真（治今清化西北）、日南（治今越南平治天省廣治河與甘露河合流處）。

[199] 益州，郡名，治今雲南晉寧東。

[200] 永昌，郡名，治今雲南保山東北。

[201] "自葱領西，此國最大"云云，說明傳文所載大秦國乃指以羅馬爲中心的羅馬帝國全土，非其屬土。

澤散王屬大秦，[202] 其治在海中央，北至驢分，水行半歲，風疾時一月到，最與安息安谷城相近，西南詣大秦都不知里數。驢分王屬大秦，[203] 其治去大秦都二千里。從驢分城西之大秦渡海，飛橋長二百三十里[204]，渡海道西南行，繞海直西行。且蘭王屬大秦，[205] 從思陶國[206] 直南渡河，乃直西行之且蘭三千里。道出河南，乃西行，從且蘭復直西行之汜復國六百里。南道會汜復，乃西南之賢督國。且蘭、汜復直南，乃有積石[207]，積石南乃有大海，出珊瑚、真珠。且蘭、汜復、斯賓[208]、阿蠻[209] 北有一山，東西行。大秦、海西東各有一山，皆南北行。[210] 賢督王屬大秦，[211] 其治東北去汜復六百里。汜復王屬大秦，[212]

其治東北去于羅三百四十里渡海也。于羅屬大秦，[213] 其治在氾復東北，渡河 [214]，從于羅東北又渡河，斯羅東北又渡河。[215] 斯羅國屬安息 [216]，與大秦接也。大秦西有海水，[217] 海水西有河水，河水西南北行有大山，西有赤水，赤水西白玉山，白玉山有西王母 [218]，西王母西有脩流沙。流沙西有大夏國、堅沙國 [219]、屬繇國 [220]、月氏國，四國西有黑水，所傳聞西之極矣。

[202] 澤散王屬大秦：澤散卽埃及的亞歷山大，屬大秦始自前30年。

[203] 驢分王屬大秦：前190年，小亞歸羅馬，驢分卽 Propontis 地區屬大秦當自此時始。

[204] "飛橋長二百三十里"：指從 Propontis 西向越過架設在 Helespont 海峽上的橋，可至意大利半島。橋長"二百三十里"，恐係傳聞之誤。

[205] 且蘭王屬大秦：旦蘭（且蘭）卽 Palmyra，屬大秦可能早在公元一世紀初。羅馬帝國於公元17年頒佈的法令中已有關於這座城市稅收的內容。

[206] "思陶" [sə-du]，應卽 Sittake 的對譯。

[207] 積石，指阿拉比亞北部、Hamad 以西的重要交通樞紐 Petra，Petra（希臘語 Πέτρα）。Πέτρα 意爲巖石，"積石"是其義譯。

[208] "斯賓" [sie-pien]，爲 Ctesiphon 的對譯。

[209] "阿蠻" [a-mean]，爲 Ecbatana 的對譯。

[210] 大秦、海西東各有一山，指意大利半島的亞平寧山脈和地

中海東岸的黎巴嫩山脈，兩山皆南北走向。

[211] 賢督王屬大秦：賢督屬大秦始於前63年。公元70年羅馬鎮壓巴勒斯坦猶太人叛亂時，曾毀滅該城。後來，羅馬於該處重建新城，名 Aelia Capitalina。

[212] 汜復王屬大秦：汜復屬大秦始自前64年。

[213] 于羅屬大秦，于羅（即 Hatra）何時屬羅馬，未見記載；祇知道 Trajan（98—117年在位）在其末年曾圍攻 Hatra，未克。198年，Septimius Severus（193—211年在位）亦曾圍攻該城，同樣徒勞無功。可見 Hatra 是安息與羅馬的必爭之地，也就是說不能排除該地一度屬羅馬的可能性，本傳或可補西史之不足。

[214] 河，指幼發拉底河，于羅在該河左岸。

[215] "從于羅東北又渡河"二句，指從于羅（Hatra）或斯羅（Seleucia）渡底格里斯河均可通往安息。

[216] 斯羅國屬安息：本傳又載"于羅屬大秦"；"斯羅國屬安息，與大秦接也"。知在本傳所描述的時代，安息與羅馬勢力範圍的分界線在斯羅與于羅之間。

[217] "大秦西有海水"以下或係傳聞，無從深究。

[218] 西王母，首見《史記·大宛列傳》。其原型可能是 Anatolia 的大神母 Koubaba 即 Cybele。

[219] "堅沙"[kyen-shea]，似乎可以視作"貴霜"之異譯。

[220] "屬繇"[zjiuok-jio]，似乎可以視作 Sugda 之對譯，Sugda 曾是貴霜之屬地。本傳並列大夏、月氏、堅沙三者，雖無視時代差，然亦曲折地反映出大夏亡於月氏，月氏又亡於貴霜（堅沙）這一歷史

過程。

　　北新道[221]西行，至東且彌國[222]、西且彌國[223]、單桓國[224]、畢陸國[225]、蒲陸國[226]、烏貪國，皆并屬車師後部王[227]。王治于賴城[228]，魏賜其王壹多雜守魏侍中，號大都尉，受魏王印。[229]轉西北則烏孫[230]、康居[231]，本國無增損也。北烏伊別國[232]在康居北，又有柳國[233]，又有巖國[234]，又有奄蔡國[235]一名阿蘭[236]，皆與康居同俗。西與大秦、東南與康居接。其國多名貂，畜牧逐水草，臨大澤[237]，故時羈屬康居，今不屬也。

　　[221] 北新道，應爲"新道"之延伸。具體而言，取"新道"至高昌、交河城後，復自交河城抵車師後王廷；從後王廷西行，可赴天山以北諸國。

　　[222] 東且彌國，西域北道綠洲國，首見《漢書・西域傳》。

　　[223] 西且彌國，西域北道綠洲國，首見《漢書・西域傳》。

　　[224] 單桓國，西域北道綠洲國，首見《漢書・西域傳》。

　　[225] "畢陸"[piet-liuk]，應即《漢書・西域傳》所見西域北道綠洲國"卑陸"。

　　[226] "蒲陸"[bua-liuk]），應即《漢書・西域傳》所見"蒲類"。

　　[227] 車師後部，西域北道綠洲國，首見《漢書・西域傳》。《三國志・魏書・烏丸鮮卑東夷傳》提到車師朝魏，或許便是車師後部。

　　[228] "于賴"[hiua-lan]，或爲"于婁"之異譯，于婁谷原爲烏貪訾離國王治。在本傳描述的年代，烏貪訾離國已并屬車師後國，或

後王移都于婁谷，且築城該處。于婁谷，一說應位於瑪納斯附近，以 Khorgoss 河與烏孫爲界。[48]

[229] 曹魏賜車師後王"壹多雜守魏侍中，號大都尉，受魏王印"，亦東漢故伎，蓋當時車師國稱雄北新道，且扼守交通要衝。這與東漢時光武帝賜莎車王賢"漢大將軍印綬"，順帝拜疏勒王臣磐爲"漢大都尉"的情況頗爲類似。

[230] 烏孫，伊犁河、楚河流域的遊牧部族，首見《史記·大宛列傳》。其王治位於今伊塞克湖東南、納倫河上游。《三國志·魏書·烏丸鮮卑東夷傳》提到烏孫朝魏。

[231] 康居，錫爾河北岸的遊牧部族，首見《史記·大宛列傳》。《三國志·魏書·三少帝紀》：元帝咸熙二年（265年），閏十月"庚辰，康居……獻名馬"。《三國志·魏書·烏丸鮮卑東夷傳》提到康居朝魏。

[232] "烏伊別"，一說應卽《晉書·西戎傳》所見"伊列"，"烏"字涉上文"西北則烏孫"句而衍，"別"、"列"形近致訛。"伊列"[ieiliat] 乃 Ili 之對譯。果然，則最早見諸《漢書·傅常甘陳段傳》。據載："今郅支單于威名遠聞，侵陵烏孫、大宛，常爲康居畫計，欲降服之，如得此二國，北擊伊列，西取安息，南排月氏、山離烏弋，數年之間，城郭諸國危矣。"而據《晉書·西戎傳》，伊列與康居國鄰接。果然，伊列國應在伊犁河流域，或在本傳描述的年代遷至康居國之北。

[233] 柳國，一說在伏爾加河流域。"柳"[liəu]，伏爾加河古稱 Rha 之對譯。[49]

[234] 巖國，一說位於伏爾加河支流 Kama 河流域。"巖"[ngeam]，卽 Kama（伏爾加河支流）之對譯。[50]

[235] 奄蔡國，鹹海、裏海北部的遊牧部族，首見《史記·大宛列傳》。

[236]"阿蘭"[a-lan]，西史 Alan 之對譯，即傳文所謂"奄蔡國一名阿蘭"。[51]

[237] 此處"大澤"可能指黑海。蓋本傳所描述的奄蔡西與大秦即羅馬帝國相接。也就是說，不妨認爲，當時奄蔡人的活動中心已自鹹海、裏海之北遷至黑海之北。

呼得國[238]在葱嶺北，烏孫西北，康居東北，勝兵萬餘人，隨畜牧，出好馬，有貂。堅昆國[239]在康居西北，勝兵三萬人，隨畜牧，亦多貂，有好馬。丁令國[240]在康居北，勝兵六萬人，隨畜牧，出名鼠皮，白昆子、青昆子皮[241]。此上三國，堅昆中央，俱［東］去匈奴[242]單于庭安習水[243]七千里，南去車師六國[244]五千里，西南去康居界三千里，西去康居王治八千里。或以爲此丁令即匈奴北丁令也。而北丁令在烏孫西，[245]似其種別也。又匈奴北有渾窳國[246]，有屈射國[247]，有丁令國，有隔昆國[248]，有新梨國[249]，明北海[250]之南自復有丁令，非此烏孫之西丁令也。[251]烏孫長老言北丁令有馬脛國，其人音聲似雁鶩，從膝以上身頭，人也，膝以下生毛，馬脛馬蹄，不騎馬而走疾馬，其爲人勇健敢戰也。[252]短人國[253]在康居西北，男女皆長三尺，人衆甚多，去奄蔡諸國甚遠。康居長老傳聞常有商度此國，去康居可萬餘里。

[238] 呼得，一說應即《史記·匈奴列傳》所見"呼揭"，該國在阿爾泰山南麓。[52]

[239] 堅昆，應即下文之"隔昆"（Kirghiz），時遊牧於葉尼塞河上游。其實應在康居東北。

[240] 丁令，匈奴以北、貝加爾湖一帶的遊牧部族。

[241] "白昆子、青昆子皮"：《太平御覽》卷九一二引《魏略》作："丁靈國出青獂子、白獂子皮。"一說獂子即鼺鼠。[53]

[242] 匈奴，遊牧部族。自冒頓單于（前 209—前 174 年）在位時開始強盛，一統北方草原，役使西域諸國，並不斷南侵，一度成爲中原王朝最嚴重的邊患。在本傳描述的年代，匈奴業已衰落。

[243] 安習水，指今鄂爾渾（Orkhon）河。"安習"當爲"安侯"之訛。"安侯水"，首見《漢書·匈奴傳》。[54]

[244] 車師六國，首見《後漢書·西域傳》。指車師前後部及東且彌、卑陸、蒲類、移支。

[245] "北丁令在烏孫西"一句中的"北"字，應從《通典·邊防九·西戎五》改爲"此"字，蓋形似致訛。

[246] 渾窳，即《史記·匈奴列傳》所見渾庾；原遊牧於匈奴之北，曾爲冒頓單于征服。

[247] 屈射，首見《史記·匈奴列傳》；原遊牧於匈奴之北，曾爲冒頓單于征服。

[248] 隔昆，即《史記·匈奴列傳》所見鬲昆；原遊牧於匈奴之北，曾爲冒頓單于征服。

[249] 新梨，即《史記·匈奴列傳》所見薪犁；原遊牧於匈奴之

北，曾爲冒頓單于征服。應該指出的是"匈奴北有渾窳國"云云，乃摘自《史記·匈奴列傳》，而所列呼得、堅昆、丁令三者位置不外是參考《漢書·陳湯傳》的結果。未必是公元三世紀的情況。

[250] 北海，指貝加爾湖。

[251] "北海之南自復有丁令"云云，應卽位於蒙古高原的匈奴之北的"北丁令"，本傳誤一種爲二種。[55]

[252] 馬脛國，《山海經·海內經》："有釘靈之國，其民從䣛已下有毛，馬蹏，善走。"這可能是因爲其人善走，聯想所致。一說乃附會希臘神話半人半馬的 Centaur 人所致。[56]

[253] 短人國，位置不詳。一說短人或小人應卽《山海經·海外南經》所見周饒國、同書《大荒南經》和《大荒東經》所見焦僥國（"菌人"）和靖人。"周饒"、"焦僥"，"菌人"和"靖人"均爲同名異譯。有關短人與鶴的傳說亦見諸斯特拉波的《地理志》57（I, 2-35; XV, 1-57）和普利尼《博物志》58（VII, 26），可能經由歐亞草原傳入。[59] 又，《史記索隱》（卷一二三）引《括地志》云："小人國在大秦南，人纔三尺。其耕稼之時，懼鶴所食，大秦衛助之。卽焦僥國，其人穴居也。"又，《太平御覽》卷七九六引《突厥本末記》："自突厥北行一月，有短人國。長者不踰三尺，亦有二尺者。頭少毛髮，若羊胞之狀。突厥呼爲羊胞頭。其傍無它種類相侵。俗無寇盜，但有大鳥，高七、八尺，恒伺短人，啄而食之。短人皆持弓矢以爲之備。"可以參看。

魚豢[254] 議曰：俗以爲營廷之魚[255]不知江海之大，浮游之物[256]不知四時之氣,是何也?以其所在者小與其生之短也。余今氾覽外夷大秦諸國,猶尚曠若發蒙矣,況夫鄒衍之所推出[257],《大易》[258]、《太玄》[259]之所測度乎!徒限處牛蹄之涔[260],又無彭祖[261]之年,無緣托景風[262]以迅遊,載驃裹[263]以遐觀,但勞眺乎三辰[264],而飛思乎八荒[265]耳。

[254] 魚豢,三國時魏人。撰《魏略》五十卷。書佚,有清人王仁俊輯本一卷。

[255] 營廷之魚,指游於淺水中的魚類。"營廷"亦作"淳瀞"或"濡瀞",極小的死水。

[256] 浮游之物,指生命短促的昆蟲。

[257] "鄒衍之所推出":指鄒衍的著作。據《漢書·藝文志》著錄,有《鄒子》四十九篇、《鄒子終始》五十六篇。鄒衍,齊人,善辯,以談天文、推論宇宙演變著稱。《史記·孟子荀卿列傳》稱:"鄒衍之術迂大而閎辯。"

[258]《大易》,指《易經》。

[259]《太玄》,西漢揚雄撰。《易經》、《太玄經》均以六十四卦測度天下事。

[260]《淮南子·俶真訓》:"夫牛蹄之涔,無尺之鯉。"高誘注:"涔,潦水也。"

[261] 彭祖,傳說中人,享年八百。事蹟見劉向《列仙傳》。

[262] 景風,指南風。

[263] 驃裹,指駿馬。

[264] 三辰，指日、月、星。

[265] 八荒，指八方荒遠之處。

# ■ 注釋

1 冉光榮、李紹明、周錫銀《羌族史》，四川民族出版社，1985年，p. 98。

2 參看周連寬"漢婼羌國考"，《中亞學刊》第1輯，中華書局，1983年，pp. 81-90。

3 黃烈"'守白力'、'守海'文書與通西域道路的變遷"，《中國古代民族史研究》，人民出版社，1987年，pp. 431-458，以爲路線未變，"經婼羌轉西"，不過是說道路經過婼羌國北境。

4 見王國維"流沙墜簡序"，《觀堂集林》（卷一七），中華書局，1984年，pp. 819-834，esp. 829。

5 參看余太山《塞種史研究》，中國社會科學出版社，1992年，pp. 228-241。

6 參看注3所引黃烈文，以及孟凡人《樓蘭新史》，光明日報出版社，1990年，pp. 115-125。

7 松田壽男《古代天山の歷史地理學的研究》，東京：早稻田大學出版社，1970年，pp. 118-121。

8 馬雍"東漢後期中亞人來華考"，《西域史地文物叢考》，文物出版社，1990年，pp. 46-59。

9 《梁書·諸夷傳》稱："魏文帝時，[于闐] 王山習獻名馬。"今案：其事或在黃初三年（222年）。

10 說見沙畹"魏略西戎傳箋注",馮承鈞漢譯《西域南海史地考證譯叢七編》,商務印書館,1962 年,pp. 41-57, esp. 46。

11 說見方廣錩"迦毗羅衛何處是",《法音》1983 年第 6 期,pp. 75-76。

12《大正新脩大藏經》T54, No. 2128, p. 453。案:以下有關臨兒國的注釋,多採方廣錩"《浮屠經》考",《國際漢學》第 1 期,商務印書館,1995 年,pp. 247-256。

13 盧弼《三國志集解》(卷三〇),中華書局影印本,1982 年,p. 706。

14 本傳此則有各種異文傳世,見內田吟風"魏略天竺臨兒傳遺文集錄考證",《惠谷先生古稀記念:淨土の教思想と文化》,京都:佛教大學,1972 年,pp. 1013-1022。有關考證除見內田吟風此文外,見藤田豐八"佛教傳來に關する魏略の本文につきて",《東西交涉史の研究・西域篇》,東京:星文館,1943 年,pp. 389-406。

15《大正新脩大藏經》T52, No. 2110, p. 522。參見湯用彤《漢魏兩晉南北朝佛教史》上,中華書局,1983 年,pp. 34-36。

16 同注 13。

17 F. W. Thomas, "Sandanes, Nahapāna, Caṣṭana and Kaniṣka: Tung-li, P'an-ch'i and Chinese Turkestan." *New Indian Antiquary* 7 (1944), pp. 79-100.

18 白鳥庫吉"西域史上の新研究・大月氏考",《白鳥庫吉全集・西域史研究(上)》(卷六),東京:岩波,1970 年,pp. 97-227, esp. 129-164。

19 參看注 5 所引余太山書,pp. 210-215。

20 白鳥庫吉"條支國考",《白鳥庫吉全集・西域史研究(下)》(卷七),東京:岩波,1971 年,pp. 205-236, esp. 209-210。

21 有關大秦國地理的詳細考證,請參看注 5 所引余太山書,pp. 193-196。

22 詳見白鳥庫吉"大秦傳に現はれたる支那思想",注 20 所引書,pp. 237-302,esp. 288-289。

23 參看 D. D. Leslie and K. H. J. Gardiner, *The Roman Empire in Chinese Sources*. Roma, 1996, pp. 150-152, 222-223。

24 詳見注 22 所引白鳥庫吉文,esp. 285。

25 有關大秦物產,請參看余太山《兩漢魏晉南北朝正史西域傳研究》,中華書局,2003 年,pp. 284-312。

26 注 13 所引盧弼書,p. 709。

27 有關討論可參看藤田豐八"榻及び氍毹氀毻につきて",《東西交涉史の研究・南海篇》,星文館,1943 年,pp. 611-627;馬雍"新疆佉盧文書中之 kośava 即氍毹考——兼論"渠搜"古地名",《西域史地文物叢考》,文物出版社,1990 年,pp. 112-115;以及注 23 所引 D. D. Leslie and K. H. J. Gardiner 書,p. 214。

28 詳見注 22 所引白鳥庫吉文,esp. 287。

29 注 23 所引 D. D. Leslie and K. H. J. Gardiner 書,p. 202。

30 參看謝弗《唐代外來文明》,吳玉貴漢譯,中國社會科學出版社,1995 年,pp. 463-464。

31 注 23 所引 D. D. Leslie and K. H. J. Gardiner 書,p. 203。

32 詳見注 22 所引白鳥庫吉文,esp. 288。

33 見注 23 所引 D. D. Leslie and K. H. J. Gardiner 書,p. 203。

34 見注 23 所引 D. D. Leslie and K. H. J. Gardiner 書,p. 202。

35 參看注 30 所引謝弗書,p. 522。

36 參看章鴻釗《石雅・寶石說》,上海古籍出版社,1993 年,pp. 35-41,注

36 所引謝弗書，pp. 496-497。

37 參看注 23 所引 D. D. Leslie and K. H. J. Gardiner 書，p. 212。

38 參看注 30 所引謝弗書，pp. 514-516。

39 注 36 所引章鴻釗書，pp. 1-26。

40 參看注 30 所引謝弗書，pp. 463-464。注 36 所引章鴻釗書，pp. 42-48。

41 注 36 所引章鴻釗書，pp. 51-57。

42 參看注 30 所引謝弗書，p. 478。注 36 所引章鴻釗書，pp. 218-220。

43 參看注 30 所引謝弗書，pp. 463-464。注 36 所引章鴻釗書，pp. 218-220。

44 注 13 所引盧弼書，p. 710。

45 參看 F. Hirth, *China and the Roman Orient*. Shanghai & Hongkong, 1885, pp. 253-254；注 23 所引 D. D. Leslie and K. H. J. Gardiner 書，p. 216。

46 同注 44。

47 注 30 所引謝弗書，p. 409。

48 見注 7 所引松田壽男書，pp. 111-112。

49 白鳥庫吉"大秦傳より見たる西域の地理"，注 20 所引書，pp. 303-402，esp. 367-368。

50 同注 49。

51 注 5 所引余太山書，pp. 118-130。

52 護雅夫"いわゆる'北丁令''西丁令'について"，《瀧川博士還曆記念論文集・東洋史篇》，東京：長野中澤印刷，1957 年，pp. 57-71。

53 注 13 所引盧弼書，p. 712。

54 馬長壽《北狄與匈奴》，三聯書店，1962，p. 25。

55 注 52 所引護雅夫文，pp. 57-71。

56 見孫培良"《山海經》拾證",《文史集林・人文雜誌叢刊》1986 年第 4 期, pp. 137-150。

57 H. L. Jones, tr., *The Geography of Strabo*. London, 1916.

58 H. Rackham, tr., Pliny, *Natural History*. Harvard University Press: 1949.

59 見注 56 所引孫培良文。